紫图图书 出品

希腊神话故事

GREEK MYTHS

[德] 古斯塔夫·施瓦布 /著

丁伟 /译

天津出版传媒集团

天津人民出版社

图书在版编目（CIP）数据

希腊神话故事 /（德）古斯塔夫·施瓦布著；丁伟译. -- 天津：天津人民出版社，2025.2. -- ISBN 978-7-201-20941-8

Ⅰ.I545.73

中国国家版本馆CIP数据核字第2025NA6931号

希腊神话故事
XILA SHENHUA GUSHI

[德] 古斯塔夫·施瓦布 著　丁伟 译

出　　版	天津人民出版社
出版人	刘锦泉
地　　址	天津市和平区西康路35号康岳大厦
邮政编码	300051
邮购电话	022-23332459
电子信箱	reader@tjrmcbs.com
责任编辑	玮丽斯
监　　制	黄利　万夏
营销支持	曹莉丽
特约编辑	杨森
装帧设计	紫图图书ZITO®
制版印刷	艺堂印刷（天津）有限公司
经　　销	新华书店
开　　本	710毫米×1000毫米　1/16
印　　张	30
字　　数	460千字
版次印次	2025年2月第1版　2025年2月第1次印刷
定　　价	119.00元

版权所有　侵权必究
图书如出现印装质量问题，请致电联系调换（022-23332459）

目 录

Part. 01
普罗米修斯
盗取天火 _ 2
潘多拉 _ 6

Part. 02
黄金时代、白银时代与青铜时代

Part. 03
大洪水
吕卡翁的恶行 _ 18
丢卡利翁造人 _ 21

Part. 04
伊俄
宙斯的诱惑 _ 26
赫耳墨斯智斩百眼怪 _ 28

Part. 05
法厄同
太阳神之子 _ 36
法厄同之死 _ 40

Part. 06
欧罗巴
欧罗巴的梦境 _ 46
欧洲的形成 _ 48

1

Part. 07 卡得摩斯与五勇士

太阳神的神喻 _ 54

建立底比斯 _ 55

Part. 09 珀耳修斯

蛇发女妖美杜莎 _ 75

解救安德罗墨达 _ 79

珀耳修斯与菲纽斯 _ 81

Part. 10 伊翁

阿波罗的新娘 _ 86

特尔斐神庙之遇 _ 89

母子相认 _ 93

Part. 08 彭透斯

底比斯国王 _ 62

酒神狄俄尼索斯 _ 64

彭透斯之死 _ 68

Part. 11 代达罗斯和伊卡洛斯

建造克里特迷宫 _ 100

国王之死 _ 104

Part. 13
卡吕冬狩猎

月亮女神的报复 _146

女猎手阿塔兰忒 _147

Part. 12
阿耳戈英雄们的故事

伊阿宋与珀利阿斯 _110

阿耳戈英雄们出海 _112

伊阿宋在埃厄忒斯宫殿 _114

伊阿宋与美狄亚 _117

阿耳戈斯的好主意 _119

美狄亚决意帮助阿耳戈勇士 _123

伊阿宋和美狄亚单独相会 _124

伊阿宋完成国王的任务 _127

美狄亚取走金羊毛 _130

归乡路上的罪与罚 _135

伊阿宋绝情美狄亚 _141

Part. 14
珀罗普斯与希波达弥亚

神助姻缘 _152

Part. 15
赫拉克勒斯的故事

赫拉克勒斯的身世 _ 156

赫拉克勒斯的教育 _ 157

赫拉克勒斯的选择 _ 158

赫拉克勒斯初显神勇 _ 161

赫拉克勒斯大战巨人 _ 162

赫拉克勒斯和欧律斯透斯 _ 165

剥下尼密阿巨狮的皮 _ 167

杀死九头蛇怪许德拉 _ 168

活捉刻律涅亚山母鹿 _ 171

生擒厄律曼托斯山上的野猪 _ 171

打扫奥革阿斯的牛棚 _ 174

赶走斯廷法罗斯湖中的怪鸟 _ 175

驯服克里特岛上的公牛 _ 175

带回狄俄墨得斯烈马 _ 176

拿到亚马孙女王的腰带 _ 177

牵回革律翁的牛群 _ 179

偷摘赫斯珀里得斯金苹果 _ 182

地狱之狗刻耳柏洛斯 _ 184

赫拉克勒斯和欧律托斯 _ 186

为翁法勒做仆人时的赫拉克勒斯 _ 188

赫拉克勒斯后来的英雄行为 _ 191

赫拉克勒斯和涅索斯 _ 193

赫拉克勒斯的结局 _ 194

Part. 16
忒修斯

忒修斯的志向 _ 204

忒修斯到雅典 _ 206

忒修斯与迷宫 _ 207

忒修斯当了国王 _ 212

忒修斯和庇里托俄斯 _ 214

忒修斯与海伦 _ 217

忒修斯的结局 _ 218

Part. 17
七勇士
远征底比斯

阿德拉斯托斯的两个女婿 _ 224

兵临城下 _ 225

血战底比斯 _ 227

兄弟之间的较量 _ 229

底比斯英雄的葬礼 _ 231

Part. 18
后世的英雄们

为了复仇再次远征底比斯 _ 234

盲人预言家 _ 236

Part. 19 特洛伊的故事

特洛伊城的建立 _ 241

帕里斯和金苹果 _ 244

抢劫海伦 _ 247

希腊人来了 _ 251

阿伽门农献祭伊菲革涅亚 _ 255

菲罗克忒忒斯被遗弃 _ 258

帕里斯归来 _ 259

兵临城下 _ 260

战争开始了 _ 262

帕拉墨得斯之死 _ 265

阿喀琉斯的愤怒 _ 266

帕里斯和墨涅拉俄斯 _ 274

潘达洛斯 _ 280

狄俄墨得斯 _ 285

格劳库斯和狄俄墨得斯 _ 295

特洛伊人的胜利 _ 296

希腊人去见阿喀琉斯 _ 301

波塞冬为希腊人助战 _ 304

阿波罗激励赫克托耳 _ 307

阿喀琉斯的悲伤 _ 314

阿喀琉斯披挂上阵 _ 319

阿喀琉斯与阿伽门农和解 _ 323

人神之战 _ 326

阿喀琉斯和河神斯卡曼德洛斯的战斗 _ 331

神祇之间的战斗 _ 334

阿喀琉斯和赫克托耳在特洛伊城前 _ 336

赫克托耳之死 _ 339

阿喀琉斯之死 _ 344

大埃阿斯之死 _ 347

帕里斯之死 _ 353

围攻特洛伊 _ 355

特洛伊木马 _ 357

特洛伊城的毁灭 _ 364

墨涅拉俄斯、海伦和波吕克塞娜 _ 367

Part. 20 坦塔罗斯的后裔

阿伽门农的家族罪恶 _ 372

阿伽门农被杀 _ 375

俄瑞斯特斯替父鸣仇 _ 378

俄瑞斯特斯和复仇女神 _ 385

女祭司伊菲革涅亚 _ 392

Part. 21 奥德修斯的故事

离开女仙卡吕普索 _ 404

库克罗普斯的独眼巨人 _ 405

地府之旅 _ 412

塞壬女仙，斯策拉和卡律布狄斯，太阳神的牛群 _ 418

奥德修斯回到伊塔刻 _ 423

忒勒玛科斯和求婚人 _ 425

奥德修斯和牧猪人 _ 431

乞丐奥德修斯在王宫 _ 432

珀涅罗珀和求婚者 _ 435

奥德修斯见到王后 _ 437

射箭比赛 _ 440

奥德修斯向牧人表明身份 _ 441

向求婚者复仇 _ 445

奥德修斯和珀涅罗珀 _ 449

城里的叛乱 _ 451

奥德修斯的胜利 _ 452

译后记 _ 455

索引 _ 458

主要地名中英文对照表 _ 465

1 宙斯	主神宙斯用他的反复无常决定着特洛伊的命运。希腊神话中经常提及这位众神的主宰性格中阴暗的一面。
2 智慧女神 雅典娜	传说她是从父亲宙斯的头中诞生的,所以她通常被视为智慧之神。她同时是城市(特别是雅典)的保护神,另外还主管战争和工艺。
3 光明之神 阿波罗	他的名字福玻斯是"光明"或"纯净"之意,所以人们通常认为他与太阳有关。他的标准形象为一位俊美的年轻男子,手里通常持一把里拉琴或一面弓。
4 酒神 狄俄尼索斯	酒神狄俄尼索斯正剪断联系阿里阿德涅与忒修斯的丝线,这位狂欢之神从此与智慧的公主结合在了一起。
5 爱神 阿佛洛狄忒	即罗马神话中的维纳斯。她是古希腊性爱与美貌之神。这幅画中她正委身在阿耳戈英雄中的歌手俄耳甫斯的怀抱中。
6 厄洛斯(丘比特)	爱神的儿子厄洛斯即罗马神话中的丘比特,拥有唤起爱欲的神箭。传说他是阿佛洛

希腊神话的宏伟展示

在意大利画家提埃波罗于1726年绘制的这幅宏伟的教堂天顶壁画中,以正在倾颓的特洛伊城池为中心,表现了希腊神话传说史诗般壮丽的场面和丰富生动的人物故事。

光明之神阿波罗

爱神阿佛洛狄忒

狄求与宙斯或战神阿瑞斯或赫耳墨斯的儿子。最初他是一位美貌的青年,到希腊神话中却变成了一个胡乱射箭的胖乎乎的婴儿。

7 大力神 赫拉克勒斯 大力神赫拉克勒斯最初是一位被阵发性疯癫所折磨的英雄,陷入过著名的关于美德和享乐的两难选择。他一生完成了史诗般的12项伟大功勋,死后被人们视为天神而获得崇拜。

8 特洛伊城 特洛伊城坚不可摧的城墙,据说最初是由海神波塞冬帮助修建的。

9 英雄 阿喀琉斯 阿喀琉斯是最伟大的希腊英雄。对他的一生的描绘,使荷马史诗拥有了空前绝后的伟大的宿命感。

10 英雄 奥德修斯 奥德修斯是有关远航和冒险的史诗《奥德赛》中的主角,他同后世的政治家们一样,同时拥有智谋和多变性格。

11 卡尔卡斯 希腊预言家卡尔卡斯,在特洛伊战争中他需要动用高度的智力,去猜测复杂多变的神谕。

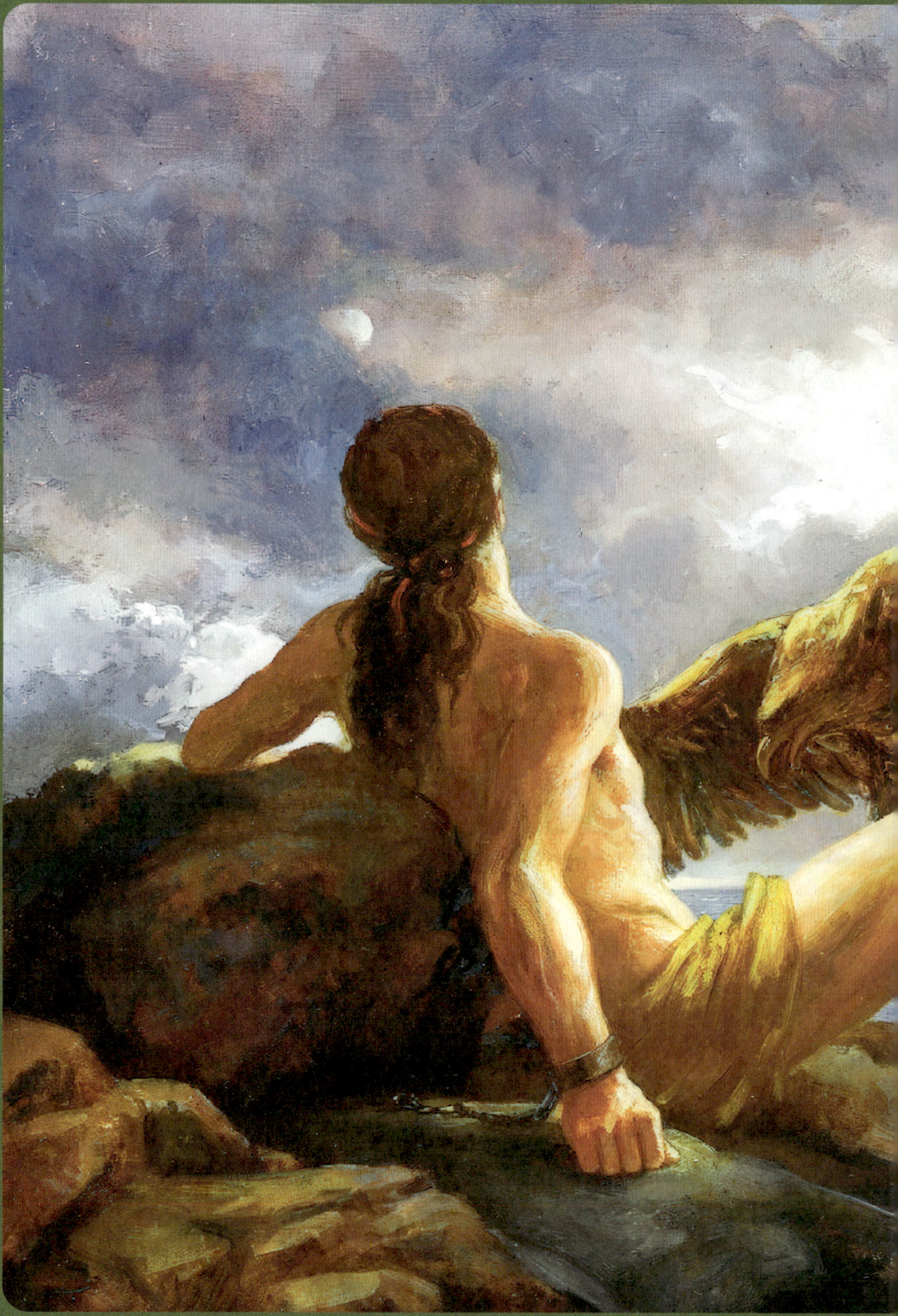

普罗米修斯

Part

01

普罗米修斯是最早的提坦神后代,也是最具智慧的神明之一。他对神王宙斯挑战始于墨科涅聚会,这场聚会是神人分离的开端,从此神与人的界限更加明确。普罗米修斯在聚会上的行为引发了后续一系列故事,盗天火、潘多拉打开魔盒……

诸神的盛宴（局部）

乔凡尼·贝利尼
油画 1514 年

统治天下的奥林匹斯山诸神在夏日的午后聚到了一起。这是一个慵懒的聚会，虽然沐浴着金光，但神们却神性尽收：光明或阴暗的性格以及相互关系的暧昧都展露无遗。贝利尼是文艺复兴时期威尼斯的"第一位"画家，是乔尔乔内和提香的老师。十分有趣的是，在贝利尼描绘的诸神盛宴中，用的都是中国的青花瓷器。当时中国的瓷器已大量出口，其影响由此可见一斑。

盗取天火

当天和地创造出来以后，整个世界变了模样，海面上波涛滚滚，浪花拍打着海岸，水里面的鱼儿自由地追逐嬉戏，而天上有鸟儿在展翅歌唱。大地上有成群的动物繁衍生息，但是却没有一种有灵魂的高级生物主宰这个世界。于是先觉者普罗米修斯来到了大地上，他是神的后裔，是地母该亚与乌拉诺斯所生的伊阿佩托斯的儿子。普罗米修斯聪明灵慧，他知道天神将种子蕴藏在大地中。于是他捧起泥土，用河水把泥土调和起来，然后按照这世界的主宰，即天神的模样，捏成人形。为了赋予这些泥塑的人物生命，他又从各种动物的心中取出善与恶两种性格，将它们封闭

宙斯像

雕塑 古希腊时期

　　宙斯为希腊神话的最高主神，主宰一切天象，尤其是雷电。他像现实中的帝王一样受到崇拜。但这个神祇好色无厌，常常和凡人俗事交织在一起。希腊神话中的几个大英雄和美人，都是他"外遇"后的儿女，如赫拉克勒斯、珀耳修斯、海伦等。他的居住地一直是奥林匹斯山，他的政治风格既有一些民主，也有点"山大王"似的暴戾之气。

到泥人的胸膛。在天神中，智慧女神雅典娜是他的朋友，她惊讶于普罗米修斯的创造，于是便朝这只有一半生命的泥人吹了一口气，神的气息使它获得了灵魂。

这样，第一批人就创造出来了，他们繁衍生息，不久就遍布地球各处。但是有很长一段时间，他们不知道该怎样使用他们的四肢，也不知道该怎样使用神赐给他们的灵魂。他们视而不见，听而不闻，好像梦游之人，漫无目的地游荡在大地上。对于如何利用万物，他们一无所知。他们不知道采石、烧砖；他们不知道砍伐树木、建造房屋。他们如同蚂蚁一样忙碌，却穴居在没有阳光的地洞里，觉察不到春华秋实、夏果冬寒。他们不论做什么事情都没有一个计划。于是，普罗米修斯便来帮助他的创造物。他教会他们观察日月星辰的升落，教他们发明了计算方法，让他们懂得计算，教会他们利用文字相互交流。他还教会他们如何驾驭牲畜，让牲畜分担人的劳动；让他们给马套上缰绳拉车，或者作为人们的坐骑。他发明了船和帆，让人们到海上航行。他对人类

崩塌的宙斯神庙

建筑 希腊 公元6世纪

该遗址原为一幢科林斯式的神庙建筑，曾供奉着宙斯，但6世纪的一场地震使其崩塌，如今只有一堆堆的石头碎片，在萧条的现代希腊郊区诉说着主神的式微和神话的没落。

关心备至。从前，人们生了病不知道用药物治疗，也不知道什么该吃什么不该吃，什么该喝，什么不该喝，也不知道用什么办法来减轻痛苦，许多人因为缺乏药物而悲惨地死去。现在，普罗米修斯教会他们调制各种药剂来祛除疾病。他还教会他们占卜、解梦、解释飞鸟和祭祀所预示的各种征兆。他引导他们勘探地下矿产，让他们发现矿石，开采铁和金银。他教会他们各种技艺，使他们生活得更加舒适。

宙斯放逐了他的父亲克洛诺斯，推翻了原来的政权，建立了自己的权威统治。当统治秩序确定下来之后，由他率领的天上诸神便开始注意到刚刚形成的人类。他们愿意保护人类，但是作为回报，人类要绝对服从他们。有一天，在希腊的墨科涅，神们专门召集了一次会议来商讨人类的权利和义务。普罗米修斯作为人类的维护者出席了会议。在会上，他想方设法让诸神不要因为答应保护人类，就给人类施加太重的负担。

这位聪明的神决定运用智慧戏弄一下众神。他代表人类宰了一头大公牛，请众神选择他们愿意要哪一部分。他把宰割下来的牛肉分为两堆。一堆放上肉、内脏和脂肪，用牛皮遮盖，上面放着牛肚子；另一堆，他把牛骨头巧妙地包在板油里，故意让这一堆看起来大一些。神之父宙斯看穿了他的把戏，便说："伊阿佩托斯的儿子，尊贵的王，我的好朋友，你把祭品分得多么不公平啊！"但是普罗米修斯以为自己已经骗过了宙斯，就暗暗笑着说："尊贵的宙斯，永恒的万神之王，请您按自己的心愿挑选一堆吧！"宙斯心里很生气，但他表面上却表现得十分从容。他故意伸手拿起雪白的板油，剥掉外边的油层，露出里边剔光的骨头。他装作直到现在才发觉上当的口气，气愤地对普罗米修斯说："我看到了，伊阿佩托斯的儿子，我的朋友，看来你还没有忘掉你那些欺骗人的伎俩！"

宙斯受了欺骗，非常生气，他为了惩罚普罗米修斯的恶作剧，拒绝向人类提供生活所必需的最后一样东西——火。但是精明的普罗米修斯很快便想出了一个巧妙的办法来补救这个缺陷。他拿来一根又粗又长的茴香秆，当太阳车驶过天空时，将茴香秆伸到太阳车的火焰里点燃，然后将闪烁的火种带回地上。很快，第一堆木柴燃烧起来，火越烧越旺，火焰冲天。宙斯看到人间升起了火焰，大发雷霆。

普罗米修斯盗天火

米开朗琪罗 油画

　　普罗米修斯是希腊神话的第一个英雄，通常被表现为一位肌肉虬结、充满叛逆精神的魁梧男子，手拿天火，自天而降。火的发现是人类文明的开端，在人类早期的宗教和哲学中对火是很崇拜的，最著名的有波斯拜火教和古希腊哲学家赫拉克利特万物皆源于火的思想。中国上古神话中也有"燧人氏钻木取火"的传说。五行中有火，八卦中也有火，它作为一个元素，惊人地表现了一个燃烧的过程，非固体，非液体，刹那产生，突然熄灭。在希腊神话中被升华为牺牲者的象征。

潘多拉

　　人类已经学会了用火，神祇之父宙斯眼看无法把火从人类那里夺走，于是便设计出了一个新的灾难来惩罚人类，以便抵消火带给人类的福祉。他命令以工艺著称的火神赫淮斯托斯雕塑了一位年轻美貌的少女。雅典娜由于开始妒忌普罗米修斯，对他逐渐失去了好意，就亲自给美少女披上白色的长袍，蒙上面纱，戴上花环，束上发带。这条金色的发带也是出自赫淮斯托斯之手。赫淮斯托斯为了取悦自己的父亲，特别精心地制作金发带，它造型精美巧妙，上面还装饰着神态各异的动物形象。众神的使者赫耳墨斯赋予这妩媚迷人的形体以语言的技能；爱神阿佛洛狄忒则让她身上充满种种诱人的魅力。宙斯却在这尊美丽的形象背后注入了恶毒的祸水，给她取名潘多拉，意为"拥有一切天赋的女人"——因为众神都赠给她一件危害人类的礼物。他把这个年轻的女人送到人间。人类正在大地上自在取乐，他们见了这美得无与伦比的女人都惊羡不已，因为人类还从来没有看见过女人。她径直来到普罗米修斯的弟弟"后觉者"埃庇米修斯面前，请他收下宙斯送给他的赠礼。埃庇米修斯心地善良纯朴，不像普罗米修斯那样对一切充满戒心。

普罗米修斯曾经严重地警告过他的弟弟，不要接受奥林匹斯山的统治者宙斯的任何赠礼，而且要把它立即退回去，否则人类会因为这件礼物而招致灾祸。可是，埃庇米修斯忘记了这个警告，他很高兴地接纳了这位年轻貌美的女人。直到后来，他吃尽了苦头，才意识到自己闯出了大祸。因为在这之前，人类遵照普罗米修斯的劝告，一直没有灾祸，也没有艰苦的劳作，更没有折磨人的疾病。直到这位姑娘双手捧着礼物来了，那礼物是一只紧闭的大匣子。当她快要走到埃庇米修斯的跟前时，突然打开了匣子，里面的灾害像一股黑烟一样，迅速扩散到了大地上。但是匣子底还深藏着唯一一件美好的东西：希望。潘多拉依照宙斯的告诫，趁它还没有飞出来的时候，赶紧关上了匣子，因此希望就被永远地关在了匣子

潘多拉打开了匣子

罗塞蒂 水彩画 1879年

潘多拉是众神的结晶，阿佛洛狄忒赐予美貌，赫耳墨斯赐予辩才，雅典娜赐予衣裳，宙斯给她当媒人……但她打开的匣子里却装着全人类的灾难。这个神话深得历代艺术家的喜爱，许多大画家都有关于她的绘画，门德尔松谱写了合唱曲，伏尔泰还为同题材的一部歌剧作了词。

被缚的普罗米修斯

托马斯·科尔 油彩画 1847年

通过强调光线和色彩的对比，让这幅作品充满了戏剧感，画面中的普罗米修斯被缚的姿态充满了力量和情感，将普罗米修斯的痛苦和决绝表现得淋漓尽致。托马斯·科尔是美国哈德逊河画派的创始人之一，该画派强调自然景观的浪漫主义表现。虽然这幅作品不是一幅典型的风景画，但其中的浪漫主义风格极为明显。

内。从此以后，各种各样的灾难充满了大地、天空和海洋。疾病在人间悄无声息地日夜蔓延，因为宙斯不让它们发出声响，热病在大地上猖獗，过去死神步履蹒跚，现在却健步如飞、狂暴肆虐地吞噬着人的生命。

接着，宙斯转而开始向普罗米修斯报复了。他把这个罪人交到赫淮斯托斯和两名仆人手里，这两名仆人外号叫作克拉托斯和皮亚，即强力和暴力的意思。他们把普罗米修斯拖到斯库提亚的荒山野岭。在那里，他们把普罗米修斯用铁链牢牢地锁在高加索山的悬崖上，而他的脚下就是凶险无底的深渊。赫淮斯托斯不太愿意执行父亲的命令，因为他很喜欢这位提坦神的儿子，他是他的亲戚、同辈，是他的曾祖父乌拉诺斯的子孙，也是神祇的后裔。但是他却不得不执行父亲的残酷命令，不过他却说了许多对普罗米修斯表示同情的话，而两位残暴的仆人则对他的话深表不满。普罗米修斯被锁在悬崖绝壁上，他的身体笔直地吊着，无法入睡，双膝累了也无法曲伸一下。

"不管你怎样不停地哀诉和悲叹，都是无济于事的，"赫淮斯托斯对他说，"因为宙斯的意志不可动摇，这些神都是铁石心肠。"

这位囚徒被判所承受的折磨是永久的，至少也得忍受3万年的痛苦。他大声悲号，并且呼唤轻风、河川、无物可以隐藏的虚空以及万物之母大地来为他的痛苦作证，不过他的意志却仍然坚不可摧。"无论是谁，只要他了解并承认那不可动摇的必然之威力，"他坦言，"他就必须承受命中注定的痛苦。"宙斯多次威胁他，要他解释他那不吉祥预言，即"一种新的婚姻将会使诸神之王面临毁灭"，但他始终没有开口。宙斯言出必行，每天派一只恶鹰去啄食被缚的普罗米修斯的肝脏。肝脏被吃掉了，很快又恢复原状。他不得不忍受这种痛苦的折磨，直到将来有人自愿为他献身为止。

这一天来得比普罗米修斯想象的要早，他解除苦难的日子终于到来了。他被吊在悬崖上，度过了漫长的悲惨岁月。有一天，赫拉克勒斯为寻找赫斯珀里得斯的金苹果来到这里，他看到神的后裔被锁在高加索山上，便想询问他如何能找到金苹果，这时，他看到恶鹰在啄食可怜的普罗米修斯的肝脏，不禁对他的命运产生了同情。他把木棒和狮皮放到身后的地上，取出弓箭，一箭射落了啄食普罗米修斯肝脏的恶鸟。然后，他松开锁链，解救了普罗米修斯，带他离开了山崖。但是为了满足宙斯以前规定的条件，赫拉克勒斯只好把半人半马的肯陶洛斯族的喀戎作为普罗米修斯的替身留在悬崖上。喀戎虽然也可以要求永生，但为了解救普罗米修斯，他甘愿为这位提坦神之子献出自己的生命。为了彻底执行宙斯的判决，本来该在悬崖上再忍受一段痛苦的普罗米修斯则必须永远戴着一只铁环，环上镶有一块高加索山上的石片。这样，宙斯就可以自豪地宣称，他的仇敌仍然被锁在高加索山的悬崖上。

赫拉克勒斯拯救普罗米修斯

瓶画 公元前6世纪

高山上的普罗米修斯正在被老鹰啄食肝脏，鲜血滴在脚边。赫拉克勒斯的样子像是在舞蹈，为残酷的现场增添了一种拯救的喜悦。希腊传说中还有一个说法，即宙斯让赫拉克勒斯（宙斯之子）拯救普罗米修斯，是因为想让这个儿子赢得光荣。普罗米修斯为人类带来的不仅是火，传说他还教会了人类建筑、航海、医药和读书写字等。他的牺牲精神成为历代艺术家喜爱的题材。从古希腊悲剧家埃斯库罗斯，到伏尔泰、歌德、拜伦，乃至音乐家贝多芬、斯克里亚宾、李斯特等，都描绘过他仇视暴虐，为争取正义而承受残酷折磨的光辉形象。

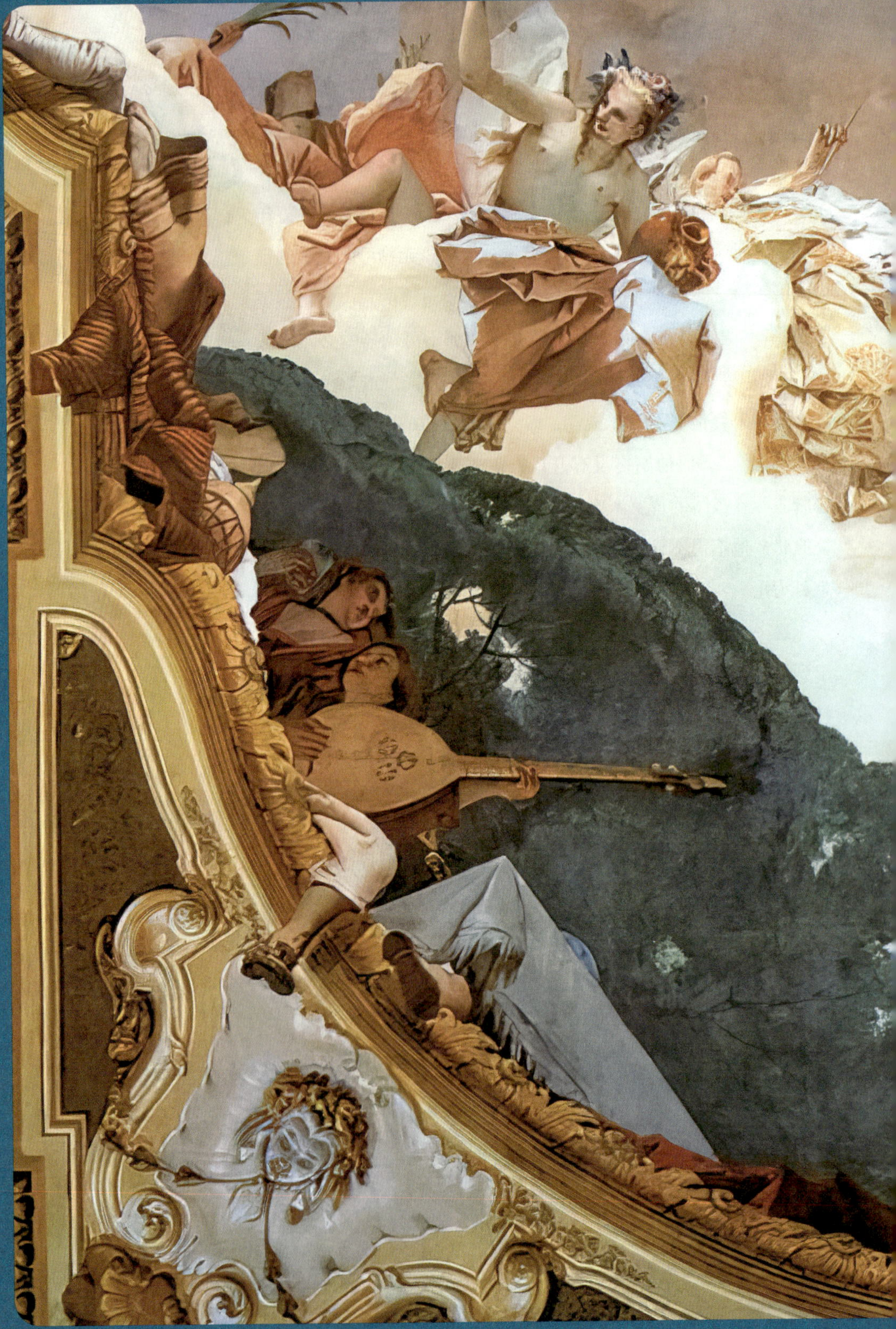

黄金时代、白银时代与青铜时代

Part

02

黄金时代的人类与神亲密共处，生活无忧无虑；白银时代的人类在各方面开始退化，出现了不成熟和纷争；青铜时代的人类则更加好战和暴力，道德逐渐沦丧，人类社会逐渐走向复杂和堕落；黑铁时代则是充满痛苦和罪恶的时期，人类道德败坏，战争频繁。人类逐渐堕落，但也暗示了一种循环或希望。在黑暗之后，也许会有新的黄金时代到来。尽管命运不可抗拒，但对美好未来的期待依旧。

黄金时代

小弗兰斯·弗兰肯 油画

黄金时代就是希腊神话中的"伊甸园"或"三皇五帝"式的乌托邦时代。人们生活在天堂里，每天赞美神灵，欢歌笑语。巴洛克画家弗兰肯描绘了一幅自然祥和的场景，人们穿着华丽的衣服，手持乐器或者跳着舞，音乐是希腊精神的主题之一，而羊群则象征着丰饶富足的生活状态。所有的画面元素共同构成了一个充满诗意而又真实可信的艺术世界。另外，希腊人关于黄金时代的观念，在荷马之后古希腊的第一诗人赫西俄德的《工作与时日》中也有详尽描述，主要指的是一代英雄死后云集的地方：极乐岛。

神所创造的第一代人类是黄金时代的人类。那时候统治着天国的还是克洛诺斯（即萨图恩）。这代人生活得和神一样无忧无虑，他们没有劳苦、忧愁和贫困。大地给他们提供了丰盛的果实，草地上牛羊遍地，他们几乎不会衰老，手脚永远像年轻时那样充满力量。他们四肢敏捷，不生疾病，终生都在享受着盛宴和快乐。当他们感到死期来临之时，便沉入安详的长眠。当命运女神判定黄金时代的人们应该从地上消失时，他们就成为仁慈的保护神，在云雾中来来去去，奖善惩恶，维持正义。

后来神祇又用白银创造了第二代人类。他们在外貌和精神上都与第一代人类有所不同。孩子在家中都是娇生惯养的，母亲对他们非常溺爱。他们即使活到百岁也保持着童年的行为，在精神上显得不成熟。当孩子长大成人步入壮年时，他们的生命也只剩下短短的最后几年了。他们不会节制自己的感情，行为放肆，结果陷入苦难的深渊。他们粗野而傲慢，经常肆无忌惮地违法犯罪。他们对神祇很不恭敬，不再给神献祭。这使宙斯非常不悦，决心要让这个种族在地面上消失。当然，这个种族也不是一无是处，最后他们获得恩准，在生命终止以后，可以作为魔鬼在地上游荡。

天父宙斯又创造了第三代人类，也就是青铜时代的人类。这一代人跟白银时代的人又完全不同。他们残忍而暴虐，只知道发动战争，彼此之间互相残害。他们不愿吃田野上长出的果实，而专吃动物的肉。他们那顽固的意志像金刚石一样坚硬，人也长得非常高大结实，双肩宽厚，臂力超常。他们穿着青铜甲胄，使用青铜武器，住着青铜房屋，用青铜工具耕种田地，因为那时还没有铁。他们虽然长得高大威武，却无法抗拒死亡。他们离开晴朗光明的大地之后，便会降入阴森可怕的冥府。

当这一代人也完全死去后，宙斯又创造了第四代人。这一代人住在大地上，依靠大地丰富的物产来生活，他们比以前的人类更高尚、更公正。他们就是古代传说的半神的英雄们。然而最后他们也陷入了战争和仇杀，有的为了夺取俄狄甫斯国王的国土，倒在底比斯城门之前；有的为了美丽的海伦踏上战船，倒在特洛伊的原野上。当他们在战争和灾难中结束生命后，宙斯把他们打发到了极乐岛，让他们在那里居住和生活。极乐岛位于天边的大海处，那里风景优美。这些人类过着宁静而幸福的生活，那里物产富饶，大地每年3次为他们提供甜蜜的果实。

白银时代的人类

菲拉克曼 插图版画1812年

他们一生纵情于享乐，没有什么能使这第二代人类敬畏。

古代诗人赫西俄德说到这种人类世纪的传说时,曾慨叹道:"唉,如果我不是生在现今人类的第五代的话,如果我能早一点去世或迟一点出生,那该多好啊!因为现在这一代人是黑铁制成的。这些人彻底地堕落和败坏了,他们本身充满着痛苦和罪孽,日日夜夜忧虑苦恼,不得安宁。而且神还不断给他们增添新的烦恼,但最大的烦恼却来自他们自身。父亲不爱儿子,儿子敌视父亲,主人不愿款待他们的朋友,朋友之间也互相憎恨。人间充满了各种冤仇,即使兄弟之间也不像从前那样可以坦诚相见,充满仁爱。白发苍苍的父母得不到同情和尊敬,老人们不得不忍受一些可耻的言语并备受虐待。啊,无情的人类啊!你们怎么忘了,神将要给予你们最后审判。为什么可以全然不顾父母的养育之恩?处处都是强权者得势,欺诈者横行,他们心里恶毒地盘算着如何去毁灭对方。那些诚信善良和公正的人得不到好报,作恶多端者却飞黄腾达,备受光荣。公平和克制不再受到敬重。恶人侮辱善人,他们说谎话,发假咒。实际上,这正是这些人如此不幸的原因。不和与恶意的嫉妒追随着他们,使他们眉间充满了忧愁。从前至善和尊严女神还常来地上,如今也悲哀地用白袍裹住美丽的身体,离开人类,回到永恒的神祇世界去了。留给人类的只有痛苦和绝望,而且这种悲惨的状况看不到尽头。"

青铜时代(局部)

罗丹 雕塑 19世纪

原先左手拿着的棍子消失了。右手轻轻地捋着自己的头发,显得很忧伤。罗丹的这个青年男子原形本来是一个士兵,但浪漫主义的理想让雕塑家赋予了他很自然化的形体,而不像是希腊神话中喜欢暴力和战争的人物。此雕塑曾经遭到嘲笑,因为"青铜"的美感更多地被用来表现皮肤,而不是武力。罗丹其实是想从人性上去展示希腊的传统。

黑铁时代的人类

菲拉克曼 插图版画 1812年

复仇女神横行,混乱和灾难主宰了人类。

14

极乐岛

提埃波罗 油画 1761年

　　第四代人是理想主义的英雄,他们一生都在倾听胜利的号角,为各种事务征战不断。在提埃波罗描绘的极乐岛上,他们与天神合而为一,享受着知识、艺术和桂冠。

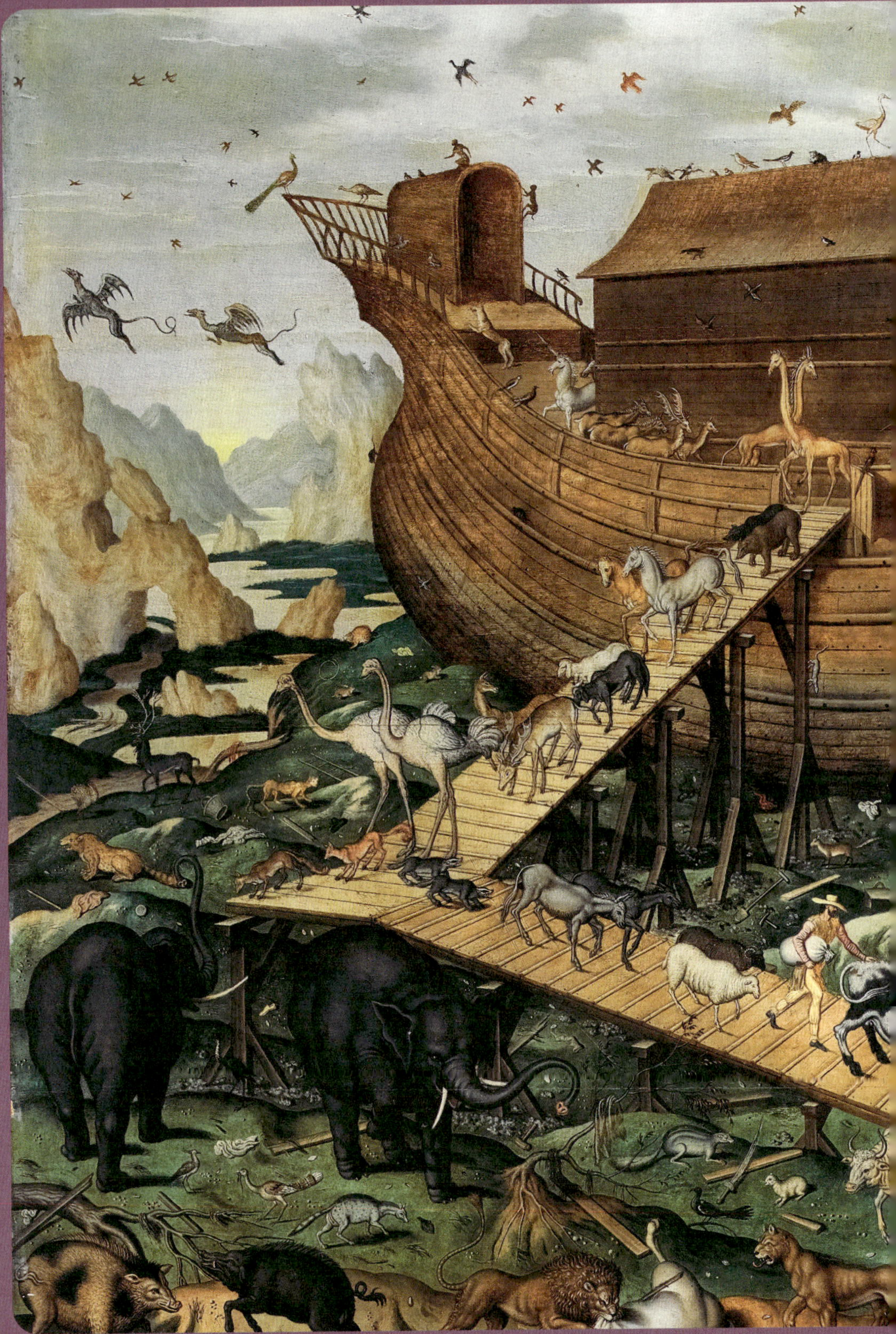

大洪水

Part 03

在美索不达米亚、中国、印度等流传的神话中，都有关于大洪水的传说，其情节也都惊人地相似——神为了惩罚人类的罪恶，决定用洪水毁灭世界。希腊神话中大洪水的幸存者丢卡利翁和皮拉，通过扔石头的方式重新创造了人类。旧世界终结，新世界开始。

吕卡翁的恶行

大洪水与挪亚方舟

西蒙·德·迈尔 油画 1570年

大洪水毁灭了世界，画家用大迁徙、撕咬、等待等事件来表现当时的恐慌。几乎每一个民族都有关于上古时代大洪水毁灭一切的传说，其情节也都惊人地相似。这里描绘的是挪亚建造方舟、拯救生命的场面。

在人类青铜时代，万神之父、世界的主宰宙斯不断听到住在大地上的这一代人类的恶行，他决定扮作凡人降临到人间去查看。但是无论走到哪里，他都发现实际情况比传说中的还要严重得多。

一天，将近夜半时，他走进阿卡狄亚国王吕卡翁的大厅里，吕卡翁不仅待客冷淡，而且残暴成性。宙斯用神奇的征兆表明自己是个神，人们跪下来向他顶礼膜拜，但吕卡翁却不以为然，嘲笑人们的虔诚。"让我们来考证一下，"他说道，"看看他到底

波塞冬雕像（局部）

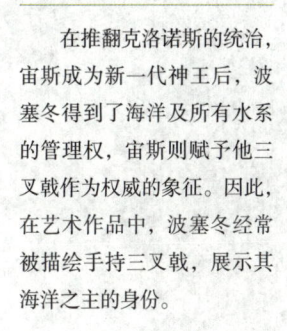

在推翻克洛诺斯的统治，宙斯成为新一代神王后，波塞冬得到了海洋及所有水系的管理权，宙斯则赋予他三叉戟作为权威的象征。因此，在艺术作品中，波塞冬经常被描绘手持三叉戟，展示其海洋之主的身份。

是凡人还是神祇。"于是，他暗自决定趁着来客半夜熟睡时将他杀害。

在这之前他悄悄地杀了一名可怜的摩罗西亚人质。宙斯把他所做的事情都看在眼里，并且猜出了吕卡翁的意图。宙斯被激怒了，他从餐桌旁跳了起来，将一团复仇的怒火投放到这个不仁不义的王宫里。吕卡翁惊恐万分，想逃到宫外去。但是，他绝望的呼喊却变成了声声嚎叫，他全身的皮肤变成粗糙多毛的兽皮，手臂变成了两条前腿，从此成了一条嗜血成性的恶狼。

宙斯返回奥林匹斯圣山，与诸神商量，决定彻底铲除这一代可耻的人类。他想用闪电鞭笞整个大地，但又担心天国会被这场火波及，宇宙的枢纽会被烧毁。于是，他放弃了这种非常粗暴的想法，放下库克罗斯为他炼铸的雷电，决定向人间降下暴雨，用

丢卡利翁和皮拉

乔瓦尼·玛丽亚·博塔拉 油画 1635年 贝拉斯国家艺术博物馆藏

  青铜时代，人类开始变得残忍、不敬神，惹得宙斯大怒，决定要毁灭人类。就像《圣经》中的大洪水，宙斯也发动了洪水，而只有丢卡利翁和皮拉夫妻二人，幸存下来。大洪水过后，两人听从神谕，弯腰捡起石头抛向身后，这些石头都变成了新的人类。丢卡利翁和皮拉也就成了现在希腊人的先祖。这和中国神话中女娲用藤条甩出泥点子造人，有异曲同工之效。

洪水来淹灭人类。他把北风和所有可使天空晴朗的风都锁到了埃俄罗斯的岩洞里，只有南风被放了出来。南风接受命令，扇动着湿漉漉的翅膀直扑地面，他那可怕的脸黑得像焦炭一样，胡须沉甸甸的，好像满天的乌云。波涛从他的白发滚出，大水从他的胸脯喷涌。南风升到空中，用手抓起浓云，然后又把它们狠狠地推了出去。顿时，雷声隆隆，大雨如注。暴风雨摧毁了地里的庄稼，击碎了农民的希望，他们一年来的辛苦劳作也都白费了。

宙斯的弟弟、海神波塞冬不甘寂寞，也跑来帮着破坏，他把所有的河川都召集起来，对他们说："你们应该掀起巨浪，吞没房屋，冲垮堤坝！"河川都听从命令行事。波塞冬也亲自上阵，他手执三叉戟，撞击大地，为洪水开路。洪水汹涌，不可阻挡，迅速涌上原野，卷倒大树、庙宇和房屋。水势不断上涨，不久便淹没了宫殿，连最高的楼塔也卷入了旋涡中。顷刻之间，水陆莫辨，整个大地一片汪洋，漫无边际。

人类面对这突如其来的大洪水，想尽办法拯救自己。有的人爬上山顶，有的人驾起木船飘荡在被淹没的房顶上。大水一直漫过了葡萄园，船底扫过了葡萄架。惊慌的鱼儿在树枝间挣扎，满山遍野逃遁的野猪和小鹿都被浪涛吞没、淹死。许多人都被洪水冲走了，那些没有被冲走的人后来也饿死在光秃秃的山顶上。

丢卡利翁造人

在福喀斯，有一座很高的高山，峰顶露出水面，这就是帕耳那索斯山。普罗米修斯的儿子丢卡利翁事先便得到了父亲的警告，他造了一条大船。当洪水到来时，他和妻子皮拉赶紧驾船驶往帕耳那索斯。这个世界上再也没有比他们更善良、更虔诚的人了。宙斯召来洪水，报复了人类，他得意地从天上俯视人间，看到世上只剩下这一对可怜的人漂在水面上，这对夫妇既善良又信仰神。宙斯心中的火平息了，他唤来北风，驱散浓云雾霭，天空和大地又重见光明。海洋之神波塞冬见状也放下三叉戟，让滚滚的海涛重新退到堤岸之下，现出海岸，河水也退回了河床。树梢从深水中露了出来，树叶上沾满污泥。群山重新出现，平原伸展开来，大地再次变得开阔而干燥。

丢卡利翁看向周围，大地荒芜，一片泥泞，四周如同坟墓一样死寂。他禁不住淌下了眼泪，对妻子皮拉说："亲爱的，我朝远处眺望过，远近看

丢卡利翁和皮拉造人

欧拉茈·方塔拉 彩绘盘　中世纪 意大利

　　几乎每一个民族都有远古时代的造人传说,并试图以此来简单回答"我们是谁""从何而来"之类的让人头痛的形而上学的问题。这类传说一般都认为人的创造者是神,希腊的传说则是一个少见的例外——他们认为是人创造了人。制作于中世纪的这个彩绘盘用极其精致和极富装饰性的图案,表现了希腊传说中造人的场面。

不到一个活物。整个大地只有我们两个存活下来，其他人都被洪水吞没了。现在这种情况，我们自己也不敢保证能不能活下去。每一片云彩都使我发抖。虽然危险都过去了，但我们两人孤单地生活在这荒凉的世界上，又能做什么呢？唉，我现在多么希望能学到父亲普罗米修斯创造人类的本领，让他教会我把灵魂给予泥人的技术，这样该有多好啊！"他这么说着，心情寂寥，妻子也很悲伤，夫妻二人抱头痛哭。他们没有什么主意，便来到荒废的圣坛前跪下，向女神忒弥斯祈祷："女神啊，请告诉我们，该如何再创造已经灭亡了的人类。啊，帮助这个已经沉沦的世界再生吧！"

"离开我的圣坛，"一个声音回答说，"蒙上面纱，解开腰带，然后把你们母亲的骨头扔到你们身后去！"

两个人听了这神秘的言语，十分惊讶，沉默了一会儿。后来皮拉打破了沉默，对女神说："高贵的女神，宽恕我吧。我违背了你的意愿，因为我不能扔掉母亲的遗骸，我不能冒犯她的灵魂！"

但丢卡利翁的心里却豁然开朗，灵光顿现。他好言抚慰妻子说："如果我的理解没有错的话，女神并不是叫我们干不敬的事呀。大地是我们仁慈的母亲，石块便是她的骨头。皮拉，我们要扔到身后去的应该是石头！"

话虽这样说，两个人还是将信将疑，他们决定尝试一下。于是，他们转过身子，蒙上面纱，然后松开衣带，按照女神的命令，把石块朝身后扔去。奇迹出现了：石头突然不再那么坚硬、易脆，它们变得柔软、巨大，逐渐成形。人的模样开始显现出来，可是还没有完全成形，好像艺术家刚在大理石上雕琢出来的粗略轮廓。石头上湿润的泥土变成了人身上的肌肉，结实坚硬的石头变成了骨头，而石块间的纹理变成了人的筋脉。由于神的帮助，丢卡利翁往后扔的石块都变成男人，而妻子皮拉扔的石头全变成了女人。

直到今天，人类也没有忘记他们的起源。他们永远也不会忘记自己是由什么物质塑造而成的。这是刻苦、勤劳和坚强的一代。

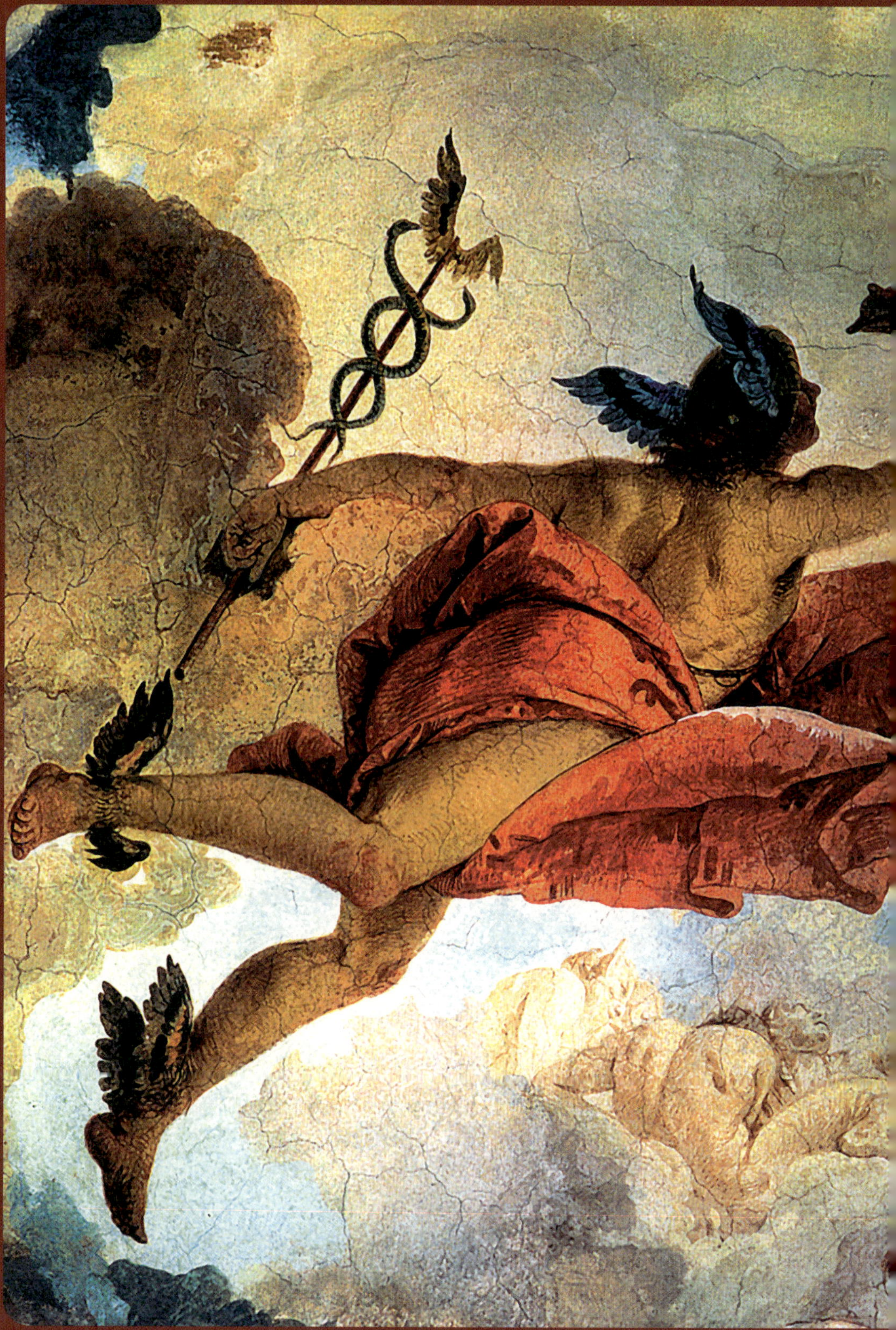

伊俄

Part

04

伊俄的故事充满了戏剧性和象征意义。宙斯的爱慕造成了她无端的苦难。她从一位美丽的少女变成了一头牛，历经苦难，最后在赫拉的心软之下才重新变回人类。神的权力和人类的脆弱形成了鲜明的对比，展现了命运的无常以及凡人在神的世界中所面临的无奈与悲哀。

宙斯的诱惑

彼拉斯齐人是古希腊最早的居民,他们的国王名叫伊那科斯,他有一个如花似玉的女儿,名叫伊俄。有一次,伊俄在勒那草地上为父亲牧羊,奥林匹斯圣山的主宰宙斯一眼看见了她,顿时心中燃起了火焰一般的爱情。他扮作男人,来到人间,用甜言蜜语引诱伊俄。

"噢,年轻的姑娘,谁要是能够拥有你,该是多么幸福啊!可是这世界上的凡人都配不上你,你只适宜做万神之王的新娘。告诉你,我就是那万神之王宙斯!不,你不要跑!不要害怕,瞧,现在烈日当空,酷暑难当,快跟我到那边的树荫下去休息吧,你为什么在中午的烈日下折磨自己呢?当你走进阴暗的树林,不用害怕,那些野兽虽然都蹲伏在阴暗的溪谷,但是我愿意保护你。我是执掌天国权杖的神,可以把闪电直接送到地面。"

姑娘非常害怕,为了逃避他的诱惑,她飞快地奔跑起来。如果不是这位主神滥施他的权力,使整个地区陷入黑暗,她一定可以逃脱。现在,她被包裹到了云雾中,为了避免撞在岩石上或者失足落水,她只好放慢了脚步,结果她不幸落入宙斯的罗网。

诸神之母赫拉是宙斯的妻子,她早已熟知丈夫对自己不忠。宙斯经常背着她,对凡人或半神的女人滥施爱情。赫拉从不掩饰她的愤怒与嫉妒,她密切监视着丈夫在人间的一举一动。这一次,她又惊奇地发现地上有一块地方晴天里居然云雾弥漫,而这片云雾显然不是自然形成的。赫拉顿生疑心。她遍寻奥林匹斯圣山,就是找不到宙斯。"如果我没有弄错的话,"她恼怒地自言自语道,"丈夫一定在做对不起我的事!"

于是,她驾云离开天庭,降到地上,命令浓雾赶快散开。

宙斯预料到妻子来了,为了让心爱的姑娘逃脱妻子的报复,他把伊那科斯可爱的女儿伊俄变成一头雪白的小母牛。即便是这样,伊俄看起来依然非常美丽。赫拉立即识破了丈夫的诡计,她假意称赞这头牛长得非常美丽,并询问这是谁家的小母牛,是什么品种。宙斯感到窘迫,不得不撒谎说这头母牛只不过是地上的普通动物。赫拉假装很满意他的回答,她请求丈夫把这头母牛作为礼物送给自己。现在宙斯该怎么办呢?他不由感到左右为难,假如答应她的请求,他就失去了可爱的姑娘;假如拒绝她的要求,势必引起她的猜疑和嫉妒,她有可能会报复这位不幸的姑娘,将她毁掉。左思右想,宙斯决定暂时放弃姑娘,把这头光彩照人的小母牛赠送给妻子，这样就可以守住秘密了。

赫拉装作很喜欢这件礼物的样子，用一条带子系在小母牛的脖子上，然后得意扬扬地牵着这位可怜的姑娘走了。可是，赫拉心里仍感到不放心。她知道要是找不到安置她情敌的可靠地方，她的心里就无法安宁。于是她找来阿利斯多的儿子阿耳戈斯。这个怪物特别适合看守的差使，他有一百只眼睛，睡觉时只闭上一双眼睛，其余的都睁着，像天上的星星一样明亮，忠实地履行着他的职责。赫拉雇了阿耳戈斯严密地看守伊俄，使宙斯无法劫走他那落难的情人。伊俄在阿耳戈斯的严密看守下，只能整天在长满丰盛青草的草地上吃草。阿耳戈斯总是站在她的附近，用眼睛盯住她不放。有时候，他转过身去，背对着姑娘，可他还是能够看到姑娘，因为他的脑后也长着眼睛。太阳下山时，他用锁链锁住她的脖子。伊俄吃着苦草和树叶，睡在坚硬冰凉的地上，饮着污浊的池水，因为现在她是一头小母牛，她常常忘记自己已不再是人类了。她想伸出自己的双手，乞求阿耳戈斯的怜悯和同情，可是她突然想起自己已经没有手臂了。她想用感人的语言哀求阿耳戈斯，但她一张口，就只能发出哞哞的叫声，连她自己听了也被吓一跳。阿耳戈斯总是不断地变换伊俄的居所，所以宙斯很难找到她。

宙斯、赫拉和依俄

格布兰德·范·登·埃克豪特
油画

宙斯爱上了美丽的凡人少女伊娥。为了向妻子赫拉隐藏自己的不忠，宙斯将伊娥变成了一头白牛。这幅画中，赫拉似乎在质疑宙斯和伊娥之间的关系，而宙斯则在从容解释着什么。这幅作品创作于荷兰黄金时代，这一时期的艺术风格通常注重细节描绘、光影处理。这幅画在人物服饰和面部表情的细节方面描绘得极为细腻。

赫耳墨斯智斩百眼怪

赫拉

赫拉是掌管婚姻和生育的女神,她的婚姻却因宙斯习惯性的不忠而显得不幸。希腊人仿佛特意以婚姻女神的命运对婚姻的概念进行了调侃。

赫拉的女祭司

黄金饰品 希腊

公元前350年左右

图中的妇女正以一种虔诚的姿态端坐着。据说,这枚黄金饰片原属赫拉神庙的一位著名的女祭司所有。

一天,伊俄发现自己回到了故乡,来到了她小时候经常玩耍的河岸上。在河边,伊俄第一次从清澈的河水中看到了自己的面容。当她看到水中竟出现一只带角的牛头后,不禁吓得往后退了好几步,不敢再看下去。怀着对姐妹们和父亲伊那科斯的依恋,她来到他们身边,可是他们都不认识她。伊那科斯抚摸着她美丽的身体,捋了一把树叶喂她。伊俄感激地舐着他的手,热泪盈眶,使劲亲吻着他的手,老人却不知道自己抚摸的是自己的亲生女儿,也不知道这是伊俄在向他谢恩。

终于,伊俄想出了一个解救自己的好主意。虽然她现在是一头小母牛,可是她还能自由思想,于是她用脚在地上划出一行字,这个举动引起了父亲的注意,当伊那科斯从地面上的文字中知道这头牛原来就是自己的亲生女儿时,不禁惊叹起来:"天哪,我的不幸的女儿!"老人叹息着,伸出双臂,紧紧地抱住落难的女儿。"我为了你找遍了全国,没想到你却变成这个样子!唉,见到你真让我伤心!为什么你不说话呢?可怜啊,你连一句安慰我的话都说不出来了!以前我还一心想着给你挑选一个如意夫婿,想着给你置办婚事,现在,你却变成了一头牛……"伊那科斯的话还没说完,阿耳戈斯就从伊那科斯手里粗暴地抢走了伊俄,牵着她离去了。然后,自己爬上一座高山,用他的一百只眼睛警惕地环视着四周。

宙斯不忍心看着心爱的姑娘长期遭受折磨。他把儿子赫耳墨斯召到跟前,命令他运用计谋,诱使阿耳戈斯闭上所有的眼睛。赫耳墨斯带上一根催人昏睡的木棒降落到人间。他丢下帽子和翅膀，提着木棒，看上去像个牧人。赫耳墨斯唤来一群羊，赶到伊俄啃草的草地上，阿耳戈斯正在高处看守着她。赫耳墨斯抽出一根牧笛。牧笛制作得非常精妙，优雅别致，他吹起了乐曲，比人间任何牧人吹奏得都要动听，阿耳戈斯很喜欢这迷人的笛音。他从高处的石头上站起来向下面喊道："吹笛子的朋友，不管你是谁，我都非常欢迎你。来吧，上来坐到我旁边休息一会儿。别的地方的青草都没有这里的草茂盛鲜嫩。瞧，这儿的树荫多舒服！"

赫耳墨斯说了声感谢，便爬上山坡，坐到他身边。两个人攀谈起来。他们越说越投机，不知不觉白天过去，到了黄昏。阿耳戈斯开始连连打哈欠，百只眼睛全都睡意蒙眬了。赫耳墨斯再次吹起牧笛，想让阿耳戈斯很快进入梦乡。可是阿耳戈斯不敢违背自己的女主人，一直没有松懈，尽管他的一百只眼睛都快撑不住了，他还是拼命忍着瞌睡，让一部分眼睛先睡，其他眼睛则睁着，紧紧盯住小母牛，防止她乘机逃走。

阿耳戈斯从来没有见过赫耳墨斯拿的这种牧笛。他感到非常好奇，便打听这根牧笛的来历。

"如果你不嫌天色已晚，有耐心听的话，"赫耳墨斯说，"我很愿意告诉你。从前，在阿耳卡狄亚的雪山上住着一个著名的山林女神，她的名字叫哈玛得律阿得斯，又名绪任克斯。那时，森林神和农神萨图恩都迷恋她的年轻美貌，热烈地追求她，但她总是巧妙地摆脱他们的追逐，因为她害怕结婚。她希望能够和狩

阿耳戈斯看守伊俄

壁画

赫拉让百眼怪人阿耳戈斯看守伊俄，因为眼睛象征着监视。图中这个没有精神的人仿佛很无奈，他浑身都是眼睛，看上去让人皮肉发麻。此壁画现藏于梵蒂冈，是古罗马人崇尚古希腊精神的有力证据。

赫耳墨斯的节杖

赫耳墨斯的节杖由一根刻有一双翅膀的金手杖和两条缠绕手杖的蛇组成，被视为商业、国际贸易的象征，也称双蛇杖。据说，赫耳墨斯用催眠以百眼巨人阿戈斯的木棒，就是这根节杖所化。

赫耳墨斯（右页图）

提埃波罗 油画

脚上和头上都长着翅膀的赫耳墨斯，作为宙斯的儿子，常常出现在关键时刻。他是信使和天使，也很有智慧，譬如他用笛声和故事将阿耳戈斯催眠并杀死。他手中的双蛇杖是使者的象征。画面下方的小天使和隐约的妖魔，是画家特殊的处理，由于文艺复兴思想的混杂，使提埃波罗的赫耳墨斯不像希腊天神，倒像是基督教中正在飞向耶和华的犹太天使。

猎女神阿耳忒弥斯一样始终保持独身。后来强大的牧神潘在森林里漫游时看到了山林女神，便试图接近她，凭借自己的显赫地位向她求爱。但是女神照样拒绝了他，夺路而逃，不一会儿便消失在一望无际的大草原上，她一直逃到拉东河边。拉东河水缓缓地流着，可是河面太宽，她根本游不过去。她非常焦急，只得哀求狩猎女神阿耳忒弥斯同情她，趁着牧神还没追来之时，赶快帮她改变模样。这时，牧神潘已经冲了过来。他张开双臂，一把抱住站在河岸边的山林女神，但定睛一看，却吃惊地发现自己抱住的不是女神，而是一根芦苇。牧神伤心地长叹一声，声音经过苇管，一下子变得又粗又响。这奇妙的声音总算宽慰了失望的牧神。'好吧，我的变形的情人，'他痛苦却又高兴地叫了起来，'就算你变了形，我们也要结合到一起！'他把芦苇切成长短不齐的小秆，用蜡把苇秆接了起来，并以女神哈玛得律阿得斯的名字命名他的芦笛。从那以后，我们便把这种芦笛叫作绪任克斯笛。"

赫耳墨斯一面讲着故事，一面注意看着阿耳戈斯的反应。故事还没有讲完，阿耳戈斯的眼睛就已经一只只地闭上了。当一百只眼睛全部闭上之后，他便沉沉地昏睡过去。赫耳墨斯停止讲故事，用催眠棒轻触阿耳戈斯的一百只神眼，使它们睡得更沉，阿耳戈斯终于抑制不住呼呼大睡起来，赫耳墨斯迅速抽出藏在上衣口袋里的利剑，齐颈砍下了他的头颅。

伊俄获得了自由，高兴地在草地上来回奔跑，不过，她依然是一头小母牛的模样。发生在下界的这一切都逃不过赫拉的目光。她又想出了一种新的方法来折磨情敌。她抓到一只牛虻，让牛虻去叮咬可爱的小母牛。牛虻追来逐去，伊俄被咬得忍受不住，逃到了世界各地。她逃到高加索，逃到斯库提亚，逃到亚马孙部落，逃到博斯普鲁斯海峡，逃到阿瑟夫海，又穿过海洋来到亚洲；最后，经过长时间的奔波跋涉，她绝望地来到了埃及。这时她已疲惫万分，软弱地跪倒在尼

31

潘、马和鸟

毕加索 水彩画 1936年
巴黎毕加索博物馆藏

　　在这幅画作中,半人半兽的潘抱着一只鸟,与一匹马相对而立。牧神潘是希腊神话中的森林之神,通常被描绘为有着羊角、羊蹄和尾巴的男性形象,他是自然的守护神,爱好音乐和舞蹈,经常鲁莽、疯狂地追求女性。马是毕加索经常使用的动物符号之一,象征着力量、自由和生命力。鸟则可能暗示着牧神的爱情对象或者灵感之源。

罗河河岸上,她昂起头,仰望着奥林匹斯圣山,眼神里充满了哀求。宙斯看到了她,被深深地感动了。他顿生怜悯之情,径直走到妻子赫拉面前,请求赫拉放过这个可怜的姑娘。他向妻子发誓,以后他将放弃对伊俄的追求。这时,赫拉也听到小母牛朝着奥林匹斯圣山发出的哀鸣。这位众神之母终于心软了,允许宙斯恢复伊俄的原形。

　　宙斯匆忙赶到尼罗河边,伸手触摸小母牛的背。奇迹立刻出现了,小母牛身上那乱蓬蓬的牛毛消失了,牛角也缩了进去,美丽的伊俄从地上慢慢地站立起来,重新恢复了楚楚动人的少女形象,而且比原来更加美丽。就在尼罗河边,伊俄为宙斯生下了儿子厄帕福斯,后来他成为埃及国王。当地人民非常爱戴伊俄,把这位神奇的女人尊奉为女神。

痴情的发明

油画 17世纪

绪任克斯笛（排箫）是失去爱情的牧神痴情的发明。在这幅幽默的装饰画中，当小牧神顽皮地吹响芦笛时，仍无法忍受失恋之痛的牧神，伤心地捂住了自己的耳朵。

阿耳戈斯花

这种毛茛属植物的花朵盛开时酷似一只只睁大的眼睛，因此以百眼怪的名字命名为"阿耳戈斯"。

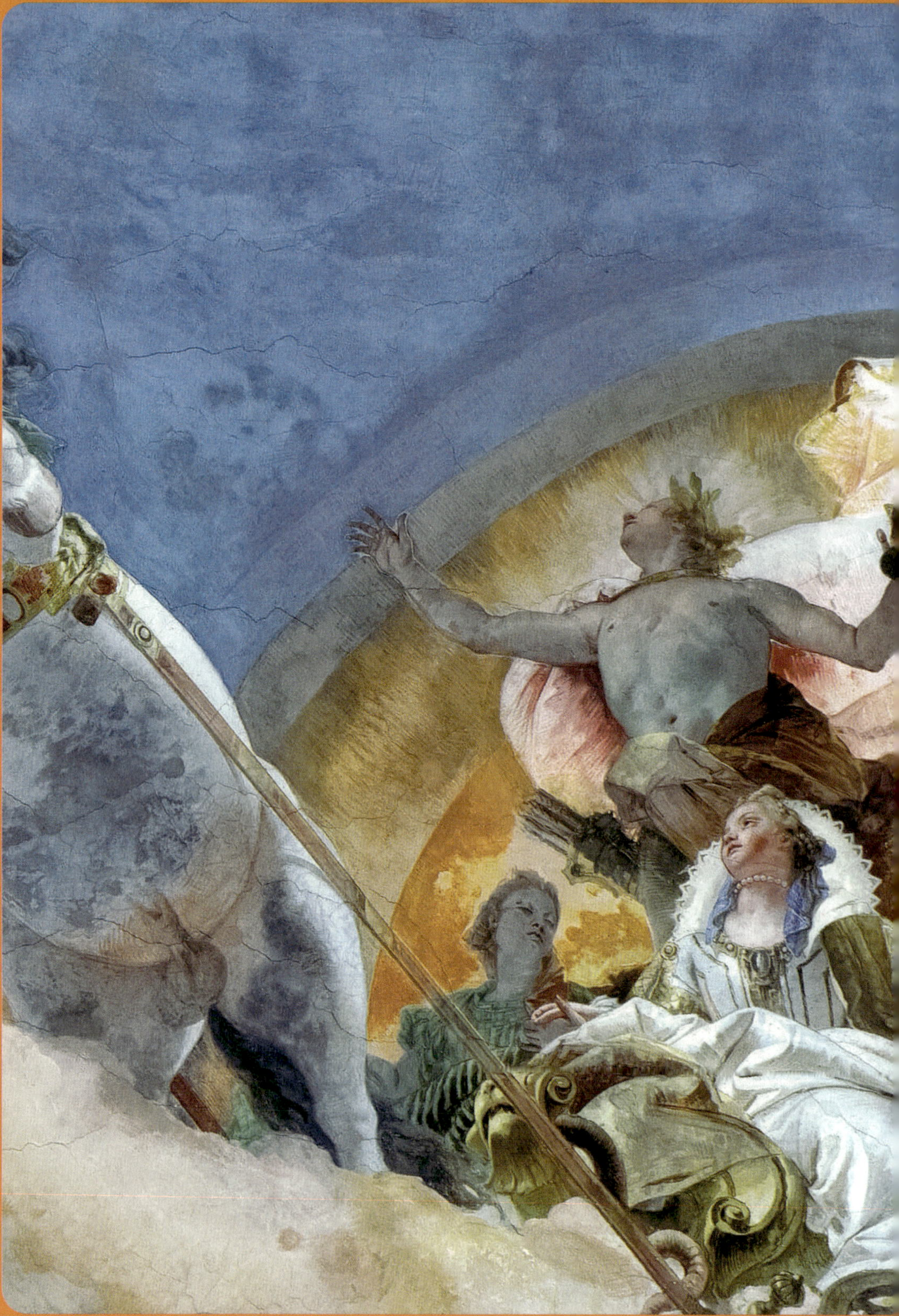

法厄同

Part

05

法厄同的故事是一个关于权力、责任和人类局限的永恒寓言。不顾父亲警告，执意要驾驶父亲太阳车的法厄同，最终为自己的狂妄付出了生命的代价。他的悲剧结局警示人们：过度的野心和对自身能力的误判可能导致不可逆转的后果。

太阳神之子

太阳神的宫殿庄严肃穆,四周有华丽的圆柱支撑,那瑰丽的圆柱上镶嵌着璀璨的黄金和火红的宝石,飞檐上映衬着洁白的象牙,宽阔的银质大门上雕刻着美丽的花纹人像,记载着无数美好古老的传说,整个宫殿美轮美奂。

有一天,太阳神赫利俄斯的儿子法厄同来到了这个雄伟的宫殿。他有事来求自己的父亲,但进到宫殿看到父亲后,他却只能远远地站着。他不敢走得太近,因为父亲身上散发着耀眼灼人的

日车

提埃波罗 壁画 1751年

太阳神的日车由工匠之神赫淮斯托斯所造,是希腊人想象中的华美与精湛工艺的典范。

光芒，靠得太近会受不了。

　　太阳神赫利俄斯穿着一身古铜色的长袍，所坐神座上装饰着价值连城的宝石的。在他的左右依次站着他的随从，一边是日神、月神、年神、世纪神，另一边则是四季神。年轻的春神容颜娇艳，戴着鲜艳的花环项链；夏神目光炯炯，披着金黄色的麦穗衣裳；秋神仪态万千，捧着葡萄美酒；冬神则寒气逼人，穿着雪白的盛装。聪慧的太阳神看见自己的儿子正一言不发地看着他，便亲切地问道："孩子，你到这里来有什么事吗？"

　　法厄同回答道："尊敬的父亲，人世间有人嘲笑我的血统，并污辱我的母亲克吕墨涅。他们说我夸口自称有天神的血统，而实际上我只是人间一位不知名的凡人的儿子。我来这里是想请求父亲给我一点证据，好让我向世人证明我确实是您的儿子。"

　　赫利俄斯收敛了围绕在头上的万丈光芒，招呼儿子走到自己的身边。他亲热地把儿子搂到胸前，说道："我的孩子，你母亲对你说的都是实情，在世人面前我永远都会承认你是我的儿子。为了打消你的疑虑，你可以向我要一份礼物。我对着冥河发誓，

赫利俄斯浮雕

德国斯图加特罗森斯坦宫 1830年

　　赫利俄斯是古希腊神话中的太阳神，常常被描绘为驾驶着四马战车穿越天空的形象。在古希腊和古罗马的艺术中，赫利俄斯的形象是非常常见的，经常出现在雕塑、浮雕和其他装饰艺术中。19世纪的欧洲浪漫主义盛行，人们对古典文化表现出浓厚的兴趣。赫利俄斯的形象作为古典文化的象征之一，出现在德国中世纪的城堡建筑上也不足为奇。

法厄同（局部）

油画 约16世纪

法厄同过度自信，这也是一切半神的通病。他驾驭太阳车从天空飞过，但他终究不是父亲赫利俄斯。奔驰的烈马在飞速下降，法厄同的龙骨在崩溃。

不管你要什么，我都会满足你。"

法厄同没等父亲说完，就抢着说道："那请您实现我的一个最大梦想吧！给我一天时间，让我也指挥一次你那带有双翼的太阳车。"

太阳神一阵惊恐，脸上露出后悔的表情，他连连摇头："亲爱的孩子呀，你引诱我说了错话。我希望我能够收回这句承诺。你的要求远远超出了你的力量。你还年轻，又是个凡人。没有一个神敢像你那样提出如此狂妄的要求，你想干的事除了我之外，

任何人都没法办到，只有我才能站在那不停喷射火焰的马车。我的马车走的路都很陡峻，就连清晨马匹精力充沛时攀登起来也很艰难。路程的终点是在天空的最高处，我可以告诉你，当我自己站在马车上，到达那个地方也会吓得双腿发抖。我向下俯视，陆地和海洋显得离我那么遥远，连我也会感到头晕目眩。下坡的路非常急，我必须牢牢抓住缰绳，竭力保持平衡，就连在下边等着迎接我的海洋女神都非常担心我会不小心从天空掉到万丈深渊。还有一个重要的问题需要考虑，你细想一下，天空在不时地旋转，我必须努力沿着与它旋转方向相反的方向前进。即使我把马车给了你，你又如何能够处理得了这些问题呢？不，亲爱的儿子，趁现在还来得及，不要让我信守承诺，换一个要求吧！从我的脸上，你就可以看出我是多么焦虑。假如你能透过我的眼睛看到我的心底，你就能感觉到你的父亲的心情有多么沉重！从天上到地下，你可以任意再挑选一个要求，我已经对着冥河向你起过誓，你所要求的我都可以满足，要什么就能得到什么。怎么了？你怎么不抱着我了？哎呀孩子，你为什么一定要冒险呢？"

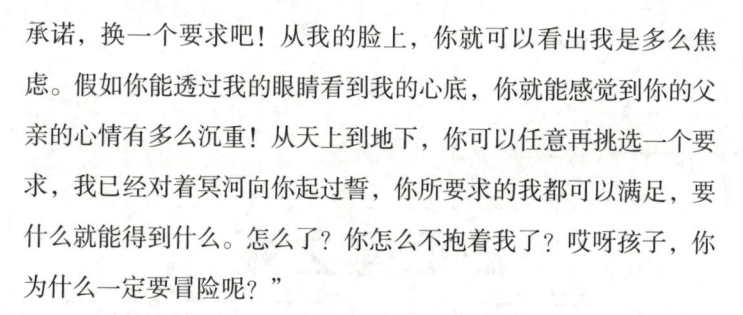

年轻却固执的法厄同不愿改变自己的心愿。而且太阳神已经起了誓，别无他法，他只好拉着儿子的手，走向太阳车。这车是火神赫淮斯托斯的杰作。车轴、车轮、车辕都用纯金打造，车轮上的辐条则是纯银的，辔头上镶嵌着无数明亮的宝石。法厄同对太阳车的精湛工艺赞叹不已，不知不觉天已破晓，黎明到来，天空中值夜时间最长的星星们也都离去了。于是，赫利俄斯命令时光女神赶快套马。女神遵照命令，从精美豪华的马槽边把喷涂着火焰的马匹牵了出来，又给它们套上崭新的辔具。太阳神把一种神奇的药膏抹在儿子的脸上，使他可以预防火焰的灼烧。他把闪

光明之神

大理石雕
希腊 公元前4世纪

　　希腊神话中，太阳神的角色由两位神祇扮演，其中一位便是负责驾驶太阳车的赫利俄斯，另外一位则是阿波罗。阿波罗是宙斯的儿子，古希腊人崇拜的主神之一，他还被视为真理的掌握者，他们在特尔斐为他建造了著名的神殿。

法厄同的死亡瞬间（下页图）

简·卡瑞尔·范·艾克 油画

太阳车崩溃，一切在惊恐中坠落，脆弱的法厄同在死亡的瞬间经历了生命的全部梦魇。

耀着光芒的王冠戴到儿子的头上，叹息着警告自己的儿子："孩子，千万不要使用鞭子，要尽量抓住缰绳，马儿自己会跑。你要尽量降低它们奔跑的速度，道路时窄时宽，既不能向南偏，也不能向北偏。你要沿着原来的车辙行驶，不必跑得太快，也不能跑得太慢；太慢地面会着火，太快会烧焦天空。现在黑暗已经过去了，既然你一定要走，那就出发吧！抓紧缰绳，亲爱的儿子！现在你还有时间重新考虑改变主意，放弃这种妄想，把马车给我吧！让我去给世界送去光明，你就留在这儿看着吧！"

可是年轻的法厄同好像没听到他父亲的话似的，一眨眼工夫便跳上了马车，他兴奋地用双手抓住缰绳，对着忧心忡忡的父亲点头微笑，以示感谢。4匹有翼的马嘶鸣着，它们喷出的热气把周围的空气都点着了。马蹄嘚嘚，法厄同让马儿拉着车辕，即将启程。外祖母忒提斯[1]走上前来，她不知道外孙法厄同的命运，亲自给他打开两扇大门。广阔的世界展现在法厄同面前，马儿们冲破清晨的浓雾踏上了征程。

法厄同之死

很快，马儿们就感觉到今天的负重似乎比平常轻了许多，好像是换了一位驾驭的人，太阳车就像一艘载重过轻在大海中的船只一样，在空中摇摇晃晃，漫无目的地行驶着。马儿们发现今天的情况异常后，就偏离了平日行走的路线任性地狂奔起来。法厄同被颠簸得七上八下，开始感到害怕，他不知道应该朝哪边拉缰

---

[1] 忒提斯（Tethys）是第一代提坦神之一，她与自己的兄弟俄刻阿诺斯共同创造了世界上所有的水源，并生下了三千大洋神女。法厄同的母亲克吕墨涅便是其中之一。——译者注

41

勒马，也不知道现在身在何处，更不知道如何控制这些马儿，使马儿们能从狂奔中停歇下来。他从天上偶尔往下张望，看到大地一望无际，展现在自己的面前，不禁吓得脸色发白，双腿也因恐惧而颤抖不已。他回头看了看，发现已经走出很远的路程，又向前望了望，路途遥远。他在脑海中衡量着前后的距离，不知道如何是好，急得手足无措，既不敢松开缰绳，也不敢过分拉紧。他想吆喝马儿让它们停下来，却又不知它们的名字。他看到漫天星斗，形态怪异可怕，好似魔鬼。他不由地绝望了，打着寒战松开了手中的缰绳。马儿们立即冲出原来的路线，在高空中肆意狂奔起来，时而前冲，时而侧跑，时而冲向高空的恒星，时而坠向低低的大地。它们掠过云层，云朵被烤得冒出浓烟。后来马车越走越低，最后轮子差一点撞到地面的一座高山上。土地受到这种炙晒，被烤得裂开无数口子，水分全部蒸发，田野则烧得寸草不留。草原干枯，森林起火，突然之间，一切都被点燃了，草木枯黄，鲜花凋零。树叶开始发卷，森林很快烈焰腾腾。大火蔓延到了广阔的平原，烧毁了庄稼，使耕地变成了一片沙漠，无数城市浓烟滚滚，不少国家和人们的皮肤都被烧成了黑色，山丘和森林一片火海。据说埃塞俄比亚人的皮肤就是这个时候被烧黑的。河流有的干涸，有的倒流回源头。大海急剧地萎缩，从前都是湖泊的地方，如今变成了沙漠。

　　整个世界都燃着熊熊的大火，法厄同自己也感到炙热难忍。他的每一次呼吸，都好像是从滚热的冒着烟的烟囱中发出来似的。太阳车似乎变成了一座燃烧的火炉，烧烤着他的身体，从地面上爆裂开来冲上天的灰石从四面朝他袭来，浓浓的黑烟把他围了起来，他的头发也被烧着了。最后他支持不住，从太阳车上跌落下去，像陨落的星星一样拖着长长的尾巴，从明亮的天空中栽了下来，落到与他家乡相距非常遥远的埃利达奴斯河畔，就这样死去了。

　　他的父亲太阳神目睹了这悲惨的一幕，痛苦地抱住了头，陷入了深深的悲痛之中。据说那些天，世界上没有一丝阳光，只有熊熊燃烧的火光照耀着世界。

法厄同的陨落

哥求斯 版画 约19世纪 纽约大都会博物馆藏

  不自量力的半神法厄同终于无法驾驭太阳车，他从高空跌落，在壮观的山水间粉身碎骨。虬结的肌肉展现出他当时的紧张，也流露出绝望。尤其是太阳车崩溃后散落的马匹，犹如秋天纷落的树叶，点缀了画面的感伤。

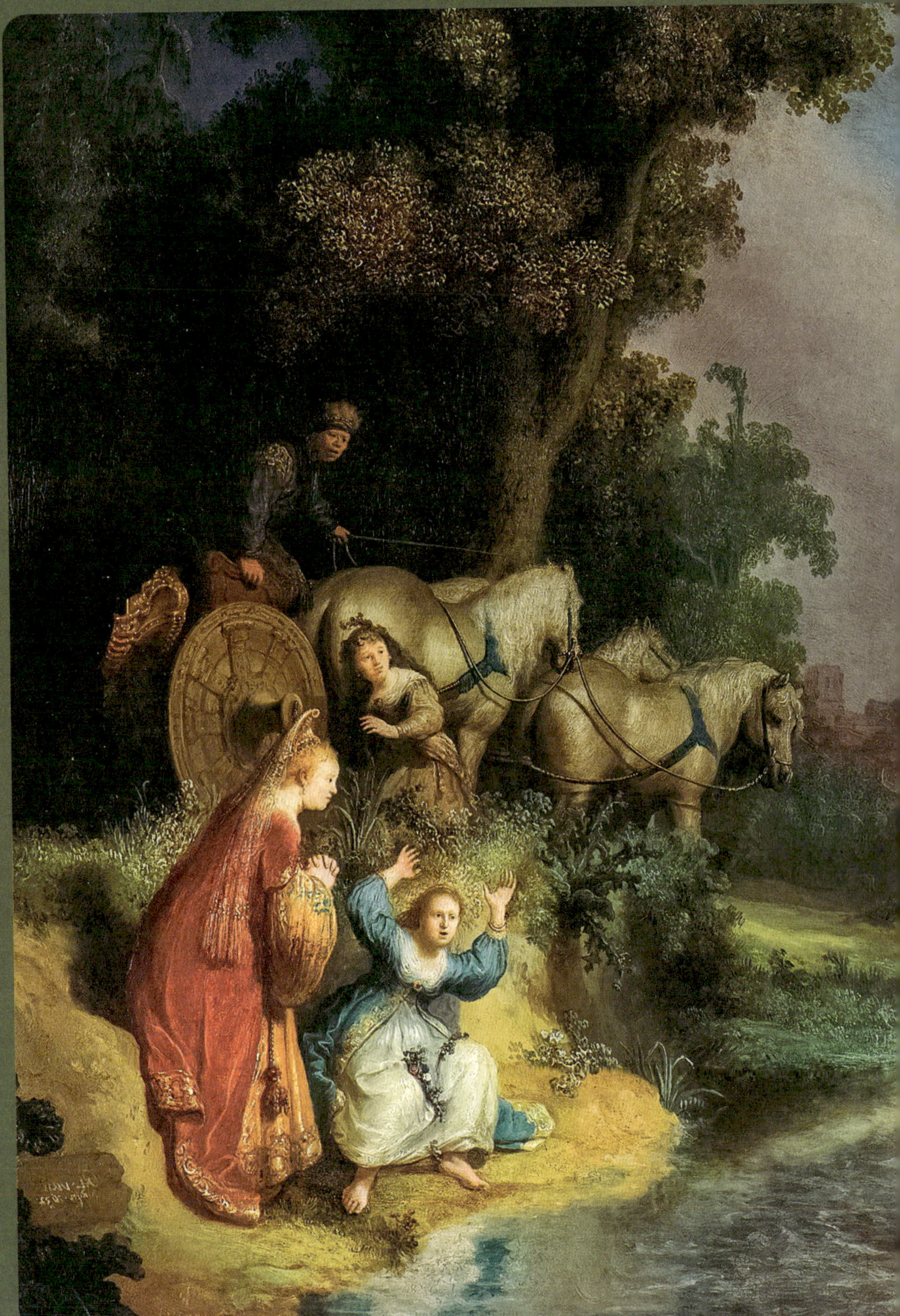

欧罗巴

Part

06

宙斯为了追求欧罗巴，变成了一头美丽的公牛，将她带到了克里特岛。这个岛屿不仅成了她新生活的起点，更是西方文明的发源地之一，对欧洲乃至整个西方文明的发展产生了深远的影响。

欧罗巴的梦境

腓尼基王国的首都泰乐和西顿是块富庶的地方，由国王阿革诺尔管辖着。他的女儿欧罗巴常年悠闲地居住在王宫里，过着深居简出的生活。可是一天夜里，她却做了一个奇怪的梦，她梦见世界上的两块大陆，一块是亚细亚，另一块是它对面不知名的大陆，竟然变成了两个女人的样子，正在互相争斗，彼此都想得到她，让她跟着自己走。亚细亚长得跟本地人一样，穿着本地人的衣服，对欧罗巴温柔热情，说自己是生她养她的母亲，让女儿跟着她走。而另一个相貌有些特别的陌生女人则是一袭外国人的打扮，像一个强盗一样，双手紧紧抓住她的胳膊，想把她强行带走。奇怪的是虽然这个女人有一些粗暴，欧罗巴却并没怎么反抗。

"跟我走吧，亲爱的！"那个陌生女人说道，"我带你去见众神之王宙斯，因为命运女神指定你做他的情人。"

欧罗巴从梦中惊醒，一下子坐了起来，头上的血管突突地跳个不停。梦中的情景历历在目。她呆呆地坐了很久，一动也不动，睁大双眼，梦中的那两个女人形象清晰得好像还在眼前一样。她百思不得其解："天上的哪位神灵送给我这样一个梦境呢？为什么我会做这样一个奇怪的梦呢？在我父亲的王宫里，竟然发生了这种事？那位外国人模样的陌生女人究竟是谁呢？我真希望能够再见她一面，她对我那么慈爱，即使在抢我时看我的眼神也那么温柔，就像我的妈妈。神灵让我重新返回这个梦里该有多好！"

清晨，明媚的阳光驱散了夜晚的黑暗，也带走了欧罗巴的梦境。她起身去找与她年龄相仿的姑娘们一起游玩。她们平日里经常一起散步、跳舞、玩游戏。她们漫步着，不觉来到了海边，那里的草地开满鲜花，景色迷人。姑娘们经常在这里聚会，一边采摘鲜花，一边聆听海浪的声音。姑娘们都带着花篮，而欧罗巴的花篮是金制的，非常特别，上面刻着众神日常生活的景致。它是火神赫淮斯托斯的杰作，海神波塞冬很久以前追求利比亚时曾送给她作为礼物。后来，它被当作传家宝，一代一代传到了阿革诺尔手上。姑娘们说说笑笑，慢慢在草地上散布开来，开始采摘自己喜爱的花朵，有的采来水灵灵的水仙花，有的采来芳香的风信子，有的采来高贵的紫罗兰，有的采来浓郁的百里香，有的采来黄颜色的藏红花。不久，欧罗巴也找到了自己喜爱的花。她站在伙伴们中间，

劫掠欧罗巴

珐琅吊坠 19世纪

这件吊坠由金、银制作，并使用了精美的彩色珐琅和振作装饰。吊坠上的立体人物造型（宙斯化身的白牛和欧罗巴）被涂以珐琅颜料，展现出浓厚的文艺复兴工艺风格。这种作品通常被称为"珠宝雕塑"，是欧洲贵族身份与财富的象征。希腊神话对欧洲的影响可见一斑。

高高地举起了一束鲜艳的玫瑰，看上去就像爱情女神降临一般。

姑娘们将喜爱的花朵堆放在一起，然后坐在松软的草地上，开始动手编织花环。她们想把这些花环挂在翠绿的树上，作为感谢草地仙女的礼物而献给她。然而，姑娘们的快乐并没有持续多久，命运之神便打断了欧罗巴无忧无虑的少女生活，前天晚上梦到的情景很快变成了现实。

欧洲的形成

宙斯第一眼看到欧罗巴，就被爱神之箭射中了，欧罗巴的美貌深深打动了他。但他既害怕生性嫉妒的妻子赫拉发火，又担心自己的相貌会吓坏这个天真纯洁的姑娘。于是他想出了一个办法，把自己变成了公牛的模样，但又不是普通的公牛，那是怎样的一头牛啊，它绝不像那些带着轭具，被鞭子抽打着在田地里辛勤耕作的普通牛一样平凡普通。它高大健壮，华贵无比，粗长的脖子，宽阔的双肩，牛角小巧玲珑，毛皮金黄，额头的正中央长着一个银色的月牙形的印记，犹如精雕细刻的艺术品。在变形之前宙斯便把赫耳墨斯从奥林匹斯圣山召来，吩咐他为自己做一件事情："快过来，我的孩子，我命令的忠实执行者，"他说道，"你看到下面那块土地了吗？往左边看，那是腓尼基王国。你赶紧到那里去，把那些正在山脚下吃草的牛群统统赶到海边去。"赫耳墨斯立即鼓动翅膀，按照父亲的指示飞临牧场，把国王的牛群从山上赶到海滨。欧罗巴和她的伙伴们正在那里愉快地采集鲜花，编织花环。赫耳墨斯并不知道宙斯神已经变成公牛混进了国王的牛群中。

牛群在草地上慢慢散开，离姑娘们不远，只有宙斯化身的那头大公牛向欧罗巴和伙伴们正在玩耍的那块草地走去。它步态优雅，让人看了一点也不感到害怕。姑娘们禁不住夸赞起它那高贵的仪态和温顺的样子来。她们兴奋地跑到公牛面前，用手去抚摸它那光滑的脊背。公牛似乎明白她们的意图，就一步一步走近她们，最后，它温顺地站在欧罗巴面前，依偎着她。开始，欧罗巴

海神迎欧罗巴

版画

细腻的线条在组成波浪的同时，也构成了海神波塞冬和他的随从。欧罗巴在化身公牛的宙斯身上欢呼，表现出性的喜悦。据说她后来为宙斯生了好几个孩子，有的还成了希腊的名人。

吓得不断后退，但它只是顺服地站在那里。她便壮大胆子走近那头牛，把手里的那束玫瑰送到牛的嘴边。公牛温顺地舔着鲜花和姑娘细嫩的手指。姑娘擦去它嘴巴上的白沫，温柔地抚摸着它。姑娘越来越喜欢这头漂亮的公牛，就壮大胆子在公牛那银色的额头上轻轻地吻了一下。公牛高兴地发出一声欢叫，叫声恰似吕迪亚人吹奏的笛声，在山谷里回荡。它躺到姑娘的脚下，无限爱恋地看着她，然后扭了扭头，示意姑娘爬上它那宽阔的脊背。

欧罗巴非常高兴，呼唤着她的同伴们："快过来呀，我们骑到这头牛背上！我看牛背能坐4个人。这头牛非常温顺，和别的牛不一样！我看它通人性，就跟人一样，只是不会说话而已。"她一边说，一边从伙伴们手中接过花环挂在牛角上，然后轻盈地跳到牛背上。伙伴们却在犹豫着不敢跟着骑上去。

公牛达到自己的目的，就从地上一跃而起。起初它非常轻松缓慢地走着，但欧罗巴的伙伴们仍然赶不上，当走出草地来到沙滩时，它突然加快了速度，像奔马一样飞驰起来。欧罗巴还没来得及弄清发生了什么事，公牛已经纵身跳进了大海，欢快地驮着它的猎物向前游去。姑娘用右手紧紧抓住牛角，左手抱住牛背，海风吹起她的衣裳，好像一面张开的白

劫掠欧罗巴

伦勃朗 油画 1632年 保罗·盖蒂博物馆藏

欧罗巴常和朋友们在爱琴海边放牛游玩。一天，宙斯化为一头牛混入牛群，乘人不备时，引诱欧罗巴骑上牛背，突然飞奔而去，横渡爱琴海来到了克里特岛。伦勃朗在这幅作品中展示了他对光影的出色掌握能力，这也是他作品的一个显著特点。深色和亮色之间的强烈对比，使得画面的立体感和动态效果更加强烈，公主和同伴的惊慌无措尽显无遗。

劫掠欧罗巴

圭多·雷尼 油画 约1630年

欧罗巴被爱慕她的宙斯带往了另一个大陆，后来这个大陆取名为欧罗巴，也就是现今的欧洲。根据神话，欧罗巴是欧洲最初的人类，也就是说欧洲人全都是她的孩子。雷尼的画风具有严谨的素描、明快的色彩，富有抒情的意境，风格很接近拉斐尔和柯勒乔。他那温柔、细腻、圆浑的曲线美造型，很受上流社会欢迎，向他订画的人络绎不绝。

帆。她惊恐地回头张望，呼唤伙伴们，然而她们已经听不到了。海水在公牛两边缓缓流过，姑娘生怕打湿衣裳，竭力提起双脚。公牛像一艘船一样平稳地行驶在海面上，不久海岸也看不见了。太阳落山了，在蒙眬的夜色里，姑娘只能看到海浪和星星，她感到异常的孤单。第二天，公牛驮着姑娘一直在一望无际的大海里游着，它十分灵巧地分开海水，竟没让一滴水珠溅到姑娘身上。第二天晚上，他们到达一块遥远的陆地。公牛爬上海岸，来到一棵大树下，让姑娘抓住树枝跳下牛背，自己却突然消失了。姑娘面前赫然出现了一个俊逸若天神的男子。他告诉她说他是这个岛——克里特岛的主人，如果她愿意，他会保护她。欧罗巴十分绝望，但又无可奈何，只得伸出手表示答应他的要求。宙斯就这样满足了自己的欲望。

第二天，太阳高高地悬挂在空中。欧罗巴从昏睡中醒来，她孤零零一人，惊慌地望着四周，好像在找寻着什么。"父亲，父亲，"她惊慌地叫了起来，忽然又想起了发生的一切，就哀怨地自语道："我怎么还可以呼喊父亲的名字？我是个卑劣的女儿。我怎么忘掉了一个姑娘应有的谨慎？"她又环顾四周，那些发生的事情又一幕幕回到了眼前。她不由得问自己："我从哪儿来？准备往哪儿去？我真该死！我是不是在做梦？难道真的出了丑事？也许只是一个梦吧？不，我不会爬到一个畜生的背上游过大海。我是在草地上编花环呀！"

姑娘一边说着，一边用手揉了揉眼睛，好像是从一个噩梦中醒来，然而当她再次睁开眼睛，这才发现眼前的景象竟是真的，陌生的树木、岩石，大海波涛汹涌，冲向岸边的礁石，掀起滔天巨浪。她从来也没看到过这些景色，不由绝望地叫了起来："要是现在那头牛出现在我的面前，我非要撕了它的皮，折断它的角。我这样做太愚蠢了。我毫无顾虑地离开了家乡，我毫无廉耻，我只有死路一条。神灵啊，请可怜我，派一只狮子或猛虎来吃掉我吧。也许我太漂亮了，它们就舍不得吃掉我。那我得饿着肚子，尽量使自己变得丑陋起来。"

然而狮子和老虎并没有来。她眼前仍是那一片陌生的景象：蔚蓝的天空万里无云，太阳普照着大地，欧罗巴好像被复仇女神追赶着，踩着脚尖叫道："可怜的欧罗巴呀！难道你没有听到父亲的声音吗？他在咒骂你。他正指着一棵树要你吊死在上面。他正指着陡峭的山崖说，'你完全可以从这里跳进大海，结束这耻辱的生命。难道你愿意给一个畜生做侍妾？为他整日去当奴隶纺毛线吗？难道你忘了自己是一位高贵的公主吗？'"

被命运抛弃的姑娘痛恨自己，一心想死，但是却又没有勇气去死。突然，她听到耳旁响起低低的嘲笑声，不由惊奇地回过头去。她看到了光彩照人的阿佛洛狄忒女神。站在女神身旁的是她的儿子——小天使丘比特，手中拿着一副弓箭，跃跃欲试。女神嘴角露出一丝微笑，说道："美丽的姑娘，平息你的怒火吧，别再与命运抗争了。你咒骂的那头牛马上就要来了。他会把牛角送来让你折断，我就是在你父亲的宫殿里托梦给你的那位女子。放宽心些，欧罗巴！带走你的是一位至高无上的神灵，你已经成了万能的宙斯的妻子。你的名字将与世长存。从今以后，收容你的这块大陆就按你的名字叫作欧罗巴。"

帕提农神庙遗址

建筑 希腊

　　近代欧洲的传统大都起源于古希腊精神。虽然埃及、阿拉伯和印度也曾对欧洲有过影响，但只有希腊的影响是最彻底、最持久的，并转化成了工业文明。帕提农神庙是希腊众神的家园，也是雅典政治、文化的灵魂象征，如今虽然只剩下断壁残垣，但雄浑高贵的柱子，依然不愧为欧罗巴大陆顶峰的称呼。

卡得摩斯与五勇士

Part

07

底比斯在希腊历史上具有重要地位,底比斯不仅是一个强大的希腊城邦,也是文化、宗教和军事创新的中心。而这座城市的建立颇具传奇色彩。腓尼基王子卡得摩斯杀死了战神阿瑞斯的龙,并遵照雅典娜的指示,将龙牙播种在土中,从中长出了全副武装的武士,这些武士自相残杀,最终剩下五人,他们帮助卡得摩斯建立了底比斯。

建立底比斯城

萨尔瓦多·罗萨 油画

这幅画描绘了希腊神话中英雄卡得摩斯建立底比斯的场景。卡得摩斯被派去寻找失踪的妹妹欧罗巴,虽未能完成这项最初的任务,但他很快在特尔斐神谕交给他的任务中找到了新的目标——建立底比斯。卡得摩斯来到希腊,在那里杀了一条喷火的龙,并按照雅典娜的神谕的指示拔下了龙牙。这幅作品再现的正是这个场景。被拔掉牙齿的龙位于画面的最前方,卡得摩斯和雅典娜一起交谈,而从龙牙中长出的武士们互相战斗,最后幸存下来的5个人成了底比斯城的贵族。

太阳神的神喻

卡得摩斯是腓尼基国王阿革诺尔的儿子,欧罗巴的哥哥。宙斯变成牛的模样,带走欧罗巴之后,国王阿革诺尔派卡得摩斯和其他几位儿子们一起外出寻找妹妹,并告诉他们:如果找不到欧罗巴,就永远也不要回来。卡得摩斯在世界上东寻西找,找了很久,始终打听不到妹妹被带到了什么地方。他害怕激怒父亲,不敢回到故乡,于是便请求太阳神阿波罗赐下神谕,问自己到哪里可以安身。太阳神回答道:"在一个空旷的草地上,你将看见一头脖子上没戴轭具的母牛。跟着它走,当它躺到一块草地上休息的时候,你可以在

那个地方建一座城市，名字叫作底比斯。"

卡得摩斯刚刚离开阿波罗赐给他神谕的卡思特利亚神泉，就看到了一块绿色的草地，草地上果然躺着一头脖子上没戴轭具的母牛，于是他就在心中默默地向太阳神祷告，表示感谢，然后跟着那头母牛慢慢地走。母牛蹚过凯菲索斯溪流后，便停下来不走了，还抬起头对着天叫了一声，接着又回过头看了看卡得摩斯和他的随从们，然后就躺在那片厚厚的绿草地上。

卡得摩斯满怀感激地跪了下来，亲吻着这块土地。

建立底比斯

后来，他决定祭拜宙斯，于是派随从去寻找活水供神灵饮用。附近有一片从未被砍伐过的古老森林，林中山石间涌出一股清泉，蜿蜒流转，穿过了层层灌木，泉水晶莹、甜蜜。但是

卡得摩斯屠龙

亨德里克·戈尔齐乌斯 版画
1728 年

巨龙在西方传统中是邪恶的化身，"屠龙"于是变成了各种英雄传奇中的经典情节。

阿波罗神庙遗址

建筑 古希腊时期

此遗址位于距离雅典城约170千米的特尔斐帕鲁那斯山中，沿途风景荒凉，只有空灵的石柱在风中诉说着神话的消逝。圣地的主人据说是阿波罗，但神庙的主神曾经是大地女神该亚。阿波罗也是该亚的儿子，他帮助过卡得摩斯和其他许多英雄，并继承了古代希腊人对母亲的信仰。

在泉水附近却有一条毒龙，紫红的龙冠发出耀眼的光芒，眼睛赤红，向外喷射着火焰，它的身体非常庞大，口中吐着3条芯子，长着3排牙齿。腓尼基的仆人刚刚把壶沉到水里准备打水，那庞然大物就忽然伸出它的脑袋，发出一阵可怕的叫声。仆人们吓得连水壶都扔掉了，浑身的血液像凝固了一般。那条毒龙盘成一团，扬起头俯视着整个树林，接着就向腓尼基人冲去，把他们冲得七零八落，那些人有的被缠死，有的被咬死，还有的被它口中喷出的毒气和流出的毒水毒死了。

卡得摩斯等了很久不见仆人们回来，不知道随从们究竟出了什么事，就决定亲自去找他们。他身上穿着用狮子皮做成的衣服，手执长矛和标枪，此外他还怀着一颗坚强勇敢的心。进入树林不久，他就看到了一堆尸体，仆人们全都没命了。对面的恶龙正得意地用芯子舔着尸体上的血，好像在对卡得摩斯耀武扬威。

卡得摩斯痛苦地惊叫起来："朋友呀，我可怜的朋友们呀！

雅典娜与巨人的战斗

浮雕 公元前180—前160年
德国帕加马博物馆藏

雕塑表现的是雅典娜与该亚的儿子有翼巨人阿尔库俄纽斯交战的场面。雅典娜拼命抓住巨人的头发，不让他接触地面。此雕塑本属于宙斯祭坛，因战乱被毁。1878年被德国考古学家发现了碎片，并在柏林按原样重新修建了一座，也就是今天的帕加马城博物馆。

大地之母像

克里特 黄金浮雕
公元前2000年

这是克里特人纯金制作的大地之母该亚的雕像，是一种佩带或悬挂在胸前的装饰品。在多多那圣地，该亚也曾被认为是宙斯的妻子之一。

我要为你们报仇，要死也要和你们死在一块。"说着，便抓起一块大石头砸向恶龙。他的力气非常大，扔出的石头连城墙和塔楼都能砸穿，但是那条恶龙却无动于衷，它身上厚厚的鳞像铁甲一样保护着它。卡得摩斯又投出了标枪，由于用力过猛，枪尖深深地扎进了恶龙的肚子里。恶龙痛得发起狂来，它扭过头，狂暴地把标枪的木杆狠命地咬断，但是那枪尖仍然留在肚子里。暴怒的恶龙张开血盆大口冲向卡得摩斯，喷出的剧毒泡沫像箭一样齐射过来，那股冲力连大树都给撞断了。卡得摩斯连忙向后退了几步，勒紧了身上的狮皮，然后用长矛抵住恶龙的牙齿，牙齿纷纷掉落，鲜血从恶龙的口中流了出来，染红了周围的草地。但恶龙的伤势不算太重，还能躲过攻击。最后，卡得摩斯瞅准机会，一剑刺穿了恶龙的脖颈，把它钉在了身后的一棵橡树上，橡树一下子被压得折了下去。这一剑终于要了恶龙的命。

卡得摩斯盯着那条死去的恶龙看了很久，当他终于要离开时，猛然回头，看见雅典娜女神就站在他身旁。女神命令他翻开土地，把龙牙播种在松软的泥土里，她说这是未来种族的种子。卡得摩斯遵照女神的命令，在地上犁了一条宽沟，把龙牙慢慢地撒了进去。突然，泥土下面开始松动起来，接着地面上露出来一根长矛，然后又看到土里冒出一顶头盔，接着又出来肩膀、胸脯和四肢，最后，一个全副武装的武士破土而出。不一会儿，一整队武士都全副武装地站在了卡得摩斯的面前。

卡得摩斯大吃一惊，马上摆好架势，准备继续战斗。这时，泥土中出生的一个武士对他喊道："不要与我们战斗，别参加我们兄弟之间的战争。"他一边说着，一边抽出剑向另外一个从泥土中出生的武士兄弟砍去。而他自己在这个时候却被一支飞来的标枪刺中。投掷标枪的那个人很快被另一个新生出来的武士杀死。一时间，所有的武士都互相厮杀起来。不一会儿，大部分的武士都倒下去了。大地母亲啜饮着刚刚从她那里出生的第一批儿子们的鲜血。最后，只剩下5名武士活了下来。其中一个首先响应雅典娜的建议，放下武器，愿意和解，他后来被取名为厄喀翁。其他的几位也都以他为榜样，放下了武器。

卡得摩斯带着这5位从泥土中长出来的武士，率领腓尼基人遵照阿波罗神的指示建造了一座新的城市，并遵照他的意愿给城市取名为底比斯。

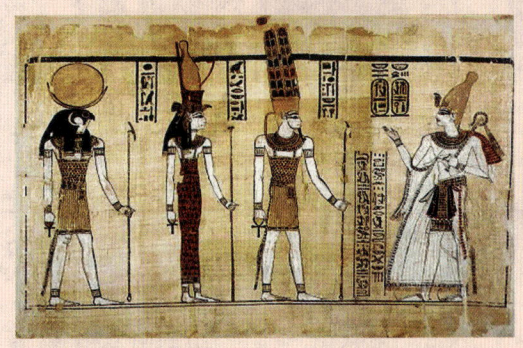

底比斯

　　埃及底比斯卡纳克遗址中荒芜的阿蒙神庙（上图），是距今3000多年前底比斯城鼎盛的象征。公元前2000年左右，底比斯城开始成为埃及王室的住地，到公元前1500年左右，供奉王室家神的阿蒙神庙（埃及甚至世界最大的神庙之一）汇集了古埃及的大半财富，底比斯随之鼎盛。荷马在提到该城盛况时称之为"百座城门的底比斯"。底比斯后来变成了埃及法老们祭祀和墓葬的中心，这幅长达41米的公元前1200年绘制的壁画（左图）便记录着当时的法老拉美西斯三世朝拜底比斯神庙的事迹，据图中的象形文字记载，这次献祭花费了30多万袋谷物、黄金和宝石。

　　如今的底比斯遗址位于北距开罗674千米的卢克索镇，该处因巨大的神庙和附近著名的"帝王谷（右图）"而成为埃及的热点旅游地区。

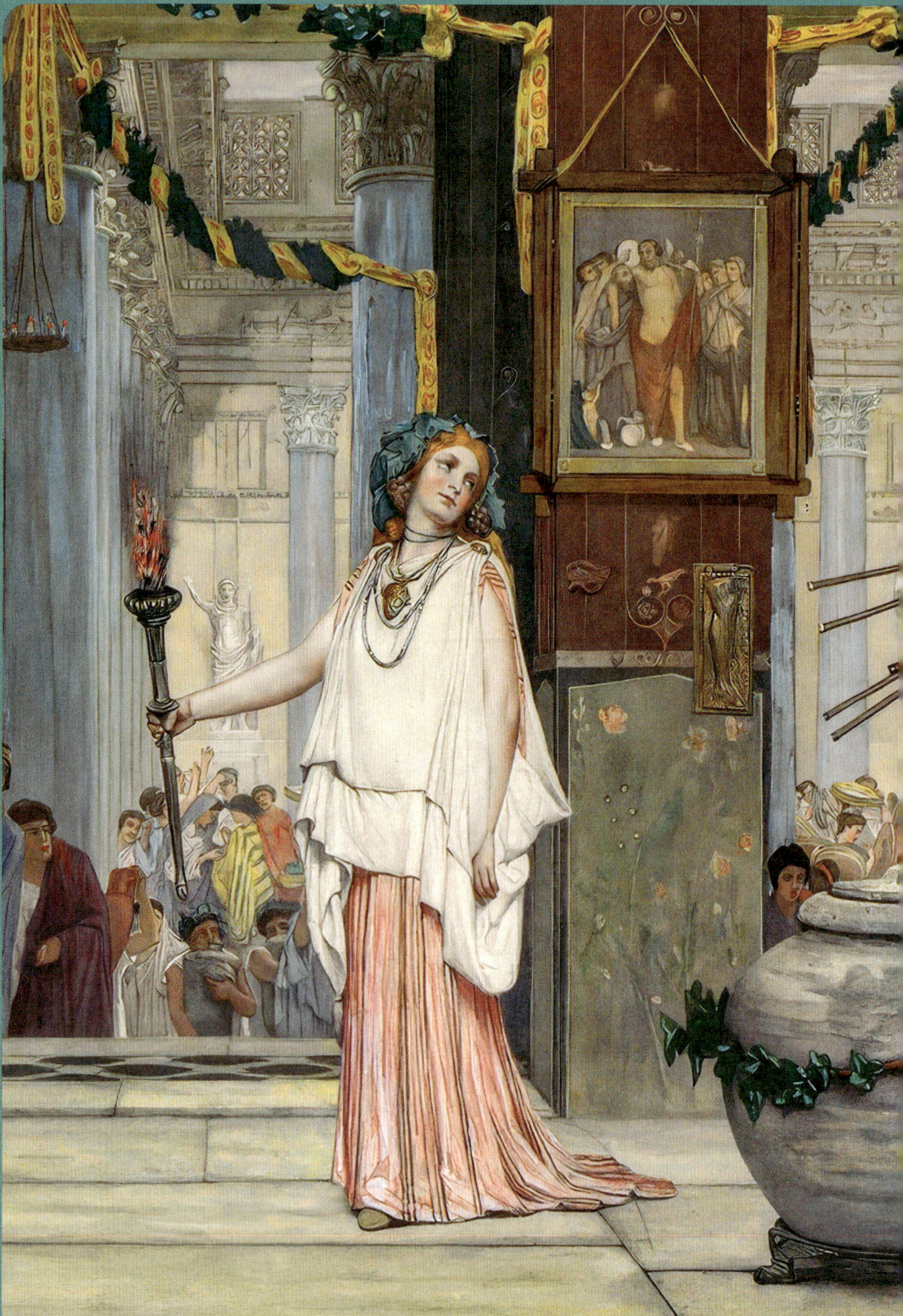

彭透斯

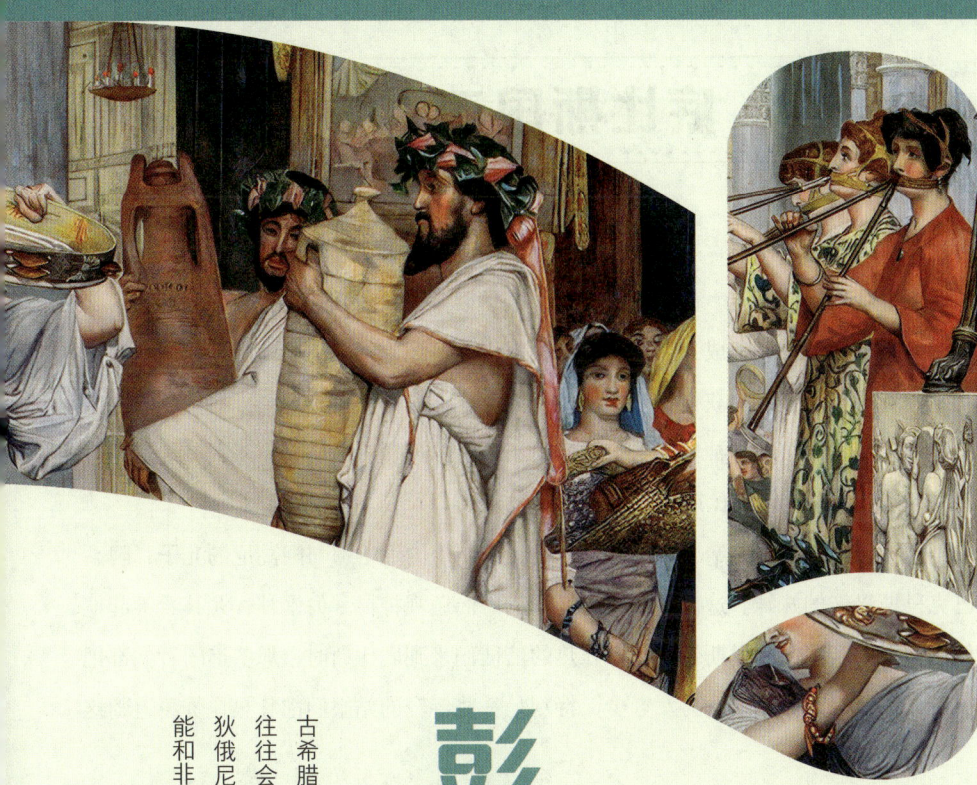

Part

08

古希腊神话的世界观中，神是至高无上的存在，凡人对神的不敬往往会招致严厉的惩罚。代表理性和秩序的彭透斯，禁止对酒神狄俄尼索斯的崇拜，公然对神权发起了挑战，试图用理性压制本能和非理性，但最终被本能的力量所摧毁。

底比斯国王

酒神巴克科斯，又叫狄俄尼索斯，是宙斯与塞墨勒的儿子，卡得摩斯的外孙，出生于底比斯，他的性格常让人捉摸不定。他是果实之神，也是第一个发现葡萄并种植葡萄的神。狄俄尼索斯在印度由仙女们带大，成人后就离开了她们，去各地旅行并传授他的新技术，教授人们如何种植葡萄并且从劳动中获得快乐。他还让人们建立神庙来供奉他，他对待朋友非常慷慨大方，但对那些不相信他是神灵的人却常常给予严酷的惩罚。他的名声不久就传遍了希腊，自然也传到了他的出生地底比斯。

当时卡得摩斯已经把王位传给了彭透斯，他是泥土所生的厄喀翁与阿高厄的儿子，阿高厄是酒神巴克科斯母亲的妹妹。这位底比斯的新国王一向藐视神灵，侮慢神，尤其看不起他的亲戚狄俄尼索斯。当狄俄尼索斯带着一群狂热的信徒们来到底比斯时，那些追随者们都把他奉为神灵。彭透斯听说底比斯的男女老少，特别是一些年轻的姑娘们都狂热地赞美追随这

酒神

卡拉瓦乔 油画 16世纪
巴黎卢浮宫藏

卡拉瓦乔的酒神更像一个市侩，而且很女性化。手中的玻璃杯、头上的葡萄和整个背景都用暗色处理。卡拉瓦乔是文艺复兴时期善于颠覆传统形象的画家，他曾将基督也画成一个发福的中年市民。

个新来的神灵时,不由感到非常愤怒,他顽固地不听年迈的盲人占卜者提瑞西阿斯的劝告,决定去教训他们。

"你们是不是疯了?底比斯人是龙的子孙,从不向战争和长剑屈服,为什么要向这些娇生惯养、手无缚鸡之力的傻瓜投降?还有你们这些腓尼基人,当年你们的祖先漂洋过海,靠神灵的帮助建立起这个城市。难道你们忘了自己是勇士的后代吗?难道你们愿意让一个手无寸铁的小男孩来征服底比斯吗?他不过是个贪图虚荣的懦夫,身上穿着紫金长袍,头上戴着葡萄藤花环,但是他会骑马吗?他会打仗吗?你们一旦清醒,就会明白,他不过和我一样,是一个凡人。我们是表兄弟,宙斯并不是他的父亲,他的这些威严和说教全部都是虚假的。"他说完这些话,便转过身来,命令侍卫们去抓这个新偶像,并给他戴上脚镣,带到他面前。

彭透斯的亲戚和朋友们听了他这些无知傲慢的话后非常害怕,他的外祖父卡得摩斯也不断摇着白发苍苍的头表示反对。但是劝说和反对却使彭透斯更加恼火,就像愤怒的河流冲破了堤岸。

在葡萄丰收的仪式上

阿尔玛·苔德玛爵士 油画
1870年 私人收藏

苔德玛爵士用浓烈的笔墨向世人呈现了古希腊罗马时期壮丽而愉悦的人文生活。该画的主题表现的虽然不是神话故事,但画面中持火炬的女祭司、双笛手、抱酒坛的仆人以及欢快盛大的仪式场面,却让我们从中找到有关酒神崇拜的细节。

酒神狄俄尼索斯

这时,派出执行任务的随从回来了,身上沾满了血迹。"狄俄尼索斯呢?"彭透斯对他们吼道。

"我们根本没有找到他,可是我们抓了他的一个随从,不过这个人似乎跟随的时间并不长。"

彭透斯用恶狠狠的眼光盯着这个被抓来的人,大声问道:"你这该死的东西,我要杀了你,让他们看看追随者有什么好下场!你叫什么?父母是谁?家住何方?

被抓来的人一点也不感到害怕,很平静地回答:"我叫阿克忒斯,家在麦俄尼亚。我的父母亲都是普通人,既没有土地,也没有牲口。父亲只教会我钓鱼,因为那是他的看家本领。

酒神节(局部)

普桑 油画 1627年
巴黎卢浮宫藏

酒神很俊美,他是人类的安慰者,也是毁灭者。由于他豪放不羁的性格和接近艺术家的感性行为,与阿波罗所象征的理性相对,常常被西方人作为文艺题材来表现。甚至哲学家如尼采,也是根据他的精神来对世界进行审美的。尼采甚至在一封致瓦格纳夫人的信中将自己的落款写为"狄俄尼索斯",表示对爱情的狂热和陶醉。

后来我学会了如何驾船，怎样看天相，辨别风向，如何寻找好的港口，我成了一个水手。有一次我们的船在驶往提洛斯的途中，经过一处不知名的沙滩，我们在那儿停了下来。我跳下船，踩在湿漉漉的沙滩上，一个人躲在岸边过了一夜。第二天一大早我就起来了，爬上一座小山坡，想试试风力风向。等我返回的时候，看见同伴们手里牵着一个小男孩，长得很漂亮，跟女孩一样，只是走起路来摇摇晃晃，好像喝醉了酒。我走近他，仔细观察他的脸，觉得他的举止行动不像一个凡人，于是就问同伴：'这个孩子的心里敬奉哪一个神灵？''不知道。'后来，我转向那个男孩，对他说：'不管你是谁，请你帮帮我们，保佑我们快些结束航行。原谅那些把你带来的人吧！'

'别犯傻了，'一个船员叫了起来，'你向他乞求有什么用？'其他人也跟着嘲笑我，我无法与他们对峙。他们抓着那个男孩的手，把他硬拖上了船。我努力劝阻他们，但是却无济于事。水手中最年轻、最强壮的那个人是一个特赫尼安的在逃杀人犯。他凶狠地抓住我的领子，要把我扔到海里，幸亏我的脚绊住了船上的一根绳子，不然我就掉进海里了。小男孩被

酒神巴斯克

约翰·威廉·舒茨
油画 1878年

这幅作品充满了浪漫主义风格，画面中酒神巴克斯与一只豹的亲密相依。豹作为酒神巴克斯的陪伴动物或象征物，早在古希腊陶器中便频繁出现，象征着野性、力量与自由。在这幅19世纪的浪漫主义作品中，豹与巴克斯的关系进一步凸显了放纵与狂欢的主题。豹代表着野性、力量、狂欢和自由，巴克斯不仅仅代表酒神，他的形象也是享乐主义与人类本能的象征。与豹的结合，进一步强化了这种奔放不羁、超越常规的自由精神。

拖到甲板上，一直躺在那里，似乎正熟睡着，后来突然被这吵闹声惊醒，就跑到水手们中间，大声问道：'这是怎么回事？是哪位神灵把我带到这儿来的？你们要把我带到哪里去？'

'别害怕，小伙子。'一个水手阴险地回答他，'只要告诉我们，你想到哪个港口？我们就把你送到哪里去。'

'好吧，那就把我送到那克索斯岛。'男孩说，'那里是我的家乡。'

这批骗人的水手们对着神灵起誓，吩咐我扬帆起航。那克索斯岛本来位于我们右边，我就按照这个方向扬了帆。这时水手们向我做手势，并悄声说道：'你要干什么？笨蛋！你疯了吗？向左！'

我吃了一惊，但马上就明白了。'我不了解，换个人来执行命令吧！'说完我就退到了一边。

'好像这航行大家离不开你似的'，一个水手挖苦地对我说，然后他就接替了我的位置，升起船帆。他把船开向与那克索斯岛相反的方向。小男孩站在船头，冷淡地眺望着海面，似乎已经看穿了这些水手们的诡计，他嘴角挂着一丝冷笑，然后便佯装绝望地哭了起来：'哎呀！那不是我要去的方向。你们这些大人怎么欺骗一个小孩呢？'但是那些冷酷的水手们一直在嘲笑我们，继续按原来的方向划着桨。突然，船在海面上停了下来，好像搁浅似的。水手们打开所有的船帆，加倍努力划桨，但是却仍然无济于事。葡萄藤缠上了船桨，也爬上了船帆。狄俄尼索斯——原来那个小男孩就是他，精神抖擞地站在那里。他的前额束着葡萄叶做成的发带，手里握着缠有葡萄藤的神杖。在他周围，有狮子、猛虎、山猫等许多野兽卧在甲板上，葡萄酒顺着船板流淌，水手们吓得直往后倒退。有一位水手刚想叫喊，却发现嘴唇和鼻子已经变成了鱼的嘴巴。其他人还没来得及惊叫，悲剧就同样在他们身上发生了，他们的身体开始弯曲，皮肤上长出厚厚的鳞甲，双臂变成了鱼鳍，双脚变成了鱼尾，所有的人都变成了鱼，从甲板上跌进海里，在波浪里上下翻腾。船上二十几个人眨眼间只剩下我一个，我吓得双腿直打哆嗦，害怕自己也失去人形。这时，狄俄尼索斯却友好地走上前来，跟我说话，因为我没有伤害他。他说道：'你别害怕，请带我到那克索斯。'当我们到了那里后，他让我在圣坛前做他的仆人。"

"我不想听你的这些废话！"国王彭透斯叫道，"来人，把他抓起来！让他受1000种

酒神之舟

爱克塞基瓶画 约公元前2世纪
美国克利伏兰艺术博物馆藏

酒神狄俄尼索斯独自在海上航行，周围的海豚和船的形状一样，形成协调的美感。葡萄从桅杆上长出来，它是酒神的吉祥物（葡萄酒）。

酒神的狂欢与游行

路易斯·沙特尔约 1916 年
水彩、蛋彩画 史密森尼美国艺术博物馆藏

展现了一场由酒神狄俄尼索斯引领的狂欢过程，酒神的女信徒们随着酒神一起狂欢着，舞蹈着。在相关的画作中，除了这些被称为迈那得的女信徒，羊也是酒神狂欢中常出现的元素，尤其是山羊，这是因为山羊与酒神及其崇拜有着密切的文化联系，羊在许多文化中被视为放纵和欢乐的象征，这些特征与狄俄尼索斯作为葡萄酒、狂欢、戏剧和生态之神的形象非常契合。酒神及其信徒的狂放不羁，不仅对古典主义，甚至对近代音乐家也有广泛影响，理查·施特劳斯、马斯内和德彪西等都写过以他的神话为题材的歌剧和管弦乐曲。

苦刑，然后再把他押往大牢。"卫士们遵命把他捆了起来，关到地牢。然而却有一只无形的手施展神力把他放了出来。

彭透斯之死

国王非常愤怒，开始大规模地迫害狄俄尼索斯的追随者。彭透斯的母亲阿高厄和几位姐妹们都参加了酒神狄俄尼索斯的活动。国王把她们和所有的酒神信徒都关进了大牢。然而，没有任何人的帮助，他们的手铐脚镣就自动脱落，牢门也被自动打开，他们便毫不费力地冲了出去，跑进了森林里。那些派去捉拿酒神的人却完全是白费力气，因为酒神狄俄尼索斯微笑着把手伸出来，非常配合地让他们套上枷锁。当他站在国王的面前时，尽管国王不想看，

但还是被他的美貌吸引了。他感到异常惊讶，但他仍然坚持自己的错误，把狄俄尼索斯当作冒充神灵的骗子，国王叫人给他戴上镣铐，关在王宫后面靠近马厩的一个黑牢里。然而，酒神一声令下，大地震动，墙也塌了，镣铐也脱落了。他又毫发无损地出现在追随者们的面前，并且比以前更漂亮，更英俊。

一个又一个的消息报告给了国王彭透斯，他们向他汇报那些狂热的妇女们在树林里做出的奇迹，而他的母亲和姐妹们正是这群女人的领头人，只要她们用手杖敲敲岩石，清澈的溪水和香气逼人的葡萄美酒就从石头里流了出来。轻轻点一下，河水就变成了牛奶，枯死的树上也流出香甜的蜂蜜。一位打探消息的人对他说："国王陛下，如果您亲自到场，亲眼看见了这一切，您也会跪倒在他的脚下对他说出赞美的话来。"

这些话如同火上浇油，使彭透斯更加怒不可遏。他命令军队带着武器驱散信徒，捉拿狄俄尼索斯。但是狄俄尼索斯却自己送上门来，站在了彭透斯面前。他答应

被纠缠的莱克格斯

双色玻璃浮雕 罗马 4世纪

不为酒神狄俄尼索斯所陶醉的人总是受到致命的报复。希腊神话中另一个类似的传说与彭透斯的故事十分相似：色雷斯的国王莱克格斯厌恶酒神，于是后者指使其侍女变成葡萄枝，将可怜的国王深缠其中，无法自拔。

国王把信徒们都带来，但条件是国王必须穿着女人的衣服，因为他是个男人，没有入教，否则信徒们看见会把他撕成碎片的。彭透斯虽不情愿，却又出于好奇接受了这个建议。他跟在酒神的后面，走出底比斯，不料却突然中了魔法，其实这是神给他的教训。他好像看见了两个太阳，两个底比斯城，每一座城门都是原来的两倍高。他觉得酒神像是一头牛，头上有一对巨大的牛角。国王好像中了邪一样充满激情，他求到一支神杖，拿到手中高兴地跑开了。

就这样，他们来到了一个松柏满坡、清泉密布的山谷。酒神的女信徒们都聚集在那里，有的向她们的神灵唱着颂歌，有的用新鲜的葡萄藤缠着他们的神杖。但现在彭透斯却双目失神，也许彭透斯已经被惩罚得昏了头，也许酒神领着他走了这么长的路已让他晕头转向，他竟然没看到那些狂热地聚拢来的女人们。酒神把一只手伸向天空，奇迹出现了：他的手一直伸到了一棵高高的松树的树冠，并把它弯了下来，就像拨弄一根柳树条一样。然后，他又把彭透斯放到树顶上，小心翼翼地让树又回到原来的位置。奇怪的是彭透斯并没有掉下来，树底下酒神的女信徒都看见了他，而他却看不到这些妇女们。这时候，酒神对着山谷用清晰的声音喊道："看那嘲笑我们神圣教义的人，就在那里，惩罚他吧！"

森林里空气似乎停止了流动，没有一片树叶颤动，四周一片寂静。信徒们仰起头，当他们第二次听到酒神呼唤的声音时，一齐狂奔起来。仿佛来自神祇的差遣，他们比飞鸟还快，狂喜中，他们蹚过齐腰深的河水，穿过茂密的树丛，最后看到坐在松树顶上的国王——她们的仇人。起初，他们用石块、折断的树枝和神杖向上掷去，但却被绿色的松针丛挡了回来，扔不到国王所在的树冠上。于是，他们就用坚硬的橡树棒挖掘松树根周围的泥土，最后把树根刨了出来。大树轰隆一声倒下来了，彭透斯随着树身一起摔了下来，他的母亲阿高厄被酒神施了法术，竟认不出自己的儿子，现在她率先向信徒们发出了一个进攻的信号。极度的恐惧使彭透斯恢复了知觉。"不要，妈妈。你不能这样对待你的亲生儿子！"他大叫着，伸开双臂抱住母亲的脖子。"你不认识自己的儿子了吗？我是彭透斯呀！是你亲生的儿子呀！"但是这个酒神的狂热信徒却口吐白沫，斜着眼睛，盯着自己的儿子。她没有认出这是自己的亲生儿子，她所看见的是一头凶狠的狮子。她一下子抓住他的右臂，把它扯了下来。他的姐妹们蜂拥而上，又扯掉他的左臂。接着，一群狂热的信徒疯狂地奔过来，争着抓他的身体，七手八脚，很快把他撕得粉碎。阿高厄又伸出血淋淋的双手把儿子的脑袋拧了下来，穿在自己的神杖上。她仍然认为，这是一个狮子的头，她带着儿子的头颅，疯狂地穿过了基太隆森林。

就这样，酒神狄俄尼索斯向一个对他不敬的人报了仇。

狄俄尼索斯崇拜

人类种植葡萄酿酒的历史可追溯到公元前 4000 年以前，对后来被称为酒与狂欢之神的狄俄尼索斯的崇拜，一般认为应上溯到古希腊时期以前的米诺斯（古克里特）的自然宗教。据最流行的说法，狄俄尼索斯是宙斯与塞墨勒的儿子，由于赫拉的嫉妒和要求，他的母亲被宙斯无意中用雷霆击死，而宙斯将儿子缝在自己的大腿里使他免于死亡，所以他得以出生两次。对狄俄尼索斯的崇拜长期盛行于小亚细亚。在古希腊，因为人们相信他有预言的才能，所以得耳斐的祭司们几乎将他与阿波罗同等对待。在古希腊和古罗马时期，崇拜狄俄尼索斯的方式是在节日里痛饮、放纵和狂欢，有时因为兴奋过度，狂欢的人们会行为怪诞甚至野蛮。公元前 5 世纪，雅典以狄俄尼索斯的名义确定的节日每年至少有 5 个。上图为公元前 450 年希腊人制作的石棺，上面的酒神已经醉卧。

在流传下来的艺术作品中可以看到，狄俄尼索斯的追随者有丰产的精灵。他的个人表征是葡萄藤冠、顶端有松果的手杖和一种叫坎撒洛斯的双柄大酒杯。在早期的艺术中，他被描绘成一个蓄须的男子（右图），像这个公元前 2 世纪的瓶画上表现的这样，但后来他变成了一个有女性味道的青年男子。

对狄俄尼索斯带有强烈狂欢气息的崇拜代表了西方文化感性的一面，与其理性精神相辅相成，又互为对抗。

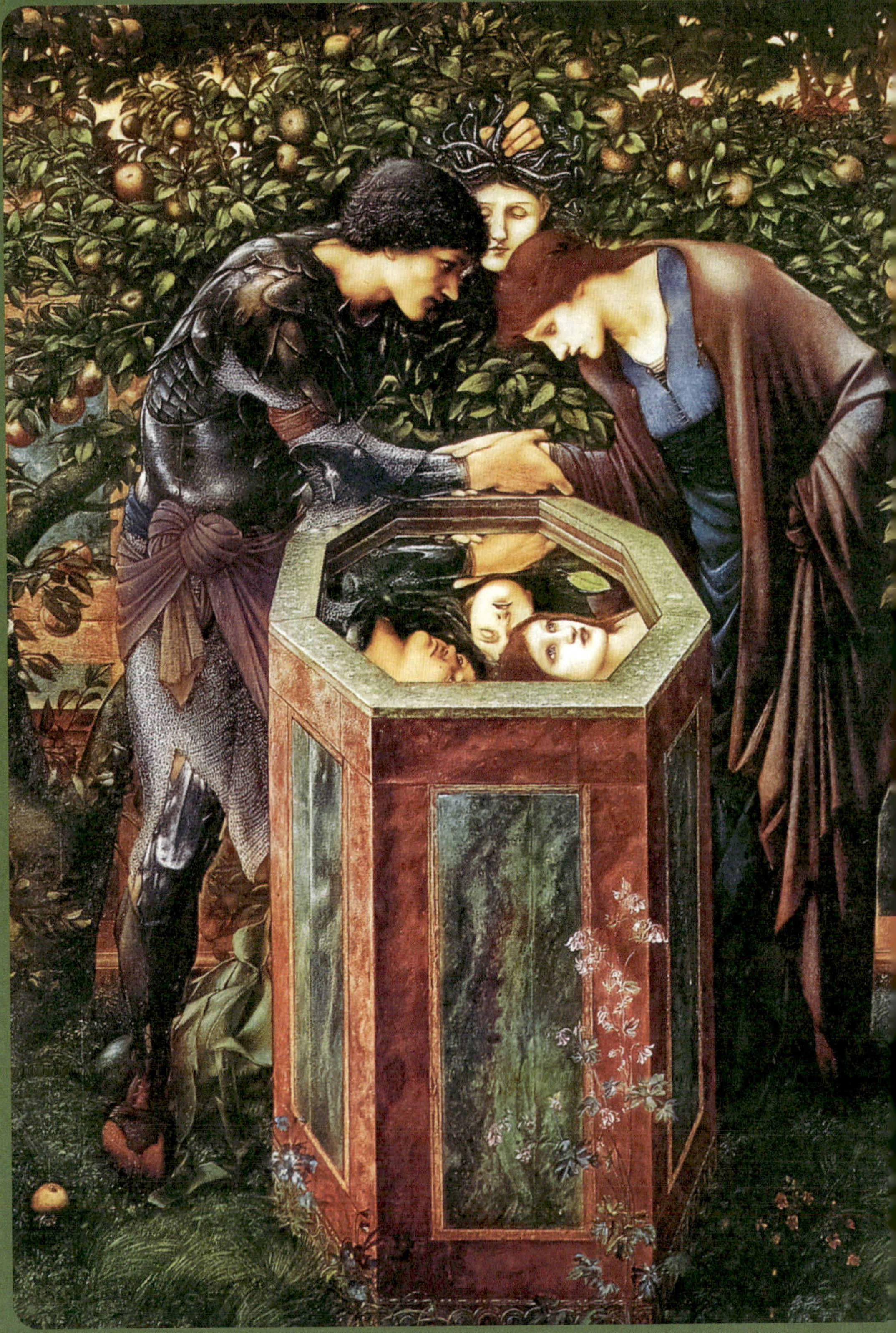

珀耳修斯

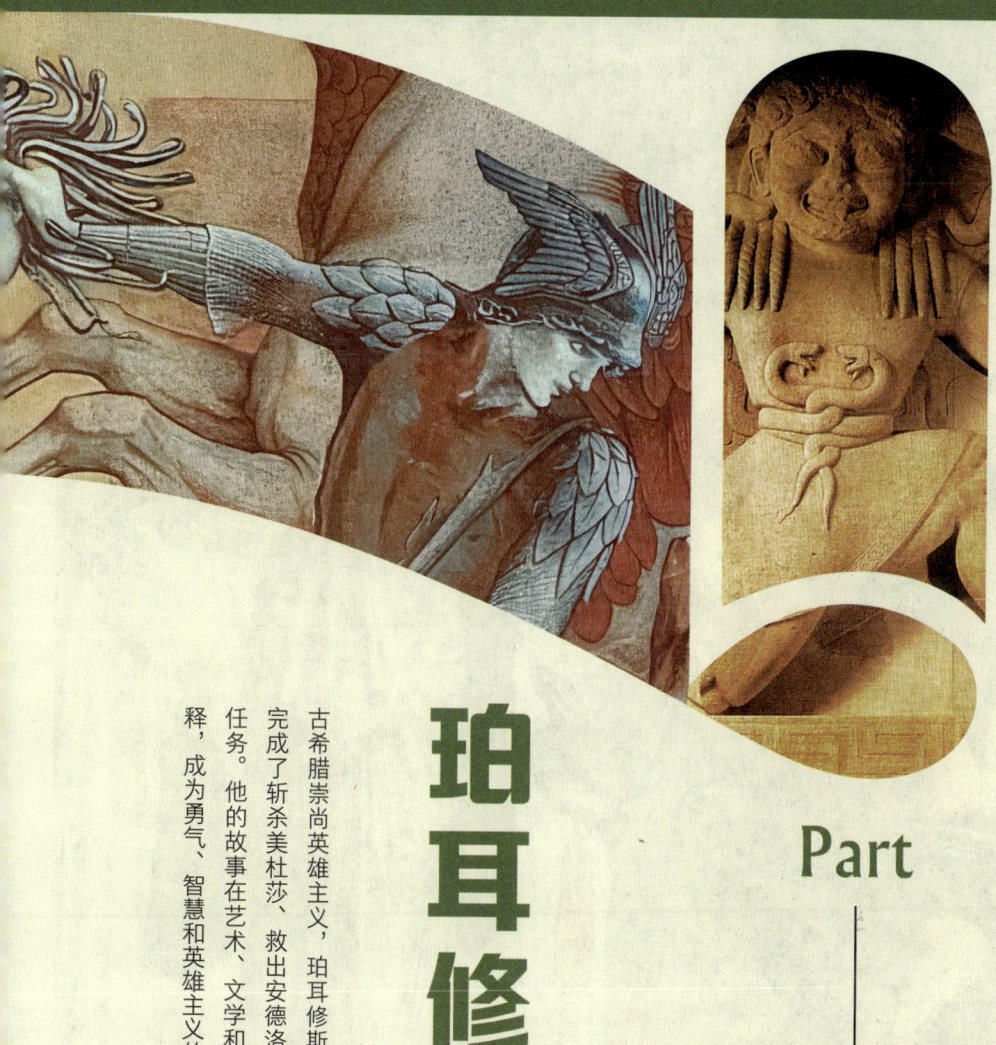

Part

09

古希腊崇尚英雄主义，珀耳修斯的故事便是典型的英雄旅程，他完成了斩杀美杜莎、救出安德洛墨达等一系列被认为是不可能的任务。他的故事在艺术、文学和流行文化中被广泛传播和重新诠释，成为勇气、智慧和英雄主义的普遍象征。

珀耳修斯的武装

琼斯 油画 1885—1888年

  擅长魔法的仙女将三件宝物赠送给珀耳修斯。秉承拉斐尔前派的一贯风格，琼斯的画面中没有豪气冲天的英雄，只有深入每个人眼中的阴郁。

蛇发女妖美杜莎

珀耳修斯是宙斯的儿子,出生前,他的外祖父阿克里西俄斯,即亚各斯国王,得到了一个神谕,神谕说:国王的外孙会杀死他并篡夺他的王位。于是,国王就把主神宙斯与他的女儿达那厄所生的儿子珀耳修斯与他的母亲一起装进一个箱子里,扔到了海里。宙斯保护着两母子,引导着海风和海浪,让箱子漂到塞里福斯岛。这个岛由两兄弟统治着,一个叫迪克提斯,另一个叫波利德克特斯。那一天,迪克提斯正在海边捕鱼,他看到海面上飘来一只箱子,就把它拉到了岸上,带回家中。兄弟俩都非常同情这对落难的母子,便收留了他们。波利德克特斯娶达那厄为妻,并悉心抚养珀耳修斯。

珀耳修斯长大以后,他的继父波利德克特斯劝他出去冒险,完成一些能给他带来荣誉的任务。勇敢的小伙子雄心勃勃,非常愿意这样做,最后他们商定,由珀耳修斯去找女妖美杜莎,砍掉她那颗丑陋的脑袋,带给塞里福斯的国王。

珀耳修斯整理完行装就出发了。神灵们指引他来到了一个遥远的地方。那里是怪物之父——福尔库斯居住的地方。在这里,珀耳修斯遇到了怪物的3个女儿,她们统称葛勒艾。她们一生下来就满头白发,3个人共用一只眼睛和一颗牙齿,彼此轮流使用。珀耳修斯抢走了这两样东西。她们请求他归还属于她们的无价之宝。珀耳修斯提出了一个条件:必须告诉他寻找仙女的路怎么走。

这些擅长魔法的仙女们有3件宝物:一双飞行鞋,一只神袋,一顶狗皮头盔。无论是谁,拥有了这3件宝物,可以想飞到哪里就飞到哪里,想看见谁就看见谁,而别人却看不到她。福耳库斯的女儿们给珀耳修斯指明了寻找仙女的路,这才讨回了她们的眼睛和牙齿。接着,从仙女们那里,珀耳修斯得到了自己

珀耳修斯和美杜莎

切利尼 雕塑

手持尖刀,脚踩尸体,提着美杜莎的头,有腾空飞跃的本事的珀耳修斯英武的古典形象,被意大利文艺复兴早期的雕塑家切利尼塑造成类似罗马斗士的样子。这尊雕塑是"样式主义"时期的代表作,因该主义的大多数艺术家追求米开朗琪罗和拉斐尔式的形式美学,从而形成了一个独立的美术流派。

想要的宝贝。他把神袋背在肩上，把飞行鞋穿在脚上，把狗皮头盔戴在头上。神使赫耳墨斯又借给他一副青铜盾牌。他用这些神物把自己装备起来，向海洋那边飞了过去，那是福尔库斯另3个女儿戈耳工居住的地方。这3个女儿中只有小女儿是个凡人，名叫美杜莎，珀耳修斯就是奉命来砍她的脑袋的。珀耳修斯发现她们都在睡觉，她们没有人的皮肤，浑身长着龙甲；她们没有头发，头上盘着一条条毒蛇；她们长着野猪一样的獠牙，还长着一双铁手，背上长着金翅膀可以在空中飞行。任何人看见她们就会立即变成石头，珀耳修斯知道这个秘密。因此，他背对着这些睡梦中的女妖，然后用光亮的盾牌做镜子，照出她们的影像，并认出哪个是美杜莎。雅典娜女神指导他怎么动手，因而，没费什么周折，他就砍掉了这个女妖的头颅。

珀耳修斯收起刀，还没顾上离开，突然从这个女妖的身体里跳出来一匹带翼的飞马，名叫珀伽索斯，紧接着，又出来了一个巨人，名叫克律萨俄耳，他们都是波塞冬的孩子。珀耳修斯小心地把女妖的头颅放进背后的神袋里，就像他来的时候那样，背对着怪物离开了那

飞马的诞生

伯恩·琼斯 树胶水彩画
1876—1885年
英国南安普敦城市美术馆藏

　　从美杜莎被砍头后的身体中，诞生了飞马珀伽索斯和一位巨人。从此在后世艺术家们的作品中，珀耳修斯和有翼飞马的形象便混合在了一起。

里。这时，美杜莎的姐姐们醒来了，跳下了床。她们看到妹妹的尸体，马上飞到空中，追杀凶手。可是珀耳修斯戴着仙女们送给他的狗皮头盔，女妖们根本看不见他，因此躲过了跟踪和追捕。但是当他在天上飞的时候，遇到了狂风，狂风吹着他，摇晃着他的神袋。神袋里从美杜莎头颅上滴下来的鲜血掉到了利比亚的沙漠上，变成了许许多多五颜六色的毒蛇。从此以后，利比亚成了一个有很多毒蛇的国家。珀耳修斯继续向西飞行，最后降落在国王阿特拉斯的国土上，想停下来休息一会儿。

国王阿特拉斯有一个园林，树上结着金色的果实，一条凶恶的巨龙在这里守护着。珀耳修斯请求在这儿过夜，但却遭到了拒绝。因为国王阿特拉斯担心他偷窃自己的金果，于是把他逐出了王宫。珀耳修斯很生气，说道："你拒绝了我的请求，那么我送给你一件礼物。"他一边说，一边从背上的神袋里取出了美杜莎的头。他转过身去，把怪物的头向国王甩过去。国王当场变成了

被斩头的美杜莎

达·芬奇 油画 16世纪

在文艺复兴巨匠达·芬奇的描绘中，蛇发的美杜莎之死招来了蜥蜴、癫蛤蟆、蝙蝠们的聚会，这些不祥之物均是后世女巫们的道具。

珀耳修斯与安德罗墨达

版画 15世纪

中世纪的版画由于受到基督教的影响，将珀耳修斯的形象画得更像一个英国骑士。海中的妖怪像鲨鱼，也像龙和龟，而安德罗墨达则像教堂中的修女。

石头。因为他身材高大,所以看起来更像一座大山。他的胡须和头发变成了茂密的森林,肩膀、四肢和骨骼变成了山脊,头颅变成了直插云端的山峰。珀耳修斯重新穿上飞行鞋,背上神袋,戴上头盔飞上了天空。

解救安德罗墨达

不能目睹的女妖

阿玛西司 瓶画 公元前550年
大英博物馆藏

珀耳修斯一路飞行,后来他来到了埃塞俄比亚的海岸边,这里属于国王刻甫斯的领土。他看见一个年轻的姑娘被绑在海边的一块岩石上,海风吹乱了她的头发,眼泪从她的眼睛里流出来,珀耳修斯被她的美貌所吸引,差点儿忘了舞动翅膀。他向姑娘问道:"请告诉我,你为什么被绑在这里?你的名字叫什么?你的家乡在哪里?"

阿玛西司是此陶器画上的署名,他究竟是否是瓶画的作者已不可考。图中珀耳修斯在制服美杜莎的瞬间往后看,显然在回避蛇发女妖的形象,否则在杀死美杜莎的时候自己也将化为石头。

起初姑娘一直沉默不语,害怕同这个陌生人讲话,如果她能动弹的话,她一定会用手蒙住自己的脸。但后来为了不让这个年轻人误解,以为她真的犯了什么罪,她便回答:"我叫安德罗墨达,是埃塞俄比亚国王刻甫斯的女儿。我的母亲曾吹嘘说我比涅柔斯的女儿,也就是海洋女仙们都漂亮。海洋女仙们十分愤怒。她们共有姐妹50人,一起请海神作法发了一次大洪水,淹没了我的整个国家;海神还派了一个妖怪,把路过的人都吃掉了。神谕说,若想挽救这个国家,必须把国王的女儿也就是我送给这个野兽吃掉。父亲无奈,只好把我绑在了这里。"

姑娘的话音刚落,海水翻滚起来,从海底冒出来一个妖怪,宽阔的胸膛覆盖了整个海面。姑娘吓得发出一声尖叫,她的父母赶紧走过来查看。他们看到女儿大祸临头,万分绝望,她的母亲满脸痛苦,却无可奈何,一直在一边垂泪伤神。

珀耳修斯发话说："你们要掉眼泪，将来有的是时间，现在的关键是马上救人。我是宙斯神和达那厄的儿子，名字叫珀耳修斯。我有一双神奇的翅膀可以飞到高空，美杜莎也死在我的剑下。如果姑娘现在是自由的，并愿意挑选一个人做丈夫的话，她肯定会选中我。但像她现在这个样子，我却要向她求婚，并许诺搭救她，你们能答应吗？"在这危急关头，谁还会拒绝一个勇敢者的请求呢？欣喜若狂的父母庆幸遇到了救星，不仅答应把女儿嫁给他，还许诺把整个王国送给她作陪嫁。

说话间妖怪已经游了过来，转眼之间就要到达那块岩石。珀耳修斯双脚往地上一蹬，身体便飞到了空中。妖怪看到他投在海面上的影子，飞快地向他扑去，像是意识到有人要抢走它的猎物。珀耳修斯犹如一只矫健的雄鹰，从空中扑了下来，落在妖怪的背上，用杀死美杜莎的宝剑狠命地刺进了它的身体，只剩下剑柄露在外面。然后他使劲抽出自己的宝剑，妖怪疼得就像一头受伤的野猪，时而跳向空中，时而沉入海底，疯狂地向各个方向撞去。珀耳修

英仙座和仙女座

《乌拉尼亚之镜》系列星座卡片　1825 年

在古代，人们常常将英雄、神祇和其他重要的神话人物转化为星座，以此来纪念他们的事迹并在夜空中讲述这些故事。英仙座和仙女座这两个相邻的星座便是以珀耳修斯和安德罗墨达的名字命名的。除此以外，其他与故事相关的角色，如安德罗墨达的母亲卡西欧佩亚、父亲凯菲翁等也被转化为星座（仙后座和仙王座），以纪念这个古老的故事。这些星座在夜空中形成了一个引人入胜的视觉群组，让人们对古代神话产生无尽的遐想。

斯接着向它连刺几剑,直到最后,妖怪口中冒出了黑血。但是,珀耳修斯的翅膀也沾上了水,不敢在空中久留。幸运的是,他看见了一块从水面露出的礁石,便用翅膀轻轻扇动着,慢慢落到礁石上,然后又用剑在妖怪的肚里连搅了三四次。海浪涌来,卷走了妖怪的尸体,不久妖怪就从海面上消失了。珀耳修斯飞到岸边,爬上了那块岩石,解开姑娘的锁链。姑娘向他投出了感激和爱慕的一瞥。他把她交给了欣喜的父、母亲。金碧辉煌的皇宫也为这位乘龙快婿敞开了大门,他受到了隆重的款待。

美杜莎

雕塑 约公元前600年

作为希腊阿尔忒弥斯山神庙的装饰浮雕,这个美杜莎显得很可爱,头发上的蛇也不恐怖,更像是一连串的卷发。腰间的两条蛇很清晰地缠绕着,是她作为妖怪的注释。当初谁见到她,就会变成石头。几千年过去了,她自己也变成了石头,可怕的容貌也凝固成了希腊文明永驻的精神之一。

珀耳修斯与菲纽斯

正当婚礼进行时,王宫里突然一阵骚动,并传来一声沉闷的吼声。原来是国王刻甫斯的弟弟菲纽斯带着一帮人马全副武装冲了进来。他曾向他的侄女安德罗墨达求过婚,但在她最需要帮助的时候却抛弃了她。而现在,他又来重申自己的要求。菲纽斯挥舞着长矛闯进了婚礼大厅,朝着惊讶的珀耳修斯叫道:"你这个偷走我未婚妻的窃贼,我要来向你复仇,现在你的翅膀和你的父亲宙斯都帮不了你,你躲不开我的长矛。"他一边说着,一边用长矛瞄向珀耳修斯。

刻甫斯站了起来,叫住他的弟弟说:"你疯了?你怎么干这样的蠢事?并不是珀耳修斯抢走了你的心上人。当我们被迫把女儿交给死神的时候,是你抛弃了她。她被绑起来的时候,你在哪里?为什么不在那个时候亲自去救她?而只知道袖手旁观,你现在这样做,只能使她更爱她的丈夫,只能让我这个上年纪的父亲站出来保护我的女儿。"

菲纽斯回答不出来。他睁大眼睛,一会儿盯着他的哥哥,一会儿又瞪向他的情敌,好像在衡量究竟该从哪一边下手。稍稍犹豫了一会儿之后,他便疯狂地用尽全力把长矛掷向珀耳修斯,但是他眼神不好,没有射中珀耳修斯,却扎在了一块垫子上。珀耳修斯乘机跳了起来,朝门口的菲纽斯投出了标枪,要不是菲纽斯迅速地跳到了圣坛后边,标枪一定会穿透他的胸膛。虽然菲纽斯躲过了一劫,他的一名武士却被刺中了前额,代他挨了这一标枪。于是,他带来的武士们全部冲了上来,和参加婚礼的客人们打成了一团,把宴席搞得一片狼藉。

因为闯进来的武士人数远远超过了客人数量,珀耳修斯被菲纽斯和他的武士们团团围住,箭如飞蝗,从各个方向射了过来。珀耳修斯背靠一根柱子奋力抵抗敌人的进攻。他杀死了一个又一个进犯的敌人,可是敌人太多了。他看到单凭自己一个人已经无法抵挡,决定使用最不情愿用的一招。他大声叫道:"不要逼我了,我实在是被逼得没办法了!我要让我过去的敌人帮助我!请我的朋友们都转过脸去!"他一边说着,一边从背上的神袋里取出美杜莎的头,伸向了身边的一个敌人。那人看了一眼面前的东西,轻蔑地笑道:"去吧!让你的魔法去吓唬别人吧!"但是当他

蛇怪的头

琼斯 油画 1886年

由于美杜莎的头不能直接观看,珀耳修斯只好让他的妻子从镜子般的井水中窥视女妖可怕的形象。无数的树叶掩隐着美杜莎、珀耳修斯与他的妻子,构图成三角形。琼斯是一个很有耐心的画家,画中每一个细节都十分刻意地描绘出来,形成让人惊叹的立体效果。

举起手准备投梭镖时,却变成了石头,他的手还高举在空中。后面一个个的敌人都跟着变成了石头,只剩下两百个敌人了。珀耳修斯干脆把美杜莎的头高高举起,让剩下的敌人都能看见。这样,最后这两百个敌人也都站在自己的位置上变成了僵硬的石像。

直到这时,菲纽斯才害怕了,他环顾四周,除了一个个形态各异的石像,什么也没看到。他喊着朋友们的名字,却没有一个人答应。他不相信地用手触摸他们的身体,然而摸到的却是大理石。他惊恐万分,一改往日的骄横,开始乞求起来:"留我一条小命吧!新娘和王国都是你的!"但是,珀耳修斯决定不饶恕他,他说:"我要在我岳父的宫殿里,为你树一块永久的纪念碑。"尽管菲纽斯躲来躲去,不想看到那可怕的头颅,可是最终没有躲过。一霎时,菲纽斯神色恐怖地变成了石头,连他的眼泪也变成了石头。他站在那里,双手下垂,完全是一副可怜的仆人模样。

珀耳修斯终于带着年轻美丽的新娘回到了家乡,过上了幸福的生活。他找到了自己的母亲达那厄,但最终却没有逃脱神谕。他的外祖父阿克利西俄斯由于害怕神谕,悄悄地逃到了彼拉斯齐国王那里。有一次他参加一场体育比赛,而珀耳修斯到阿尔戈去,正好路过这里,也参加了这场运动会。他不知道外祖父就在这里,比赛时,他一不小心掷出的铁饼砸死了外祖父。不久,他就知道了他所杀害的人是谁。他的心中非常悲痛,就把外祖父葬在了城外,然后卖掉了所继承的王国。从此以后,命运之神再也没有伤害他了,妻子为他生了一群可爱的儿子,他们一直保持着父亲的荣耀。

美杜莎

阿特斯·卡里那斯 雕塑
1648年

也许是因为蛇发女妖具有将人化为石头的可怕力量,石雕的美杜莎变成了欧洲许多古典建筑物上常见的装饰,其作用类似于中国建筑中镇邪的狮子之类。

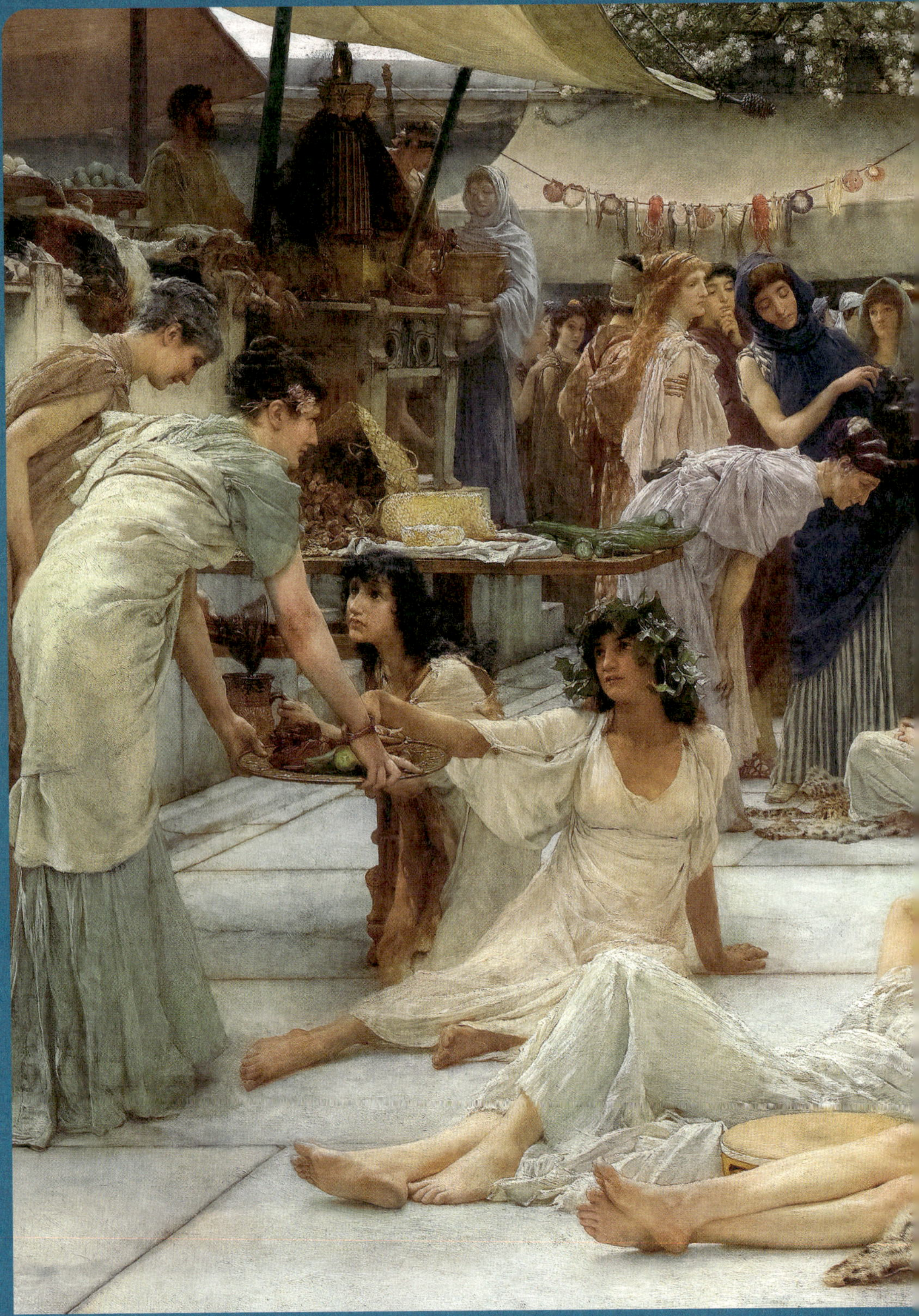

伊翁

Part 10

伊翁的命运充满了戏剧性的转折,从被遗弃的婴儿到成为神庙侍从,再到与母亲相认并成为国王。阿波罗的安排贯穿了他的整个人生轨迹。尽管神的意志不可违抗,但伊翁始终没有放弃抗争。最终,他从一个对身世一无所知的年轻人,逐渐成长为一个敢于面对自己命运、寻找真相的人。

狂欢祭祀

阿尔玛·苔德玛爵士
油画 1887年

在古希腊罗马时期,祭祀常常伴随着热烈的音乐和疯狂的舞蹈,舞蹈有时过分激烈,以至于常有舞者在舞蹈过程中昏厥。苔德玛在这幅画作中表现的就是一群在祭祀舞蹈结束后劳累过度的舞女。对阿波罗的祭祀在形式上常与对酒神的祭祀相混淆,因为它们都表现为尽兴狂欢,唯一不同的是,祭祀阿波罗时一般不集体狂饮,而在本图所表现的对酒神的祭祀中,人们的头上缠绕着象征酒神的葡萄藤,在祭祀过程中大量饮酒。

阿波罗的新娘

雅典国王厄瑞克透斯有一个非常漂亮的女儿,名叫克瑞乌萨。她事先没有经过国王的同意,瞒着父母做了阿波罗的新娘,并为他生下了一个儿子。由于害怕父亲生气,她把孩子藏在一个篮子里,放进经常与阿波罗幽会的山洞里,希望神灵们能可怜这个被遗弃的孩子。为了便于日后跟儿子相认,她把做姑娘时自己戴着的一条项链挂在孩子的脖子上,项链是用许多小金龙串起来的。孩子的出生自然瞒不过阿波罗,他既不想辜负自己的爱人,又不想放弃对儿子的帮助,就找到了他的兄弟赫耳墨斯。赫耳墨斯是神的使者,对天上和地下的事情都很熟悉,他可以在天地之间自由走动,不会引起别人的怀疑。

阿波罗说道:"亲爱的兄弟,一位凡间的女子为我生了一个

春之祭

阿尔玛·苔德玛爵士　油画1894年

远处，巨大的三脚炉燃起了圣火，人们手持鲜花在街道中巡游。在每年春季，古希腊罗马时期的人们都会举行这样盛大的祭祀仪式，狂热地祭拜他们最崇奉的光明之神阿波罗。

儿子，她是雅典国王的女儿。因为害怕自己的父亲，她把儿子藏在一个山洞里。请你帮帮忙去救救我的儿子吧！只要你用麻布把他包住，放在篮子里，送到特尔斐神庙，放在神庙的门槛上，其他的事情我会去办。因为他是我的儿子，我会去看他。"

赫耳墨斯展开双翅，飞到雅典，找到了阿波罗描述的那个山洞，把孩子用麻布包起来放进篮子，按照阿波罗的吩咐，带到了特尔斐神庙。他把篮子放在了神庙的门槛上，并且略微掀开了盖子，以便让人容易发现。这一切都是在夜间悄悄进行的。第二天早上，太阳刚刚升起来，特尔斐神庙的女祭司便来到神庙，看到了正在篮子里酣睡的孩子。她猜测这是一个私生子，便想把他从门槛上搬走，但太阳神却让她对孩子起了同情之心。于是，女祭司把孩子轻轻地抱了起来，并决定带在身边亲自抚养他。从此这

阿波罗的祭祀

弗雷德里克·莱顿勋爵
油画1874—1876年

手持月桂枝的祭司走在队伍的最前面,怀抱里拉琴扮演阿波罗的青年指挥着高唱颂歌的人群,儿童们举着象征阿波罗的盔甲和盾牌,以及阿波罗的圣物三脚凳。英国古典主义绘画的代表人物莱顿勋爵用极富象征的手法,复原了古希腊祭祀阿波罗神的恢宏场面。对阿波罗的祭祀一直都伴随着极其壮观和狂热的集体歌舞,这种祭祀风俗来源于阿波罗对艺术的职司:人们想表达凡人通过音乐、诗歌和舞蹈同奥林匹斯山的诸神交流的喜悦。

个孩子一天天长大,终日在父亲的圣坛前玩耍,但他却不知道自己的父母亲是谁。成年后,他长得高大英俊,特尔斐的居民们渐渐把他看作神庙的小守护者,非常喜欢他,让他负责看管献给神的祭品。于是,他在阿波罗的神殿里过着快乐的、受人尊敬的生活。

从此以后克瑞乌萨再也没有听到有关她丈夫阿波罗的消息,她以为阿波罗已经把她和儿子给忘掉了。而这个时候,雅典人与邻国的由波依岛居民发生了激烈的战争。最后,由波依战败。雅典人赢得了这场战争,他们非常感谢一位从阿克亚来的外乡人的帮助。这个帮了他们大忙的人名叫科索托斯,是宙斯的孙子,艾奥克吕斯的儿子。他请求国王的女儿克瑞乌萨与他结婚,他的要求得到了满足。太阳神对心上人的移情别恋非常愤怒,决定惩罚她。克瑞乌萨结婚后,一直没能生育。几年以后,克瑞乌萨专程到特尔斐神庙,想求得神灵的帮助,让她再生一个孩子。这正是太阳神阿波罗所期望的。

特尔斐神庙之遇

克瑞乌萨和她的新丈夫带着一群仆人,动身前往特尔斐神庙朝贡。他们一行人到达神庙门口的时候,阿波罗的儿子正按照惯例用桂花树枝做成的扫帚打扫厅院。他看到这个高贵的妇人刚进神庙就禁不住哭了起来,不由上前小心地询问她为什么悲伤。

他说道:"我并不愿挑起你的伤心事,不过如果你愿意的话,请告诉我,你叫什么名字,从哪里来?"

"我叫克瑞乌萨。"她回答道,"我的父亲叫艾瑞克修斯,我来自雅典。"

青年一听,高兴地叫了起来:"那是一个多么伟大和有名的地方呀!你的出身是多么的高贵!不过,请你告诉我,这是真的吗?我从画册中看到,你的曾祖父艾里克托尼俄斯就像一棵小树一样是从土地里长出来的,是这样吗?雅典娜女神把这些从土地里长出来的孩子放在箱子里,派两条巨龙保护他们,然后把他们交给塞克洛普斯的女儿照看,可是后来听说她们抑制不住自己的好奇心,打开盒子看到那个男孩的时候,却一下子发了疯,跳下悬崖摔死了。这难道是真的吗?"

克瑞乌萨默默地点了点头,祖先的故事唤起了她对遗弃的儿子的怀念。但她并不知道,自己的亲生儿子正站在她的面前,好奇地继续问着他的问题。

"尊贵的公主,请告诉我,你的父亲为了抵御敌人,是否真的遵照神的指示把她的女儿们,也就是你的姐妹们统统杀掉,祭献给了神灵?那为什么只有你一个人逃出了这场劫难?"

特尔斐的女祭司

约翰·威廉·哥德瓦德
油画 1901年

圣殿大门明亮的黄色调子,衬托了阿波罗的女祭司的高贵和孤独。哥德瓦德是一位长期被美术评论家所冷落的法国画家,他一生都神秘地隐居,他如同他所有画作中的人物一样,忧郁、温和、低调,但却充满灵气。

"那时我才刚刚出生,"克瑞乌萨说道,"我正躺在母亲的怀抱里,并不知道实情。"

"难道真是大地裂开吞没了你的父亲吗?"男孩继续追问道,"海神波塞冬真的用三叉戟杀死了他?他的坟墓真的就在我所供奉的主人阿波罗神所喜欢的那个山洞附近?"

"唉!陌生的年轻人呀!请你不要再提那个山洞。"克瑞乌萨悲伤地打断了他的话,"我在那里做过一件蠢事,那是一个发生不忠和罪孽的地方。"克瑞乌萨沉默了一会儿,接着又振作起精神,向这个年轻人说出了她来此地的目的,在她看来,这个年轻人不过是神庙里的一个守护者而已。她告诉这个年轻人,自己是科素托斯王子的妻子,前来特尔斐神庙,祈求神赐给她一个儿子。"阿波罗知道我为什么没有孩子的原因,"她长叹一声说道,"只有他才能帮助我。"

"你还没有孩子?真是一个不幸的人啊。"年轻人同情地说道。

"没有。我早就是一个不幸的女人了。"克瑞乌萨回答道,"我真羡慕你母亲,能够有你这么一个聪明漂亮的儿子。"

"我不知道谁是我的父母亲。"年轻人伤心地说道,"我从来没在妈妈的怀里吃过奶。我也不知道我是从哪儿来的。我的养母是这个神庙的女祭司,她对我说是因为一时慈悲才抱养了我。从我记事的那一天起,我就住在这个神庙里,我只是太阳神的仆人。"

克瑞乌萨听到这些话,触动了自己的伤心往事。她沉思了一会儿,同情地对年轻人说道:"我认识一个妇人,她的命运和你的母亲很相似,我就是为了她才来这里祈求神灵帮助的。跟我一起过来的还有她的丈夫,他为了听取特洛夫纽斯的神谕,特地绕道过去了。趁她的丈夫还没有到,我愿意把这个妇人的秘密讲给你听,因为你是神灵的仆人。那位妇人说过,在她嫁给现在这位丈夫之前,曾经是阿波罗的妻子,她没有经过父亲的同意便跟阿波罗生了一个儿子。她把儿子放在一个秘密的地方,从此以后就不知道儿子的音讯。作为她的朋友,我来这里,想替她问问,她的儿子是活着还是已死去很久了。"

"这是多少年前的事?"年轻人问道。

"如果这个孩子还活着的话,应该跟你的年龄差不多。"克瑞乌萨说道。

"哎呀!你那位朋友的命运和我是多么相似呀!"年轻人悲伤地叫了起来,"她在寻找她的儿子,我在寻找我的母亲。不同的地方、不同的人却有着相同的经历,可是不要指望神灵会给你一个满意的答案。因为你用你朋友的名义来责怪太阳神的不义。要知道他是不会自己来宣判自己的过错的。"

"别说了!"克瑞乌萨打断他的话,说道,"那位妇人的丈夫来了。请你忘掉我对你说的

一切吧！不要让别人知道，我说的太多了！"

科素托斯兴冲冲地跑向自己的妻子，对着妻子喊道："克瑞乌萨，特洛夫纽斯神给了我一个非常吉利的消息，他说我会带一个孩子回去的。咦！和你在一起的这个年轻的祭司是谁？"

年轻人非常礼貌而又谦恭地走到他面前，告诉他自己只是阿波罗神庙的仆人，这里是特尔斐人最敬重的圣地，阿波罗则是特尔斐神庙最高贵的人，而那些被命运之签所挑中的人都在里面，围着三脚香炉，听取女祭司宣示神谕。科素托斯听到这一番话，立即吩咐克瑞乌萨像其他来拜神的人一样用花枝打扮自己，这是前来求神的人必经的一道程序。克瑞乌萨看到露天祭坛上放着桂花枝便走过去，用桂花枝打扮着自己，她在太阳神的祭坛前祈求神给她一个满意的答复。这时科素托斯走进了神殿里，而那位年轻人仍在前厅守护着。不久，他就听到大门打开，然后

特尔斐的阿波罗神庙及神谕广场

遗址 古希腊时期

特尔斐的圆形圣地曾经是神谕之地，传说也是众神听音乐的地方。这座山和奥林匹斯山齐名，是希腊人共同崇拜的山。圆形圣地紧靠着阿波罗神庙，几何式的伟大构图体现出希腊民族在数学和美学上的光辉成就。

又关上了。科索托斯兴高采烈地冲了出来，猛地一下抱住了守在门外的年轻人，连声喊道："儿子！儿子！"要求年轻人也拥抱他，真诚地吻他。年轻人不知道发生了什么事，认为这人一定是想儿子想疯了，便用力把他推到一边。科索托斯并不在乎，叫道："是神让我这样做的！他说我走出门来遇到的第一个人就是我的儿子。你是神赐给我的礼物！我也不知道这是怎么一回事，因为我的妻子从没生过小孩，但我相信神灵的话。如果他愿意，总有一天他会揭露这个秘密。"

听完这些话，年轻人不再拒绝，不由变得高兴起来。但他仍然心事重重，他一边拥抱着父亲，承受着父亲的拥抱和亲吻，一边长叹道："唉，亲爱的妈妈呀！你在哪里？我什么时候才能看到你亲切的面容？"这时候，他的心里产生了一丝疑虑，怀疑科索托斯的妻子是否愿意接受自己，他又不是她的亲生儿子，他也担心雅典人是否会承认他这个未来的王位继承人。而科索托斯却一直鼓励他，并向他许诺：永远不在雅典人和他妻子面前认他为儿子，只把他当作一个陌生人。他还给他取了一个名字叫伊翁，意思是漫游天涯海角的人。因为当他把孩子抱住时，孩子正在神庙的前厅里漫步。

克瑞乌萨这时还在阿波罗的祭坛前一动不动地坐着。她正虔诚地做着祈祷，突然，女仆们的喧闹声打断了她的祷告。她们跑过来抱怨道："不幸的女主人呀！你的丈夫正满怀喜悦。阿波罗已经送给他一个儿子，而你却永远也不会再有亲生儿子，也不可能用自己的乳汁去喂养他了。他的这个儿子已经长大成人，天知道是他和哪一位女人生下来的。他从神殿走出来，刚好就遇到了这个孩子。现在，你的丈夫正为重新找到自己的孩子而高兴呢，而你却仍然在这里祈祷，像一个虔诚的修女。"

太阳神也许给克瑞乌萨吃了迷魂药，她竟然没有看穿近在身旁的这个秘密，仍在心中继续感叹自己悲惨的命运。过了一会儿，她问起这个突如其来的儿子叫什么名字。

"他就是神庙里那个年轻的守卫，你刚才还同他讲过话。"仆人们回答："他父亲给他起了个名字叫伊翁。我们不知道他的母亲是谁。你的丈夫现在到酒神祭坛那里去了，他要悄悄地为他的儿子做祈祷。然后在那里举行一场盛大的宴会。他严肃地吩咐我们，不让我们告诉你，否则就要杀掉我们。可是我们出于对你的爱护，违背了他的命令。求你千万不要告诉他。"

母子相认

这时候，一个在埃瑞克修斯家里干了很长时间的忠实的老仆人走了出来。他对自己的女主人十分忠诚，对科索托斯的做法十分愤怒，他认为科索托斯是极不忠诚的花心主人。他居然愤怒地出主意说愿意去消灭这个私生子，以免将来他会合法地继承科索托斯的王位。克瑞乌萨想到自己被丈夫和原来的情人都抛弃了，不由悲愤交织。竟然也同意了这个仆人阴险的计划，并把自己与太阳神的关系讲给他听。

科索托斯带着伊翁离开神殿后，一起登上了巴那萨斯山顶，特尔斐的人们经常在这里祭祀酒神，像对待太阳神一样祭献礼物，并在这里纵酒狂欢。科索托斯向酒神浇酒祭祀，感谢他赐予自己一个儿子。伊翁在仆人们的帮助下在野地里搭了一座华丽的帐篷，并用从特尔斐神庙带来的精美的花毯罩在顶部。帐篷里面摆上了长桌，桌上放满装有丰盛食物的银盘和装满葡萄美酒的金杯。科索托斯派使者到特尔斐城去邀请那里的居民都来参加盛宴，分享他的快乐。不久，大帐篷里挤满了头戴花环的客人，他们尽情享用着美酒佳肴。当甜品端上桌的

特尔斐的女祭司

瓶画 希腊 公元前3世纪

在古希腊时代，特尔斐的阿波罗神庙具有巨大的宗教和政治影响。图为一位希腊国王正在向著名的女祭司瑟西斯求教神谕。

阿波罗神庙

摄影 希腊

位于希腊伯罗奔尼撒半岛上的阿波罗神庙遗址。在希腊的许多城邦，均建有供奉阿波罗的壮丽圣殿。

时候，一位老人走了出来，他衣着滑稽，引得客人们哈哈大笑，他声称想为大家敬酒。科索托斯认出他是妻子克瑞乌萨的老仆人，就当着客人的面连声赞扬他的勤劳与忠诚，并让他做他高兴做的事。于是，老仆人就跑到酒架旁帮助客人倒酒。

宴席即将结束的时候，有人吹起了笛子。老人让仆人们把客人面前的小杯撤掉，换成了大杯。他亲自选了一个最漂亮的杯子，倒满了最上乘的葡萄酒，看上去像是要给年轻的新主人敬酒，实际上他已经悄悄地在里面加进了一种致命的毒药。然后，他跑到伊翁面前，往地上滴了几滴酒，算是敬神。这时候，伊翁听见旁边的一位仆人轻轻地骂了一句。伊翁从小是在神殿里长大的，他知道这是教仪中一个不祥的预兆，就把杯中的酒全部倒在地上，并吩咐仆人为他换上一个新杯子斟酒，然后用这杯酒进行隆重的浇祭仪式。所有的宾客都跟着他这样做了，就在这个时候，外面飞来了一群圣鸽。它们都是受太阳神的保护在他的神殿

里被养大的。鸽子们看到了地上祭奠的葡萄酒，都高兴地飞到地面上喝了起来，别的鸽子喝过祭酒后都安然无恙，只有饮过伊翁倒掉的第一杯酒的那只鸽子扑扇着翅膀，摇晃着发出一阵哀鸣，最后痛苦地抽搐而死。客人们感到非常诧异。

伊翁愤怒地从自己的座位上站了起来，挥动着胳膊，握紧拳头吼道："是谁想要害我？说！老头子！是你在酒里面下的毒，又把杯子递给了我。"他一把抓住老仆人的胳膊不让他逃脱。老仆人吓坏了，就承认了这个罪恶的阴谋。但他却把责任全部推到克瑞乌萨身上。听了这话，伊翁离开了帐篷，客人们也愤怒地跟在他的后面。在特尔斐人的簇拥下，他来到了一块空地上，对着天空高举起双手说道："神圣的大地呀！请为我作证，你亲眼看到这个艾瑞柯修斯家的女人竟想毒死我！"

"用石头砸死她！"周围的人异口同声地说道。他们跟着伊翁去寻找克瑞乌萨。科索托斯远远地跟在后面，不知道自己该怎么办，突如其来的变故使他昏了头。

克瑞乌萨正在阿波罗的圣坛前等待着老仆人的归来，可是结果却远远出乎她的意料，她听到远处传来一阵吵闹声，声音越来越近。她不知道外面发生了什么事，她丈夫身边的一位忠实于她的仆人飞奔过来告诉她阴谋已经败露，特尔斐人要来杀掉她。听到这个消息，她身边的仆人们一齐将她围了起来准备保护她，并给她出主意说："紧紧抓住神坛！别松开，如果他们敢在这个神圣的地方杀你，那么他们也会受到惩罚！"

这时候，一群狂怒的特尔斐人由伊翁带领着越走越近，伊翁

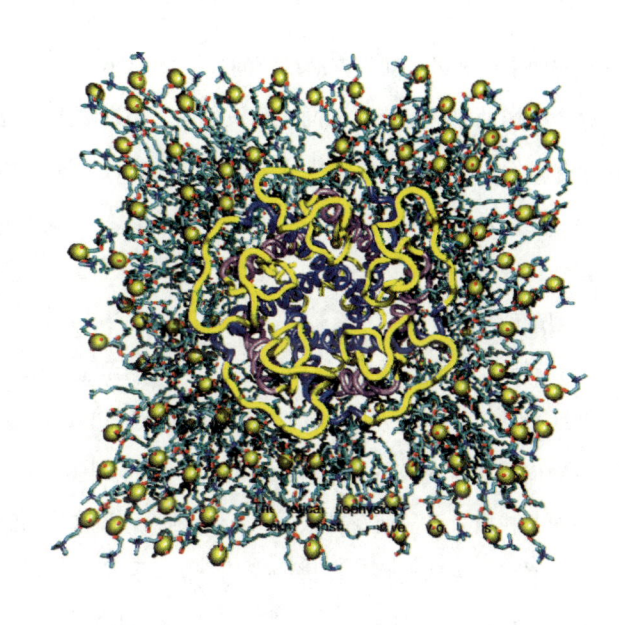

伊翁与离子

也许出于伊翁和能量之源的太阳神之间的联系，当后世的科学家发现了一种带有一个（或多个）正电荷（或负电荷）的原子（或原子团）时，便用伊翁的名字为其命名为离子（Ion）。带电的离子具有相互交换的功能，对这一性能的利用使人类发明了离子交换机。在现代，离子技术广泛运用于物理、化学、医疗、信息等许多领域。图为离子运动路径示意图。

愤怒的话语被风传到了克瑞乌萨的耳朵里。"神灵呀！发发慈悲吧！他们告诉我说这个未遂的罪行是我狠毒的继母策划的。她在哪里？她居然这么憎恨我！她在哪里？你们一齐动手，把她从最高的悬崖上推下去吧！"人群中响起了一阵附和声。

他们来到了圣坛前。伊翁抓住了那个女人，他不知道这是他的亲生母亲，却把她当成了不共戴天的死敌。他想拉着她离开圣坛，因为神圣的祭坛是她唯一安全的避难所。

阿波罗不愿意看到自己的儿子杀害他的亲生母亲，就把自己的意愿和克瑞乌萨的过往以及正在发生的事暗示给他的女祭司。女祭司立即明白了事情的原委，也知道了伊翁的确不是科素托斯的儿子，而是阿波罗与克瑞乌萨的儿子。她离开圣坛，找出自己从前在神殿门口捡到的那只盛放婴儿的篮子，拿在手中，匆匆来到了祭坛。克瑞乌萨正在拼命挣扎，伊翁看到女祭司，立即松开了手，恭敬地迎了上去说道："欢迎你，亲爱的妈妈，我必须这么称呼您，尽管您并没有生我，可是我却愿意这样称呼您。您是否听说我刚逃脱了一场灾难。我才找到了一个父亲，但是他的妻子，我这个狠毒的后妈却想要害死我，您说我该怎么办？我全听您的！"

女祭司把手举起来以示警告，并说道："伊翁，我希望你能干干净净地回到雅典，受到人们的尊敬。"

伊翁沉思了一会儿，然后回答："杀死自己的敌人，难道这是错误的？"

"在我把话讲完以前，你千万别动手。"女祭司严肃地说，"你看到我手中的这只篮子了吗？看到这篮子上的花环了吗？当年你就是放在这个篮子里被遗弃到这儿的，我也是从篮子里把你抱走，然后把你抚养成人的。"

伊翁惊异地说道："妈妈，您从来没有对我说过这些，为什么现在要告诉我？"

"因为这么多年来太阳神一直想让你为他服务，他现在想送给你一个父亲，他想派你到雅典去。"

"那你提这只篮子干什么？"伊翁问道。

"这里面还有一块包过你的麻布，亲爱的孩子。"女祭司回答。

"麻布？"伊翁惊叫起来，"好！这是一条线索，也许我可以凭借它找到我的亲生母亲。"

女祭司把篮子递了过去，伊翁急切地接了过来，小心地折叠着麻布，他眼含热泪，看着这宝贵的纪念品。这时克瑞乌萨也渐渐地恢复了镇静。她一眼便看到了伊翁手里的麻布和那个篮子，立即明白了一切。她从圣坛前冲了过来，高兴地喊了一声："儿子！"便紧紧地抱住了惊讶不已的伊翁。

伊翁满怀疑虑地看着她，想从她的怀中挣脱出来，因为他认为这不过是她的另一个诡计。克瑞乌萨松开了他，往后退了几步说道："这块麻布将证明我的话。孩子，快些把它摊开！里面有几处当年我做的标记，我会说给你听。这些花边都是我做姑娘时花了很长时间亲手绣上去的，中间绣着戈耳工的头，四周围着毒蛇，如同雅典的盾牌一样。"

伊翁半信半疑地打开了麻布，突然惊喜地叫了起来："哎呀！伟大的宙斯！真有戈耳工的头，还有这些毒蛇。"

"还有！"克瑞乌萨说道，"篮子里面肯定还有一条金龙项链，那是用来纪念艾瑞柯修斯家族箱子里的巨龙特意做的。"

伊翁在箱子里搜索了一阵，高兴地拿出了项链。

"还有最后一个信物。"克瑞乌萨说道，"是一个永不褪色的橄榄叶花环，我当时把它戴在我亲生儿子的头上。那是用从雅典第一棵橄榄树上采下来的叶子编成的。"

伊翁把手伸进篮子底部搜索了一阵，又拿出来一个依然翠绿的橄榄叶花环。"母亲！母亲！"他呼喊着，连声音都哽咽了，他紧紧抱住母亲的脖子，在她的面颊上不停地亲吻着。后来他松开了手，想去找他的父亲科素托斯。这时克瑞乌萨对他讲起了他的秘密身世，说他这么多年来忠诚侍候的阿波罗正是他的亲生父亲。这时，伊翁才了解了自己的身世，也原谅了母亲无意中犯下的过错。科素托斯拥抱着伊翁，把这个养子当作神赐予自己的宝贝。他们三个人又重新回到圣坛前，向阿波罗表示感谢。女祭司坐在三足祭坛上，送给他们一个预言，说伊翁将成为一个名门望族的祖先，族人们将被称作爱奥尼亚人，又说，克瑞乌萨将给科素托斯生下一个儿子多路斯，这个儿子将成为多里安人的祖先，并名扬天下。科素托斯和克瑞乌萨满怀着喜悦和希望，带着儿子回到了雅典。特尔斐的居民都来为他们送行，并预祝他们一路平安。

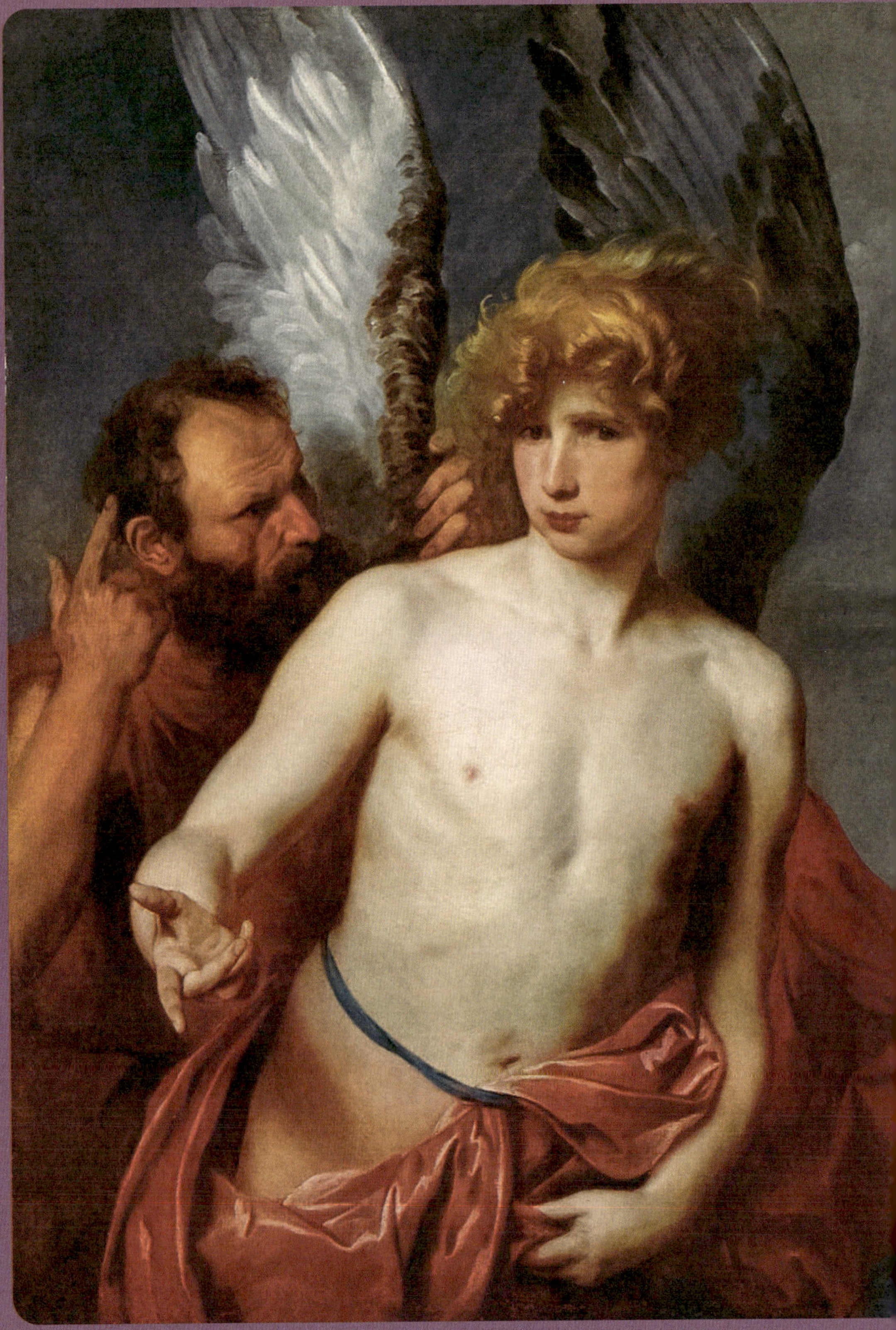

代达罗斯和伊卡洛斯

Part II

起初,伊卡洛斯父子逃离克里特岛的飞行一切顺利。但伊卡洛斯逐渐忘记了父亲的警告,越飞越高。他翅膀上的蜡被太阳融化,最终从空中坠入大海,因此殒命。伊卡洛斯的故事成为许多文学、艺术作品的灵感来源。在现代,"伊卡洛斯"也成为一种象征,代表着那些勇敢追求梦想、挑战极限但最终失败的人。

建造克里特迷宫

代达罗斯是雅典人，属于厄瑞克族人。他的曾祖父是厄瑞克修斯，父亲是墨提翁。代达罗斯是一位伟大的艺术家，同时又是杰出的建筑师和雕刻家。世界各地的人们都十分欣赏他的艺术作品，说他的雕塑作品是具有灵魂的创造物，生动、传神。他的人物雕像不仅形似，而且神似。因为早期的大师们创作人物雕塑时，往往都让雕像的眼睛紧闭，双手连着身体，无力地下垂，而代达罗斯却第一个让人物雕像睁开眼睛，手臂张开，双腿分开，好像是在走路。可是，这种高超的技艺却成了他满足个人虚荣心和嫉妒别人的资本。这一缺点常常诱使他去做坏事，并且最终把他带向了悲惨的深渊。

代达罗斯有一个外甥，名叫塔洛斯，从小跟着舅父学艺，而他的智商比舅父还高。当他还是一个小孩子的时候，就发明了陶工转轮。他喜欢通过对自然界的观察和模仿，来改进并发明工具。有一次，他杀死了一条蛇，发现能用蛇的颌骨上的锯齿锯断小木板，于是马上照

能呼吸的大理石

古希腊时期的大理石艺术品一直被视为美的极致，更有意思的是，古希腊雕塑艺术从近乎原始的起步到炉火纯青，仅用了300多年时间。公元前7世纪后的200年时间里，希腊人开始借鉴埃及的法老雕像的雕塑手法，创作了一大批人体雕像，其中以公元前7世纪创作的《少年立像》（左图）最为著名。但这一时期的雕像形式古拙呆板，人物没有生命气息。到公元前5世纪，新的风格逐渐确立，人物开始有了柔和的线条，其中，克里提俄斯等雕塑家起了极其重要的作用。到公元前4世纪，伟大的雕塑家普拉克西特列斯以及一大批未留下名字的艺术家将希腊的雕塑艺术推向了辉煌的顶峰，大理石在此时的希腊似乎拥有了生命和呼吸。传说中的天才艺术家代达罗斯其实应该是这一时期的雕刻家的代表。

着这个样子造出了一把铁锯，从而成为锯子的发明者。他还首先发明了圆规。他把两根小铁棍绑在一起，让其中一根铁棍固定位置，另一根旋转，这样就能画出一个标准的圆来。而这些构思巧妙的工具，都是他独立发明的，没靠舅父的帮助，因而他赢得了很高的声誉。他的舅父代达罗斯担心外甥会比他的名声更高，心中生出嫉妒的怒火，悄悄地把外甥从雅典的阿克罗波利斯城墙上推下去摔死了。有人看见他在慌慌张张偷偷地掩埋尸体，他却谎称自己在埋一条蛇。后来，他仍然因为杀人而被法庭传唤和审讯，被宣判有罪。

但他悄悄地逃跑了，惊慌之中迷了路，狼狈地在阿提加半岛流浪，后来又来到了克里特岛。国王米诺斯让他住了下来，他成了国王的知心朋友，被当作宝贵的艺术人才而受到尊敬。国王派代达罗斯为怪物米诺特罗斯建造一所住宅。米诺特罗斯是一个牛头人身的怪物，根据古老的协定，雅典城每9年必须给克里特国王进贡7名童男和7名童女，送去给怪物吃掉。代达罗斯绞尽脑汁，终于建造了一座迷宫，里面有数不清的通道，迂回曲折，很容易使人眼花缭乱从而走错路。数不清的小道纵横交错，就像福瑞吉安的麦安德河蜿蜒曲折的河水一样。迷宫建好以后，代达罗斯进去察看，差一点连他自己都陷了进去走不出来。米诺特罗斯住进了迷宫，就再也没办法出来危害大家了。

代达罗斯尽管受到人们的赞誉，并且拥有国王的友谊，但因

米诺斯的迷宫宫殿

摄影

位于克里特岛上的古诺索斯宫殿遗址，该宫殿曾以迷宫般复杂的构造及壮丽而夸耀于世。传说这座宫殿即为传奇中的伟大艺术家代达罗斯所建。

离家日久，开始怀念祖国，同时他也厌倦了这种流浪生活，因此不想在这四面环海的孤岛上虚度一生，再加上国王实际对他并不信任，于是他准备设法逃走。久经考虑之后，他高兴地说道："米诺斯虽然能从陆地和海上阻止我的去路，但我还有天空呢！天空是畅通无阻的，他再伟大，再有权力也没有办法阻止我从天上逃走。"

不久，代达罗斯开始实施自己的计划。他充分发挥想象力，把鸟儿们的羽毛收集整理起来，先把最短最小的羽毛拼在一起，接着把较长的拼在一起，看上去像是天生的一样。他用麻线在中间把它们捆住，再在底部用蜡封紧，然后把羽毛稍稍弯曲，看起来完全像鸟的翅膀一样。代达罗斯有个儿子名叫伊卡洛斯。这个孩子喜欢站在旁边看父亲干活，也喜欢动手去帮助父亲。他时而跑出去捡被风吹走的羽毛，时而用他的小指头去抹黄蜡。代达罗斯微笑地看着儿子笨拙的动作。翅膀终于做好了，代达罗斯把翅膀固定在身上，试了试，他真的像鸟儿一样飞到了天空，然后重新落了下来。他又为儿子做了一对小翅膀，并教给他如何操纵，他告诫儿子道："你一定要在半空中飞行，宝贝儿子。如果飞得太低，翅膀会沾上海水，沾湿了之后翅膀沉重就飞不起来，就会坠入海里。如果飞得太高，翅膀上的羽毛会因过于靠近太阳而着火。因此，你必须在太阳和大海之间飞行，一定要紧紧跟在我的后面。"他一边说着，一边把翅膀绑在儿子的双肩上。他的手指在微微发抖，眼泪滴落到手背上。最后，他鼓励地吻了吻孩子，两人一同起程。

就这样，他们张开翅膀开始飞翔。父亲飞在前头，就像一只领着初次出巢的雏鸟飞行的老鸟一样。他小心地扇动翅膀，给儿子做个榜样，并不时地回过头去看看儿子。开始时一切进展顺利，他们飞过萨玛斯岛，又飞过提洛斯和培罗斯。一个个海岸被甩在身后。伊卡洛斯越飞越高兴，渐渐地飞出了父亲指定的轨道，他操控着羽翼，凭着年轻大胆飞到了更高处。然而，可怕的惩罚也随即而来，强烈的阳光很快熔化了翅膀上紧封着的黄蜡，等到伊卡洛斯意识到这一点时，翅膀上的羽毛已经开始脱落，从他的双肩上飘了下去。这个不幸的孩子只得用他的一双稚嫩的胳膊在空中飞行，然而空气根本不能支撑他的重量，他一头从空中栽了下来。他想向父亲呼救，但还没等他张开嘴，蔚蓝的大海就已经把他淹没了。这一切都发生得太突然，瞬间便结束了。代达罗斯回头看时，儿子已经不见了。"伊卡洛斯！伊卡洛斯！"他预感不妙，向着空旷的天空喊道："你在哪里？我到哪儿

伊卡洛斯和代达罗斯

索科洛夫 油画

　　代达罗斯给儿子伊卡洛斯做了一对小羽翼，并指导他如何操纵。"你要当心，"他叮嘱道，"必须在半空中飞行。如果飞得太低，羽翼会碰到海水，沾湿了会变得沉重，你就会被拽落到大海里；要是飞得太高，太阳会将翅膀上的羽毛烧掉。"代达罗斯一边说，一边把羽翼给儿子缚在他的双肩上，但他的手却在微微地发抖。

才能找到你？"最后，他惊恐地往下瞅了一眼，看见很多羽毛正在海面上漂浮。代达罗斯马上合拢翅膀，降落在一个海岛的岸边。他把翅膀放在一边，满怀希望地四下寻找，远远地看到海浪把他儿子的尸体推到了沙滩上。被他杀害的塔洛斯以此报了仇！绝望的父亲掩埋了儿子的尸体。为纪念他的儿子，从此，埋葬伊卡洛斯尸体的海岛叫作伊卡利亚。

伊卡洛斯的飞行

版画

灼热的太阳烤化了蜡制羽翼，伊卡洛斯在惊恐中下坠。羽毛纷纷崩溃、散落，父亲的忠告变成了死亡的现实。伊卡洛斯对天空的向往有点像中国明朝的科学家万虎，他将自己绑在有火箭的椅子上，企图航天，但最终没有逃过粉身碎骨的命运。但无论如何，"飞得更高更远"的理想，永远是人类对万有引力的挑战。

国王之死

代达罗斯怀着满腔悲愤，继续向前飞行，最后飞到了西西里岛。这个大岛的统治者是国王科卡罗斯，他像克里特国王米诺斯一样热情地接待了他。在这里，这位艺术家的杰出成就赢得了当地人的赞叹。他在那里兴修水利，建造了一个人工湖泊，很多年来一直是当地的一大景观。他把湖水引进附近一条宽阔的大河，最终注入附近的海洋。在一座无法攀登上去的陡峭的山崖上，那是一块仅仅只能容下几棵树生长的地方，他居然在上面建造了一座坚固的城池，并且修筑了一条狭窄的羊肠小道盘旋通向山顶，这样的城堡只需要三四个人就可以坚守。国王科卡罗斯选择这个"一夫当关，万夫莫开"的城堡用来存放他的珍宝。代达罗斯在西西里岛完成的第三件工程是在地面挖一个深洞。他设计了一些巧妙的机关吸取地热，平日里这个山洞又冷又湿，现在被他改造后变得非常舒适，像一座温室一样，人在里面会慢慢出汗，却不会热得难以忍受。此外，他还扩建了位于俄利克斯山上的阿佛洛狄忒神庙，并为女神敬献了一个金蜂

代达罗斯和伊卡洛斯

安东尼·凡·戴克 油画 约1620年 安大略美术馆藏

　　伊卡洛斯的故事发人深省,影响了不同时代的画家,比利时画家安东尼·凡·戴克便是其中之一。他是英格兰国王查理一世时期的首席宫廷画家,也是鲁本斯的杰出弟子之一。凡·戴克擅长通过细腻的笔触和对细节的关注来表现人物的情感状态和心理活动。在这幅画作中,代达罗斯用手指着天空,似乎在告诉伊卡洛斯要小心不要飞得太高。而伊卡洛斯面向观者伸出了手,好像正在重复父亲交代的重要的飞行注意事项,遗憾的是伊卡洛斯并没有恪守这些规则。

伊卡洛斯

鲁本斯 1636—1638 年

父亲眼看着儿子死于自己的罪恶和创造物。鲁本斯着力刻画的是这一瞬间的人性震撼。

房,其工艺之精巧,几乎可以假乱真,竟和蜜蜂制造的六边形天然蜂房一模一样。

国王米诺斯听说代达罗斯悄悄逃到了西西里岛,非常愤怒,就派出一支强大的军队前往西西里岛,想把他追回来。他装备了一支舰队,从克里特岛一直驶往阿葛瑞金塔姆。他把军队驻扎在那里,然后派了一个使者前往京城,去找国王科卡罗斯,要求交出这位逃亡的艺术家。科卡罗斯对这位异邦君主的要求非常愤怒,思量着如何才能消灭来犯的头领。于是他假装答应米诺斯的请求,并请他赴会面谈。米诺斯到了以后,受到科卡罗斯的盛情款待。国王为他准备了一个热水浴,说是帮他洗去一路的征尘。等他跳进浴缸之后,科卡罗斯就开始让人不断加热,最终把这位客人烫死在了浴缸里。这位西西里岛的国王把米诺斯的尸体交还

伊卡洛斯坠落

阿塔斯·卡里那斯
雕塑 1648年

自古以来，总有"伊卡洛斯"们用激情和鲁莽挑战人类社会严酷的规则，他们中只有很少一部分人最终变成了伟大的先驱，而绝大多数人却在残酷的游戏中坠落了。雕刻家卡里那斯用伊卡洛斯迷茫的神情，刻画了所有的陨落者的悲剧。

阿佛洛狄忒的神庙

浮雕 罗马 公元150—250年

这枚出土于罗马的黄金戒指上刻有一座阿佛洛狄忒神庙的建筑形象。虽然罗马的美神名字换成了维纳斯，但对美神的崇拜却从未间断过。

给克里特人，解释说米诺斯国王是在洗澡的时候不幸失足，跌进了沸水池里。克里特的士兵们把米诺斯隆重地葬在阿格里根特附近，并在他的坟墓旁建造了一座阿佛洛狄忒神庙。

代达罗斯留在了西西里岛，成为科卡罗斯的座上客，一直受到西西里国王的尊重。他在这里培养了许多著名的能工巧匠，并在那里创建了欧洲第一所建筑雕刻艺术学校，成为西西里岛本土文化的奠基人。虽然他在这里受到敬重和礼遇，但是，自从他的儿子伊卡洛斯死后，他就一直没有真正快乐过。他客居他乡，晚年过得忧郁、痛苦。后来，他死在了西西里岛，并被埋葬在那里。

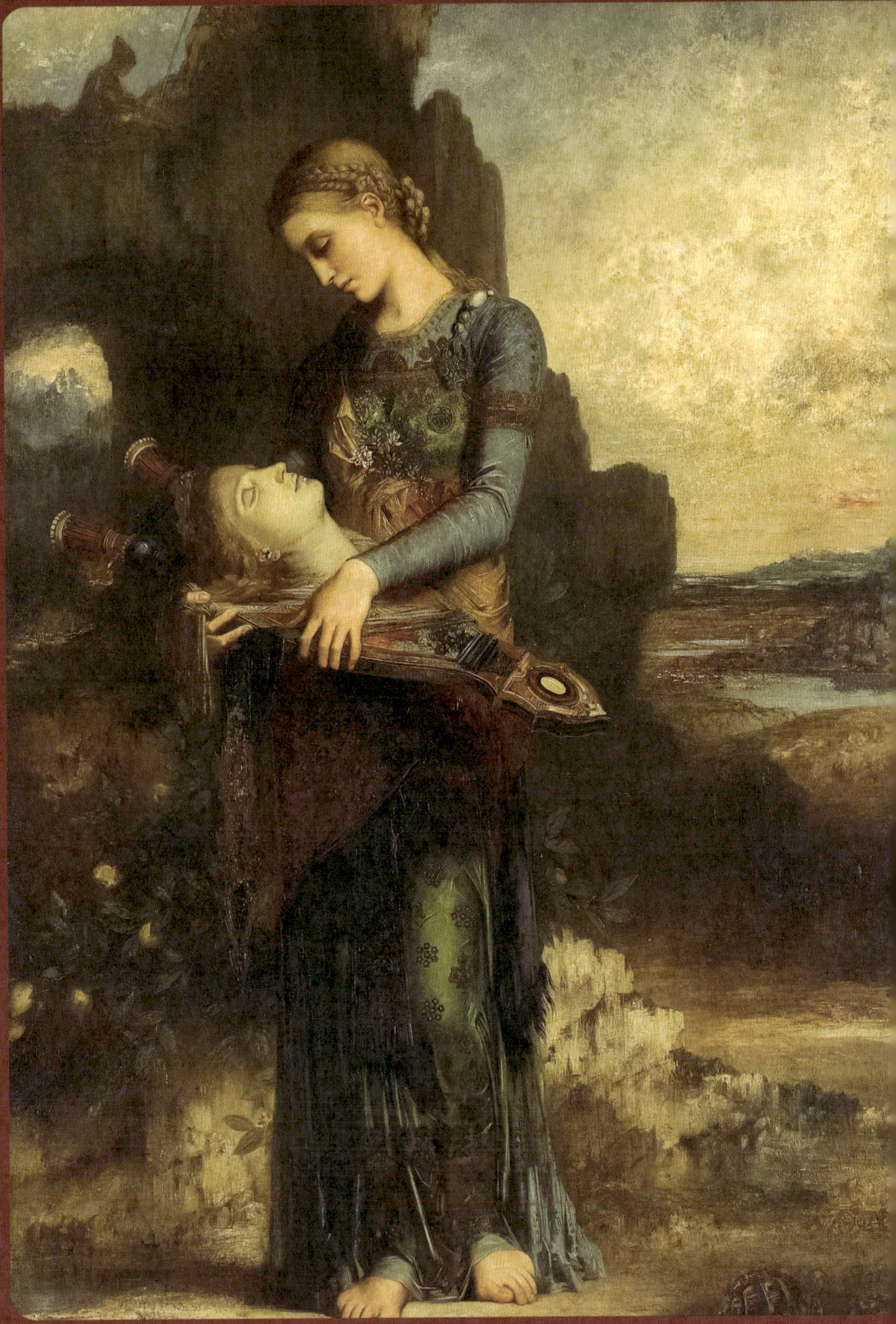

阿耳戈英雄们的故事

Part

12

阿耳戈英雄的故事是希腊最古老的传说之一，围绕夺取稀世珍宝金羊毛的主线任务展开。以伊阿宋为首的希腊英雄，乘「阿耳戈」号快船远航，历经一系列困难与磨难最终成功取得金羊毛。

伊阿宋与珀利阿斯

伊阿宋是埃宋的儿子,克瑞透斯的孙子。克瑞透斯在临近帖撒利的海湾建立了城堡和爱俄尔卡斯王国,后来把王位传给了儿子埃宋,但后来埃宋的弟弟珀利阿斯却夺走了王位。埃宋死后,他的儿子伊阿宋仓皇逃到了半人半马的肯陶洛斯族人喀戎那里,因为喀戎曾帮助过许多人取得了很大的成就。喀戎同样也把伊阿宋训练成了一位英雄。珀利阿斯在垂暮之年时,总被一个奇怪的神谕困扰着。神谕告诫他要提防只穿一只鞋子的人。他反复寻思,试图弄明白其中的含义,但却苦无着落。而此时的伊阿宋已在喀戎那里生活了20年,正准备秘密出发返回故国,向叔叔珀利阿斯讨回王位。

像古时的勇士们一样,伊阿宋手持两根长矛,一根用于刺杀,一根用于投掷。为了掩护自己,伊阿宋做了一番伪装,他身披野豹皮,长发披散在肩上。在途中,经过一条大河时,一位老妪请求他帮忙渡河。实际上她是神祇之母赫拉,是国王珀利阿斯的一个仇敌。伊阿宋

阿耳戈之舟

康斯坦丁诺斯·沃拉纳基斯
布面油画

阿耳戈之舟这艘传奇船只,最著名的故事与阿耳戈英雄的冒险密切相关。阿耳戈之舟的名字源自于它的船长阿耳戈,他在神的帮助下建造了这艘船。阿耳戈之舟非常大,能够容纳50名船员,而且航速极快,结构结实,能够承受长时间的航行。

没有识破她的伪装，出于怜悯之心就把这老妇人背了起来，驮着她艰难地蹚水过河。行至河中央，伊阿宋的一只鞋子陷进了泥里，怎么也拔不出来。但是他就这样，一只脚穿着鞋子，一只脚赤着，毫无顾忌地继续前行。经过一番长途跋涉，他来到了爱俄尔卡斯的一个广场上。这时他的叔父——爱俄尔卡斯国王珀利阿斯，正在臣民们的簇拥下，举行祭祀海神波塞冬的仪式。国王正在摆设祭品，当他看到这个只穿着一只鞋子的陌生人走过来时，立刻想起了那个奇怪的神谕，内心一阵恐惧。神圣的祭祀仪式结束后，他装作若无其事的样子走向这个陌生的外乡人，问起他的名字和来历。

伊阿宋毫不迟疑地回答："我是埃宋国王的儿子，先前一直在喀戎的山洞里生活，现在我回来了，想看看父亲从前居住的房屋。"狡猾的珀利阿斯客气地听着侄子的话，亲切地接待了他，尽力掩饰着自己的不安和恐惧。他派人带着伊阿宋参观了整个王宫。伊阿宋打量着这座伴随他度过童年的王宫，内心充满着敬仰与渴慕之情。接连5天，他和自己的堂兄弟还有其他亲朋好友们欢聚一堂，觥筹交错，庆祝重逢。直到第六天，他们才离开这个特意为客人搭建的帐篷，来到国王珀利阿斯的面前。伊阿宋谦和地对他的叔父说道："国王陛下，你应该知道，其实我父亲才是合法的国王，我是他唯一的儿子，所以你现在所占据的一切，实际上全部都应该属于我。但是，我仍然愿意把土地、羊群、牛群留给你，尽管这是你从我父王手里夺去的。我只想要回属于我父王的王位和权杖，其他什么都不要。"

狡猾的珀利阿斯静静地思索了一会儿，很亲切地回答："我愿意满足你的要求，但是作为回报，你也必须答应我的一个要求，替我做一件事情。因为我现在年迈体弱，已经力不从心，不像你年轻有为，相信你能帮助我圆满完成这件事。长久以来，佛里克索斯的阴魂总在睡梦中困扰着我。他让我满足他的一个愿望，到科尔喀斯的国王埃厄忒斯那儿取回金羊毛，好让他的灵魂

伊阿宋像（局部）

特尔瓦德逊 雕塑
1802—1828年

　　青年伊阿宋的形象其实是凡人中的阿波罗，俊美和神武相交融。罗马式的头盔和希腊美少年的容貌，将英雄的大理石肉体衬托为一种力的梦幻。作者特尔瓦德逊是丹麦人，善于创作神话题材和名人像，其中"拿破仑一世"的胸像被公认为最接近天神的作品。

得到安息。按照道理应该我去，但我现在将这个光荣的任务交给你，当你带着战利品，获得崇高的荣誉回来时，就可以得到权杖和王位。"

阿耳戈英雄们出海

金羊毛的来历是这样的：佛里克索斯是玻俄提亚国王阿塔玛斯的儿子，从小他就遭到了继母——父亲的宠姬伊诺的虐待。为了把他从苦海里救出来，他的亲生母亲涅斐勒在他姐姐赫勒的帮助下把儿子偷偷从王宫中抱了出来，涅斐勒是一位云神，她让一双儿女骑在一只浑身长满纯金羊毛的带两只翅膀的公羊背上。那只羊是她从众神的使者、亡灵接引神赫尔墨斯那里得到的礼物。姐弟俩骑在这头神奇的羊背上，飞过了无数陆地和海洋，但是半途中姐姐赫勒却因头晕掉进海里淹死了。后来，这个海便被称作赫勒海，又叫赫勒丝蓬特海。最后，佛里克索斯安全降落到黑海岸边的科尔喀斯王国，并受到了国王埃厄忒斯的热情招待。后来，国王还把女儿卡尔契俄柏许配给他为妻。为了答谢国王，佛里克索斯把那头驮着他逃离苦海的金羊宰杀祭献给宙斯，然后把金羊毛呈献给国王做礼物。后来，埃厄忒斯国王又把金羊毛转献给了战神阿瑞斯，并吩咐人把它钉在一棵纪念阿瑞斯神的圣树上。他派了一条火龙看守着金羊毛。因为神灵曾告诉他，他的生命与金羊毛紧紧联系在一起。

金羊毛被世界各地的人看作无价之宝，长久以来，在希腊有很多关于它的神奇传说。许多勇士和王公贵族都想得到并占有它。因此，珀利阿斯才怀着私心，鼓动他的侄儿去为这个崇高的荣誉冒险，以达到他一箭双雕的险恶用心。伊阿宋没有看穿他叔父的阴谋，他内心深处也想得到金羊毛。于是，他欣然接受了叔父的条件，发誓完成这次冒险事业，把金羊毛夺到手。

全希腊著名的勇士们都被邀请来参加这项英勇的盛举。希腊最聪明的造船师阿耳戈在佩利翁山脚下，在雅典娜女神的指导下，用一种在海水中不会腐烂的坚固的木材建造了一艘精美绝伦的大船，并用他的建造者——阿耳戈的名字命名为阿耳戈号，他是阿利斯多的儿子。大船能容下50名划桨手，是希腊人在海上航行的第一长船，因而他们才敢到深海航行。船头是用都朵拿神殿前的一种能预测未来的橡树上的木料制造的，它可以用来占卜，是雅典娜女神馈赠的礼物。船的两侧雕刻着美丽的花纹。这艘船虽然很大，但船体却很轻，勇士们能把它扛在肩上走。

当一切准备就绪后，阿耳戈勇士们聚集在船的周围抽签决定自己在船上的职责。伊阿宋担任全船的指挥；提费斯担任舵手；林扣斯眼力敏锐，被选作领航员；著名的英雄，年轻力壮的赫拉克勒斯负责前舱；埃阿斯的父亲忒拉蒙和阿喀斯的父亲珀琉斯共同掌管后舱，其余的充当水手。他们有：宙斯的儿子卡斯托耳和波吕丢刻斯，皮罗斯国王涅斯托耳的父亲涅琉斯，贞妇阿尔刻提斯的丈夫阿德墨托斯，曾经杀死过野猪的墨勒阿革洛斯，天才的歌手俄耳

八国联军与"阿耳戈英雄"

讽刺漫画 20世纪初

"阿耳戈"一词在西方是一个常见的说法，意为为了某种目的而进行的结盟。这幅20世纪初八国联军入侵中国时的美国政治漫画，讽刺了西方八国的首脑们借"阿耳戈英雄"的远征神话，以大发横财。

希腊三层桨船

浮雕 希腊 公元前6世纪

希腊在古时已拥有发达的造船业，并由此建立了海上的霸业。图中这种有三层桨的战船是希腊人的杰作，阿耳戈的英雄们航海用的正是类似的船只。

甫斯，帕特洛克罗斯的父亲墨诺提俄斯，后来当了雅典国王的忒修斯和他的朋友庇里托俄斯，赫拉克勒斯的年轻朋友许拉斯，海神波塞冬的儿子奥宇弗莫斯和小埃阿斯的父亲俄琉斯。伊阿宋把他的船祭献给海神波塞冬，起航前，按照惯例，所有的勇士们都要向波塞冬和其他海神贡献祭品，宣誓祈祷。

当所有的英雄在船上就位后，伊阿宋一声令下，大船起锚出发了。50位桨手划动船桨，大船乘风破浪，驶入大海。在顺风的帮助下，他们不久就把伊尔卡斯港抛到了后面。俄耳甫斯用他美妙的琴声和甜美的歌喉鼓舞着士气，英雄们斗志昂扬地驶过无数海峡和岛屿。在经历了几次艰险之后，来到了科尔喀斯地界。

伊阿宋在埃厄忒斯宫殿

清晨，勇士们正三三两两地聚在一起交谈。伊阿宋起身说道："我有个建议，我的尊贵的伙伴们，如果你们愿意听从我的忠告，就请安静地留在船上，不过手里要拿着武器，做好准备。因为我想带着佛里克索斯的4个儿子，并从你们当中挑选两位，一起到埃厄忒斯国王的宫殿。首先，我会客气而得体地请求国王把金羊毛交给我们。当然毫无疑问，他会拒绝我们的请求，但这样做所发生的一切后果，都必须由他负责。从另一方面讲，无论如何我们应该先听他讲讲我们必须做些什么。谁能完全肯定我们的劝说不会打动他呢？当年不就是有人说服了他，善待并保护了从继母那儿无辜逃出来的佛里克索斯吗？"

年轻的勇士们都赞成伊阿宋的意见，立刻都安静下来。于是，伊阿宋手持赫耳墨斯的和平杖，带着佛里克索斯的儿子们和他的伙伴忒拉蒙及奥革阿斯弃船上岸。不一会儿，他们走进了一片被称作"洗心地"的柳树林。他们看到许多成串地被挂在树上的尸体，这些人既不是罪犯，也不是被杀的外乡人。因为按照科尔喀斯的风俗习惯，人死后要用生牛皮裹起来挂在远离城市的树上，让风吹干他们的尸骨，既不能火化，也不能土葬。因为火化或土葬被视作亵渎神灵的行为，土地不会接受他们的灵魂，只有妇女死后才被埋葬入土。

科尔喀斯人口众多。为了让伊阿宋和他的同伴们不被当地人发现和伤害，又不引起埃厄忒斯国王的怀疑，阿耳戈勇士们的保护神赫拉在他们前往王宫的时候，用浓雾将这个城市遮掩起来，直到他们进入宫殿后雾才消散。勇士们站在宫殿的前院，不由停了下来，看着皇宫厚实的墙壁、巍峨的宫门、雄伟的立柱，感到惊叹不已。整个宫殿建筑用巨石砌成的围墙围着，巨石与巨石之间由一个个规则的三角形隔开。他们静悄悄地跨过前院的大门，看到了园子里有许多爬满葡萄藤的宽敞的亭子和一个4股喷泉。这喷泉一股喷出的是牛奶，一股喷出的是葡萄酒，一股喷出的是香油，还有一股喷出的是冬暖夏凉的水。据说这些奇妙的东西都是技艺高超的赫淮斯托斯神的杰作。他还为这位国王制造了能从口中喷火的铜牛和硬铁铸成的犁。赫淮斯托斯之所以这样做，是为了感谢埃厄忒斯的父亲太阳神，感谢他们曾在他与巨人的战斗中帮助他乘坐太阳车逃了出来。

勇士们从前院走进中院，两旁的柱廊向左右分开，柱廊两边有许多石头砌成的便道通向一间间不同的宫室。正对着他们的是两座主侧殿，一座宫殿里住着国王埃厄忒斯，另一座住着他的儿子阿布绪耳托斯，其余的房子住着宫女仆人们和国王的两个女儿—卡尔契俄珀和美狄亚。小女儿美狄亚平时很少露面，因为她是赫卡忒神庙的女祭司，她的全部时间几乎都在赫卡忒神庙里

伤悼俄耳甫斯（下页图）

摩罗 油画 1865年
巴黎国立摩洛美术馆藏

俄耳甫斯是希腊群雄中最具有浪漫气息的音乐家英雄，他在阿耳戈之船上歌唱，传说他的歌声可以感动野兽和木石。因此，他作为象征，受到后世诗人和艺术家如里尔克等人的爱戴。不过法国象征主义画家摩罗笔下的俄耳甫斯的结束实际上是由《圣经》故事中的莎乐美事件改编的，只不过将端着人头的盘子换成了竖琴而已。这是美的混淆、神话的混淆，也是天才灵感的混淆。

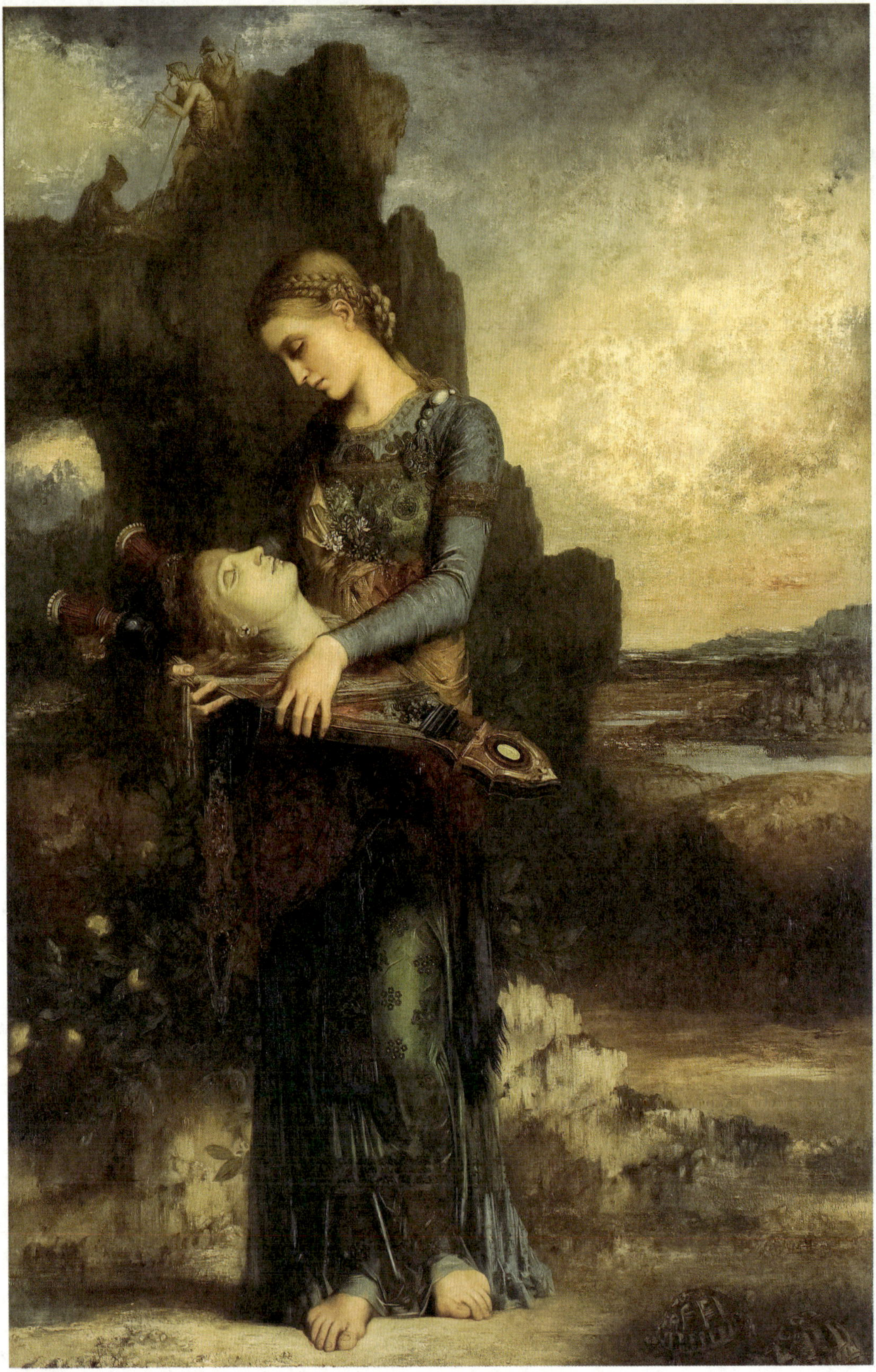

度过。但这天早晨，希腊人的守护女神赫拉却使她想要留在皇宫里。她离开自己的房间，准备到她姐姐那儿去，在途中忽然看见了这些希腊的勇士们。她发出了一声尖叫。卡尔契俄珀听到妹妹的尖叫声，赶紧带着她的女仆们跑了出来，但是，当她看到眼前的阿耳戈勇士们，禁不住高兴地叫了起来。她举起双手感谢上天，因为站在眼前的4个勇士，正是她和佛里克索斯的儿子。他们扑入母亲的怀抱，紧紧地与母亲拥抱在一起，意外的重逢使他们悲喜交加。

伊阿宋与美狄亚

听到了他们的欢呼声和哭泣声，埃厄忒斯国王和王后伊底伊亚也闻声赶来。不一会儿，整个前庭挤满了人，一片欢腾，仆人们忙着宰杀一头强壮的公牛来款待这些贵客，其余的人劈柴生火，烧水煮饭，大家忙忙碌碌，没有一个人闲着。但是他们都没注意到，爱神悄悄升到了高空，从箭袋中抽出一支箭，然后又悄无声息地降落到地上，躲到伊阿宋背后，瞄准国王的女儿美狄亚射去。美狄亚没有注意到这支飞箭，她只感到胸口像火烧一样热辣辣地痛，呼吸一阵比一阵紧促，就像得了大病似的。她偷偷瞥了一眼伊阿宋，看他洋溢着青春的光辉，顿时心慌意乱起来。除了眼前这位英俊潇洒的年轻人，她的大脑一片空白，不再想到其他的事情，脸色时而红润，时而苍白，心中充满甜蜜的痛楚。

在这一片欢乐的嘈杂声中，谁也没有注意到美狄亚的情绪变化。仆人们端上丰盛的菜肴，阿耳戈勇士们沐浴更衣，高兴地坐下来享用这些美酒佳肴。席间，国王埃厄忒斯的外孙们向他讲述了途中的见闻。埃厄忒斯对这些并不感兴趣，只是低声向他们打听这些陌生人的来历及此行的目的。

其中一个外孙阿耳戈斯附在国王耳后说道："外公，我不想隐瞒您，这些人来这儿，是准备向您索取我们的父亲佛里克索斯赠予您的金羊毛的。有个国王妄图霸占伊阿宋的王位和财产，把他赶出国土，因此派给他这个危险的任务，让他到您这里向你提出这个危险的请求，希望这样能引起宙斯的恼怒，招

受崇拜的羊

扬·凡·艾克 油画 1432年

对羊的崇拜是许多原始宗教的主题之一，伊阿宋取金羊毛的故事其实是这种崇拜的变体。

致我父亲佛里克索斯的报复。雅典娜女神帮他们建造了一艘坚固的大船。我们兄弟4个从前有一艘小船，但在一场风暴里被撞碎了。而这些陌生人拥有坚固的大船，可以抵御海上的惊涛骇浪，轻松航行。全希腊最勇敢的勇士们都聚集在这艘船上。"接着，他又告诉了埃厄忒斯关于伊阿宋的家族历史。国王听后非常吃惊，他有些恼怒他的外孙们。他认为这些陌生人都是由他们引来的。他怒目圆睁，大声吼道："你们这些小人和阴谋家！立刻从我面前消失，你们不是来索取金羊毛的，而是想来夺取我的权杖和王位。要不是你们远道而来，做了我的客人，我一定会割掉你们的舌头，砍掉你们的双手，只留下你们的两条腿，让你们马上滚蛋。"

阿卡斯的儿子忒拉蒙坐在国王边上。听到这些言词，十分生气，刚想站起来用更粗陋的话回敬国王。但伊阿宋阻止了他，他十分温和地回答道："请您放心，埃厄忒斯国王，我们来到您的城池，拜访您的宫殿，并不是来抢劫的。请想一想，谁会长途跋涉，漂洋过海，经历如此险恶的航程来抢劫别人的财产？我们只是被命运之神和暴君的命令所迫，万不得已才来到这里请您帮忙。请答应我们，把金羊毛送给我们，全希腊人都会感谢，称赞您。况且我们并不会白白接受你的帮助，我们一定会报答你的大恩大德。如果贵国有外敌入侵或陛下想征服邻国，我们就是您忠实的盟友，会随时听从您的调遣。"

伊阿宋说这些话，是想和国王和解，而国王却在暗暗思忖究竟是即刻把他们杀死，还是先试试他们的力量。他细细想了一会儿，觉得后一个办法比较合适，于是渐渐地平静下来，说："很好。我可以答应你们的请求，你现在可以回去告诉你的朋友，但是请考虑清楚，我也有一个条件，你们必须完成我交给你们的一项任务。当然，如果你们没把握的话就别逞强，我可以自己去完成，你们立即从我的国土上消失。"

阿耳戈斯的好主意

伊阿宋和他带来的两个勇士从自己的座位上站起身来，佛里克索斯的儿子们中只有阿耳戈斯愿意和他们一块离开，其余的兄弟们都留在了皇宫。伊阿宋在这里赢得了美人的爱慕，也保持了一个勇士应有的尊严。美狄亚的目光透过面纱深情地注视着他，她的灵魂已经追随他一步一步远去。

当她独处闺房时，眼泪禁不住夺眶而出。"我为什么要让自己的心承受这些悲伤？"她不由问自己。"那位勇士与我有什么相干？无论他是英雄还是胆小鬼，即便是他死了，那也是他自己的事。可是……如果他能逃脱这场厄运该有多好！仁慈的赫卡忒女神呀，保佑他平安地回家吧！如果他命中注定要死于和神牛之间的战争，请预先告诉我，这样至少我不会为他的命运担惊受怕。"

当美狄亚心烦意乱的时候，勇士们正走在回船的路上。阿耳戈斯对伊阿宋说道："也许你听不进我的劝告，但是我仍然愿意告诉你。我认识一位姑娘，她从赫卡忒女神那儿学会了熬制魔药，如果我们能说服她，得到她的帮助，那么我敢肯定你准能成功完成任务。只要你同意，我愿意去试试，尽量争取得到她的援助。"

伊阿宋却说道："如果你想去，我的朋友，我不会阻拦你。若是我们必须靠一个女人的帮助才能回家，那不是一个勇士的作风。"

他们边说边走，回到了船上。伊阿宋向同伴们讲述了他们的经历以及对国王的承诺。好一会儿他的朋友们都坐在那儿没吭声，面面相觑。后来珀琉斯站起来说："伊阿宋，如果你相信自己有能力克服困难的话，就赶紧准备战斗，但是如果你没有必胜的自信心，那就赶紧离开，不要指望别人的帮助，在这种情况下，一味等待只能是死路一条，别无选择。"听到这些话，忒拉蒙和其他四个年轻人忍不住激动地跳了起来，急切希望能投身到这一场艰难的冒险中去。阿耳戈斯使他们平静下来，而后说道："我认识一位擅长魔法的姑娘，她是我母亲的妹妹，我可以去找我母亲说服她帮助我们完成这个计划。否则，单靠匹夫之勇，空谈如何实现理想都是无济于事的。"

他的话音刚落，上天便给了他们一个征兆。一只被鹰追赶的鸽子突然钻进了伊阿宋的怀抱，那只紧跟其后俯冲下来的老鹰则一头栽到了甲板上。看到这情景，有一位勇士突然想起了年长的菲纽斯的预言：阿佛洛狄忒会帮助他们重返故里。因此，所有人都赞成阿耳戈斯的主意，只有阿法洛宇斯的儿子伊达斯例外。他暴怒地说道："天呀，难道我们来这儿只是为了做女人的奴仆吗？为什么我们不找阿瑞斯战神帮忙，却要去求那个女人？难道看到鸽子和老鹰就能使我们免于战争吗？如果是这样，很好，就让我们忘掉战争，靠那个弱女人把金羊毛带来吧！"他的情绪非常激动。有些勇士们也都附和他的看法，有些人开始对伊阿宋的计划窃窃私语。最后，伊阿宋仍然决定听取阿耳戈斯的建议。于是大船靠岸停泊，勇士们守在船上等待阿耳戈斯的消息。

而几乎同时，国王埃厄忒斯正在皇宫外召集科尔喀斯人，向他们谈起这些陌生人的到来以及他们所提出的要求，然后说出自己对付他们的办法，并许诺一旦这些陌生人的领袖被神牛杀死，他会砍掉整个丛林，把那艘船和那些陌生人全部烧死，他还会对那些给国家招来祸端的外孙们进行残酷的惩罚。这时阿耳戈斯找到他的母亲，请求她说服她的妹妹美狄亚帮助希腊英雄们。卡尔契俄珀对这些陌生人的境遇十分同情，但她不敢触怒父亲。现在

美狄亚的等待

约翰·威廉·哥德瓦德 油画
1913年

即使在一个睡莲开放的平静的午后，被丢弃在一旁的羽毛扇、揉成一团的兽皮毯，都暴露了美狄亚等待爱人前来时的焦虑。

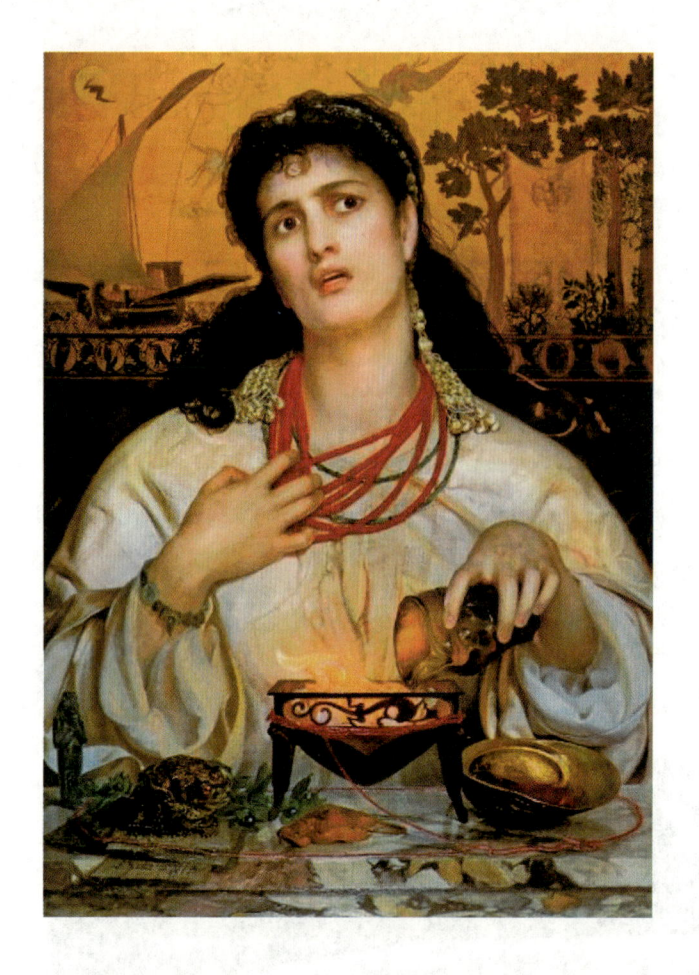

女巫美狄亚

桑德司 油画 伯明翰博物馆藏

美狄亚是希腊神话中最大的女巫师，是日神赫利俄斯的孙女。她和伊阿宋的传说赋予了她烈性的美感。据说她有起死回生的法术。希腊悲剧家欧里比德斯曾创作过著名的戏剧《美狄亚》，法国的高乃依也曾描写过她的神秘魔力。从桑德司的画中，尤其是她那双矜持的眼睛，几乎能让人看到惊恐的异象。

看到儿子如此恳切的请求，又使她不得不答应帮助他们。

此刻，美狄亚正烦躁不安地躺在床上，她做了一个噩梦。她似乎看到伊阿宋正准备与神牛战斗，但目的不是为了得到金羊毛，而是要娶她为妻，带着她回到自己的国家。在梦里与神牛展开战斗的是她自己，她战胜了神牛，然而她的父母却失信了，不给伊阿宋以奖赏，因为他们说应该是他而不是她制服神牛。为此她的父亲和这些陌生人发生了激烈的争吵，最后双方都推她出面裁决。而她居然偏袒这些陌生人，她的父母十分伤心，失声痛哭起来。这时，美狄亚突然被惊醒了。噩梦使她心情很坏，她决定去找姐姐倾诉。但她在前庭走来走去，却犹豫不决，觉得实在难以启齿。她三次想走进姐姐的房间，但三次又退了回来，最后她只得跑回自己的闺房，一头扑在床上抽泣起来。她的贴身信任的年轻女仆看见女主人痛苦的样子，十分同情她，急忙跑去告诉卡尔契俄珀。卡尔契俄珀正与她的儿子们讨论如何才能赢得美狄亚的支持。听了这个情况，赶紧跑到妹妹那儿，见她胸口一起一伏，正用双手掩面痛哭。"我亲爱的妹妹，发生什么事了？"她亲切地问道。"是什么伤了你的心？你生病了吗？还是父亲疏远了你，让你感到难过？哎呀，我真应该住到远离父母的地方，到一个科尔喀斯人不知道的地方！"

美狄亚决意帮助阿耳戈勇士

美狄亚听到姐姐的询问，羞得脸红了起来，话到嘴边却说不出口。她实在无法向姐姐表达此刻的真实心境，但是爱情使她鼓起了勇气。她委婉地说道："亲爱的姐姐，我心里难受，是因为我的心思全在你的孩子们身上，我害怕父亲会把他们和那些外乡人一起杀死。一场噩梦给了我这个可怕的预感，我乞求上苍保佑阻止这个噩梦成为现实。"

卡尔契俄珀听到这一席话，大吃一惊，"我正是为这事来找你的，请你帮助我们对付父亲。"她用双手抱住美狄亚的双膝，把头埋在她的怀里。姐妹俩泪流满面。这时美狄亚说道："我对着天地向你发誓，我会尽一切所能去挽救你的孩子，而且我也很乐意这么做。"

"那么，"姐姐接过话头说，"为了挽救我的孩子，请给那位陌生

废墟中的爱

伯恩·琼斯爵士 油画 19世纪

这对著名的情人在废墟中幽会，疯长的玫瑰花枝、一度辉煌却已经废弃的宫殿，都如同他们之间疯狂却注定毁灭的关系。

人一些魔药,以便让他在同神牛的战斗中保全性命。他派我的儿子阿耳戈斯来请求你的帮助。"

美狄亚的心幸福地跳动起来,美丽的脸上泛出红晕。她明亮的眸子里流露出幸福的光芒。她真诚地说:"卡尔契俄珀,如果我不把保全你和你儿子的生命看作比自己的事情更重要,那么让我明天就死掉!母亲经常告诉我,当我还是一个婴儿的时候,你就把我和你的儿子们放在一起哺乳,因此,我对你的爱不仅是姐妹之间的爱,也是一个女儿对母亲的爱。明天一早我就到赫卡忒神庙,给那些陌生人取回能制服神牛的魔药。"听了这些话,卡尔契俄珀一边道谢,一边匆匆离开妹妹的闺房,赶紧给儿子送去这个值得庆幸的消息。

伊阿宋和美狄亚单独相会

阿耳戈斯带着这个高兴的消息匆匆赶到了船上。这时刚刚破晓,美狄亚一骨碌从床上爬起来,扎好那一头披肩金发,擦去脸上的泪痕,涂上花蜜般的香脂,穿上一件镶着金扣子的鲜艳的长裙,用一条白纱巾遮住她光彩照人的脸庞,夜间的悲伤都已抛到了脑后。她轻手轻脚地走过大厅,吩咐她的12个女仆为她准备马车前往赫卡忒神庙。同时,美狄亚从小盒子里取出一种被称作普罗米修斯油的药膏,如果有人向地狱女神祷告之后,用这种药膏涂抹全身,就能保证他当天不受任何伤害。这种药膏是用一种树根流出的黑汁炼成的,树根吸收了普罗米修斯的血液,因此汁液才变成黑色。美狄亚亲自用贝壳收集了这些黑汁,把它当作稀世良药收藏起来。

马车已经套好了,两个侍女随她们的女主人一起上了马车,美狄亚亲自执着缰绳和马鞭,驱车驶出这座城市,其他的女仆步行跟随。路上行人都恭敬地站在一旁,为国王的女儿让道。她们穿过田野,来到了神庙门前。美狄亚款款走下了马车。

这时,阿耳戈斯和伊阿宋也带着预言家莫珀索斯匆匆赶往神庙。今天赫拉女神用非凡的本领把伊阿宋打扮得异常俊美，几乎把希腊人所有的优点都集中到了伊阿宋一个人的身上。连他的两个伙伴也看得目瞪口呆——伊阿宋简直是人间出现的一颗新星！这时，美狄亚和她的两个女仆正焦急地守候在神庙里。她们用唱歌来打发这难以忍受的时光。美狄亚有些心不在焉地忍受着这漫长的等待。她感觉时间过得太慢了。她的心思根本没在女仆们的歌声里，一有风吹草动，她就急切地抬起头朝外张望。

伊阿宋终于跨进了神庙，他威武英俊，精神抖擞，犹如海洋里升起的天狼星一样神采奕奕。美狄亚的心像要跳出胸口，她觉得眼前的世界突然变得一片漆黑，鲜血一下子涌上了双颊。女仆们走开了。勇士和国王的女儿面对面站着，沉默地看着对方，好像两棵并肩的橡树。周围的世界似乎刹那间被定了格，突然一阵风吹来，所有的树叶都抖动起来。两个有情人用眼神来传递着彼此的爱慕之情。

伊阿宋首先打破了沉默，他问道："你为什么有些害怕我？我是来请求你的帮助的。"

"我不像其他人那样自负。如果你要问我什么，请不要犹豫，直接问吧，但是请姑娘记住，这里是圣殿，谎言会亵渎神灵。因此不要用空话来欺骗我，我是来请求你兑现你姐姐给我的承诺的，我迫切需要得到您的帮助。要知道，有了您的帮助，我的同伴'阿耳戈英雄们'的妻儿老小就可以免受忧虑和等待之苦。自从我们走后，他们每天都站在海边为我们祝福。全希腊人都不会忘记您神圣的帮助，他们将会把您当作神。"

美狄亚静静地听着他把话说完，低垂着双眼，嘴角露出一丝微笑。她为受到他的赞扬而欣喜，她抬头看着心上人，千言万语涌到唇边，恨不得把一切事情都马上告诉他，可是，狂热的爱情使她的舌头变得不听使唤，她只好一声不吭。美狄亚解开精美的包裹，取出那个小盒子，伊阿宋连忙高兴地接了过去。只要他提出要求，她多么希望乘机连自己的心也一同交给他。在伊阿宋的内心深处，爱神偷偷地点燃了甜蜜的爱情火花。他们相对而视，一次又一次地用仰慕的目光互相打量着对方。过了很久，美狄亚终于鼓起勇气说出话来：

"听着，我来告诉你如何应对。当我父亲把那些龙牙交给你，让你播种之后，你必须孤身一人到河水里沐浴，然后穿上黑衣，在地上挖一个小圆坑，架起一堆木柴，杀一头母羊，把它烧成灰烬，然后向赫卡忒神敬献一杯蜂蜜，接着赶紧离

伊阿宋与美狄亚的婚礼

比亚焦·德安东尼奥 油画
1487 年 巴黎装饰艺术博物馆

伊阿宋成功拿到金羊毛后,他和美狄亚一起逃离了科尔喀斯。他们后来在伊尔卡斯港举行了婚礼。这幅画描绘的正是婚礼的场景。伊阿宋和美狄亚站在中央,正在交换誓言,周围则是阿耳戈英雄们。

开。若是你听到什么脚步声或狗叫声,千万不能回头,否则将前功尽弃。第二天早上,你用我给你的这种魔药涂满全身,它会给你带来无穷的力量,使你不仅可以与人类,甚至与魔鬼战斗。你还应该在你的长矛、宝剑和盾牌上也抹上这种药膏,这样一来你就能刀枪不入,神牛无法靠近你,更无法伤害你了。但是这种药效只能维持一天,我会给你其他的帮助。当你套着神牛耕地,种下龙牙,神龙的种子快要长出来时,记住要往里面扔一块巨石,新生的巨人就会激烈地争夺石头,像疯狗抢面包一样。这时你趁机冲过去把它们杀死。这样你就可以轻而易举地从科尔喀斯国带走金羊毛,离开这里,到任何一个你想去的地方。"

她说完这些话,想起这个高贵的勇士最终还是要航海远去,泪水止不住地从双颊滑落。她握住心上人的右手,因为突如其来的失落感已使她忘形了。她继续悲伤地说道:"你回家以后,不要忘了美狄亚这个名字,你离开后,我会想念你的。现在请告诉我,你们要去哪里?你们乘坐的那艘船叫什么名字?你们的家乡叫什么名字?"

时间过得很快,美狄亚该回去了。要不是细心的伊阿宋提醒她,她可能已经忘记了回家。分手的时间到了,最后他说:"太阳快要落山了，我们在这里，别人会怀疑的。让我们以后再见面吧。"

伊阿宋完成国王的任务

就这样，两个有情人不得不分手了。伊阿宋满怀喜悦地回到船上伙伴们的身边。美狄亚也匆匆朝她身边的女仆们走去，但她一点也没注意到侍女们那焦急的目光，因为她的灵魂仍在云层里飘浮。她一言不发地上了马车，马车疾驶回到宫中。卡尔契俄珀一直在焦急地等待着，她为她的儿子们的命运感到担忧。想起儿子们陷进这场麻烦，她低垂下头，眼睛一片湿润。

伊阿宋兴奋地跟同伴们讲述美狄亚如何把魔药交给他，同时向他们展示心上人交给他的魔药。阿耳戈英雄们听了很受鼓舞，只有伊达斯坐在一旁气得咬牙切齿。第二天早上，伊阿宋派了两个人到埃厄忒斯国王那儿去取龙牙。国王很自信地把龙牙交给了他们，那些龙牙正是被底比斯国王卡得摩斯杀死的那条龙的牙齿。埃厄忒斯深信他们不可能在这次与神牛的战斗中生还，更不可能驯服那些神龙，完成播种龙牙的任务，也休想保住自己的性命。这天夜里，伊阿宋遵照美狄亚的吩咐，沐浴完毕，虔诚地祭祀赫卡忒神。女神听了他的祈祷，从幽深的洞穴中走了出来，她的头上盘着条条毒龙和一根根熊熊燃烧的橡树枝，一群狂吠着的地狱狼犬跟在她身后，让人望而生畏。连土地都随着她的脚步颤抖不已，非西丝河的仙女也吓得发出了呻吟。恐惧笼罩着伊阿宋，但他没有忘记心上人的嘱咐，头也不回地跑回船上。这时，高加索山顶的皑皑白雪已经反射出第一缕曙光，新的一天开始了。

此刻，埃厄忒斯国王穿上了结实的铠甲，这身铠甲是他在非勒革拉原野同巨人迈玛斯战斗时穿过的，戴上一顶四周镶有饰纹的头盔，手中拿着一个用四层牛皮蒙起来的盾牌，那只盾牌很重，只有他和赫拉克勒斯两个人拿得动，举得起。他的儿子为他牵来快马。他登上马车，手执缰绳，亲自驾着车，快步如飞地驶出城去，身后跟着一大群随从。虽然国王这次去只是观战，可还是全副武装，就像自己亲自去战斗一样。

伊阿宋遵从美狄亚的指导，用神油涂遍了长矛、宝剑和盾牌。他的同伴们围在周围，每个人都想跟他的长矛较量一下，试试他的武器的威力，但是没有一个人能够取胜，甚至没人能将长矛弄弯。阿非尤斯的儿子伊达斯十分恼怒地抡起大棒打了过去，但是马上又被弹了回来，好似铁锤砸向一块精钢。这些年轻勇士们为可能到来的胜利欢呼雀跃。伊阿宋又用神油涂满全身，顿觉浑身充满了力量，四肢血液加速，渴望着立即投入战斗，他就像一匹战马，在战斗前嘶鸣着，用四蹄刨地，高昂着头，竖起耳朵，全身戒备。他双脚不停地跺着地面，双手挥动着长矛和盾牌。

勇士们驾船把他们的领袖送往阿瑞斯原野，国王埃厄忒斯率科尔喀斯人在那里等待着他们。国王站在岸上，其他人散布在高加索山脚的周围。船靠岸，停好后，伊阿宋手持长矛和盾牌跳上岸，飞速接过国王递给他的一个装满龙牙的头盔。他把宝剑用一根皮带斜挂在肩上，威风凛凛地向前走去，其气度不亚于阿瑞斯和阿波罗神。他环顾四周，发现地上放着一只耕田用的铁犁，于是就非常仔细地观察这些工具。然后把枪头上紧，把头盔放到地上，而后用盾牌挡着身体向前走去，小心地搜寻那些神牛。

神牛突然从另一个方向向他冲来，它们向外喷着火，身体周围笼罩着浓烟。伊阿宋的同伴们看到这些庞然大物，吓得双腿直打哆嗦。而伊阿宋却镇定自若地站在那里一动不动，手里拿着盾牌等待它们的进攻，就像礁石迎接海浪的冲击一样。神牛用角向伊阿宋发起攻击，伊阿宋岿然不动。神牛咆哮着，鼻孔里喷出的火花把周围照耀得像铁匠铺一

女巫宗师赫卡忒

赫卡忒是希腊神话中司夜和冥界的女神，所有女巫的祖师。她在艺术作品中通常是以邪恶的女巫形象出现。

样。它们狂吼着，再一次发起了进攻，发出的火光断断续续，把伊阿宋照得忽明忽暗。伊阿宋看准时机，猛地用右手抓住了一只牛角，用尽全力把牛拖到了放铁轭的地方，给它套到了头上，接着猛踢这个铜制的怪物，迫使它跪倒在地。他又用同样的方法制服了第二头神牛。他扔下盾牌，不顾那些扑面而来的火焰，按住这两头跪着的神牛。埃厄忒斯看到这里，也不得不佩服这位勇士的神勇。后来，卡斯托耳和波吕丢刻斯按照事先商量好的计划把驯牛的工具递给他，随即飞快地跑开。伊阿宋敏捷地把它们套在牛脖子上，接着又拾了一根铁棒，把这两头神牛用铁环穿在了一块。这时候两头神牛已经无法移动，再也不能向伊阿宋喷火了。伊阿宋重新捡起盾牌，把它举过肩头，用皮带扎紧自己的身体，然后拿起装满龙牙的头盔，手执长矛，鞭策这两头神牛犁地。地上犁出了深沟，翻起来的土块成了碎末，伊阿宋一步步地跟在后面，把龙牙播进新翻的土里。他一边播种，一边小心地注视身后，看看毒龙的子孙是否长成，并向他进攻。神牛踏着铁蹄继续向前犁地。

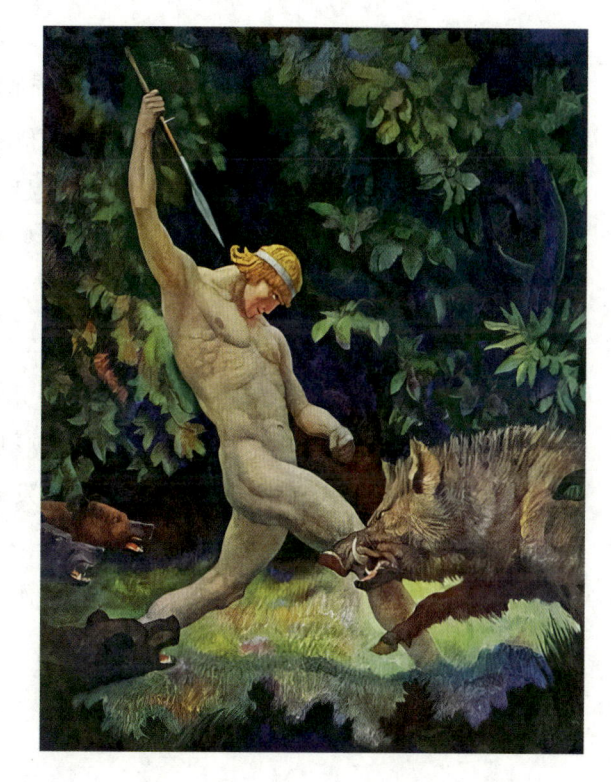

大半天时间过去了，离天黑还早，整块土地已经犁完。伊阿宋解下牛轭，扬起武器驱赶它们，这些牛吓得匆忙逃走。他看见还没有任何新生命从地里长出，就充满自信地回到了船上暂作休息。

同伴们围着他欢呼，但他却一句话也没有说，只是用头盔从河里盛满水来解渴。他感到双腿充满了无穷的力量，心里滋生起一种斗争的渴望，就像猎人企盼着新的目标赶快出现。

伊阿宋用矛刺杀野猪

老怀斯 油画 19世纪
美国霍顿—米伏林公司藏

伊阿宋的身体呈一个矫健俊美的A字形，举起的长矛立刻就要落下，而野猪已经攻到了他的大腿边上。怀斯父子是美国近代绘画史上最杰出的三位写实主义画家。但老怀斯（安德鲁·怀斯的父亲）喜欢画丛林和神话题材，他用墨简洁，却相当传神。

田野有新的东西长出来了。伊阿宋想起聪明的美狄亚的嘱咐。他找来一块大石头——这块石头四个强壮的男人都难以举起，而他却毫不费力地举了起来——远远地抛向那些从土地里新生出来的武士们中间。他小心地蹲了下来，用盾牌挡住自己。站在一块大岬石上的科尔喀斯人大声惊叫起来，连埃厄忒斯也被伊阿宋那不可思议的力量惊得目瞪口呆。这些从地里冒出来的巨人像疯狗一样抢着这块大石头，他们尖叫着，互相厮杀，杀得难分难解。经过一番混战，这些巨人一个个倒在了地上，就像树木又回到了大地母亲的怀抱。激战进入白热化时，伊阿宋冲进他们中间，就像是天神降临，又像是茫茫黑夜中升起的一颗明星。他挥舞着宝剑，左砍右杀，像秋风扫落叶一样向他们砍去。顷刻间，血流成河，死伤累累。

怒火充斥着埃厄忒斯国王的心灵，他一言不发地转身回到了城里，盘算着如何应对伊阿宋的要求。

战斗整整持续了一天，天色已晚，伊阿宋和他的同伴们起身离去，他们沉浸在胜利的欢乐海洋里。

美狄亚取走金羊毛

一整夜，埃厄忒斯国王在皇宫里召集年长的智者商议，讨论如何对付阿耳戈勇士们。因为他很清楚，白天发生的一切都是在他女儿的帮助下才能成功的。赫拉女神看到伊阿宋面临危险，就马上作法使美狄亚的内心充满恐惧。就像被猎手追赶，误入森林的小鹿一样，此刻的美狄亚内心颤抖不已。她预感到父亲已经知道事情的真相，也害怕女仆们知道事情的底细，美狄亚流着眼泪，不施粉黛，长发散乱，如果不是命运之神提醒了她，她也许已经服毒自杀。当她端起下了毒的杯子，赫拉女神重新鼓起了她生存的勇气，使她打消了自杀的念头。于是，她又把毒药倒掉。她想来想去，决定逃走。她吻了吻床、门帘，摸了摸房间的墙壁，然后从头上取下了发卡，放在床上，这是她留给母亲的纪念。

"再见了，亲爱的母亲！"她哭泣着自语道，"再见了，卡尔契俄珀。再见了，这所有的一切！唉，外乡人呀，要是你没来到科尔喀斯该有多好！"她像一个从牢狱中逃脱出来的囚犯，匆匆忙忙地离开了这个生她养她的家。她念动咒语，宫门很快打开了。她光着脚穿过一条条小巷，左手拉着面纱蒙着脸，右手提着曳地的长裙。城门的看守没有认出她来。不一会儿，她就走出了城堡，来到城外，从小路走向了赫卡忒神庙。那里，存放着她制作神药必需的流着毒液的树根及香草。她识得从这里出去穿过森林和田野的小道。月光女神赛丽纳看到她那狼狈的样子不禁叹息道："想不到这世间还有人像我追求英俊的安迪弥恩一样痴情的女子，爱情的魔力使我离开天空，而可怜的姑娘却在忍受渴望见到心上人的煎熬，哎呀，你想要去就去吧！但千万别指望你所做的一切会使你免受所有的痛苦。"赛丽纳这样说着，而美狄亚却毫不在意地继续着自己的行程。她向海岸走去，阿耳戈英雄们在那里燃起熊熊的篝火，庆贺伊阿宋取得胜利，那通宵达旦的篝火指引了她前进的方向。美狄亚走到靠近大船的时候，便大声喊着她姐姐的小儿子弗隆蒂斯的名字。等她喊到第三声时，弗隆蒂斯

金公羊

庞培古城壁画

克律索马罗斯是一只长着金色毛发、会飞的公羊，曾被宙斯与神使赫尔墨斯派去拯救宁芙涅斐勒的儿女。涅斐勒与维奥蒂亚国的国王所生的两个孩子佛里克索斯和赫勒被后母厌恶。为了除掉孩子们，后母利用麦种无法发芽的骗局，引发饥荒，迫使国王依照"神谕"牺牲佛里克索斯。就在此时，佛里克索斯和赫勒被飞来的金公羊救走，但途中妹妹赫勒不幸坠海，而哥哥佛里克索斯脱险。

和伊阿宋听出了美狄亚的声音。英雄们感到非常惊奇，把船划到岸边去欢迎她，还没等船靠岸，伊阿宋就跳了下去。弗隆蒂斯和阿耳戈斯紧跟在后面。

"救救我吧！"美狄亚痛哭起来，"一切都暴露了，没有其他办法补救了。救救我，也救救你自己！在我父亲还未骑着快马追来之前，我们乘船快逃走吧！我决定给神龙施用催眠术，帮你们拿到金羊毛。但是你，我勇敢的陌生人，你必须当着众英雄的面对天起誓，当我孤身一人前往你们的国家时，你保证不会羞辱我，会维护我的尊严。"听完姑娘悲伤的诉说，伊阿宋心里十分高兴。他轻轻地搀起这个姑娘，拥着她说道："亲爱的，让宙斯和赫拉以及那些主宰婚姻的女神作证，我愿意娶你做我的新娘，一返回希腊我就把你迎到我的家中。"他把自己的手放在姑娘的手上发了誓。于是，美狄亚吩咐大家今晚连夜行动，跟着她到圣林去取金羊毛。

船儿快速前进，伊阿宋和美狄亚在天黑前起身，从另一条穿过草地的小径来到了圣林。他们看见金羊毛挂在一棵高大的橡树上，在黑夜里发出耀眼的光芒。对面有一条永远不知疲倦的神龙，用它锐利的目光守望着金羊毛。它向这些不速之客伸长了脖子，面目狰狞地游了过来，发出的可怕的吼叫声响彻整个圣林，河岸和树林里响起一阵阵沉闷而又凄凉的回声。美狄亚毫无畏惧地迎了上去，念动催眠咒语，祈求最有神奇威力的睡神斯拉芙，引诱巨龙入睡，同时，又请求伟大的地狱女神帮助她，实现她的计划。伊阿宋跟在她后面，内心不由一阵阵恐惧，但那只巨龙已在那美妙的催眠歌声中恹恹欲睡，渐渐地垂下脊背，盘旋的身子也变得僵硬起来，只有那颗丑陋的脑袋还昂着，张着血盆大口，好像要吞食他们两个。美狄亚跳上去，把毒液洒进巨龙的眼睛，口中念念有词。巨龙陶醉于那毒液发出的芳香，很快就闭上大嘴，伸直了身体，倒在林间睡着了。

伊阿宋根据美狄亚的指示，在她往巨龙头上喷洒毒液的时候，早已从橡树上取下了金羊毛。两个人迅速逃离了圣林。伊阿宋把金羊毛扛在肩膀上，这宝物从他的脖子一直垂到脚跟，闪着金光，把夜间的小路照得通明。等到跑了很远之后，才因为担心有别人或神灵抢走这件宝物，便放下金羊毛把它卷起来。天亮时他们回到了船上，同伴们围住他俩问长问短，好奇地看着那发出光芒的金羊毛，都想用手摸摸它。伊阿宋却不同意，连忙用斗篷把它包了起来。然后他给美狄亚在后舱铺了一张舒服的床，对他的同伴们说："朋友们，我们快点走吧，快回家去！由于这位姑娘的帮助，我们才完成了这项任务。因此我要报答她，把她带回家乡，娶她为我的合法妻子。一路上你们要帮我保护她，她是整个希腊人的救星。而且我深信这事还没有了结，埃厄忒斯不久就会带人赶来，阻止我们返航。因此，我建议把我们当中

美狄亚配制毒液

沃特豪斯 油画 1907年 私人收藏

　　紧皱的眉头表现了美狄亚在配制毒药时的复杂心情，头脑简单的伊阿宋则用倾慕的眼光欣赏着爱人的机智。值得注意的是美狄亚手中的杯子，是古希腊罗马时期流传的一种用银箔套烧凸花玻璃的极其华丽的杯子，其制作工艺早已失传。

一半人做划桨手,另一半人要拿起武器准备迎敌,以确保撤退成功。要知道,我们回程的安全和整个希腊的荣辱都掌握在我们自己的手中。"说完他砍断了缆绳,手持武器站在离姑娘最近的舵手旁边。桨手们奋力划桨,大船乘风破浪,箭一般地向河流的入海口驶去。

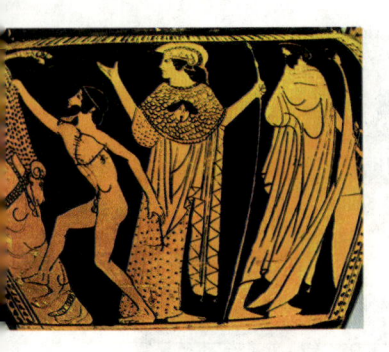

伊阿宋取下金羊毛

红绘瓶画局部 希腊 约公元前470—前460年 纽约大都市博物馆藏

在这幅古希腊时期的瓶画中,有保护"阿耳戈英雄"的赫拉和另一位等候在船边的英雄,而正在取羊毛的伊阿宋姿态滑稽,使整个画面带上了戏谑的成分。

伊阿宋与龙

萨尔瓦托·罗萨 蚀刻画
意大利 1663—1664年
大英博物馆藏

意大利画家罗萨显然不想将降伏恶龙的传奇归功于一个女人,在他的这幅蚀刻画中,只有伊阿宋独自一人和恶龙缠斗,并将毒液倒在了龙眼里。作为一位大才的画家、演员和诗人,罗萨本人也是一位极好独逞其功的人,并为此树敌太多而不得不离开令他在当时享有盛名的罗马。

伊阿宋取走金羊毛

皮埃托·科尔托纳 素描
意大利 约1630年
大英博物馆藏

罗马巴洛克绘画伟大的代表人物之一的科尔托纳，在这幅为同题材油画所作的素描中，将伊阿宋获取金羊毛的场面用极端抒情的画面描绘成了一次轻松的郊游：在茂密的森林后，著名的"阿耳戈"号如同一只游船，右下角的恶龙在美狄亚的脚下变成了缩作一团的宠物，在俄耳甫斯小提琴的伴奏下，伊阿宋摘取了挂在树上的金羊毛。

归乡路上的罪与罚

几乎在同时，埃厄忒斯国王和所有的科尔喀斯人都知道了美狄亚的恋情以及她的行为和私奔。他们拿起武器，聚集到广场里，全副武装，马上向科尔喀斯河入海口追去，武器之间的碰撞声如轰隆隆的雷声。埃厄忒斯国王乘坐太阳神送给他的那辆精美的马车，左手拿着盾牌，右手举着明亮的火把，旁边斜靠着一把又粗又重的长矛。他的儿子阿布绪耳托斯亲自执着缰绳驾车。当大队人马追赶到入海口时，大船早已经驶进深海。火把和盾牌从国王的手中掉到了地上，他对着天空高举双手，乞求宙斯和阿波罗证明敌人对他所犯下的罪过。然后愤怒地向臣民宣布，如果他的部下不能从岸上或海上把他的女儿捉回来见他，那么他们全要被砍头，因为只有这样才能解除他的心头之恨。国王的命令吓坏了科尔喀斯人，他们马上扬帆出海，由埃厄忒斯国王的儿子阿布绪米托斯亲自指挥，前去追赶美狄亚和那艘大船。追赶的船队航行在海上，犹如黑压压的鸟群。

多亏一阵顺风帮了阿耳戈勇士们的大忙。第三天早上，他们已经驶进哈律斯河，停泊在达巴夫拉哥尼阿港口。在这里，按照美狄亚的请求，他们举行了一场盛大的仪式，祭拜拯救他们性命的赫卡忒女神。伊阿宋和其他几位勇士忽然想起了长者菲纽斯给他们作的预言，要他们回家的时候走另一条路。但是，没人知道那条路在哪儿。这时天空中突然出现了一道宽阔的彩虹，给他们指明了航向。同时一阵微风吹来，天空中的彩虹一遍遍地显露出来。他们毫不犹豫地前行，在神灵的指引下，终于安全到达伊斯河通往爱奥尼亚海的入海口。

但科尔喀斯人一直穷追不舍，美狄亚用残忍的计谋将科尔喀斯人杀死，王子阿布绪米托斯也在其中，没有一个人逃脱死亡的命运。伊阿宋无须动手帮助伙伴们，战斗便结束了。

珀琉斯见事情成功，急忙劝勇士们迅速离开河口，他们害怕科尔喀斯人知道自己的同胞已被杀害后会追上来。后来担心的事还是发生了，科尔喀斯人果然追上来，他们准备迎接战斗。这时赫拉在天上发出了一个警告性的可怕闪电，他们由于害怕就停下来了。而那些逃过一劫的科尔喀斯人也因为担心回国后国王看不到他的儿子和女儿会发怒，于是他们也停了下来，留在阿耳忒弥斯岛河口并在那里安了家，从此定居下来。

阿耳戈英雄们继续航行，经过了许多海湾和岛屿，其中有一个是阿特拉斯的女儿卡吕普索女王统治的岛屿。故乡在望，他们相信已经看到了家乡的最高峰在远方耸立。这时赫拉女神由于畏惧宙斯的怒火，便刮起了一场大风，把船吹到一个无人居住的阿木贝尔岛上。这时雅典娜女神突然在船头的甲板现形，开口说道："你们无法逃脱宙斯的惩罚，所以只能在海上漂泊。除非魔法女神喀耳刻和索尔西瑞丝能够为你们洗清谋杀阿布绪米托斯的罪孽。让卡斯托耳和波吕丢刻斯立刻向神祇祷告吧，祈祷众神给你们指点一条道路，让你们能够找到喀耳刻，她是太阳神赫利俄斯和珀耳塞的女儿。"

阿耳戈的勇士们听到这个不幸的预言，吓得六神无主，只有卡斯托耳和波吕丢刻斯勇敢地站起来，祈求得到众神的保护。可是船却被冲到了埃利达努斯岛，那里正是太阳神的儿子法厄同被太阳车烧死坠海的地方，直到今天海底还在向外喷着水汽和火焰。没有一只船能够在这片海域里航行，翻腾的热气会将船掀翻。法厄同的姐妹们现在已经变成白杨树，耸立在海岸上。它们在风中发出阵阵叹息，晶莹的泪珠落在地上很快被太阳蒸发。阿耳戈勇士们虽然靠着坚固的大船躲过了灾难，但是他们却失去了一切兴趣。白天，他们被烧焦了的法厄同尸体的臭肉味所困扰；晚上又能听到法厄同姐妹的哭泣声。她们金色的泪珠落进大海，好像珍珠一般。勇士们沿着埃利达努斯海岸航行，最后来到了罗达诺斯入海口。这时幸亏赫拉女神及时出现，帮助他们离开，否则他们就会驶入河内，藏身鱼腹。女神降下黑雾罩住大船，使他们不知白天黑夜地匆忙航行，经过凯尔特人居住的地方，最后终于看见了第勒尼安海，不久他们平安到达喀耳刻所在的岛屿。

他们在海边见到了魔法女神喀耳刻，她正伏在海边，用海水洗脸。昨夜，她做了一个怪梦，梦见她的房子血流成河，一场大火烧掉了她所有用于迷惑陌生人的神药。她用双手捧起血水，试图浇灭熊熊的火焰。噩梦使她惊醒了，她跳下床，来到河边，清洗着自己的衣服和脸庞，好像上面真的沾上了血迹一样。她身后跟着一大群野兽，就像牲口跟着牧羊人一样。那些野兽异乎寻常，全都是由不同的野兽的躯体和头颅拼凑起来的怪物。勇士们惊恐地站在一旁，认出她就是残暴的埃厄忒斯国王的妹妹。喀耳刻从头天晚上的噩梦中清醒，很快镇静下来，她像抚摸可爱的小狗一样摸了摸那些怪兽，然后带着它们回家了。

伊阿宋吩咐所有人都留在船上，只有他和美狄亚一起上了岸。他拉着姑娘走过海滩，来到喀耳刻女神的宫殿。女神不知道这两个不速之客的来历，她请两人在华丽的椅

喀耳刻

约翰·威廉·沃特豪斯 1892年 油画 南澳大利亚美术馆藏

女巫喀耳刻居住在遥远的埃埃岛上，她以善用药水而著称。在神话传说中，特洛伊英雄奥德修斯在漫长的返乡途中将与她有一段凄美的遭遇。

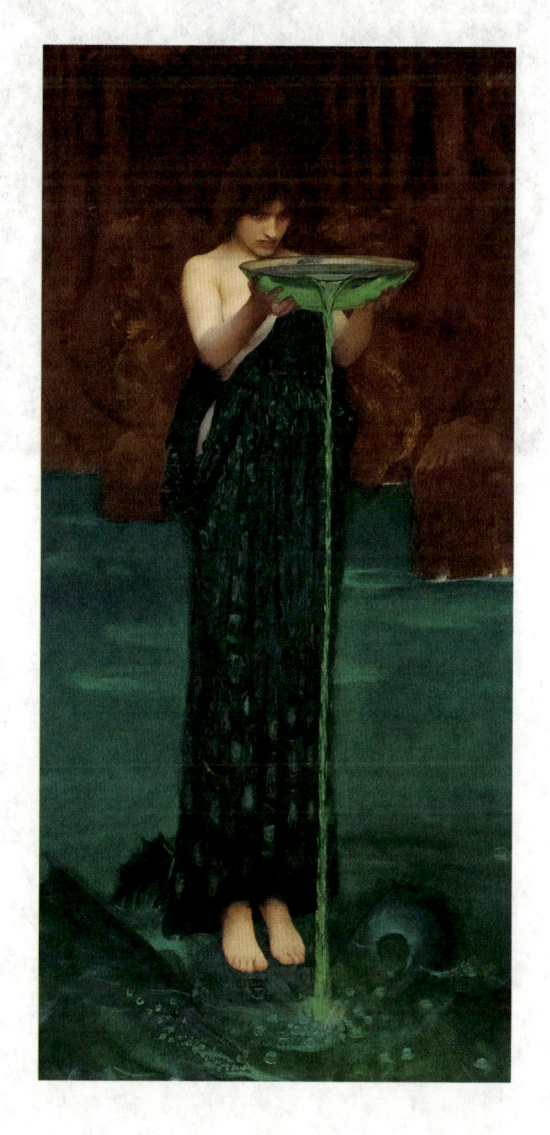

海的女儿塞壬

水彩画

塞壬的形象在后世的绘画中被表现得如此美丽神秘,以至于让安徒生将她直接幻化为善良优美的海的女儿。

子上坐下,而他们却坐在炉火边一言不发,充满悲伤。美狄亚低着头,双手蒙着脸,伊阿宋把剑插在地上,手握剑柄,并把下巴支在上边,闭上眼睛。喀耳刻这才明白,眼前这两位是来向她寻找赎罪的方法和摆脱漂泊的辛苦的。为了表示对宙斯的尊敬,喀耳刻杀了一只羊羔祭祀了宙斯,祈求宙斯允许她为他们赎罪。她让女仆水泉女神那伊阿得斯把所有用于赎罪的工具都找来,送入大海,她自己亲自坐在炉边,烧烤祭祀用的圣饼。她不停地祈祷、安慰复仇女神,乞求诸神原谅赦免这些双手沾满鲜血的罪人。祭供完毕以后,她在两个人的对面坐下来,问起他们的行程、来历以及为什么寻求她的保护等等。这时,她忽然回忆起那个血流成河的梦境。当美狄亚抬起头回答她的问题的时候,喀耳刻看到了她的一双大眼，不禁吃了一惊，因为美狄亚跟喀耳刻一样都有一双金光闪闪的眼睛。那是一双从太阳神那里遗传下来的眼睛，所有太阳神的子孙都有这样一双散发着金色光芒的眼睛。喀耳刻要求她用家乡的语言来交代罪行。于是，美狄亚就用科尔喀斯地方语言非常诚实地讲述了埃厄忒斯国王和这些阿耳戈勇士们和她本人之间发生的纠葛而喀耳刻却已经知道了一切。她非常同情自己的侄女，说道："可怜的孩子，你不是正大光明地离开家乡，而是从家里私奔出走，这已经留下了坏名声，况且随后你又铸成了大错。我不想惩罚你，因为你恳求保护，又是我的亲属，但你是一个罪人，所以你必须同这些外乡人马上离开。我不想知道他是谁。我也不赞成你们的计划，更不欣赏你这种可耻的私奔行为。"这番话深深地刺痛了美狄亚。美狄亚用面纱蒙住头，伤心地大哭起来。伊阿宋抓住她的手，牵着她走出喀耳刻的宫殿。

赫拉女神对自己挑选的保护人非常同情。她派出使者伊里斯穿过彩虹小道找到了大海女神忒提斯，请她来照顾这艘大船和阿耳戈勇士们。伊阿宋和美狄亚上了船。突然一阵微风轻轻吹来，勇士们心情轻松，拔锚起航。大船顺风行驶，速度很快。不久，他们就看到了一个美丽的岛屿，岛上郁郁葱葱，开满鲜花。但勇士们并不知道，这个岛屿是善于迷惑人的女妖塞壬的领地。她们用美妙的歌声引诱过往船只上的水手，然后把他们一一杀死。她们一半像鸟，一半像女人，常常蹲在海岸上，张望远方，等待新猎物的到来，没有人能逃脱她们的诱惑和魔掌。现在，当她们看到阿耳戈勇士们，又唱起了甜美的歌来引诱他们。这时候勇士们正在抛缆靠岸，打算休整片刻后再加快航行的速度。色雷斯歌手俄耳甫斯听到那美妙的旋律后，突然从座位上站起来，开始弹奏神奇的古琴，悠扬的琴声盖过了女妖的歌声。同时船后吹来一阵瑟瑟作响的南风，把女妖的歌声吹到了九霄云外。只有一个勇士——来自雅典的忒勒翁的儿子波忒斯没有抵制得了诱惑，丢下船桨，从船上跳起来，一头扎进大海，向那迷人的歌声游去。要不是西西里岛的厄里克斯山守护神阿佛洛狄忒的出现，他可能马上就要完蛋。女神把他从旋涡里抓起来扔到一个岛屿的海岸上，从此他就在那儿住了下来。阿耳戈勇士们以为他已经葬身鱼腹，十分悲伤，匆忙离开了这里，继续他们的冒险历程。

后来，他们来到了一处海峡。海峡的一边是陡峭的西拉山岩，一直伸到海里，好像要把阿耳戈船撞得粉碎。另一边是卡利布提斯大旋涡，这里的海水急剧下沉，

喀耳刻

弗雷德里克·斯图尔特·丘奇 布面油画 史密森尼美国艺术博物馆

这幅作品描绘了女巫喀耳刻施法一刻，她半跪在崖边，身后是被她变成狮子的男人们。在神话中，喀耳刻常通过变形术将男人变成动物，来报复和惩罚那些冒犯她的人。丘奇通过柔和的色调与细腻的笔触，展现了喀耳刻既神秘又威严的形象。

好像要把大船吞没。而中间是布满险礁的海水。从前赫淮斯托斯曾把这里用作冶炼场，现在仍然从水里冒出股股浓烟，弥漫着整个天空，勇士们向前行驶，突然海洋女仙们，也就是海神涅柔斯的女儿们从四周涌上来迎接他们。忒提斯女神亲自在船尾掌舵。这些女仙们围在船的周围，每当船靠近礁石时，就有一个海神把礁石移开，这情景就像一群在海水里戏球的姑娘。船忽而随着波浪漂上空中，忽而又随着波浪沉入低谷。赫淮斯托斯站在峭壁顶端，扛着他的锤子观赏着这幕惊心动魄的游戏。宙斯的妻子赫拉也从群星闪耀的天空向下俯视。她紧紧抓住雅典娜的手，担心自己会看得眼花缭乱，也许不小心会跌进深渊。最后，勇士们终于冲破重重险阻，平安脱离了危险。大船驶入辽阔的深海，他们来到了善良的淮阿喀亚人和他们虔诚的国王阿尔喀诺俄斯居住的岛屿。

伊阿宋绝情美狄亚

后来阿耳戈勇士们历尽艰险，在淮阿喀亚人和神灵们的帮助下战胜了种种艰难险阻，最后来到了伊齐那岛。从此以后，他们的船乘风破浪，一路顺风驶向自己的祖国，最终平安到达了爱俄尔卡斯港。在科任托斯海峡，伊阿宋焚烧了大船献祭给海神波塞冬。大船烧成灰烬后，神把它安放在天上。它从此成了南天空一个耀眼的星座。

然而，伊阿宋最终并没有得到爱俄尔卡斯国的王位，尽管他为了得到王位历尽艰险取得金羊毛，并把美狄亚从她的父亲那儿带走。但他还是被迫把王位让给了珀利阿斯的儿子阿卡斯托斯，自己带着年轻的妻子逃往科任托斯。在那儿他们夫妻恩爱，生活了十年。美狄亚为他生了三个儿子，前两个是双胞胎，名叫忒萨罗斯和阿耳奇墨纳斯，小儿子名叫蒂桑特洛斯，年龄很小。在这段岁月里，伊阿宋信守了自己的诺言，深爱并尊重着美狄亚，因为她的青春美貌和有敏捷的智力而富有想象力的头脑。可是后来，随着时间的推移，美狄亚年龄日增，魅力日减。伊阿宋又迷上了科任托斯国王克雷翁的女儿格劳克——一个年轻美貌的姑娘。伊阿宋瞒着妻子向公主求婚，国王同意了这桩婚事，并选定了结婚日期，直到这时，伊阿宋才打定主意，把隐情告诉了美狄亚，并催促她解除婚姻关系。他发誓说，自己并不是厌倦了她，只是为了儿子们的前程不得已才和王室结亲。美狄亚对丈夫的忘恩负义怒不可遏，大声呼唤请求神灵为他曾经立下的誓言作证。然而伊阿宋却无视妻子的愤恨，坚持要和国王的女儿成亲。美狄亚绝望了，在丈夫的宫殿里急得团团转。"天呀！为什么我如此苦命？天神为什么不用雷电劈死我？我活下去还有什么意思？让死神来怜悯我吧！我的父王，我的祖国呀，当初我多么可耻地离开了你们！可是不应该让我的丈夫伊阿宋来惩罚我，我是为了他才犯下那些罪孽呀！啊，正义女神呀！请你杀掉他和他那个年轻的情妇吧！"

她在宫殿里怒气冲冲徘徊之时，伊阿宋的新岳父克雷翁向她走来，对她说道："瞧你那双发怒的眼睛，你竟然敢仇恨你的丈夫！立即带上你的儿子，离开我的国家！不把你赶出我的国境，我决不罢休！"

美狄亚强压下心头的怒火，平静地回答道："克雷翁国王，为什么你怕我待在这里呢？你并没有对我干过什么坏事，也没有欠我的债，你只不过看中了那个男人，然后把女儿嫁给了他，我为什么要怪你？我只恨我的丈夫，他欠我一切，可是事情既然已经发生了，就让他们像夫妻一样生活下去吧！唉，请让我留在你的国家吧！尽管我受了极大的屈辱，受伤至深，但我会保持沉默的。作为一个弱女子，我只有服从命运的安排。"

克雷翁国王看到她的眼中依然充满仇恨，并不相信她的话。她就连忙抱住他的腿，以他女儿格劳克的名义发誓的时候，他还是不敢相信。"走开！别让我因为你而担惊受怕！"他吼道。美狄亚无可奈何，只好请求国王宽限几天，以便为儿子们找一个住处。国王回答道："我并不是无情无义的人，有许多次出于怜悯和仁慈，愚蠢地屈从了别人。现在也是这样，我感到让你拖延一天这样做并不聪明。不过还是照你说的办吧。"

美狄亚达到了她所希望的初步目的，内心狂躁起来。她决心实行一项冒险的计划，这项计划她以前想过但并没有真正采用过。无论如何，她决定做最后一次努力，向她的丈夫指明过失，劝丈夫回心转意。她哭着对他说："你背叛了我，另娶新欢，连自己的孩子都弃之不顾。假如没有孩子，也许我还可以原谅你，然而现在我无法原谅你，你以为向我发誓对我表示忠诚的时候，那些见证你的神灵都不在了吗？你以为有新法律允许你违背誓言吗？现在，请你告诉我，就当我是一个普通朋友，你想让我到哪里去？难道把我送到我父亲那儿去吗？那是我为了你，弃了的人。还有什么地方可以让我们安身呢？假如你的妻子领着你的儿子像乞丐似的到处漂泊，你会感到很光彩吗？"

可是伊阿宋根本听不进她的话，他只答应给她和孩子们一些金子并写信给各地的朋友们收留她们母子，美狄亚拒绝了这种施舍。"去吧！结婚去吧！"她说道，"去庆贺你那以痛苦结束的婚礼吧！"伊阿宋撇下她离开了。美狄亚为刚才所说的话感到后悔，担心她的话引起他的警觉，从而无法实现自己的计划。于是她又请伊阿宋回来，尽量挑选那些温情的词语，说道："伊阿宋，原谅我所说的一切，是我一时气愤，昏了头才说出那些话。现在我想明白了，你所做的一切都是为了更好的生活。我们逃亡到这里时一贫如洗，你想利用这次婚姻为你、孩子和我谋取更好的生活。好吧，我带着孩子们暂时离开你一段时间，我相信今后你会让他们回到你身边的，会让他们跟继母的孩子们生活在一起。来吧，孩子们！吻一下你们的父亲，别再生父亲的气了，理解你们的父亲吧！"

伊阿宋以为她已不再怨恨他，感到很高兴，他向美狄亚和孩子们做出了许多承诺。美狄亚用她更动听的语言使他相信她已不再怨恨他了，她请求丈夫，留下孩子们让她一个人离开。为了得到格劳克和她父亲的同意，她从自己的储藏室中取出一件珍贵的金袍，交给伊阿宋送给公主做礼物。起初伊阿宋踌躇着不肯接受，但终于被她说服了，他派了一个仆人把礼物送给新娘。他不知道，这个美丽的袍子是用魔药浸过的布料做成的。美狄亚和她的丈夫做了一个假情假意的告别之后就坐下来，时刻等着信使的报告，期待着新娘收到她礼物后的消息。

可靠的仆人会把消息告诉她的，没多久仆人气喘吁吁跑来，远远地喊道："美狄亚，快上船逃走吧！你的情敌和她的父亲都死了。你的儿子和他们的父亲走进新娘房间的时候，我们都很高兴，以为怨恨终于要消除了。公主微笑着迎接你的丈夫，当她看到孩子们时却转过身去，用面纱蒙住眼睛，好像她不情愿看到他们的存在。伊阿宋竭力安慰她，说了很多好话，然后把你送的礼物在她面前打开。那美丽的长袍打动了公主的心，她满心欢喜，马上答应新郎提出的一切要求。当你的丈夫和儿子们离开以后，她马上迫不及待地跑向那件精美的衣服，把它披在肩上，又把金色的花环套在头上，喜不自胜地在镜子前扭着身子照来照去。她还穿着这件新衣服，像一个小孩子似的在房间里走来走去。可是不久，她欢乐的心情突然改变了，她脸色苍白，翻着白眼，口吐白沫，四肢痉挛，脸抽搐着，还没走到凳子跟前就扑通一声倒下了，大家惊呆了，整个宫殿一片哭声。仆人们赶紧去找国王和她的未婚夫，几乎同时，戴在她头上的花环喷出了火焰，毒药和火焰吞食了她的肉体。她父亲撕心裂肺地呼叫着来到她身边，看到的却是女儿被烧得变了形的尸体。他悲痛欲绝，扑向自己的女儿。很快，他就中了女儿身上那件漂亮衣服上的剧毒，也倒地死去了。至于伊阿宋的情况怎么样，我还不知道。"

伊阿宋急匆匆地赶回家，他要为年轻的新娘向美狄亚报仇。他冲出房门，听到头顶一声巨响，抬头一看，美狄亚正坐在用魔法招来的龙车上，升上天空，驾着车离开了她用一切手段复仇的人间，只留下她亲手导演的这一幕凄惨的景象。伊阿宋绝望了，他无法惩罚她所犯下的罪恶，心中又想起当年情景，他别无选择，于是拔剑自刎，死在自家的门槛上。

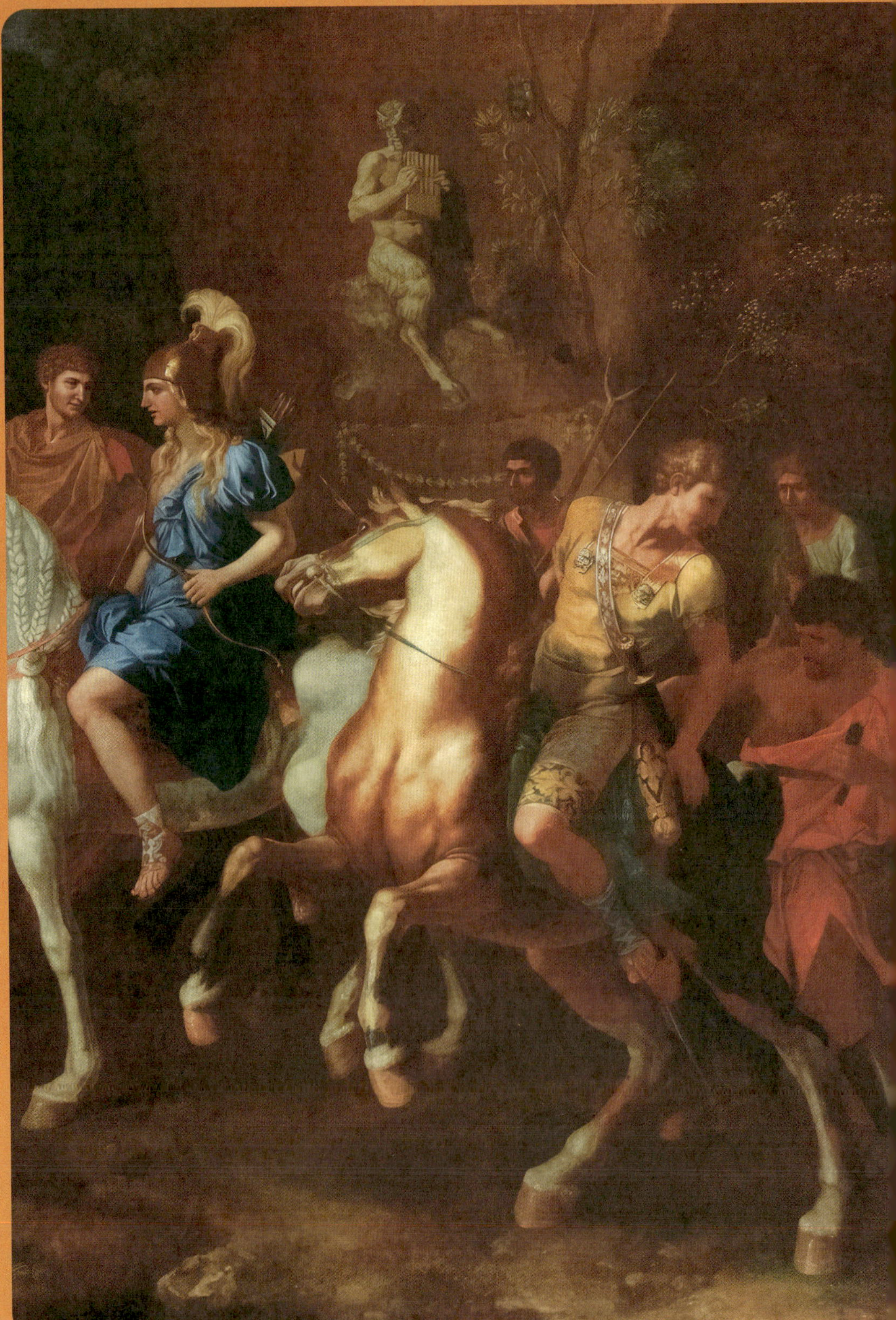

卡吕冬狩猎

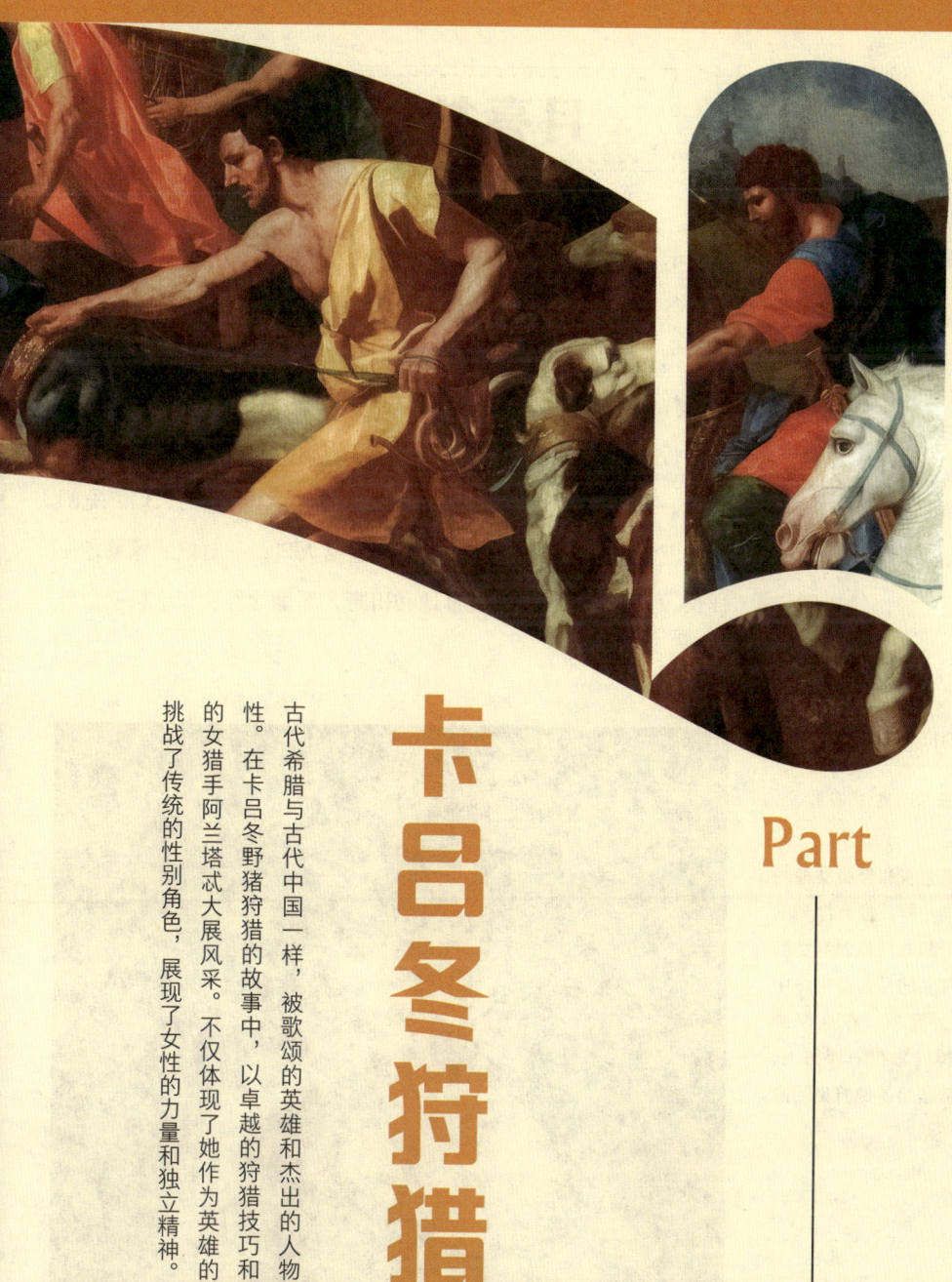

Part

13

古代希腊与古代中国一样，被歌颂的英雄和杰出的人物往往是男性。在卡吕冬野猪狩猎的故事中，以卓越的狩猎技巧和速度闻名的女猎手阿兰塔忒大展风采。不仅体现了她作为英雄的力量，也挑战了传统的性别角色，展现了女性的力量和独立精神。

月亮女神的报复

卡吕冬国王俄纽斯虔诚地把收获季节的第一批果实献给诸神。谷物献给了得墨忒耳，葡萄献给了酒神狄俄尼索斯，油料献给了雅典娜女神。每位神灵都安排了相应的礼物，唯独忘记了月亮和狩猎女神阿耳忒弥斯，没有在她的圣坛上供奉祭品。女神生气了，她决定报复他的大不敬。于是，她朝卡吕冬国王的土地上放出一头大野猪。这头野猪的红眼睛里喷射出熊熊的火焰，宽阔的背上竖着坚硬的鬃毛，长着一副血盆大口，一对獠牙像象牙一样长。只要这个畜生经过草地和田野，那里的谷物和草料就会被

女猎手的狩猎间隙

彼得罗·安东尼奥·罗塔里
油画

阿塔兰忒和狩猎女神阿耳忒弥斯一样，拥有漂亮的外表和好战的性格，对她们来说，狩猎的号角是生命中最动听的音乐。在这幅画中，女神倚靠在一棵树上，这个姿势描绘了她狩猎间隙的放松一刻。

它吃光。它不仅吃葡萄藤、青草和树叶，连橄榄枝也被它一并吃光。牧羊人和猎狗都无法抵御它，看到它就赶紧躲开，它伤害羊群和牛群，人们对它却束手无策。

后来，国王的儿子——正义的墨勒阿革洛斯召集了一帮猎户和猎狗去捕杀那只凶恶的野猪。全希腊最著名的勇士们都接到邀请来参加这次围猎。

阿耳忒弥斯

黄金镶版 希腊
公元前660—前620年

由7个黄金镶板构成的组图，表现狩猎女神阿耳忒弥斯为世间一切动物的主宰。

女猎手阿塔兰忒

亚加狄亚的女英雄——好战的阿塔兰忒也受到邀请参加此次狩猎，她是伊阿李斯的女儿。童年时她被遗弃在森林里，被一只母熊养大成人，后来猎户们发现了她，把她带出了森林，将她抚养成人。她长成了一位漂亮的姑娘，但对男人却非常厌恶，整日在森林里以打猎为生。她拒绝了所有追求她的男人。因为爱好围猎，所以她加入到了这些勇士中间。她简单地把头发挽在头上，肩上扛着一把乳白色的梭镖，左手拿着一副弓箭。她的容貌，在男人眼里看来像女孩，而在女人眼里看来却像男孩。墨勒阿革洛

斗杀野猪

浮雕镶板 15世纪
柏林美术馆藏

阿耳戈的英雄们正在与受伤的野猪做最后的搏斗：墨勒阿革洛斯用斧头从正面砍杀立了头功的阿塔兰忒已停下来观看，野猪身后的伊阿宋似乎在为被自己误杀的猎犬（野猪脚下）悲痛。

147

阿塔兰忒拾起希波墨涅斯抛下的金苹果

诺埃尔·哈雷 油画 卢浮宫博物馆藏

阿塔兰忒也是阿耳戈船队的参加者，一个著名的女猎手。她向所有对她求婚的人提出赛跑的条件，输了就会被她用长矛刺死。希波墨涅斯受到阿佛洛狄忒的帮助，用计策边跑边扔下象征天下最美的金苹果。阿塔兰忒忙于捡苹果，输掉了比赛，嫁给了希波墨涅斯。据奥维德《变形记》说，他们夫妇俩后来由于忘记向阿佛洛狄忒献祭，都被变成了狮子。

斯看到她人品出众，不由自言自语道："能够娶她为妻的男人该是多么幸福啊！"但他没时间来考虑这些，因为这场危险的围猎刻不容缓，不能再拖延下去了。

围猎队伍来到一片原始森林，那里有成片的树木覆盖了山峦土丘。他们一到这里就开始忙着设置陷阱，放开猎狗，搜寻野猪的踪迹。后来，他们来到一个被河流冲刷成的陡峭而又狭窄的山谷。山谷里长满厚厚的芦苇和野草，野猪就藏身在这个地方。它被猎狗们的狂吠声惊起，从树林中蹿了出来，迅速地冲进人群。猎人们高喊着向它投掷梭镖，但都被它躲开了，仅仅擦伤了它的一点皮毛。它被激怒了，野性大发，瞪着眼睛，气喘吁吁地冲进猎人们中间，把三个人掀翻在地，很快将他们咬死。涅斯托耳（后来成为一个大英雄）爬到树上才躲过了这一劫，野猪愤怒地撕咬着树干。这时阿塔兰忒赶到了，她抽出一支箭，穿过树丛射向这个野兽。箭射中了野猪耳朵下面的部位，猪鬃上的血染红了皮毛。墨勒阿革洛斯看到野猪受了伤，立刻高兴地向伙伴们说："这是勇敢的阿塔兰忒射中的，她应该受到奖赏。"听到这些话，男人们见一个女人竟抢在他们前面立了功,感到很羞耻,他们马上把梭镖都投向了那头野猪,但这一阵乱投竟没有一个能掷到野猪身上。

这时,亚加狄亚人安卡悠斯举起他的双刃战斧砍向野猪,但斧头还没落下来,野猪的獠牙却刺进了他的身体,他立刻倒在血泊里,没了性命。这时伊阿宋也投出自己的长矛,却偏离了方向,扎进猎狗塞拉冬的身体里。后来,墨勒阿革洛斯接连投出两支梭镖,一支掉到了地上,另一支扎进野猪的后背。野猪痛得团团转,兽性大发,口中向外喷着血沫。墨勒阿革洛斯赶过去,又在野猪的脖子上砍了一刀,猎人们也纷纷举起长矛从四面八方向野猪刺来。野猪躺在地上,身上被戳成蜂窝似的,血从它的伤口里汩汩地流了出来。墨勒阿革洛斯将象征荣誉的战利品送给了阿塔兰忒。

墨勒阿革洛和阿塔兰忒式的狩猎

普桑 油画 1634年 马德里普拉多博物馆藏

普桑描绘的是狩猎开始的场景。在这幅画中,阿塔兰忒是身着蓝色服装、拥有金色长发的人物。然而墨勒阿革洛并非画面中心穿着黄色长袍、骑着白色马匹的年轻人,而是位于画面右远端、比中央人物稍微靠后的人物。墨勒阿革洛斯似乎正在催促他的仆人完成工作,以便能够与其他人一起离开。导致这场狩猎发生的女神狄安娜出现在画面中央。

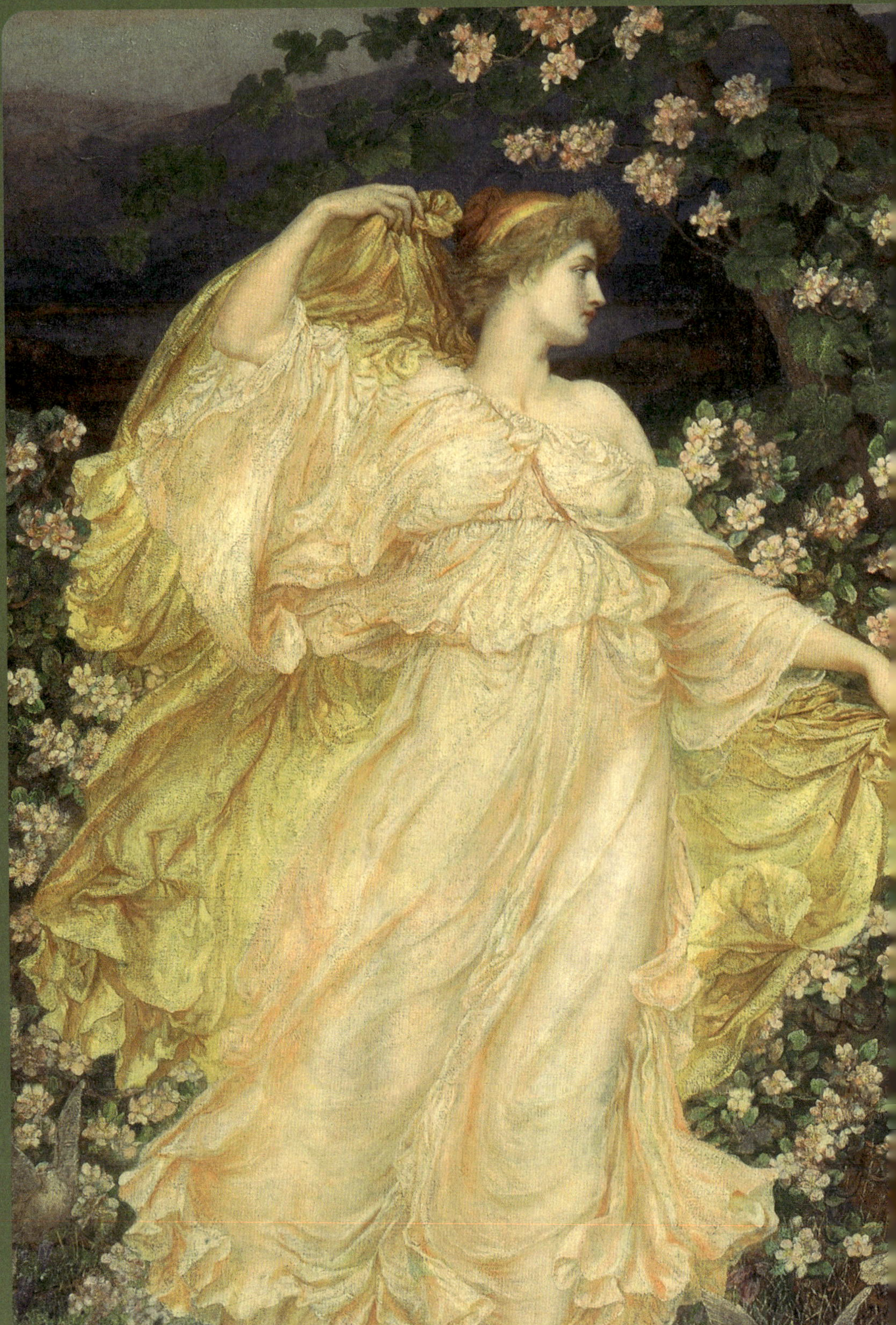

珀罗普斯与希波达弥亚

Part

14

珀罗普斯的英雄崇拜在古希腊时期非常盛行,他被认为是奥林匹克运动会的创始人之一,特别是战车比赛的创始人。为了纪念他与国王俄诺玛诺斯战车比赛的胜利并表达对神的感激,珀罗普斯在奥林匹亚举办了一场盛大的运动会,这就是奥林匹克运动会的起源。

神助姻缘

坦塔罗斯是迪斯的儿子，对神不恭，而他的儿子珀罗普斯却与父亲相反，对神十分虔诚。他的父亲被带到地狱海得斯后，吕狄亚王国与邻国特洛伊发生了一场战争，他被迫离开了自己的国家，流亡到希腊。虽然他年纪很小，但在心目中却已经为自己选定了一个姑娘做他的妻子，她名叫希波达弥亚，是伊利斯国王俄诺玛诺斯和斯忒洛珀的女儿。这个女子并不是轻易就能娶到手的，因为一个神谕曾经对她的父亲预言，如果女儿嫁人，父亲就会死掉。因此，俄诺玛诺斯信以为真，千方百计让女儿与求婚者保持距离。为此他签发了一个文告，向大家宣布说，愿意与他女儿成亲的人，必须先在马车赛上击败他。但如果国王赢了，求婚者就必须被杀死，竞赛地点设在科林斯峡谷，起点在比萨，终点在波塞冬祭坛。俄诺玛诺斯国王规定了车辆出发的顺序：首先由他杀死一只羊献给宙斯，这当然是要花费时间的，而求婚者这时已经驾着马车出发了。祭神仪式结束后，国王才去追赶那些求婚者，他手持长矛，坐在由密耳提罗斯驾驶的马车上。如果求婚者被他追上，他就有权用长矛刺死对方。

许多年轻人因爱慕希波达弥亚的美貌而向她求婚，听到这个消息后，都不以为然，信心倍增。他们认为年老体迈的国王根本赛不过年轻人，他这样做无非是为了显出自己的宽容，即使失败，也可以为自己找到一个体面的借口。就这样，一个一个的年轻人先后来到伊利斯王国向希波达弥亚求婚。国王友好地接待了他们，并送给他们每人一辆华丽的四匹马牵引的马车，四匹马在前面拉动，威武雄壮。国王则毫不犹豫地杀一头羊祭献给宙斯。献祭完成，他才登上那辆轻捷的马车，由两匹比风还快的母马非拉和哈尔皮拉动。每一次都是在求婚者快到终点的时候，国王追了上来。就这样他已经杀死了13位前去求婚的年轻人。

奥林匹亚竞技场的入场门

摄影 希腊 现代

希腊不仅有着闻名于世的文化，奥林匹克运动会同样令人神往。这是奥林匹亚竞技场的入场门，穿过整齐的石柱，仿佛可以重回当年盛大的比赛。

珀罗普斯为了追求心上人，来到了这个半岛，这座岛后来就根据他的名字命名为珀罗普纳索斯。很快他就听说了伊利斯国所发生的一切。夜幕降临时，他来到海边大声地呼唤他的保护神波塞冬，虔诚地祷告。"尊敬的波塞冬，伟大的神啊，如果你也喜欢爱情女神阿佛洛狄忒的礼物的话，请让俄诺玛诺斯锋利的长矛改变方向吧！请你用最快的方式把我送到伊利斯国去，让我取胜。就算他已刺死13个年轻人，他还是会推迟女儿的婚期。行动越是艰险越需要勇敢的人，我要去试试自己的运气。反正总有一天我会死去，难道就这样白坐在那里碌碌无为地活到老死吗？我要去同国王比赛，帮助我成功吧，我请求你！"

珀罗普斯的请求立即生效。海中波涛汹涌，从海底深处升起一辆金光闪闪的马车，前面由四匹长着翅膀的快马牵引着，速度迅猛如箭。珀罗普斯飞身上车，一阵风似的飞到了伊利斯国。俄诺玛诺斯见到他非常吃惊，因为他一眼就认出了那是波塞冬的马车，但是他又不能拒绝同这个陌生人按照原定的条件进行比赛。珀罗普斯到达科林斯海峡之后，他们的比赛就开始了，快要接近终点时，国王按惯例做完了祭祀宙斯的仪式突然赶了上来，挥舞着长矛向这个赤手空拳的求婚者后背刺去。在这个危急关头，珀罗普斯的保护神波塞冬急忙赶来救助，他施展魔法，让国王的马车在全速行驶中突然脱落了一只车轮，马车一下子摔到了地上，俄诺玛诺斯被摔出马车，当场就死去了。这时候，珀罗普斯驾着4匹飞马顺利到达终点，回头一看，只见国王的宫殿火光冲天。整个王宫被烧毁了，只剩下一根柱子露在外面。珀罗普斯驾着马车飞奔入火海，勇敢地救出了他的心上人希波达弥亚。

后来，他统治了伊利斯全国，并夺取了奥林匹亚城，创办了闻名于世的奥林匹克运动会。他和妻子希波达弥亚生了很多儿子。儿子长大后，分布在珀罗普纳索斯全境，各自建立了自己的王国。

珀罗普斯和希波达弥亚

罗马浮雕
大都会艺术博物馆藏

英雄珀罗普斯在一场战车比赛中击败了希波达弥亚的父亲——国王俄诺玛诺斯。浮雕中，国王俄诺玛诺斯正登上由他的御者米特洛斯驾驶的战车，而后者接受了珀罗普斯的贿赂，确保珀罗普斯获胜。

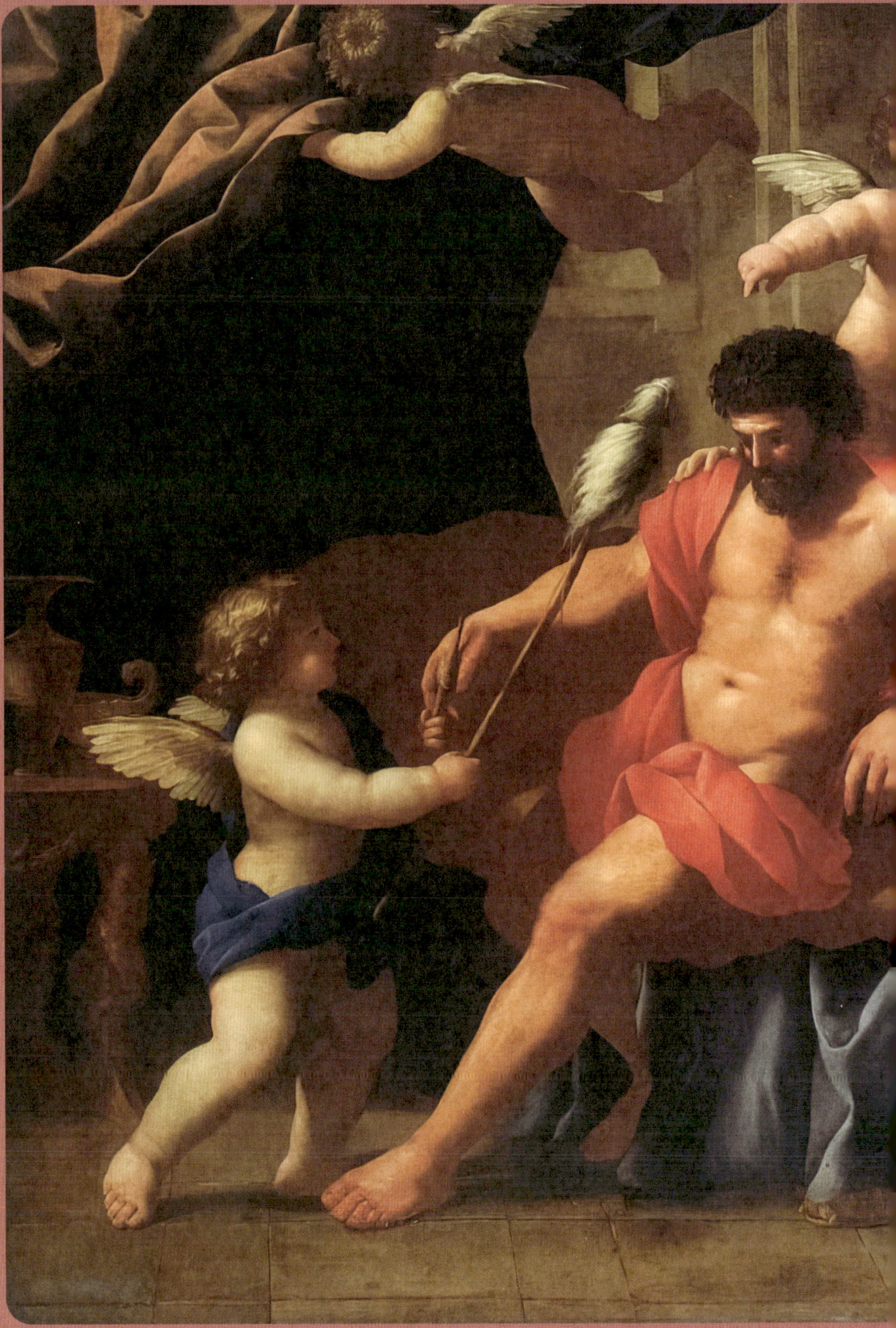

赫拉克勒斯的故事

Part

15

赫拉克勒斯是古希腊神话中最为著名的英雄之一。他是主神宙斯与凡人所生。因为他的父亲是众神之王,赫拉克勒斯似乎天生就有着非同一般的命运。赫拉克勒斯以其超人的力量和勇敢的事迹而闻名,最著名的是他完成了『赫拉克勒斯的十二试炼』。

赫拉克勒斯的身世

赫拉克勒斯是主神宙斯与阿尔克墨涅所生的私生子,阿尔克墨涅是珀耳修斯的孙女,底比斯国王安菲特律翁的妻子。安菲特律翁也是珀耳修斯的孙子,是泰林斯的国王,但他后来离开了泰林斯,搬到了底比斯。宙斯的妻子天后赫拉憎恨情敌阿尔克墨涅,自然也很讨厌情敌的儿子赫拉克勒斯。因为宙斯曾向诸神预言,他的儿子前途无量,会有一个光明的未来,阿尔克墨涅生下儿子后,担心住在宫里遭到赫拉的忌恨和报复,没有安全保障,就把他放在篮子里,篮子上盖了一点稻草,遗弃在一块田野里,后来这地方就被称作赫拉克勒斯田野。幸亏一个偶然的机会,雅典娜和赫拉正好一起经过那块田野,否则孩子肯定活不了。雅典娜看到这个孩子生得漂亮,既惊奇又怜悯,非常喜欢,便劝她的同伴赫拉用自己的乳汁喂养他。孩子咬住赫拉的奶头,贪婪地吮吸着乳汁,不像同龄的婴儿那样温柔。他咬痛了赫

赫拉克勒斯的降生

瓶画 公元前330年
大英博物馆藏

这幅瓶画上的故事,是赫拉克勒斯出生时,他的母亲阿尔克墨涅接受宙斯的降雨。因为阿尔克墨涅的丈夫得知自己的儿子是妻子与宙斯的私生子时,极端愤怒,他准备将母子俩烧死。宙斯下了一场雨,拯救了英雄和他的母亲。此陶器出土于圣塔卡达,高56厘米。

拉。赫拉生气地把孩子放到了地上。雅典娜只好把他抱了起来，带回城里，送给阿尔克墨涅王后，请她把他当作一个可怜的弃婴抚养。阿尔克墨涅一眼就认出这是自己的儿子，很高兴地把孩子放进摇篮。这样，这个因亲生母亲畏惧赫拉的伤害，不得不忍痛丢弃在田野里的孩子却因吃了赫拉的乳汁而脱离凡胎，变成了神灵。赫拉做梦也没有想到，她用自己的乳汁救活了情敌的孩子。

而赫拉克勒斯从小便拥有不凡的神力，国王认为这个儿子是宙斯赐给自己的礼物。于是，他召来底比斯的盲人占卜者提瑞西阿斯，这个人是宙斯赋予有先知能力的人。提瑞西阿斯当着国王、王后和所有在场人的面预言了孩子的未来：他长大以后，将杀死陆上和海里的许多怪物；他会同巨人战斗并最终打败他们；当他历尽艰险，完成在人世上的使命以后，他将享有神的永久生命，还会与青春女神海波结为连理。

赫拉克勒斯的教育

国王安菲特律翁听到孩子天赋极高，有如此美好的前程，便决定给这个孩子施以良好的教育，努力把他培养成一位名副其实的英雄。他从各地聘请了许多英雄给年轻的赫拉克勒斯传授本领，他还亲自教他驾驶战车。俄卡利亚国王欧律托斯教他弯弓射箭；哈耳珀律库斯教他搏击散打；宙斯的双生子之一卡斯托耳教他在野外作战；阿波罗的儿子——年长的里诺斯教他读书识字、歌唱和音律。赫拉克勒斯从小就是个聪明的学生，显示了学习的天赋和才能，但他缺乏持之以恒的精神，而里诺斯又是一个缺乏耐心，惯于发现学生缺点的老师。有一天他责打赫拉克勒斯，赫拉克勒斯认为这对他不公平，就顺手抓起竖琴，向老师的头上摔去，老师立刻倒地死去。尽管赫拉克勒斯非常懊悔自己的草率，但还是被当作杀人犯带上了法庭。以为人正直、知识渊博而闻名的法官拉达曼提斯却判他无罪释放，并制定了一条新的法律：即出于自卫致人于死命者无须偿命。

可是，经过这件事，安菲特律翁担心这力大无穷的儿子以后还会犯下同类的错误，就把他送到乡下，让他看护家畜。在这里赫拉克勒斯长大成人，成为一个健壮的英俊青年。他身高3米，双眼炯炯有神，投掷射箭百发百中，18岁时已成为希腊最英俊、强壮的勇士。此

赫拉克勒斯的教育

瓶画 公元前520年
大英博物馆藏

　　图为赫拉克勒斯与他的老师半人半马喀戎。喀戎手持橄榄枝，正在欢迎英雄的到来。在原瓶画中，赫拉克勒斯身后还坐着一个神秘的老人仿佛是古代的先知，正在预言英雄壮丽的未来。这是在意大利出土的陶器，高39厘米。

时他面临命运的挑战，到了他选择生活方式的时候了。是用一身本领造福人类还是胡作非为祸害乡里，不同的生活道路摆在他面前，何去何从全靠他自己去选择。

赫拉克勒斯的选择

　　有一天，赫拉克勒斯离开牧场，来到一个安静的地方，思考他的人生道路应该如何选择。突然，他看到两位身材修长的姑娘迎面走来，一个仪态万方、美丽高贵、目光谦和、举止有礼，穿着一身洁白的长裙，一尘不染；另一个像绽放的花朵，雍容华贵、肌肤雪白、芳香逼人、昂首挺胸、衣着得体，这为她增加了无穷的魅力，她自我欣赏了一番，又顾盼自如，边走边回头观察是否有人在欣赏她的美貌。当她们走近赫拉克勒斯身边时，第二个姑娘抢前几步，赶在第一个姑娘前面，朝着英俊的赫拉克勒斯走来，她向他打招呼说："赫拉克勒斯，我看得出，你正面临人生道路的抉择。你在犹豫不决，不知应该选择怎样的生活道路。如果你选我做你的朋友，我会领你走上一条平坦舒适的捷径，你可以尽情享受所有的快乐，抛弃所有烦恼。你不用卷入任何战争，也不会遇到任何艰难险阻，你只需享用美酒佳肴，躺在松软的床上，用你的眼睛、耳朵和全身去享受一切欢乐即可。你不用担心我会让你从事什么体力或脑力劳动，不，恰恰相反，你过着衣来伸手、饭来张口的生活，你还可以享用别人的劳动果实，拒绝一切需要你付出劳动的事情。因为我赋予你利用一切的权力。"

赫拉克勒斯听了这一番诱人的话语，惊奇地问道："美丽的女子，你叫什么名字？"姑娘回答道："朋友们都叫我幸福女神，而那些想贬低我的敌人以及嫉妒我的人则叫我享乐女人。"

这时，另一个姑娘也赶了上来说道："我到这里来找你，亲爱的赫拉克勒斯，是想告诉你，我认识你的父母，也知道你的天赋以及学到的本领。我希望能引导你靠这一切做成一番大事和善事。可是我不能保证给你任何感官享受。我还愿意告诉你，实际上这都是神的意愿，天上的神非常喜欢你，但神从不让人不劳而获。你若想让神善待你保护你，你必须先尊重敬奉他们；想让朋友们爱戴你，你必须先爱护他们，为他们做好事；想让一个城市听从

赫拉克勒斯的寓言

多索·多西 油画
1540—1542年

充满隐喻的画面试图说明赫拉克勒斯面对的两难选择：要美德，还是享乐？左后方的羊意味着纵欲；右边的狗则象征对信念的忠诚。祖露胸脯、握着假面具的享乐女神向柔顺的美德女神投去了挑衅的目光。人生如同双球游戏一样绷紧了绳。

骑士的异想

拉斐尔 约1504年

关于赫拉克勒斯的选择，拉斐尔以同样的题材创作了这幅画。骑士面临两个女性的异象，一位代表美德，另一位代表堕落和诱惑。然而，拉斐尔却没有画出骑士最终的选择——骑士在两位女神的游说中昏昏睡去。因为人们往往很难在代表了智慧与勤奋的雅典娜女神（持书者）与代表了享乐与安逸的维纳斯女神（持花者）之间做出抉择。

你，你必须先为市民服务。想让全希腊人都来颂扬你的美德，那么你必须先为希腊谋利益；想收获，就必须先播种；想赢得一场战争，就必须先学会作战的本领；想保持强健的体魄，你必须坚持锻炼使自己更强壮。"

享乐女人突然打断了她的话。"你瞧，亲爱的赫拉克勒斯，像她所说的这条成功之路多么漫长，多么艰难。而我却以最轻松便捷的方式指引你通往幸福。"

"住口，你这说谎的女人！"美德女神说道，"你手里没有一点真正值得称道的东西。你能干什么？你根本就不懂什么才是真正的幸福和快乐。你只知道享用现成的幸福，饿了吃饭，渴了喝水。再好的柔软而温暖的床也不能使你满足。你让你的朋友们趁年轻白日酣睡，夜晚狂欢。任多少美好时光白白流失。他们年轻时无忧无虑，一事无成，到老却为年轻时的放浪形骸而惭愧不已，当别人问起他们的事迹时无言以对。而你自己，虽然是不朽的，却遭到神灵的唾弃，为善良的世人所不齿。你什么时候听过别人真诚的赞扬？你什么时候做了好事，得到别人向你投去赞赏的目光？相反，我却受到神灵和一切有德人的欢迎。艺术家把我当作使者，父母亲把我当作忠诚的守护神，仆人们把我当作仁慈的帮助者和精神支柱。我是和平事业的真诚参与者，在战场上我是忠实的盟友，是友情忠实的伙伴。我的朋友们比你的朋友更会享受人生的乐趣：年轻人为得到老年人的推崇而高兴，老年人为受到年轻人的尊重而快乐；他们回忆起往事感到甜蜜和满足，他们对于现在的作为而由衷欣喜。我让他们受到神灵的保护，得到朋友的爱戴和国人的尊敬。当他们离开人世的时候，不会因为默默无闻、无所作为而遗憾地走进坟墓。他们的荣耀仍然留在人间，永存后来人的心中。赫拉克勒斯呀，如果你选择这样的生活道路，神会保佑你，你会得到真正的幸福。"

赫拉克勒斯初显神勇

　　两位引路人说完话，便突然消失了，撇下赫拉克勒斯独自一人留在原地思考。他决心选择美德女神指引的道路。不久就找到了一次造福人类的机会。那时的希腊遍布森林和沼泽，里面有凶猛的狮子、野猪和其他作恶的野兽，经常咬死过路人。因此除掉这些野兽，解救希腊人，是当时勇士们的远大目标之一。赫拉克勒斯决定承担这项光荣事业，当他回到底比斯国，听说在基太隆山脚下，国王的牧场边有一头可怕的狮子为非作歹时，美德女神的话回响在年轻英雄的耳畔。他迅速穿戴起全副武装，爬上了那个满目荒凉而又遍布丛林的荒山，打死了狮子，把狮皮剥下来披在身上，把狮头割下来做成一副头盔戴在头上。

　　在凯旋的途中，他遇到了明叶国王埃尔吉诺斯派出的使者，他们前来向底比斯人收取一年一度的贡品。赫拉克勒斯认为这是一种既不合理又令人感到屈辱不公平的沉重负担。赫拉克勒斯把自己当作一切受压迫人的解救者，三拳两脚就把这些恃强凌弱、坏事做尽的使者们打倒在地，然后把他们绑起来送回明叶国。埃尔吉诺斯国王非常生气，蛮横地要求当时的底比斯国王克雷翁交出肇事者由他处置。克雷翁畏惧对方的权势，害怕对付不了强大的敌人，准备顺从他的要求，但赫拉克勒斯却说服了一批勇敢的年轻人同他一起抵抗敌人。不过在当地却找不到一件顺手的武器，因为明叶国王为了防止底比斯人造反，早把武器全部收走了。

雅典娜看到这个情况，把赫拉克勒斯召进她的神庙，让他穿上自己的盔甲，神庙里还有不少武器，那是当年他们的父辈们在征战胜利后献给神灵的，他的伙伴们从神庙里纷纷拿起武器，赫拉克勒斯带着他的一小队人马朝明叶国进军，而明叶国则有庞大的军团，兵力强大。敌我双方狭路相逢，虽敌众我寡，但因山高路窄，明叶的士兵无法伸展。赫拉克勒斯冲进敌阵，左冲右杀，取得全线大捷。埃尔吉诺斯也在混战中被打死，全军覆没。但是，赫拉克勒斯的养父安菲特律翁也在这次战斗中中箭身亡。战斗结束后，赫拉克勒斯乘胜追击，率领人马挺进明叶首都奥耳科墨诺斯，攻开了城门，放火烧毁了皇宫，毁掉了这座城池。

全希腊人都称颂他的丰功伟绩，底比斯国王克雷翁把女儿墨伽拉许配给他作为奖赏。后来她为他生了3个儿子。此时他的母亲已改嫁给了第二任丈夫法官拉达曼提斯。诸神为庆贺这位半神半人的英雄的胜利送去了很多礼物：赫尔墨斯送给他一把短剑，阿波罗送给他一把弓，赫淮斯托斯送给他一个金箭袋，雅典娜送给他一副崭新的青铜盾牌。

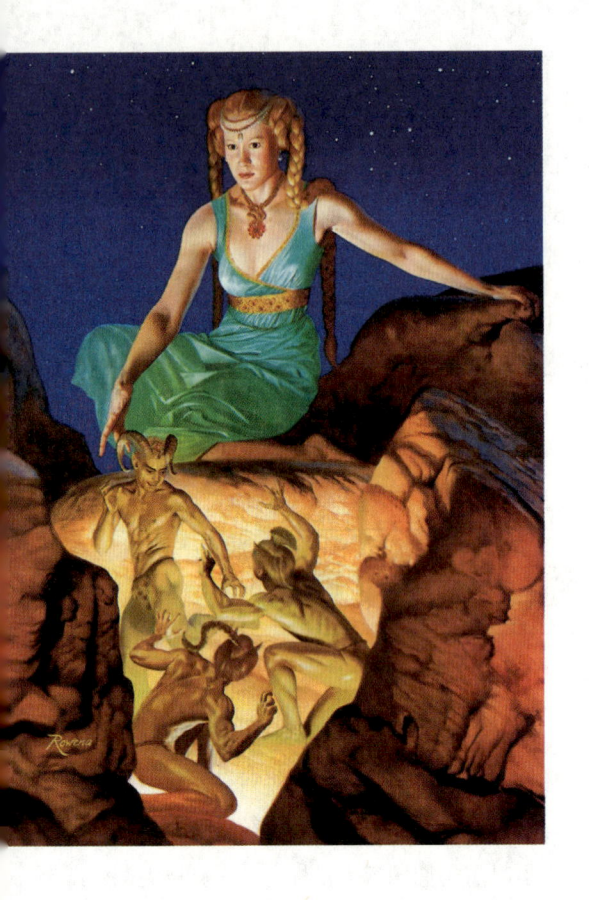

大地女神和孩子

诺薇娜 绘画

大地女神该亚看着她的孩子们从炙热的岩浆中出生，她不是用母亲的温柔而是用叛逆者的目光打量着这些新生的叛逆力量。

赫拉克勒斯大战巨人

赫拉克勒斯受到诸神的馈赠，心中感激不尽。不久，他找到了机会报答这些神灵们。原来大地女神该亚和天神乌拉诺斯生下了一群巨人，这些怪物面目丑陋，披着杂乱的长长头发，一脸胡须，没有脚，身后拖着一条带鳞的龙尾。他们的母亲教唆他们反对世界的新主宰宙斯，因为宙斯坐上神王之位后，把她从前生下的一群儿子提坦巨人们全部打进了地狱塔耳塔洛斯。几年后，这些巨人们从地狱逃出来，冲进帖撒利城外的一片广阔的田野福莱葛拉。看到这些巨人，天上的星星都大惊失色，就连太阳神阿波罗也掉转了太阳车的方向。

"去吧，孩子们，为我报仇吧！为先前的神的孩子们报仇！"大地女神对她的孩子们说。"一只苍鹰正在啄食普罗米修斯的肝脏，提堤俄斯正在受难，宙斯用闪电击中了他，他躺在地上不能动弹，两只大雕正在啄他的肝脏！阿特拉斯被迫托举天空，提坦巨人们被铁链锁着，受尽折磨。快去为他们报仇吧！去拯救他们，用我的四肢——高山峻岭作为阶梯和武器，然后从宙斯那里收回星光闪耀的天宫吧！你，阿耳克尤纳宇斯，从暴君宙斯手中夺回王杖和闪电；恩刻拉多斯，你去征服海洋，赶走波塞冬；律杜斯，你去夺下太阳神手里的缰绳；珀耳菲里翁，你去占领特尔斐的神殿。"

巨人们听了母亲的话，大声欢呼，仿佛他们已经取得了胜利一样。他们带着极度的自信和欢乐，来到帖撒利山，准备向奥林匹斯山发起进攻。

几乎在同时，神的使者彩虹女神伊里斯连忙召集天神、河神及泉神商量对策，她还从地狱里召来了命运女神。冥后

巨人

戈雅 油画 19世纪
纽约艺术博物馆藏

独坐天边的巨人忧伤地回头，他巨大的脊背高耸入云，狂暴的头发和筋肉显示出无穷的力量。戈雅是西班牙浪漫主义时期最伟大的画家，关心社会的变革和人间的苦难。希腊神话中的巨人其实是画家对西班牙历史和战争创伤的象征。

巨人

戈雅 油画 1810—1812年

戈雅的巨人还有一个名字叫"恐慌",它表现了人类面对难以想象的恐惧而四散逃命。其实,即使神也惊慑于巨人的力量。

珀耳塞福涅离开了她那阴暗的冥府地宫,她的丈夫——沉默的死亡之王骑着那匹畏光的骏马也赶到了金光闪闪的奥林匹斯山。如同一座被包围的城市的居民从四面八方赶来保卫城池一样,大批神灵都集合在奥林匹斯圣山众神之父宙斯的身边。

"诸位,"宙斯说道,"你们看看大地之母该亚多么恶毒!她竟敢领着这群乌合之众来反对我们!大家起来进行战斗吧!"

当万神之父宙斯刚说完话,天空中就响起轰隆隆的雷鸣,地下的该亚掀起一阵猛烈的地震作为回报。大地一片混乱,就像混沌初开一样。巨人们连根拔掉一座座高峰,使帖撒利的俄萨山、佩利翁山、俄塔山和阿托斯山层层堆叠,又用赫贝罗斯的一半泉水冲走了罗杜泼山。巨人们以山作为阶梯爬到了神灵们居住的地方,用巨大的石块和橡树做成的火棍向奥林匹斯山发起暴风雨般的进攻。

此前神灵们曾得到一道谕旨:除非有一个凡人肯帮助他们进行战斗,否则神们就杀不死入侵的巨人。该亚也得到了这个消息,她寻到了一个可使儿子们免受凡人伤害的办法,不过她必须找到一种神草,才能达到这个目的。宙斯却抢先一步,命令日神、月神不准露出光芒。这样,趁该亚在黑暗中摸索寻找草药的时候,宙斯亲手把神草拔掉,然后派雅典娜女神召来他的凡间私生子赫拉克勒斯,并要求他参加这场战斗。

此时的奥林匹斯山燃起熊熊的战火,激战正酣。阿瑞斯手执金光闪闪的盾牌,照耀得比燃烧中的火焰还要明亮,他指挥着他的战马,驾驶着战车冲向疯狂进攻的敌人,他头盔上做装饰用的羽毛在风中呼呼作响。他一枪刺中了以蛇为足的巨人珀洛罗斯,驾着战车碾过他倒下的身体。但这个倒下的怪物还没死,直到他看见刚来到奥林匹斯山的凡人赫拉克勒斯,三个灵魂立刻从身体中飘出,彻底死掉了。赫拉克勒斯环顾战场,选中了一个进攻目标,一箭射倒了巨人阿耳克尤纳宇斯。那怪物从高处跌落下去,但一接触到大地竟又活了过来。按照雅典娜的指示,赫拉克勒

赫拉克勒斯和阿耳克尤纳宇斯格斗

瓶画 约公元前2世纪

阿耳克尤纳宇斯是地母该亚的巨人儿子之一，只要他的身体不离开大地，就永远有力量。他与赫拉克勒斯格斗，但被举了起来，失去了大地的支持而变得无力。后来，他的形象常被文学家用来比喻人与祖国大地的不可分离。譬如："巨人又接触到他的地母，重新获得了能量"，德国浪漫主义诗人海涅在流亡时所著的《德国，一个冬天的童话》中这样写道。

斯赶紧追下去，把巨人从生养他的土地上举起，刚一离开土地，这可怜的巨人就停止了呼吸。赫拉克勒斯与众神一起打败了巨人们。

战斗结束，诸神开始尊重赫拉克勒斯，称颂赫拉克勒斯的赫赫战绩。宙斯把那些参战的神灵们称作奥林匹亚人，这是一个赞美勇士的荣誉称号，凡间女人为宙斯所生的两个儿子，狄俄尼索斯和赫拉克勒斯也获得了这个光荣称号。

特尔斐城

狄奥多罗斯 建筑
约公元前6世纪

传说中的古代特尔斐城，由古希腊著名的建筑师狄奥多罗斯所造，现在只剩一点残留的遗迹，难以想象当年它是众神攻击的目标，神话的第二中心。

赫拉克勒斯和欧律斯透斯

在赫拉克勒斯还未出生之前，宙斯曾在一次神灵会议上宣布：让珀耳修斯的第一个孙子统治其他珀耳修斯的子孙。他这样安排的目的是想让他和阿尔克墨涅的私生子取得王位，而赫拉十

165

扮成英雄的皇帝

浮雕 公元前4世纪

亚历山大大帝出于对赫拉克勒斯的着迷，经常身披狮皮，将自己装扮成赫拉克勒斯。

赫拉克勒斯的种种传说

版画 18—19世纪

关于赫拉克勒斯的十件功绩，有很多传说，它们都成了不朽的文艺创作源泉，包括打狮子、杀野猪、斗九头蛇怪、射巨人、去阴间、杀怪鸟等等。他是希腊神话中的第一半神，阿耳戈英雄之一，伊阿宋的朋友，忒修斯的偶像。

分嫉妒，不愿让情敌的儿子取得王位。于是她施展诡计让欧律斯透斯——珀耳修斯另一个孙子提前出生，而原本他的出生应迟于赫拉克勒斯。

就这样，欧律斯透斯做了阿高厄斯岛迈锡尼的国王，后来出生的赫拉克勒斯则成了他的臣民，受他的管辖。随着时间的推移，国王注意到，他那年轻的弟弟已经声名显赫，对他构成了威胁。于是他像召见普通臣民一样召见了赫拉克勒斯，给他安排了一大堆艰苦的任务。赫拉克勒斯不愿服从国王的命令，而宙斯又不想违背自己此前做出的决定，因此命令他执行国王的命令。这个半神半人的英雄不愿做一个平庸之辈的臣民，便离家跑到特尔斐神庙请求神的指点，神谕昭示说，这种局面不久会改变。因为欧律斯透斯是由于赫拉的诡计才得到了王位，但赫拉克勒斯必须完成欧律斯透斯交给他的十个任务。等到这些任务完成以后，他就能摆脱凡人的统治变成神灵。

听到这样的回答，赫拉克勒斯心头郁闷。但是他又知道，违背他父亲宙斯的旨意几乎是不可能的，而且也很不明智。赫拉此时仍然妒恨赫拉克勒斯，毫不顾念他曾给予神灵的无私援助。她乘机刺激赫拉克勒斯，使他心中的郁闷因久受压抑而变得疯狂。赫拉克勒斯无法控制自己，变得神经质起来并且不小心杀了自己的儿子。这种疯狂持续了很久才获得解脱。等他意识到自己已闯下大祸时为时已晚。他陷入更深的悲哀之中，把自己关在房间里，拒绝做任何事情，也不见任何人，直到很长一段时间后他心

头的痛苦才有所减轻。于是他又重新振作起来，动身前往特林斯（迈锡尼王国的一部分）去拜见欧律斯透斯国王，接受他安排的任务。

剥下尼密阿巨狮的皮

国王欧律斯透斯给赫拉克勒斯布置的第一个任务是：把尼密阿巨狮的皮剥下来带给他。这头巨大的狮子生活在伯罗奔尼撒半岛的尼密阿的大森林里，狮子凶悍无比，人类的武器根本伤害不了它。有人说它本是巨人泰非恩和半人半蛇的女巫艾齐得娜所生的儿子，还有人说它是从月亮上掉下来的。赫拉克勒斯没有畏惧和犹豫，动身前去捕杀这头狮子。他背着箭袋，一手拿着弓，一手拿着从海里肯山连根拔起的橄榄树做成的木棍。走了几天，到森林，赫拉克勒斯在林间四下寻找，想趁狮子还没发现他，先找到它的踪迹。当时正值中午，他怎么也找不到周围有狮子的踪影，更无法打听去往狮窝的道路。他没遇到一个人，因为所有的人都由于害怕躲在家里，田野上没有一个人放牧，林子里也没有伐倒的树木。有的人逃离了自己的家园，躲得远远的，大家都害怕成为狮子的美餐。

整个下午，赫拉克勒斯都在密林中艰难地穿行，试图发现狮子的足迹，一举把它杀掉。直到傍晚他才看见那头狮子摇摇摆摆地从密林中的一条小路走了过来，它肚子鼓鼓的，看来它刚刚觅完食准备回来休息。赫拉克勒斯远远地看见它，连忙躲进一片草丛藏身，等待着动手的机会，并用箭头瞄准它的腰部。之后，他射出了第一支箭，正中狮子腰臀之间的部位。可是箭似乎没伤着它，反而像射在石头上一样又反弹回来，落在青草覆盖的地上。狮子昂起

头，露出令人毛骨悚然的牙齿，转动着眼珠，怀疑地朝四周张望。当它把脸转向赫拉克勒斯对面时，胸脯正好对着他，他射出了第二支箭。这一次，却连皮毛都没伤着，箭落在了狮子的脚下。赫拉克勒斯正要向它射第三支箭时，狮子发现了他。它把长长的尾巴夹在后腿间，脖子因发怒而膨胀起来。它弓起后背，竖起鬃毛，瞪着血红的大眼，从喉咙中发出一声嘶吼，迅猛地向它的敌人扑来。赫拉克勒斯扔下手中的箭，右手挥舞着大棒朝狮子头上狠狠打去，正中它的脖子，狮子当场倒地，臀部还悬在半空中。随即它摇晃着脑袋，颤抖着四肢站了起来。赫拉克勒斯还没等它喘过气来，立即冲上去。这一次他干脆把身上背的弓箭全扔在地上，腾出双手，从狮子后面抱住它的脖子，狠命地卡住狮子的喉咙，狮子挣扎了一阵，不一会儿就断了气。就这样，它的灵魂回到了地狱。赫拉克勒斯费了好长时间，想把狮子的皮剥下来，但都没有成功。因为任何铁器和石块都无法在这个狮子的身上划出一道口子。最后他想出了一个办法：用狮子自己的利爪把皮剥下来。事实证明，这个方法是成功的。后来，他用狮子这张华丽的毛皮为自己缝制了一件胸甲，用狮子头做了一只新头盔。一切完成以后，他把狮皮和武器收集到一块，肩扛着尼密阿狮皮回到泰林斯。国王欧律斯透斯看见他扛着狮皮回来，吓得双腿发颤，匆忙地爬进一口铜锅里。他没想到赫拉克勒斯竟有如此神力，从此以后他拒绝接见赫拉克勒斯，各项命令都让珀罗普斯的儿子库泼洛宇斯通过皇宫的高墙向外传递。

杀死九头蛇怪许德拉

　　赫拉克勒斯接受的第二个任务是杀死九头蛇许德拉。许德拉是巨人堤丰和女巫厄喀德娜的女儿，在阿耳哥利斯地区的赖那沼泽里长大，她常常爬出来吃掉羊群，毁坏庄稼。她面目丑陋，身躯硕大无比。她是一个水蛇精，长了9个脑袋，其中8个脑袋是凡间的，可以杀死，而中间的第九个脑袋是杀不死的。赫拉克勒斯为这次冒险做了充分的思想准备。他登上马车，为他驾车的是他的侄儿伊俄拉俄斯，也就是堂兄伊菲克勒斯的儿子，是他不可分离的伙伴。他们来到赖那沼泽，在阿密玛纳泉附近的一个山坡上，他们发现了许德拉。伊俄拉俄斯急忙拉住马缰绳，把马车停下来。赫拉克勒斯跳下马车，接连射出几支箭，把她从藏身的

赫拉克勒斯与九头蛇怪许德拉

版画 18世纪

这是赫拉克勒斯的第二件功绩。凶恶的许德拉与英雄对峙，每一颗蛇头都描画得细致入微。赫拉克勒斯身披狮皮，虬结的背部筋肉体现出了这位半神的英武之力。许德拉是否为9个头，说法不一，甚至还存在她有15个头，上百个头的说法。她的头被砍下后可以再生，但用燃烧的木头可以密封伤口，让头不再生长：这是远古人类对火可以威慑毒蛇，征服鬼怪的比喻。

洞穴引了出来。许德拉发出嘶嘶的叫声，咄咄逼人地摇晃着9颗脑袋，样子十分可怕。赫拉克勒斯毫不畏惧地冲上前去，用力一把抓住她，紧紧地卡住她的脖子，但她却猛地缠住他的一只脚，并不直接攻击。赫拉克勒斯举起木棒，朝蛇精的头上打去，但是这方法一点也不管用。他打碎一个头，马上又长出一个新的头。蛇精的旁边还有一只大螃蟹跑来帮忙，它用一对巨钳夹住赫拉克勒斯的脚。赫拉克勒斯疼得弯下身子，怒不可遏地用棍子把它打死。他赶紧呼唤伊俄拉俄斯来帮助他。伊俄拉俄斯手执一个熊熊燃烧的火把，把附近的树林点着，然后用燃烧的树枝灼烧刚长出来的蛇头，不让它们长大，以免赫拉克勒斯浪费精力只顾应付这些新长出的怪物。这时，赫拉克勒斯乘机就把蛇精的那个杀不死的脑袋砍了下来，将它埋在路边，并搬来一块巨石压在上面。然后他把蛇的躯干砍成两半，把自己的箭浸泡在有毒的蛇血里，从此以后，中了他的箭的敌人的伤口将无法治愈。

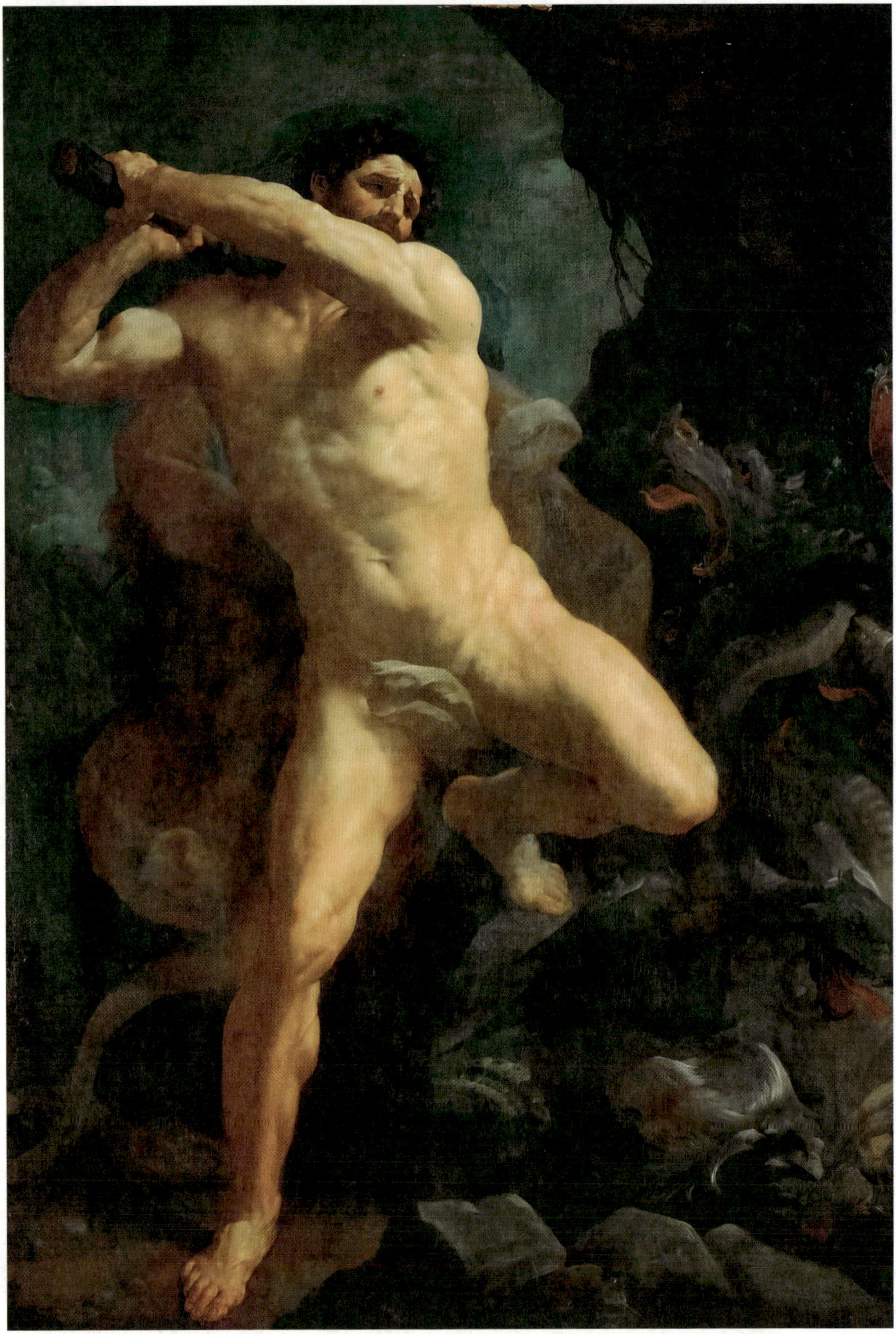

活捉刻律涅亚山母鹿

欧律斯透斯给他安排的第三个任务是活捉刻律涅亚山上的母鹿并把它带回来。这是一头漂亮的母鹿,金角铜蹄,自由自在地生活在亚加狄亚的小山上。它是狩猎女神阿耳忒弥斯首次打猎时捉到的五头母鹿中唯一被放生的那头。他整整追了它一年,累得疲惫不堪。赫拉克勒斯曾经追到北极净土族人居住的地方和伊斯忒河的发源地,最后在安诺埃城附近,邻近阿耳忒弥斯山的拉同河畔捉住了它。可是,为了能捉住这只小动物,他迫不得已射伤了它,射中她的一条腿。然后他把受伤不能奔跑的母鹿逮住,用肩扛着往回走。路过亚加狄亚时遇到了阿耳忒弥斯女神和她的哥哥阿波罗。女神责怪他不该伤害这只本属于她的祭品,甚至不让他带走猎物。赫拉克勒斯对女神辩解道:"伟大的女神,这不是游戏,我也是迫于无奈才这样做,不然我如何能完成欧律斯透斯的愿望呢?"这些话平息了女神的怒火,答应他把母鹿活着带回给了欧律斯透斯。

生擒厄律曼托斯山上的野猪

前三个任务刚刚完成,赫拉克勒斯马上就接到了欧律斯透斯交给他的第四个任务:活捉厄律曼托斯山上的野猪,然后把它毫发无损地带回来。这头野猪本是献给阿耳忒弥斯女神的祭品,可是它却常常在厄律曼托斯山一带糟蹋庄稼,作恶巨大。赫拉克勒斯在前往这个山区的途中,来到西勒诺斯的儿子福罗斯家中,他

赫拉克勒斯杀死九头蛇怪(左页图)

油画

矫健的身手让赫拉克勒斯成为希腊神话的第一英雄。九头蛇是大自然恶势力的象征,在恶势力面前,能力永远是人类生存的第一要素。

阿耳忒弥斯

壁画 罗马 公元79年
拿波里国家博物馆藏

狩猎女神阿耳忒弥斯是所有动物的克星和保护神，这位处女女神在艺术品中出现时最典型的形象为手持一把弓箭。

在这里停了下来。福罗斯是半人半马的肯陶洛斯人，他热情接待了他，为他安排了丰盛的饭食，而自己却吃一些简陋的饭菜。赫拉克勒斯希望用美酒佐餐，福罗斯说道："亲爱的客人，在我的酒窖里的确有一桶好酒。但它却属于我们全体肯陶洛斯族人，我不敢为你打开。因为我知道，我们肯陶洛斯人对陌生人并不大方。"

"不要这么吝啬，打开吧！"赫拉克勒斯说道，"我渴了。我保证你不会受到他们的攻击，如果有人来打你，我会保护你的。"

原来这桶酒是酒神送给一个肯陶洛斯人的，并吩咐他不要提前打开，直到第四代马人后，赫拉克勒斯来到这个地区，那时再打开它。福罗斯走进了地窖。然而，他刚刚把酒桶打开，肯陶洛斯人就闻到了这坛陈年老窖的扑鼻香气。他们蜂拥而来，手里拿着木棒和石头，把福罗斯家团团围住。赫拉克勒斯拿起火把把第一批冲进来的人打了出去，剩下的人被他用箭赶到了玛勒河边赫拉克勒斯的老朋友喀戎居住的地方。喀戎收留了这些肯陶洛斯人。赫拉克勒斯抽出一支箭射向他们，箭头擦过一个肯陶洛斯人的手臂，不幸射中了喀戎的膝盖。这时赫拉克勒斯才发现，受伤的是他孩提时代的好朋友喀戎。他连忙跑上前去从朋友的膝盖上拔出这支箭，然后又用精通医术的喀戎送给他的药膏涂伤口。可是喀戎中的是一支浸过蛇精

赫拉克勒斯捕获野猪

瓶画 约公元前2世纪

野猪被赫拉克勒斯生擒，扛在肩上，带回给了欧律斯透斯。传说这位国王被野猪的咆哮吓得躲进了一口大锅里，而赫拉克勒斯正要将野猪扔进锅里煮死。瓶画上的赫拉克勒斯大腿健壮，国王欧律斯透斯也刻画得很有幽默感，他满面羞愧地想从锅里爬出来。

毒液的箭，伤口是无法医治的。于是，喀戎吩咐兄弟抬着他回到他居住的洞穴，他希望能死在老朋友赫拉克勒斯的怀中。哎呀，可惜这个愿望也是虚妄的，可怜的喀戎忘记了自己是个神人，他根本不会死去，但他的伤痛将永远伴随着他！赫拉克勒斯流着热泪告别了朋友，并许下承诺：无论花多高的代价，也要请死神给老朋友一个解脱伤痛的办法。从普罗米修斯的故事中，我们已经知道他兑现了自己的诺言。当赫拉克勒斯重新回到福罗斯家时，发现这个大方的朋友已经死去。原来，就在他走后，福罗斯从一个肯陶洛斯死者的身上拔下了一支箭，在手上掂了掂，不禁惊叹这支短箭竟有如此大的力量，能杀死一条生命。毒箭从他的手中滑落，划破了他的脚，他立即倒地身亡。赫拉克勒斯十分悲痛，把这位朋友厚葬在一座山脚下，后来这座山便被称作福罗斯山。

赫拉克勒斯继续追捕野猪。他大声叫喊着把野猪赶出了浓密的树林，又在后面追赶，一直把它赶到了雪地里，终于用活结抓住了疲惫的野猪，把它带回给欧律斯透斯。

打扫奥革阿斯的牛棚

后来，欧律斯透斯国王又给他下达了第五个任务。这件事情似乎不值得由一位英雄去做，他要求赫拉克勒斯在一天之内把奥革阿斯的牛棚打扫干净。奥革阿斯是伊利斯的国王，养有大量的牲畜。按照古时习惯，他在王宫前建了一个巨大的牛棚。里面关着三千多只牲畜，日积月累，粪便遍地都是。赫拉克勒斯简直不知道如何在一天之内清扫干净牛棚，在别人看来，这个任务几乎不可能完成。赫拉克勒斯来到奥革阿斯国王面前，要求这件任务时，并没有提到这是欧律斯透斯派给他的活计。奥革阿斯打量着眼前这个披着狮皮的强壮的年轻人，想到这个高贵的勇士，居然愿意干一件普通仆人干的活，忍不住大笑起来。但是他又想，金钱诱人，说不定这位武士贪图厚利，希望能从我这里得到赏赐吧，况且，假如他真能在一天之内把牛棚打扫干净，答应给他丰厚的奖赏也无伤大碍。毫无疑问，他根本不可能在一天之内完成这件工作。于是他说："陌生人，如果你真的能在一天之内把牛粪清除，把牛棚打扫干净，我愿意把1/10的牲畜送给你！"

赫拉克勒斯接受了这个条件。国王以为他会马上动手清扫，可是这位勇士却叫来了奥革阿斯的儿子菲洛宇斯作证人。然后才在牛棚的两边各挖了一条深沟，把阿尔弗俄斯和佩纳俄斯两条河水通过一个深沟引进来，流经牛棚，把所有的粪便都冲洗干净，再从另一侧深沟排了出去。就这样，他连自己的手都没弄脏，就完成了这项神灵所不齿的任务。当奥革阿斯听说赫拉克勒斯是奉欧律斯透斯的命令才来干这件事时，便想赖账，拒绝付给赫拉克勒斯奖赏，而且矢口否认自己曾做过任何承诺。如果赫拉克勒斯不服，他愿意和他对簿公堂。法官审理此案时，奥革阿斯的儿子菲洛宇斯受赫拉克勒斯的指派，作证反对自己的父亲，当众宣布他的父亲曾亲口答应给赫拉克勒斯奖赏。奥革阿斯大怒，没等法官宣判，就命令他的儿子和这个陌生人立刻离开他的王国。

赶走斯廷法罗斯湖中的怪鸟

赫拉克勒斯回到了欧律斯透斯的王国，可是国王却宣布，刚刚完成的这件任务不算数，因为赫拉克勒斯曾索要奖赏。他马上给赫拉克勒斯安排了第六项任务：赶走斯廷法罗斯湖的大鸟。这种鸟栖息在阿耳卡狄亚的斯廷法罗斯湖畔，体形奇大，铁翅、铁嘴、铁爪，十分厉害。它们抖落的羽毛就像射出的飞箭，它们的铁嘴能够啄穿青铜做的盾牌，在当地伤害了无数的人畜。它们还曾在阿耳戈勇士们夺取金羊毛的途中制造过麻烦。赫拉克勒斯走过一段旅程之后，来到了湖边。一群怪鸟掠过树林，好像害怕被狼吃掉似的。赫拉克勒斯站在那里，眼睁睁地看着鸟在空中飞，思量着如何才能战胜这么一大群敌人。忽然他感到有人在背后轻轻拍了他一下，回头一看，原来是尊贵的雅典娜女神站在那里。她递给他两个巨大的铜钹，这是赫淮斯托斯专门为雅典娜制造的。她教赫拉克勒斯怎样用铜钹驱赶那些大鸟，说完话她就离开了。赫拉克勒斯爬上湖边的一座小山，使劲敲打铜钹恐吓这些大鸟。不一会儿，大鸟们承受不了这刺耳的噪音，都仓皇地从树丛里飞了出来。赫拉克勒斯乘此机会，拿起弓箭，连射几箭，几只怪鸟应声落地，其余的也急忙飞离了这个地区，以后再也没有回来。

驯服克里特岛上的公牛

克里特国王弥诺斯曾给波塞冬许下了一个诺言：要把深海里出现的第一个动物祭献给他。国王认为他的财产里没有一件东西值得敬献给这位伟大的神灵。波塞冬很受感动，特地从海里送出来一头美丽的公牛，弥诺斯国王看到这头公牛，非常喜爱，实在舍不得将它献给海神，就把它秘密地藏在牛圈里，另找了一头牛做祭品。此举激怒了海神。他用法术使这头牛发了疯，在克里特岛为非作歹，大肆破坏。赫拉克勒斯的第七个任务就是驯服这头公牛，然后带给欧律斯透斯。

赫拉克勒斯来到克里特岛，告诉克里特国王米诺斯此行的目的。米诺斯十分高兴有人来处置这头危险的动物，他已经为这头公牛伤透了脑筋，巴不得有人为他除掉这个祸害，甚至亲自帮助赫拉克勒斯把这头疯狂的公牛抓住。非凡的赫拉克勒斯将这头狂暴的公牛驯服得规规矩矩，然后骑在它身上，像乘船轻松航行在大海上一样，回到了伯罗奔尼撒半岛。

欧律斯透斯对他做的这件工作非常满意，但他看了看这头公牛，又把它放了。可是这头公牛一旦摆脱了赫拉克勒斯的控制就又发了疯，它跑遍了整个拉加狄亚和拉哥尼亚地区，穿过峡谷，到达阿堤喀地区的马拉松平原。在这里，它又恢复了在克里特岛的野性，肆无忌惮地行凶作恶。很久之后才由忒修斯把它驯服。

赫拉克勒斯驯服阿克罗俄斯文

版画 18世纪

阿克罗俄斯文是公牛的名字。赫拉克勒斯用强壮的手臂按住它的角，英雄的神力镇压了牛的暴怒，使它不得不跪了下来。

带回狄俄墨得斯烈马

赫拉克勒斯的第八项任务是把狄俄墨得斯的一群马带到迈锡尼。狄俄墨得斯是战神阿瑞斯的儿子，又是好战的皮斯托纳人的国王。他养了一群凶猛狂野的牝马，又高又大，野性十足，必须用铁链子拴在铁铸的马槽上。喂养牝马的饲料不是普通马儿吃的燕麦，而是误入城堡的不幸的外乡人。外乡人如果进入皮斯托纳城，就会被捉住扔进马槽，活生生地被它们吃掉。赫拉克勒斯来到这里，做的第一件事就是制服管理马厩的卫兵，然后抓住这个凶残的国王狄俄墨得斯，把他扔进马槽，让这些马吃掉。马儿们享用了这顿美餐之后，立刻变得驯服起来。赫拉克勒斯驱赶着它们来到海边，这时，他听到背后人声嘈杂，原来皮斯托纳人带着武器随后追了上来，他只得转过身去跟他们作战。他把这些马交给赫尔墨斯的儿子阿珀特洛斯看管。当赫拉克勒斯离开之后，这些马儿们的野性又发作起来，等他打跑皮斯托纳人回来时,却发现这些野马已经把阿珀特洛斯吃掉了,地上只剩下尸骨。赫拉克勒斯对朋友的死深感悲痛,为了纪念朋友,他在附近建造了阿珀特洛斯城堡。后来他又重新驯服了这些野马,把它们顺利带给欧律斯透斯。欧律斯透斯将这些马儿献给赫拉女神。后来,马儿们生下很多小马驹,种群延续了很多年。据说马其顿国王亚历山大大帝其中的一匹坐骑就是它们的子孙。赫拉克勒斯完成这项任务之后,便加入伊阿宋和阿耳戈勇士们的行列去科尔喀斯夺取金羊毛。

拿到亚马孙女王的腰带

赫拉克勒斯和阿耳戈勇士们凯旋之后,接受了第九项任务。欧律斯透斯有一个女儿,名叫阿特梅塔。欧律斯透斯命令赫拉克勒斯夺取亚马孙女王希波吕忒的腰带,把它献给阿特梅塔。经过长途跋涉,赫拉克勒斯来到了亚马孙地区。亚马孙人居住在坦塔斯地区的特耳莫冬河沿岸。这是一个女儿国。她们买来男人进行生育,生下孩子后只留下女儿。自古以来,这个民族就尚武好战。女王经常带着部队远征作战。女王希波吕忒佩带的腰带是战神阿瑞斯亲手送给她的,这是她尊贵的标志。

赫拉克勒斯招募了一批愿意参战的志愿者,乘坐一艘船去冒险。他们历尽千难万险,最后进入黑海,来到特耳莫冬河口,然后逆流而上,驶进亚马孙人的港口城市特弥斯奇拉。他们在这里遇到了亚马孙人的女王。希波吕忒女王看到赫拉克勒斯长得相貌英俊,健壮魁梧,

大战亚马孙

雕像 希腊 公元前420—前400年 现存大英博物馆

这组大理石雕像曾是阿波罗神庙的中楣,表现了赫拉克勒斯大战亚马孙女战士的紧张场面。

赫拉克勒斯和安泰俄斯

丁特列特 油画 16世纪
美国哈德福城华兹华斯艺术学院藏

安泰俄斯作为地母该亚的儿子和巨人，只要离开地面就会失去力量。赫拉克勒斯被文艺复兴巨匠丁特列特画得比巨人还高大，他把安泰俄斯抱了起来。这是古代希腊人对格斗技巧的解释：一个人只要失去重心，力气再大也没有用。

不禁对他倾慕起来。她听说了他们此行的目的之后，爽快地答应把金腰带送给他。但是，天后赫拉一直没有放弃加害赫拉克勒斯，她穿着亚马孙人的装束混进人群，散布流言，说有一群陌生人要劫持她们的女王。亚马孙人一听大怒，立刻骑上战马，飞奔到城外袭击驻扎在那里的赫拉克勒斯。于是，发生了一场恶战，勇敢的亚马孙人与他的随从作战，一批久经沙场的最高贵的人和赫拉克勒斯对战。第一位同他交手的是一个最勇敢的姑娘，名叫阿埃拉，意即旋风，因为她跑起路来快得像旋风。可是，赫拉克勒斯比她跑得更快，阿埃拉被迫弃阵逃脱，但还是被赫拉克勒斯追上杀死了。第二个女子一上来就被他打倒。紧随其后的第三个名叫珀洛特埃，曾在单打独斗中7次获胜，但这次也被打死了。在她之后，又上来8个女子，其中有3个曾被选中参加阿耳忒弥斯的围猎队伍，她们投掷标枪总是百发百中，赫拉克勒斯同时被这8个人围攻。但这一次她们却大失威风，没有射中目标，虽然她们想用盾牌挡住自己，但仍然被赫拉克勒斯的标枪击中。立誓终身不嫁的阿尔奇波也倒下了，她实现了自己的誓言，可是她的一生却被大大缩短了。最后，连亚马孙人无可争议的领袖，英勇善战的麦拉尼泼也被活捉。其余的人仓皇四逃。希波吕忒女王献出了战前已答应送出的那条腰带。赫拉克勒斯收下腰带，同时作为回报释放了麦拉尼泼。

赫拉克勒斯在回乡路上，路过特洛伊海岸边又经历了一场新的冒险。他发现特洛伊国王拉俄墨冬的女儿赫西俄涅被捆绑在一块岩石上，在恐惧中等待一个怪物把她吃掉。原来，海神波塞冬曾经为她的父亲建造了高大的特洛伊城墙，而她的父亲却吝惜钱财，自食其言，没有向海神敬献祭品。愤怒的海神派了一个海怪来到特洛伊作恶，践踏土地，危害人畜。最后拉俄墨冬无可奈何，只得同意把女儿交给海怪吃掉，以求得自己国家的和平。赫拉克勒斯从那儿经过的时候，国王走上前去请他帮忙，并许诺只要这个年轻人把他的女儿救出来，就送给他一群漂亮的骏马，这些骏马还是宙斯送给拉俄墨冬的父亲的礼物。赫拉克勒斯伏在海怪出没的地方，等待着海怪的出现。海怪终于来了，正当它张开大口准备吞食姑娘时，赫拉克勒斯猛地冲上去，跳进了它的喉咙，钻进它肚里用刀切碎了它的内脏。然后在它身上挖了一个洞，奇迹般地从海怪的后背钻了出来。但是，拉俄墨冬又一次食言了。他没有把那些骏马送给赫拉克勒斯，赫拉克勒斯愤恨地说了一些威胁他的话，就离去了。

牵回革律翁的牛群

赫拉克勒斯把女王希波吕忒的腰带放到了欧律斯透斯的脚下，欧律斯透斯没有给他休息时间，立即给他安排了新的任务，让他去把革律翁的牛群牵回来。革律翁是个巨人，居住在伽狄拉海湾的厄里茨阿岛。他有一大群棕红色的牛，由另一个巨人和一只双头猎犬看管着。他非常高大，长着三头六臂，还长着3个身体，6条腿，世上没有一个人敢和他抗衡。赫拉

赫拉克勒斯杀死革律翁

瓶画 罗马 约公元前2世纪

革律翁是三头怪物，致命处在三头的连接处。不过画面上并没有表现出怪物的恐怖，革律翁的头盔使他很像罗马士兵，而赫拉克勒斯的形象也接近波斯的勇士。

守护金苹果树

伯恩·琼斯爵士
油画 1870—1877 年

夜神的女儿们守护着金苹果树。它既是浪漫的礼物，也是青春的象征。

克勒斯深知，要想完成这项艰巨的任务，必须要做充分、细致的准备。因为革律翁的父亲是意卑利亚的国王克律萨俄耳，是世界闻名的富户，他的外号被称作金剑王。除革律翁之外，他还有3个高大威猛的儿子，每人统率着一支威武善战的军队。正因如此，欧律斯透斯国王才把这个艰巨的任务交给赫拉克勒斯。他希望赫拉克勒斯在这次战斗中死掉，从而彻底除掉这个心腹之患。但是，赫拉克勒斯毫不畏惧地迎接这一新的挑战，就像从前经历的一切危险一样。他在克里特岛集合了那些从野兽手中解救出来的军队，然后乘船远航，最后选择利比亚作为登陆点。在这里，他与巨人安泰俄斯狭路相逢。安泰俄斯是海神波塞冬和地母该亚所生的儿子。只要安泰俄斯一接触大地——他的母亲，就能获得新的力量。赫拉克勒斯把他打倒3次，终于发现了他恢复力量的秘密。于是把他高举到空中，让他无法得到帮助，然后用强有力的大手卡死了他。后来，他又清除了利比亚所有的猛兽。因为他憎恶野兽和恶人，这容易让他想起他在不公正的统治者手下所忍受的多年的压迫。

在沙漠地区长途跋涉，后来赫拉克勒斯来到了一个土地肥沃、遍布河流的富庶地方。他在这里建造了一个规模巨大的城市，名叫赫卡托姆皮洛斯——意为有百座城门的城池。最后，他来到大西洋，在岸边正对着伽狄拉的地方树了两根石柱，这就是著名的赫拉克勒斯石柱。此处的太阳炙烤着他，令他无法忍受。赫拉克勒斯抬头看看天空，举起弓箭，威胁着要把太阳神射下来。阿波罗敬仰他这种大无畏的勇气，于是借给他一个金钵，这是他夜间旅行所用的宝物。赫拉克勒斯坐在金钵里漂到了意卑利亚，他的战船也紧跟在他的身边航行。在那里，他遇到了克律萨俄耳的三个儿子。他们带着三支强大的军队，严阵以待，随时准备迎敌。赫拉克勒斯勇猛地冲上岸去，叫他的军队不必同他们的部下作战，他把他们的首领一个个杀死，然后占领了他们的国家。

随后，他来到厄里茨阿岛，革律翁和他的牛群就在这里，岛上那只双头猎狗一看见生人便吠叫着扑了上来。赫拉克勒斯挥动木棒，一下就把它的头打得粉碎。后来，看守牛群的那个巨人赶来帮助这只狗，也被他一棒打死。赫拉克勒斯急忙赶着牛群匆匆离开这里，可是，革律翁已经带着大部队跟了上来，随后进行了一场激战。赫拉女神也亲自赶来帮助巨人们，赫拉克勒斯不客气地一箭射中她的胸部，女神大吃一惊，急忙逃走了。第二支箭射中了巨人的腹部——也就是三个身子的连接处。革律翁立刻倒地身亡。

凯旋途中，赫拉克勒斯赶着牛群路过意卑利亚和意大利，沿途创下许多英雄业绩。当他到达意大利南部的勒奇翁姆附近，有

新婚礼物上的赫拉克勒斯像

黄金装饰盘 罗马 4世纪

因为金苹果树是宙斯与婚姻女神赫拉结婚时收到的贺礼，所以赫拉克勒斯偷摘金苹果的形象常常出现在新婚礼物上。图为4世纪罗马的新婚礼物，在这个黄金装饰盘上描绘着新婚夫妇的形象，位于他们中间的小像则为手拿金苹果的赫拉克勒斯。

一头牛跑散了,它游过海峡,逃到了西西里岛。赫拉克勒斯马上把其余的牛群赶下水,他抓住一只牛角游到了西西里岛。在那里,他又做了很多善事,最后终于顺利离开意大利,穿过伊利里亚和特拉刻,回到了希腊。

至此,他已经完成了十件任务,但欧律斯透斯却认为其中的两件无效,不能算数,于是他不得不再补做两件。

偷摘赫斯珀里得斯金苹果

很久以前,宙斯和赫拉结婚那天,所有的神都给这对新婚夫妇送去了礼物。大地女神该亚不想失去这个显示大方的机会,从西海岸运去一棵枝叶茂盛的大树,树上结满金苹果。夜神的四个女儿,统称赫斯珀里得斯,受命看管专门为这棵树修建的园子。帮助她们看守的还有拉冬。它是百怪之父福耳库斯和大地女神该亚的女儿刻托所生的百头怪龙。它从来不睡觉,走动时会发出震耳欲聋的响声。因为它的100张嘴发出100种不同的叫声。按照欧律斯透斯的命令,赫拉克勒斯的任务就是从这个怪龙监管下摘取金苹果。

赫拉克勒斯踏上了艰难而又漫长的行程。他漫无目的地走着,不知道到哪儿才能找到夜神的四个女儿赫斯珀里得斯,走到哪儿是哪儿,全靠运气和机遇。起先,他来到帖撒利,那是巨人忒耳默罗斯居住的地方。所有过往行人只要被他碰上,就会被他那坚硬如岩石的脑袋碰死。但不幸的是,这次他碰到的是赫拉克勒斯,自己的脑袋反而被碰得粉碎。赫拉克勒斯继续向前,来到埃希杜罗斯河边,他遇到了另外一个怪物——战神阿瑞斯和波瑞涅的儿子库克诺斯。赫拉克勒斯不知他的底细,向他打听去赫斯珀里得斯果园的路时。他拒绝回答,并且向赫拉克勒斯挑战,当场被赫拉克勒斯打死了。这时,战神阿瑞斯急忙赶来,他要为死去的儿子报仇,赫拉克勒斯被迫同他对打了起来。可是宙斯不愿看到他们当中有任何一个流血,因为他俩都是他的儿子。就作法用一道闪电把他们分开了。随后,赫拉克勒斯继续前进,走过了伊利里亚半岛,跨过了埃利达努斯河,来到了一片沼泽地。这里是宙斯和忒弥斯所生的女儿们湿地女神居住的地方。赫拉克勒斯向她们问路,女神们回答道:"去找老河神涅柔斯吧!他是一个预言家,能知道任何事情。你趁他睡觉的时候袭击他,把他捆起来,他就不得

在冥王周围

菲拉克曼 插图版画 1812年

地狱的神灵掌管着对所有罪恶的报复。图中为地狱诸神,中坐者为冥王普路同及其妻子珀耳塞福涅;左为复仇女神;右为贪婪女神及死神。

不告诉你实情。"赫拉克勒斯听从了这个安排,尽管涅柔斯本领高强,可以有很多种变化,但还是被他制服了。赫拉克勒斯直到问清楚在哪里可以找到金苹果后才放了他。

后来,他又来到利比亚和埃及。统治那里的国王是波塞冬和吕茜阿那萨的儿子波席列斯。当时那儿的土地已连续9年大旱,一个从塞浦路斯岛来的预言家,宣布了一条残酷的神谕:只有每年杀死一个陌生人祭献给宙斯,才会使土地变得肥沃。波席列斯首先把这个预言家杀了作为祭品,以此来回敬他的预言。后来这个野蛮的国王对这个每年一次的祭礼表示出极大的兴趣,以致到埃及来的所有陌生人都被杀害。赫拉克勒斯也被抓了起来,被捆绑着推上了宙斯的祭坛,但是他挣脱了捆绑自己的绳索,把波席列斯国王、儿子和祭司统统杀掉。

赫拉克勒斯继续前进,一路上又遇到许多险事。他释放了被铁链锁在高加索山上的普罗米修斯,又按照这位提坦神所指示的方向,来到阿特拉斯肩扛天空的地方,在附近不远处就是赫斯珀里得斯看守的那株金苹果树。普罗米修斯建议赫拉克勒斯不要亲自去摘金苹果,最好派阿特拉斯去完成这个任务。于是赫拉克勒斯就在阿特拉斯离开的这段时间,承担了肩扛天空的重任。此时,阿特拉斯跑进果园,设法引诱那只用尾巴盘在树上的百头怪龙昏昏入睡,然后挥刀把它杀掉,他又骗过看守的仙女们,摘了三个金苹果高高兴兴来到赫拉克勒斯的面前。此刻他已经尝到了自由的滋味,就对赫拉克勒斯说:"我的双肩尝够了扛天的滋味,现在也尝过没有任何负担的滋味,我实在不愿再扛了。"一边说着,一边把苹果扔到赫拉克勒斯脚下的草地上,留下赫拉克勒斯肩扛着那个令人难以承受的重担站在那里。赫拉克勒斯很快想出了一个解脱的办法。

"我想做一个草垫放在肩上,给我一小会儿时间,"他对阿特拉斯说道,"否则,这副重担都快把我的肩膀压碎了。"阿特拉斯觉得这个请求合情合理,就同意代他再扛一会儿,他接过这个担子,想着只不过是一小会儿的功夫。可是,若想等到赫拉克勒斯再来接替他,恐

赫拉克勒斯将三头恶犬带回故乡

瓶画 约公元前4世纪

据说赫拉克勒斯抓住恶犬后,将它带回了故乡——伯罗奔尼撒半岛。如今的伯罗奔尼撒已看不见英雄的身影,但在随处可见的遗址和橄榄树林中(底部图),还隐约能感觉到神话神秘的背景和希腊大自然的灵气。

怕就要到来世了。赫拉克勒斯捡起地上的金苹果,拔腿就跑。赫拉克勒斯把金苹果带给了欧律斯透斯。国王没想到,赫拉克勒斯这次竟然活着回来了,而没有像他希望的那样在摘取金苹果时丧命,还把那些苹果送给他做礼物。其实他并不喜欢金苹果,因此就把金苹果送给了赫拉克勒斯。赫拉克勒斯把这些苹果作为报答放在了雅典娜的圣坛上。女神知道这些珍贵的果实不能放在别的任何地方,于是仍然把它们送回了赫斯珀里得斯看管的果园。

地狱之狗刻耳柏洛斯

欧律斯透斯一直没能除掉心腹之患,反而帮了赫拉克勒斯的大忙。因为赫拉克勒斯在命运之神的安排下历经千难万险,获得了很高的荣誉。许多人对赫拉克勒斯感激不尽,因为他免除了人们的许多苦难。他在完成这一系列任务时，表现出来的勇气、胆量和正义感也赢得了神灵和凡人们的极大尊敬。现在，狡猾的欧律斯透斯给他派出了最后一个冒险任务，把他送到一个无论多么勇敢、强壮都无济于事的地方，让他去和地狱的恶狗拼斗，并且把地狱之神哈得斯（普路同）的看门狗刻耳柏洛斯带出地狱，交给欧律斯透斯。这只狗有3个头，狗嘴里滴出来的口水全是毒液，下身长着一条龙尾，头上和背上的毛里盘着很多毒蛇。

为了完成这项可怕而又危险的任务，赫拉克勒斯做了充足的准备。他首先来到阿堤喀的厄琉西斯城。那里聪明的祭司们精通阴阳世界的秘密之道，能够处理人间和地狱里的一切事情。首先，他在这个神圣的地方洗清了杀死肯陶洛斯人的罪恶，然后，向祭司奥宇莫尔珀斯学习秘术。在这里，赫拉克勒斯获得了神秘的力量，不再有害怕面对地狱的恐惧感。最后，他来到伯罗奔尼撒半岛南端拉卡尼亚的忒那隆城。传说这里有一个通往地狱的入口，他来到这里，亡灵引导神赫耳墨斯领着他下到了地狱的底部，来到了普路同王城，即哈得斯的京城。那里有许多悲哀的阴魂在门口游荡，它们一见到有血有肉的活人，立刻吓得四散奔逃。因为地狱的阴魂不能见到活人和阳光，只有墨勒阿革洛斯和戈尔工怪物美杜莎的阴魂敢于直直地面对着他。赫拉克勒斯拔出宝剑，做出刺杀戈尔工的样子。赫尔墨斯急忙抓住他的胳膊对他解释说，死人的灵魂都是空洞的影子，是不会被剑砍伤的。赫拉克勒斯与墨勒阿革洛斯的灵魂亲切交谈，并许诺回到人间以后给他的姐姐得伊阿尼拉转达问候。

快要走近地狱之门的时候，赫拉克勒斯看见了他的朋友庇里托俄斯。庇里托俄斯是陪忒修斯一块到地狱来向珀耳塞福涅求婚的。地狱之神普路同对他们两人这种狂妄想法很是生气，因此把他们锁在一块石头上。当他们看到老朋友赫拉克勒斯经过身旁时，便向他伸出了求援之手，他们希望通过赫拉克勒斯的力量重新看到人间金色的阳光。赫拉克勒斯抓住忒修斯的手，把他从镣铐中解脱出来。但当他正准备解救庇里托俄斯时却失败了。因为他脚下的大地突然开始剧烈地震动，他只好继续向前走。忽然，他看见了阿斯卡拉福斯，他曾经散布谣言，污蔑珀耳塞福涅偷吃哈得斯的石榴，因此被珀耳塞福涅的母亲得墨忒耳变成了猫头鹰，致使珀耳塞福涅无法回到人间。哈得斯和得墨忒耳迁怒于他，搬来一块大石头压在阿斯卡拉福斯身上。赫拉克勒斯帮他搬开身上的石头，不料却砸死了他。为了使死去的焦渴鬼魂能喝血解渴，赫拉克勒斯杀死了普路同的一头牛。看管牛群的墨诺提俄斯提出要与他决斗，赫拉克勒斯拦腰把他抱住，捏断了他的肋骨，直到冥后珀耳塞福涅赶来求情才把他松开。地狱之王普路同站在死城门口堵住了入口，拦住赫拉克勒斯不让他进去。赫拉克勒斯一箭射中冥王的肩膀，他疼得像凡人一样乱跳乱叫。冥王尝到了苦头，赫拉克勒斯又客气地请求带走那条看门狗时，他没有拒绝。但是他提出了一个条件：不得使用随身武器。赫拉克勒斯同意了。他把衣服脱下来，只穿着胸甲，披着狮皮，去捕捉那只恶狗。在阿其郎河口，他终于找到了那条3头狗，这只狗昂起3个头冲着赫拉克勒斯狂吠着。赫拉克勒斯用双腿夹着3个狗头，用胳膊紧紧地抱住狗脖子，不让它逃脱，狗就用它的尾巴抽打他，用利齿咬他，但赫拉克勒斯始终没有松开。他用力卡住狗的喉咙，终于制服了这条恶狗。他扛起这只狗离开了地狱，从亚哥利斯地区的特律策恩附近的另一个出口回到人间。地狱恶狗刻耳柏洛斯一见阳光就害怕得向地上吐毒液，从此以后，这个地方就长出了一种剧毒的毒草—乌头草。赫拉克勒斯用铁链拴住刻耳柏洛斯，急忙回到提任斯，把恶狗交给了欧律斯透斯。欧律斯透斯惊讶得简直不相信自己的眼睛。从此以后，他彻底放弃了除掉宙斯这个强有力的儿子的念头，最后顺从命运的安排，解放了赫拉克勒斯。赫拉克勒斯又把这只狗送回地狱，交还给它的主人。

赫拉克勒斯和欧律托斯

　　赫拉克勒斯经过种种努力和无数辛劳，排除无数的困难和障碍，完成了国王欧律斯透斯交给的任务之后，终于摆脱了欧律斯透斯的统治，回到了底比斯。然而，他再也无法和妻子墨伽拉在一起生活了。因为，他曾因一时地疯狂杀害了他们的儿子。赫拉克勒斯也开始为自己寻找新的妻子。不久他就喜欢上了漂亮的伊俄勒。她是攸俾阿岛俄卡利亚国王欧律托斯的

伊俄勒的求婚者

瓶画 希腊 公元前3世纪

　　作为伊俄勒公主的求婚者，赫拉克勒斯是一位大英雄，但他有着所有非凡者的疯狂。在这幅古希腊的瓶画中，公主站在自己所爱慕的英雄与极端清醒的父亲中间，感到十分为难。

女儿。赫拉克勒斯早年曾向欧律托斯学习过射箭。欧律托斯曾许下诺言，如果有人在箭术上超过他和他的儿子，便可以娶他的女儿为妻。听到这个消息，赫拉克勒斯急忙赶到俄卡利亚，混进了比赛者的中间。事实证明，他不愧是欧律托斯的学生，因为他不仅胜过了国王的儿子，而且还胜过国王欧律托斯。国王欧律托斯极其隆重地接待了他，给他很多奖赏，但是他内心里实在不愿赫拉克勒斯赢得这场比赛。他清楚发生在墨伽拉身上的一切事情，总害怕女儿一旦嫁给他，也会遭受同样的命运。基于这个原因，国王一再把婚嫁的事往后拖，他对赫拉克勒斯说，他需要有充分的时间来考虑这桩婚姻。欧律托斯的大儿子伊菲托斯跟赫拉克勒斯正好同龄，对赫拉克勒斯的力量和勇气十分佩服，且毫无嫉妒之心，于是他们交上了朋友。他用尽一切办法劝父亲接纳这位高贵的朋友。但欧律托斯仍然坚持己见，在心中接受不了赫拉克勒斯。

赫拉克勒斯的心灵受到了沉重的打击。他离开王宫，到其他王国游历了很长时间。然而，在他出外游历的时候，却有人跟欧律托斯报告说，有一个窃贼偷走了王宫里国王的牛群。其实这件事是远近闻名的窃贼奥托吕科斯干的。可是心怀偏见的欧律托斯却不相信，他恼怒地说道："除了赫拉克勒斯，没人能干这事。

喝醉的赫拉克勒斯与翁法勒

庞培壁画
由Stefano Bolognini拍摄

身着女装的赫拉克勒斯醉酒躺在地上，而翁法勒女王和女仆则高高在上地俯视着他。代表爱的丘比特偷走了赫拉克勒斯的武器，让他无力反抗。

187

我不把女儿嫁给这个杀死亲生儿子的凶手,他竟然这样恶毒地报复我。"伊菲托斯极力为朋友辩护,委婉地劝说父亲,并请求出去寻访赫拉克勒斯,也许能找到被偷走的牛。赫拉克勒斯看到伊菲托斯来找自己非常高兴,他热情地接待了王子,并表示非常愿意同他一起出去寻找牛群。但是他们一直没有找到,只好往回走。有一天,他们爬上提任斯城墙,想从高处察看四周,不幸的事发生了。嫉恨的赫拉用魔法蒙蔽了赫拉克勒斯的意识,使他的疯病突然发作了。他把忠诚的朋友伊菲托斯看成欧律托斯的同谋,狂暴地把伊菲托斯从高大的提任斯城墙上推了下去。

为翁法勒做仆人时的赫拉克勒斯

虽然赫拉克勒斯是因一时疯狂害死了伊菲托斯,但是这个杀人的罪恶却成了他精神上的负担。他四处寻找能清洗自己罪过的地方。首先他找到了皮罗斯国王涅琉斯,后来又找到了斯巴达的国王海波坤,但都遭到了拒绝。后来,他找到了阿弥克勒的国王得伊福斯,国王表示愿意为他祷告神灵,清洗他过去的罪恶。神灵们为了惩罚他,让他染上了重病。一向身体健康的勇士却忍受不了病痛的折磨,他撑着病弱的身体来到特尔斐神庙,希望得到太阳神阿波罗的指引,寻得治愈自己疾病的妙方。但那里的女祭司们都因他是杀人凶手而不理睬他,不给他解释神谕。赫拉克勒斯一怒之下,于是把祭祀用的三角炉偷走扛到野地里,在那里凭着自己去祈求神的指示。阿波罗对他狂妄的举动十分恼火,认为这是对他权力的亵渎,就现身出来向赫拉克勒斯提出挑战。宙斯不愿看到自己的两个儿子,亲兄弟之间互相残杀,彼此沾上对方的鲜血,于是往他们中间扔去一道雷电,中止了这场决斗。最后,神灵告诉赫拉克勒斯,他必须找一个地方卖身做三年奴隶,并把卖身所得的钱交给死者的父亲,这样才能清洗他的罪恶。赫拉克勒斯虽然病得很厉害,但他不得不遵从神灵的指示去做。于是他带了一帮朋友,乘船来到亚细亚,让一个朋友把他卖给了翁法勒。她是伊尔达奴斯的女儿,是一个起初叫梅俄尼恩后来叫莱迪亚王国的女王。赫拉克勒斯托人把他的卖身钱送给欧律托斯,欧律托斯拒绝收下,后来只得把这些钱送给被害死的伊菲托斯的孩子们。直到这时,赫拉克勒斯才恢复了气力,病也痊愈了。

赫拉克勒斯夺圣物

浮雕 约公元前2世纪

　　这是在希腊一座神庙柱顶上的浮雕，表示赫拉克勒斯的勇气。他曾威胁同父异母的兄弟太阳神阿波罗，说要将他的太阳射下来。这里表现的是他从阿波罗手中夺走圣物三脚炉的情景。阿波罗佩服他的英雄气概，不久就与他和解了。

　　刚刚恢复元气，赫拉克勒斯就开始做起了英雄，尽管他只是翁法勒的奴隶，却做了很多好事，为人类造福。他惩治了那些经常扰乱他的女主人和她的邻国的强盗，维护了女主人和周围邻居们的安全，并打败了部分克耳库波人。克耳库波人居住在以弗所地区，经常到乡下烧杀抢掠，无恶不作。赫拉克勒斯把他们彻底打败，把为首者用绳子捆绑着串成一串，押送到翁法勒的面前。海神波塞冬有一个儿子，名叫茜洛宇斯，是奥丽斯的国王。他抓捕过往行人，强迫他们在国王的葡萄园里为他劳动。赫拉克勒斯痛恨他的横行霸道，用铁棍把他打死，还把他庄园里的葡萄树连根拔掉。翁法勒经常遭到伊托纳人的骚扰，赫拉克勒斯把伊托纳城夷为平地，把伊托纳人彻底征服，把他们变作奴隶，为翁法勒服役。在利底亚有一个名叫里蒂埃塞斯的人，是弥达斯神在凡间的儿子。他非常富有，却作恶多端，他常常假装很热情地把过路人请回家里当作贵宾接待，晚餐过后却强迫他们为他干活，稍有不慎就会被砍头。赫拉克勒斯杀死了这个恶棍，并把他的尸体扔进了密安得河。

赫拉克勒斯在一次外出时，来到了杜利奇岛。他看到一具尸体被海浪冲上岸边。原来他就是可怜的伊卡洛斯，他的父亲为他制造了翅膀，他戴着翅膀逃出克里特岛的迷宫，可是他忘记了忠告，因为飞得太高，离太阳太近，以至于羽翼被烧化，自己跌进海里身亡。赫拉克勒斯非常同情地埋藏了他的尸体，为了纪念他，他把这个岛改名为伊卡利尼岛。伊卡洛斯的父亲——建筑师和雕刻家代达罗斯，为了报答赫拉克勒斯的这一善意举动，在伊利斯的比萨城为赫拉克勒斯建造了一座非常相像的雕像。有一天，赫拉克勒斯来到这里，夜幕降临，透过微弱的光线，他以为雕像是一个活人。受个人英雄主义作祟，他认为这是一个对他有威胁的敌人。于是他顺手抓起一块石头，把这个精美的雕像砸得粉碎。直到后来他才知道，这是他的朋友为感谢他的善良特意为他建造的。

围猎卡吕冬野猪的英雄行为，也发生在赫拉克勒斯做翁法勒奴隶期间。翁法勒女王十分赞赏这个仆人的勇敢，她猜测这个仆人一定是位举世闻名的英雄。当她听说他就是宙斯的儿子赫拉克勒斯以后，不仅恢复了他的自由，而且因为赏识他的价值而嫁给了他。从此以后，赫拉克勒斯过着东方人的豪华生活，逐渐忘记了美德女神在十字路口对他的教诲，他沉湎在享乐中，变得骄奢淫逸，不思进取。于是，连妻子翁法勒也开始瞧不起他了，她经常羞辱他，把他的狮皮披在自己身上，而让他穿上莱迪亚当地女人的柔软的长裙。赫拉克勒斯迷恋于她的爱情，竟甘愿遵照她的命令坐在她的脚旁纺线。他的脖子上，当年曾代替阿特拉斯扛着天空还觉得轻，如今却挂上女人的金项链；昔日强壮有力的手上如今戴着手镯和珠宝，披肩长发上戴着女人的头饰，高大的身体披着一件女人的华丽长袍，他坐在一堆女佣中间，面前放着一辆纺车，用细长而美丽的手指纺着粗糙的毛线，他卖力地干着，担心完不成一天的任务而受到女主人的嘲笑和责备。翁法勒女王高兴的时候，就让他穿着女人的衣服为她和她的女仆们讲述他光荣的过去：他是如何用那一双小手掐死两条大蟒的；如何砍掉许德拉那颗不死的头颅的；又是如何从地狱深处牵回那条恶犬。女人们高兴地听着他讲这些故事，如同听精彩的童话一样。

赫拉克勒斯给翁法勒服役的期限到了，他忽然从昏聩中醒悟过来，羞愧地脱下女人的裙子，即刻又恢复了宙斯儿子的本来面目。他浑身充满英雄气概，决定在重新获得自由后，向昔日的仇敌们复仇。

赫拉克勒斯后来的英雄行为

赫拉克勒斯首先前往特洛伊，准备去惩罚拉俄墨冬国王，正是这个残暴、专治的统治者建造了特洛伊城。赫拉克勒斯对他的违约一直耿耿于怀。当他从亚马孙战役中返回的时候，曾从恶龙的口中勇敢地救出了拉俄墨冬的女儿赫西俄涅，而拉俄墨冬原先是答应送给他宙斯的骏马作为报答的，后来国王却自食食言，没给他骏马，反而用冷酷的话语气走了他。赫拉克勒斯带了六艘战船，只带了几个人，但这几个人却是希腊最著名的勇士珀琉斯、俄琉斯和忒拉盟等。赫拉克勒斯披着狮皮来到正在用餐的忒拉盟面前，忒拉盟连忙从桌旁起身，用金杯献上美酒。赫拉克勒斯被他热情的招待所感动，举起双手向上天祈祷道："父亲啊，伟大的宙斯！如果你愿意满足我的请求，请赐给忒拉盟一个勇敢的儿子吧，就像我这样勇敢无敌的儿子，让他永远都高贵、勇敢、敏捷！"赫拉克勒斯的话还没讲完，宙斯就派了一只矫健的神鹰从他头顶飞过。赫拉克勒斯的心情激动起来，他像一个预言家一样向忒拉盟说道："忒拉盟，你会如愿有一个儿子。他会像这只神鹰一样矫健尊贵，他会为神灵而战。他的名字叫作埃阿斯。"说完这番话，他就坐下用餐。不久，他和忒拉盟同其他勇士们一起动身前往特洛伊城。

登陆以后，赫拉克勒斯派俄琉斯看守船只，自己率领其他勇士向特洛伊进发。拉俄墨冬国王急忙率军扑向赫拉克勒斯的战船，在战斗中杀死了俄琉斯，但当他准备回程时，却发现已被赫拉克勒斯的伙伴们围住，同时勇士们也围住了特洛伊城。忒拉盟攻破城门，一马当先冲入城内。赫拉克勒斯紧随其后。大英雄一生中第一次被人在战斗中超过，处于第二，他又气又急，妒火中烧，一个罪恶的念头涌进脑海。他举起宝剑，准备刺向冲在他前面的朋友。正在这时，忒拉盟刚好回头，看到了这一幕，立刻猜测到他的企图。头脑十分灵活的忒拉盟赶紧弯下腰去，把身边的砖石收集过来堆成一堆。赫拉克勒斯问他想干什么，他回答道："我是来为胜利者赫拉克勒斯建一座圣坛。"听到这些话，大英雄感到十分惭愧，他的妒火立即烟消云散。两个人又重新投入战斗。赫拉克勒斯弯弓搭箭，杀死了拉俄墨冬和他的几个儿子，只有一个儿子逃掉了。特洛伊城被征服以后，赫拉克勒斯把拉俄墨冬国王的女儿赫西俄涅送给了忒拉盟，作为胜利的奖赏。同时他又允许姑娘从战俘中挑选一个人，获得自由。她选择了自己的弟弟波达尔克斯。"很好！"赫拉克勒斯说道，"他就归你了。但是，他必须先

赫拉克勒斯的沉迷（局部）

吉俄发尼·弗兰西斯科·罗曼尼 油画 1650年 圣彼得堡教堂藏

　　昔日杀人如麻的英雄因沉迷享乐而变得面目全非，连小天使似乎都无法接受赫拉克勒斯的改变，将矛头已经脱落的旧武器送到他的面前，希望能唤起他的勇气。赫拉克勒斯是希腊传奇故事中最具个性的英雄，他的一生充满了暴力、疯狂、沉沦和形而上学的思考，他为所有日后的英雄树立了生活方式的准则和思想规范。

忍受耻辱，做一名仆人，而后，你可以再用钱把他买回来。"就这样，波达尔克斯被当作奴隶卖掉了。赫西俄涅从头上取下一支贵重的金钗，又买回了她的弟弟。从此以后，这位兄弟便被叫作鲁里阿摩斯，意即被买来的人。

　　赫拉非常妒忌赫拉克勒斯取得胜利，不愿意让他得到圆满的结局，就在他回程的路上刮起了一阵狂风。宙斯愤怒了，作法终止了她的这场恶作剧。经过一系列冒险之后，赫拉克勒斯决定把国王奥革阿斯作为他的第二个复仇目标。当时奥革阿斯自食其言，拒绝给他应得的报酬。赫拉克勒斯攻占了他的王国，把他和他的儿子们全部杀掉。他把王国送给了菲洛宇斯，因为菲洛宇斯曾因和赫拉克勒斯之间的友谊而被奥革阿斯放逐出境。

　　这场战斗取得胜利之后，赫拉克勒斯恢复了奥林匹克运动会，他为珀罗普斯修建了一座圣坛，也为12位神灵建了6座圣坛。据说宙斯曾多次化装成人的模样下凡，前来与赫拉克勒斯角力。他常常输给自己的儿子，但他忍受着失败，希望他的儿子能从胜利中得到快乐。后来，赫拉克勒斯到处征战，最终征服了斯巴达，推举泰恩达路斯做了国王。但赫拉克勒斯却保留了自己后代继承王位的权利。

赫拉克勒斯和涅索斯

赫拉克勒斯在伯罗奔尼撒半岛做出许多英雄业绩之后，来到埃陀利亚的卡吕冬，找到国王俄纽斯。俄纽斯的女儿名叫得伊阿尼拉，长得非常漂亮。

赫拉克勒斯费尽周折，终于跟得伊阿尼拉举行了婚礼，但这次婚姻并没改变他的生活方式。他仍然像从前一样，喜欢一次次地外出探险。有一天他回到俄纽斯的皇宫，却无意中失手打死了一个站在餐桌旁为他端水洗手的侍童。他不得不再一次带着年轻的妻子和儿子许罗斯四处流浪。

赫拉克勒斯携带妻小从卡吕冬来到特拉奇斯，他有一个朋友刻宇克斯住在这里，他想在朋友处避难。在路上赫拉克勒斯遇到了自己一生中最致命的危险。当他来到奥宇埃诺斯河边时，遇到了半人半马的肯陶洛斯人涅索斯。涅索斯整日靠驮人过河收费度日。他是用双手把来往行人抱过河的。赫拉克勒斯当然用不着他的帮助，他用他那强健有力的步伐涉水而过，妻子得伊阿尼拉却需要涅索斯的帮助。涅索斯将赫拉克勒斯的妻子放在肩头带她过河。在河中涅索斯被得伊阿尼拉的美貌迷住了，对得伊阿尼拉做出了无礼之举，吓得她惊声尖叫起来。赫拉克勒斯已经到了对岸，听到妻子的呼救声，从箭袋中抽出一支箭，等到涅索斯刚上岸，就一箭射穿了他的身体。得伊阿尼拉挣脱涅索斯的怀抱，向丈夫跑去。垂死的涅索斯压着复仇的怒火又把她喊过去，欺骗她说："听着，俄纽斯的女儿，你是我驮着过河的最后一个人，所以你有掩埋我尸体的责任，我可以让你受益。照我说的话去做，我

赫拉克勒斯像

青铜雕像

这座雕刻于塞琉古城的赫拉克勒斯像距今已有2000多年的历史。

奥林匹克中的女运动员

青铜雕 希腊 约公元前520年
大英博物馆藏

古希腊竞技运动的参与者一般都是男性，这尊出土于斯巴达附近的女运动员的青铜雕像因此显得十分珍贵。据考证，她正在运动场表演一种向天后赫拉献祭的舞蹈。

要死了，你把我的血收集起来，因为箭头上染着蛇怪许德拉的毒液，而毒液已经进入我的身体。你把我流出的血收起来，它将会变成一服神药，使你的丈夫永远爱你。若是用血涂抹到他的衣服上，那么从此以后，除了你以外，他再也不会爱上别的女人！"涅索斯说完这些居心叵测的话，顷刻间就死掉了。虽然伊阿尼拉从不怀疑丈夫对她的爱，但是她还是照着这个家伙的话去做了。她用一只小瓶子接过肯陶洛斯人的最后一滴血，并保存起来，没让她的丈夫看到。后来，他们经历了一些冒险，来到了帖撒利，和帖撒利的国王——友好的刻宇克斯住在了一起。他经常伴随在赫拉克勒斯的左右。

赫拉克勒斯的结局

赫拉克勒斯经历的最后一次冒险是讨伐俄卡利亚国王欧律托斯。他曾毁约拒绝把女儿伊俄勒嫁给赫拉克勒斯。赫拉克勒斯为了报复他，组建了一个强大的希腊军队，长驱直入，围困了俄卡利亚，并攻破城池。依然年轻美貌的伊俄勒成了赫拉克勒斯的战俘。

得伊阿尼拉在家里焦急地等待着丈夫的作战消息，这时王宫里爆发出一片欢呼声。一名使者飞奔而来报告说："亲爱的公主，你的丈夫大获全胜，即将凯旋，您立刻就能品尝到胜利的果实，他的随从利卡斯正在向城外市民宣布胜利的喜讯。而他自己，正在欧俾阿的刻奈翁半岛举行庆祝胜利感谢宙斯的盛大仪式，可能拖几天就会回来。"

不久，随从利卡斯回来了，带着一群俘虏。"你好，尊贵的夫人。"他对得伊阿尼拉说道，"神灵从不会做错事，他们帮助了你的丈夫，使他的正义事业取得了胜利。敌人都下了地狱。你的丈夫请你善待这些俘虏，特别是跪在你脚下的这位不幸的姑娘。"

得伊阿尼拉同情地看着这位年轻的姑娘，惊异于她的美貌，她把姑娘从地上搀起来说道："我同情那些无家可归的可怜人，但是，可怜的姑娘，你是谁？你好像还没有结婚，而且一定出身于高贵家庭！利卡斯，告诉我，她的父母是谁？""我怎么知道？你为什么要问我？"利卡斯躲躲闪闪地回答，但他脸上的表情却表明，他似乎在隐藏着什么。稍停一会儿，他又接着说："这个女子肯定不会是俄卡利亚小户人家的女儿。"

那姑娘长叹一声，仍然一句话也没说。得伊阿尼拉感到奇怪，却又不便深问下去，便派人把她送进内室。当利卡斯执行她的吩咐时，起先来报信的那位信使走到女主人身边，悄悄地说道："得伊阿尼拉，不要相信你丈夫派来的人，他对你隐瞒了事实。刚才在广场上我亲耳听到他说你丈夫摧毁俄卡利亚雄伟的宫殿，完全是因为这个姑娘。她就是欧律托斯的女儿伊俄勒，赫拉克勒斯认识你之前，对她十分爱慕。她现在来到这里，可不是来做奴隶的，而是你的情敌，她是你丈夫的情妇。"

听到这番话，得伊阿尼拉悲痛欲绝。但她马上又镇静下来，自我安慰，并且召来了丈夫的随从利卡斯。起初，他对着众神之王宙斯发誓说他所讲的都是实话，他确实不知道姑娘的父母是谁。但是时间一长，难免露出了脚。得伊阿尼拉请求他在宙斯面前说实话，免得惹她发怒。她哭哭啼啼地说道："即使我要责怪丈夫的不忠，也绝不会无礼地伤害这位姑娘，因为她从来也没伤害过我，我对她只有怜悯之心。她的美貌不仅没有为她带来幸福，反而给她招来了

赫拉克勒斯杀死人马

版画 17世纪

赫拉克勒斯这样的英雄实际上是希腊众神精神的混合体，是半神的典型。图为他杀死人马的瞬间。

赫拉克勒斯夺回妻子

瓶画 希腊

苦难，并导致了国家的灭亡。"

利卡斯见女主人如此通情达理，就把一切都告诉了她。得伊阿尼拉没有责备他，只是让他稍等片刻，她要为丈夫准备一件礼物，回报他送给她的这些战俘。

得伊阿尼拉按照那个半人半马的怪物临死前给她的指点，从一个不见阳光的地方取出了那个装着毒血的瓶子。这是她平生唯一一次如此小心地把一件东西当作宝贝隐藏。出于一个女人的嫉妒之心，她只是想看看这药效能否发挥神奇的作用，她根本不知道涅索斯的险恶用心，她认为这只不过是一种能唤回赫拉克勒斯的爱情和忠心的魔药，对身体根本无害。她马上采取行动，用一根毛线轻轻地蘸着血，滴在一件华贵的衣服上。然后她细心地把衣服折好，锁在一只漂亮的小盒子里，做完这一切后，得伊阿尼拉把使用过的羊毛随手扔在地上，然后她走出去，把小盒子交给仆人利卡斯，并嘱咐他亲手交给赫拉克勒斯。她说道："请把这件衣服带给我丈夫吧，这是我亲手为他缝制的。除他之外，谁也不能穿这件衣服。请你转告他，若是穿着这件衣服做祭祀，不要离火太近，也不要在太阳下曝晒。我曾郑重地对神灵许愿，如果他能胜利归来，我就送给他一件亲手制作的礼物。所以这是我真诚的愿望。我交给你一枚戒指作为信物，他看到戒指就会相信这是我送给他的礼物。"

利卡斯答应照女主人的吩咐去做。他迅速动身赶往欧俾阿。他想让他的男主人马上就能收到女主人真诚的问候。过了几天，得伊阿尼拉和赫拉克勒斯所生的大儿子许罗斯准备前去探望他的父亲，并向他传达母亲的关切之情，劝服父亲能早日回家。在儿子走后的某一天，得伊阿尼拉偶然走进存放魔药的那个房间，看见那根扔在地上涂过魔药的毛线已在阳光照射下化为灰烬，只有存放血水的瓶子嗞嗞作响。她想起自己所做的一切，深感不妙，焦急地在房间里踱来踱去，不知道怎么办才好。儿子许罗斯终于回来了，可是身旁却没有父亲，他用充满仇恨的语气对她的母亲吼道："唉，母亲，我真希望世界上从来就没有你这样的妈妈，神灵为什么会给你这么狠毒的心肠？"正在犯愁的得伊阿尼拉听到儿子的话吃了一惊，连忙问道："孩子，你这是怎么啦？为什么这么恨我？"

"我刚从父亲那里回来，母亲，"儿子哽咽道，"正是你毁掉了父亲的生命。"

得伊阿尼拉的脸霎时变得像死人一样苍白，但是她仍然非常镇静地问道："孩子，这是谁告诉你的？谁敢污蔑我做下这种伤天害理的坏事？"

"没有人告诉我。"儿子说道，"根本不需要别人告诉我，因为我亲眼看到父亲的悲惨遭遇。我刚到刻奈翁的时候，父亲正在忙着宰杀牲口，摆设祭坛，准备向宙斯献祭。这时利卡斯来了，他带着你的礼物——那件华贵的该受诅咒的衣服。父亲很高兴，立刻把它穿在身上，然后虔诚地做着祷告，那天一共宰了12头公牛。开始时，父亲只是安详地做着祷告。可当祭坛的圣火升上天空时，他浑身冒出了豆粒大的汗珠，身上的那件衣服好像铸铁一样紧勒着他，他从头到脚不停地颤抖，好像毒蛇在咬他似的。父亲大声呼唤利卡斯，那个无辜的人来了。他重复了一遍你所说的话。父亲抓住他的腿，把他摔死在海边的一块岩石上，又抓住他的四肢扔进了波涛之中。他疯狂的举动使人不敢靠近，所有人都被他的举动惊呆了。他一会儿在地上痛苦地号叫打滚，一会儿又突然跳起来，他那痛苦的尖叫声在山谷中回荡。他诅咒你和你们这致命的婚姻。最后他对我喊道，'儿子，如果你同情父亲的话，赶紧送我上船回去，我不能死在异国他乡。'就这样，我们把父亲抬上了船，一路上他痛苦地大声吼叫，但总算回到了自己的国土。你马上就会见到他，也许还活着，也许已经死了。这就是你做的好事，母亲，是你，可耻地杀害了希腊最伟大的英雄！"

得伊阿尼拉对儿子的斥责没做任何辩解，她一言未发，绝望地离开了儿子许罗斯。这时，有几位仆人听她说过涅索斯送给她的那种爱情魔药，马上告诉许罗斯，说他在愤怒中错怪了母亲。他赶紧朝母亲追过去，可是一切都太晚了。得伊阿尼拉直挺挺地躺在丈夫的床上，死了，她的胸口深深地插着一把双刃短剑。许罗斯扑到母亲身上，抱着母亲痛哭着，为自己过激的言辞感到懊悔。父亲的到来打断了他的自责，他吓得连忙跳起身来。赫拉克勒斯狂叫着："儿子，你在哪里？拔出你的宝剑，对准你的父亲，

雅典娜和半人马

波提切利 布面蛋彩画 1482年
乌菲齐美术馆

雅典娜是奥林匹斯十二主神之一，代表着智慧、理性。而半人马一般被作为野蛮的代表。画面中的雅典娜手里拿着一把精致的戟，抓着半人马的头发，象征着智慧战胜野蛮。

赫拉克勒斯与众女神

雕塑 古希腊时期 大英博物馆藏

赫拉克勒斯最终在奥林匹斯山找到了自己的位置。在帕提农神庙现存的雕塑中，这是最长的群像之一。最左边的很可能是神格化了的英雄赫拉克勒斯。右边的女神应该是赫拉克勒斯的妻子，青春女神海波。群雕全长5.5米，巍峨壮观。

对准我的脖子，杀死我吧！砍掉我的头解脱我的痛苦吧！解脱你的母亲给我带来的痛苦吧！不要迟疑，可怜可怜我吧！不要像一个女人哭哭啼啼的。"随后他又转向身边的人，愤怒地举起双手吼道："你们还认识这双胳膊的力量吗？它们就是那个杀强盗、杀狮子、杀九头蛇怪、杀野猪、从地狱带走恶狗的那双胳膊！没有一杆长矛，没有一头野兽，没有一支巨人的队伍能够制服我，而我却死在一个女人的手里！我的儿子，杀了我吧！然后再去惩罚你的母亲！"

当许罗斯告诉他，母亲是在无意之中害了他，现在已经自杀抵罪的时候，赫拉克勒斯顿时惊呆了，由愤怒转变为悲哀。他让儿子许罗斯与自己以前深爱过的被俘虏来的姑娘伊俄勒成婚，并吩咐儿子厚葬得伊阿尼拉。在特尔斐神庙他曾得到过神灵的指示，说他必须死在特拉奇斯地区的俄塔山上。所以他不顾身上的剧痛，叫人把他抬到了俄塔山顶，他又叫人架起了一堆木柴，把他放在柴堆上，然后命令随从们点火。但是没有一个人愿意执行他的命令。他再三恳求，最后他的一个朋友菲罗克忒斯实在不愿看到他那痛苦的样子，便同意满足他的要求。赫拉克勒斯为了感谢他，特地把那副战无不胜的弓箭送给他。柴堆刚被点燃，天空中便发出一道闪电助长了火势，一朵祥云徐徐降下，环绕着

赫拉克勒斯的自焚

伊万·阿基莫夫 油画 1782

　　赫拉克勒斯因穿着涂有毒药的衣袍而遭受剧痛。这种剧痛是如此难以忍受，以至于他选择了自杀，通过在奥林匹斯山上的火葬堆自焚来结束自己的痛苦。但只有他的朋友菲罗克忒忒斯愿意点燃火焰来结束大英雄的痛苦，这一仁慈的行为使菲罗克忒忒斯得到了与九头蛇毒药相同的弓箭作为奖励。

火堆，在隆隆的雷声中把这位伟大英雄的灵魂送到了奥林匹斯山。当柴堆烧成灰烬时，伊俄拉俄斯和其他几位朋友跑上前去，准备捡拾勇士的骨灰，然而他们什么也没有找到。毫无疑问，神灵的预言应验了。赫拉克勒斯已离开生他养他的土地，变成了天上的神灵。朋友们为他准备祭品，尊奉他为神。后来，全希腊的人都把他当神来崇拜。

　　在天上，雅典娜接待了他，并引领这位英雄进入诸神的行列。从此，他的命运转变了，赫拉宽恕了他，并把自己的女儿——美丽的青春女神海波嫁给了他。他们幸福地生活在奥林匹斯山上，生育了很多漂亮的、永生的孩子。

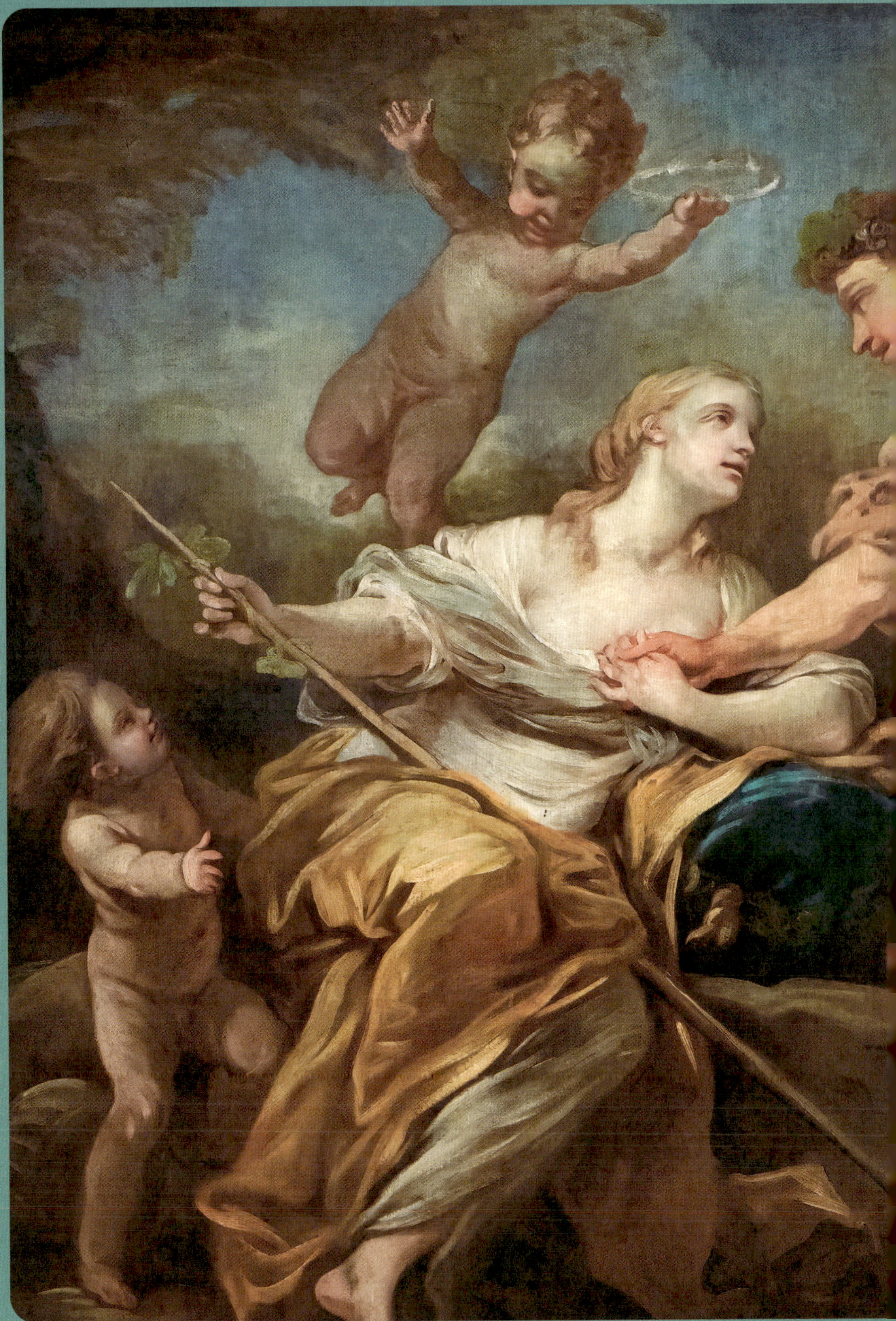

忒修斯

Part

16

忒修斯也是古希腊神话中的重要英雄之一。忒修斯的成长过程充满了冒险，他沿着从特洛伊松到雅典的路上清除了许多危害民众的怪物和恶人。忒修斯不仅是武勇的象征，他还被认为是文明的建立者之一，因为他为雅典制定了法律，并促进了城邦的发展。在他的统治下，雅典成了一个统一且繁荣的城市国家。

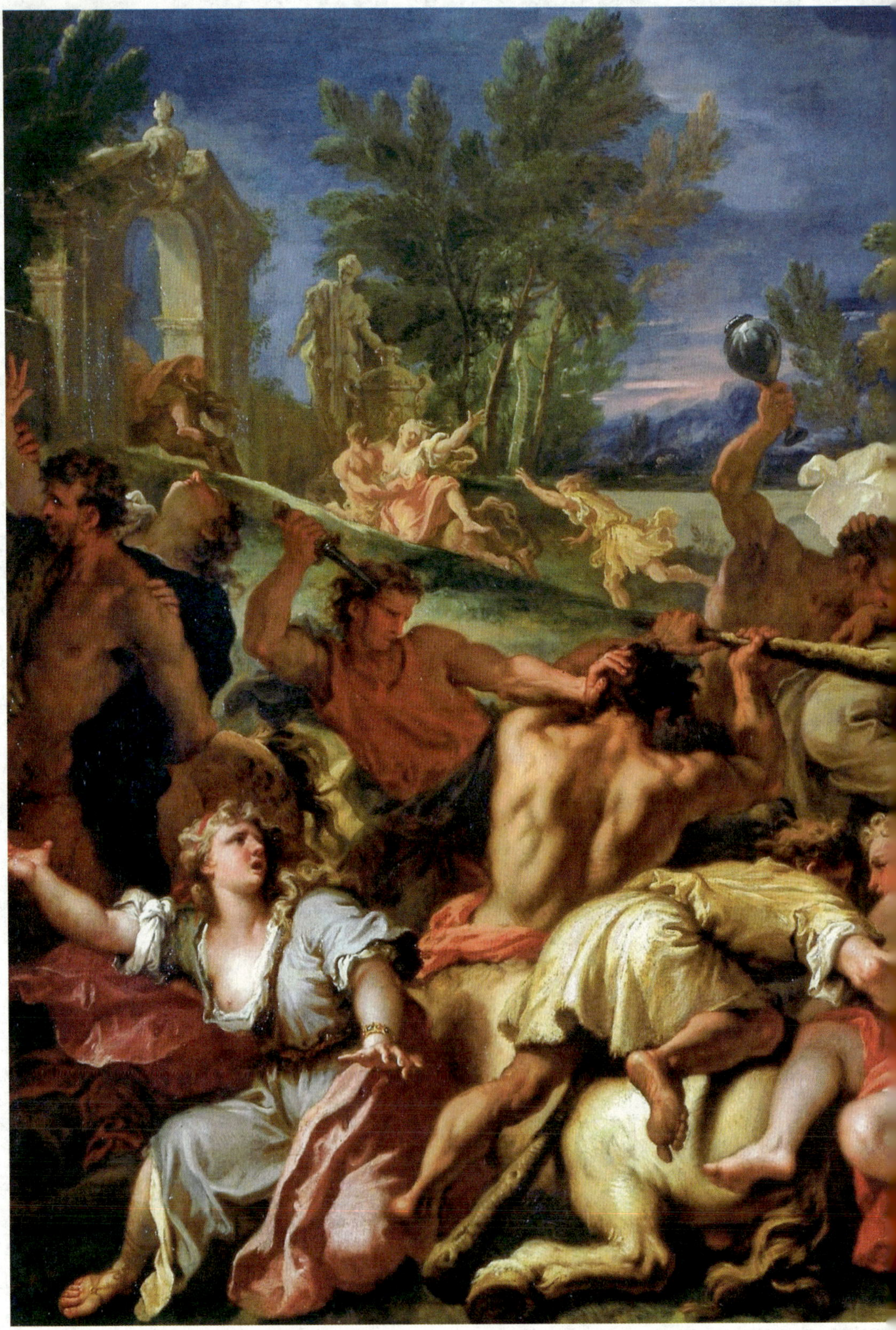

拉皮斯和半人马之战（局部）

塞巴斯蒂亚诺·利玛宾 油画
约1705年 高等艺术博物馆藏

　　这幅画以其生动的动态和强烈的色彩对比而闻名。画面中充满了混乱和冲突，人物形象鲜明且富有表现力。拉庇泰人的婚礼被半人半马们变成了一场噩梦，双方混战在一起，有的正在搏斗，有的倒在地上，还有的试图逃跑。值得注意的地方是画家对光线和阴影的处理，使得整个场景显得更加立体和真实；还有他对人物表情和动作的细致刻画，使观众仿佛置身于这场激烈的战斗之中。

忒修斯的志向

雅典国王忒修斯是埃勾斯与埃特拉所生的儿子，埃特拉是特洛增国王庇透斯的女儿。他父系祖先是年迈的国王埃利希突尼奥斯，传说是从地里长出来的雅典人。他母亲的祖先是伯罗奔尼撒半岛诸王中最强大的珀罗普斯。珀罗普斯曾在儿子们的帮助下建立了半岛上最强大的王国，还在儿子庇透斯的帮助下建立了特洛曾城。

埃勾斯早在伊阿宋寻找金羊毛的 20 年前，就做了雅典的国王，但是他却一直没有子嗣。为此他曾专门拜访特洛增城的创建人珀罗普斯的 3 个儿子之一庇透斯，感谢他们的友好帮助。埃勾

忒修斯发现父亲的武器

尼古拉斯·勃西 1633 年

在母亲的指点下，忒修斯找出了父亲留给自己的武器和鞋子。

斯非常害怕拥有50个儿子并对他怀有敌意的兄弟帕拉斯，他想瞒着妻子，再讨一个老婆，指望着小老婆为他生个儿子，安慰他的晚年，并继承他的王位。他把自己的心思吐露给朋友庇透斯。幸运的是，庇透斯此时刚好得到一则神谕，说他的女儿不能拥有一个公开美满的婚姻，但会生下一个举世闻名的儿子。于是庇透斯决定把女儿偷偷嫁给已经结过婚的埃勾斯，他们秘密举行了一个仪式，算是结了婚。埃勾斯在特洛增只逗留了几天，就返回雅典。他在海边与新婚妻子话别时，把一把宝剑和一双鞋放在海边的一块巨石下面，说道："如果神能够保佑我们的婚姻，并赐给我一个继承人的话，请你悄悄地把他抚养长大，但是不要让任何人知道他父亲的名字。等孩子长大成人，能搬动这块石头时，你把他领到这里来，让他拿出宝剑和这双鞋到雅典去找我。"

埃特拉果然生了一个儿子，取名忒修斯。忒修斯在外公庇透斯的抚养下长大，埃特拉遵照丈夫的指示，从未告诉任何人这孩子的生身父亲是谁。庇透斯则对外散布说这个外孙是海神波塞冬的儿子。因为特洛增人把波塞冬看作本城的保护神，对他特别尊重，每年特洛增人都会把采摘的第一批劳动果实敬献他。波塞冬的随身武器三叉戟也是这座城市的标志。因此，国王的女儿为一个如此受人尊敬的神灵生了一个儿子，确实是一件很体面的事。孩子渐渐长大了，不仅健壮英俊，而且机智勇敢，显示出过人的智慧。有一天，他母亲埃特拉就把他领到海边的那块巨石旁，向他吐露了他的真实身世，并要他取出石头下的信物，然后到雅典去与亲生父亲相认。忒修斯毫不费力地将那块石掀到一边，他穿上那双鞋子，佩上那把宝剑，准备到雅典寻找亲生父亲。尽管母亲和外祖父一再要求他走海道，他仍然拒绝了外公和母亲的劝告，不走海道而选择了陆路。那时候从哥林多地峡通往雅典的陆路上有很多拦路的强盗。虽然有些强盗已被赫拉克勒斯打死了，但当赫拉克勒斯在吕狄亚给翁法勒女王做奴隶时，希腊的暴力活动又猖獗起来。那是因为这是一个毫无法度的国家，没有人

忒修斯扼杀半人半牛怪兽

瓶画 约公元前3世纪

半人半牛即米诺特罗斯，是看守克里特岛迷宫的怪物。与半人半牛搏斗是忒修斯的英雄故事中较著名的一段。忒修斯是拿着竖琴和武器去对付他的。瓶画上，怪兽的姿势被忒修斯扭曲成Z字形，体现出英雄轻松战胜敌人的神化力量。

能够制止和消灭他们。因此，从伯罗奔尼撒走陆路到雅典是一段非常危险的旅程。他的外公庇透斯给忒修斯生动地描绘了这些强盗和恶徒的模样，并特别强调这些强盗们对陌生人十分残忍。

但是，忒修斯很久以来就决心以赫拉克勒斯为榜样，在他刚刚7岁的时候，赫拉克勒斯曾来拜访过他的外公。忒修斯也荣幸地跟大英雄同桌用餐。在宴席上，赫拉克勒斯把身上的狮皮脱下放在一边，其他孩子看到狮子皮就跑开了，可忒修斯却毫不危惧地走上前去，从侍卫手中夺过一把利斧大胆地向狮皮砍去。他还以为眼前这头是真狮子呢。自从见了赫拉克勒斯一面之后，忒修斯一直对他充满敬慕之情，朝思暮想着将来像这位大英雄一样有所作为，建功立业。此外，赫拉克勒斯和忒修斯还有亲戚关系，他们两个的母亲是表姐妹。因此，16岁的忒修斯怎么能忍受表兄赫拉克勒斯在外除恶扬善，而自己却回避斗争呢？"为什么他们要让我受海神父亲的庇护，像一个懦夫一样走海路？"他不服气地问道，"当我带着这些信物去见亲生父亲时，鞋子上没有沾上一丝尘土，宝剑没留上一丝血，我真正的父亲会怎么想？"外公本身就是勇士，听了这些话很高兴，他对这些话十分赞赏。

带着母亲的反复叮咛，忒修斯整理了行装，勇敢地踏上寻父的征程。

忒修斯到雅典

忒修斯在寻父的途中打死了3个著名的强盗，终于到达了雅典，但在雅典并没有获得期望的平静和快乐。此时的雅典城一片混乱，内战不断。他的父亲埃勾斯正沉浸在温柔乡里，根本想不到自己会有一个儿子。当年美狄亚乘着龙车离开科任托斯后，来到雅典避难，谎称她能用神药使年老的埃勾斯逐渐恢复青春。所以两人同居度日。美狄亚是个女巫，精通魔法，她在消息还没传到王宫之前就已经知道忒修斯来到了雅典。她怕被忒修斯赶出王宫，就对埃勾斯说："雅典城内的争斗与猜疑，无疑是那些外乡人捣的鬼。有一个刚来的人就可能是一个危险的奸细。"埃勾斯根本不知道那是自己的儿子，美狄亚说服埃勾斯先对这个新来的人宾客相待，然后在进餐时用毒药把他解决掉。忒修斯应邀到王宫里去吃早餐，他不想这么快就暴露自己的身份，非常高兴地希望父亲辨认出自己。装满毒药的酒杯放在他的面前，美狄亚焦急地等着这个年轻人把酒喝下去，心想只要他喝上几滴就会永远闭上那双年轻、明亮的眼睛。但忒修斯却把酒杯推到一旁，希望父亲能够认出他来。于是就装作要切肉，抽出从前父亲压在岩石下的宝剑，实际是想让亲生父亲看到宝剑认出自己。埃勾斯一眼就认出了自己的宝剑，他立刻明白眼前这个年轻人正是自己梦寐以求的亲生儿子。他迅速冲到忒修斯面前把酒杯打翻在地。接着又问了这个年轻人几个问题，终于确信面前的青年就是自己从神灵那儿祈求来的儿子。他张开双臂，紧紧地拥抱着儿子，并向大家一一做了介绍。忒修斯也把旅途上的几次冒险经历讲给大家听，雅典人热烈欢迎这位英雄，敬佩他这么年轻就如此勇敢。诡计多端的美狄亚被驱逐出境，逃到故乡科尔喀斯。国王埃勾斯十分讨厌这个残酷的女巫。正是她，差一点儿毁掉了他儿子的性命。

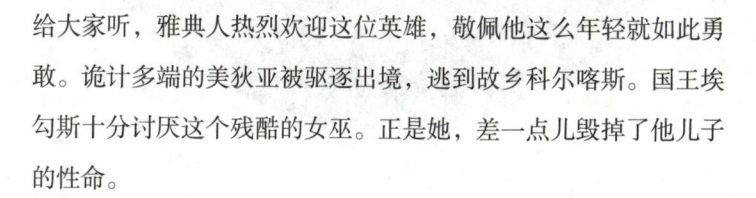

牛首人身怪米诺特罗斯

瓦茨 素描 约19世纪 伦敦太特美术馆藏

米诺特罗斯是海神波塞冬驾前海牛的儿子，一直被困在代达罗斯的迷宫里。后来据说他被代达罗斯杀掉，也有说被忒修斯所杀。事实上他是杀牛献祭的反图腾文化：古代腓尼基神话中有一个牛头神，专门杀人来献祭。

忒修斯与迷宫

忒修斯成为王位继承人，他立下的第一个功绩，就是诛杀叔父帕拉斯的50个儿子，他们一直觊觎着王位，是埃勾斯的心腹大患。他们对这个突然出现的忒修斯，也十分恼恨，因为他将来不仅要治理国家，还要支配他们。50个儿子拿起武器，设下埋伏，准备合谋将他杀死。幸亏忒修斯得到线报，立刻冲到他们的埋伏地点，将他们悉数杀死。为了不使这场自卫性的杀戮引起人民的反感，他立刻外出干了一件极受欢迎的事：制服横行四乡的

迷宫线团

爱德华·伯恩·琼斯
水彩画 英国 19 世纪

阿里阿德涅用丝线引导忒修斯逃出迷宫，在她的背后，米诺斯的迷宫已经有了后世迷宫的典型造型。

马拉松野牛。这头野牛原是赫拉克勒斯从克里特捉来，后来又奉欧律斯透斯之命放掉的，它在阿提喀四乡横行无忌，危害人民。忒修斯把野牛捉住，带回雅典，供人观看，后来又将它宰杀，献祭给太阳神阿波罗。

就在这时，克里特的米诺斯王派使者前来索取 9 年一次的进贡。起因是这样的：当年米诺斯的王子安德洛革俄斯在阿提喀被人杀害，米诺斯王为了给儿子复仇向雅典挑战，给那里的居民造成很大的灾难，神们也使这个地方遭到灾荒和瘟疫。于是特尔斐阿波罗神庙降下神谕，雅典人若想平息弥诺斯的愤恨，取得他的谅解，只有向米诺斯求和，才可以免除神怒和灾祸。因此雅典人与弥诺斯订了一个每 9 年送 7 对童男与童女到克里特进贡的条约。据说这些贡品到达克里特后，米诺斯王将他们关在著名的迷宫里，让丑陋的半人半牛的怪物米诺特罗斯把他们杀死吃掉，或让他们饥渴而死。现在又到了第三次进贡的时间，所有有童男童女的父母都害怕自己的子女遭遇悲惨的命运。大家对国王埃勾斯怀有怨言，因为这种灾祸由他而起。人们说他让一个流浪者、私生子做王位的继承人，却对别人家骨肉分离的悲剧漠不关心，任人宰杀。

这些埋怨声传到忒修斯的耳中，使他对人民遭遇的命运感到痛苦。他趁大家集合的时候，毅然站出来宣布说，用不着抽签，他愿意前往克里特。他的崇高和无私得到了人们的赞美。他的父亲埃勾斯听说后，急忙奔过去，再三要求他改变主意，但忒修斯态度坚决，意志坚定，他安慰父亲说，自己保证能够制服米诺特罗斯，而且会让自己和童男童女们全身而退。以前搭载着进贡者到克里特的船只都挂上黑帆，以表示他们的绝望，现在埃勾斯听到儿子有这样强烈的信心，就交给舵手一面白帆，吩咐说若忒修斯顺利归来就改挂白帆，否则仍挂黑帆，以便让国人远远看到就知道结局。

　　抽签过后，年轻的忒修斯率领被选中的童男童女到阿波罗神庙向他献祭白羊毛缠绕的橄榄枝，作为祈求保护的礼物。特尔斐的神谕曾告诉他应该选择爱情女神作他的向导，以祈求她的保护。尽管忒修斯不明白这其中的深意，但他仍然向阿佛洛狄忒进行了隆重的献祭。直到最后，他才明白这意味着什么。因为当忒修斯在克里特登陆，并被带到米诺斯国王面前时，美丽的阿里阿德涅公主立刻就注意到了这个勇敢英俊的年轻人。她偷偷地与他相会，并向他吐露了自己的爱慕之情。她交给他一个线团，教他把线头的一端拴在迷宫的入口，然后

酒神和阿里阿德涅

查尔斯-安德烈·凡·卢 布面
约1750年

　　忒修斯将阿里阿德涅独自遗弃在孤岛上，而后酒神狄俄尼索斯来拯救她。描绘这一主图的画作非常多。古典表现形式的画作通常将阿里阿德涅描绘成睡着的状态，但文艺复兴时期及之后的艺术家通常将她描绘成清醒的状态。传说，狄俄尼索斯找到她后，拿起她的宝石冠冕扔向天空，这顶冠冕在天上变成了冠冕座。不久之后他们就结婚了。在这幅画作中，可以看到一个小天使将冠冕举过阿里阿德涅的头顶，巧妙地表达了星座的元素。

阿里阿德涅被遗弃

沃特豪斯 油画 1898年

阿里阿德涅还在熟睡，忒修斯已经带着众人离开了那克索斯岛。她可能并不清楚，这个世界上爱与智慧的力量，常常敌不过敬畏和恐惧。

跟着滚动的线团绕过紊乱的道路一直走到米诺特罗斯的住地，另外，她还送给他一把魔剑用以斩杀怪物。

忒修斯和所有的童男童女被送进了迷宫。忒修斯走在前面，引导着他们找到了怪物，并用阿里阿德涅赠给他的宝剑杀死了它。然后他们顺着线原路返回，走出了代达罗斯建造的令人迷惑的迷宫。随后，阿里阿德涅跟他们一起逃出了克里特岛。忒修斯听从她的建议，事先凿穿了克里特人的船底，使米诺斯无法追赶他们。上船以后，他们以为太平无事了，便顺路来到了迪亚岛，这座海岛后来被称作那克索斯岛。一天晚上，酒神狄俄尼索斯突然现身忒修斯的梦中，声称阿里阿德涅是命运女神安排给自己的妻子，他威胁忒修斯，如果不放弃她，就给他降下灾难。忒修斯从小跟外祖父一起长大，外祖父曾一再告诫他遵从神的命令，因此为了避免狄俄尼索斯的忌恨，只得将公主留在了孤寂的荒岛上，自己和童男童女们乘船离开。就在他离开的这天夜里，酒神狄俄尼索斯将自己的新娘带往德里沃斯山。到了山上之后，他隐身而去，不久阿里阿德涅也消失不见了。

忒修斯和他的同伴们因为失去善良的阿里阿德涅公主而悲痛不已，所以他们在驶近家乡时忘记将船上挂着的黑帆换成白帆。海船带着悲哀的标志飞快地朝家乡的海岸驶了过去。埃勾斯一直在海岸边祈盼儿子的归来，当他看见远方驶来一艘挂着黑帆的大船时，以为忒修斯已经死了。他顿时绝望，纵身跳入大海，溺水而亡。后来人们为了纪念他，便将这个海命名为埃勾海（爱琴海）。

不久忒修斯便率领众人登上了家乡的陆地。他首先按出发前所许的愿，向神们献祭，并派遣使者到城里报告童男童女们获救归来的消息。使者被人们接待他时的态度弄糊涂了，搞不清发生了什么事：有的人兴高采烈地迎接他，将花环戴在他的头上，感谢他带来了平安的消息；另外一些人则沉溺在悲哀之中，仿佛没有听到他的喜讯。这时，国王的死讯渐渐地传了开来。于是使者将人们献给他的花环缠在了手杖上，回到海滨，将这一消息报告给了忒修斯。突如其来的悲痛让忒修斯晕倒在地。当他重新站起来时，便率领众人急忙赶回城中。

忒修斯之船

斯特凡诺·德拉·贝拉 蚀刻版画
1644年大都会艺术博物馆藏

忒修斯和阿里阿德涅乘船逃离克里特岛，途中又因酒神的警告抛下公主。据说，忒修斯和同伴回到雅典后，他们的船被雅典的人留下来作为纪念。但随着时间推移，木材逐渐腐朽，雅典人便会为船更换新的木头。最后，该船每一根木头都被换过了。这引发了一个重要的哲学悖论——忒修斯之船。这艘船还是原本的那艘船吗？如果是，但它已经没有最初的任何一根木头了；如果不是，那它是从什么时候不是的？

忒修斯当了国王

埃勾斯去世之后，忒修斯怀着悲痛埋葬了父亲，接着继承了王位。很快，事实证明：他不仅是一个战斗中的英雄，而且在治理国家方面，也是一个能给人民带来和平和幸福的天才统治者。在这方面，他甚至超过了自己的榜样赫拉克勒斯。他做了很多伟大而又令人敬仰的事情。在他执政之前，大部分的阿堤喀人都居住在雅典周围的牧场和小山村里，雅典城的规模很小，遇到牵扯公众利益和国家大事的时候，想把人召集起来商谈，真是一件十分困难的事，就连邻居之间串门也经常需要跑很远。忒修斯把整个阿堤喀的居民召集在一起，让他们住进城里，组建成一个统一的国家。他并没有靠武力完成这项艰巨的事业，而是四处游说，亲自从一个地方跑到另一个地方讲述他的计划，找各方人商谈，征求公众的同意。实际上说服穷人或出身低贱的人并不费事，因为穷人住进城里，同富人联合起来，得到的比失去的更多，但为了赢得富人和权贵们的支持，就要费很多口舌。忒修斯宣布限制国王的权力，并且还宣布要制定一部宪法来保障公民的自由与权利。他说道："至于我本人，暂时还是你们的领袖，我愿意终生做宪法的捍卫者。除此之外，公民们应该和我一样，享受同等的权利。"许

阿里阿德涅与酒神

安尼巴莱·卡拉齐 壁画
1595—1605年 罗马法尔涅兹宫

在酒神的婚礼上，天使为阿里阿德涅加冕，酒神的一整套欲望的杂耍班子都前来狂欢助兴。酒神与阿里阿德涅的婚姻，是激情狂乱与冷静智慧的结合，这样的安排只能出于古希腊人的智慧。

埃勾斯看见黑帆船

连环画 现代

爱琴海

摄影 现代

如今,位于希腊与土耳其之间的爱琴海风光宜人,已成为著名的旅游胜地。

多贵族们认识到他的构想的优越性,因此持欢迎态度,同意迁进雅典城居住。还有一些守旧的人虽然不愿改革国家原有的体制,但因害怕忒修斯的威信、权力和超人的胆量,也违心地接受了他的建议。因为,如果忒修斯愿意的话,他完全可以用武力迫使他们同意。

忒修斯取消了各个小城镇独立的分支机构的权力,并把分散的人口集中到了雅典。他在市中心建立了一个共同的市议会。他还为雅典公民制定了一个公共假期,并称作"泛雅典节",意思是所有雅典人的节日,从此,雅典才发展成为一个真正的城市,被越来越多的人所接受、传诵。从前的雅典只是一座国王的城堡,被当时的建造者称作开克房帕斯宫,周围只有几座居民的住房。为了进一步扩大城市规模,忒修斯保证所有居民享有同等权利,邀请许多不同地区的人来雅典居住,并承诺赋予他们公民权,因为他想把雅典建成一个人口众

213

多、多民族聚居的城市。为了防止大量涌入的人造成这个新兴城市的混乱，他在新城内把居民分为贵族、农民和手工业者三大阶级，并为各阶级规定了独自的权利和义务。贵族们要无愧于他们的荣誉，勇于为国家服务；农民们要种好庄稼，发挥自己的作用；手工业者带来了大量先进技术。作为国王，忒修斯也限制了自己作为国王的权力，正像他承诺过的那样，他把国王的权力交给贵族议会和公民会议监督、制约。

忒修斯和庇里托俄斯

忒修斯以勇气和强壮著称。那时还有一位闻名于世的英雄庇里托俄斯，他是伊克西翁的儿子，一心想跟忒修斯比一比高低。于是他故意偷走雅典国王忒修斯的牛群。当他听说忒修斯全副武装追击他时，他不但不逃跑，反而非常高兴地在一旁守候，准备

雅典人的宗教生活

油画 约16世纪

雅典人有很多节日，有忒修斯创立的泛雅典节，还有哑剧节、普兰特里节、雅典娜节，等等。每到节日，人们云集帕提农神庙，举行各种祭祀众神的活动。集会的增加促使城邦出现，而城邦的出现是西方文明民主意识的开端。因此，希腊精神既可以说是传统，也可以说是最现代的政治理念根源。

迎接敌人。当两个英雄互相逼近时，却同时为对方的神勇和胆略所倾倒，于是不约而同地放下了手中的武器，然后朝对方走去。庇里托俄斯首先伸出右手，要求忒修斯对自己的盗窃行为进行裁决，并申明无论忒修斯做出什么样的决定他都甘心服从。"我想得到的唯一的满足，是和你这样的敌人成为朋友和战友。"忒修斯对他说。于是他们相互拥抱，并发誓结为朋友永远忠于友谊。

不久，庇里托俄斯与拉庇泰族的公主希波达弥亚结婚，他邀请忒修斯参加他们的婚礼。婚礼在拉庇泰人的国内举行，拉庇泰人是帖撒利地区的有名种族，他们以凶悍著称，是最先驯服马匹的人类。出生在这个种族的新娘却和她的族人不一样。她身材苗条，容貌美丽，来宾们都认为庇里托俄斯能跟她结婚是非常幸福的事。帖撒里地区所有的贵族都参加了婚礼。庇里托俄斯的亲戚肯陶洛斯人也来了。他们是半人半马的怪物，是在云端里降生的。据说庇里托俄斯的父亲伊克西翁当初因残杀了他的岳父而逃到宙斯那里时，竟爱上了天后赫拉，宙斯于是用一片乌云冒充赫拉的形象，伊克西翁拥抱乌云，就生下了这些半人半马的怪物。肯陶洛斯人为此被称为"云雾子孙"，他们是拉庇泰人的世仇，却因为庇里托俄斯的关系而不得不来参加婚礼。

起初，婚礼在欢乐的气氛中进行着，大家尽兴地豪饮，并由此引发了事端。肯陶洛斯人中最野蛮的欧律提翁饮酒过多，以致醉意蒙眬，当他看到美丽的新娘希波达弥亚，不禁意乱情迷，一心想把她抢走。希波达弥亚竭力挣扎，大呼救命。谁也不知道

忒修斯打死马人

安托万—路易·巴里
青铜雕塑 1846—1848 年
大都会艺术博物馆藏

马人的肌肉将人与野兽完美地连接在一起。忒修斯马人背上，手中举起橡木棒，姿态优雅坚定，强健的体魄体现出千钧一发时刻的力量美。安托万—路易·巴里是 19 世纪法国著名的雕塑家，尤其擅长动物雕塑，被誉为"动物雕塑之王"。

是怎么一回事,谁也没有注意是怎么发生的,人们在混乱的现场中突然发现欧律提翁正抓着新娘的头发,试图将她拖走,其他的半人半马怪物以为这是一个信号,于是他们也各自抓到一个宫女或参加婚礼的女宾客往外拖,顿时,妇女们的惊叫声响成一片,新娘的亲戚朋友们全部愤怒地从座位上跳了起来,准备战斗。

忒修斯大声呵斥道:"欧律提翁,你中了什么邪?竟敢当着我的面侮辱庇里托俄斯,你难道不知道这样就是同时得罪了两个英雄吗?"说着,他从欧律提翁的手中抢回新娘。欧律提翁挥拳向忒修斯的胸口打过来,忒修斯的手上没有武器,于是顺手抓起边上的一个铜壶,砸在欧律提翁的头上,欧律提翁躲闪不及,被他打倒在地,霎时头上鲜血淋漓。其他的马人顿时呼喊起来,与宾客打成一片,顿时杯盏飞舞,酒瓶碰撞。不一会儿,拉庇泰人便伤亡惨重。

庇里托俄斯勃然大怒,他挥着长矛朝大个子马人珀特勒奥斯刺去,珀特勒奥斯正想从地里拔起一棵橡树作为武器,矛尖将他钉在树干上,另一个马人想上来报仇,被忒修斯打翻,别的马人冲上来,被忒修斯用橡木棍一棍打死。库拉洛斯是马人中生得最漂亮的一个,他有一头金色的长发,蓄着胡须,脖子、肩膀、双手和胸部长得十分匀称,如同艺术家雕刻出来的一样。他身体的下半部分是马身,但同样长得很好看,有着宽阔的背部和矫健的胸脯,除了腿部和马尾的颜色较浅外,浑身毛皮黝黑发亮。他是和他美丽的妻子许罗诺默一起来参加婚礼的。起初,他们一直相互依偎在一起,当战斗开始时,他们更是互相支持,共同战斗。后来,在混乱中一支矛刺中了库拉洛斯的心房,凄惨地倒在爱人的怀中死去。许罗诺默抱着他的尸体,吻着他,徒劳地想让他继

人马与阿波罗

雕塑 古希腊时期

这是奥林匹斯神庙的雕塑,一天,在宙斯的孙子庇里托俄斯的婚礼上,一些人马调戏妇女,企图掠夺新娘。阿波罗是婚礼的主持人,他与人马争执起来。人马不敢得罪太阳神,只好将妇女放了。雕塑已残缺,但动态不减,凌空的碎片更显飘逸。

续呼吸。当她再也无法将他唤醒时，便从他的胸前拔出长矛，伏在矛尖上自杀身死。

战斗还在激烈地进行着，最后拉庇泰人终于降伏了马人，后者中的幸存者趁着天黑逃跑了。他们在逃跑的时候互相践踏，又被追赶的人杀掉不少。直到这时，庇里托俄斯才稳稳地占有了他的新娘。第二天清晨，忒修斯跟他告别。由于这次共同的战斗，他们兄弟般的情谊更加牢不可破。

忒修斯与海伦

许多年以后，年老的忒修斯和年轻的庇里托俄斯结成了忘年之交。虽然他上了年纪，却又激发了大胆、深沉，甚至是鲁莽的冒险欲望。庇里托俄斯新婚不久就失去了妻子希波达弥亚，而这时忒修斯刚好是单身。那时有一位姑娘年轻美貌，她就是非常有名的海伦——宙斯和勒达所生的女儿，在她的继父斯巴达国王廷达瑞俄斯皇宫里长大。当时她已长成最美丽的姑娘，整个希腊人都在谈论她的婚嫁。忒修斯和庇里托俄斯远征斯巴达，路过阿耳忒弥斯神庙，看到她在跳舞，两个人都抵挡不住爱情，深深地爱上了她，便大胆地闯进神庙，把她抢走，带她来到了亚加狄亚的特格阿。他们决定抽签决定海伦归谁。结果忒修斯抽中了签，他把海伦带到阿堤喀地区的阿弗得纳，由母亲埃特拉照看，并派了一个朋友保护她的安全。接着他和朋友计划去进行一场伟大而惊人的冒险，就像赫拉克勒斯所做的一样。他们准备到地狱把地狱之王普路同的妻子珀耳塞福涅抢过来给庇里托俄斯，用以弥补他失去海伦的遗憾。

从赫拉克勒斯的故事我们已经知道，这一对忘年交的行动失败了。他们被普路同捉住并永远拘押在地狱。赫拉克勒斯想救出他们两个，结果只救出了忒修斯。当忒修斯遭遇不幸被关在地狱做囚徒时，海伦的两个哥哥，卡斯托耳和波吕丢刻斯来到了阿堤喀，起初，他们并没有采取什么武力行动，只是有礼貌地要求以和平的方式归还海伦。但雅典人说年轻的公主不在雅典，而且也不知道忒修斯把她藏在哪里。两兄弟发怒了，准备领着随从们用武力来解决这个问题。雅典人害怕了。其中有一个名叫阿卡特摩斯的人不知从哪儿知道了忒修斯的秘密，告诉这两兄弟，海伦被藏在阿弗得纳城。两兄弟立即围攻了那个城市，并很快赢得了战斗的胜利，攻陷了城池。

此时，雅典城发生了另外一件事情对忒修斯非常不利，厄瑞克透斯的大孙子，庇透斯的儿子梅纳斯透斯自称是人民的领袖，想篡夺王位，因此就煽动城里的贵族们起来造反，他说，国王把他们集中到城里来，实际上是为了奴役他们。他对大多数的民众说，他们为了一个空洞的自由之梦背井离乡，放弃了乡间的神庙和神灵，换来的却是一个专制的、残暴的、不可靠的外地人的统治，以此煽动民众对国王不满的情绪。这时，阿弗得纳被廷达瑞俄斯的族人攻占了，雅典城陷入一片慌乱之中。梅纳斯透斯趁着这个混乱的机会利用公民的不满情绪，劝说雅典人打开城市大门，欢迎卡斯托耳和波吕丢刻斯，并说他们只是来惩治忒修斯抢走他们的妹妹，纯粹是个人恩怨。事情证明梅纳斯透斯道出的确实是真相，尽管卡斯托耳和波吕丢刻斯进入了雅典城，占领了这个城市，但他们并没有伤害任何民众。他们甚至还像所有贵族出身的雅典人和赫拉克勒斯的亲戚们一样，遵从了当地的风俗习惯，最后赢得了雅典人的爱戴与尊敬。后来，在公民们的欢送下，他们带着海伦离开了雅典，回到故乡去了。

忒修斯的结局

忒修斯从哈得斯地狱被赫拉克勒斯解救出来，但是他已经不能像从前那样轻松地坐上王位了。他虽然重新执政，但国内一片混乱，大大小小反对他的叛乱接踵而至。梅纳斯透斯依靠背后贵族们的支持，成了这些叛乱者的首领。贵族们为了纪念被杀死的忒修斯的叔叔帕拉斯和他的儿子们，自称为帕拉斯派。那些原来仇恨忒修斯的人，现在更加变得肆无忌惮，普通民众受梅纳斯透斯蒙蔽和怂恿，拒绝执行忒修斯的命令和意愿。起初，忒修斯试图动用武力恢复秩序，但由于或暗或明的反对，公开的叛乱和有法不依使他的努力化为泡影。忒修斯不情愿地决定放弃这座无法控制的城市，事先他已经把儿子阿卡玛斯和德摩丰送到修俾阿国王埃勒弗诺阿那里。忒修斯在阿提喀的一个小镇伽尔盖托斯庄严宣布诅咒雅典人。很多年以后，人们还记得他诅咒人民的这个地方。他拍下身上的尘土，乘船前往斯库洛斯。那里有他父亲留给他的大笔遗产，他一直都把这座岛上的居民当作自己特殊的朋友。

当时，统治斯库洛斯的是吕科墨德斯国王，忒修斯要他归还他父亲的遗产，以便在这里安度晚年。然而，命运之神却把他引上了绝路。也许吕科墨德斯害怕忒修斯的声誉，也许他与梅纳斯透斯有秘密的约定，总之吕科墨德斯想尽一切办法准备把这个不速之客忒修斯杀掉。于是，他把忒修斯领到岛上的一座高峰的悬崖边，谎称让他好好看看他父亲在西罗斯为他留下的财产。忒修斯中了他的诡计，满怀高兴地俯视眼前那广阔肥沃的田野，阴险的国王趁他不备，猛地从背后一推，把他推下了悬崖，忒修斯就这样葬身于大海。

忘恩负义的雅典人在忒修斯死后不久就把他忘掉了。梅纳斯透斯就像合法地从先祖那里继承王位一样做了雅典的国王。忒修斯的儿子们成了普通的士兵，跟随勇士埃勒弗诺阿一起出征特洛伊，直到梅纳斯透斯死后，他们才回到雅典重新执掌王位。

几百年以后，雅典人重新又把忒修斯奉为英雄，其中的原因是这样的：当雅典人与波斯人在马拉松平原作战时，忒修斯这位大英雄的灵魂从坟墓里全副武装地跃出来，率领着他的后世子民击

绑架海伦

圭多·雷尼 巴黎卢浮宫

雷尼以优雅与细腻的风格呈现希腊神话中的经典故事，描绘了特洛伊王子帕里斯带走斯巴达王后海伦的场景。帕里斯握住了海伦的手腕，后方是一个抱着狗的侍女。狗在西方艺术传统中往往象征忠诚、陪伴和忠诚，同时也代表主人身份的高贵或生活的舒适。画家在画作中创作一只抱狗侍女，可能是为了展现出海伦在感情与忠诚之间的矛盾。

忒修斯率伙伴弃舟登

弗朗索瓦 瓶画
约公元前2世纪

忒修斯不像赫拉克勒斯，他有一定的心计和政治头脑。在埃及化的希腊美术作品中，我们更多注意的是英雄的美感。走在队伍最右边的是海伦，忒修斯紧跟着她，成了她的第一个情人。

败了入侵的波斯人，赢得了这场战争。特尔斐的神谕启示雅典人要找回忒修斯的遗骸，隆重地为他安葬。可是人们到哪里去寻找呢？而且即使在斯库洛斯岛上能找到那些尸骨，他们又怎么能从那些野蛮的敌人手中夺回来呢？这时候，雅典出了一个伟人——密尔策阿特斯的儿子西门，他在一次新的讨伐中带人征服了斯库洛斯岛。正当他急切地寻找那位民族英雄的坟墓时，发现一只苍鹰在一座小山坡的上空盘旋。他赶紧冲向那个地方，雄鹰突然像箭一般地直冲下来，用爪子刨开一座坟墓的泥土。西蒙认为这是上天的旨意，就派人顺着土堆往下深挖，在地底深处他们果然发现一副大棺，棺材旁陪葬着一把长矛和一把铜剑。西门和随从们毫不怀疑这就是忒修斯的遗骨所在，他们用一艘华丽的三橹战船把尸骨送回了雅典。雅典人庄重而高兴地列队迎接忒修斯的遗骸，就像忒修斯活着回到故乡似的，并向他敬献了祭品。就这样，几百年以后，他的子孙们才为这位给他们带来自由，并且创建了雅典宪法的英雄恢复了应有的荣誉，表示出无限的感谢和尊敬，偿还了无知的先辈们欠下的一笔宿债。

亚马孙之战（局部）

鲁本斯 油画 1617年

　　忒修斯的传奇中还包括他在亚马孙国的冒险。忒修斯与亚马孙女王相爱，引发战争。亚马孙妇女以善战闻名，但女王安提俄伯为了自己的爱人而倒戈，最后战死。鲁本斯描绘的就是那感人的一幕。忒修斯的形象是赫拉克勒斯的再现，他的传说启发了包括文学家薄伽丘和音乐家亨德尔在内的很多艺术家的创作灵感。

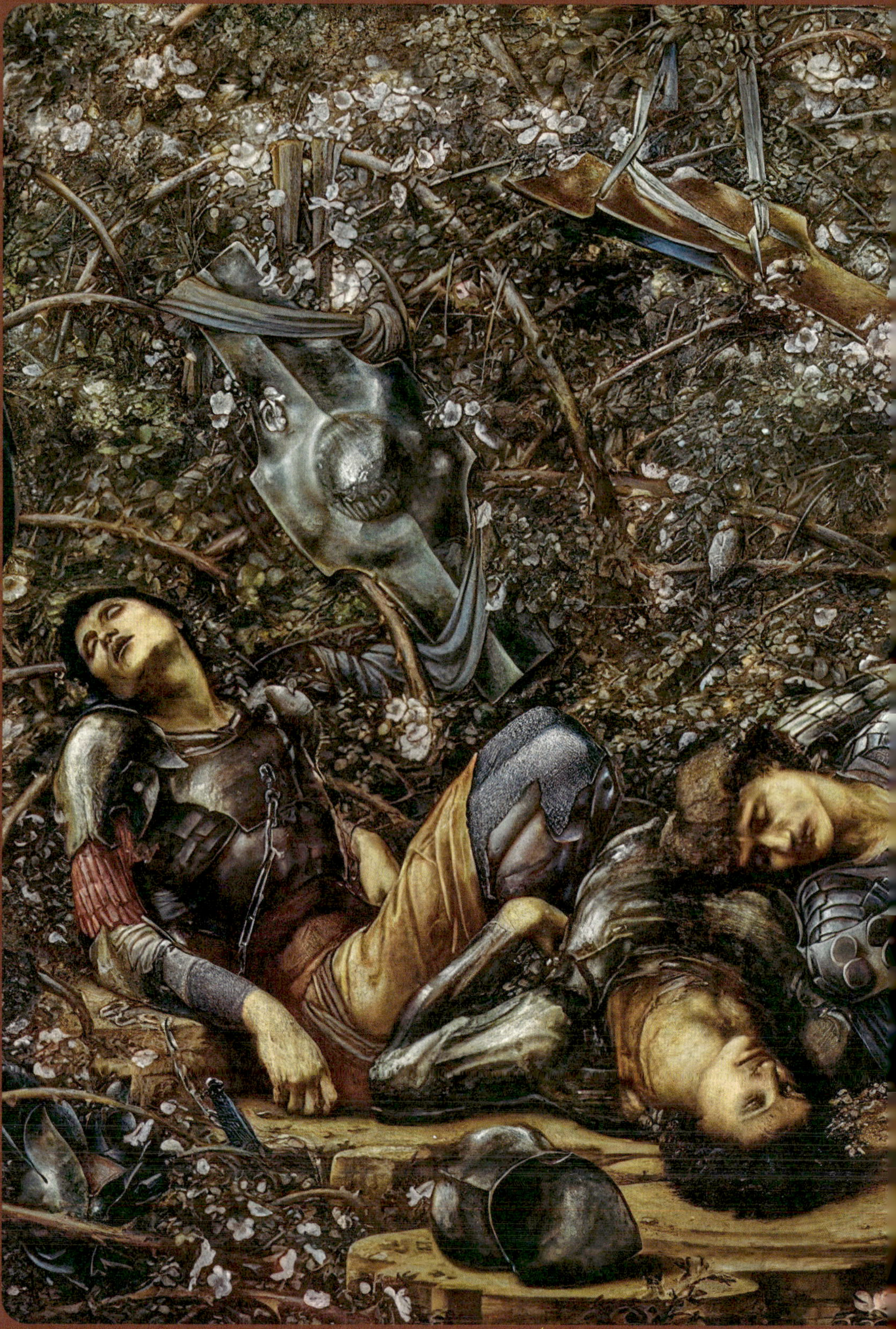

七勇士远征底比斯

Part 17

底比斯国王俄狄浦斯得知自己杀父娶母的真相后，刺瞎双眼自我放逐。他的两个儿子波吕尼刻斯和厄忒俄克勒斯约定轮流统治底比斯。但厄忒俄克勒斯在统治期满后，拒绝将王位让给波吕尼刻斯，波吕尼刻斯因此被逐出底比斯。在亚各斯，他召集了一支由七个英雄组成的军队来攻打底比斯。

阿德拉斯托斯的两个女婿

卡尔纳克神庙遗迹

摄影 现代

底比斯今称卢克索，位于开罗以南 671 千米的尼罗河岸边，是古埃及帝国中王朝和新王朝的都城，至今已有 4000 多年的历史。据说当时的底比斯人烟稠密、广厦万千，城门就有一百座，《荷马史诗》中把这里称为"百门之都"。历代法老都在这里兴建了无数的神庙、宫殿和陵墓。其中最为壮观的当属卡尔纳克神庙。因其浩大的规模而闻名世界，整个建筑群包括大小神殿 20 余座。卡尔纳克神庙的主体部分——阿蒙神庙，这里供奉的是底比斯主神——太阳神阿蒙。

亚各斯的国王阿德拉斯托斯是塔拉俄斯的儿子。他有五个孩子，其中两个是女儿，一个叫阿尔琪珂，一个叫得伊皮勒。关于她们的命运，有一则奇怪的神谕这样说：两个女儿一个会嫁给狮子，一个会嫁给野猪。国王想来想去，猜不懂这个神谕的意思，等女儿长大后，他只想尽快为她们找到丈夫，使这个可怕的预言无法实现。然而，神灵的预言是凡人无法改变的。

有一天，两个逃难的人从不同方向同时到达了亚各斯的城门前。一个是从底比斯来的波吕尼刻斯，他是被弟弟厄忒俄克勒斯赶出来的。另一个是从卡吕冬来的堤丢斯，他是俄纽斯和珀里波亚的儿子，因为在一次狩猎时不小心杀害了一个亲戚而不得不逃出来。两个人在亚各斯的宫门前相遇了。此时夜幕已经降临，黑暗中两个人分不清是敌是友，于是就厮打了起来。阿德拉斯托斯听到皇宫外的厮打声，便拿着火把跑出来把他们拉开了。等他看到这两位格斗的英雄分站在他的两边时，不禁吃了一惊，他好像看到了两只野兽。因为波吕尼刻斯的盾牌上画着狮子头，堤丢斯的盾牌上画着一只野猪。波吕尼刻斯选择狮子是为了纪念赫拉克勒斯；堤丢斯是为了纪念打死卡吕冬野猪的墨勒阿革洛斯。阿德拉斯托斯恍然大悟，终于明白了神谕的含意，于是，他把这两个流亡的英雄招为女婿，大女儿阿尔琪珂嫁给了波吕尼刻斯，小女儿得伊皮勒嫁给了堤丢斯。阿德拉斯托斯承诺帮助两位女婿完成复国大业。

远征讨伐的第一个目标选定为底比斯。阿德拉斯托斯召集四方英豪，

连他自己在内共有七位王子带着七支部队。除了他、波吕尼刻斯和堤丢斯之外，另外四位分别是：国王的妹夫安菲阿拉俄斯、侄子卡帕纽斯以及两个兄弟希波迈冬和帕耳忒诺派俄斯。而安菲阿拉俄斯很早以前曾是国王的仇敌，他是一个未卜先知的人。他预言这次远征必定以全军覆没而结束，他想尽一切办法反复劝说动摇国王和其他几位勇士远征的决心，放弃这场战争。可是他发现自己的努力纯属白费心机，没办法，他只得找了一个地方躲了起来，那个地方只有他的妻子厄里费勒，即国王阿德拉斯托斯的姐姐知道。他们到处找了很长时间，可是找不到他。因为国王阿德拉斯托斯一直把他看成是军队的眼睛，没有他的参与绝不能远征。波吕尼刻斯逃离底比斯的时候，随身带有一根项链和一块面纱，那是女神阿佛洛狄忒送给哈耳摩尼亚与底比斯的缔造者卡得摩斯的结婚礼物。但这两件东西很不吉利，戴上这两件东西的人都会招来灾祸。它们曾使前主人哈耳摩尼亚、酒神的妈妈塞墨勒以及伊俄卡斯特相继死于非命。现在波吕尼刻斯试图拿项链去贿赂厄里费勒，要她说出自己丈夫藏身的地方，厄里费勒早已垂涎那根精美的项链，当她看到这根镶嵌着熠熠发光的宝石的项链时，实在抵挡不住诱惑，就领着波吕尼刻斯来到安菲阿拉俄斯的藏身处。未卜先知的安菲阿拉俄斯实在不愿意和他们一起参与这次远征，但是他又不能不听妻子的话，因为在他娶阿德拉斯托斯的姐姐为妻时，他已经许诺在未来的日子里如遇国王和他有不同意见时一切由妻子做主。因此，安菲阿拉俄斯不得不佩上武器，披挂上阵，召集他的军队。但在出发前，他把儿子阿尔克迈翁叫到身边郑重地嘱咐说，如果听到父亲的死讯，一定要向出卖父亲的母亲复仇。

兵临城下

阿德拉斯托斯和其他勇士们带领部队日夜兼程，几天之后就来到了底比斯城下。

城里也在紧张地备战。厄忒俄克勒斯和他的舅父克瑞翁已经做好了长期防守的准备。他对众人说道："我的臣民们，你们应该牢记自己对国家和城市的责任。现在无论是青年还是壮年，都已经到了报答你们母亲的时候了！底比斯城养育了你们，把你们培养成坚强的战士。起来吧！保卫神圣的圣坛！保卫你们的父母、妻子、儿女和你们脚下这片自由的土地！请你们看看树林中惊飞出来的鸟儿，就知道敌军今天晚上会对我们发起进攻。因此，我号召大家冲上城门，冲上城楼，拿起武器坚守岗位，仔细检查每一个通道。不要害怕敌人众多，城外有我们的耳目，他们会随时送来敌人的确切消息，我会根据这些情报制定我们的作战计划。"

就在厄忒俄克勒斯鼓动他的臣民投入战斗时，安提戈涅和一个老人站在宫殿城墙的最高处，这位老人是她的外祖父拉伊俄斯的卫兵。父亲去世后，她和妹妹因强烈思念家乡，谢绝了雅典国王忒修斯的保护回到了家乡。她们希望能够帮到他的兄长波吕尼刻斯，虽然他对这个城市充满愤恨，但她们仍然愿意与生养她们的城市同患难共命运。克瑞翁和厄忒俄克勒斯张开双臂欢迎他们，他们把安提戈涅当作自投罗网的人质和一个受到欢迎的中间人。

安提戈涅爬上古老的王宫的阶梯，闻着远处飘来的树木清香，站在高台上聆听身边的老人对他讲述敌军的部署。沿着伊斯墨诺斯河畔，敌军驻扎在底比斯城外广阔的田野上。古泉狄尔刻周围到处是人群在晃动，他们分成许多小队，不断地移动，整个地区闪耀着金属盔甲和武器的光芒，就像阳光照耀下的大海。步兵和骑兵呐喊着涌上来，把城堡四周像铁桶一般团团围住。姑娘被眼前的景象吓坏了，老人安慰她说："我们的城墙既高大又坚固，用橡木做的城门佩有重重的铁门闩，整个城市非常安全，有勇敢的士兵把守，根本用不着害怕。"然后，他又根据她的疑问，指着城外的各路英雄给她一一做了介绍："那个戴着闪闪发亮头盔的人是希波迈冬，他的盾牌也闪闪发亮，住在勒那泽河畔的迈肯尼。你看，他高高大大，就像从地里长出来的巨人一样。再往右看，看见了吗？那个从水里跑出来跳上马，一身外地人打扮，看上去像一个野蛮人似的，他就是堤丢斯，他是俄纽斯的儿子，你哥哥的连襟，他举着一个大盾牌，善于使枪，从前我曾到军营给他送过信。"

"那个年轻的英雄是谁？"姑娘问，"就是长着胡子的那一位，他正路过一个坟堆，后面跟着一群士兵。"

"那是帕耳忒诺派俄斯，他是阿塔兰忒的儿子。"老人告诉他，"阿塔兰忒是月亮女神阿耳忒弥斯的好朋友。看到那两位了吗？站在尼俄柏女儿坟堆上的那两个，那个年纪大的是阿德拉斯托斯，他是整个军队的统帅。那个年轻的你不觉得眼熟吗？"

"我只能看见他的肩膀和他模糊的身体轮廓。"安提戈涅痛苦地说，"噢，我认出来了，他是我哥哥波吕尼刻斯。呵，要是我能变成一朵白云飘到他身边，抱住他的脖子该多好！你看，他多像早晨初升的太阳！那个驾驶一辆白色马车看起来从容镇定的人是谁？"

"那是预言家安菲阿拉俄斯。"

"那个人绕墙走动，似乎在丈量什么东西，或者在寻找最佳的攻击地点？他是谁呀？"

"那是骄横自大的卡帕纽斯。他嘲笑我们的城市，并威胁说要把你们姐妹俩带到勒那泽的迈锡尼做奴隶。"

听了这话,安提戈涅吓得脸色苍白,她转过身子,不敢往下看了。老人抓住她的手扶着她一步一步地走下楼梯,回到了房间。

血战底比斯

不久,勇士们开始攻城了。顿时,双方喊声震天,鼓角齐鸣。底比斯人和敌军开始了一场激烈的战斗。

女猎手阿塔兰忒的儿子帕耳忒诺派俄斯冲在最前面,率领他的部队,用盾牌作掩护攻向第一座城门。他的盾牌上雕刻着他母亲用快箭射死埃托利亚野猪的图像。未卜先知的预言家安菲阿拉俄斯冲向第二个城门,他的战车上满载祭献神灵的供品,盾牌上没有装饰,他的武器上也未加任何装饰。希波麦冬攻打第三座城门,他盾牌上的标志是百眼巨人阿尔戈斯看守着被赫拉变成母牛的伊俄的形象。堤丢斯带领部队攻打第四座城门,一个毛茸茸的狮子头刻在他的盾牌上,他右手挥舞着一支火把,狂怒地挥来挥去。波吕尼刻斯攻打第五座城门,他的盾牌上画着一群愤怒的骏马。第六个城门是卡帕纽斯的进攻目标,他甚至扬言自己的战斗本领能和战神阿瑞斯平起平坐,他的盾牌上刻着一个举起城池、将它扛在肩上的巨人。第七座城门,也是最后一座城门,由亚各斯的国王阿德拉斯托斯亲自攻打,他高举着的盾牌上画着一百条巨龙——这些巨龙正在吞食底比斯的儿童。

七路人马攻到城门口,他们开始用梭镖、长矛和弓箭进攻,但遭到了底比斯人的顽强反击。亚各斯军队被迫撤退,堤丢斯和波吕尼刻斯急得高声呼叫:"战士们,不要给他们喘息的机会?坚持呀!快猛攻吧!骑兵,步兵,战车,一齐往前冲呀!"这些话如同火焰一样点燃了整个部队。亚各斯军队重新振作起来,集中火力又向底比斯发起了新一轮攻击。但是这次的效果并不比第一次进攻好多少。战士们的头颅一个个落在了城墙下,城墙边尸体堆积如山,血流成河。亚加狄亚人帕尔特诺派尤斯像旋风般飞奔到城门前,大声呼喊着命令士兵用火和斧头砍开或烧毁城门。底比斯勇士珀里刻律迈诺斯把守着城门,就在城门快要被攻开的时候,珀里刻律迈诺斯命令把铁制的防护墙拉开,正好容得下一辆战车进出,他从城墙上放下一块

沉睡中的勇士

《欧石楠——王子进入欧石楠丛》（*The Briar Rose-The Prince Enters to Briar Wood*）伯恩·琼斯 1870—1890年油彩画

号角声、厮杀声渐渐消失，疲惫的勇士在花丛中沉沉睡去。

大石头，正把帕耳忒诺派俄斯的脑袋砸得粉碎。厄忒俄克勒斯从这个城门跑到那个城门，不断探查情况，在第四个城门上，他看到了像一条被激怒的龙一样的堤丢斯。堤丢斯头上戴着饰以羽毛的闪闪发光的金盔，手里举着的盾牌镶有一圈叮当作响的金属片，他向着高高的城墙上投掷标枪，他周围用盾牌挡住的士兵们也把雨点般的标枪掷向城去。底比斯人不得不从城墙边后退。

就在危急时刻，厄忒俄克勒斯出现了。他集合了一些被吓坏了的士兵，带领他们返回到城墙上，然后又逐个巡视城门。他看见气急败坏的卡帕纽斯扛来一架云梯，狂妄地吹嘘着说宙斯神也不能阻止他把这个城市夷为平地，一边说一边把云梯靠在城墙上，用盾牌作掩护，冒着城上飞来的石块，顺着梯子往上攀登。这时宙斯神亲自来惩罚这个狂妄之徒，他在一旁等着这个狂徒跳到城头时，用雷电击在他的身上，雷声震得大地动摇，卡帕纽斯立即从云梯上摔下去，他的四肢被击得飞散，头发也烧着了，鲜血四处飞溅。他的手和脚在空中乱飞，眼见得再也活不了了。

国王阿德拉斯托斯认为这是宙斯神反对他的入侵行为的征兆，于是就命令士兵离开战壕，全线撤退。底比斯人感谢宙斯降下的福祉，立即乘着战车或步行从城里冲出城外，与亚各斯军队混战在一起。底比斯人大获全胜，侵略者的人马都被辗进了泥土。他们乘胜追击，一直把敌人追赶到很远的地方，方才鸣金收兵。

兄弟之间的较量

　　七勇士对底比斯的第一次进攻以失败而告终。当克瑞翁和厄忒俄克勒斯率领队伍退回城内后，被打散了的亚各斯军队又迅速集结起来，准备发起第二轮进攻。面对强大的敌人，底比斯人非常害怕，不愿再战。因为打退第一次的进攻已经大大消耗了他们的体力。国王厄忒俄克勒斯想到了一个解决问题的办法。他派出一名使者，前往屯兵在城外的亚各斯军队，请求罢兵停战。厄忒俄克勒斯让大家保持安静，然后站在最高的城头上，对着城内城外的士兵喊话："远道而来的亚各斯人还有底比斯人，你们听着，你们双方犯不着为我和波吕尼刻斯牺牲这么多无辜的生命！让我自己来经受战斗的考验，与我的哥哥波吕丢刻斯单打独斗。如果我杀了他，那么我就继续统治底比斯；如果我败在他的手下，那么国王的权杖就归他所有。你们这些亚各斯人仍然可以平安回到自己的国土上，不再做无谓地流血牺牲了！"

　　波吕尼刻斯立即从亚各斯队伍中站了出来，朝着城头高声宣布愿意接受弟弟的挑战。双方士兵对这场只能给个别人带来好处的战争早已厌烦了，因而，敌我双方都赞成厄忒俄克勒斯的建议。双方签订了停战协议，两个首领立下了誓言遵守协议。兄弟两个儿子开始武装自己。底比斯的贵族们也为他们的国王武装了全身，很多亚各斯人因同情波吕尼刻斯，也帮助他做好迎战准备。两兄弟都穿着铜制的盔甲，互相用坚定的目光盯着对方。波吕尼刻斯的朋友们鼓励他道："切记，切记，宙斯等着你为他在亚各斯立一块纪念碑，他会把胜利赐给你的。"底比斯人也鼓励他们的国王说："记住你是在为你的城市而战！为你的王座而战！带着这双重荣誉去赢得胜利吧！"

　　决战之前，双方的占卜者们都聚集到一块儿祭祀神灵，想从祭祀的火焰中看出战斗的结局。但是他们得到的预兆都很模糊，让人捉摸不透，双方似乎都是胜利者，又都是失败者。仪式结束，兄弟俩已准备就绪。波吕尼刻斯转过头来，看看远方的亚各斯国土，举起双手开始祷告神灵："伟大的赫拉女神呀！亚各斯的保护神呀！我在你的国土上娶妻生子，在你的国土上生活，请保佑我！让你的臣民胜利吧！让敌人的鲜血染红我的右手吧！"

　　厄忒俄克勒斯也朝底比斯城内的雅典娜女神神庙乞求道："啊！伟大的宙斯的女儿呀！保佑我的长矛刺中目标吧！保佑我取得最后的胜利！"最后一句话刚刚说完，战斗的号角吹响了，决斗就这样开始了。两兄弟向前冲出，扭打在一起，就像两头龇牙咧嘴的野猪，两支长矛在空中飞舞，向对方猛刺，却交叉在空中被各自的盾牌挡住，他们又把长矛刺向对方的眼睛，但都被盾牌挡了回去，一旁观看的士兵们看到如此激烈的搏斗场面也紧张得浑身冒汗。而这时，厄忒俄克勒斯控制不住自己了，用右脚去踢一块挡路的石头，不料却让左脚暴露在盾牌之外，波吕尼刻斯立即冲上前去用长矛刺穿了他的左腿。亚各斯的士兵们都欢呼起来，以为这一下就可以决定胜负。但受伤的厄忒俄克勒斯忍住疼痛，用敏锐的眼光发现对方暴露出来的肩膀，就把长矛掷了过去，刚好击中目标，但刺得不深。底比斯人也发出了一阵欢呼。厄忒俄克勒斯顺手捡起一块石头用力掷过去，把他哥哥波吕尼刻斯的长矛砸断。这时，战局不分胜负，两个人都失去了一件武器，于是他们都迅速抽出宝剑，展开面对面的厮杀。盾牌与盾牌、剑与剑相击，叮当作响。这时，厄忒俄克勒斯忽然想起他在帖撒利学到的一种进攻招式，于是他突然改变姿势，后退一步，用左脚支撑身子，小心防着身体的下半部，然后迈起右脚猛地跳上前去，一下子刺中了他哥哥的腹部。波吕尼刻斯遭到这突如其来的一剑，受了重伤，倒在地上，鲜血流了一地。厄忒俄克勒斯以为取得了胜利，就把宝剑抛在一边，弯下腰去想从垂死的哥哥手中夺下武器。但是他错了，波吕尼刻斯虽然倒下了，但手却仍然紧握剑柄，他见厄忒俄克勒斯弯下腰来，用尽力气刺向弯下腰的厄忒俄克勒斯的肝部，厄忒俄克勒斯就这样倒在垂死的哥哥身边。

　　这时，底比斯的七座城门忽然统统打开，女人和仆人们都大哭着冲了出来，围着他们死去的国王放声大哭。安提戈涅扑倒在深爱的哥哥波吕尼刻斯身上，想听他说最后一句话。厄忒俄克勒斯很快就死去了，他长长地叹了一口气，就再也发不出一丝声音了。但波吕尼刻斯尚存一丝呼吸，他努力睁开渐渐模糊的眼睛，看着妹妹说道："我该如何悲叹你的命运？还有我那死去的弟弟？亲爱的妹妹，昔日的兄弟如今成了仇敌，直到快死的时候，我才知道自己是多么的爱他！我请求你把我埋在家乡的土地上，请求愤怒的家乡人原谅我，用你的手把我的眼睛合上吧！死神已冷酷地站在我的身边。"

　　说完话，他就死在了妹妹的怀抱里。这时，人群中突然传出大声争吵声，原来底比斯人认为胜利应该属于他们的主人厄忒俄克勒斯，而亚各斯人却持相反意见。双方争论激烈，意见相左，眼看就要动武，有人说道："波吕尼刻斯先刺中了对方。"但另有人说："但是他首先倒下去。"激烈的争吵终于发展成战斗。比较幸运的是底比斯人，他们在兄弟俩决斗时仍全副武装。而亚各斯人却早把武器放在了一边，他们对自己的胜利太自信了。底比斯人突然朝他们的敌人冲了过来。亚各斯人还来不及拿起武器，就被冲得四散而逃。成百上千手无寸铁的士兵还未来得及逃走便死在了底比斯人的长矛下。

混战期间，出了一件怪事。底比斯英雄珀里刻律迈诺斯把未卜先知的预言家安菲阿拉俄斯追到伊斯墨诺斯河畔，此时，安菲阿拉俄斯正乘着一辆马车逃跑，河水高涨，马在河边止步不前，而底比斯人已经追来，安菲阿拉俄斯毫无选择，只得狠命抽打马儿，冒险渡河。然而还没等到马下水，敌人已经追到岸边，长矛几乎刺向了他的脖子。宙斯神把这一切都看在眼里，他不愿让他的信使这样毫无光彩地死去，于是降下一道雷电把大地劈开，裂开一道阴森森的口子，把安菲阿拉俄斯和他的战车都吞了进去。

不久，散布在底比斯四周乡村的敌人也被消灭了。勇敢的英雄希波迈冬和强大的堤丢斯都已阵亡。底比斯人清扫完战场，带着敌人的盾牌、长矛和其他战利品凯旋回城。

底比斯英雄的葬礼

经过底比斯的惨烈战役，王室家族只剩下死去的两兄弟的两个儿子和安提戈涅的妹妹伊斯墨涅还活着。据说，伊斯墨涅终身未婚，死时没有孩子。她死后，这个不幸家庭的悲惨故事也就结束了。在攻打底比斯的七位勇士中，只有阿德拉斯托斯幸免于难，他骑着一匹生有双翼的神马，逃离了底比斯人的追击。这匹神马叫阿里翁，是海神波塞冬与农业女神得墨忒尔所生的孩子。神马托着他安全到达雅典，到第一个神庙里企求避难。他拿了一支橄榄枝请求雅典人帮他厚葬那些在底比斯城下丧身的英雄和士兵。雅典人答应了他的请求，忒修斯亲自率兵和他一起回到了底比斯。底比斯人畏惧忒修斯的威名，只得同意安葬这些阵亡英雄们的尸体。阿德拉斯托斯架起了六个柴堆，并在伊斯墨诺斯河畔举行了献祭阿波罗的赛会。当点燃卡帕纽斯的柴堆的时候，他的妻子奥宇阿特纳突然纵身跳入火中，自焚而死。被大地吞没的安菲阿拉俄斯的尸体一直没有找到，这使国王非常悲痛，他为没能安葬自己的朋友而伤心，他说道："我失去了我军队的眼睛，也失去了一个最伟大的先知和一个战场上最勇敢的斗士。"

葬礼结束后，阿德拉斯托斯在底比斯城墙外给报应女神涅墨西斯建造了一个精美的神庙，之后带着雅典同盟军一起离开了那里。

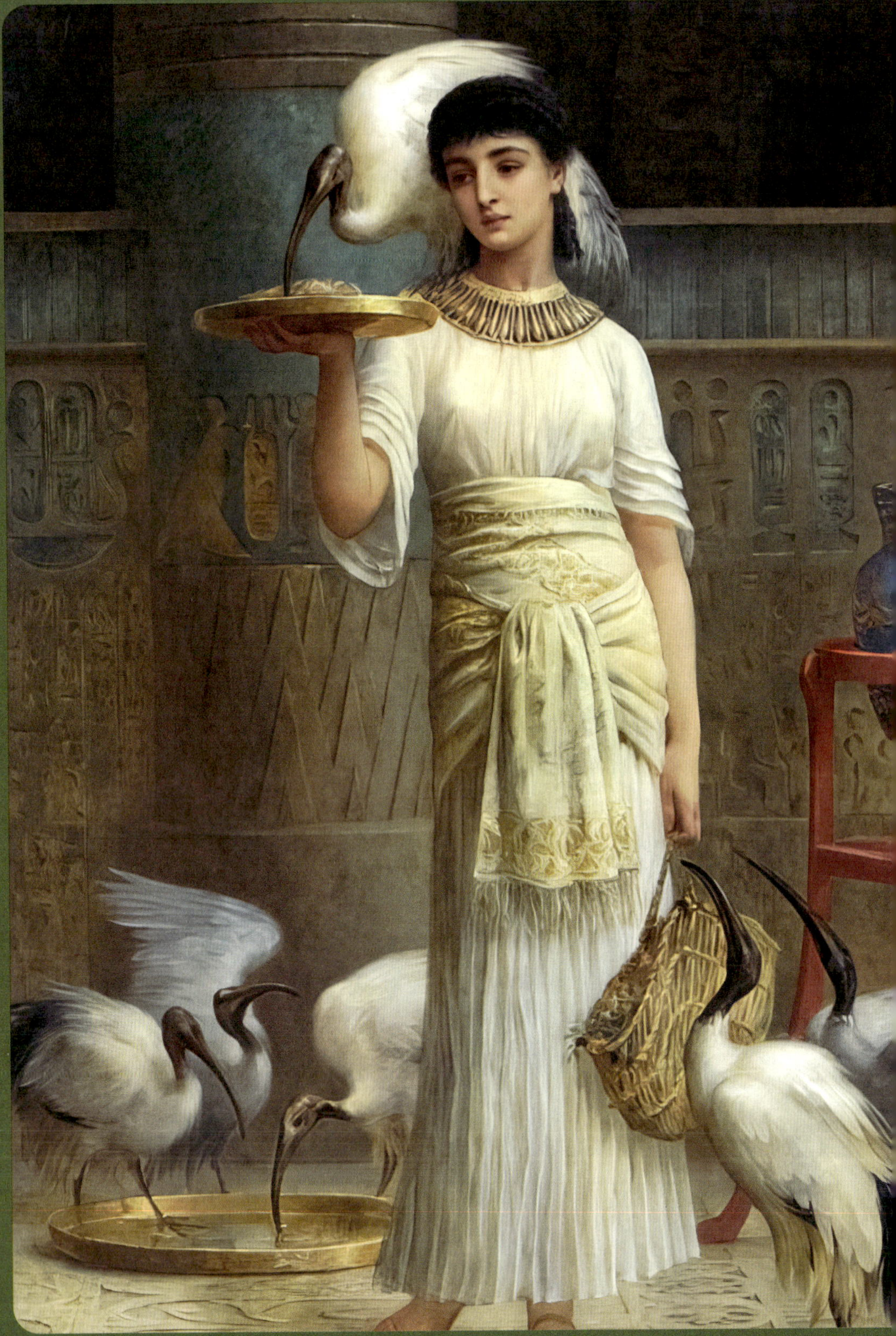

后世的英雄们

七勇士远征底比斯之后的几年,波吕尼刻斯和其他英雄的儿子们长大成人了。后代们决定为他们的父亲报仇,这些年轻的英雄们组成了新的联盟,再次向底比斯进军。这一次,他们成功地攻陷了底比斯,并为他们的父亲报了仇。

Part

18

为了复仇再次远征底比斯

十年过去了，远征底比斯阵亡的英雄的儿子们决定再一次远征，为他们死去的父亲们报仇雪恨。他们共有八个人，统称为厄庇戈诺伊，意即后世英雄。其中有：安菲阿拉俄斯的儿子阿尔克迈翁和安菲罗科斯；阿德拉斯托斯的儿子埃癸阿勒俄斯；堤丢斯的儿子狄俄墨得斯；帕耳忒诺派俄斯的儿子普罗玛科斯；卡帕纽斯的儿子斯忒涅罗斯；波吕尼刻斯的儿子忒耳珊特罗斯；墨喀斯透斯的儿子欧律阿罗斯。墨喀斯透斯本不是七位英雄中的一个，他是国王阿德拉斯托斯的兄弟。国王阿德拉斯托斯是第一次远征底比斯的七勇士中唯一的幸存者和统帅，但如今他年事已高，此次只参加远征，却不担任统帅。如此重要的职务需要一个年轻力壮、精力充沛的人担任。于是八个勇士就在阿波罗神庙祈求神谕，想求神帮助他们选出一个新的统帅。神谕告诉他们，此重任必须由安菲阿拉俄斯的儿子阿尔克迈翁来承担。但是当他们遵照神的旨意推举阿尔克迈翁作远征军统帅时，他却很迟疑。他不知道在为父亲复仇之前是否应该接受这个职务，于是他也去问神灵该怎么办，神回答说，两件事可以同时兼做。

在这之前，阿尔克迈翁的母亲厄里费勒不仅占有了那个能给佩戴者带来噩运的项链，还想办法搞到了阿佛洛狄忒女神的第二件倒霉的礼物——面纱。那块面纱本属于波吕尼刻斯的儿子忒耳珊特罗斯从母亲那儿继承下来的遗产。现在就像当年他父亲一样，他用面纱贿赂厄里费勒说服她的儿子阿尔克迈翁参加底比斯的远征。为服从神谕，阿尔克迈翁出任远征军的统帅，并把给父亲复仇的计划推迟到凯旋之后。他在亚各斯建立了一个强大的军队，不仅有亚各斯人，邻近城市里一些急于寻找机会显示胆量的斗士也参加了进来。因而毫不夸张地说，这次进军底比斯的是一支浩浩荡荡、藏龙卧虎的军队。像十年前的父辈们一样，他们把底比斯城围得如铁桶一般，展开激烈的战斗。新一代的勇士们远比他们的父辈幸运，阿尔克迈翁不久就统率远征军取得了一次决定性的胜利。八个人中只有国王阿德拉斯

英雄

弗雷德里克·雷顿爵士 油画

希腊神话以英雄的冒险和战斗为核心，描绘了很多人类追求荣耀、超越命运的故事。其中，英雄们通常身怀绝技，既要面对自然的挑战，又要与神祇、命运甚至自己内心的矛盾作斗争。可以说英雄主义贯穿了整个希腊神话，是其核心主题。

神庙中的女祭司（下页图）

曼托继承了父亲神奇的预言本领，成了太阳神的女祭司，她智慧超群，如同贝努鸟一般，给人间带来了无数美妙、甜蜜、光荣的诗歌。贝努是一只巨大的鹭，在开天之初，就是这只贝努鸟的叫声打破永恒的沉寂，让黎明的光线冲破了黑暗，为世界带来知识。在埃及的神庙中，祭司每天会放飞一只鸭子，让它游过圣湖的湖水，以此来模仿贝努鸟。

托斯的儿子埃癸阿勒俄斯战死沙场，他死在底比斯人拉俄达马斯手下。拉俄达马斯是厄忒俄克勒斯的儿子，而拉俄达马斯后来又死于厄庇戈诺伊的阿尔克迈翁之手。底比斯人失去了领袖和很多人马，就放弃阵地，退守城内闭门不出。

盲人预言家

他们在城内找到了盲人预言家提瑞西阿斯，此时他仍然活着，但已一百来岁了。提瑞西阿斯给底比斯人想出了唯一的出路：派使者向亚各斯人求和，同时弃城而逃，底比斯人采纳了他的建议，派了一个使者到敌营去议和，他们乘谈判之机，带着妻儿老小乘着大车逃离了底比斯。茫茫黑夜中，他们到了俾俄喜阿的一座城市泰尔夫西亚姆。双目失明的提瑞西阿斯跟大家一块逃了出来，却在城外因喝冷水得了风寒，不幸去世。这个聪明的预言家到了地府也受到尊重，因为他保留了灵敏的直觉和占卜的本领。他的女儿曼托没跟他一块逃走，而是留在了底比斯，最终沦入占领者之手。后世英雄们在进入底比斯城前，决定要向阿波罗敬献城内所能发现的最好最高贵的东西，现在他们一致认为曼托从父亲那儿学会了神奇的预言本领，神肯定喜欢她，于是就带着曼托来到特尔斐神庙，让她在那儿做了太阳神的女祭司。后来，她预测事物的能力越来越精确，智慧更超群，成为那个时代最著名的女预言家。人们经常看见一位老人在她在的神庙里进进出出，她把许多充满智慧、甜蜜和光荣的诗歌教给了那个老人。这些诗歌不久就传遍了整个希腊。这个老人就是迈俄尼亚的歌唱家、著名的诗人荷马。

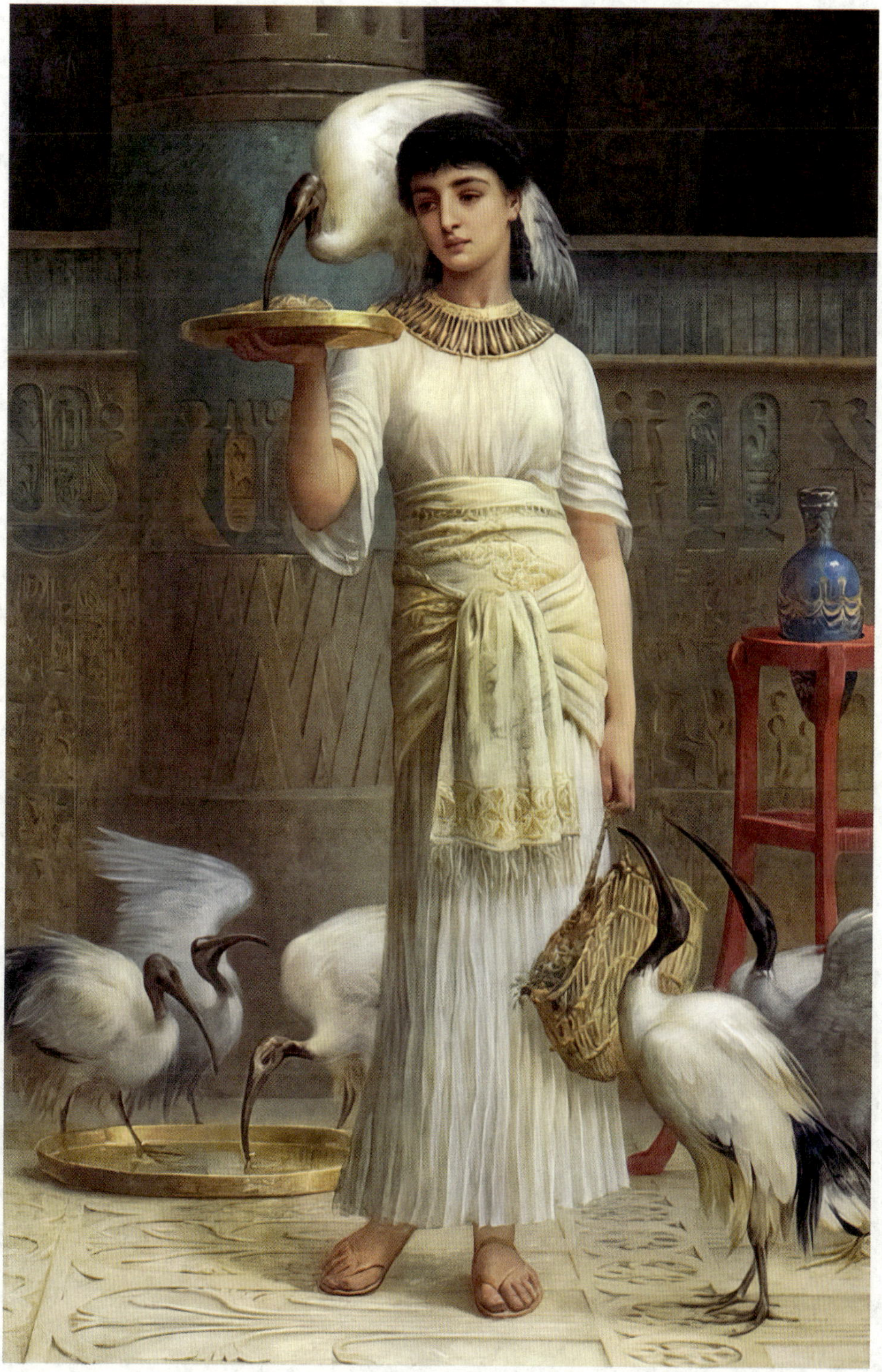

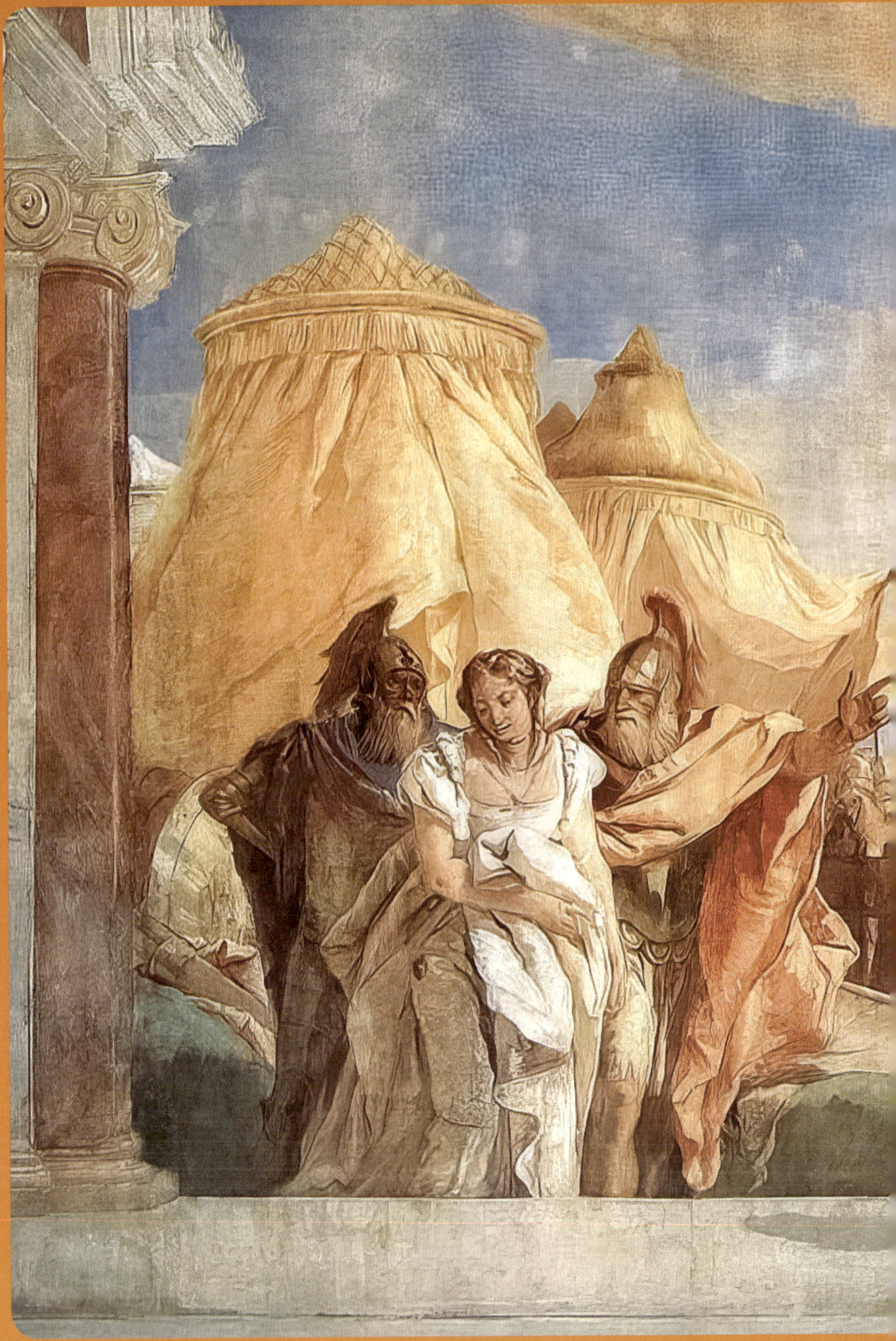

特洛伊的故事

Part

19

特洛伊之战这场世界上最著名的战争，发生在公元前12世纪左右，持续了大约十年的时间。而战争的最初根源颇为荒唐，不过是三个女神之间的美貌比拼。而特洛伊战争的结局却极为惨烈——特洛伊城彻底毁灭；希腊联军虽然取得了胜利，但也付出了巨大的代价，许多英雄和士兵在战争中丧生。

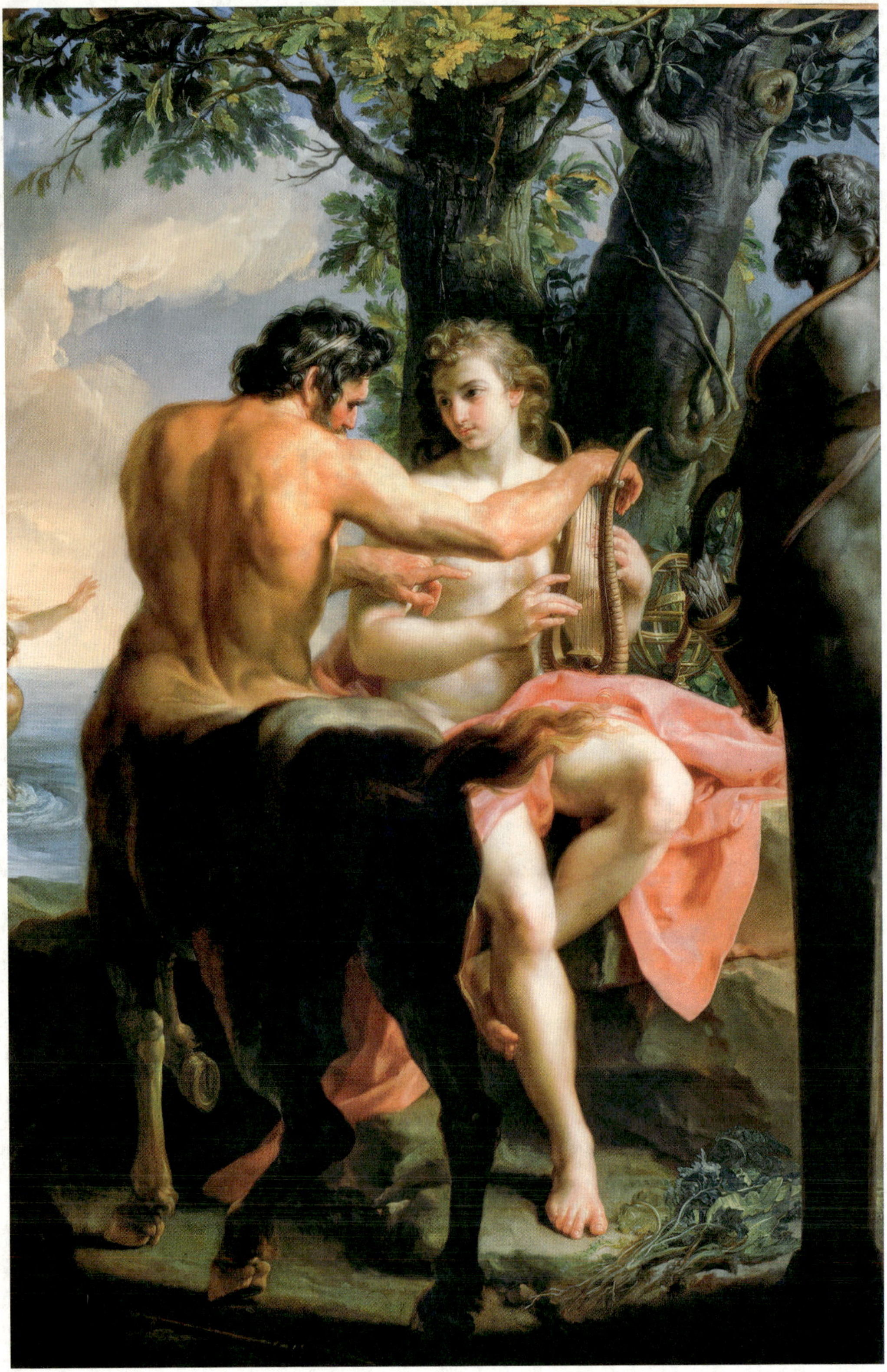

特洛伊城的建立

很久很久以前，有兄弟两人伊阿西翁和达耳达诺斯统治着爱琴海的撒摩特剌岛，他们是宙斯与海洋女神普勒阿得斯的儿子。伊阿西翁自恃是神的儿子，竟敢窥视奥林匹斯圣山上的仙女，并狂热地追求女神得墨忒耳。为了惩罚他的胆大妄为，宙斯用雷电劈死了他。达耳达诺斯对兄弟的死感到十分悲伤，于是离开了家乡，前往亚细亚大陆，来到了密西埃海湾。

这是西莫伊斯河和斯康曼特尔河入海的汇合处，高峻的爱达山脉渐远渐小，一直消失在大平原上。这个地区的国王名叫透克洛斯，这个地区的人民也随之被称为透克里亚人。国王热情地接待了达耳达诺斯，赏赐给他了一块土地，并把公主许配给他。这块土地因而也就被命名为达耳达尼亚，居住在这个地区的透克里亚人从此也被改称为达耳达尼亚人。他的儿子厄里克托尼俄斯继承了王位，后来厄里克托尼俄斯的儿子特洛斯又继承了王位。特洛斯所统治的地区亦因为他的名字而被称为特罗阿斯，首都为特洛伊。今天，透克里亚人和达而达尼亚人都被认为是特洛伊人。特洛斯死后，长子伊罗斯继承了王位。

有一次，在伊罗斯访问邻国夫利基阿时，该国国王邀请他参加那里刚兴起的角力竞赛。伊罗斯获得了胜利，奖品是50名男孩，50名女孩，以及一头花斑母牛。国王告诉他，在母牛躺下休息的地方，他必须建立一座城堡。伊罗斯一直随着母牛走，因为母牛躺下休息的地方离他父亲特洛斯时期建的首都特洛伊不远。于是他就在那里的山上建立了一座坚固的城堡，起名叫伊利阿姆，又称伊利阿斯，或柏加马斯。后来，整个地区都被称为特洛伊，或伊利阿姆、柏加马斯。在建城前，伊罗斯向神圣的先祖宙斯祈祷，想看宙斯对他的计划是否满意。第二天，伊罗斯

阿喀琉斯与喀戎（上页图）

巴脱里 油画 1746年

喀戎向阿喀琉斯传授琴艺。作为特洛伊战争中最伟大的英雄，后者似乎很少有机会表现自己善感的文艺天赋。喀戎是一位善良而多才的马人，是希腊神话中许多英雄的老师。有意思的是，画家在背景中加入了一个正在抢劫妇女的马人，老好人喀戎的同类们确实有好色的恶名。

荷马

阿尔玛·苔德玛爵士 油画 19世纪

  最早系统地记录特洛伊战争的人是伟大的荷马。虽然人们至今仍不清楚创作古希腊两大史诗《伊利亚特》和《奥德赛》的是一个还是几个诗人，但许多人宁愿相信它们都出自传说中一位双目失明的吟游诗人荷马。记录特洛伊战争的《伊利亚特》和记录奥德修斯返乡经历的《奥德赛》是整个古典时期希腊教育和文化的基础，到罗马帝国和基督教传播时期，它们又成为仁爱教育的支柱。荷马的伟大影响可见一斑。在苔德玛爵士的绘画中，荷马所到之处，每个人都会为他动人的故事所沉醉—直到现在也是如此。

雅典娜的盔甲

青铜雕塑 古希腊时期

披戴盔甲的智慧女神雅典娜常常被塑造成"一个以聆听战争、厮杀和杀戮声音为乐的女霸王",这个以灰色眼睛著称的美人正凝视着特洛伊战争的到来。

在自己的房前发现了一尊雅典娜女神的神像,它被称为帕拉斯神像。神像有6尺高,双足并拢,右手拿着长矛,左手拿着纺线杆和纺锤。神像的起源是这样的:据说,女神雅典娜出生后是由海神特里同抚养大的,特里同有一个女儿,名叫帕拉斯,与雅典娜同龄。她们两小无猜,关系密切。有一天,她们举行一场比赛,想比较一下看看谁更强大。正当帕拉斯准备将长矛投向雅典娜时,宙斯担心女儿受伤,就降下了一块山羊皮做的神盾在她的面前,神盾牢不可破。帕拉斯被这一奇观吓住了,情急之下,被雅典娜击倒,一命呜呼。对于她的死,雅典娜深感悲痛。为了纪念帕拉斯,雅典娜建造了一尊神像,并把山羊皮做的胸甲围在神像上。雅典娜把帕拉斯像放在宙斯的神像前，以示敬意，从此以后，她便自称为帕拉斯·雅典娜。经女儿同意，宙斯把帕拉斯神像从天空降落至伊利阿姆，预示伊利阿姆城置于他以及自己女儿的保护之下。

国王伊罗斯的儿子拉俄墨冬，是个独断专行、凶残无比的人，他不仅欺骗臣民，也欺骗神灵。他看到特洛伊城的城防不像个城堡，于是就想在周围建造一道围墙，使它成为一个真正的城堡。当时，阿波罗和波塞冬因反对众神之父宙斯而被逐出天国，他们不得不在人间流离失所。于是宙斯想让他们帮助国王拉俄墨冬建造城墙，使这个自己及女儿都珍视的城堡免遭侵害。于是命运女神便在开始建造工程时把他们送到了特洛伊城区。他们向国王表示愿意出力效劳，报酬要求不高。波塞冬帮助建造城墙。在他的指导下，城墙建造得雄伟美观，使得特洛伊城固若金汤。与此同时，阿波罗则在爱达山的山谷及河岸间为国王放牧。原先他们表示只干一年，所以一年后，当城墙已经建好的时候，背信弃义的国王拉俄墨冬赖账拒绝给他们报酬，为此，他们和国王争吵起来。能言善辩的阿波罗不住地谴责国王的赖账，国王下令把他们驱出特洛伊地区，并扬言要把阿波罗的手足捆住，并把他们俩的耳朵都割掉。他们指天发誓，与国王及特洛伊人不共戴天。雅典娜再也不愿意保护这个城市，在宙斯的默许下，这座由坚固城墙保护的城堡，包括国王及其臣民，将听任诸神去毁灭，赫拉就是毁灭特洛伊城的诸神之一。

帕里斯和金苹果

国王拉俄墨冬及其女儿赫西俄涅的命运已经在赫拉克勒斯的故事中有所叙述。后来，他的王位由其儿子普里阿摩斯继承。普里阿摩斯娶的后妻是夫利基阿国王迪马斯的女儿赫卡柏。他们生了一个儿子赫克托耳。她生第二个孩子时，做了一个噩梦，她梦见自己生下了一个火把，这个火把点燃了特洛伊城，特洛伊城很快随之化为灰烬。在极度的恐惧中，她把噩梦告诉了丈夫。普里阿摩斯即刻招来前妻之子埃萨库斯，他是个预言家，他从外祖父迈罗波斯那儿学会了解梦。他听了父亲的叙述后，认为他的继母将会生下一子，他长大后会给特洛伊城带来灾难。于是他建议父亲把新生儿扔掉。果然不出所料，王后生下了一个儿子。她对国家之爱超过了母子之情，因此，她劝丈夫把婴儿交给仆人，扔到爱达山上。这个仆人名叫阿革拉俄斯，他照盼咐把婴儿扔到了山上。但婴儿被一只母熊所哺育。五天后，阿革拉俄斯回到山上，见到婴儿安然躺在原地，于是他把婴儿抱回去，把他当作自己的儿子来抚养，并给他取名帕里斯。

在仆人的精心照料下，帕里斯渐渐长大成人，他身体健壮，相貌出众。当时爱达山上强盗横行，他勇于保护牧民们，成了他们的保护神。

一天，帕里斯在爱达山谷里放牧，在高大的松树以及橡树底下，他背靠大树，抱着双臂，远眺特洛伊的宫殿以及前方的大海。突然，他听到了神灵的脚步声，一回头，他看到了神的使者赫耳墨斯，他身后还跟着三位女神，她们步态轻盈地越过草地。帕里斯极度恐惧，但是赫耳墨斯对他说："别害怕，三位女神来

雅典娜神像

雅典 19 世纪

　　希腊在 19 世纪修复了菲迪亚斯的杰作——雅典娜嵌金象牙雕像。

海伦像

安东尼奥·卡诺娃 雕像
1807年

这尊制作于1807年的海伦胸像，显然带有波拿巴帝国鼎盛时期的审美倾向：浓密的鬈发、简约的头饰。据说当时拿破仑的皇后约瑟芬喜以海伦自居（她游弋不定的感情和奢靡确实也可与海伦一比高下），于是出现了大量表现海伦（同时也是约瑟芬）的艺术作品。

找你，是因为想让你做她们的裁判，要你评出她们当中谁最漂亮。宙斯要你接受这个使命，他会帮助和保护你的。"

说完后，赫耳墨斯便展翅飞出山谷，消失得无影无踪。帕里斯鼓足勇气抬头望了望面前的三位漂亮女神。第一眼，他觉得她们个个都一样漂亮，但细看下去，他一会儿觉得这个漂亮，一会儿又觉得那个漂亮。最后，他认为，那个最年轻的女神比其余的两个更动人更可爱。他觉得自己被她深深地吸引了。

这时，三位女神中最骄傲、长得最高的一位对帕里斯说："我是赫拉，宙斯的姨妹和妻子，你把这个金苹果拿去，当年不和女神厄里斯曾在海洋女神忒提斯与珀琉斯的婚礼上把它扔给宾客，上面写着'送给最美的人'。如果你判我最美，把金苹果判给我，你就可以成为最富有的国王，虽然你现在还是一位牧人。"

"帕里斯，我是智慧女神雅典娜。"第二个女神说，她的额角宽敞洁净，眼睛明亮而又蔚蓝。"假如你把金苹果判给我，你将会是世界上最聪明最富于男性魅力的人。"

第三个女神一直在冲着帕里斯微笑，她殷切而又深情地望着他说："帕里斯，千万不要被这些空洞的许诺所迷惑，我送给你一样东西，它将给你带来欢乐，我将把世上最漂亮的女子送给你做妻子，我是爱情女神阿佛洛狄忒。"

阿佛洛狄忒说这番话时，她束着腰带，这更使她显得魅力非凡。其他两位女神相形失色。帕里斯把金苹果递给了阿佛洛狄忒。于是赫拉以及雅典娜愤怒地转过身去，发誓报复，要毁灭他的父亲以及特洛伊城。尤其是赫拉，从此成了特洛伊城的仇敌。阿佛洛狄忒则重申了她的诺言，并与帕里斯告别，帕里斯沉浸在幸福之中。

此后，帕里斯满怀希望地在爱达山上生活，等待着爱情女神兑现诺言。他先娶了当地一位漂亮的姑娘俄诺涅为妻，传说她是河神和一位仙女所生。婚后，有妻子陪伴，帕里斯在山上生活得很美满。有一天，他听说国王普里阿摩斯为一位死去的亲戚举行殡仪赛事，他经不起诱惑，便进入了他从未去过的特洛伊城。国王为这场比赛设立的奖品是一头从爱达山来的公牛。这头公牛正是帕里斯最喜爱的，但他无法阻止国王把牛牵走。于是，他便决定参赛，把牛赢回来。在比赛中，他击败了他的兄弟们，甚至也击败了最凶猛的赫克托耳，获得了胜利。国王的另一个儿子得伊福玻斯恼羞成怒，冲过来欲杀掉帕里斯，帕里斯逃到宙斯的神坛底下，遇到普里阿摩斯的女儿卡珊德拉。她得到神灵的传授，有预言的本领，一眼认出这便是她的哥哥。国王和王后高兴地拥抱失散多年的儿子，在重聚的欣喜中，他们忘记了当年的警告，把儿子收留了。

此后，帕里斯恢复了王子的地位，得到了一所华丽的房子，房子就在爱达山上。他高兴地回到妻子和牧群那里。不久，国王委托他一项任务，他踏上旅途，但并不知道爱情女神的许诺将会实现。

帕里斯的评判

雅克-路易·大卫 油画

苹果在欧洲是爱情、婚姻以及青春的象征，直到今天也是这样。希腊神话中，它是导致十年特洛伊战争的最初根源。"海伦事件"不过是三个女神之间的借口。

抢劫海伦

当国王普里阿摩斯还在童年的时候，赫拉克勒斯攻占了特洛伊城，杀死了拉俄墨冬，抢去了他的姐姐赫西俄涅，然后把她送给他的朋友忒拉蒙为妻。虽然赫西俄涅成了萨拉密斯地区的王后，可是普里阿摩斯及其全家仍然怀恨在心。有一天，国王普里阿摩斯十分想念他那身在异乡的姐姐，儿子帕里斯自告奋勇，要率领一支舰队，开到希腊去，相信在神灵的帮助下，他定能把父亲的姐姐夺回来。他充满了自信，因为他曾得到过爱情女神的青睐。他把自己当时在爱达山上的奇遇告诉了他的父亲和兄弟们。

普里阿摩斯十分相信自己的儿子的确有神灵保佑。但是，国

247

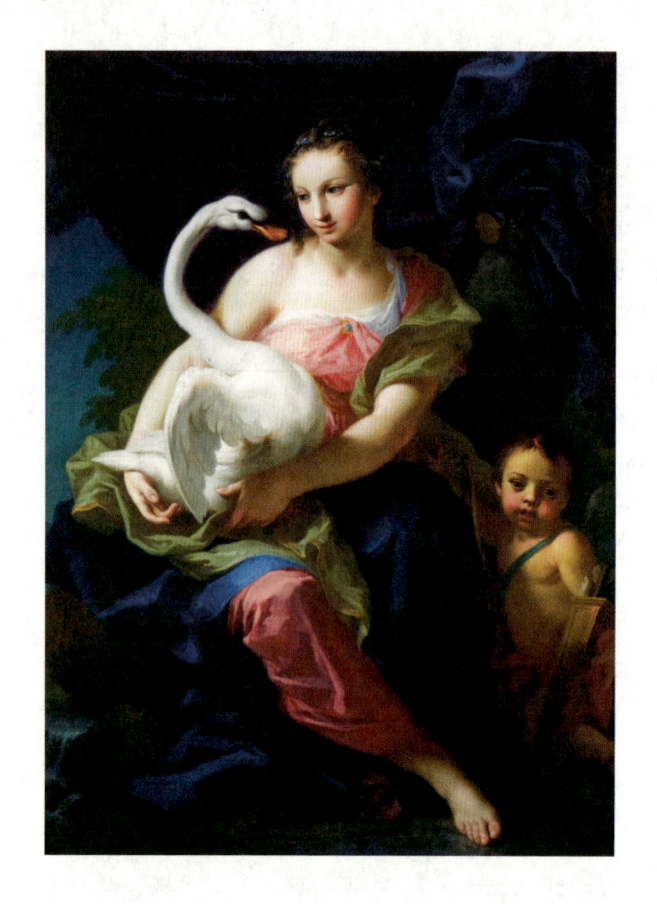

丽达和天鹅

詹贝蒂诺·奇尼亚罗利 油画

丽达是斯巴达王后,样貌美丽,宙斯化身为一只天鹅接近她并与其结合,生下了海伦。这幅画的独特之处在于它将勒达和天鹅的关系描绘得非常亲密,似乎暗示着他们之间的情感联系。同时,丘比特的存在也强化了爱情的主题。

王的另一个儿子赫勒诺斯是个预言家,他突然站起来说了一通预言:他的兄弟帕里斯如果从希腊带回一名女子,那么希腊人就会攻打特洛伊,将城市夷为平地,并杀死国王和所有王子。他的预言引发了大家的议论。小儿子特洛伊罗斯是个精力充沛、热情冲动的年轻人,他表示不相信这样的预言,甚至嘲笑他哥哥胆小。就在大家犹豫不决时,国王支持了儿子帕里斯的建议,他急于见到他的姐姐。

国王召集国民宣布,过去他曾派使节出使希腊,要求希腊人将他姐姐归还回国,但是使节却被赶了回来。现在,他将派儿子帕里斯率领一支强大的舰队,用武力来实现目的。

国王让大家畅所欲言,发表自己的意见。这时一位年纪较大的特洛伊人潘托斯从人群中站出来,他在童年时曾听父亲奥蒂尔斯说过,如果将来拉俄墨冬家族中有一位王子从希腊带回妻子,所有的特洛伊人将会遭殃。据说,他父亲是得到了神灵的启示。"所以,"老人最后说,"我们不能迷恋战争,朋友们,还是让我们在和平中生活吧,别拿我们的生命去做赌注。我们甚至会丧失掉自由的。"人群中发出一片嘘声,大家纷纷表示反对,要求国王大胆发动战争。于是国王下令开始建造船只,工场就设在爱达山上。同时,他派儿子赫克托耳到夫利基阿去,并派帕里斯与得伊福玻斯到邻国珀契尼亚去,争取与这些邻国结成同盟。特洛伊的青壮年纷纷报名入伍。

不久，就组成了一支作战舰队。国王任命他的儿子帕里斯为军队的统帅，并指派他的兄弟得伊福玻斯、潘托斯的儿子波吕达玛斯以及埃涅阿斯为副手。强大的舰队出发了。半路上，他们遇到斯巴达国王墨涅拉俄斯的船队。他正要到波洛斯访问国王涅斯托耳。他看到迎面驶来的浩浩荡荡的战船，称赞不已。而特洛伊人看到他的装饰豪华的船也非常惊奇，特洛伊的战船平安到达锡西拉岛。帕里斯想从这里登陆斯巴达，准备与宙斯的孪生儿子卡斯托耳和波吕丢刻斯交涉，要求归还他的姑母赫西俄涅。如果希腊人拒绝交出赫西俄涅，那么帕里斯准备发动战争。

帕里斯打算在爱神阿佛洛狄忒、月亮以及狩猎女神阿耳忒弥斯的神庙里献祭。此时墨涅拉俄斯已外出访问。海伦是宙斯和丽达的女儿，她是当时世界上最漂亮的女子。她还是个小女孩的时候，被忒修斯抢走，但被两位哥哥夺了回来，后来她在继父斯巴达国王廷达瑞俄斯的宫中长大。

姑娘拥有大批的追求者。国王担心如果他选择其中的一个为女婿，便会得罪其他众多的求婚者。后来聪明的伊塔刻国王奥德修斯建议他让所有的求婚者都发誓，将来跟有幸选中的女婿建立同盟，共同反对因未选中而怀恨在心，并企图危害国王的人。廷达瑞俄斯接受了他的建议，他让所有的求婚者当众发誓。后来，他选中了阿特柔斯的儿子，亚各斯国王墨涅拉俄斯作他的女婿，继承了他的王位。海伦为他生了一个女儿赫耳弥俄涅。当帕里斯来到希腊时，赫耳弥俄涅还只是一个刚出生的婴儿。

海伦化身——约瑟芬画像

普吕东 油画 1805年
卢浮宫藏

拿破仑的情人约瑟芬后来变成了皇后，她心目中的美人就是海伦。新古典主义画家普吕东将这个野心勃勃的皇后画得比海伦更漂亮。画面的背景是拿破仑夏宫花园。

帕里斯和海伦的爱情

雅克—路易·大卫 油画
1788年 卢浮宫藏

在内宫中，帕里斯手中的竖琴余音未尽，少妇海伦已经受不住爱情的诱惑，倒向他的怀抱。大卫是法国画家，因此他塑造的英雄和美女形象也接近高卢人的特征。

在丈夫外出期间，漂亮的王后海伦住在宫殿里，生活十分枯燥。这时她听说一位外国王子率领强大的战船来到锡西拉岛，出于好奇，想一睹这位王子的风采。于是，她动身前往锡西拉岛。她走进神庙时，帕里斯正好献祭完毕。看到端庄的王后走进来，他惊异于王后的美貌，几乎不能控制自己，他早就听说海伦美艳动人，他觉得爱情女神给他送来的这位女子要比传说中的美女海伦还要美丽得多。他原想爱情女神许诺给他的美女一定是个处女，没有想到她会是别人的妻子。现在，斯巴达的王后站在他的面前，他觉得这便是爱情女神赠给他的美女。父亲的委托、远征的计划一下子忘得干干净净。正当帕里斯默默地沉思时，海伦也在打量这位从亚细亚来的英俊王子。他一头浓发，身材魁梧，英俊潇洒。这位年轻而英俊的王子，给她留下了深刻的印象。

祭礼结束之后，海伦回到斯巴达的宫中，她强迫自己从心中抹去那个异国王子的形象，努力去想念丈夫墨涅拉俄斯。但不久帕里斯带着几个随从来到斯巴达，进入王宫求见。王后海伦喜出望外，按照礼遇热情地接待了前来造访的王子。帕里斯王子讲话彬彬有礼，言词动听，热情奔放，他又弹得一手好琴，琴音动听，使海伦迷恋得不能自拔。帕里斯面对海伦怦然心动，便忘了父亲的委托和自己的使命。他召集跟他一起来到斯巴达的士兵，全副武装，带领他们冲进王宫，把希腊国王的财富掳掠一空，并劫走了美丽的海伦。海伦表面上在反抗，可是心底里却非常愿意。

帕里斯满载而归驶过爱

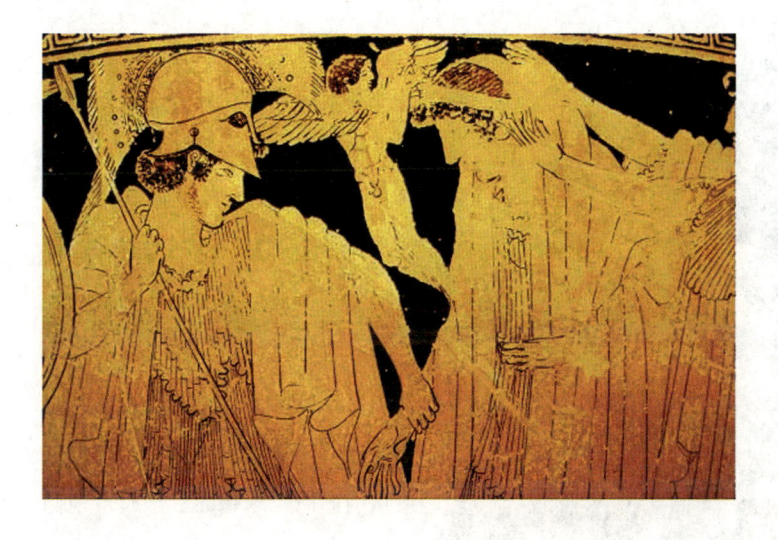

帕里斯抢劫海伦

瓶画 希腊 公元前5世纪

海伦看上去是心甘情愿地接受了特洛伊王子的抢劫，何况他们中间飞舞着竭力撮合的小爱神。

琴海时，突然风停了，浪也静了。在载着帕里斯和海伦的船只前面，波浪自动分开，年老的海神涅柔斯从水中伸出头来，向他们宣布了一个可怕的预言："希腊人带着军队追来，他们将拆散你们罪恶的结合，摧毁普里阿摩斯的特洛伊城，帕拉斯·雅典娜已戴上战盔，手执盾牌了！这一场血战要血流成河历时多年，只有一位愤怒的英雄才能阻挡这场悲剧的发生。一旦指定的时日来临，特洛伊人将被斩尽杀绝，特洛伊城将被夷为平地！"

年老的海神说完后重新又潜入海里。一会儿，海面上又起风了。海伦的玉手牵着他的手，他马上把这可怕的预言忘得一干二净。后来战船来到克拉纳岛，他们在岛前下锚登陆。海伦自愿跟帕拉斯结婚。他们举行了隆重的婚礼，两个人把家庭和祖国都抛在脑后。他们依靠带来的财宝，在岛上过上了富足美满的生活。好几年后，他们才航行回到特洛伊去。

希腊人来了

帕里斯作为使者被派往斯巴达，可是他的行为严重地违背了宾主之道以及国民的意愿，不久就带来了无穷的灾难。斯巴达国王墨涅拉俄斯和他的哥哥阿伽门农，即迈肯尼的国王，是希腊英雄中最强大的王族。两人都是宙斯的儿子坦塔罗斯的后裔，他们是珀罗普斯的孙

子、阿特柔斯的儿子。除了统治亚各斯、斯巴达外，他们还主宰着伯罗奔尼撒的其他王国。墨涅拉俄斯听到妻子被劫走的消息后，十分震怒。他马上赶到迈肯尼，把事情告诉了哥哥阿伽门农和海伦的异父姐妹克吕泰涅斯特拉。他们两人也感到非常痛苦与屈辱。阿伽门农安慰他，并敦促从前向海伦求婚的王子履行他们的誓言。兄弟两人遍游希腊各地，要求所有的王子都参加讨伐特洛伊的战争。首先答应这个要求的有特勒泊勒摩斯，他是罗德岛上有名的国王，赫拉克勒斯的一个儿子，愿意装备90只战船出征。其次是亚各斯国王、神堤丢斯的儿子狄俄墨得斯，答应率80条海船参战。

现在，几乎全希腊的人都响应阿特柔斯的儿子的号召。只有两个国王例外，一个是狡黠的奥德修斯，他不愿离开年轻的妻子和幼子忒勒玛科斯。当他看到帕拉墨得斯带着斯巴达国王前来访问他时，便假装发疯，驾了一头驴去耕地。后来，他把盐当种子撒在田里。帕拉墨得斯聪明绝顶。当奥德修斯正在耕地时，他偷偷地走进宫殿，抱走婴儿忒勒玛科斯，把他放在奥德修斯正要犁的地上。奥德修斯小心翼翼地把犁头提起来，避开儿子，这便暴露了他神志不清是骗人的。现在他无法再拒绝参战了，最后只得答应献出12条战船，每条战船都齐备战员。但从此他对帕拉墨得斯非常不满，心怀忌恨。

劝说奥德修斯参战（局部）

提埃波罗 壁画 1757年

当希腊人已经集结战舰，准备开赴特洛伊时，帕拉墨得斯用智谋劝说不愿离开妻儿的奥德修斯一同前往参战。

英雄阿喀琉斯的身世

索非勒的狄龙斯作品

瓶画 公元前570年 大英博物馆藏

索非勒的狄龙斯是已知最早的希腊瓶画家之一。此瓶画描绘的是阿耳戈英雄珀琉斯和海洋女神忒提斯举行婚礼的情景。奥林匹斯山上的众神也来参加了。他们日后生的孩子，就是特洛伊战争的关键人物：英雄阿喀琉斯。陶器高71厘米，是一种很大的盛酒水的容器。

珀琉斯和忒提斯的婚礼

瓶画 希腊 公元前580年

传说海神的女儿忒提斯同时为海神波塞冬和天神宙斯所宠爱，正义女神却向他们宣布说，忒提斯的儿子将超过他的父亲，于是两位天神不得不将她赐给一位人间的国王珀琉斯为妻。图中表现的就是珀琉斯与忒提斯的婚礼场面。他们的儿子就是著名的英雄阿喀琉斯。

另外一个没有表示要参战的王子便是阿喀琉斯，他是阿耳戈英雄珀琉斯和海洋女神忒提斯[1]的儿子。当初他出生时，他的女神母亲也想使他成为神。她在夜里背着丈夫把儿子倒放在天火中燃烧，要把父亲遗传给他的人类成分烧掉。有一次，珀琉斯暗中偷看。当他看到儿子在烈火中抽搐时，不禁吓得大叫起来。这一下妨碍了忒提斯完成她的秘密使命。她悲哀地扔下了未能成为神的儿子，也不愿再回到宫里去。被天火烧过的阿喀琉斯拥有了刀枪不入的身体，但忒提斯在烧烤他时手握着他的一只脚踝却来不及烧过，于是留下了未来的隐患。珀琉斯以为儿子受到严重伤害，便把他送到著名的医生喀戎那里。半人半马的喀戎是个聪明人，收留并抚养过许多英雄。他用狮和猪的肝以及熊的骨髓喂养他。

阿喀琉斯9岁时，希腊预言家卡尔卡斯预示，没有珀琉斯的儿子参战，希腊军队是攻不下的远在亚细亚的特洛伊城。他的母亲在深海中听说了这预言，知道这场征战将会牺牲她儿子的生命，因此连忙浮上海面，潜入丈夫的宫殿，给儿子穿上女孩的衣服，把他送到斯库洛

---

1 此处的忒提斯与"法厄同"一章中提到的忒提斯并非同一人。海洋女神忒提斯（Theitis）是海洋神涅亲斯和海洋女神多丽斯的女儿。

阿喀琉斯被浸泡

彼得·保罗·鲁本斯
油画 1630年
荷兰鹿特丹博物馆藏

身为母亲的女神想将儿子在冥河中浸泡为不死的神，远处，不明真相的丈夫驾船已越驶越近。更远处的城堡、浓重的阴影和紧张的画面，暗示了阿喀琉斯的宿命。

斯岛，交给国王吕科墨得斯。吕科墨得斯见他是个女孩，便把她当作女孩来培养。后来，随着年纪的增长，当下巴上长出毛茸茸的胡子时，他向国王的女儿得伊达弥亚说出了自己男扮女装的秘密。两人于是萌发了爱情。岛上的居民还以为他是国王的一个女亲戚，实际上他已悄悄地当了得伊达弥亚的丈夫了。

现在，他成了特洛伊征战必不可少的人物，预言家卡尔卡斯透露了他的住处。于是他们派奥德修斯和狄俄墨得斯去动员他参战。两位英雄到了斯库洛斯岛，见到国王和他的一群女儿。可是，无论两位英雄眼力如何敏锐，仍然认不出面貌清秀穿着女装的阿喀琉斯。奥德修斯心生一计，他叫人拿来一矛一盾，放在姑娘们聚集的屋子里。然后他命令随从吹起战斗的号角，好像敌人已经冲进宫殿。姑娘们大惊失色，逃出了屋子。只有阿喀坑斯依然留下，勇敢地拿起矛和盾。这一下他暴露了自己的身份，只得同意率领50只战船出征，并带着他的老师福尼克斯和朋友帕特洛克罗斯同行。帕特洛克罗斯是同他在珀琉斯宫殿里一起长大的。

阿伽门农被推选为各方盟军统帅。奥里斯港英雄集聚。

阿伽门农献祭伊菲革涅亚

当舰队集结奥里斯港口时，阿伽门农有一次外出打猎，一箭射中了一头献给女神阿耳忒弥斯的漂亮的梅花鹿。他得意扬扬地说，即使是狩猎女神阿耳忒弥斯本人也不一定射得比他准。女神一怒之下，让港口风平浪静，船只根本无法从奥里斯海湾开出去。日子一天天地过去了，希腊人只好去找先知忒斯托耳的儿子卡尔卡斯，向他请教摆脱困境的办法。卡尔卡斯是随军祭司和占卜人，他说："如果希腊人的最高统帅阿伽门农愿意把他和克吕泰涅斯特拉所生的女儿伊菲革涅亚献祭给阿耳忒弥斯女神，那么女神就会宽恕我们。那时海面上将会重新刮起海风。"

阿伽门农得知预言家的话。他召来斯巴达的传令官塔耳堤皮奥斯，让他向全体参战的希腊人宣布，阿伽门农辞去希腊军队最高统帅，因为他不愿杀害自己的女儿。希腊人听到这个决定，纷纷不满，扬言要反叛。墨涅拉俄斯急忙来到他的住处，告诉他的兄弟这个决定所产生的严重后果。阿伽门农经过劝说，终于同意把女儿献祭给女神。

他写了一封信给远在迈肯尼的妻子克吕泰涅斯特拉，让她把女儿伊菲革涅亚送到奥里斯来。他向妻子谎称，要让女儿跟珀琉斯的小儿子，光荣的英雄阿喀琉斯订婚。

一名仆人进来向阿伽门农报告，说他的女儿伊菲革涅亚已经来到，随同前来的还有她的母亲和弟弟俄瑞斯忒斯。仆人刚离开，阿伽门农突然觉得自己陷于完全绝望的境地。墨涅拉俄斯连忙握住他的双手表示安慰。阿伽门农的眼泪夺眶而出，痛苦地说："兄弟，胜利是你的，你把她带走吧，我也活不下去了。"

但墨涅拉俄斯却改变了主意，他不愿意为了海伦而杀掉伊菲革涅亚。

"你别伤心了，我把你的女儿还给你，"他大声地说，"我不能牺牲你的女儿。"

阿伽门农拥抱他的兄弟。"感谢你，"他说，"亲爱的兄弟，你的高尚精神使我们重新和好。我的命运已定，女儿必须去，全希腊需要这样做。卡尔卡斯和狡黠的奥德修斯已达成共识，他们在争夺人民，甚至要谋害你和我，然后杀掉伊菲革涅亚。如果我们逃到亚各斯，他们也会追来，把我们从城里抓走，最后，还会踏

阿喀琉斯暴露身份

镶嵌画 18世纪

男扮女装的英雄听到战斗的号角，不由自主地拿起了武器。

阿喀琉斯出征

瓶画 约公元前3世纪

阿喀琉斯作为英雄，与早期的赫拉克勒斯不同，很有人情味，因此他成为《荷马史诗》的主人翁。风格简单的瓶画表现的就是他依依惜别家人的场景。

平古老的希腊城。因此我请求你，兄弟，千万别让克吕泰涅斯特拉知道这件事，以便保证神谕的顺利实现。"

这时，女人们走了进来，兄弟停止了谈话。墨涅拉俄斯心情忧郁地走开了。

夫妻两人相对无言，阿伽门农显得既冷淡又尴尬。女儿衷心地拥抱父亲，关心地问道："为什么你的眼光如此不安？父亲，难道你不高兴见到我吗？"

"不，亲爱的孩子，"国王心情沉重地说，"一个国王责任重大，总有许多烦恼。"

"可是，为什么你的眼睛里含着泪水？"伊菲革涅亚说。

"因为我们要长久分离。"父亲答道。

"呵，如果我能够跟你一起去，"女儿期盼着叫喊起来，"那该多幸福啊！"

"是的，你也要做一次远行。"阿伽门农庄重地说，"出发之前我们必须献祭，亲爱的女儿，这次献祭，你是必不可少的！"他说话时，几乎热泪盈眶。但她毫不知情，孩子带着一批随从走了。为了应付半信半疑的妻子克吕泰涅斯特拉，阿伽门农编造了一个故事，回答妻子的一连串有关新郎的问题，向她介绍新郎的身世和命运。

与此同时，克吕泰涅斯特拉却意外地碰到了阿喀琉斯。因为士兵闹事他不愿再干等下去了，所以他来找阿伽门农。克吕泰涅斯特拉像对待未来的女婿一样问候他，并问及婚礼事宜，阿喀琉斯惊讶得往后缩去。"你说的是谁的婚姻大事啊？"他问道，"我从未追求过你的女儿，而且，你的丈夫也从来没有支持过我做这样的事。"克吕泰涅斯特拉这才知道她受骗了。她站在阿喀琉斯面前，满面羞愧。阿喀琉斯却以年轻人的热情说："请不要生气，王后，一定是有人拿我跟你开玩笑。别把它当一回事。如果我坦率的话伤害了你，也请你多多原谅。"说完，他就想礼貌地离开。这时，阿伽门农的那个忠实的老仆人正好走来，他屏住气悄悄地对她说："阿伽门农想要亲手杀死你的女儿。"现在母亲终于知道了事情原委，她痛不欲生，在极度的恐惧与悲痛中，她扑在阿喀琉斯的面前，抱住他的双膝，向他哭诉起来："哦，女神的儿子，快救救我，救救我的孩子！我把你当作她的未婚夫，我当着一切神，请求你，救下我的女儿。我是多么的无助！向我们伸出双手吧，如果你肯援救我们，一切还会好起来！"

这时，伊菲革涅亚突然来到他们身边，勇敢而坚定地面对王后和阿喀琉斯。"听我说吧！"她沉着坦然地说，"亲爱的母亲，不要惹你的丈夫生气了。他不能违反众人的意志。我已经下了决心，准备去领受死亡。我驱逐了心头任何胆怯的念头，希腊人的目光都注视着我。战船的出发，特洛伊的攻陷都取决于我，希腊女人的荣誉都系在我一个人身上。我的名字将永载史册，我将被称为希腊的救星。我甘愿牺牲自己而征服特洛伊，这就是我的最好的结婚。"

祭台已经在女神阿耳忒弥斯的圣林里搭好。伊菲革涅亚在一群使女的陪同下走向祭坛，士兵中响起一阵同情的呼声。阿伽门农深深地叹了口气，转过身去抹眼泪。姑娘走到他面前说："亲爱的父亲，为了军队，为了祖国，我甘愿在女神的祭坛前献出我的生命。但愿你们都能取得胜利！"

士兵们惊叹于她无与伦比的勇气，纷纷对她赞叹不已。这时传令使塔耳堤皮奥斯叫大家肃静并祈祷。预言家卡尔卡斯抽出一把锋利而雪亮的钢刀，将它放在祭坛前的金匣子里。这时，阿喀琉斯突然全副武装，挥着宝剑，走上祭坛。姑娘朝他看了一眼，他的决心顿时动摇了，他把剑扔在地上，用圣水浇奠祭坛，用双手捧起金匣，像祭司一样环绕神坛走动，祈祷说："啊，高贵的女神阿耳忒弥斯，请仁慈地接受这一自愿的神圣祭礼吧！那是阿伽门农和全希腊给你献给你的。让我们的船起航吧，让我们征服特洛伊吧。"

卡尔卡斯拿着钢刀，盯着姑娘的喉咙，念着祷词。大家清楚地听到他挥刀的声音，可是奇迹出现了！姑娘在全军面前突然不见了，代替她的是一只美丽的梅花鹿躺在地上，在祭坛前的血泊中挣扎。原来阿耳忒弥斯怜悯她，将她携走了，免了她一死。

菲罗克忒忒斯被遗弃

　　一阵海风将希腊舰队顺利地送到了辽阔的大海上。经过一阵短途航行，他们来到卡律塞岛，补充生活用水。菲罗克忒忒斯在岛上发现一座废弃的祭坛，这是阿耳戈英雄伊阿宋在航行途中为女神帕拉斯·雅典娜建立的。菲罗克忒忒斯是墨里波阿国王珀阿斯的儿子，也是赫拉克勒斯的战友，他继承了赫拉克勒斯百步穿杨的箭术。这位虔诚的英雄为发现了这座祭坛感到很高兴，他想给希腊人的保护女神献祭。正在这时，一条看守祭坛的大蛇在英雄的脚跟上咬了一口。他受了重伤，伤口肿了起来，疼痛难忍，同船的士兵也无法忍受化脓伤口的恶臭。他大声叫痛，呼喊声扰得人人心烦意乱。最后，阿特柔斯的儿子们与狡黠的奥德修斯秘密商议处置的办法。因为病人已经引得全军周围的士兵怨声载道，动摇了军心。大家担心受伤的菲罗克忒忒斯会传播瘟疫，而他疼痛的呻吟声会影响希腊人的斗志，所以他们决定把可怜的英

走向祭坛的伊菲革涅亚

提埃波罗 壁画 1757年
意大利瓦尔马拉教堂

　　我们虽然见不到英雄阿喀琉斯的哀痛，但从他撩开的战袍露出的剑的寒光中，已经暴露了他颤抖的内心。献祭的伊菲革涅亚在其叔叔墨涅拉俄斯的指引下正走向祭坛，身后是她的父亲阿伽门农，他正愤怒而又无奈地看着这一切。

雄遗弃在雷姆诺斯岛的荒无人烟的海滩上。可是他们没有想到他们失掉他是个莫大的损失。狡猾的奥德修斯被委派来执行这个任务。他把睡着的菲罗克忒忒斯扛上一条小船，划到海滩边，把他放在一个岩洞里，给他留下足够生活一段时间的衣服和食物。然后他们又继续航行，很快便回到了其余的大队战船的队列里。

帕里斯归来

有船形图案的黑像陶器

陶器 古希腊时期

陶器的画面是有众多划桨手的军舰正在袭击一艘体积庞大、行动迟缓的商船。对航海有自信是希腊人远征特洛伊的保证。

尽管特洛伊人还不知道一支庞大的希腊战列舰队已经逼近他们的海岸，但是自从希腊使节来访以后，全国都陷入一片混乱之中，他们害怕战争。这时，帕里斯率领船队，载着被他掠得的美丽王后和众多的战利品回来了。普里阿摩斯国王看到这个不受欢迎的儿媳走进宫中，心中不悦，他立即召集儿子们参加紧急会议。可是他的儿子们却不以为然，因为帕里斯已分给他们大量的财宝以及海伦带来的漂亮的侍女，加之他们年轻好战，因此他们一致认为，将这些女人留在王宫里，决不还给希腊人。但城里的居民却不这样想，他们十分害怕希腊人攻城。他们对王子和他抢来的美女深感不满，常有人在路上咒骂帕里斯，甚至向他掷石头。

普里阿摩斯见会上众人不同意将她驱逐出境，便派王后到她那里，以确认她是否真的自愿跟帕里斯到特洛伊来的。海伦声称，她的身世表明她既是希腊人，也是特洛伊人，因为丹内阿斯和阿革诺尔既是特洛伊王室的祖先，也是她的祖先。她说她在不情愿之下被抢走，但现在经过与帕里斯的一段时间的相处，她已衷心地爱上了他，她自愿成为他的妻子。此外，在发生这件事后，她已经不可能得到前夫和希腊人的原谅。如果她真的被驱逐出去，交给希腊人处置的话，那么等待她的将会是耻辱与死亡。

她说到此时已经泪流满面，并跪倒在王后赫卡柏的面前。赫卡柏慈爱地把她扶起来，告诉她国王和所有的王子都会保护她，不让她受到任何伤害。

兵临城下

海伦在特洛伊国王的王宫里平安地住了一段时间以后，她和帕里斯搬到他们自己的宫殿里。人民逐渐开始赞美她的美丽和可爱。因此，当希腊人的战船真的出现在特洛伊的海岸时，城里的居民反而不像当初那样害怕了。

军队将领们调查了市民和答应前来援助的同盟军的数量，发现与敌军人数一致。他们知道，神中除了阿佛洛狄忒以外，还有战神阿瑞斯、太阳神阿波罗和万神之父宙斯站在他们这一边。他们希望借助神的保护守住城市，并尽快击退围城的军队。

国王普里阿摩斯太老了，不能作战，但他有 50 个儿子，其中 19 个儿子是王后赫卡柏所生。这些儿子都年轻有为，有的正值体力的顶峰时期，最出色的是赫克托耳，其次是得伊福玻斯，此外还有预言家赫勒诺斯、帕蒙、波吕忒斯、安提福斯、希波诺斯和俊美的特洛伊罗斯。赫克托耳担任最高统帅，率领全军迎敌。副帅是达耳达尼亚人埃涅阿斯，他是国王普里阿摩斯的女婿，克瑞乌萨的丈夫，女神阿佛洛狄忒和老英雄安喀塞斯的儿子。安喀塞斯是特洛伊人引为骄傲的先辈。另外一支部队的统帅

阿喀琉斯与伊菲革涅亚

亨里克·富斯里 素描 1800年

出征特洛伊前的献祭是自古以来最著名的人性悲剧之一，这一事件也为后来阿伽门农的命运埋下了祸根。该图表现的是在伊菲革涅亚的勇气面前，阿喀琉斯挥舞宝剑断发出征。

是潘达洛斯，他是吕卡翁的儿子，曾经得到阿波罗赠送的神弓，以善射著称；还有各路英雄前来支援特洛伊军队。与此同时，希腊人已经登陆，并在西革翁和律忒翁半岛间的海岸间驻扎下来。他们的座座营房看上去像一座城市。他们把战船拉上岸来，一个靠着一个，整齐地排列成行；由于海岸都是斜坡，船只下都用石块垫着。

在双方交战前，希腊人接待了一位贵客，这是密西埃国王忒勒福斯。他曾慷慨地支援过希腊人，因被阿喀琉斯用矛刺伤，难以治愈，他便求助于阿波罗的神谕，答复是：只有刺中他的矛才能治愈他的伤口。虽然他不明白神的回答，但忒勒福斯还是乘船追上了希腊战船。来到阿喀琉斯的营帐。年轻的英雄看到国王痛苦的样子，心里为自己的所作所为感到难过。他把矛拿来放在国王的脚边，但他不知道如何用它医治已经化脓的伤口。英雄们围着国王无计可施。还是奥德修斯想出了办法，派人把随军的两位名医请来。帕达里律奥斯和马哈翁应召赶来。他们听到阿波罗的神谕，这两个阿斯克勒庇俄斯的聪慧而经验丰富的儿子，立刻

伊菲革涅亚的牺牲

文岑茨·菲舍尔 油画

伊菲革涅亚被推着前往祭台，而她的父亲阿伽门农遮住了眼睛，不忍看女儿的死亡。在这场献祭的最后一刻，阿尔忒弥斯将年轻女孩换成了鹿。画中唯一可以看到的阿尔忒弥斯的迹象，但对于此时的伊菲革涅亚来说这尊雕像似乎很没有生命，也无从期待奇迹的发生。

巴黎与帕里斯

摄影 现代

不知是出于有心还是无意,世界上有一个城市将帕里斯(Paris)的名字变成了自己的名字,那就是巴黎(Paris)。巧合的是,巴黎似乎具有传奇中的帕里斯的所有气质:沉迷于美陶醉于激情。图为这座在埃菲尔铁塔的阴影下流淌着塞纳河的美丽城市。

明白了它的含意。他们从阿喀琉斯的矛上锉下一点铁屑,小心地敷在伤口上,顿时出现了奇迹:铁屑刚刚撒入化脓且感染的伤口,伤口便在英雄们的眼前愈合了。过了几个小时,高贵的国王忒勒福斯便能走路了。他向几位英雄再三道谢,然后高兴地上了船,离开了他们,赶快回到了自己的国家,因为他不想亲眼看见在他亲密的朋友和他的亲戚之间即将来临的这场战争。

战争开始了

当希腊人正将国王忒勒福斯往船上送时,特洛伊城的城门突然大开,黑压压的特洛伊士兵在赫克托耳的率领下一涌而出,冲过斯康曼特尔平原,在没有遇到任何抵抗的情况下,冲到了希腊人的战船前,那些驻扎在最前面的希腊士兵仓促应战,但众寡悬殊,招架不住。他们抵挡了一阵之后,驻扎在营帐里的其余的希腊人马上集合起来,摆开阵势有序地向敌人进攻。战争开始了,战局极为不均:赫克托耳出现的地方,特洛伊人就占上风,在离他很远的地方,特洛伊军队则被希腊人击溃和分解,首先被特洛伊英雄埃涅阿斯杀死的是伊菲克洛斯

三层桨战船

仿造品 现代

　　这艘古希腊时期战船的复制品可以以每小时 24 千米的速度破浪前进，它的船头龙骨上有 180 千克的青铜和有锋刃的撞角使船体本身成了可怕的进攻武器。它的甲板是弓箭兵和标枪兵发射武器的移动平台，有些类似现代驱逐舰上的垂直发射系统。而重甲兵和盾牌兵则可以如同在陆地上一样同敌人搏杀。

　　的儿子帕洛特西拉俄斯，他在希腊刚订婚就远征特洛伊。在登陆时他是第一个跳上岸的希腊人，如今他最先阵亡了。他漂亮的未婚妻拉俄达弥亚是阿耳戈英雄阿卡斯托斯的女儿，她那么悲伤地和他告别，送他去打仗，现在她永远也不能欢迎她的新郎回来了。

　　此时，阿喀琉斯正把国王忒勒福斯送上船，并若有所思地目送船只远去。忽然有人抓住他的肩膀，一看，原来是克罗斯匆匆地赶来了，喊道："你到哪里去了？战斗已经开始了！大家正需要你。敌军统帅赫克托耳凶猛得像头狮子。特洛伊国王的女婿埃涅阿斯还打死了我们的帕洛特西拉俄斯。如果没有你参战，我们希腊军队将损失惨重！"

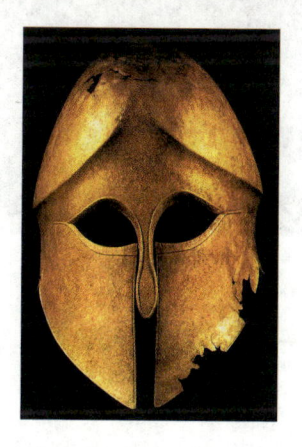

金制头盔

文物 公元前500年

　　这是在色雷斯出土的希腊士兵的头盔，具有著名的科斯林风格：小眼孔，有保护鼻子的护甲。当时的希腊重甲士兵上战场之前都必须佩带 30 千克的装备，但运动员一般雄健的身姿却让他们犹如身无长物，行动自如。

整装待发的船队

壁画 米诺斯时期

这幅壁画以锡拉的宫殿为背景，海面上是准备出发作战的船队。这幅备战的壁画证明当时的希腊人已牢牢掌握了制海权。

阿喀琉斯如大梦初醒，急忙回到自己的营房，大声呼唤他的帖撒利士兵拿起武器，阿喀琉斯和他们以雷霆万钧之势，杀入战场，对特洛伊人发动攻击，连赫克托耳也抵挡不住。阿喀琉斯接连杀死普里阿摩斯的两个儿子。和他并肩作战的还有忒拉蒙的儿子大埃阿斯，他身材高大，超过所有的特洛伊人。在两位英雄猛烈的攻击下，特洛伊人如同鹿群遇到了一群凶猛的猎犬的攻击，纷纷逃窜。他们退回城里，闭门不出。希腊人从容地回到船边，继续扩建他们的营寨。阿伽门农指派阿喀琉斯和埃阿斯守卫船只，他们又派了其他英雄分别看守船队的各个方位。

然后，希腊人为帕洛特西拉俄斯举行隆重的安葬，把他的尸骨埋在海滨一棵高大的榆树下。葬礼还没有结束，特洛伊人又再次向他们发动了冲锋。

希腊武士穿戴甲胄

瓶画 约公元3世纪

图中左起第二个参加特洛伊战争的武士，正在披挂一种名叫"胫甲"的盔甲，他身边的伙伴也在整装待发，准备出征。希腊精神都体现在希罗多德那句名言里——战争是历史之父。

帕拉墨得斯之死

帕拉墨得斯是希腊军队中最英明的人。大家都认为他勤恳、公正、坚定，有思想深度，而且相貌堂堂，能唱善弹。正是由于他的出色口才才说服全希腊的大多数王子赞同远征特洛伊，也正是由于他聪明过人，他才识破了拉厄耳忒斯的儿子奥德修斯的诡计，因此他开罪了希腊军队中的那位英雄奥德修斯。此外，其他的王子们都认为帕拉墨得斯比奥德修斯更出色、更聪明，于是奥德修斯对他怀恨在心，日夜寻机报复。现在，阿波罗的神谕又启示希腊人，要他们向阿波罗，即斯明透斯的神庙及神像献祭牲口。在特洛伊地区阿波罗被称为斯明透斯。帕拉墨得斯被神选中为押送祭品的人。阿波罗的祭司克律塞斯将在那里接受祭品，并主持隆重的献祭仪式。

阿波罗神庙设在一个山头上，祭司接受了一百只圣羊向太阳神献祭。其实，阿波罗选定帕拉墨得斯操办祭品是在加速他的毁灭，因为奥德修斯设计欲除掉这个对手。他悄悄地把一笔黄金埋在帕拉墨得斯的营帐内，然后，他又以普里阿摩斯国王的名义写了一封信给帕拉墨得斯。信中谈到赏赐黄金一事，并感谢帕拉墨得斯泄露了希腊人的军事秘密。他把信故意落到一个夫利基阿的俘虏手上，然后在一个偶然机会被他"发现"了。他即刻下令杀死这个无辜的转信人。最后他在希腊王子们的会议上公布了这封信。愤怒的希腊王子们立即召帕拉墨得斯进来。阿伽门农委任希腊精英组成一个审判会，奥德修斯担任主审。奥德修斯下令搜查帕拉墨得斯的住处，结果把帕拉墨得斯床下的黄金给挖出来了。审判官们不知其中有诈，一致同意判处帕拉墨得斯死刑。帕拉墨得斯不想为自己申辩，他看出了其中的阴谋，但他无法找到证明自己无罪以及被人陷害的有力证据。当他听到他们要用乱石打死他时，他叹道："啊，希腊人啊，你们将杀死一个聪慧、无辜、歌声最优美的夜莺！"在场的愚笨的王子们无不嘲笑这种独特的辩护方法。他们判处这位希腊人中最高尚的人以酷刑。帕拉墨得斯从容而勇敢地面对死刑。一阵乱石雨点般地把他砸倒后，他大声呼喊："真理啊，你欢呼吧，因为你死在我的前面！"当他呼喊时，奥德修斯报复性地朝他的头上砸去一块大石头，石头击在他的太阳穴上，他倒在地上，死了。但正义女神涅墨西斯从天上看到了这一切。她决定惩罚希腊人以及诱骗他们走向罪恶的奥德修斯。

阿喀琉斯的愤怒

　　战争进入了第十年。希腊英雄埃阿斯沿着海岸向各地出征后又满载战利品回来。由于波吕多洛斯被害，这更加深了作战双方的积怨，连天上的神也加入了人间的这场纷争。赫拉、雅典娜、赫耳墨斯、波塞冬、赫淮斯托斯站在希腊人一边；阿瑞斯和阿佛洛狄忒则帮助特洛伊人。所以在特洛伊战争的第十年，值得叙述与称颂的故事比以前9年的总和还要多。诗圣荷马正是在这个时期脱颖而出的，他的史诗描述了阿喀琉斯的愤怒和他带给希腊人的种种苦难。

　　阿喀琉斯是这样被激怒的：他们的使节从特洛伊回来后，希腊人担心特洛伊人的袭击，不敢松懈，准备迎接决战。正在大家积极备战时，阿波罗的祭司克律塞斯向军营走来。他的女儿曾被阿喀琉斯抢走，送给阿伽门农。他手执一根象征和平的金杖，杖上缠着祭献阿波罗的橄榄枝，为了赎回自己的女儿，他带来了一大笔赎金，前来恳求归还他的女儿。他说："阿特柔斯的儿子们，希腊的英雄们，让奥林匹斯山上的神祇保佑你们攻占特洛伊，并能一路平安地回到自己的故乡。如果你们愿意接受我带来的赎金，看在阿波罗神的份儿上，并且看在我是他的祭司的份儿上，把我的女儿交给我吧。"

　　士兵们表示接受他的要求，并且认为可以接受他的赎金。但国王阿伽门农却不愿意失去美丽的女仆，他反对说："老家伙，从今以后，不许你再出现在我们希腊人的船只附近！你的女儿是我的奴仆，她不能走。我要把她带到亚各斯我的王宫里，让她终生给我纺织！赶快走开，别惹我发火，走得越远越好！"

克律塞斯惊惧之下赶快退了出来，默默地来到海边，向天举起双手，对太阳神祈求说："阿波罗啊，你是统治一方的神，你听见我的诉说吗？一直以来，我为你照顾神庙，给你精心挑选祭品，献祭给你，我祈求你为我报复希腊人，狠狠地惩罚他们！"

他大声疾呼，阿波罗听到了他的请求，肩上背着弓和装满箭的箭袋，愤怒地离开了奥林匹斯圣山。脸色阴沉地来到希腊人的战船上空，把毒箭一支支地射下去。神弓发出一阵阵不祥之音，中了这些无形的箭的人都患了瘟疫，很快地死去。开始时，阿波罗只是射击营房的牲口和狗。后来，他也射击人，被射中的人一个个倒地而亡。希腊人日夜火化尸体。

瘟疫在希腊人中蔓延了九天，第十天，阿喀琉斯征询了赫拉，才召集会议。他让大家去请教祭司，占卜者或释梦的人，看奉送什么祭品可以平息阿波罗的怒火，停止这场灾难。

预言家卡尔卡斯据说能从鸟飞中预知未来，他站起来说，如果阿喀琉斯能保护他，他愿意说明神祇为什么愤怒。珀琉斯的儿子叫他大胆地说出来。于是他说："神祇生气并不是因为我们不守诺言和忘记献祭。他愤怒是因为阿伽门农没有尊重他的祭司。如果我们不把他的女儿还给他，阿波罗就不会善罢甘休。我们只有把他的女儿还给他，不要他的赎金，还要奉上大笔赔偿金，才能获得神的宽恕。"

阿伽门农听到这话火冒三丈，恶狠狠地对他说："你这个不祥的预言家，从来没有对我说一句吉利的话。你现在又挑拨众人反对

第一个战死于特洛伊的希腊英雄

大理石雕 希腊
约公元前450—前430年

　　根据希腊传说，帕洛特西拉俄斯是命中注定第一个死在特洛伊的希腊英雄。他来自北部希腊的塞萨利，带领着40艘舰艇参加远赴特洛伊的远征。当船靠岸时，他刚踏上特洛伊的土地，就被埃涅阿斯所杀，由此拉开了长达十年的特洛伊战争的序幕。这件希腊雕刻的罗马复制品表现的是帕洛特西拉俄斯在船上的情景。

我，说阿波罗给我们降下瘟疫之灾，是因为我拒绝了克律塞斯赎取女儿。确实，我想将她留在这里，我宠爱她，因为她既聪慧又漂亮。但是，为了使士兵们免受瘟疫之灾，我愿意把她交出来。不过，我要求有一件东西来跟她作交换！"

国王说完话，阿喀琉斯回答说："阿特柔斯伟大的儿子，我不知道你要向希腊人民索取什么东西，我们已经没有什么库存贵重物了，并且我们从被征服的城市掠来的战利品早已分光了，现在当然不能把分给每个人的东西再要回来。因此，请放掉祭司的女儿吧！如果宙斯保佑我们攻占了特洛伊城，我们将三四倍地补偿你的损失！"

国王大声对他说："你以为你能瞒住我吗？不！希腊人不给我补偿，那么我就从你们的战利品中夺取我所需要的东西。不管那是属于埃阿斯、奥德修斯，还是你阿喀琉斯的，也不管你们生多大的气，我都不在乎。但这事我们留待以后再说。你们先去准备一条大船和祭品，

荷马的神格化浮雕

浮雕 公元前150—前120年
大英博物馆藏

"神啊，请歌唱阿喀琉斯的愤怒吧！"这是荷马史诗《伊利亚特》的第一句。由于他（有考证也说荷马是好几个人）开创了西方游吟诗歌的先河，并将神话与历史综合在一起，如浮雕所表现的那样，因此受到崇拜。他像是阿耳戈船上歌唱英雄的俄尔甫斯的文学版本。浮雕两侧还有荷马创作的《奥德修斯》中的人物，据说此作品出自费力尼之手，他是一位仅次于菲狄亚斯的伟大雕塑家。

把克律塞斯的女儿送上船，并派一位王子，最好就是你，阿喀琉斯，负责运送她的任务。"

阿喀琉斯怒目而视，他说："无耻的君王！你一心只关心自己的利益，希腊人还有谁愿意听从你的指挥？特洛伊人并没有得罪我，但我跟随你，帮助你，为了给你的兄弟墨涅拉俄斯报仇。现在你忘恩负义，想要夺取我的战利品。你可知道，这些都是我夺来的，是希腊人分给我的！我攻占了一座座城市，但我所得到的战利品都远不比你的多。我一直承担最艰巨的战斗任务，但在分战利品时，你取走最好的东西，而我却在疲于奔命之余只能满足于一点战利品。现在，我要回家乡夫茨阿去！我再也不会在这里为你卖命，给你积聚财富！"

"随你的便吧！"阿伽门农大声说，"没有你，我手下仍有足够的将领；有了你，总是四处惹是生非。现在，我得告诉你，我虽然可以把克律塞斯的女儿还给他，但我却要你家里的可爱的勃里撒厄斯作补偿，目的是要教训你，我比你高贵，也以此警示别人，不要像你一样侵犯我的权威！"

阿喀琉斯盛怒之下，几乎要拔出剑来杀死这个阿特柔斯的儿子，最后还是忍住了。正在这时，女神雅典娜出现在他的身后，轻声说："你要镇静，别动用宝剑。如果你听我的话，我会重重赏赐你。"

阿喀琉斯听从了她的劝告，把剑又推回剑鞘里，但愤怒地说："你这个无耻之人，你何不在战场上同希腊最高尚的英雄们一起奋勇杀敌？当然，在这儿从一个敢于顶撞你的人手里抢夺他的战利品，那是一件很容易的事。我指着这根权杖对你发誓：正如这根权杖不能再像橡树枝发芽抽叶一样，从现在起，我再也不会到战场拼杀了。当凶狠的赫克托耳像割草一样屠杀希腊人时，你也休想让我来帮你了。你将来就是悔恨不该冒犯我的尊严，那

与怪兽搏斗的阿喀琉斯

瓶画 约公元前2世纪

图为在喷泉前与一怪兽格斗的阿喀琉斯。关于特洛伊战争，曾有另一种传说，据荷马《伊利亚特》描述，阿喀琉斯也是因为爱上了美女海伦而参战的。

也是徒劳的了。"说完，阿喀琉斯把他的权杖扔在地上，坐了下去。年老的涅斯托耳竭力用平静温和的语气劝解双方，但毫无效果。

最后，阿喀琉斯愤怒地站起来，对国王说："你想怎么干就怎么干吧，可是我绝不会听从你的调遣；我不会因为这个姑娘而举手反对你或其他英雄。你可以将她给我，可是你别想碰我帐营里或船上的其他财产，否则我就杀了你。"

散会后，阿伽门农将克律塞斯的女儿和祭品送上船，委派奥德修斯押运过去。然后，这个阿特柔斯的儿子又命令传令官塔耳堤皮奥斯和欧律巴特斯从阿喀琉斯的营房里把勃里塞斯的女儿带来。他们迫于国王的压力，不情愿地来到营地，他们看到阿喀琉斯坐在营房门口，冷眼看着他们，出于胆怯和敬意，他们不敢开口说出他们的来意。但阿喀琉斯已经猜到了他们此行的目的，便说："你们不必犯愁，你们是宙斯与凡人的传令官，请过来吧，这不怪你们，这是阿伽门农的过错。好朋友帕特洛克罗斯，快把姑娘请出来，交给他们带回去。不过，如果将来有人要我出手援

阿波罗的战车

提埃波罗 壁画
意大利 1720年

　　太阳喷发着怒火，天上浓云翻滚、天使乱窜，伴随着阿波罗的战车的，将是一场盛大的杀戮仪式，即使太阳金色的光辉也无法掩饰不祥的来临。

助而遭到拒绝，那就不能怪我，而应怪我们的国王。"

阿喀琉斯的好友帕特洛克罗斯把姑娘领了出来。她很不情愿地跟两个传令官走去，因为她已经爱上了仁厚的主人。阿喀琉斯含着眼泪坐在海岸上，注视着深色的海水，呼唤着母亲忒提斯帮助他。果然，从大海深处传来了母亲的声音："唉，我的孩子，是我生下了你；你那么年轻却要忍受这么多的苦难和侮辱！我亲自去找雷神，请他帮助你。但这不是立刻就能办到的，因为昨天

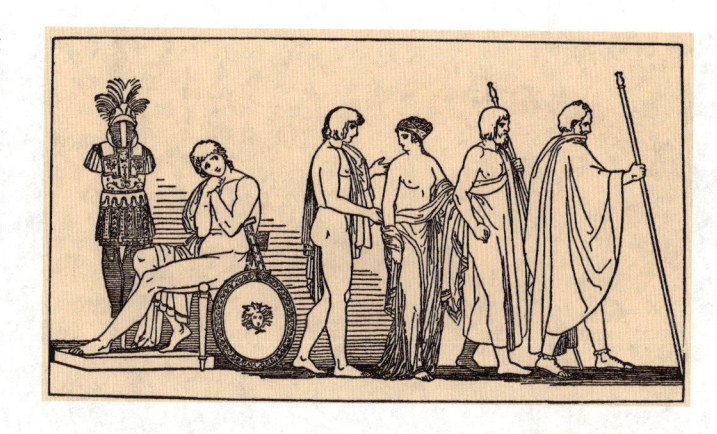

转交克律塞斯的女儿

菲拉克曼 插图版画 1812年

布里塞伊斯被帕特洛克罗斯交给传令使者。

阿波罗与人类的宇宙探索

阿波罗 11 号

阿波罗不朽的象征意义使人类将最早用于登月的一系列飞船均以此命名。图为美国宇航局专为首次登上月球的阿波罗 11 号登月飞船设计的标志。

阿波罗号登月

摄影 1969年

1969 年 7 月 21 日，以太阳神阿波罗命名的宇宙飞船在美国佛罗里达州的卡拉维纳尔角发射升空。图中这枚 40 层楼高的土星 5 号火箭载着人类最伟大的梦想飞向了月球。这个场面无疑是神话中阿波罗驾太阳车在宇宙中纵横驰骋壮观场景的现代科技版。右图为阿波罗 11 号在月球上降落后，宇航员阿姆斯特朗在月球表面迈出了人类行走的第一步。

272

他到俄刻阿诺斯海湾享受虔诚的埃塞俄比亚人的献祭去了，要过12天才能回来。他回来那天我就去找他，抱住他的双膝求他。在此之前你什么地方都别去，就留在战船附近。"阿喀琉斯听罢，离开海岸，回到营帐里，默默地坐着。

与此同时，奥德修斯来到卡律塞岛，把她的女儿还给卡律塞斯。这令祭司一阵惊喜，朝天举起双手，感谢阿波罗神，并请求阿波罗停止希腊人的瘟疫。果然，他的祈祷奏效了，瘟疫立刻停止流行。奥德修斯驾船回到营中，发现瘟疫确实停止了。

阿喀琉斯回家闭坐的第12天，忒提斯穿过早晨的薄雾，从海面升起，来到奥林匹斯圣山。她看到宙斯坐在高山峰顶上，远在其他神之上。忒提斯坐过去，按照时俗，用右手抱住他的双膝，左手抚摸他的下巴，说："天父哟，念在我曾经在口头上和行动上侍奉过你的份上，请准许我向你祈求：命运女神要我的儿子英年早逝，阿伽门农肆意地侮辱他，剥夺了他的战利品，因此

阿喀琉斯送走克律塞斯的女儿

庞培壁画 约1世纪

这幅古老的庞培城的壁画，将阿喀琉斯送走自己心爱的女奴时的不舍与无奈描绘得淋漓尽致。

雅典娜的劝告（上页图）

提埃波罗 壁画
意大利 1757年

愤怒的阿喀琉斯正准备和阿伽门农拔剑相向，雅典娜一把抓住了他的头发，试图平息他的愤怒。

我祈求你,万神之父,让特洛伊人获胜吧,除非希腊人归还给他应得的荣誉!"宙斯沉默良久,一动也不动。忒提斯再次抱紧他的双膝,低声说道:"天父,请答应我的请求吧;要么干脆拒绝我,让我知道在诸神中你最不爱惜我!"

忒提斯缠得万神之父不得不做出答复,但他的语气表明他极不情愿。"你这样逼着我跟神之母赫拉作对不好,赶快离开吧,别让她看到你。我点头示意,算是对你的回答。"宙斯在说话时只是以垂下眉毛示意,但是奥林匹斯圣山已经震动起来。忒提斯满意地回到大海里。赫拉看到他们在谈话,便埋怨宙斯。宙斯平静地对她说:"不要以为你能改变我的决定。别说了,按我的意思去做。"赫拉听到丈夫的话,不敢再提这件事了。

忒提斯雕像

石雕 希腊
公元前390—前380年

英雄阿喀琉斯的母亲忒提斯是海神和海中仙女的女儿,古希腊伟大的雕塑师奇迹般地用大理石表现出了她在水中浸湿的薄如蝉翼的衣服。

帕里斯和墨涅拉俄斯

在涅斯托耳的建议之下,希腊人全部以家族为单位编好队,准备迎战。这时,特洛伊人开始前进了,城墙后面尘土飞扬。希腊人也向前推进。两支军队逼近,即将开始战斗。这时,王子帕里斯从特洛伊人的队伍中跳了出来。他身穿花斑豹皮战袍,肩上背着硬弓,身佩宝剑,手中挥舞两根长矛,大声叫阵,要向希腊人中最勇敢的人单独挑战。墨涅拉俄斯跳出来,心里狂喜,如同一头饿狮发现羚羊和牝鹿从自己面前经过一样。他全副武装,跳下战车,迫不及待地要报复这个曾经洗劫他家的强盗。帕里斯看到对手杀气腾腾,被吓住了,不由自主地退回队伍里。赫克托耳愤怒地大叫:"兄弟,你空有一副英雄的外表,心里却怯懦得像个女人。难道你只懂勾引女人吗?真希望你死在海伦面前。你没有看到希腊人嘲笑你吗?因为你拐走了别人的妻子而无胆量面对

忒提斯的请求

安格尔 油画 1811年

忒提斯一手摸着万神之父宙斯的下巴，一手抱着他的膝盖，女神的撒娇让宙斯生气也不是，心疼也不是。但他是主神，红袍和权杖显示出了高居雷霆的身份。他必须摆出王者的样子。安格尔是古典主义绘画的代表人物，但过度写实的技巧阻碍了画家的想象力。

宙斯祭坛

建筑 公元前180—前160年

宙斯，万王之王和众神之父，无情地统治着世界。他以雷神之势，决定着世间的每一场战争。

她的丈夫，现在你应该知道你侵犯了怎样的一个人。即使你现在浑身是伤，躺在地上，蓬头垢面，我也不会同情你。"

帕里斯回答说："赫克托耳哟，你够胆量，意志力就像工匠的利斧一样坚硬有力。如果你想要我和他决斗，那么请特洛伊人和希腊人全放下武器。我愿意为了海伦和她的财富同墨涅拉俄斯在所有人面前单独对阵。谁胜了，谁就带着海伦和她的财宝回去。不过，我们必须为此订一个协议。这样，你们就可以和平地回去耕种特洛伊人的土地，而希腊人也可以扬帆起航，回亚各斯去。"

赫克托耳听到帕里斯的话，感到意外，他高兴地手执长矛从队伍里跳到前面，挡住特洛伊人往前冲击。希腊人纷纷朝他投石、射箭、掷飞镖。阿伽门农连忙对希腊士兵叫道："住手！赫克托耳有话想和我们说。"希腊人于是停止射击。赫克托耳大声宣布帕里斯的建议。听完他的话，希腊人陷入了沉默。最后，墨涅拉俄斯说："请听我说吧！我希望亚各斯人和特洛伊人最终能够和解。这一场争斗是由帕里斯挑起的。我们双方都受尽了苦难。我与帕里斯两人中必须有一个人要牺牲。其余的士兵，都可以和平地回去。让我们献祭，立誓，开始决斗！"

所有士兵听了这话都很高兴，他们都希望战争能够早日结束。双方驾车的人都勒住马头，英雄们跳下车，解下盔甲，放在地上。赫克托耳派出两名使者，让他们回到特洛伊城内取来献祭的绵羊，同时请国王普里阿摩斯到战场上来。国王阿伽门农也派传令官塔耳堤皮奥斯回船上牵来一头活羊。神的使者伊里斯变成普里阿摩斯国王的女儿拉俄狄克，立即赶到特洛伊城，把消息告诉海伦。海伦正在纺机前，赶织一件华丽的长袍，上面绣有战场的场景。"亲爱的,你快出来,"伊里斯叫她,"你将看到一件奇事:特洛伊人和希腊人刚才还欲斗个你死我活,现在却罢兵息战了。他们把长矛插在地上,倚着盾牌,战争已经结束了。只有帕里斯和墨涅拉俄斯即将上阵决斗,谁赢谁就能把你带走!"

女神说着,海伦不由想念起了她前夫墨涅拉俄斯和其他的朋友们,想念起远方的家乡。她马上戴上银白色的面纱,遮住一双泪眼,带着侍女埃特拉和克吕墨涅来到城门。国王普里阿摩斯和几个年纪最大以及最富于智慧的特洛伊人坐在城垛后面。他们由于年事已高不能亲自参战,可是在国事会议上他们发表的意见却往往是最明智的。老人们看见海伦走来,立刻为她的仪态所震动,并互相悄悄地低语:"怪不得希腊人与特洛伊人为这个女人争斗了多年,她看上去就像一位不朽的女神!不过,不管她多可爱,还是让她跟随希腊人的战船回去吧,免得我们以及我们的子孙后代都为她所害。"

此时,在战场上,赫克托耳和奥德修斯开始测量决斗的距离,并抽签决定哪一方先朝对方投掷长矛。

墨涅拉俄斯在梦中

菲拉克曼 插图版画 1812年

　　墨涅拉俄斯在梦中,梦见爱妻被人掠走。

赫克托耳斥责帕里斯无能

菲拉克曼 插图版画 1812年

士兵与献祭

瓶画 古希腊时期

在自己家人的关照下,一名士兵在奔赴战场前正在察看献祭牲畜的内脏是否新鲜。

写有名字的签放在头盔里边,赫克托耳摇动头盔,写着帕里斯名字的签首先跳了出来。两位英雄披上盔甲,大步走到决斗场上,手里举着长矛。他们来到事先划定的位置上,按照抽签结果,帕里斯先投矛。他猛地掷出他的长矛,长矛被墨涅拉俄斯的盾牌挡住了,矛尖被撞弯了。

轮到墨涅拉俄斯了,他高举长矛,大声祈祷:"宙斯,为了让世世代代的人都不敢再侵犯善待他们的东道主,请允许我惩罚这个先侵犯我的人!"说着,他投出长矛,矛尖穿透帕里斯的盾牌,穿过盔甲,穿过他的紧身衣,刺破了他的大腿。墨涅拉俄斯拔出宝剑,朝对方的头盔砍去。只听当的一声,宝剑断成两截。"残酷的宙斯,你为什么不让我战胜他?"墨涅拉俄斯大喊一声,朝帕里斯扑了过去。他抓住帕里斯的战盔,拖着他,转身朝希腊人的阵地奔去。要不是女神阿佛洛狄忒前来帮助,暗中割断了皮

耶波鲁博斯之盘

**瓶画 公元前600年
大英博物馆藏**

这个盘子出土于罗得司岛，画面上的两个交锋的英雄分别是特洛伊王子赫克托耳和希腊英雄奥德修斯。对称的古典图案，以中心的一只鸟作为调节。陶器高38厘米。

带，帕里斯一定早被墨涅拉俄斯用颈带勒死了。结果，墨涅拉俄斯只抓了一只空空的头盔。他把头盔扔在一边，又准备朝对方扑去。

阿佛洛狄忒降下一片迷雾，借机把帕里斯带回特洛伊城，把他放进一个香气四溢的房间里。她自己则变成斯巴达的老女佣，走近海伦。海伦正和一群特洛伊女人坐在城墙的塔楼里，阿佛洛狄忒拉了一下她的衣角，对她说："过来，帕里斯喊你走。他穿着赴宴的衣服，在宫中内室里等你。他好像准备去参加舞会似的，根本就不像刚决斗回来。"

海伦抬头看时，女神阿佛洛狄忒突然消失得无影无踪。在一片神光中。海伦悄悄地离开，回到自己的宫殿，看到丈夫正躺在床上。阿佛洛狄忒早已将他打扮一新。海伦坐在他的对面，正眼看着他，嘲笑地问他："你就这样回来了吗？我宁愿看到你战死在战场上。你刚还在夸口说，无论投矛还是徒手作战，你都能战胜他。去吧，再去向他挑战！哦，不，还是留在这里。你再去，

雅典娜女神的盾牌

浮雕 古罗马时期 大英博物馆藏

这是仿造曾经矗立于帕提农神庙、后来失踪的巨型雅典娜女神像手中的盾牌而制作的小型石头盾牌。描绘的是希腊人与亚马孙族交战的情形。画面中的蛇发女怪不是美杜莎，而是盾牌阻挡敌人武力的中心象征。此浮雕是大理石制作，高43厘米，出土于雅典。

会更狼狈的！"

"请你不要这么瞧不起我，"帕里斯回答说，"我之所以失败，那是因为女神雅典娜帮助他。下一次我会战胜他的，因为神并没有放弃我。"阿佛洛狄忒让海伦的内心充满感动，使她对丈夫产生了无限的情意，并热切地与丈夫接吻。

在战场上，墨涅拉俄斯还在四处搜寻帕里斯。可是，特洛伊人和希腊人都不知道他到哪里去了。并且，他们双方都绝不可能把他藏起来，因为他们都已经对他恨之入骨。最后，阿伽门农大声宣布："你们听着，特洛伊人和希腊人！显然墨涅拉俄斯是胜利者。现在请你们交出海伦和她的财宝，并且将来要向我们进贡！"亚各斯人听了国王的话都大声欢呼。但特洛伊人却沉默起来。

潘达洛斯

米罗的维纳斯

雕塑 约公元前4世纪
巴黎卢浮宫博物馆藏

米罗的维纳斯，阿佛洛狄忒的罗马名字因其残缺的美和无法挑剔的性感姿势而享誉世界。她出土于米罗岛，据说出自菲狄亚斯的某个弟子的手。但当时很多人都采用这个式样。该雕塑在卢浮宫管理甚严，但她的美在全世界无人不知。

所有的神在奥林匹斯圣山上集会。赫柏来来往往地给各位神斟酒。他们俯视着特洛伊城，宙斯和赫拉决定毁灭特洛伊城。万神之父命令女儿雅典娜即刻去特洛伊战场，去再次引发特洛伊人与希腊人间的战争。

珀拉斯·雅典娜扮成安忒诺尔的儿子劳杜科斯混在特洛伊人中间，她找到了吕卡翁的儿子潘达洛斯。他是特洛伊人的盟友，他率领许多士兵从吕喀亚赶来参战。

女神拍着她的肩膀说："听着，潘达洛斯，现在正是你大显身手，让特洛伊人永远感谢你的时候，特别是帕里斯，他一定会对你厚礼相报。你看，站在那里的墨涅拉俄斯是多么的狂妄！你有种的话，为什么不向他射上一箭？"化了装的女神拿话来刺激愚蠢的潘达洛斯。潘达洛斯拿起弓,从箭袋里抽出一支翎箭,扣紧弓弦,嗖的一声向对方射去。箭飞越空中,雅典娜却引导它,射中了墨涅拉俄斯的腰带。虽然箭头穿过皮革,透过铠甲,但只划破了表皮,伤口里流出了鲜血,墨涅拉俄斯身子晃了一晃。

阿伽门农和伙伴们惊慌地围了上来。"亲爱的兄弟,敌人违背了誓约,"国王叫道,"这个誓约几乎将你害死。他们将为此付出代价。"

墨涅拉俄斯安慰他的哥哥。"请放心,飞箭没有给我造成致命伤。我的腰带保全了我。"阿伽门农立即派人去找神医马哈翁。他急忙赶来,从墨涅拉俄斯的腰带上拔下箭,然后解开腰带,脱下铠甲,仔细查看伤口。他蹲下身子,用口吸出瘀血,并敷上止痛膏。

正当医生和英雄们正忙着为墨涅拉俄斯治伤的时候,特洛伊的士兵杀了过来。希腊人急忙应战。阿伽门农把战车交给欧律墨冬,自己则跟士兵们一起步行作战。希腊人士气大振,

维纳斯之镜

爱德华·伯恩·琼斯 油画 古尔本基安美术馆

　　维纳斯(阿佛洛狄忒在罗马神话中的名字)是爱和美的女神,她最早是爱与丰产女神,偶尔也主持婚姻,后来逐渐演变成美的化身。在与维纳斯相关的文学和艺术创作中,镜子是常出现的元素。维纳斯会用镜子来检验自己的美貌或是观察人间的爱情故事。镜子本身成了权力和欲望的象征。

战神阿瑞斯被阿佛洛狄忒征服（局部）

戴维 油画 1824年 比利时皇家美术馆藏

美神与战神的故事因为被后世的艺术家们反复描绘而著名，但希腊神话中其实并没有相关记录，他们的关系是后来罗马人的演绎。

一队一队地冲上战场，将领们大声传令，士兵们英勇前进。特洛伊人却像羊群一样喧哗吵嚷，各种方言混杂在一起。战神阿瑞斯给特洛伊人打气助威，珀拉斯·雅典娜不断地鼓动希腊人的斗志。

战场上马嘶人喊，杀声震天。特洛伊人埃刻波罗斯冲在最前面，率先杀入敌群，不料被涅斯托耳的儿子安提罗科斯用矛刺中前额，倒在地上，成为第一个阵亡的特洛伊英雄。希腊王子埃勒弗诺阿即刻上去抓住他的一只脚，想把他拖过来，剥下他的盔甲。正当他弯腰拖尸时，一不小心，被特洛伊人阿革诺耳用长矛刺中腰部，顿时倒在了血泊中，很快就死去了。他的死更激起了希腊人的复仇之火，勇士们像狼一样在战场上驰骋。

埃阿斯挥起长矛，朝冲来的年轻的西莫伊西俄斯当胸一刺，西莫伊西俄斯踉踉跄跄，倒在地上。埃阿斯扑上去，剥下他的盔甲。特洛伊人安提福斯见状顺手掷出一枪，埃阿斯及时躲过，他身旁的琉科斯却被击中。琉科斯是奥德修斯的朋友，一位勇猛的战将。奥德修斯见他被刺死，悲愤万分。他警戒地观察周围，掷出他的长矛，但安提福斯躲闪过去。投枪击中了国王普里阿摩斯的私生子特摩科翁，枪尖穿透了他的左右太阳穴，他轰然一声，倒在地上死了。特洛伊的前锋，包括赫克托耳，连忙后撤。希腊人大声欢呼，把尸体拖到一旁，向特洛伊人的阵地继续挺进。

阿波罗见状大怒，他鼓励特洛伊人前进。"你们不要放弃阵地！他们既不是铁铸的，也不是石制的。他们中最勇敢的英雄阿喀琉斯并没有参加作战，他还坐在他的战船旁边。"在战场的另一方，雅典娜则鼓励希腊人继续冲击。

这时，珀拉斯·雅典娜给堤丢斯的儿子狄俄墨得斯注入神力和勇气，要让他立下卓著功勋。她让他的盔甲和盾牌像秋夜的星星一样闪闪发光，使他冲锋陷阵，如履平川。在特洛伊人中有一个有权有势非常富裕的人，名叫达勒埃斯，他是赫淮斯托斯的祭司。他把两个勇敢的儿子送上战场，两个儿子名叫菲格乌斯和伊特俄斯。他们两人驾着战车冲向徒步作战的狄俄墨得斯。菲格乌斯朝狄俄墨得斯投掷标枪，枪从狄俄墨得斯的左肩下穿过，没有伤到他。狄俄墨得斯回手一枪，刺中菲格乌斯的前胸，把他挑下战车。伊特俄斯看到这个情景，吓得不敢上前保护兄弟的尸体，立即弃车而逃，但他父亲的保护神赫淮斯托斯立刻赶来，降下黑雾保护了他，因为赫淮斯托斯不想让他的祭司同时失掉两个儿子。

这时候，雅典娜抓住她的兄弟战神阿瑞斯的手，对他说："兄弟，我们暂别去插手特洛伊人和希腊人的战事，让他们各自作战，由我们的父亲定夺哪一方取胜好不好？"阿瑞斯同意了，和雅典娜一起离开了战场。表面看起来，战场上都是凡人在作战，但雅典娜明白，狄俄墨得斯还带着她赋予的神力在作战。

无头胜利女神

萨墨德拉克 雕塑
公元前200年 巴黎
卢浮宫博物馆藏

胜利女神名叫尼克，常常站在雅典娜的手上。因为"只有智慧才能带来胜利。"尼克（Nice）在希腊语中的意思就是胜利，据赫西俄德说，她是巨人提坦的女儿。萨墨德拉克的尼克丢失了脑袋，仿佛象征着胜利与牺牲的关系。

亚各斯人对敌人加紧了攻击，阿伽门农投出长矛，一枪刺中荷迪奥斯的肩头；伊多墨纽斯戳倒菲斯托斯；机灵的斯康曼特律奥斯被墨涅拉俄斯一枪击倒；为帕里斯营造船只的菲勒克洛斯也被迈里俄纳斯杀死。此外还有许多特洛伊人在希腊人的手下丧命。

狄俄墨得斯在敌阵中左冲右突，不断变换方位，甚至看不出他究竟是希腊人，还是特洛伊人。潘达洛斯瞄准他拉起了弓，一箭射去，射中他的肩部，鲜血染红了他的铠甲。潘达洛斯大声欢呼，号召他的士兵们说："前进呀，特洛伊人，策马向前！我已经射中最勇敢的希腊将领，他就会倒下。是阿波罗太阳神派我来对付他的！"

但狄俄墨得斯伤势不重，他在战车前重又站了起来，对他的好友兼车夫斯忒涅罗斯说："朋友，快从车上下来，给我拔出肩上的箭！"斯忒涅罗斯赶紧帮他拔箭，鲜血从盔甲缝中飞溅出来。狄俄墨得斯向雅典娜祈祷："宙斯的女儿，你过去曾保护过我的父亲，现在也请你保护我！将我的长矛引向那个刺中我并在幸灾乐祸的人，让他再也见不到阳光！"雅典娜听到他的祈求，马上给他的四肢增添了力量。他突然感到身轻如燕，伤口也不再疼痛，又飞身投入了战斗。

"前进吧！"她对狄俄墨得斯说，"我治好了你的箭伤，已摘除了你眼中的凡人眼帘，现在你在战场上可以看出谁是凡人，谁是神。如果有神朝你走来，你不要和他对抗。但是要是阿佛洛狄忒，你可以刺伤她！"

战神阿瑞斯

雕像 公元2—3世纪 卡比托利欧博物馆藏

狄俄墨得斯

狄俄墨得斯勇气和力量倍增，他像猛虎下山一样凶猛无比，勇往直前。他一枪刺中了阿斯堤诺俄斯的肩膀，将他挑倒在地；又用长矛戳穿了庇戎，并刺死了欧律达玛斯的两个儿子，刺死了弗诺珀斯的两个儿子，接着又把普里阿摩斯的两个儿子克洛弥俄斯和厄肯蒙从战车上挑了下来，剥下了他们的盔甲，他手下的士兵缴获了战车，并把它拉回自己的阵地。

普里阿摩斯国王的英勇善战的女婿埃涅阿斯眼看到特洛伊人在狄俄墨得斯的打击和杀戮下渐渐后退，便冲过雨点一般的乱箭跑到潘达洛斯那儿，大声对他说："吕卡翁的儿子，你的弓，你的箭，你的无可匹敌的箭术都到哪里去了？那个人杀害了这么多特洛伊人，如果他不是化身为人的神祇，你就应该将他射死！"

潘达洛斯回答说："他如果不是神，那他必是堤丢斯的儿子狄俄墨得斯，我还以为已将他射死了。肯定有一个神保护了他，并且在帮助他！我太不幸了！我已经射中了两个希腊王子，可是一个也没有射死，反而激起了他们的斗志。如果不亲手毁掉我的弓与箭，我都无脸回到特洛伊城去。"

埃涅阿斯极力安慰他，并说："上我的战车好了。"潘达洛斯跃身上车，站在埃涅阿斯身旁。两个人驾着快马，朝狄俄墨得斯飞驶而去。

狄俄墨得斯的朋友斯忒涅罗斯看到他们冲了过来，便朝他的朋友大喊一声："当心，两位勇敢的人朝你奔来了，他们是潘达洛斯和埃涅阿斯。埃涅阿斯是一个半神的英雄，他是阿佛洛狄忒的儿子。我们还是驾车逃走吧，你的力量占不了优势！"

狄俄墨得斯脸一沉，说："不要在我面前说害怕的话！逃避战争不是我的作风，我的力量是不可战胜的！站在车上有碍我活动，我要徒步去迎击他们！如果我杀死了他们，你就随后过来，把埃涅阿斯的骏马当作战利品牵着送回船去。"他正说着，潘达洛斯的长矛已朝他掷过来，穿过他的盾牌，却被他的铠甲挡了回去。

狄俄墨得斯同时向潘达洛斯投出了手中的枪，正中对方的下颌。潘达洛斯从车上翻倒在地，他背的箭散落一地，他的马惊逃而去。埃涅阿斯跳下战车，像头勇猛的雄狮站在自己的伙伴身边，准备歼灭任何敢于碰他朋友的人。狄俄墨得斯从地上抓起一块巨石，这块巨石两个普通人都难以搬动，而他却高高举起，猛击埃涅阿斯的腿骨。埃涅阿斯痛得失去知觉，跌

伯里克利演讲

油画 约17世纪

伯里克利是公元前5世纪的希腊人，伯罗奔尼撒战争初期雅典政治的真正领袖和中心人物。他在战争爆发后两年去世，但有很多关于雅典人战争的远见卓识。他领导了雅典人民30年，善于演讲，充满智慧，是一位战神阿瑞斯式的人物。

倒在地。如果不是女神阿佛洛狄忒跑来抱住儿子，用自己的袍子把他裹住，离开了战场，那他一定会被打死。

同时，斯忒涅罗斯听从吩咐缴下了埃涅阿斯的战车和战马，送回战船，然后又驾驶着自己的战车回到狄俄墨得斯的身旁。狄俄墨得斯通过雅典娜赋予的眼力认出了女神阿佛洛狄忒，于是穿过混乱的战场，追上了带着儿子的女神。这英雄用枪奋力朝她投去，枪尖划破了女神的手腕，伤口滴出了鲜血。受了伤的阿佛洛狄忒痛得尖声叫喊，手中的儿子滚落到地上。她急忙去找坐在战场边上的她的兄弟战神阿瑞斯。

"噢，兄弟哟，"她恳求道，"把马车借给我，让我回奥林匹斯圣山去。我的手受了伤。"阿瑞斯把战车借给她。阿佛洛狄忒驾车来到奥林匹斯圣山，哭着扑进了母亲狄俄涅的怀里。她抚慰女儿，领她来见父亲。宙斯含着微笑接见了她，对她说："我可爱的女儿，你不是掌管战争的料，你还是去主管婚礼，把厮杀留给战神去管吧！"赫拉和姐姐雅典娜却在一旁嘲笑地看着她，挖苦地说:"怎么啦?肯定是那个漂亮而虚伪的希腊女人把阿佛洛忒狄吸引到特洛伊去了,她一定抚摸了海伦的衣裳,被衣扣划破了手!"

在人间的战场上,战斗愈趋激烈。狄俄墨得斯朝着埃涅阿斯扑了上去,他3次给他以致命的打击,但是三次都被愤怒的阿波罗神用盾牌挡住。当他第四次举剑冲过去时,阿波罗朝他怒吼一声:"你这个凡人,你竟敢和神对抗!"听到这话,狄俄墨得斯畏惧之下,即刻退了下来。

阿波罗背着埃涅阿斯离开了混乱的战场,回到特洛伊他自己的神庙,交给他的母亲勒托和他的姐妹阿耳忒弥斯精心照料。阿波罗在英雄埃涅阿斯刚才倒下的地方制造了一个假象,特洛伊人和希腊人都为此激烈争夺起来。然后,阿波罗吩咐战神阿瑞斯,把胆敢与神作对的无耻之徒——堤丢斯的儿子,从战场上清除出去。战神装扮成色雷斯人阿卡玛斯混在混乱的人群中,来到普里阿摩斯的儿子们跟前,斥责他们说:"王子们哟,你们还要让那

狄俄墨得斯与战神阿瑞斯的战斗

菲拉克曼 插图版画 1812年

两军对阵

版画 中世纪

这幅画表现了公元前490年希腊人在马拉松打败波斯人的战斗场面。虽然图中双方军队的装束都画成了中世纪骑士式的,但其作战的阵式却是从英雄传奇的时代就有了。

287

阿佛洛狄忒救儿子

提埃波罗 壁画 意大利 1757年

阿佛洛狄忒用自己的袍子裹住儿子埃涅阿斯，以逃离希腊人的追杀。

个希腊人杀戮多久呢？难道你们想让他们一直杀到特洛伊的城门吗？你们不知道埃涅阿斯已经被刺倒了吗？来吧，让我们把他从敌人的手中抢回来！"

就这样，阿瑞斯重新点燃了特洛伊人的战斗热情。吕喀亚国王萨耳佩冬跑去找赫克托耳，对他说："赫克托耳，你的勇气到哪儿去了？刚才你还夸口，即使没有同盟军，没有军队，光靠你们几个兄弟和你的几个姐夫妹夫就能保卫特洛伊城。可是现在我没有看见他们中有一个在战场上，逼得我们同盟军不得不单独作战。"这番谴责使赫克托耳深受刺激。他挥舞着长矛，跳下战车，大步从军中走过，鼓励士兵们冲击。他重新煽起了大家的战斗激情，他的几个兄弟和其他的特洛伊人即刻转向敌人冲去。阿波罗也让埃涅阿斯恢复了健康和力量，把他送上战场。他突然平安无事地出现在大家面前，大家都向他欢呼起来，可是谁也没有顾得上多问几句，大家一起重新投入了战斗。

希腊人由狄俄墨得斯、两个埃阿斯和奥德修斯率领着，严阵以待，像一堵城墙一样出现在战场上。阿伽门农第一个朝着飞奔而来的特洛伊人投去一枪，击中埃涅阿斯的朋友得伊科翁。他是总在前线冲锋陷阵的英雄。埃涅阿斯挥手杀死了两个希腊人，即克瑞同和俄耳西科罗斯，他们是狄俄克赖斯的儿子，从小在伯罗奔尼撒的弗赖城一起长大，勇猛得像两头雄狮一样。悲痛之下，阿伽门农的兄弟墨涅拉俄斯挥动长矛，疾风似的投入战斗。战神阿瑞斯怂恿他前进，希望他会被埃涅阿斯砍倒。涅斯托耳的儿

爱神奔向战神

菲拉克曼 插图版画 1812年

受伤的阿佛洛狄忒被伊里斯引向战神阿瑞斯。

战神阿瑞斯

委拉斯凯兹 油画 17世纪
马德里普拉多美术馆藏

战神阿瑞斯是宙斯和赫拉的儿子，但这对夫妇并不怎么喜欢这个儿子，在《伊利亚特》史诗里，他是众人怨恨最多的罪人。阿瑞斯残暴凶狠，荷马形容他是血腥和死亡的化身。

阿瑞斯

银币 罗马 公元1世纪

古罗马时期的银币，上面雕刻有罗马人崇拜的战神阿瑞斯，他的装束和蓄须的形象是标准罗马式的。

子安提罗科斯为国王的生命担心，当两个英雄举矛厮杀时，他急忙奔到墨涅拉俄斯身边。埃涅阿斯看到对方有两个人，连忙退了下去。墨涅拉俄斯和安提罗科斯抢出了两位朋友的尸体，交给自己人守卫，接着他们又回头厮杀。赫克托耳率领最勇敢的特洛伊人在战神的陪同下冲了过来，战神亲自与他一道作战。狄俄墨得斯看到战神走来，大吃一惊，对士兵们大喊："朋友们，不要为赫克托耳的勇敢而感到惊讶；他的身旁有神护卫！所以，如果我们被迫撤退，我们就暂且撤退吧。"正说着，特洛伊人已经逼近。赫克托耳杀死了车上两个勇敢的希腊人。忒拉蒙的儿子埃阿斯赶过来，为他们报仇。他用长矛击中了特洛伊人的一个盟友安菲俄斯，安菲俄斯栽倒在地。埃阿斯正要冲上前去从他的身上拔出长矛，特洛伊人的枪如飞蝗般朝他投了过来，他只好退了回来。

在战场的另一边，厄运驱使着赫拉克勒斯的儿子特勒帕勒摩斯向吕喀亚人萨耳佩冬走去。他老远就大声叫骂道："你干吗还站在那儿发抖？你这个从亚细亚来的胆小鬼，竟敢夸口是宙斯的儿子，你这个懦夫，即使你今天有勇气作战，也难逃一死！"萨耳佩冬回答说："如果我一直都还没有得到荣誉，那么我现在就取你的性命为我赢得荣誉！"说完话，两个英雄挥舞着长矛拼刺起来，萨耳佩冬刺中对方的喉咙，特勒帕勒摩斯倒地而亡。同时特勒帕勒摩斯也刺中萨耳佩冬的左腿，但他的父亲宙斯不愿意让他死，因此，他的朋友们急忙拖着他离开战场。他痛得阵阵发抖，但是他们走得太快了，居然没有人发现萨耳佩冬的腿上还拖着那根镖枪。同时，希腊人也把特勒帕勒摩斯的尸体拖了回去。

奥德修斯在人群中混战，他追近了正在撤退的受伤的萨耳佩冬，赫克托耳急忙赶来。萨耳佩冬以虚弱的声音对他说："别让我落在亚各斯人的手里；请保护我，即使我不能回国看到我的妻儿，也要在特洛伊城里咽下最后一口气。"赫克托耳来不及回答，便冲上去，击退萨耳佩冬周围的希腊人，连奥德修斯也不敢再往前一步。萨耳佩冬的朋友把他抬到离城门不远的一棵高大的圣树下。他青年时代的朋友珀拉工从他腿上拔出枪头。受了重伤的萨耳佩冬痛得昏了过去，不久，他又苏醒过来。一阵清凉的北风吹过，使他很快恢复了元气。

现在，阿瑞斯和赫克托耳一路冲杀，将希腊人击退到他们的战船上。赫克托耳独自杀死了6个希腊英雄。赫拉从高高的奥林匹斯圣山上看到特洛伊人在阿瑞斯的帮助下屠杀希腊人，感到十分震惊。万神之母命令将战车准备好，给战车套上飞马。雅典娜也穿上父亲的铠甲，头上戴着金盔，手持画有戈耳工头像的盾牌。她带着长矛，纵身跳上战车。赫拉在她旁边挥舞鞭子，战车疾驶而去。由时光女神看守的天宫大门自动打开，两位伟大的女神驶过雄伟的奥林匹斯圣山。她们看到宙斯坐在山顶上。赫拉勒住马缰，停下来对他说："你的儿子阿瑞斯违背天命，屠杀希腊人，难道你不生气吗？阿佛洛狄忒和阿波罗唆使战神按照他们的意愿去做，并且得意扬扬。现在请你允许我去教训这个不敬之徒，将他逐出战场！"

"你可以去试试，"宙斯在顶峰上回答道，"让我女儿雅典娜对付他吧，她英勇善战。"战车从空中直扑人间的战场，最后降落在西莫伊斯河与斯卡曼德洛斯河汇合的地方。

女神助战

菲拉克曼 插图版画 1812年

赫拉与雅典娜下降，协助希腊人。

雅典娜雕像

克罗迪翁 雕塑 1766年
纽约大都会美术馆藏

　　失去了手中武器的正义女神，目光中全是慈悲和女性的柔美。虽然她在希腊神话里有时以男性的形象出现，但她毕竟是女神，而且希腊人也更喜欢她作为女性的英武雄姿。她没有阿佛洛狄忒的骄奢，也没有赫拉的乖僻，她的美是古希腊城邦政治道德的需要和体现。

　　两个女神迅速地来到杀声震天的战场，她们看到一群勇士正拥在狄俄墨得斯的四周。赫拉变作斯屯托耳走近他们，大声喊道："亚各斯人，你们不感到耻辱吗？难道只有阿喀琉斯和你们一起战斗时，你们才能战胜敌人吗？现在他留在战船上，你们就赢不了吗？"希腊人听到责骂声，顿时受到激励，增添了勇气。雅典娜开出一条通路，直接来到狄俄墨得斯的面前。他正靠在战车上，包扎被潘达洛斯用箭射中的伤口。他的盾重重地靠在他的身上，汗水流遍了全身。他两手软弱无力，好不容易才解开盔甲，擦干血迹。

　　雅典娜靠在马上，对他说："看来，堤丢斯的儿子一点儿也不像他的父亲。他的父亲虽说是小个子，但比任何人都勇敢。他在底比斯城外作战，虽说违反了我的意志，但是他英勇无畏，所以我无法拒绝对他的援助。你今天也可以得到我的保护和援助，但是我搞不清你是怎么一回事，你是因为久战劳累了呢，还是因为恐惧而四肢麻木了？无论出于什么原因，你实在不像勇猛的堤丢斯的儿子"。

　　狄俄墨得斯听到她的话，惊奇地抬起头看着她："我已经认出你了，你是宙斯的女儿，事实上，我往后撤退，既不是因为害怕，也不是因为松懈，而是因为一个强大的神与我为敌，你赋予我的超强眼力使我认出了他。他是战神阿瑞斯，我看见他率领特洛伊人作战。我毫无办法，只好退到这里，而且命令其他的希腊人也到这里集合"。

　　雅典娜回答说："狄俄墨得斯呀，我的好朋友，从现在起，你不用害怕阿瑞斯了，也不用害怕其他的神，因为我站在你一边，驾起战车，向战神冲去吧！"说完，她轻轻地拍了拍狄俄墨得斯的御者斯忒涅罗斯，他会意地从战车上跳了下来。雅典娜跳上车，坐在狄俄墨得斯的旁边，抓住缰绳，驾着战车朝战神阿瑞斯直扑过去。

阿瑞斯刚刚刺死了最勇敢的埃托利亚人珀里法斯，正在剥取他的铠甲，他看到狄俄墨得斯站在战车上向他冲了过来，女神雅典娜把自己掩在看不透的浓雾里。阿瑞斯随即丢开珀里法斯，奔向堤丢斯的儿子，用长矛瞄准英雄的胸脯。雅典娜暗中伸手挡住了长矛，让它改变了方向，长矛飞到了空中。狄俄墨得斯从战车上也投出了长矛，雅典娜让他的长矛击中阿瑞斯的小腹，战神大吼一声，地动山摇，特洛伊人和希腊人听得浑身颤抖，以为听到了宙斯的雷声。只有狄俄墨得斯看到阿瑞斯腾云驾雾朝天空飞去。战神来到天上，坐在父亲身旁，将伤口指给他看。宙斯严峻地对他说："我的儿子，别再抱怨了！在奥林匹斯圣山的众神里，我最不喜欢的就是你了。你总是喜欢战争、争端，你继承了你的母亲赫拉固执、反叛的性格。不过，我也不愿意看见你受伤。神中的医生弗厄翁会给你治疗伤口的。"于是他叫来弗厄翁，弗厄翁仔细查看了战神的伤口，并敷了药，战神的伤口很快就愈合了。

其他的神也纷纷离开特洛伊人和希腊人，回到奥林匹斯圣山。

战场上，忒拉蒙的儿子埃阿斯在特洛伊人中杀出一条血路，用枪刺中了色雷斯人阿卡玛斯。接着，狄俄墨得斯也杀死了阿克绪罗斯和他的马夫。三位英勇的特洛伊人死在墨喀斯透斯的儿子欧律阿罗斯的手下，奥德修斯杀死了特洛伊英雄庇底狄斯，透克洛斯杀死了阿瑞塔翁；阿布勒洛斯躺在安提罗科斯的脚下；埃拉托斯被阿伽门农杀死。阿达斯特洛斯在回城途中马失前蹄，摔倒在地上，被墨涅拉俄斯活捉。这位俘虏跪在地

特洛伊之战（局部）

达维德 油画 1771年
巴黎卢浮宫

雅典娜指着残酷的战场，对狄俄墨得斯发难。后者立刻认出了这位宙斯的女儿，惊奇的面孔和红色披风，更增加了战场的血腥，以及神的自私：人类不过是诸神之间钩心斗角的玩物。雅典娜身后，两个老兵还在伤感地谈论着这没有尽头的战争，而空中飞翔的赫拉很得意地看着英雄们的死亡。

阿瑞斯与火星探险

战神的行星

摄影 2001 年

在天文望远镜里，火星因其红色的土壤和道道斑痕，很像一个热血贲张的武士，天文学家便以战神玛斯（Mars 阿瑞斯的罗马名字）为火星命名。

上，抱住墨涅拉俄斯的双膝，苦苦哀求："别杀我，把我关起来吧，阿特柔斯的儿子，我的父亲会拿出大量的珠宝和黄金给你！"

墨涅拉俄斯有点心动了，这时阿伽门农向他走来，斥责他说："墨涅拉俄斯，你对敌人发慈悲吗？我们要对每一个特洛伊人进行报复！哪怕是在母亲怀里的婴儿也不放过。"墨涅拉俄斯听到这话，只得把阿达斯特洛斯推开，阿伽门农一枪把他刺死在地。

此时，涅斯托耳在希腊人中大声呼喊："朋友们，别只顾停下来抢夺财物，剥取战利品。现在是动手杀敌的时候，战斗结束后我们再慢慢地收取战利品吧。"

特洛伊人溃不成军，逃向城里，幸好普里阿摩斯的儿子，可以根据飞鸟预知未来的赫勒诺斯对赫克托耳和埃涅阿斯说："一切都指望你们了。你们必须把逃跑的人都截在城门口，这样我们仍能重整旗鼓，恢复战斗力，与希腊人重新作战。埃涅阿斯啊，这是神给你的任务。而你，赫克托耳，你应立即回特洛伊去，告诉我们的母亲，请她召集城里的贵妇人到雅典娜的神庙去，将最贵重的衣服献在女神神像的膝上，并答应给她祭供 12 头肥壮的母牛，请女神怜悯我们特洛伊的妇女、孩子和她们的城市，帮助她们抵抗可怕的狄俄墨得斯。"赫克托耳急忙跳下战车，在特洛伊士兵中安抚了一番，激励士气，然后赶回特洛伊城。

格劳库斯和狄俄墨得斯

在战场上，吕喀亚人柏勒洛丰的孙子格劳库斯和堤丢斯的儿子狄俄墨得斯准备面对面交手。狄俄墨得斯逼近对手，看着他说："你是谁？我在战场上从来没有见过你。现在，你竟然挺身而出来拦截我。我警告你，阻拦我的人都必死无疑。如果你是化身为人的神，那么我就不跟你作战，因为我不愿意与神交手；如果你是一个凡人，那么就过来等死吧！"

希波洛库斯的儿子回答说："狄俄墨得斯，你为什么要问我的身世呢？我们人类如同林中树叶，它在风中凋零，又在春天重新发芽。你实在想知道，那就听着吧，我的祖先是埃俄罗斯，他是赫椤的儿子。埃俄罗斯生了足智多谋的西绪福斯，西绪福斯生下格劳科斯；格劳科斯的儿子是柏勒洛丰，柏勒洛丰的儿子是希波洛库斯，我叫格劳库斯，正是希波洛库斯的儿子。我的父亲派我前来特洛伊，我不会辱没祖先的。"

阿佛洛狄忒之恋

波提切利 油画 1484年
伦敦国家书廊藏

现代生物医学上通用的雌雄符号，女代表阿佛洛狄忒的镜子，而男则指阿瑞斯的箭。在波提切利的这幅作品里，战神打仗回来抱着武器疲倦地睡着了，爱神在一旁守望，这是对希腊之美的另一番感触，平静而优雅。

狄俄墨得斯听他说完，便把长矛往地上一插，对他友好地说："尊贵的王侯，我们的祖辈都是世交。我的祖父俄纽斯曾在他的王宫里接待过你的祖父柏勒洛丰，让他住了天宫。他们都交换了礼物，我的祖父赠给你的祖父一条紫金腰带，你的祖父回赠了一只双耳金杯。这金杯现在还保存在我的家中。所以，你如果到亚各斯去，当然是我的客人；我如果到吕喀亚去，我也是你的客人。我们不应在战场上交手，有足够的特洛伊人可供我杀戮，也有足够的希腊人可供你刺杀。让我们交换一下武器吧，也好让别人看到，我们为先祖的友情而感到自豪。"于是，两个人从马车上跳下来，互相握手，并立誓友好。由于宙斯对希腊人的偏心，格劳科斯用自己的金盔甲调换了狄俄墨得斯的青铜甲，这就好像一个人以100头牛去换取9头牛一样。

特洛伊人的胜利

一天清晨，宙斯的态度来了180°的转变，突然召集圣山的诸神和女神们说，"你们记住！今天有谁胆敢帮助特洛伊人或者希腊人，我就把他抓住并扔入塔耳塔洛斯地狱，然后我再锁上地狱的铁门，使他永远也回不了奥林匹斯圣山。如果你们有谁怀疑我是否有力量做到，那么你们可以用一根金链拴住天宫，然后一齐用力拉，看看是否能把我拉到地上。相反，我可以把你们连同大地、海洋全都拉上来，并用链条系在奥林匹斯圣山上，让大地飘浮在空中。"

众神们被宙斯这些专横的话吓了一跳。但宙斯却乘着他的雷霆战车，驶往爱达山去了，那里有他的圣林和祭坛。他坐在高高的山顶上，俯瞰下方的特洛伊城和希腊人的营地。他看到双方士

宙斯

银币 公元前336—前323年
大英博物馆藏

马其顿王国时期发行了大量有宙斯形象的银币，其实是为了歌颂当时伟大的君主亚历山大大帝，因为这两位君王都有着共同的特质：威严、残暴、专横。

兵重整盔甲，准备战斗。特洛伊人数量不如对方多，可是他们斗志昂扬，他们明白这一仗关系着他们父母妻儿的安危。不久，城门大开，他们或坐战车或徒步冲了出来。这个早晨，双方杀得不分胜负，难解难分，互有伤亡。到了中午，太阳当空时，宙斯将两个死亡的筹码放在黄金天秤的两端，在空中称量，指示希腊人的这一端朝大地倾斜，而特洛伊人的一端却向天空升起。

宙斯向希腊人的军队发出雷鸣闪电，宣告他们命运的改变。希腊人包括英雄们都被镇住了。伊多墨纽斯、阿伽门农，甚至连两位埃阿斯都坚持不住了，只有年迈的涅斯托耳仍坐着战车留在前线，因为他无法马上撤退。帕里斯一箭射中了他的马，这匹马惊恐地直立起来，然后倒在地上打滚。涅斯托耳挥舞宝剑正想割断马的缆绳时，赫克托耳驾着战车朝他猛扑过来。

奥林匹斯山上的争端

钢笔画 18世纪

　　三位女神将相互间的争端变成了特洛伊的大战。性格固执的赫拉（中坐者）面对人间的血腥似乎不为所动；雅典娜（左）则试图用她的正义之秤称出死亡和仇恨孰重孰轻；阿佛洛狄忒（右）作为她们的敌人，却更乐意将人间的大战看成一场和爱相关的游戏。

如果不是狄俄墨得斯及时赶来，这位高贵的老人必定会命丧黄泉。狄俄墨得斯大声劝阻奥德修斯不要掉头往战船逃跑，但劝阻不了他。于是他来到涅斯托耳的马前，将涅斯托耳的马交给斯忒涅罗斯和欧律墨冬，然后把老人抱上了自己的战车，朝赫克托耳驶去。他向对方投去长矛，虽然没有击中赫克托耳，却刺穿了马夫厄尼俄泼乌斯的胸膛。眼看着朋友死在自己身旁，赫克托耳十分悲痛。他让厄尼俄泼乌斯躺下，唤来另一个马夫，又朝狄俄墨得斯冲了过去。赫克托耳如果跟堤丢斯的小儿子决斗，他一定会丧命。宙斯非常明白这一点，如果堤丢斯一死，战局就会发生逆转，希腊人就会在当天攻破特洛伊。宙斯不愿意看到这种局面，就朝狄俄墨得斯的车前扔去了一道闪电。涅斯托耳吓得连缰绳都丢掉了，他大声喊道："狄俄墨得斯，快逃跑！你没看到宙斯不让你今天攻克特洛伊吗？"

"你说得对，"狄俄墨得斯回答说，"可是，我总不能让赫克托耳将来在特洛伊人的集会上说：'堤丢斯的儿子害怕了，逃回去了！'"

阿波罗之车

雷尼 壁画 罗马 1612年

传说太阳神阿波罗的马车是火神赫淮斯托斯制作的，金光灿烂。他的出行为人类带来了白昼的日出与日落。画家们在画中表现的与其说是日车，不如说是古代战车的原型。

但涅斯托耳说："你在战场上已经杀了无数的特洛伊人，赫克托耳说你是懦夫他们能相信吗？"他一边说，一边掉转了马头。赫克托耳立即追了上来，他大声喊道："堤丢斯的儿子，希腊人在会议或宴席上都对你无限尊敬，你这一跑，他们会嘲笑你，攻占特洛伊并把我们的妇女用船运走的希腊英雄一定不是你！"狄俄墨得斯犹豫了，有好几次都想掉转马头，重返战场，和嘲笑自己的人较量，但宙斯也一连三次从爱达山上扔下雷电。他只得继续撤退，赫克托耳在后面紧追不舍。

赫拉看到这一切，万分焦急，但又无法说服希腊人的保护神波塞冬去援救希腊人。因为波塞冬不敢违抗兄长的意志。这时，希腊人一路败退，退到了战船边上。如果阿伽门农不是在赫拉的激励下，把惊慌失措的希腊人重新集合起来，赫克托耳一定会攻入营地，放火焚烧战船。阿伽门农走上奥德修斯的大船，披着闪闪发光的紫金战袍站在甲板上，看着下面营房里慌乱的希腊人大声喊道："太耻辱了！你们的勇气到哪儿去了？我们居然向一个人屈服，赫

雅典娜

雕塑 复制品

这也是对帕提农神庙中失踪的雅典娜像的复制品，胸前的装饰是蛇发女妖，中间的头是斯芬克斯。原作高约 12 米，据说当时仅仅雕刻雅典娜的长袍，就花掉了 2500 多磅黄金。

伊里斯

雕塑 古希腊时期
大英博物馆藏

伊里斯是彩虹和时光女神，通常被雕刻成有翅膀的少女。她手拿一只杯子，和赫拉一起出现，有时也替海神波塞冬开路。但这尊曾安放在帕提农神庙的高 1.35 米的雕塑已经无头无手了，历史与战争夺走了她彩虹般的光辉。

克托耳一个人就把我们打退了。他马上会焚烧我们的战船。宙斯啊，你为什么这样诅咒我？看在昔日我向你祭贡的份上，别让特洛伊人消灭我们吧！"说到这里，阿伽门农声泪俱下。万神之父怜悯他，从天上给希腊人显示了吉兆，一头雄鹰掠过天空，爪下抓着一只幼鹿，将它扔在了宙斯的神坛前。

希腊人陡然士气大增，重新聚集起来，顽强地抵抗蜂拥而来的敌人。狄俄墨得斯从战壕里跳了出来，冲在前面，正好碰上特洛伊人阿革拉俄斯，狄俄墨得斯一枪刺中阿革拉俄斯的后背。阿伽门农和墨涅拉俄斯随后跟了上来，紧接着是两位埃阿斯、伊多墨纽斯、迈里俄纳斯和欧律皮罗斯。第九个上来的是透克洛斯，他由异母兄弟大埃阿斯的盾牌保护着，弯弓搭箭，射倒了一个又一个特洛伊人。他射倒了八个人后，又瞄准赫克托耳射去一箭，箭射偏了，却射中了普里阿摩斯的私生子戈尔吉茨翁。透克洛斯又向赫克托耳射去一箭，但阿波罗让箭偏离了目标，它射中了驾车的马夫阿尔茜泼托勒摩斯。赫克托耳忍着悲痛，让他的朋友躺在车上。他叫来第三个人为他驾车，然后勇猛地向透克洛斯冲去。透克洛斯正要弯弓搭箭，赫克托耳向他掷去一块尖利的石块，石块砸在他的锁骨上，弓弦也被砸断了，他顿时双膝跪地。埃阿斯连忙前来保护兄弟，又来了两个人，把呻吟不已的透克洛斯抬离了战场，送上了战船。

此时，宙斯重又点燃特洛伊人的战斗激情。赫克托耳眼冒凶光,以雷霆万钧之势追击着希腊人。希腊人惊恐地四处逃窜,痛苦地祈求神保护。赫拉听到他们的祈求,非常同情他们。她转身对雅典娜说:"希腊人快要完蛋了,难道我们还不该出手相助吗?你瞧,赫克托耳正在多么疯狂地屠杀他们!"

"是呀,父亲太残忍了,"雅典娜回答说,"他忘记了我从前是如何援救他的儿子赫拉克勒斯的。现在忒提斯以她的温柔和奉承迷惑了他,他现在很讨厌我。但我想他很快就会改变看法。你帮我套上马,我去爱达山劝说父亲!"

宙斯发觉她的意图后,心里很是恼火,便命令信使伊里斯飞速前往阻挡两个女神的战车,不让她们穿过奥林匹斯圣山的大门。她们听到他的命令只好返回。随即宙斯驾着雷霆战车驶来,整个神山都地动山摇。宙斯面对妻子和女儿的恳求毫不心软。"明天特洛伊人将取得更大的胜利。"他对赫拉说,"强大的赫克托耳将乘胜追击,把希腊人一直赶到船边,希腊人在存亡之际,阿喀琉斯将挺身而出,这就是命运女神的安排!"

黄昏时分,战斗逐渐平息了下来,赫克托耳召集战士们开会。他说:"要不是天黑,我们已经把敌人彻底歼灭了。现在,我们也不用回城去了,只要派少数人把牛羊、面包和美酒送来。我们在四周燃起篝火,以防敌人在我们吃饭以及休息时偷袭。明天一早,我们就开始进攻希腊人的船只。我要看一看究竟是狄俄墨得斯把我从城墙上摔下来,还是我从他的尸首上剥下他的盔甲。"特洛伊人大声欢呼。晚上他们遵照命令,燃起篝火,然后大吃大喝。他们的马匹也大口地嚼着燕麦和大麦。

希腊人去见阿喀琉斯

希腊人军营里恐惧与混乱气氛尚未消退,阿伽门农便召集诸位王子举行会议。他们坐在一起,心情沉重。阿伽门农叹气说:"朋友们和勇士们,宙斯对我太严厉了。他曾给过我一个吉兆,暗示我将征服特洛伊人并胜利返乡,而现在他却骗了我,要我扔下那么多勇士在战场上失败而归,我们违背他的意愿是毫无益处的,我们命中注定不能征服特洛伊。因此,让我们一起乘上战船返回我们的故乡吧!"

听完他这些心灰意冷的话,英雄们沉默良久。最后,狄俄墨得斯打破沉默,说道:"国

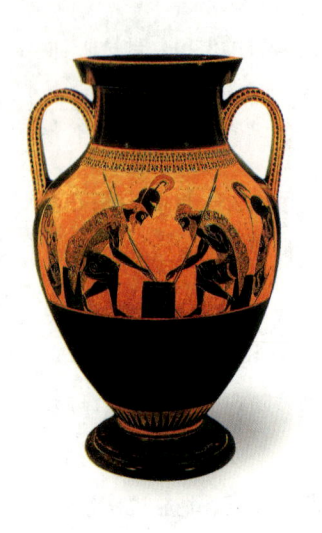

下棋的阿喀琉斯

瓶画 公元前6世纪 梵蒂冈博物馆藏

这是阿喀琉斯和战友埃阿斯在下棋，虽然姿势宁静、安逸，但紧握在手中的长矛依然流露出战争的紧张感，仿佛特洛伊人随时会冲进帐篷来。双耳陶瓶是众多希腊文物中比较常见的一种，由于它不像古希腊雕塑那样容易露天风化，便于埋藏和保存，因此有很多不同的神话传说和野史被完整地记录下来，成为考古学中重要的物证。

王啊，刚才你还当着希腊人的面嘲笑我没有勇气和胆量！现在我却感到，宙斯给了你权力，却没有给你胆量。你难道真的认为希腊的好汉们像你说的那样不敢战斗吗？好吧，如果你心里思念家乡，那么你就回家去吧！路是畅通的，你的船也已备好。但我们却愿意留下来，战斗至摧毁普里阿摩斯的王宫为止。即使你们全都走掉了，我和我的朋友斯忒涅罗斯也要留下来，因为我们深信是神让我们留下来的。"

他的话引起了英雄们的大声喝彩。涅斯托耳说："虽然你和我的小儿子一样年轻，但你说的每一句话都是那么正确，那么有分量。国王，你应该为这样的英雄欢宴。你的帐篷里有的是美酒。让守卫的哨兵在墙外值守，我们在这里碰杯，继续探讨作战事宜吧。"

于是，王子们与阿伽门农痛饮，他们的情绪渐渐好转。饮毕，涅斯托耳站起来说道："阿伽门农，你在那一天违反了我们的心愿，从阿喀琉斯的营帐里抢去了勃里塞斯美丽的女儿。现在我奉劝你重新考虑这件事，我们必须消除这位英雄所受的委屈。"

"你说得对。"阿伽门农回答说，"我承认这是我的过错。我愿意修补我的过错，并且做出加倍赔偿。我准备赔偿10根金条、7只铜三脚祭鼎、20口饮鼎、12匹骏马、7个我从勒斯波岛抢来的漂亮姑娘，并归还可爱的勃里撒厄斯。等到我们征服特洛伊分配战利品时，我愿亲手给他的战船载满青铜和黄金，他可以在特洛伊挑选20个除了海伦之外的最漂亮的女人。等我们回到亚各斯时，他还可以娶我的一个女儿为妻。我会爱惜这个女婿，如同待我的独子俄瑞斯忒斯一样。我将给他7座城市作为女儿的陪嫁。只要他愿意和解，我马上就答应这一切。"

"确实，你答应给阿喀琉斯的礼物不薄。"涅斯托耳说，"我们立即挑选最合适的人去说服他。福尼克斯带头，其次是大埃阿斯以及奥德修斯，传令官荷迪奥斯和欧律巴特斯也和他们一起去。"

举行庄重的灌礼后，涅斯托耳提议王子们离开会场，朝弥尔弥杜纳人的战船走去。他们看到阿喀琉斯正在弹一架精致的竖琴，琴上装饰着银制的琴马。这是他从爱特城掠得的战利品。他正自得其乐地唱着古时英雄的光荣历史，阿喀琉斯看到他们走来，手拿着琴惊奇地站了起来，坐在对面看他弹奏的帕特洛克罗斯也站起身来，两个人走上前迎接他们。阿喀琉斯握住福尼克斯和奥德修斯的手，说："欢迎欢迎！我的朋友！我想你们此行一定有求于我，可是我依然爱你们，虽然我在生气，但我仍然欢迎你们！"

帕特洛克罗斯急忙端来一坛好酒。阿喀琉斯烤了一只山羊背和一只绵羊，一条肥猪腿叉。然后大家放怀畅饮，酒足饭饱之后，埃阿斯朝福尼克斯示意了一下，奥德修斯举杯对阿喀琉斯说："干杯！珀琉斯的儿子，你的餐食丰盛极了。但这并不是我们来这里的目的，我们来，是因为我们遇到了巨大的不幸。现在我们已经到了生死存亡的关头，特洛伊人已逼近我们的围墙和战船；赫克托耳仗着宙斯的信任凶猛无比，不可阻挡。在这最后关头，拯救希腊人的重任已经落在你的肩上。和解会让我们受益而

英雄的琴与箭

**提埃波罗 壁画
意大利1757年**

琴和箭袋是天神阿波罗的标准装备，也是古代英雄必备的行头。阿喀琉斯是希腊英雄中最精于这两门技艺的人，其程度可以直逼天神，以至于为"光明之神"阿波罗所妒杀。

怨恨只会带来害处，你的父亲珀琉斯在你出征前也这样说过。"接着，奥德修斯转达了阿伽门农的意思，列举了阿伽门农承诺给他的赔偿。

可是，阿喀琉斯却回答说："尊贵的拉厄耳忒斯的儿子，我毫不犹豫地拒绝你的美意，我恨阿伽门农，就像恨地狱大门一样。无论是他还是其他希腊人都不能劝说我重新投入战斗。他们何时酬谢过我的功劳？我曾经日夜操劳，不辞劳苦，流血流汗，只是为了替那个忘恩负义的人夺回一个女人。我夺来的战利品全部献给了阿特柔斯的儿子；他贪得无厌，自己占有了大部分，仅把少量的分给我们；他甚至夺走了我最心爱的女人。因此，明天在给宙斯和诸神献祭后，我们的战船将航行在赫勒持滂海湾的海面上。我希望三天以后就能回到家乡夫茨阿。阿伽门农已欺骗了我一次，我不会第二次受他的骗。他今日的局面是罪有应得。你们回去吧，把我的意思转告国王。福尼克斯要是愿意跟我一起回到家乡去可以留下来。"

尽管福尼克斯是他的教师，但是他怎么也劝不动阿喀琉斯。最后埃阿斯站起来，说："奥德修斯，我们走吧！他的心肠太硬了。朋友们的友情不能打动阿喀琉斯，他不是一个有宽容心的人。"奥德修斯也站起身来，他们先向神浇祭，然后和传令官一起离开了阿喀琉斯的营帐，只有福尼克斯留了下来。

波塞冬为希腊人助战

赫拉在奥林匹斯圣山上看到她的兄弟波塞冬为自己的朋友希腊人助阵，她也忍不住要参战，可是当她看到坐在爱达山上观战的宙斯时，内心深处便充满了愤怒。她想用个方法骗他，转移他对战争的注意力。她心生一计，便即刻到她儿子赫淮斯托斯为她特意建造的密室去。密室的大门装了其他神无法打开的多重门闩。赫拉关好门，在室内沐浴，用香水涂抹娇美的胴体，梳理发亮的金发，穿上雅典娜给她制作的精致而华丽的锦袍，在胸前簪上金光闪闪的别针，在腰上围了一根闪闪发亮的腰带，戴上一对珍贵的宝石耳坠，罩上极其轻柔的面纱，洁白的双脚穿上一双别致的拖鞋。惊艳无比的她离开了密室，来找爱情女神阿洛狄忒。

"亲爱的，"她关切地说，"请别因为你帮助特洛伊人，而我却帮助希腊人而恨我。请你接受我的请求。请把你那条可以控制人类和神的爱情宝带借给我吧，因为我要前往大地的边缘去看看我的养父母俄刻阿诺斯和瑞亚,他们一直不和。我想说服他们和解,因此我需要你的宝带。"

阿佛洛狄忒不知其中有诈,爽快地答应了她,"母亲,你是万神之王的妻子,拒绝你的请求那是不应该的。"说着她从腰间解下了那条神奇的宝带,"把它保管好。"她说,"你一定会成功的。"

赫拉带上宝带来到遥远的色雷斯岛,然后到了林姆诺斯,她径直走进死神的兄弟睡神斯拉芙的住宅,请求他在当天夜晚把万神之父宙斯送入梦乡。睡神听到这话吓了一跳,因为他还记得上次听从赫拉的命令,诱使宙斯入睡的事情。那时正是大英雄赫拉克勒斯远征特洛伊归来,而他的敌人赫拉却想把他打发到科斯岛去。等到宙斯从梦中醒来,明白自己受了欺骗时,他把诸神全都召到他的宫殿里,要废掉睡神,斯拉芙匆忙躲入夜神的怀抱里,因为夜神对神和凡人都有约束力,所以才救了他。睡神想到这里仍然心有余悸,但赫拉安慰他:"你想到哪里去了,你以为宙斯会如同他爱儿子赫拉克勒斯一样爱特洛伊人吗?你应该放聪明一点,照我的意思去做。如果你听我的话,我将把美惠三女神中最年轻最漂亮的一个嫁给你为妻。"睡神要求她在斯提克斯河边发了誓,然后才答应听从她的吩咐。

希腊骑士

青铜雕 希腊
公元前560—前550年

这件小型骑士青铜像是希腊青铜铸像的典范之作。武士头戴科林斯式的头盔,身着短束腰外衣,是古时古希腊时期的典型骑士装束。

手持三叉戟的波塞冬

银币 马其顿
公元前301—前283年

在希腊神祇的谱系中,宙斯的兄弟波塞冬具有巨大的能量,却性格阴郁,手持一把三叉戟是他的典型形象。公元前3世纪,马其顿人为夸耀其海上的霸权,铸造了大量刻有海神波塞冬形象的银币,银币的另一面上刻有正在吹响号角的胜利女神。

赫拉

雕像 卢浮宫博物馆藏

赫拉是古希腊神话中的天后，为奥林匹斯山众神之中地位及权力为最高的女神，在与宙斯的婚礼时受册封为众神之后，同时也是奥林波斯十二主神之一，主要担任婚姻女神，与丈夫宙斯同享地位与荣耀。赫拉在特洛伊战争中站在希腊一方。赫拉的儿子赫淮斯托斯曾经被海洋女神的忒提斯救下并抚养过，所以在战场上赫拉总是设法保护忒提斯的儿子阿喀琉斯，并帮助他建立了不少功勋。

赫拉离开睡神后款款来到爱达山顶。宙斯看到她，内心一下狂热起来，即刻忘掉了特洛伊人的战事。"你怎么到这里来了。"宙斯问妻子，"你的马匹和金车呢？"

赫拉宛然一笑，回答："亲爱的，我想到大地的边缘去劝解我的养父母俄刻阿诺斯和忒提斯，让他们重新和好。"

"你干吗总是与我行动不一致？"宙斯说，"你下次再去吧，你还是留在这里，让我们一起观察两大民族的战争吧！"

赫拉听到这话感到很失望，因为她看到，即使她那美丽的容貌和阿佛洛狄忒的宝带也不能使他忘记这场战争以及冲淡他对希腊人的怨恨。不过，她还是掩饰住了自己的情绪，一双玉手搂住丈夫，说："亲爱的，我一切都听你的。"赫拉说着，偷偷地给藏在宙斯身后的睡神斯拉芙使了个眼色。隐身的斯拉芙悄悄地压下宙斯的眼皮。宙斯来不及回答，便已睡意蒙眬，把头靠在妻子的腿上，沉沉睡去。赫拉急忙派睡神转告波塞冬说："现在是你实施计划的时候，赶快增添希腊人的力量，因为我用计让宙斯躺在爱达山顶上睡着了。"

波塞冬扮成一个希腊英雄，飞奔来到前线，对希腊人大声喊道："难道我们轻易向赫克托耳服输吗？难道我们甘愿让他占领我们的战船吗？他是利用了阿喀琉斯生气罢战的机会。但如果我们没有阿喀琉斯就被征服了，那实在是天大的耻辱！你们都要振作起来，拿起盾牌，戴上头盔，握紧长枪！我们倒要看看赫克托耳能不能挡得住我们！"希腊人听了他的话，群情激昂，他们都凝聚在这位勇士的旁边，连那些受了伤的王子们也振奋起来，重新安排作战事宜，投入战斗。士兵们鼓起勇气，在波塞冬的率领下前进。他为大家开路，一往无前，如入无人之境。

但赫克托耳并不畏惧。他率领特洛伊人依然勇往直前。双方又进行了新一轮的较量。赫克托耳首先朝大埃阿斯一枪刺去,但大埃阿斯的盾牌和横跨他胸前的盔甲保护了他的身体,赫克托耳没了武器,只好往后撤,埃阿斯朝他身后投去一块巨石。赫克托耳没有提防,背部被击中,他跌倒在地上。盾牌和头盔被砸飞了。希腊人齐声欢呼起来,长矛如飞蝗般地掷过来,他们想把倒在地上的赫克托耳抢走。特洛伊的英雄们纷纷赶过来救援。埃涅阿斯、波吕达玛斯、阿革诺耳、吕喀亚人萨耳佩冬和他的同伴格劳科斯都围上来,用盾牌挡住他的身体,并把他从地上扶起来,把他抬上战车,平安地送回特洛伊城。

希腊人看到赫克托耳逃走,于是乘胜追击。埃阿斯更加勇猛,左冲右突,四处投枪刺杀,杀死了许多特洛伊人。不过希腊人中也有几位英雄阵亡,这使他们的伙伴们哀痛不已。小埃阿斯为复仇奋起神威,冲入特洛伊人的队伍中如砍瓜切菜一般。特洛伊人死伤无数,纷纷败退。

阿波罗激励赫克托耳

特洛伊人节节败退,一直退到他们的战车旁。这时,躺在爱达山顶上的宙斯也醒了过来,他从赫拉的怀里抬起头来。此时,他看到了下面战场上的形势:特洛伊人在逃跑,希腊人在追击。他在希腊人的队伍中认出了自己的兄弟波塞冬。他又看到赫克托耳身负重伤,鲜血淋漓,呼吸非常困难,正坐在战车上仓皇撤退。这人类和神之父于心不忍,回过头来看着赫拉,怒气冲冲。"你这个狡猾的女骗子,"宙斯严厉地说,"你干的好事!你难道不害怕吗?你难道忘了当年唆使风神反对我的儿子赫拉克勒斯受到的惩罚吗?你的双脚缚在铁砧上,双手用金链捆绑着,被吊在半空中示众,奥林匹斯圣山上所有的神祇都不敢走近你。这些你都忘记了吗?想不起来了?要不要重新试试?"

赫拉沉默良久,才开口说:"天和地以及斯提克斯的河水都可以为我作证,并不是我命令波塞冬反对特洛伊人的,肯定是他自己自作主张的。如果我知道的话,

持长矛的武士

陶器 迈锡尼时期

这个迈锡尼时期的陶罐上，勾画的是一队手持长矛、肩扛盾牌的武士正开往战场。

波塞冬的马群

克朗 油画 约19世纪
德国慕尼黑巴维利亚政府藏

奔腾的海浪在接近岸边的瞬间，变成了驰骋的骏马。这是画家对海神波塞冬力量的奇妙联想。此画的灵感一定来自对海浪闭目倾听，那的确是宏伟磅礴的声响，与千军万马袭来没有什么不同。

我一定会让他服从你的命令的。"

宙斯听了，怒气顿消，因为赫拉藏在身上的阿佛洛狄忒的爱情宝带还在继续发挥作用。过了一会儿，宙斯温和地说："如果你和我的意见一致，那么波塞冬很快就会与我们的立场保持一致。如果你真心诚意的话，那就去转达我的意思给伊里斯和波塞冬，叫他马上离开战场回宫殿去。叫福玻斯·阿波罗快去治愈赫克托耳的伤，马上恢复他的元气。"

赫拉只得听从，离开了爱达山峰，来到奥林匹斯圣山，走进诸神正在用餐的大厅。诸神恭敬地从座位上站起来，纷纷向她举杯敬酒。她接过女神忒弥斯的酒杯，喝了一口酒，然后宣布宙斯的命令。阿波罗和伊里斯急忙遵命离去。伊里斯飞到混乱的战场上。波塞冬听到他哥哥的命令，心中不悦。"兄弟间不应该说这样的话，他不应该随便改变我的意愿。当年抽签划分管辖范围，我抽中的一份是掌管蓝色的海洋，哈得斯主管黑暗的地狱，宙斯主管辉煌的天空。但大地与奥林匹斯山则为我们共管！"

"我是不是应该把你这些话如实转告万神之父呢？"伊里斯迟疑地问他。

海神波塞冬考虑了一下，叫道："好吧，我跟你走！但是，请转告宙斯：他如果反对我，反对保护希腊人的奥林匹斯神，

并拒绝做出毁灭特洛伊的决定，那么我们将不共戴天。"说着他便转身钻入了海底。

宙斯打发他的儿子太阳神福玻斯·阿波罗来找赫克托耳。阿波罗看到赫克托耳已不再躺在地上，而是坐了起来，原来宙斯恢复了他的精力，使他苏醒过来。赫克托耳感到身上不再冒冷汗，呼吸也顺畅多了，四肢也充满了力量。当阿波罗满怀同情地走到他的面前时，他悲伤地抬起头说："你究竟是谁呀？你对我这么关心，来看望我，你是否听说，就在我即将征服希腊人时，英勇的埃阿斯用一块巨石击中我的胸部，我还以为今天就是我的死期呢！"

"别担心。"阿波罗回答说，"我是宙斯的儿子福玻斯，是他派我来保护你，就像我从前帮助你一样。我将挥舞手上的宝剑，为你开路。你登上自己的战车吧，我帮你把希腊人赶尽杀绝！"

阿波罗还没说完，赫克托耳马上跳起来，跃上战车。希腊人看到赫克托耳飞鹰一般重新杀了回来，顿时吓得呆住了。最先看到赫克托耳的是埃托利亚人托阿斯，他即刻将他看到的告诉那些王子。"天哪，真是出了奇迹。"他大声叫道，"我们都亲眼看到赫克托耳被忒拉蒙的儿子用巨石击倒，但他现在又站了起来，驾着战车冲了过来。这一定是宙斯在援助他。你们快听我的劝告，命令部队都退回战船，让我们这些最勇敢的人留在这里抵挡他。"

王子们听从他的劝告。他们召唤最勇敢的勇士们，迅速聚集在两位埃阿斯、伊多墨纽斯、迈里俄纳斯和透克洛斯的周围，其余的士兵们则在他们的掩护下撤退到战船上。同时特洛伊人的队

海神波塞冬

版画

希腊神话与其他神话最大的区别就是：其中的英雄们都像神，而神却像凡人——狡猾，小心眼，嫉妒心强，喜欢挑拨离间而且充满各种情欲。海神波塞冬有时被描绘成具有半龙的身体，他虽然是主神宙斯的兄弟，一人之下，万人之上，但仍然会因为"面子"问题而把人间搞得乱七八糟。

309

诸神会议

菲拉克曼 插图版画 1812年

奥林匹斯山的众神正在讨论特洛伊战争的进程。

伍黑压压地冲了过来。赫克托耳昂首立在战车上，率领士兵们前进。阿波罗隐身在云雾中，手持强大的盾牌，指引赫克托耳勇往直前。希腊英雄们严阵以待，双方杀声震天。不一会儿，投枪纷飞，飞箭如雨，特洛伊人箭不虚发，因为福玻斯·阿波罗始终跟他们在一起。只要他挥舞金盾，在乌云后呐喊，希腊人就吓得手忙脚乱，魂飞魄散，招架不住。

赫克托耳首先打死了俾俄喜阿人的国王斯提希俄斯，然后又刺死梅纳斯透斯的忠实朋友阿尔刻西拉俄斯；埃涅阿斯杀死雅典人伊阿索斯和洛克里斯人埃阿斯的异母兄弟墨冬，缴下他们的武器和铠甲。墨喀斯透斯在波吕达玛斯的手下丧命。波吕忒斯杀死厄喀俄斯，克洛尼俄斯被阿革诺耳刺死。得伊俄科斯正临阵逃脱之际，被帕里斯用枪投中，枪从后背直透前胸。正当特洛伊人忙于剥取阵亡将士的铠甲时，希腊人乱作一团，抱头鼠窜，向壕沟和营房溃逃，有些已经退到了围墙后面。这时，赫克托耳大声号召特洛伊人："放下那些穿着铠甲的尸体，我们赶快去抢占战船！违抗命令者，杀！"他叫喊着，驾着战车朝壕沟奔去，特洛伊的英雄们都驾着战车跟了上来。阿波罗站在壕沟的中间，奋起神威，猛踩战壕边上松动的地方，沟土哗的一声塌了下去，铺成一条通道。太阳神首先从通道上跨过壕沟，用金盾推倒希腊人的围墙。希腊人逃入战船之间的巷道中，高举双手向神祈祷。当涅斯托耳祈祷时，宙斯心软了，用慈悲的雷声回答他。

特洛伊人以为天降喜兆，便呐喊着连人带马冲进围墙里面，从战车上挥剑砍杀。希腊人逃上战船，在甲板上抵御敌人。

正当希腊人和特洛伊人在围墙上激战时，帕特洛克罗斯仍然坐在欧律帕洛斯的漂亮的帐篷里为他治伤。当他听到特洛伊人奋力攻打围墙的呐喊声和希腊人溃逃的呼救声时，他拍了一下大腿，痛苦地说："欧律帕洛斯，尽管我想继续给你医治，但是现在我不能在这里久留了。让你的战友来照顾你吧。我必须去找阿

阿波罗与众女神

弗朗索瓦·吉拉东 雕塑
1666年 凡尔赛宫花园

这尊大理石的群像大小与真人相等。阿波罗是形象最希腊化的美男子。他从小生活在宙斯的关怀中，身边围绕着许多女人，居住在最幸福的地方——底罗司岛，那是希腊北方，那里四季如春。弗朗索瓦的雕塑让阿波罗像一个王子，正在接受宫女们侍奉他沐浴。

希腊与特洛伊之战

菲狄亚斯 建筑雕塑
古希腊时期

在帕提农神庙的四面墙上,分别雕刻有92块浮雕,东面是"神与巨人之战";西面是"希腊人与亚马孙人之战";南面是"拉庇泰人与肯陶洛斯人之战";这是北面"希腊人与特洛伊人之战"。雕塑据说都出自菲狄亚斯之手。菲狄亚斯是古希腊雕塑家中的荷马,是当时的伟大政治家伯里克利的朋友,但他的大多数作品都在时间的消磨中失传了。

喀琉斯,希望在神的保佑下说服他重新投入战斗!"

争夺战船的战斗开始了,双方进入了相持阶段。赫克托耳跟埃阿斯正在争夺一艘战船。可是,赫克托耳既不能把埃阿斯推下水去,也不能放一把火烧毁战船。当然,埃阿斯也无法击退赫克托耳的进攻。埃阿斯一枪刺中赫克托耳的亲戚卡莱托尔,赫克托耳转身杀死埃阿斯的伙伴吕科佛翁。透克洛斯急忙赶来援助他的兄弟,从背后一箭射中波吕达玛斯的马夫克利托斯。波吕达玛斯徒步作战,奋力牵住往回逃的战马。透克洛斯看在眼里,又朝赫克托耳射去一箭,但宙斯让弓箭折断,箭镞飞向一边。射手发现有神在阻挠,大失所望,这时埃阿斯劝他的兄弟放下弓箭,执矛持盾作战。透克洛斯照他的意思办了,并在头上戴了一顶坚固的头盔。赫克托耳大声号召战士们前进:"继续前进!我发现雷霆之神亲自折断了希腊人的弓箭,攻占他们的战船!神是保佑我们的!"

埃阿斯在另一方也大声疾呼:"亚各斯人,耻辱啊!我们必须救出战船,否则只有死路一条!"说着他挺起枪,刺死了一名冲过来的特洛伊英雄。可是,每当他杀死一个叫特洛伊人,赫克托耳就也杀死一个希腊人。过了一阵,墨涅拉俄斯杀死了多罗普斯。赫克托耳召来他的兄弟和亲戚，但埃阿斯和他的朋友们则用盾牌和长矛筑成一道坚实的围墙，保护他们的战船。

墨涅拉俄斯对涅斯托耳的儿子安提罗科斯喊道："你是全军最年轻、反应也最快的人，也是最勇敢的人，如果你冲上去，杀死一个特洛伊人，那将是一个壮举。"在墨涅拉俄斯的怂恿下，安提罗科斯果然挺身而出，他朝四周观察了一下，抖动那根寒光闪闪的长矛。正在他瞄准时，特洛伊人突然四散奔逃，但他的长矛还是击中希克塔翁的儿子墨拉尼普斯。墨拉尼普斯应声倒地。安提罗科斯立刻跑了上去，可是当他看到赫克托耳向他奔来时，又马上像老鼠见了猫一样逃了回去。特洛伊人朝他投枪射箭，安提罗科斯头也不回地一直逃回到自己的队伍里。

现在特洛伊人像嗜血的狮子一样朝战船冲了过去。宙斯好像决心要让忒提斯的无情的愿望得到满足，因为她也跟儿子阿喀琉斯一样怒气长久未能平息。宙斯等待着，他要等一艘希腊战船起火燃烧，再以此为转折点改变战局，让希腊人绝处逢生，反败为胜。这时，赫克托耳杀得红了眼，杀人如麻，双眼放着凶光，战盔上的羽饰在空中威武地飘动。宙斯知道赫克托耳的死期快到了，所以最后一次赋予他神力和威严。帕拉斯·雅典娜正在一步步地引他走向毁灭。现在赫克托耳看到哪儿希腊人最密集，就朝着哪儿冲去。他苦苦作战，均未能获胜。希腊人紧密地站成一堵人墙，就像海岸边的悬崖一样可以抵御任何惊涛骇浪。

埃阿斯保护战舰

菲拉克曼 插图版画 1812年

赫克托耳与埃阿斯被传令使者分开

菲拉克曼 插图版画 1812年

现在希腊人继续败退，撤离前排的战船，但他们并没有被击垮，仍然在营房周围继续战斗。希腊人相互鼓励，特别是老英雄涅斯托耳大声激励士兵们奋勇抵挡。忒拉蒙的儿子埃阿斯抓紧时机检查战船。他手执一根箍有铁环的22寸长的摇橹，从一条船跳上另一条船，召唤希腊人下来战斗。赫克托耳乘胜追击，他朝一条战船冲了过去。宙斯从他后面推着他，使他勇往直前，士兵们在他的后面紧紧追随。

争夺战船的战火再次点燃。希腊人宁死也不逃跑，特洛伊人也无法放火烧毁战船。赫克托耳占据了一艘战船的船尾。这是帕洛特西拉俄斯来特洛伊时乘坐的大船，可是他在这场战争中第一个丧生。战船还在，可惜已不能载他回乡了。现在特洛伊人蜂拥而上，希腊人拼死抵挡，双方为这艘战船展开了争夺战，在肉搏战中，弓箭和投枪都派不上用场，大家挥舞着战斧和利剑，尸横遍野，血流成河。赫克托耳紧紧守住船尾，等到喘息的机会，便大声呼叫："快拿火把来，放火烧船！宙斯终于给了我们复仇的机会！这些船给我们带来无穷的苦难，我们必须充分利用这个机会占领它们，这是宙斯给我们的命令！"

埃阿斯也抵挡不住赫克托耳的进攻。箭矢来得又猛又急，他防不胜防；他稍稍后退，倚在舵手的长凳上，仍然顽强地抵御敌人，并挥舞长矛，不让举着火把的特洛伊人接近战船。同时，他向他的伙伴和士兵们大声疾呼："战友们，现在到了你们争当英雄好汉的时候了！你们不像特洛伊人一样有城池可以躲避，你们再也没有后路可以后退！我们是在敌人的土地上战斗，也是在海边上战斗，远离祖国，我们的命运全依靠自己的双手！"他一面呼喊，一面将长枪掷向举着火把逼近船只的特洛伊人。不一会儿，就有12具特洛伊人的尸体躺在他的面前。

阿喀琉斯的悲伤

安提罗科斯看到阿喀琉斯正坐在战船前，若有所思，他正在思考一种命运，他还不知道这种命运就要实现。当他看到希腊人退向战船时，他有一种困惑的感觉，自言自语地说："为什么亚各斯人从战场退向战船？希望希腊人不被我的母亲所不

幸言中，在我活着的时候，弥尔弥杜纳人中最勇敢的英雄必将死在特洛伊人的手里，难道我母亲的预言应验了？"

阿喀琉斯正在沉思时，安提罗科斯带着噩耗，泪流满面地朝他走来，老远就朝他大声叫道："唉，我们的帕特洛克罗斯已经阵亡。赫克托耳剥去了他的铠甲，现在双方正在争夺他那赤裸的尸体。"阿喀琉斯听到这个可怕的消息，眼前一黑。他用双手捧起了泥土，撒在自己头上、脸上和衣服上，痛苦地跪倒在地，扯着自己的头发。被阿喀琉斯和帕特洛克罗斯作为战利品掠来的女仆们听到响声，也从里面跑出来。她们看到主人躺在地上，便围了过来。当她们明白了所发生的事情时，都失声痛哭。安提罗科斯紧紧抓住阿喀琉斯的双手，以免阿喀琉斯会突然拔出剑来寻短见。

阿喀琉斯哭得死去活来，连在大海深处坐在年迈的外祖父涅柔斯身边的母亲也听到他的哀泣声，并且情不自禁地啜泣起来。涅柔斯的其他儿女们听到她的哭声，也悄悄进入她的银色洞府，捶胸顿足，和她一起悲泣。"我太不幸了，"忒提斯对身旁的姐妹们说，"我生了这么一个高贵、勇敢、英俊的儿子，我派他去攻

命运三女神

雕塑 古希腊时期
大英博物馆藏

这是阿佛洛狄忒、大地女神该亚和海之女神塔拉莎，还是命运三女神？在考古界一直有所争论。因为她们都失去了头颅，无法认定。只有在衣服的褶皱和姿势的优雅中，我们能体会到雕塑家伟大的造型天才。命运女神通常被描述为三个纺线的老太婆：阿特罗波斯、克罗托和拉刻西丝。她们统一的名称则是"摩伊赖"，是宙斯的女儿之一。历代大画家如鲁本斯和哥雅等人都创作过她神秘的形象。

忒提斯看望痛哭的阿喀琉斯（右页图）

提埃波罗 壁画
意大利 1757年

不幸的海洋女神和她的姐妹们一同浮出海面，前来看望她多愁善感的英雄儿子阿喀琉斯。

制作头盔

瓶画 公元前480年

一个年轻的金属匠进行头盔的收尾工作。他的头的上方挂满了各种工具。希腊人制作的头盔以精湛和实用而著称于世。

打特洛伊城，但他永远也不能回到他父亲珀琉斯的宫殿来了！他面临剧痛，而我对他却爱莫能助！现在我一定要去看看我的爱子，我要听听他遇到了什么样的伤心事。"女神带着姐妹，劈波斩浪，来到曲折的海岸上，朝正在哭泣的阿喀琉斯走去。

"孩子，你为什么痛哭呢？"母亲大声问他，"你有什么痛处？快一五一十地告诉我，一切不是都挺顺利的吗？希腊人不是纷纷拥进了你的战船，请求得到你的帮助吗？"

阿喀琉斯叹息着说："母亲，这一切对我还有什么意义呢？我的亲密战友帕特洛克罗斯被敌人杀死了。赫克托耳还剥下他身上的铠甲。那是我的铠甲，是诸神在你结婚时送给珀琉斯的礼物。唉，要是珀琉斯娶了一个人间的女子就好了，那你就不会为自己的儿子难逃人间的死亡而悲痛了，我再也不能回到我的家乡去了。如果我不能用长矛亲手将赫克托耳杀死，为帕特洛克罗斯报仇，那么我就永远无法在这个世上活下去！"

忒提斯泣不成声地说："我的儿子，别这样做，否则你也会送命的，因为命运之神规定在赫克托耳死后你的末日也到了。"

阿喀琉斯愤怒地叫道："如果命运之神不让我为死去的朋友复仇，那么我宁愿马上去死。他远离故乡，没有得到我的援救，因此被杀害了。是我害了他，现在我这短暂的生命对希腊人有什么用处呢？我没有能够保护帕特洛克罗斯和无数的朋友。现在我跟他们拼了，我要立即去找杀害我朋友的凶手偿命。特洛伊人将会

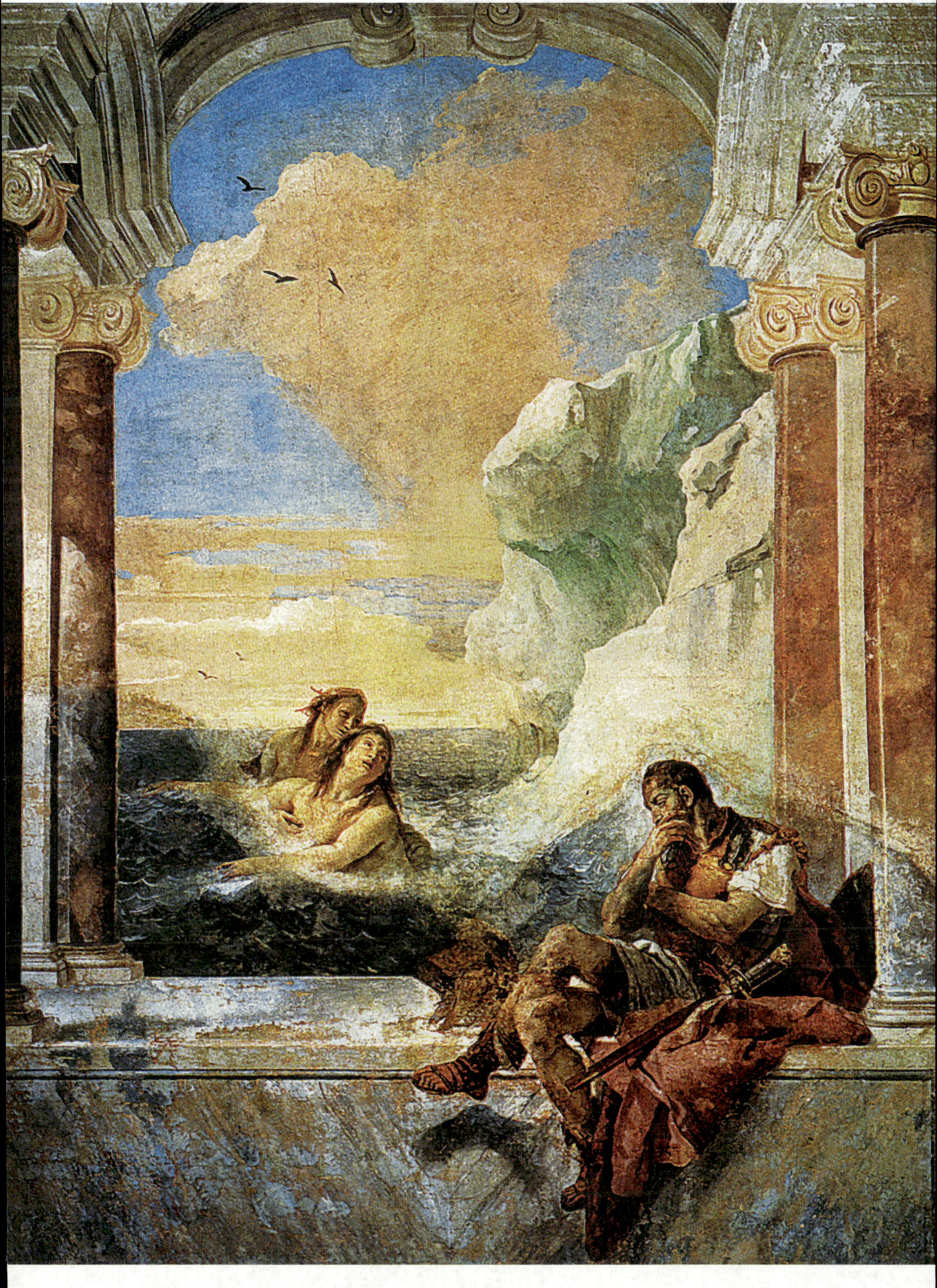

明白，我已经休息很长时间了。亲爱的母亲，请别阻拦我！"

"你说得对，我的孩子，"忒提斯回答说，"你的盔甲已经落入敌人的手中，明天早晨日出时分，我将给你送来赫淮斯托斯亲手打造的新武器和新铠甲。你得记住，在我回来以前，你千万不要去作战。"女神说完，让她的姐妹们先沉入海底，而她自己则飞到奥林匹斯圣山，寻找神的铁匠赫淮斯托斯。

此时，特洛伊人再一次攻上来抢夺帕特洛克罗斯的尸体，因为希腊人正在将尸体背走。赫克托耳凶猛地向前追击，他有3次追上了抢尸体的埃阿斯，并抓住了尸体的脚，要把它拖走，但3次都被两个埃阿斯打退了。他退到一旁，然后又站住，大声地叫喊决不放弃。两位埃阿斯想把他从尸体旁赶走，但没有成功。如果不是伊里斯奉赫拉之命，瞒着宙斯和诸神，悄悄地吩咐阿喀琉斯武装起来，那么赫克托耳真的会把帕特洛克罗斯的尸体抢走了。"我该怎么作战呢？"阿喀琉斯问神的使者，"敌人抢走了我的武器，而我的母亲到赫淮斯托斯那儿取盔甲去了。她吩咐我在她回来之前我不能去作战！现在我没有合适的武器，埃阿斯的盾牌还可以，但他自己也需要。"

"我们知道你的武器被抢走了。"伊里斯回答说，"但只要你就这样走近壕沟，只要让特洛伊人看见你，他们就不敢贸然前进，狼狈不堪的希腊人可以获得一个喘息的机会。"

伊里斯离开后，阿喀琉斯站了起来。雅典娜把她的神盾挂在

阿佛洛狄忒在火神锻造工坊

弗朗切斯科·索里梅纳 油画
1704年

爱神阿佛洛狄忒，穿着一件美丽长袍，容光焕发，来到她丈夫火神赫淮斯托斯的锻造工坊，请他为她的儿子埃涅阿斯制作武器。在这里，身材魁梧的火神展示着为埃涅阿斯准备的盾牌——一面刻有雅典娜头像的金色盾牌，抬头看着妻子，希望得到她的赞赏。画面左下角是两个独眼巨人正在火神的指挥下制作盔甲。

他的肩上,让他的脸上闪出神的光彩。阿喀琉斯走到壕沟旁,但他心里仍然记住他母亲的警告,没有投入战斗,只是远远地看着,并呐喊助威,雅典娜也和着他的声音一起吼叫,让特洛伊人听上去好像是吹响的军号一样。特洛伊人听到珀琉斯的儿子的吼声,惊慌失措,立即掉转了战车和马头。车夫们看到珀琉斯儿子的头上光芒四射,都暗自吃惊。他在沟旁叫了3次,特洛伊人的阵脚就大乱了3次。他们中有12个勇敢的英雄在混乱中栽倒在车轮下,或者被碾死,或者死在自己人的乱枪下。现在,帕特洛克罗斯的尸体终于到达安全的地方。希腊的英雄们把他放在担架上,大家围着尸体,默默致哀。阿喀琉斯看到他亲密的战友躺在担架上,禁不住伏在尸体上痛哭起来。他终于再一次回到了希腊人的队伍。

阿喀琉斯披挂上阵

双方军队在经过激烈的酣战后稍事休息。特洛伊人松开战车上的马匹,还来不及补给,就召开作战会议。大家围站成一圈,为防不测,没有人敢坐下来,担心阿喀琉斯反攻。这时潘托斯的儿子波吕达玛斯走了过来。他是个智者,能预知未来,他劝告大家在天明之前就赶快撤回城去。"如果阿喀琉斯重新上阵,明天早晨我们要是有人能够逃回城去,那真是奇迹了。因此我建议所有战士都返回到城里过夜,高大的城墙和坚固的城门,可以保护我们,明天早上我们再上城墙。到时就算他从战船上下来围攻我们,我们也能抵挡他!"

赫克托耳听了他的发言,脸一沉说:"波吕达玛斯,你的这些话太刺耳了,有损士气,现在,宙斯保护我们,已让我们取得了胜利,我们已把亚各斯人赶到了海边。你的建议是胆怯软弱的表现,没有一个特洛伊人会听你的话。我命令,今晚让所有的士兵都饱餐一顿,并且严密警戒。如果有人担心他的金钱和财富,那么就让他将家财贡献出来请大家饮宴,当然,让我们的士兵来享受,总比让给希腊人要好些。明天清晨,我们将向希腊战船发起总攻。如果阿喀琉斯真的参加作战,那是他自投罗网。我将坚持战斗,与他一决雌雄!"

特洛伊人不理会波吕达玛斯的明智的建议，却对赫克托耳错误的决策鼓掌欢呼，并且放心地开怀畅饮。

希腊人彻夜哀悼帕特洛克罗斯。阿喀琉斯最为悲伤，他抱着帕特洛克罗斯的尸体怨愤地说："当初，我曾对他的父亲保证说我一定会安全带他回来，并且会带回大量的战利品，可是命运女神已经决定让我们两个人血洒异国疆场，我已不能回到我年迈的父亲珀琉斯和母亲忒提斯的宫殿里，特洛伊城前的黄土将会掩埋我的尸体。帕特洛克罗斯哟，命运注定我要死在你的后面，因此我在没有夺回赫克托耳的铠甲并取得他的首级以前，我还不能参加你的葬礼。他是杀害你的凶手，我要拿他的头颅向你献祭，并且还要向你献祭 12 个特洛伊的贵族子弟。现在你暂且在我的船上安息，等我完成我的使命后再来！"

这时候，忒提斯来到赫淮斯托斯的宫殿。这宫殿富丽堂皇，灿烂辉煌。它是跛腿的赫淮斯托斯为自己建造的铜殿。忒提斯看到他正在工作。他要铸造 20 只三脚鼎，每只铜鼎下都装着金轮。这样，它们用不着人推，便可以自动滚到奥林匹斯圣山的大殿内，然后再滚到神灵们的房间里。这真是令人诧异的珍品。他的妻子，美惠三女神之一的卡律斯牵着忒提斯的手，领她坐在一张银椅子上。

赫淮斯托斯看到海洋女神忒提斯，欢喜得叫起来。"我真是太高兴了，最高贵的女神前来我家做客。她是我儿时的救命恩人，因为我生下来就是跛腿，母亲把我遗弃了。如果不是欧律诺墨和忒提斯把我拾回去，并在海边的石洞里抚养我长大，我早就夭

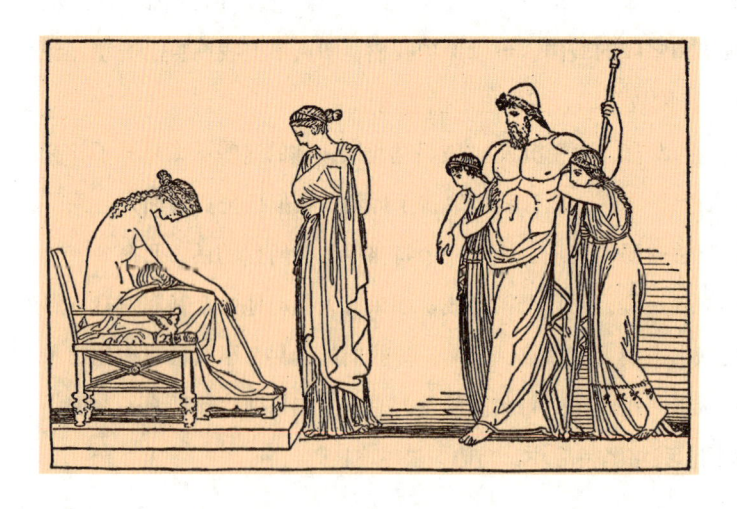

要求新武器

菲拉克曼 插图版画 1812 年

忒提斯为阿喀琉斯向赫淮斯托斯要求新武器。

折了，亲爱的妻子，好好款待恩人！"

赫淮斯托斯从铁砧旁站起来，跛着腿走去把风箱从火炉上移开，把工具锁进银箱里，又用海绵擦洗自己的身体，然后穿上紧身服，由女佣们搀着，一拐一拐地走出房间。这些女佣并不是真正的人。她们是赫淮斯托斯用黄金铸成的机械人，灵巧而健壮，会思考会说话。她们轻盈地从主人那儿走开。赫淮斯托斯坐在忒提斯身边，握着她的手，说："敬爱的女神，什么风把你吹到我的屋子里？告诉我你的来意，我一定尽力为你效劳！"

忒提斯把她的来意告诉他，请他为已注定即将牺牲的阿喀琉斯赶制战盔、盾牌，因为阿喀琉斯的一副神赠送的铠甲，已让他的朋友在特洛伊城外战死时被敌人抢走了。

"放心吧，尊贵的女神！"赫淮斯托斯回答说，"别担心，我马上就动手给你的儿子赶造盔甲。如果我造的盔甲能够使他免于死亡，我会感到格外高兴。他会喜欢我造的盔甲的，每一个看到的人都会为之惊叹！"说完，他离开了女神，跛着腿来到炉灶旁，架上20只风箱，让它们扇风吹火。坩埚里熔化着金、银、铜、锡。赫淮斯托斯把铁砧放在坐垫上，右手抢起大锤，左手攥住钳子，开始锻造。他先打成一面5层厚的盾牌，背面有一个银把手，镶上3道金边。盾面上绘制了一幅美丽的图画：大地、海洋、天空、太阳、月亮和闪烁的星星。远方是两座美丽的城市，一座城市里正在集会：正在争吵的市民们，传令的使者们和当权者们乱成一团；另一座城市被两支军队围困着：城里是妇女、孩子和老人；城外是埋伏的战士。另一边是激烈的战斗场面：有受伤的士兵，有争夺尸体和盔甲的残忍斗争。他还在远处刻绘了一幅和平而宁静的田园风光：农民正在赶牛耕地，挥镰割麦的收获者，那起伏的麦浪，田旁有一棵大栎树，树下放着种种餐食。此

包扎伤口

瓶画 古希腊时期

一名武士正在包扎自己战友手臂上的伤口。每个古希腊新兵入伍前都要宣誓：我决不辱没自己携带的神圣武器，我永远不抛弃自己的战友。

火神的锻铁场

委拉斯凯支 油画 1630年

阿波罗听说了阿佛洛狄忒与战神的私情，幸灾乐祸地来到火神的锻铁场通告火神。阿波罗顶着神圣的光环，但却显得幼稚，火神赫淮斯托斯虽然是一个身有残疾且相貌丑陋的神，但极具阳刚之气。对于一个超凡入圣的工匠来说，无论如何都无法抹杀他的魅力。

外还有葡萄园，银枝上挂满了一串串紫黑色的熟葡萄。周围是青铜的沟渠和锡制的篱笆。有一条小道直通葡萄园。在这收获的大好季节，欢乐的青年男女们正在用精致的篮子收获葡萄，小伙子矫健活泼，姑娘们脚步轻盈。他们中间有一个抱琴的少年，人们在围着他唱歌跳舞。此外，他还刻绘了金色和白色的牛群在流水潺潺的河边吃草，用厚金子铸成的牧人和九条猎犬在旁边守候着。有两只雄狮袭击畜群的头头，并抓住了一头小牛。牧人唆使猎犬向雄狮狂叫。他还刻绘了一个幽静的山谷：银铸的绵羊在山坡上吃草，附近有茅舍和羊圈，一群衣着漂亮的青年男女正在跳舞。女的头戴花冠，男的佩戴银带和金刀；两名欢乐的人在琴手的伴奏下疯狂地跳着、舞着，还有许多人欣赏着这种舞蹈；盾牌的外周饰以一条湍急的河流，犹如一条闪闪发光的巨鳞。

赫淮斯托斯造好了盾牌,又赶制了一副金光灿灿的铠甲;然后又造了适合头部的战盔,顶上有金色的羽饰;最后用柔软的白锡制成胫甲。当一切完工后,赫淮斯托斯把它们交给阿喀琉斯的母亲。她十分满意,对他感激不尽。

忒提斯连夜赶到儿子那里,她看到儿子仍守着帕特洛克罗斯的尸体在痛哭。忒提斯把战甲放在他的面前。阿喀琉斯如获至宝,他把赫淮斯托斯精工制作的战甲一件件地举起来并欣喜地检视着,真是爱不释手。

阿喀琉斯大步流星地走向海岸,用雷鸣般的声音呼唤希腊人迅速集合。士兵们都拥了过来,连从未离过战船的舵手也赶来了。狄俄墨得斯和奥德修斯虽然受了伤,也拄着长矛,跛着腿走了过来。最后走过来的是阿伽门农,他被科翁刺伤的伤口还在作痛呢。

胜利女神画盔

瓶画 古希腊时期

长着双翼的胜利女神尼克正在给出征的战士盔甲和武器上装点自己喜爱的饰物。

阿喀琉斯与阿伽门农和解

希腊人都到齐了。阿喀琉斯站起来说:"阿特柔斯的儿子呀,尽管我心里还感到委屈,可是,让我们一起忘掉过去吧,忘记个人的怨恨,现在,让我们同仇敌忾,去讨伐共同的敌人吧!"

希腊人大声欢呼。统帅阿伽门农接着也站起来说:"请你们听我说。希腊的儿女们常常批评我在过去所做的无礼的事情。其实,这并不是我的过错。那是宙斯、命运女神和复仇女神让我在那次大会上丧失了应有的理智。当赫克托耳屠杀亚各斯人时,我不断地在思考自己的过失。我渐渐地意识到是宙斯使我迷失了方向,现在,我愿意做出补偿,并向你赔罪,阿喀琉斯,重上战场

阿喀琉斯接过母亲送来的盾牌

镶嵌画 安东尼·比森
16世纪

吧。我将把奥德修斯给我的贵重的礼物都给你。如果你愿意的话,请在这里稍等,我的奴隶将把礼物运来。"

"尊敬的阿伽门农。"阿喀琉斯回答说,"我渴望着立刻上战场厮杀。别再贻误战机了,还有许多事情等着我们去做呢!"狡黠的奥德修斯马上建议说:"阿喀琉斯,先别急,让大家先饮酒用餐,休整一下。同时阿伽门农也可在此时间里把礼物送来。然后,他将作为主人在大营帐里举行大型宴会。"

"说得好,奥德修斯,"阿特柔斯的儿子回答说,"阿喀琉斯,你可以从军士中亲自挑选一批身强力壮的小伙子,让他们到我的船上搬运礼品。传令官塔耳堤皮奥斯,你快去取一头公猪来,我们要给宙斯和太阳神献祭礼,请神为我们之间的庄严盟誓作证。"

"可是,"阿喀琉斯说,"只要我还没有给朋友报仇,我决不会用餐饮酒!"

奥德修斯劝他:"你是我们希腊人中最高贵的英雄!你比我英勇善战。可是我比你更足智多谋,因为我比你年长,比你经历得多。所以你还是听从我的劝告吧!希腊人不能饿着肚子来哀悼死者。活着的人该吃则吃,这样才能保持战斗力,才能战胜敌人。"

奥德修斯边说边带领涅革斯托耳的儿子们,还有墨革斯、迈里俄纳斯、托阿斯、墨拉尼普斯和吕科墨得斯到阿伽门农的营房去。从那里取来所许诺的礼物:7只三脚鼎、20只炊鼎、12匹骏马、7个姣美的姑娘,而第8个则是最为美丽的勃里撒厄斯。奥德修斯称取了10泰伦特黄金,走在大家的前面,众青年捧着其他的礼物跟在后面。大家站成一个圆圈。阿伽门农从座位上站起来,传令官塔耳堤皮奥斯抓住公猪准备献祭。他先祈祷,然后割断公猪的喉咙,把公猪扔进波涛汹涌的大海里,让鱼儿抢食。这时,阿喀琉斯站起来高声说道:"万神之父宙斯,你常常使凡人变得多么糊涂啊!如果你不是有意让许多希腊人丧命,阿特柔斯的儿子一定不会激起我的恼怒,也不会抢走属于我的美女。好吧,现在我们用餐,养精蓄锐,准备战斗。"

王子们劝阿喀琉斯进食,然而他一再拒绝:"如果你们真的爱我,就让我安静地留在这里,直到太阳沉入大海。"阿特柔斯的两个儿子、奥德修斯、涅斯托耳、伊多墨纽斯和福尼克斯想方设法安慰他。阿喀琉斯仍然静静地站着,面带哀伤。宙斯俯视着他,心生同情。他转过身子,对女儿帕拉斯·雅典娜说:"你怎么不去关心这位高贵的英雄呢?去吧,用琼浆玉液和长生不老的食物去补充他的力量!"

雅典娜偷偷地把琼浆玉液和长生不老的食物灌进阿喀琉斯的腹内。然后她再回到万能的父亲的宫殿里。希腊人从战船上一涌而出,战盔和战盔,盾和盾,胸甲和胸甲,矛和矛互相挤碰着,大地在他们的脚下颤抖。阿喀琉斯首先穿上护甲,接着束起胸甲,背上利剑,拿起灿亮的大盾,然后戴上飘舞着高耸的黄金羽饰的头盔。他试着来回走动,看看穿了铠甲是否还能活动自如。他的铠甲轻便得如同鸟翼,令他感到身轻如燕。阿喀琉斯拿起他父亲珀琉斯粗大而沉重的长矛。奥托墨冬和阿耳奇摩斯为他套上战马,加上嚼环,然后把缰绳引到战车上。奥托墨冬跳上车,阿喀琉斯也一跃而上,站在奥托墨冬的身旁。这时,神突然显示了凶兆:他的神马珊托斯深深地埋下头来,飘动的鬃毛一直垂到地上。它凭着女神赫拉赋予它的说话的本领,说:"伟大的阿喀琉斯呀,我们今天带你上战场,仍然载着你活着回来。可是你

不和女神厄里斯被宙斯遣向战舰

菲拉克曼 插图版画
1812年

毁灭的一天也将临近了。帕特洛克罗斯的失败，并不是因为我们跑得慢，而是神意，我们跟跑得最快的风神策菲罗不相上下。而命运女神也决定你将要毁在一个神的手里。"神马的话未说完，复仇女神堵住了它的嘴。阿喀琉斯痛苦地回答说："珊托斯，你为什么跟我说到死呢？我不需要你的预言。我自己知道我必然会在这里遭到劫难。可是在我死前，我将在战场上杀死大量的特洛伊人！"说着他怒叫一声，策马飞奔，直扑战场。

优雅的马展现伟大的史诗

青铜雕 希腊
公元前560—前550年

马在特洛伊战争中扮演了不可磨灭的角色，这使得它在希腊人的心目中拥有极高的地位。这尊青铜雕马是古代希腊人想象中的特洛伊战马形象，虽然它与建立奇功的木马有着完全不同的细瘦腰身，但肯定更适合在战场上奔袭。

人神之战

在奥林匹斯圣山上宙斯正在召集神集会，宣布他们自由地援助特洛伊人或希腊人。众神于是奉旨行事，各自选择援助的对象：万神之母赫拉、帕拉斯·雅典娜、波塞冬、赫耳墨斯和赫淮斯托斯赶到希腊人的战船上；阿瑞斯和福玻斯、阿耳忒弥斯和她的母亲勒托，以及被神称为珊托斯的河神斯卡曼德洛斯、阿佛洛狄忒等动身到特洛伊人那儿去。

诸神加入双方的队伍中，战斗又顿时变得激烈和残酷起来，胜利属于何方，还很难预料。雅典娜在围墙的壕沟旁和大海边来回指挥，不断呐喊助威。在另外一方，阿瑞斯一会儿在高高的城墙上指挥特洛伊人，一会儿如暴风似的飞奔在西莫伊斯河岸的军队中间，高声激励特洛伊人。不和女神厄里斯则奔跑在双方的军队中。宙斯，这位战争的主宰，也从奥林匹斯圣山上发出雷电。波塞冬摇撼着大地，冥王哈得斯大吃一惊，他担心大地开裂，神和凡人会发现地府的秘密。众神终于厮杀起来：福玻斯·阿波罗援箭射击海神波塞冬；帕拉斯·雅典娜力战战神阿瑞斯；阿耳忒弥斯搭弓瞄准万神之母赫拉；勒托和赫耳墨斯交锋；赫淮斯托斯与河神斯卡曼德洛斯厮杀。此时，阿喀琉斯则在人群中寻找赫克托耳交战。阿波罗变成普里阿摩斯的儿子吕卡翁，把英雄埃涅阿斯引到阿喀琉斯的面前。埃涅阿斯穿着闪亮的铠甲，勇猛地向前杀去。但赫拉发现了他，她立即召集与她同盟的众神说："波塞冬和雅典娜，你们看，在福玻斯的唆使下，埃涅阿斯朝阿喀琉斯扑了过去。我们要么逼使他退回去，要么给阿喀琉斯增添力量。不过今天他不能出事，我们从奥林匹斯圣山上飞下来的目的就是如此。以后，他必须顺从命运女神给他的安排。"

"我们应该考虑一下事情的后果，赫拉，"波塞冬回答说，"我们不应该合力反对另一方的神。因为我们是神，显然有很大的威力。我们应袖手旁观，倘若阿瑞斯或者阿波罗参战，并且阻碍阿喀琉斯作战，那时我们就可以理所当然地参战了！"

这时，战场上双方的队伍迎面扑来，大地在他们的脚下颤抖。不久，两个英雄从各自的队伍里跳将出来，一个是安喀塞斯的儿子埃涅阿斯，另一个是珀琉斯的儿子阿喀琉斯；埃涅阿斯首先跳出来，他头上的羽毛盔饰在威武地飘扬，胸前护着牛皮大盾，手里挥舞着投枪；阿喀琉斯像一头雄狮冲上前去。大声喝道："埃涅阿斯，你怎敢单枪匹马来到我的面前？你以

阿喀琉斯的战车

雕塑 罗马 公元1世纪

　　阿喀琉斯驾驭着他的战车杀向战场。早在古罗马时期，阿喀琉斯就被作为伟大的英雄而获得军人的崇拜，特别是在鲁克、斯巴达、伊利斯和达达尼尔海峡的西杰厄姆等地，对阿喀琉斯更是顶礼膜拜，其地位有时甚至高过战争之神。

为杀死我就能统治特洛伊吗？你是否记得，在这场战争开始时，我把你从爱达山顶上赶下来？当时你吓得没命地逃跑，连头也不敢回，一直逃到吕耳纳索斯城才敢停下来。我在雅典娜和宙斯的援助下征服了城市，把它夷为平地。由于神的怜悯，我才免你一死。但是，神不会第二次救你了。我劝你赶快退回去，否则我取你性命！"埃涅阿斯针锋相对："珀琉斯的儿子，你以为用几句话就能把我吓住吗？我知道你的底细。你是海洋女神忒提斯的儿子。而我是美神阿佛洛狄忒的儿子，是宙斯的外孙，我为此而感到荣耀。别啰唆了！还是试试我们的战矛！"说着他投出他的矛，击中阿喀琉斯的盾牌，穿透两层青铜，被第三层的黄金阻住了。现在轮到珀琉斯的儿子投矛。他击中了埃涅阿斯的盾牌，矛头穿过盾牌的边缘落在了埃涅阿斯身后的地上。他吓得急忙执着盾牌蹲下身去。阿喀琉斯挥着宝剑冲了过来，埃涅阿斯情急之中举起地上一块通常两个人也难以抬起的巨石，轻巧地投了过去。

众神会议

戈登 水彩画 现代

奥林匹斯山上的众神聚会在一起，对于特洛伊战争的未来，他们自然各怀心思。

主神宙斯　女神赫拉　信使赫耳墨斯　太阳神阿波罗

爱神阿佛洛狄忒

山林神潘

战神阿瑞斯

正义女神雅典娜

海神波塞冬

酒神狄俄尼索斯　狩猎女神阿尔忒弥斯　农神得墨忒耳　火神赫淮斯托斯

如果不是波塞冬看到了，巨石一定会击中目标，而他自己也一定丧命于珀琉斯的儿子的剑下。

在一旁观战的神对埃涅阿斯却产生了同情。"如果埃涅阿斯只是因为听从阿波罗的话而丧命，这是令人遗憾的事。"波塞冬说，"我担心宙斯会因此而生气，尽管他厌恶普里阿摩斯家族，但他不愿意彻底毁灭这个家族，他要通过埃涅阿斯，来延续这个强大的王族。""看着办吧，"赫拉回答说，"至于我和帕拉斯，我们发过誓，决不会改变特洛伊人的命运。"

波塞冬飞到战场上。他先在阿喀琉斯眼前降下一层浓雾，然后从埃涅阿斯的盾牌上拔出长矛，放在阿喀琉斯的脚下。最后波塞冬把埃涅阿斯抛向战场的边沿，嘲弄他说，"是哪位神蒙蔽了你的眼睛，你竟敢同众神的宠儿作战？从此以后，你必须回避他，直到命运之神结束了他的生命，你才可以在最前线作战！"海神说完话，便离开了战场。阿喀琉斯看见长矛放在自己脚下，

波塞冬、阿波罗与阿耳忒弥斯

浮雕 古希腊时期

特洛伊战争被比喻为人与神的战争，而其实在神话中，英雄们只不过是神的傀儡。这是刻在帕提农神庙上的海神、太阳神和狩猎女神。

诸神参加战斗

菲拉克曼 插图版画 1812年

众神的武器

宙斯的权杖"宙斯眼",可发射雷霆。

波塞冬的"三叉戟"。

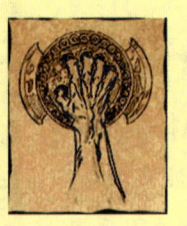

代达罗斯制造的"锛"。

赫耳墨斯的"鹰蛇杖"。

雅典娜的矛和盾

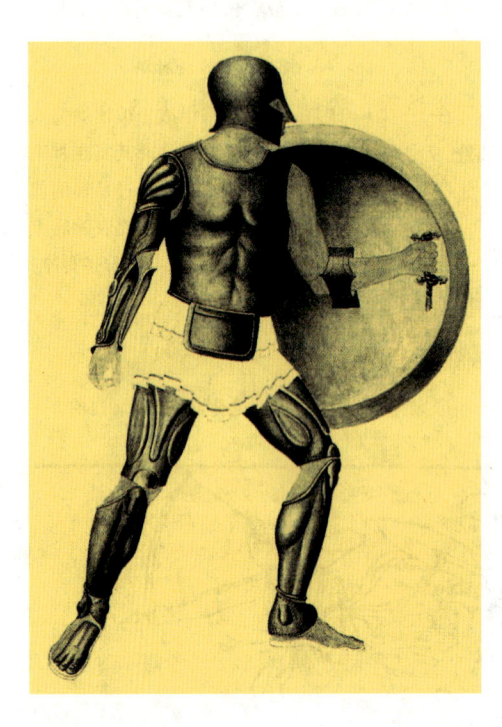

希腊士兵的装备

素描 奥林匹亚博物馆藏

希腊士兵的装备在当时之精良,说明了希腊人在冶金工艺方面已经走在了世界的前端。由此图可以看出,希腊普通士兵的铠甲和武器都是经过精心制造的,细腻而贴身。

对手却已不见了,感到很奇怪。"一定是神帮他逃脱的,"阿喀琉斯恼怒地说,"我已屡次让他逃脱了。"在另一边,赫克托耳也在激励他的战士,因此双方又发生一阵激烈的战斗。福玻斯·阿波罗看到赫克托耳气势汹汹地扑向珀琉斯的儿子,便在他的耳边警告他。赫克托耳听了马上撤退。阿喀琉斯冲进敌阵,首先杀死伊菲提翁,接着杀死特摩莱翁。他看到希波达玛斯从战车上跳了下来,马上用矛刺中他的背部,接着刺中普里阿摩斯的另一个儿子帕蒙的脊骨。帕蒙痛得尖叫一声,一命归天。

赫克托耳看到弟弟被杀,怒火中烧。于是不顾神的警告,径直朝阿喀琉斯扑去。阿喀琉斯看到他,大为惊喜。"正是这个人,"他说,"使我内心深处痛苦不已。赫克托耳,你赶快过来送死吧!"

赫克托耳回答说:"我知道你是一个英勇的人,但是神也许会帮助我取得胜利。"他说着就掷出他的长矛。雅典娜正好站在阿喀琉斯的背后，她向飞矛轻轻地吹了一口气，使它退了回去，落在赫克托耳的脚下。阿喀琉斯猛地冲过来，举矛投射赫克托耳。阿波罗马上降下一片浓雾包围住赫克托耳，又急忙拉他离开了战场。阿喀琉斯一连三次都扑了个空。当第四次扑空时，怒吼道："这次又让你逃脱一死。一定是福玻斯保护了你。要是有神帮助我，下一次你必死无疑！"

怒火中烧的阿喀琉斯像猛虎下山般冲进敌阵，大开杀戒，杀死了10名英勇的特洛伊人。

阿喀琉斯和河神斯卡曼德洛斯的战斗

在希腊人的追击下，逃亡的特洛伊人来到斯卡曼德洛斯河，他们中的一部分人朝着特洛伊城的方向逃去，赫拉降下一片浓雾，断绝了他们的去路。另一部分人则跃入湍急的河水中。整条河流拥挤着战马和士兵。这时阿喀琉斯把长矛靠在树旁，只是挥舞着宝剑，奋力追杀特洛伊人。他像一头巨大的海兽一样，在河里左冲右突，一会儿，河水就被鲜血染红了。屠杀之余，他还活捉了12个没有淹死的年轻的士兵。他们将被用来献祭给帕特洛克罗斯。

正当阿喀琉斯再次冲到河里去的时候，普里阿摩斯的儿子吕卡翁正好从水里浮上来。阿喀琉斯看到他，不由得愣了一下。上次夜袭普里阿摩斯的果林时，吕卡翁被阿喀琉斯活捉，被送到雷姆诺斯岛，卖给国王奥宇纳奥斯为奴。后来，又被卖给印布洛斯岛的国王厄厄提翁。厄厄提翁把他带回阿里斯柏城。吕卡翁在这里生活了一段时间，后来逃走了，只身回到特洛伊城。他摆脱奴役生活仅仅12天，现在又第二次落在阿喀琉斯的手里。阿喀琉斯这次看到他时，困惑地自言自语："真是奇怪呀！我把他卖身为奴，他却又在这里出现了。难道被我杀死的特洛伊人一定也会从黑暗的阴间里爬回来吗？"阿喀琉斯正要动手，吕卡翁爬过来抱住他的双膝，说："阿喀琉斯，请可怜可怜我吧！上次我给了你100头公牛，现在我愿给你3倍的赎金！我回到家乡才12天，受尽了折磨。想必宙斯仇恨我，又使我落在你的手里。可是，请你别杀死我。我是普里阿摩斯和拉俄托厄所生的儿子，我和赫克托耳不是同一个母亲！"

阿喀琉斯训斥他说："你别跟我提及赎金！帕特洛克罗斯没有死之前，我愿意饶恕任何

人。但现在任何人我都不放过！帕特洛克罗斯比你勇敢得多，不也被杀死了吗？请你面对我，总有一天我也会死在敌人的手里！"阿喀琉斯说完就提起长矛，一下子就将吕卡翁刺死了。阿喀琉斯抓着死者的双脚，把尸体扔进了河里，并且讽刺般地说道："我倒要看看，你们常常献祭的河流能否把你救活！"阿喀琉斯的话激怒了暴躁的河神斯卡曼德洛斯，河神本是站在特洛伊人一边的。他变成人的模样从河里冒出来，朝着阿喀琉斯大喝一声："珀琉斯的儿子，你杀人如麻，毫无人性！河里填满了死人，河水都流不动了，你快点滚开！"

阿喀琉斯回答说："你是一位神，我听从你的话，可是，只要我还没有干掉赫克托耳，我是不会停止屠杀特洛伊人的。"说着他朝逃跑的特洛伊人追去，把他们赶进河里。当特洛伊人纷纷跳进河里逃命时，阿喀琉斯忘记了河神的命令，也跟着跳了下去。河流突然暴涨，河水滔天，波浪滚滚，激流猛烈地冲击着阿喀琉斯的盾牌。他摇晃着身体，紧紧地拉住河岸上的一棵榆树，竟把树连根拔起，他攀缘着树枝才回到了岸上，然后在原野上奔跑逃命。河神咆哮着从后面追了上来，并赶上了他。洪流把他冲倒在地上。这位英雄只好向上天哀诉："万神之父宙斯呀，难道就没有一个神可怜我，并救我逃出凶暴的河流吗？我的母亲曾经预言，说我是被阿波罗的神箭射死的，她骗了我。我宁愿死在赫克托耳手中，强者应死在强者的手中！"

此时，波塞冬和雅典娜化身为凡人来到他的身旁，雅典娜赋予他神力。他纵身一跳，跳出了波涛。可是，河神仍不罢休，他卷起巨浪，并大声召唤他的兄弟西莫伊斯："快来，兄弟，让我们合力制伏这个狂人。否则，他在今天就会摧毁普里阿摩斯的城池，来吧，调动山中的泉水，掀起巨流，并将巨

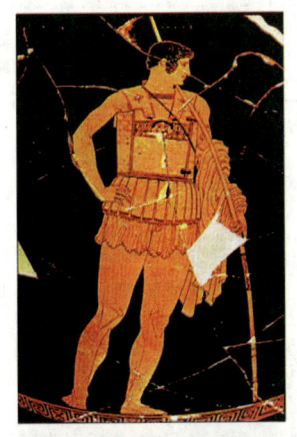

神的战车

镀金银盘 希腊 公元前300年
大英博物馆藏

纯银制的盘子内刻的是胜利女神尼克、雅典娜、酒神等人物。尼克驾驭着她的马车穿越天空。

阿喀琉斯像

瓶画 古希腊时期

在古希腊的不同时期，阿喀琉斯的形象都是艺术家们喜欢描绘的主题。

332

石冲到这边来,让他的力量和铠甲失去作用!"刚说完,巨石、波涛和尸体夹杂在一起扑向阿喀琉斯。不一会儿,西莫伊斯的河流也奔涌过来,眼看阿喀琉斯就要遭受灭顶之灾。

赫拉看到她的宠儿被大水淹没,惊吓得叫喊起来。她立即喊来赫淮斯托斯,对他说:"亲爱的儿子,只有你的火焰才能与河流对抗。快去援救珀琉斯的儿子;我自己也从海上吹来西南风,扇起熊熊的火焰,焚烧特洛伊人。同时,你要放火把河水烧干!只有大火才能避免这次毁灭!"赫淮斯托斯听从她的话,扇起了火焰,整个战场熊熊燃烧起来。火焰首先焚烧了所有被阿喀琉斯杀死的士兵的尸体,接着,又烘焦了原野,消解了激流。河岸的榆树、柳树、柽柳和草丛都燃烧起来。河中的鱼惊恐地翕动着鳃帮,寻求救命泉水。最后,河流也成了一片火海。河神斯卡曼德洛斯呻吟着从河底钻出来说:"火神呀,让我们休战吧!特洛伊人和阿喀琉斯的纷争跟我有什么关系呢?"他祈求着,而他的河水已在沸腾,如同热锅里的油一样。最后,他又向万神之母哀求:"赫拉,你的儿子赫淮斯托斯为什么残酷地折磨我?难道我比其他援救特洛伊人的神更有罪吗?请你吩咐他停战吧!"

赫拉于是转身对儿子说:"停止吧,赫淮斯托斯,不要因为尘间的缘故而使一个神继续受苦!"火神即刻熄灭了火焰。河神也退回河床。

特洛伊战争三祸首

版画

据另一种传说,只有雅典娜和赫拉参与特洛伊战争,她们在争夺金苹果之后和特洛伊人作对。而得到金苹果的阿佛洛狄忒整天和丘比特散步,对生灵涂炭的人间不闻不问。

神祇之间的战斗

其他的神相互攻击，斗得天昏地暗，地动山摇。宙斯站在高高的奥林匹斯圣山上，看着人间以及诸神相互战斗，十分高兴。战神阿瑞斯首先出阵，他挥舞着灿烂的长矛冲向帕拉斯·雅典娜，并且嘲笑般地对她说："你为什么要挑动神间互相厮杀？你还记得当年你唆使堤丢斯的儿子用矛刺伤我的事吗？今天是我们算账的时候了！"说着他挥舞着长矛朝女神刺了过来。女神躲开了他的攻击，在地上抓起一块巨石朝他掷去。石块砸中了他的脖子，他扑通一声跌落到地上，弄得灰头土脸。雅典娜哈哈大笑，说："笨蛋，你竟敢和我作对，今天让你尝尝我的厉害。现在，让你的母亲赫拉去诅咒你吧！她对你非常恼怒，因为你竟然帮助特洛伊人，反对希腊人。"

赫拉看到阿佛洛狄忒搀扶着正在呻吟的战神离开了战场，便转身对雅典娜说："啊，帕拉斯，你看到阿佛洛狄忒正扶着阿瑞斯离开战场吗？你快去袭击他们。"帕拉斯·雅典娜冲了上去，当胸一拳，阿佛洛狄忒顿时跌倒在地。

雅典娜大声喊道："让一切援助特洛伊人的家伙都得到这样的下场！如果我们的人都像我一样勇敢战斗，特洛伊城早就已攻

众神齐聚

浮雕 古希腊时期

这是帕提农神庙的残片，众神云集在宙斯周围，因特洛伊战争而或忧或喜。最左边的是赫尔墨斯，旁边是酒神，还有战神和一些英雄，但由于面目损坏，已经无法辨认。

克了。"赫拉看到她的所作所为，露出了满意的神色。

这时，海神波塞冬对阿波罗说："福玻斯，我们为什么袖手旁观呢？你没有看到别的神都已经开始战斗了吗？如果我们没有较量一下，就回到奥林匹斯圣山去，那是多没面子啊！"

"海洋的主宰，"福玻斯回答说，"如果因为凡人的缘故，我必须跟你这样一位仁慈而又威严的神动武，那真是倒行逆施。"阿波罗说着，就离开了他，不愿和他父亲的兄弟争斗。

但他的妹妹阿耳忒弥斯在一旁嘲笑他说："福玻斯，难道你想逃跑，那你背上的弓难道只是一个玩具吗？"赫拉听到她的嘲笑很生气。

"你这个不知羞耻的丫头，你既然背上弓箭，你敢跟我较量吗？"赫拉问她。"你最好还是回到树林里去射一头公猪或野鹿，那要比跟高贵的神作战容易得多！今天因为你无礼，我要你尝尝我的厉害！"说着她用左手抓住阿耳忒弥斯的双手，右手扯下她肩上的箭袋，并用它狠狠地打她的耳光。

阿耳忒弥斯如同一个挨打的胆怯的小孩一样，哭喊着，跑开了。如果不是赫耳墨斯埋伏在近旁的话，阿耳忒弥斯的母亲勒托真会拔刀前来援救她的。赫耳墨斯看着勒托说："勒托，我不想和你作战，因为和雷霆之神所爱过的女人作战是很危险的。"勒托见他态度谦虚，也就不再计较，拾起女儿的弓和箭，追赶着她的女儿回奥林匹斯圣山去了。

阿耳忒弥斯坐在父亲的膝头哭泣，哭得十分伤心。宙斯慈爱地将她抱在怀里，微笑着对她说："我的宝贝女儿，快告诉我，谁敢欺侮你？"她回答说，"是你的妻子赫拉欺侮了我，她挑起了神之间的斗争。"宙斯听了只是笑了笑，不断地安慰她。

在人间，福玻斯·阿波罗已走进特洛伊城，因为他担心希腊人会不顾命运女神的安排在当天攻陷城池。其他的神都回到了奥林匹斯圣山，他们都团团坐在雷霆之神宙斯的周围，有的兴高采烈，有的愁云满面。

雅典娜女神

菲狄亚斯 雕塑 古希腊时期
皇家安大略博物馆藏

雅典娜充满智慧和正义的形象夺目耀眼，她的手中托着胜利女神。在她的盾牌里，古希腊最伟大的雕塑家菲狄亚斯，将自己与当时雅典真正的统治者伯里克利斯的形象融入其中，更增添了雕塑的浮华和古希腊政治与文艺相结合的美。

阿喀琉斯和赫克托耳在特洛伊城前

普里阿摩斯站在城墙上高耸的塔楼里,他看到珀琉斯的儿子以风卷残云之势追击逃亡的特洛伊人,锐不可当。国王对守卫城池的士兵说:"打开城门,让所有的特洛伊人回到城里来。不过,阿喀琉斯正在追击他们,等士兵们一回到城内,马上把城门关上,以免让珀琉斯的儿子冲进城来。"守城的士兵遵命打开城门。

阿喀琉斯紧追不舍,特洛伊人又饥又渴地从战场上回来,阿波罗看在眼里,马上离开城门,前去帮助那些节节败退的逃兵。他首先激起安忒诺尔的儿子阿革诺耳的战斗激情,然后,他隐蔽在浓雾中,站在宙斯的圣树下,暗中支持阿革诺耳。于是,阿革诺耳在特洛伊人中第一个意识到自己在逃跑,他站住了脚,羞愧地对自己说:"在你身后紧追不放的人是谁?他不也是凡人吗?他的身体不是一样可以用矛刺伤吗?"说着,他立定主意,准备迎击冲过来的阿喀琉斯。

阿波罗驾驭战车

平图里乔 壁画

这幅壁画原为锡耶纳统治者潘杜尔福·佩特鲁奇宫殿的天花板装饰。平图里乔深受古典艺术启发,他曾深入罗马暴君尼禄的金宫遗迹参观,尼禄的金宫以其奢华和复杂的装饰而闻名,平图里乔受其中装饰风格的启发。平图里乔将汲取到的灵感用在这幅壁画的创作中,同时他也加入了个人的艺术风格。在这幅画中,阿波罗的头顶光环的形象衬托得战车稍显简陋,有学者认为这种对比更能展现太阳神的威严与光辉。

阿革诺耳手执盾牌,并挥舞着长矛,朝阿喀琉斯大喝一声:"你别以为马上就可以占领特洛伊城。我们中间也有顶天立地的英雄,他们随时准备为保卫父母和妻儿而浴血奋战。"说着他投出他的矛,击中对方新浇铸的盔甲,但矛当的一声跌落在地上,没有伤着阿喀琉斯。阿喀琉斯猛扑过来,但阿波罗用浓雾掩护着阿革诺耳逃走,并诱使阿喀琉斯来追赶自己,因为他已化作阿革诺耳的模样,朝斯卡曼德洛斯河奔去。阿喀琉斯紧紧追击,与此同时,就在这时,特洛伊人从大开的城门里安全地回到城里,他们争先恐后,前呼后拥,直到进了城里才放下心来。

希腊人继续向特洛伊城推进,特洛伊人只有赫克托耳还留在城外。阿喀琉斯仍在追赶阿波罗,他还以为是在追赶阿革诺耳呢,突然,阿波罗停下来,转过身子,大声问道:"你为什么不去追赶特洛伊人,而对我紧追不放呢?"阿喀琉斯方知上当,气恼地叫喊起来。"你这个诡计多端的神,我竟然中了你的调虎离山之计!要不是因为你,许多特洛伊人都得丧命,你狡猾地援救了特洛伊人,耽误了我取胜的机会。作为神,你是用不着害怕报复的。尽管如此,我是多么希望向你报复啊!"说着他转过身子,重新又向特洛伊城冲杀过去。

年迈的普里阿摩斯在塔楼上看到阿喀琉斯重新奔过来,急得捶胸顿足,大声呼叫在城外站着等待阿喀琉斯的儿子。"赫克托耳呀,你为什么还在外面?你想送死吗?他已经杀掉我那么多的儿子。快进城吧,进来保护特洛伊的男人和女人。上天可怜我吧!宙斯在折磨我,使我在暮年还遭受这场浩劫,让我亲眼看到

希腊士兵的方阵

壁画

由一个吹双管长笛的希腊少年领头,大队的希腊士兵方阵正在与特洛伊军队方阵对垒,整齐的构图,铁血的场面,表现出希腊文化中对战争的审美。

阿喀琉斯和普里阿摩斯

亚力山大·伊万洛夫 1824年

年迈的特洛伊国王普里阿摩斯失去了他最英勇的儿子赫克托耳，无限悲痛地前来请求阿喀琉斯归还儿子的尸体。面对敌人但却是老人的乞求，复仇的决心和悲悯之情让阿喀琉斯陷入了矛盾。

儿子们被杀死，女儿们被抢走为奴，城池被毁，财宝被掳掠一空。最后我会死在投枪或长矛之下，暴尸门外！"赫卡柏站在他旁边，也哭泣着大声呼喊："赫克托耳呀，听我的话，回到城里打退那个可怕的恶魔吧，别在城外和他较量！"

尽管父母大声地呼唤和哀求，赫克托耳却根本没有听到，他坚定地站在原地等待着阿喀琉斯，喃喃自语："那时，波吕达玛斯劝我把军队撤回城去，但由于我没有听从他的意见，许多人丧失了生命，我对不起特洛伊的男女老幼。也许有一天他们会说，赫克托耳由于过于自信而毁了整个民族。因此，我必须和那个可怕的敌人决一死战，要么我取得胜利，要么我战死城下。看看奥林匹斯圣山的神究竟决定谁将胜出！"

赫克托耳之死

阿喀琉斯步步逼近，威风凛凛，青铜武器灿烂夺目。赫克托耳看见，不由倒吸了一口冷气，并转身朝城门走去。阿喀琉斯顿时扑了过来。赫克托耳沿着城墙，沿着大路拼命逃跑，他越过湍急的斯卡曼德洛斯河，阿喀琉斯穷追不舍，他们绕着城墙跑了3圈。奥林匹斯圣山上的众神都紧张地看着这一惊心动魄的场面。

"各位神，"宙斯说，"认真思考一下眼下的情势吧。决定的时刻来到了。是让赫克托耳再次逃脱死亡呢，还是让他丧生？"

帕拉斯·雅典娜回答说："父亲，难道你想让命运女神已经判定要死的人逃脱死亡吗？不过，你想怎么办就怎么办吧，别指望诸神会同意你的提议！"

宙斯表示她可以照自己的意思行事。她立即从奥林匹斯圣山上降到特洛伊的战场上。这时，赫克托耳仍在奔逃，阿喀琉斯在后面紧追不放，不让他有喘息的机会，并且禁止他的士兵朝赫克托耳投掷飞镖和长矛。

他们围着城墙追逐了四周，现在又挨近斯卡曼德洛斯河，这时，宙斯从奥林匹斯圣山站起来，取出黄金天平，两边放进生死砝码，一边代表珀琉斯的儿子；另一边代表赫克托耳，开始称量。赫克托耳的一边朝冥王哈得斯倾斜。阿波罗见状即刻离开了。

女神雅典娜走到阿喀琉斯身旁，悄悄地对他说："你站着，休息一下，让我去怂恿赫克托耳大胆地向你挑战！"阿喀琉斯

赫克托尔和妻子安德洛玛克

乔治·德·席里科 油画 1917年

现代派画家表现的赫克托尔和妻子依依惜别的场面。

阿喀琉斯与赫克托耳交战

瓶画 约公元前5世纪

传说中当年阿喀琉斯和赫克托耳交战的战场，今天只剩下一派荒草萋萋，废墟残留在今土耳其境内。阿喀琉斯的英武和特洛伊王子赫克托耳的英雄行动，也凝固成了瓶画上的一个拼杀的姿势，只能带给后人感伤的追忆。

听从了女神的话，立即停止追击，把矛插在地上，并靠着长矛休息。

雅典娜变为得伊福玻斯出现在赫克托耳的面前，对他说："兄弟，让我们联手去击败阿喀琉斯！"赫克托耳非常高兴地说："得伊福玻斯，你真是我的好兄弟。现在，别的兄弟都躲在了安全的城墙后面，只有你挺身而出与我共同作战，我非常敬佩你！"于是雅典娜引着英雄朝阿喀琉斯走去。

赫克托耳对阿喀琉斯叫道："珀琉斯的儿子，我再也不躲你了，决心跟你拼个死活。我当着神发誓：如果我取得胜利，那么我就剥下你的铠甲，把尸体还给你方。你对我也应该同样对待！"

"谁跟你订条约！"阿喀琉斯说，"狮子不能跟人做朋友，我们之间没有什么可谈的，只有你死我活的拼搏。使出你的本领吧，你逃不脱我的手掌。你欠下的血债，必须偿还！"阿喀琉斯说着掷出他的长矛。赫克托耳急忙弯下身子，矛从他的头上飞了过去。雅典娜把矛拾了回来，交给珀琉斯的儿子。但这一切赫克托耳都无法看到。现在，他也愤怒地投出他的矛，正好击中阿喀琉斯的盾牌，落在地上。赫克托耳吃了一惊，回头找他的兄弟得伊福玻斯，想要他的长矛，可是他已无影无踪。赫克托耳这才意识到中了雅典娜的计，他知道死期已到，但他不甘心毫无抵挡地等死，于是拔出宝剑，迎向前去。

阿喀琉斯用盾牌掩护着冲了上去。他寻找机会，瞄准赫克托耳的身上露出破绽的地方下手。可是对方从头到脚都用盔甲保护着，只有在锁骨旁露出一点空隙，喉咙稍有一点露出。阿喀琉斯看得准确，便狠狠地用矛刺去，刺穿了赫克托耳的喉头，但没有刺破气管，他倒在地上，受了重伤，但仍能说话。阿喀琉斯高兴地说，我要把你的尸体喂狗。赫克托耳央求道："阿喀琉斯，请求你，别让恶狗吞食了我的尸体！你要多少金银都可以，只要把我的尸体送回特洛伊，让特洛伊人将我厚葬！"

阿喀琉斯摇了摇头说："我不会同意的，你是杀害我的朋友的凶手！即使拿出巨额的黄金作为赎金，你也得喂狗！"

赫克托耳呻吟着说，"你是一个铁心肠的人，是不会同情我的。但是，当神为我报仇，置你于死地时，你就会想起我的话了。"说完之后，他的灵魂便飞向阴间了。阿喀琉斯叫道："你只管去死吧！无论宙斯和诸神如何安排我的命运，我都会接受的！"他拔出了长矛，然后夺回了原来属于自己的血淋淋的盔甲。

这时，希腊人蜂拥地围过来，围观死者的躯体。阿喀琉斯站在人群中说："朋友们，英雄们，感谢神赐福，使我制伏了这个凶恶的人，他对我们的危害远远超过了其他敌人。现在让我们一鼓作气，杀向特洛伊城吧。士兵们，让我们唱起凯旋歌，把这具敌人的尸体拉回去祭

阿喀琉斯杀赫克托耳

红绘瓶画
公元前500—前450年

在两位英雄最后决战的时刻，雅典娜和阿波罗一同前来助阵。

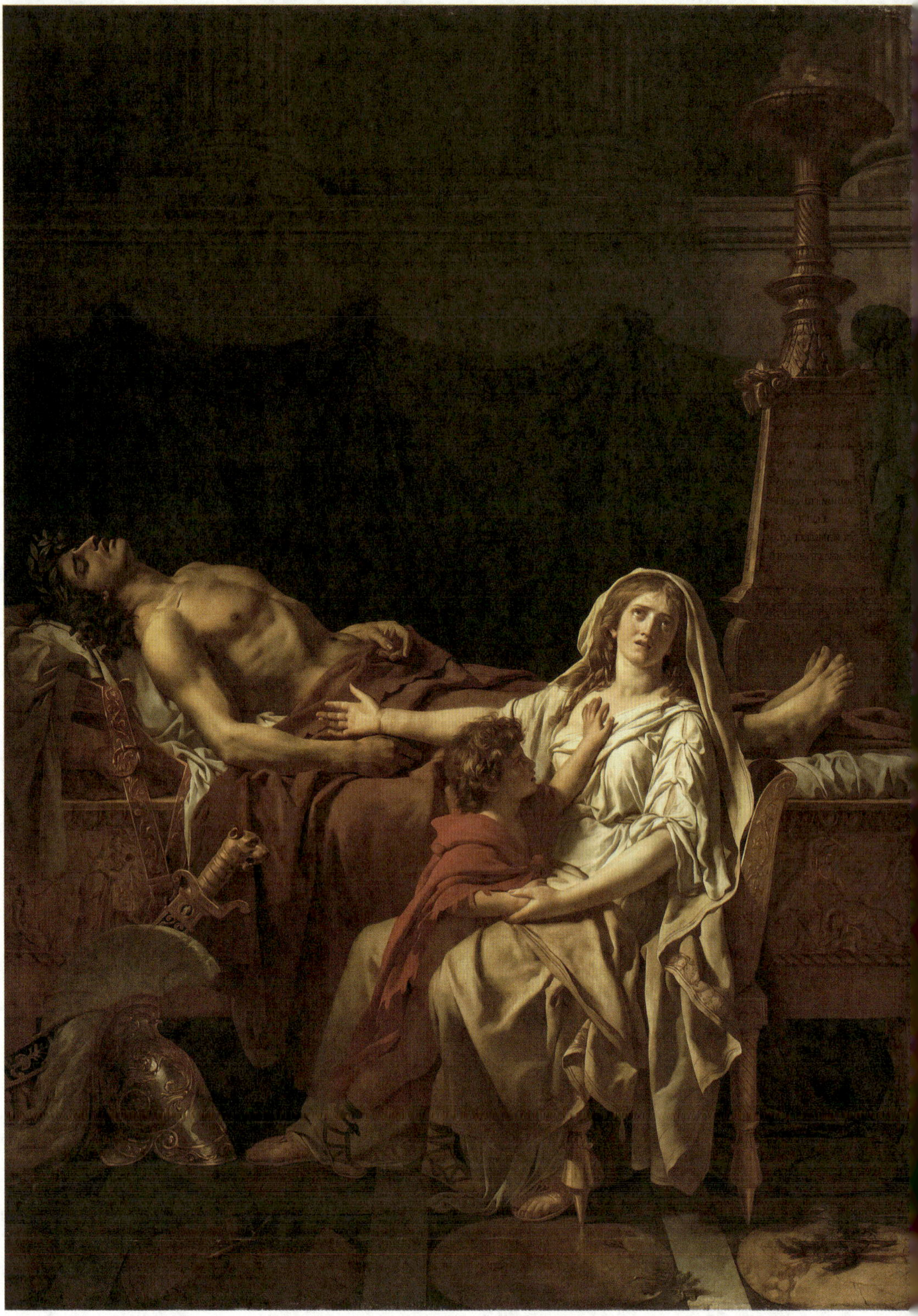

阿喀琉斯拖曳赫克托耳的尸体

菲拉克曼 插图版画 1812年

昏倒的安德洛玛刻

菲拉克曼 插图版画 1812年

安德洛玛刻看见赫克托耳被阿喀琉斯曳尸后便当场昏倒。

葬我的朋友！"

阿喀琉斯是个残酷的胜利者，他用刀在尸体脚踝和脚踵之间戳了个孔，用皮带穿好捆在战车上，然后跳上战车，挥鞭策马，拖着尸体向战船驶去。

赫克托耳的母亲赫卡柏在城头上看见了儿子的死去，悲痛欲绝。国王普里阿摩斯也痛哭流涕，全城哭声震天。国王恨不得冲出城门，去追赶杀害了儿子的凶手。

赫克托耳的妻子安德洛玛刻还不知道丈夫的死。她正在专心绣花。突然她听到城上传来一片哭声，心里顿时充满不祥的预感。她惊叫起来："天哪，难道我的丈夫已被阿喀琉斯杀死了？

安德洛玛刻哀悼赫克托耳（左页图）

雅克—路易斯·大卫
油画 1783年 卢浮宫藏

这是一个崩溃的时刻，赫克托耳倒下了，这意味着安德洛玛刻和她的幼子们失去了支撑，整个特洛伊城也失去了支撑。这个不幸的妇人只能用绝望面对即将到来的黑暗。

343

让我去看看，究竟发生了什么事？"她穿过宫殿，急步跑上城楼，看到珀琉斯的儿子的战车拖着她丈夫的尸体在野地里飞跑。安德洛玛刻顿时昏厥过去，倒在地上。

阿喀琉斯之死

第二天早晨，皮罗斯人把安提罗科斯王子的尸体抬回战船，并安葬在赫勒斯滂海湾的海岸上。年迈的涅斯托耳强忍着悲痛。阿喀琉斯的心情无法平静，天刚亮，他就扑向特洛伊。特洛伊人虽然害怕阿喀琉斯，但仍坚持战斗，便从城垣后迎了出来。于是，双方开始了激烈的战斗。阿喀琉斯杀敌无数，把特洛伊人赶回到城门前。他准备推倒城门，让希腊人杀进去！

在奥林匹斯圣山上，福玻斯·阿波罗看到特洛伊城前哀鸿遍地，死伤无数，十分恼怒。他猛地从神座上站起来，背上神箭和箭袋，向珀琉斯的儿子走去。大声喝道："珀琉斯的儿子！离特洛伊人远点！否则我会要你的命！"

阿喀琉斯大声地回答说："为什么你总是保护特洛伊人，你这不是迫使我同神作战吗？上一次你帮赫克托耳逃脱死亡，已令我很愤怒。你还是回到神中去吧，否则，我的长矛是不长眼睛的！"

阿喀琉斯离开了阿波罗，仍去追赶敌人。愤怒的福玻斯隐身在云雾里，弯弓搭箭，朝着珀琉斯的儿子要害之处脚踵射去一箭，阿喀琉斯感到了一阵剧痛，山崩一般倒在地上。他愤怒地叫骂起来："谁在放暗箭？有本事出来和我作战，我将让他不得好死！这肯定是阿波罗干的事。我的母亲忒提斯曾经预言，我将在中央城门死于阿波罗的神箭。难道就要应验了吗？"

阿喀琉斯中箭

瓶画 希腊 公元前470年

在另一种希腊神话中，阿喀琉斯据说不是被太阳神阿波罗射死的，而是死于赫克托耳的弟弟帕里斯之手。阿喀琉斯有一个致命的弱点：脚后跟。帕里斯在阿喀琉斯企图娶赫克托耳的妹妹时，射中了他的脚后跟。瓶画上的阿喀琉斯正在和特洛伊人搏斗，此瓶高37厘米，是保存完好的上等艺术品。

阿波罗与天文缪斯

查尔斯·梅涅尔 油画 1798

阿波罗是古希腊十二主神之一，他是太阳神、音乐、诗歌、预言、医学、射箭等领域的守护神。缪斯是九位女神，她们分别掌管不同的艺术和科学领域，被认为是灵感和知识的源泉。因此，阿波罗与缪斯女神经常一起出现在艺术作品中，象征着创造性的灵感和表达。

查尔斯·梅涅尔创作了一系列关于阿波罗和缪斯的画作，其中最有名的便是这幅《光之神阿波罗与天文缪斯女神乌拉尼亚》。乌拉尼亚倚靠在一颗星光灿烂的球体上，表明她的身份。而里拉琴、月桂树冠、向日葵和天鹅等元素都与阿波罗相关。画中阿波罗的发型和站姿都借鉴了古希腊雕像《贝尔维德尔的阿波罗》。

阿喀琉斯从伤口里拔出箭矢，一股污黑的血从伤口里涌出来。这时阿波罗又将箭拾起，在云雾的掩护中，回到奥林匹斯圣山，回到奥林匹斯的神中。赫拉看见他，责备地说："福玻斯，你这样做是出于嫉妒，这是一种罪过！你参加过珀琉斯的婚礼，也像其他神一样祝福他未来的儿子。现在你却偏袒特洛伊人，想杀死珀琉斯唯一的儿子，今后你还有脸去见涅柔斯的女儿吗？"

阿波罗低头不语。有些神对他的行为感到恼怒；有些则感谢他。在人间，没有一个特洛伊人敢靠近受伤的阿喀琉斯。阿喀琉斯从地上跳起来，继续挥舞着长矛，杀向特洛伊人。他刺中了赫克托耳的朋友俄律塔翁。接着又刺中希波诺斯的眼睛，刺中阿尔卡托斯的面颊，并杀死许多逃跑的特洛伊人，可是他逐渐感到肢体在变冷、麻木。他不得不停住脚步，用长矛支撑着身体。这时他虽然不能追击敌人了，但吼声震天，特洛伊人吓得抱头鼠窜。

突然，阿喀琉斯的肢体僵硬起来，并轰然倒在其他尸体中间，他的盔甲和武器掉在地上。

阿喀琉斯之死

大理石雕像 1683年
伦敦维多利亚
和阿尔伯特博物馆

地动山摇的一瞬间,英雄轰然倒地,但他的目光似乎还在为这早已注定的结局感到不甘。雕塑家特意在阿喀琉斯的双腿间安排了一个顽皮的小天使,用稚嫩的小手指着英雄宿命般的伤口。

帕里斯第一个看见他倒了下去,他兴高采烈地欢呼起来,并带领特洛伊人去抢夺尸体。大家都围拢过来,想剥取他的铠甲。但埃阿斯挥舞长矛守护着尸体,击退逼近的人。

帕里斯大胆地举起长矛,瞄准埃阿斯投去。但埃阿斯躲过了,顺手抓起一块石头猛地砸了过去,打在帕里斯的头盔上,帕里斯倒在地上,他箭袋里的箭散落一地。他的朋友们赶快把他抬上战车。帕里斯奄奄一息地在战车上朝特洛伊飞奔。埃阿斯把所有的特洛伊人都赶进了城里。

希腊的王子们趁机把阿喀琉斯的尸体抬回战船。他们围着他,放声痛哭。年迈的涅斯托耳好不容易才劝他们停止了哭泣。叮嘱他们为英雄的尸体洗浴,将他放进营帐,并为他举行葬礼。他们按照他的意思,用温水给珀琉斯的儿子洗浴,给他穿上他的母亲忒提斯特意送给他的出征战袍。当他被停放在营帐内准备火葬时,在奥林匹斯圣山上的雅典娜出于同情,在他的额上洒落了几滴香水,防止尸体腐烂。亚各斯人看到英雄满面红光安详地躺在尸床上,似乎已然入睡,好像随时可以醒过来似的,他们都感到惊讶不已。

希腊人的悲哭声传到了海底,阿喀琉斯的母亲忒提斯和涅柔斯的女儿们听到了也放声痛哭。夜里,忒提斯和姐妹们来到海岸上,悲戚地来到尸体旁边。忒提斯抱住儿子,吻着他的脸颊,泪流满面。

葬礼就要开始了。他们从爱达山上砍伐树木,堆成柴堆,柴堆上放着许多特洛伊人的盔甲和武器,还有许多祭奠的牲口,黄

阿喀琉斯与现代医学

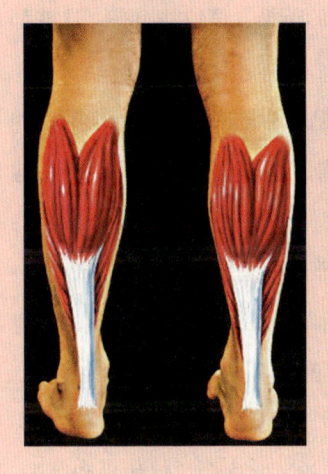

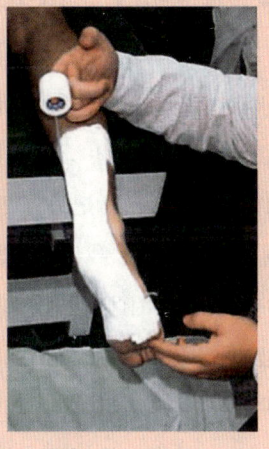

阿喀琉斯之踵

阿喀琉斯是刀枪不入的半神,但他的脚踵却一直是他的致命处,并最终让这位英雄丧生。为此,后世常用"阿喀琉斯之踵"来形容一个人或一件事最脆弱的地方,或致命的要害。在医学上,通常也用"阿喀琉斯之踵"来命名人的脚后跟处的一小块容易受伤的肌腱,左图为"阿喀琉斯之踵"的医学解剖图,右图为"阿喀琉斯之踵"的现代包扎方式。

金和其他名贵的金属。希腊的英雄们每人从头上割下一绺头发,阿喀琉斯生前最宠爱的女仆勃里撒厄斯也剪下自己的一束秀发,送给主人作为祭品。英雄的尸体放在柴堆的顶上。然后,他们全副武装,或骑马,或步行,围着巨大的柴堆绕圈而行。礼毕,他们将柴堆点燃。柴堆熊熊燃烧起来。遵照宙斯的旨意,风神埃俄罗斯送来疾风,扇起一片火海,木柴堆烧得噼啪作响,尸体化为灰烬。英雄们浇熄了余烬。在灰烬中阿喀琉斯巨大的骸骨依然没有消失。他的朋友们捡起他的遗骸,装进一只镶金嵌银的盒子中,并安葬在海岸的最高处,和他的朋友帕特洛克罗斯的尸骨并排葬在一起,并且在那里专门建了一座大坟墓,以作纪念。阿喀琉斯的两匹神马见到主人已死,便挣脱了缰绳,不愿接受任何人的驾驭。

大埃阿斯之死

为纪念阿喀琉斯在战斗中英勇牺牲,希腊人举行了隆重的殡葬赛会。首先进行角斗竞赛。埃阿斯和狄俄墨得斯两个英雄参加了竞赛,他们不相上下,不分胜负。进行了拳击比赛,后来又进行了跑步、射箭、掷铁饼、跳远等。竞赛紧张刺激,扣人心弦。

忒提斯决心把她儿子的铠甲和武器奖给有功的英雄。她蒙着黑色的面纱，悲痛地对希腊人说："现在，我愿把儿子用过的武器奖给那个救出我儿子尸体的英雄。请他站出来，这些都是神也很喜欢的馈赠。"

这时拉厄耳忒斯的儿子奥德修斯和忒拉蒙的儿子埃阿斯从队伍中同时跳出来。埃阿斯伸手拿过武器，并请全军中最明智，而且最受尊重的人伊多墨纽斯、涅斯托耳和阿伽门农为他作证。奥德修斯也同样请他们为自己作证。涅斯托耳把另外两位证人拉到一旁，为难地说："如果两位英雄为争夺阿喀琉斯的武器而闹翻，那么我们就会面临一场巨大的灾难。他们中间无论谁受到了冷落，都会退出战场，我们就会因此受到损失，后果不堪设想。因此，我建议还是让特洛伊的俘虏作证，让他们解决埃阿斯和奥德修斯的争端。"两人都赞成他的建议。他们在俘虏中挑选了几个可靠的特洛伊人来判决。

埃阿斯生气地叫道："你瞎了眼了？奥德修斯，你竟敢和我相争？你和我犹如狗和狮子。你难道忘了，在远征特洛伊前，你是怎样不情愿离开家庭啊，还有，你还劝我们把不幸的菲罗克忒斯遗弃在雷姆诺斯海岛上。帕拉墨得斯比你能干，比你聪明，你却陷害他。现在，你忘了你在战场上是我救了你。当争夺阿喀琉斯的尸体时，把尸体和武器抢回来的不正是我吗？你能扛动这些武器和他的尸体吗？"奥德修斯挖苦他说："埃阿斯，你真是废话连篇！你骂我软弱无能，却不知道智慧胜于一切武力。正是依靠人类的智慧，水手才能漂洋过海，人类才能征服大自然，并使牛马为人类服务。因此，无论在危难时，还是在会议上，智力远比体力更有价值。狄俄墨得斯认为我比任何人都聪明，所以在远征时他一定要我参加。正是由于我的智慧，珀琉斯的儿子才被说服前来征伐特洛伊。而现在，我们却为得到他的武器争论不休。假如希腊人希望出现一位新的英雄，那么请相信我，那不是靠五大三粗的埃阿斯，也

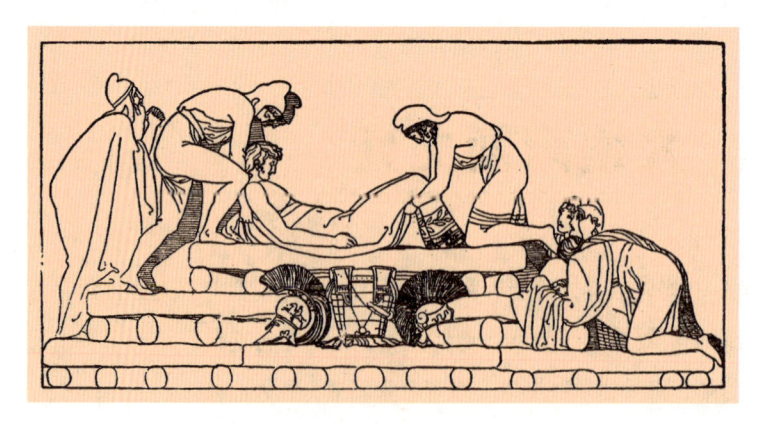

阿喀琉斯的火葬

菲拉克曼 插图版画
1812年

348

不是靠军中任何人的计谋可以做到的，而要靠我的如簧巧舌才能把他争取过来。此外，神除了赋予我智慧外，还赋予我体力。我冲锋陷阵，杀敌无数，而你并没有上来保护我，只知道明哲保身。"

两人就唇枪舌剑，吵得不可开交，互不相让。最后，被俘的特洛伊人被奥德修斯的语言所打动，一致同意把珀琉斯儿子的灿烂的武器判给奥德修斯。埃阿斯顿时怒不可遏，血脉贲张，身上每条筋肉都在颤动。他像生了根似的立在那里，垂着头注视着地面。最后，他的朋友们好歹才把他拖回战船上。

入夜，埃阿斯坐在营帐内，一言不发，不吃不喝，良久，他穿上铠甲，手执利剑，要去把奥德修斯碎尸万段，或者烧毁战船，或者把希腊人全部杀死。这时，保护奥德修斯、反对埃阿斯的雅典娜不得不使他发狂，他丧失了理智。

埃阿斯失去了控制，一路狂奔，冲进羊群中。女神蒙蔽了他的双眼，使他以为那是希腊人的军队。埃阿斯在羊群中，挥舞利剑，乱砍一通，同时他嘲弄地说："你们这些畜生，快去死吧！你们再也不会做出公正的裁判了！"他继续说，"你这躲在角落里的胆小鬼，从我手里夺去了阿喀琉斯的武器，现在这也帮不上你的忙了。一件铠甲能给你这无能的人帮什么忙呢？"说着，他抓住一头大绵羊，把它拖到营房里，绑在门柱上，并挥起皮鞭，发狂般地对它抽打起来。

这时，雅典娜恢复了他的理智，顿时他清醒了过来。可怜的英雄这才看清自己抽打的是一头绵羊，他马上明白过来，绝望地垂下手，鞭子从他手中滑落。他心力交瘁地瘫倒在地上，知道是某个神在捉弄他，使他发了疯。最后他终于从地上站了起来，仰

争夺阿喀琉斯的铠甲

瓶画 希腊
公元前520—前500年

两个愤怒的英雄——奥德修斯和埃阿斯为了铠甲动了武，一些人正在相劝。黑像式瓶画是表现这一题材的最佳样式——红与黑都是激动的色彩，足以渲染这种僵持不下的局面。这是在爱特里亚出土的古希腊陶器，高51厘米。瓶的肩部人物是酒神狄俄尼索斯和他的妻子。

349

阿喀琉斯海湾

丹·德普斯特 油画 现代

对阿喀琉斯的缅怀在世界许多地方都可以发现。虽然阿喀琉斯不可能到过百慕大群岛，但在这片位于北大西洋西部的群岛中，仍有一片海湾被命名为阿喀琉斯海湾。

天长叹道："天哪，神为什么如此恨我呢？他们为什么这样侮辱我，而偏爱狡猾的奥德修斯呢？现在，我站在这里，双手沾满了绵羊的鲜血，为天下人所耻笑！"

他的妻子忒克墨萨抱着幼儿，正在营地里到处找他。忒克墨萨对丈夫十分温顺、体贴。她亲眼看到丈夫在羊群中的所作所为，便赶紧回到营房里，发现他满面羞愧地站在那里。他声嘶力竭地呼喊着兄弟透克洛斯和儿子欧律萨克斯的名字，并祈求轰轰烈烈地死去。忒克墨萨抱住他的膝盖，恳求他不要丢下她不管，留给敌人当俘虏。她告诉他，他应该想想年迈的父亲和在萨拉密斯的母亲，并把儿子塞在他的怀里，对他说，如果孩子还未长大便失去了父亲，那他的命运该是不堪设想。

埃阿斯吻着孩子，说："孩子，希望你像父亲一样英勇善战，但不要像父亲一样不幸。希望你成为一个真正的英雄。我的兄弟透克洛斯将会把你抚养成人。现在，我的随从要把你送到萨拉密斯我的父母那儿，他们会照顾你，你在那里将会度过幸福的童年。"说着，他把孩子交给仆人，并留下遗言托他的同父异母兄弟照应他的妻子忒克墨萨，然后他从她的拥抱中挣脱出来，抽出他从赫克托耳那儿缴来的利剑，将它插在营房的地上。接着，他举起双手对着苍天祈祷："万神之父宙斯啊，我求你在我死后，让我的兄弟透克洛斯即刻赶到我的身边，免得敌人将我的尸体抢去。我也请求你，复仇女神，让阿特柔斯的儿子也不得好死！还有你，太阳神，当你的金车经过我的故乡萨拉密斯上空时，请把我的不幸的命运告诉我的年迈的父亲和可怜的

母亲。永别了，神圣的阳光！永别了，萨拉密斯！永别了，家乡的原野！永别了，雅典城和故乡的山水！永别了，特洛伊的广阔原野，我在这里生活了多年，并经历了无数次的战斗！死神，请你降临吧！"说着，他拔剑自刎，倒在地上。

希腊人听到埃阿斯自杀身亡的消息蜂拥而至，哭声震天。他的兄弟透克洛斯记住他的父亲的嘱咐，他不能撇下埃阿斯从特洛伊回来，所以他也要自杀，幸亏他的朋友们及时夺走了他手中的利剑，不然他也跟着埃阿斯一起去了。透克洛斯伏在兄长的尸体上放声痛哭。待他重新平静下来，看到绝望的忒克墨萨僵直地坐在死者身旁，怀里抱着孩子。透克洛斯上前安慰她，向她保证一定保护她，并像父亲一样抚育她的孩子。他吩咐将母子两人送回萨拉密斯去。接着，他准备安葬兄长的遗体。可是，墨涅拉俄斯却出来阻止他。"他的自杀行为比特洛伊人更为恶劣！一个自杀的人不值得我们隆重安葬。"阿伽门农也支持兄弟的意见。透克洛斯提醒他们不要忘掉埃阿斯的功劳，当特洛伊人放火烧船时，是埃阿斯拯救了全军，他说希腊人应该感谢埃阿斯。可是，这一切解释都无济于事。"你们必须知道，"他叫道，"你们对这个死去的英雄不敬，就等于对他的妻子忒克墨萨和他的儿子以及他的兄弟不敬，这种行为会使你们丧失人间的荣誉和神的保护！"

雅典硬币

文物 公元前2世纪

雅典硬币正面上铸造的是智慧女神雅典娜的头像，反面是女神的吉祥物橄榄枝和猫头鹰。这种硬币雕刻精美，在伯里克利时代，在整个爱琴海周边流通。

希腊步兵

瓶画 公元前600年

一个士兵已经被杀倒在地上，大腿上鲜血四溅。希腊一般步兵的武器主要是盾牌和长矛，装备主要有头盔和铠甲。有时他们也组成各种方阵，集体向敌人冲锋。效法神话中的半神与名人，是每个普通希腊人英雄主义的根源。

351

雅典人的战舰

模型

公元前5世纪，雅典人就是用这种三层战舰来控制爱琴海地区的。据说这也是希腊神话中特洛伊战争时使用的战舰。舰上有10名盾牌装甲兵，4名弓箭手和170名舵手桨手。

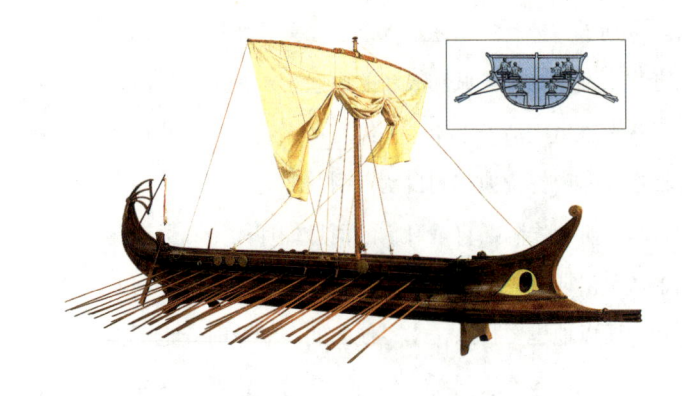

格斗

瓶画 约公元前3世纪

这是表现公元前2世纪时希波战争中的场面，一个半蹲的波斯人出其不意地反手举刀刺向全身被铠甲和盾牌严密包裹的希腊人的咽喉。这种招式很可能是古代战场短兵相接时反败为胜的法宝。

　　正在争执不休的时候，狡黠的奥德修斯来了，他向阿伽门农问道："请容许一位忠诚的朋友冒昧地说句话。""请说吧！"阿伽门农不解地看着他。"好，那么请听我的话。"奥德修斯说，"看在诸神的份上，请你们要好好安葬他！你们不能因为权力在手，就忘恩负义！你们这样侮辱一个英雄，这不是侮辱他，而是违犯了神的法则，违背了神的意志！"阿特柔斯的儿子听到这话，十分惊讶。终于阿伽门农大声问道："奥德修斯，你愿意为这个人违抗我的命令吗？你难道没有想到，你现在是为你的死敌求情吗？""他的确是我的仇敌，"奥德修斯回答说，"他活着时我恨过他。现在，他已经死了，我们应该为失掉一位高尚的英雄而感到悲哀。这时，我不允许自己再把他当作我的仇敌。我同意安葬他，并愿意协助完成这一神圣的使命。"

　　透克洛斯听到他这番话时，便连忙走上去，感动地伸出了双手。"高贵的英雄，"他大声说，"你是他的最大的仇敌，现在却只有你为他说话！谢谢你的帮助，你可以在其他方面帮助我，因为还有许多事情需要你的帮助！"他指了指始终悲哀地坐在一旁的忒克墨萨。奥德修斯转身朝她走去，安慰她说："任何人都不得掠你为奴！只要透克洛斯和我还活着，你和你的孩子便会得到保护，就好像埃阿斯仍活在你的身旁一样。"

　　阿特柔斯的两个儿子听到这话感到惭愧，不敢再反对。埃阿

352

斯的庞大身躯由几个士兵送上战船,他们洗去他身上的泥土和血迹,最后,在高大的柴堆上进行火化。

帕里斯之死

载着菲罗克忒忒斯的船驶进赫勒持滂的港口。期盼已久的希腊人欢呼着朝海边奔去。菲罗克忒忒斯的两个同伴将他高举着抬到岸边。他吃力地吸着腿走近迎接他的希腊人。这时候,来了一个人,他朝英雄的伤口看了一眼,就满怀信心地保证说,他有办法很快将他治好。他就是医生帕达里律奥斯,是菲罗克忒忒斯的父亲帕阿斯的老朋友。他随即拿来药物。神在暗中帮助这位老英雄,伤口果然愈合,他又恢复了健康。阿特柔斯的儿子们看到这奇迹,连连称奇。菲罗克忒忒斯酒足饭饱之后,精神大振。阿伽门农走近他,握着他的手,惭愧地说:"亲爱的朋友,由于我们一时糊涂,将你遗弃在雷姆诺斯岛,但这也是神的意思。请不要再生我们的气了,我们已备受惩罚。请接受我们的礼物吧:7个特洛伊女人,20匹骏马,12只三足鼎。""朋友们,"菲罗克忒忒斯和气地回答说,"我不再生你们任何人的气了,包括你,阿伽门农。"

第二天,特洛伊人正在城外埋葬他们的阵亡将士,突然看到希腊人向他们追杀过来。已故的赫克托耳的朋友波吕达玛斯是个明智的人,他建议大家迅速撤到城里去固守,可是特洛伊人不听他的劝告,他们在埃涅阿斯的怂恿下,誓死抵抗来犯之敌。

又一场激战开始了。涅俄普托斯摩斯挥舞着父亲的长矛,一连杀死12个特洛伊人,此时埃涅阿斯和他的勇猛的战友欧律墨涅斯也冲破了希腊人的队伍。帕里斯杀死了墨涅拉俄斯的战友、斯巴达的特摩莱翁,而菲罗克忒忒斯也在特洛伊人的队伍中来回冲杀,所向披靡,最后,帕里斯大胆地朝他扑了过去。他射出一箭,但箭镞从菲罗克忒忒斯的身旁穿过,射中了他身旁的克勒俄多洛斯的肩膀。克勒俄多洛斯稍稍后退,并用长矛保护自己。正在这时帕里斯的第二支箭又接着射来,

攻城

大理石浮雕 公元前4世纪

　　这块发现于希腊桑索斯地区的陵墓内的浮雕，描述当年希腊军队在城头厮杀的战斗场面。

把他射死了。菲罗克忒忒斯看在眼里，不禁大怒，他执弓在手，指着帕里斯大声喝道："你这个特洛伊的草寇，你是我们一切灾难的根源，现在你的死期到了！"说着，他拉弓搭箭，嗖的一声，那箭电射而出，不过只在帕里斯身上划开一道小口子。帕里斯急忙张弓准备还击，但第二箭又飞了过来，射中他的腰部，他忍着剧痛，转身逃命。

　　医生们马上给帕里斯治伤，战场上双方仍在激战。

　　夜晚，特洛伊人退回城内，希腊人也回到战船上。夜里，帕里斯伤口剧痛，彻夜难眠，因为箭镞一直深入到骨髓。那是赫拉克勒斯浸过毒汁的飞箭，中箭后的伤口腐烂化脓，他已经不可救药了。此时，帕里斯突然想起一则神谕，它说只有被他遗弃的妻子俄诺涅才能救他。从前，当帕里斯还在爱达山上放牧时，他曾和妻子俄诺涅和谐地生活了一段日子，那时他的妻子告诉了他这个神谕。虽然他没脸面对她，可是由于事关性命安危，不得不坐着担架前往爱达山。他的前妻还一直住在那里。

　　仆人们抬着他爬上山坡，树上的乌鸦的叫声使他魂飞魄散，他终于到了俄诺涅的住地，女佣和俄诺涅见到他都感到惊讶。他跪倒在妻子的脚前，惭愧地说："尊贵的妻子，我的生命受到了重创，请不要怨恨我！作恶的命运女神把海伦引到我的面前，使我离开了你。现在，我对着神哀求你，请你看在我们过去的爱情的份儿上，用药物医治我的伤口，救我一命，因为你过去曾经告诉我一个神谕，只有你才能救我的生命。"

　　可是，他的苦苦哀求无济于事，遭受遗弃的妻子不为所动。"你有什么脸来见我，"她愤恨地说，"你抛弃了我，现在又来求我，你走吧，还是去找年轻美貌的海伦吧，求她救治你。你的眼泪和哭诉决不能换取我的同情！"说着，她将帕里斯拒之门外，她没有想到她的命运跟她丈夫的命运是紧密相连的。帕里斯由仆人们抬下山。在半路上，他因箭毒发作而一命呜呼。海伦再也见不到他了。

一位牧民把他中毒而死的消息告诉了她的母亲赫卡柏，她顿时晕倒在地。普里阿摩斯还不知道这件事。他坐在儿子赫克托耳的坟旁，沉浸在悲哀中，对外界的事一概不知。海伦也在痛哭，与其说她为丈夫悲伤哭泣，还不如说她为自己哭泣。俄诺涅得知帕里斯的死讯后，独自待在家里，悔恨交加。她想起年轻时的帕里斯和自己的情意。她感到撕肝裂肺，泪如雨下。她从床上爬起，一路狂奔，经过一座座山岩，穿过山谷和溪流，整整奔跑了一夜。月亮女神塞勒涅在天上同情地看着她，用月光照亮她的路。最后她来到了丈夫的火葬的地火里。牧人们最后一次对他们的朋友和王子表达了敬意，并举行了葬礼，俄诺涅看到丈夫的遗体，悲痛欲绝，她纵身跳进熊熊烈火中。站在一旁的人来不及相助，她已经葬身火海，和她的丈夫一起化为灰烬。

围攻特洛伊

第二天清晨，希腊人团团围困特洛伊城，他们分头攻打每一座城门。但特洛伊人誓死保卫家园和亲人，顽强抵抗敌人。卡帕涅斯的儿子斯忒涅罗斯和战绩卓著的狄俄墨得斯率先攻打中心城门。但得伊福玻斯和勇猛的波吕忒斯以及别的英雄们用箭矢和石块抗击蜂拥而上的攻城部队。涅俄普托勒摩斯率领他的部队攻打伊达城门。特洛伊英雄赫勒诺斯和阿革诺耳在城垛上率领士兵们奋勇抵抗。面向大平原和希腊人战船的城门由欧律皮罗斯和奥德修斯率军围攻，勇敢的埃涅阿斯站在高高的城墙上指挥士兵投掷石块，使他们无法逼近。同时透克洛斯在西莫伊斯河岸奋勇作战。奥德修斯在战斗中突然想出了一个对付特洛伊人的好办法。他命令战士们把盾牌拼在一起，举在头上，形成一个顶盖。在顶盖下，士兵们可以

防守特洛伊城的军队

浮雕 古希腊时期

特洛伊人在希腊人猛烈攻击下毫无畏惧，他们举起石头，砸向用盾牌护身的希腊士兵。古朴的石雕虽然是一个侧面，但对人物运动的姿态刻画入微，面目没有了，服装和盔甲的形状也已经风化，但却无法掩盖英雄在战争中激动的刹那和敢于为民族荣誉牺牲的瞬间。

聚成一群，步步推进。就这样，希腊人逐渐逼近城门，他们在盾牌下听到无数石块、飞箭和投枪从城墙上撞落的声音，可是却没有一个人受伤。于是，他们像团乌云一样向城门推进。大地在他们的脚下震动，阿特柔斯的儿子们看到这坚不可摧的队形，喜出望外。他们号召士兵们坚定地向前推进，并准备攻破城门，或者用双面斧把城门劈开。

眼看奥德修斯的战术就要使他们攻入特洛伊城了，但保护特洛伊人的神给埃涅阿斯的双臂增添了神力，他举起一块巨大的石头朝着城下的顶盖猛地砸下去，一大批敌人应声倒在盾牌下。埃涅阿斯站在城墙上，他的铠甲金光灿灿。在他的身旁站着强大的战神阿瑞斯，他隐身在云雾中。每当埃涅阿斯投掷石块时，他就引导它准确地击中敌人。希腊人死伤惨重。

另一路攻城的希腊人占了上风。勇敢的洛克里斯的猛将埃阿斯用弓箭把守城的战士纷纷射落下来。他的战友和同乡阿尔喀墨冬看到城墙上有一块地方守城的人已被扫清，便急忙架起云梯爬上去。阿尔喀墨冬把盾牌举在头顶上，为他的战友们开辟道路。埃涅阿斯从远处看见了他。他爬完最后一级正要爬上城墙时，被埃涅阿斯掷来的一块石头击中头颅，他仰面翻落，砸断了云梯，还没有着地，就已经死了。

菲罗克忒忒斯看到安喀塞斯的儿子在城头英勇反击，便向他射出一箭，然而这箭只擦过对方的盾牌，射中了另一个特洛伊人墨蒙，墨蒙从城头上翻身落下。接着埃涅阿斯向菲罗克忒忒斯的朋友托克塞克墨斯投去一块巨石，击碎了他的头颅。菲罗克忒忒斯愤怒地抬头看着城楼上的仇敌，大声叫道："埃涅阿斯，你就会从城楼上往下扔石头，完全像个虚弱的女人,根本就不算什么英雄,如果你有种,就下来跟我比弓箭和长矛。我告诉你,我就是帕阿斯的儿子!"

但埃涅阿斯没有时间理会他,因为城垣的另一处又在告急,需要支援,他连忙跑了过去。

特洛伊木马

希腊人久久不能攻克特洛伊城。于是,占卜家和预言家卡尔卡斯召集会议,他说:"你们这样硬攻是没有用的。我昨天看到一只雄鹰追逐一只鸽子。鸽子飞进岩缝里躲了起来。雄鹰在山岩旁等了许久,鸽子就是不出来。雄鹰便躲在附近的灌木丛中。这只蠢鸽子以为安全了,便飞了出来。雄鹰立即扑上去,用利爪抓住了它。我们应该学习这只雄鹰,要智取特洛伊城。"

他说完后,英雄们群策群力,要想出一个办法智取特洛伊城,最后,还是奥德修斯想出一个妙计。"让我们造一个巨大的木马,让马腹里尽可能多地隐藏希腊人,其余的人则乘船离开特洛伊海岸,撤退到忒涅多斯岛。在出发前必须把军营彻底烧毁,让特洛伊人在城墙上看见烟火,以为我们撤退回家乡了,大胆地出城活动。同时我们让一个士兵混进城去,告诉他们说,希腊人造了一个巨大的木马,献给特洛伊人的敌人帕拉斯·雅典娜,他自己就是躲在马腹下面,等到'敌人'撤退后才偷偷地爬出来的。这位士兵必须能对特洛伊人复述这个故事,并要说得有声有色,使特洛伊人深信不疑,并说服特洛伊人把木马拖进城内。当我们的敌人熟睡时,他给我们发出暗号。这时,躲藏在木马里的人赶快爬出来,并点燃火把给隐蔽在忒涅多斯岛附近的战士们发出信号。这样,我们就能里应外合,一举攻克特洛伊城。"

偷运木马

微型浮雕

希腊的英雄们被藏在木马里运进了特洛伊城。午夜,英雄们从木马中搭着梯子下来,特洛伊于是陷落。

奥德修斯的计策，大家都纷纷叫好。预言家卡尔卡斯也完全赞成。但阿喀琉斯的儿子却站起来，提出了异议："卡尔卡斯，这算什么英雄？勇敢的战士必须在公开的战场上光明正大地制伏敌人。让胆怯的特洛伊人躲在城楼上去打仗吧！我们不想使用这种下三烂的方法，那不是英雄好汉所为。"

他刚正不阿、光明磊落的话连奥德修斯也不得不佩服。但他又反驳说："你是一位勇敢的英雄。可是，你的父亲，这位半神的英雄都未能攻破这座坚固的城堡。你要懂得，世界上不是所有的事情都是靠勇敢取胜的。因此，我请求你和诸位英雄，听从卡尔卡斯和我的建议，立即动手实施我的计划。"

英雄们都欢呼赞成拉厄耳忒斯的儿子的建议，除了菲罗克忒忒斯外，但他站在涅俄普托勒摩斯的一边。最后他们说服所有的希腊人了，然而宙斯却反对，他发出雷鸣闪电，雷声震动了大地。显然，宙斯赞同预言家和奥德修斯的建议。虽然涅俄普托勒摩斯和菲罗克忒忒斯反对，但他们只好顺从天意。

希腊人全部撤回到战船上，时至半夜，雅典娜托梦给希腊英雄厄珀俄斯，吩咐他用粗木制造巨马，并答应帮助他尽快完工。厄珀俄斯知道这是女神雅典娜，便欢乐地从床上跳将起来。天一亮，他便对大家讲起女神托梦的事。希腊人听后，即刻来到爱达山砍伐高大粗壮的松木，将木料迅速运到赫勒持滂的海岸上。众多年轻人帮厄珀俄斯一起干活，有的锯木，有的削枝。厄珀俄斯则自己造木马，造好了马脚，便削制马腹，然后做马背，接着又安置了马胸和马颈，还在马颈上装了精致的马鬃。马的两耳竖起，眼睛炯炯有神。总之，就像活马一样。在雅典娜的大力协助下，仅用3天时间就完成了。众人都惊叹这件艺术杰作，甚至相信它随时都会奔跑、嘶鸣。这时，厄珀俄斯朝天空举起双手，在全军士兵的面前祈祷："伟大的女神珀拉斯·雅典娜，请您保佑我和木马吧！"

特洛伊人躲在城内，紧闭城门。奥林匹斯圣山上的诸神也分为两派，一派保护希腊人，另一派则持相反态度。诸神降临大地，在斯卡曼德洛斯河上排成阵势，但凡人看不见他们。海洋的诸神也照样如此，分成两派，站在希腊人一边的是50名海中仙女，他们是涅柔斯和多里斯的女儿，自认为是阿喀琉斯的亲戚；其他的海洋神则站在特洛伊人一边，他们掀起狂涛巨浪，向战船和木马打来，真想把它们全都摧毁。

诸神之间的战斗开始了。首先是阿瑞斯向雅典娜发起冲击，其他神也都厮杀起来,铿锵作响,大地震颤,喊杀声响彻阴间。诸神选择这个时机开战,那是因为宙斯已外出,都不受约束了。宙斯是万神之主,大权在握,无论他在哪里,对特洛伊城发生的一切都了如指掌。这时宙斯知道了诸神正在厮杀,便即刻坐上雷车,催动双翼追风马,由伊里斯驾车,回到奥林匹斯圣山上,发出闪电。诸神大吃一惊,不得不停止战斗。那正义女神忒弥斯是唯一没有参战的神。她降落到神中,并向他们宣布宙斯的决定:立即放下武器,否则,将遭到彻底毁灭。诸神只好压制住恐惧的怒火,愤愤不平地离开了战场。

在希腊人的阵地上,木马已经造好。在会议上奥德修斯站起来说:"希腊人的英雄们,现在是显示我们的力量和勇气的时候了。现在我们得钻进马腹中,躲在里面度过一段没有阳光的日子,准备迎接光明的未来。这比和敌人作战需要更大的勇气和智慧!其他人可以先乘船到忒涅多斯岛去。在木马旁边只留一个胆

建造特洛伊木马

提埃波罗 壁画
意大利 1757年

一场阴谋却有着极其壮观的建造场景,这已经预示了特洛伊最后的命运。

屠城前大撤退

瓶画 古希腊时期

木马是假象，希腊人的撤退也是假象。破碎的陶瓷瓶画上，整齐的士兵还传递着当初战斗的信息。值得注意的是：上端的三个"卍"字图案，说明了这陶器制作的年代是相当久远的，它象征太阳、割礼、蛇和原始佛教。因此在美术风格和宗教信仰上，它也许受到过美索不达米亚文化、印度文明和日石文化的影响。

大机灵的守候者，随时按照我说的去做。谁愿意担任这一重任呢？"正在迟疑中，希腊人西农挺身而出说："让特洛伊人折磨我，把我活活烧死吧，我已下定了决心和他们拼一死活！"他的话受到大家的欢呼。旁边有人说："我们从来没有听到过他的名字，这个年轻人是谁啊？他一定是着了魔，魔鬼不是要毁灭特洛伊人，就是要毁灭我们的。"涅斯托耳鼓励他说："让我们迅速钻到木马腹里去。"这位老人一面说，一面就想跳进马腹里。这时阿喀琉斯的儿子涅俄普托勒摩斯则希望自己钻进去，劝老人率领士兵到忒涅多斯岛去。涅斯托耳好容易才被说服。于是，涅俄普托勒摩斯全副武装，第一个钻进漆黑的马腹中，在他后面是墨涅拉俄斯，接着是10多位英雄，他们紧紧地挤在马腹里，最后，则是木马的制造者厄珀俄斯。他进了马腹，然后把梯子也拉进马腹中并关上木门，从里面拴好。英雄们默默地挤坐在马腹里，谁也不知道等待他们的将是什么样的命运。

阿伽门农和涅斯托耳命令希腊人放火烧毁帐篷和营具，然后登船起航，朝忒涅多斯岛驶去。当到达忒涅多斯岛时，他们抛锚上岸，期待着远方传来预定的火光信号。

特洛伊人在城头上细细观望，发现海岸上烟雾弥漫，希腊战船已经离去。他们十分高兴，成群结队地涌到海边。忽然，他们在敌人曾经安营扎寨的广场上发现了一匹巨大的木马。他们围着木马，惊讶地打量它，这实在是一件令人赞绝的艺术杰作。他们争论起来，有的主张把它搬进城去，放在城堡上，作为胜利的纪念品；有的人持怀疑态度，主张将它推入大海，或者用火烧掉。这时藏在马腹里的希腊英雄们听了都吓得心惊胆战。

阿波罗的特洛伊祭司拉奥孔从人群中走过来，并劝阻大家说："魔鬼使你们迷了心窍么？你们真的以为希腊人已经离开，你们敢确信希腊人的礼品不会包藏着毒计吗?难道你们不知道奥德修斯是个什么样的人吗?马腹里必有诡计,要不它就是一种作战武器,他们想让我们上当。总之,你们决不能相信希腊人!"说着,他从一位战士的手中取过一根长矛,刺入马腹中。长矛扎在马腹上抖动着,并传出一阵空荡荡的回声。这时特洛伊人的思想已经麻木了,他们完全失去了警觉。

藏在木马腹下的西农突然间被特洛伊人发现了。大家把他当作战俘,拖了出来,押他去见国王普里阿摩斯,特洛伊的战士们这时都聚拢过来看这个俘虏。西农也惟妙惟肖地扮演着奥德修斯委托给他的角色:他可怜地站在那里,朝天空伸出双臂,哭泣着哀求:"天哪,我到哪儿乘船呢?希腊人将我赶了出来,而特洛伊人也一定会杀死我的!"那些最初抓住他的牧人被他的话感动了。接着,他告诉他们自己是如何成为祭品的,又是如何在最后时刻逃出来的。"我已经无法回到我的故乡去了。"他接着又说:"我现在已落入你们手中,任由你们宰割吧!"

特洛伊人听了深受感动,连普里阿摩斯国王也相信了,并

特洛伊木马

提埃波罗 油画 16世纪 伦敦国立美术馆藏

"特洛伊木马"一词后来在西方成了"为毁灭敌人而送的礼物"的同义语。罗马诗人维吉尔在《埃涅阿斯纪》中曾加工过这个著名的神话典故。意大利文艺复兴画家提埃波罗的画是同题材美术作品中画面最雄壮的一幅:千万个特洛伊人拉扯着这个装满希腊士兵的木马进城,喧嚣鼎沸的呼喊若犹在耳。

木马屠城记

版画

木马计是奥德修斯的功劳，巨大的战利品被特洛伊人拉进城中，谁知这却是毁灭的象征。表象是军事大忌，凡是过分的胜利都必须警惕。特洛伊战争及其"木马计"在西方妇孺皆知，就像中国的《三国演义》中的赤壁大战。奥德修斯因此也不仅仅作为一个英雄，而且还作为一个智者受到崇拜。

对他说了一些抚慰的话，只是要他说出这匹木马究竟是怎么回事就行。西农立即举起双手，假意地祈祷起来："众神在上，我作为牺牲品已经给你们献祭过了，啊，神坛和威胁我生命的利剑啊，你们为我作见证，我和我的同乡人的关系已经断绝。因此我现在泄露他们的秘密，也算不上是什么罪过了！在战争期间，希腊人一直把希望寄托在雅典娜的援助上。自从她在特洛伊的神像被盗以后，事情就变得不妙了。你们特洛伊人也许不知道，这是狡猾的希腊人干的勾当。女神十分愤怒，她便撤回了对希腊人的援助。这时预言家卡尔卡斯说，因为神像没有重归原处，我们就无法指望战争获胜。在预言家的劝告下，希腊人终于决定回国。临走前他们又按照预言家的建议造了这匹巨大的木马，作为献给女神的礼品，让她息怒。卡尔卡斯要求把马身造得特别高大，使你们无法把马拖进城门。因为木马拖进城里，雅典娜就会保护你们而不保护希腊人了。相反，如果你们损坏了木马，这正是希腊人所希望的，那么你们一定会遭殃。希腊人还打算，他们在亚各斯听取了神的旨意后，马上再回来，并准备在夺取你们的城池后，把女神的神像重归原处。"

谎话编得真是天衣无缝，人们都相信了。其实，雅典娜始终关心着她的朋友们的命运。自从拉奥孔发出警告后，他们都为自己的命运感到恐惧。但有一种奇迹却帮助英雄们逃脱了厄运。事情的经过是这样的：波塞冬的祭司死后，阿波罗的祭司拉奥孔兼任了他的职务，于是他在海边给海神献祭一头大公牛。这时从忒涅多斯岛的方向游来两条大蛇，穿过明镜般的海面，一直游向海岸。它们从海面伸出血红的蛇头，蛇身在水里蜿蜒摆动，激起浪花。游上岸后，吐着舌头，吱吱叫着，蛇眼闪烁着可怕的光芒。

仍然围着木马的特洛伊人吓得面如土色，掉头就逃。但这两条蛇逶迤游到海神的祭坛前。拉奥孔和他的两个儿子正在那里忙着祭供。毒蛇缠住这两个孩子，用毒牙狠狠地咬他们柔嫩的肌肉，孩子们痛得大声吼叫，拉奥孔抽出宝剑，急忙奔来。毒蛇始终缠着他。可怜的拉奥孔和他的两个儿子终于被毒蛇活活地咬死。后来毒蛇又盘绕到了女神的脚下。

特洛伊人把这场恐怖的事件看作是对祭司怀疑木马的严惩，于是有人急忙回到城里，在城墙上开了一个大洞，另一些人则在木马脚下装上了轮轴，并用粗绳套在木马的颈上。然后，他们一起使劲，顺利地把木马拖回城去。孩子们兴高采烈地跟在后面，唱着节日的赞歌。但木马通过城门的高门槛时，却有4次阻碍，但终于滚了过去。每次颠簸时，马腹中都传出了金属撞击的声音，可是特洛伊人却没有听见，人群中只有女预言家卡珊德拉耷拉着脑袋，目光呆滞。她观看过天象发现许多不祥之兆，但奇怪的是人们都不相信她。一种不祥的预感笼罩着她，她冲出王宫，披头散发，眼冒金星。她摇摇晃晃，穿过大街小巷，一路上呼喊着："特洛伊人呀，你们还不知道我们的道路已经直通哈得斯的阴间了吗？我看到城市充满着血腥和火光，我看到死神从木马的腹中杀了出来，你们还在欢呼着将它送上我们的卫城。你们为什么不相信我的话呢？复仇女神因为海伦而决定向你们复仇，你们已经成了她们的祭品和俘虏了。"

然而特洛伊人却报以讥讽和嘲弄。

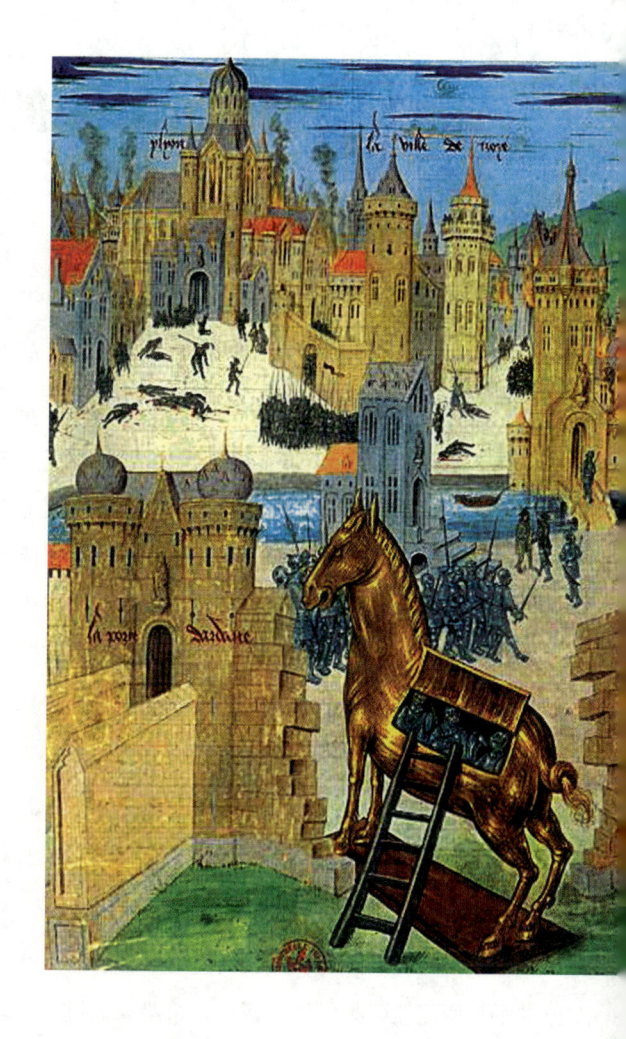

木马计

中世纪插图绘画

木马中的勇士们在等待出击的时刻。作为中世纪的插图画，这幅画中自然充满了中世纪的城堡建筑。

特洛伊城的毁灭

当天夜里，特洛伊人举行宴会庆祝胜利。笛子、竖琴、欢乐的歌组成大合唱。大家频频地举起美酒，开怀痛饮。士兵们喝得醉醺醺的，完全解除了戒备。跟特洛伊人一起欢宴的西农也假装酒醉入睡了。深夜，他偷偷地摸出城门，燃起了火把信号，接着又熄灭了火把，潜近木马，轻轻地敲了敲马腹。英雄们听到了声音，但奥德修斯提醒大家要轻手轻脚，他轻轻地拉开门栓，伸出脑袋，环视一圈，发现特洛伊人都已经入睡。于是，他悄悄地放下木梯，自己先走了下来，接着其他的英雄也一个一个走了下来，但大家的心都紧张得怦怦直跳。他们到了外面，拔出宝剑，挥舞着长矛，对酒醉和昏睡的特洛伊人大肆屠杀。并将火把扔进特洛伊人的住房里，不一会儿，屋顶着火，火势蔓延，全城陷入一片火海之中。

希腊人看到西农发出了火把信号，立即从隐秘处拔锚起航，乘风驶到赫勒持滂，迅速上了岸，冲进城里，不多久特洛伊城就变成了一片废墟。到处是哭喊声和悲叫声，尸体遍地。受伤的人在死尸上爬行，仍在奔跑的人也被枪刺死。狗的狂吠声，垂死者的呻吟声，妇女、儿童的啼哭声混成一团，凄惨而又恐怖。

希腊人在这场战斗中也遭到重大的创伤，特洛伊人仍然拼死搏斗。有的人扔杯子，有的人掷桌子，或者抓起灶膛里的柴火，或者拿起叉子和斧子，或者拿起手头所能抓到的任何东西，向希腊人冲过来。许多全副武装的特洛伊人潮水般冲了出来，绝望地进行着搏斗。

虽是深夜，但房屋上燃烧的火焰，人们手中的火把，把全城照耀得如同白昼。战斗越来越激烈，越来越残酷，整座城市成了一片战场。

涅俄普托勒摩斯把普里阿摩斯视为死敌，他一连杀死了他的3个儿子，又遇到了威严的国王普里阿摩斯，这老人正在宙斯神坛前祈祷。涅俄普托勒摩斯举起宝剑，扑了过去。普里阿摩斯毫无惧色地看着这凶恶的对手，平静地说："杀死我吧！勇敢的阿喀琉斯的儿子！我已经受尽了折磨，我亲眼看到我的儿子一个个被你杀死了，我也用不着再等待明天的阳光了！"

"老头子，"涅俄普托勒摩斯回答说，"你劝我做的，也正是我想做的！"说

拉奥孔

雕塑 古希腊时期
梵蒂冈博物馆藏

拉奥孔神话和雕塑都十分著名，19世纪的法国美学家莱辛还专门写有一本叫《拉奥孔》的书，阐述它的美学意义，并考证其可能为当时罗特岛上一对父子雕塑家所创作（阿格山大父子）。两条巨大的蟒蛇缠住了拉奥孔和他的儿子，扭曲的肌肉和脸部的痛苦表情，都是高超绝伦的造型艺术经典。这尊大理石雕塑高242公分，动态的人体构造是后来意大利文艺复兴时期很多巨匠模仿的对象。

完，他挥剑砍下国王的头颅。希腊的普通战士杀人更为残酷。他们在王宫内发现了赫克托耳的小儿子，便从他母亲的怀里一把抢去，从城楼上把孩子摔了下去。孩子的母亲大声哭叫："你们为什么不把我也推下去，或者把我扔进火堆里？自从阿喀琉斯杀死我的丈夫之后，我也只是为了这个孩子才活着。请你们动手吧，结束我的生命吧！"

希腊人没有杀死特洛伊的老人安忒诺尔，并让他保留所有的财产。因为墨涅拉俄斯和奥德修斯作为使者来到特洛伊城时，曾经受过他的庇护。埃涅阿斯是唯一带着老小逃出城市的人。当他看到特洛伊城火光冲天，他便跳上一只小船，自求生路了。他背着年迈的父亲安喀塞斯，手牵住儿子阿斯卡尼俄斯。孩子紧紧地靠在父亲身旁，跟着父亲跳过许多尸体。埃涅阿斯的母亲阿佛洛狄忒也紧紧跟随，保护着她的儿子。一路上火焰躲避，烟雾让道，希腊人射出的箭和矛都偏离他落到地下。

特洛伊之战

萨尔维塔·罗斯 油画 17世纪

在硝烟弥漫、尸横遍野的战场上，伟大的神庙却岿然不动。

晚宴后的得伊福玻斯醉醺醺地听到阿特柔斯的儿子们杀过来的消息，便跌跌撞撞地穿过宫殿的走廊，准备逃命。这时墨涅拉俄斯追上来，一枪刺入他的后背，"你就死在我妻子的门前吧！"墨涅拉俄斯吼道，声震如雷，墨涅拉俄斯在不忠贞的妻子海伦的房前遇到过得伊福玻斯，他是普里阿摩斯的儿子。自从赫克托耳死了以后，他成了家族和民族的重要支柱。帕里斯死后，海伦嫁给他为妻。

墨涅拉俄斯把得伊福玻斯的尸体踢到一边，然后到处搜寻海伦，心里充满了对结发妻子海伦的矛盾感情。海伦由于害怕丈夫发怒而浑身发抖，躲在昏暗的角落里，后来终于被丈夫墨涅拉俄斯发现。看到妻子就在眼前时，墨涅拉俄斯妒火大发，恨不得把她一剑砍死，但阿佛洛狄忒已经使她更加妩媚、美丽，并打落了他手里的宝剑，平息了他心里的怒气，唤起他心中的旧情。顿时，墨涅拉俄斯忘记了妻子的一切过错。然而他又感到羞愧，觉得不贞的海伦使他失去面子。他又硬起心肠，捡起地上的宝剑，朝妻子一步步逼近，但他还是不忍心杀死她。此刻他的兄弟阿伽门农来了，劝他马上住手。阿伽门农拍着他的肩膀说："兄弟，放下武器！你不能杀死自己的妻子了。我们为了她受尽了苦难。在这件事上，比起帕里斯，她的罪过算不了什么。帕里斯破坏了宾主的法规，连猪狗都不如。他和他的家族，甚至他的人民都为此付出了沉重的代价！"

墨涅拉俄斯听从了劝告，他与海伦一同回到斯巴达。墨涅拉俄斯死后，她被驱逐到了罗德岛。

特洛伊城的陷落

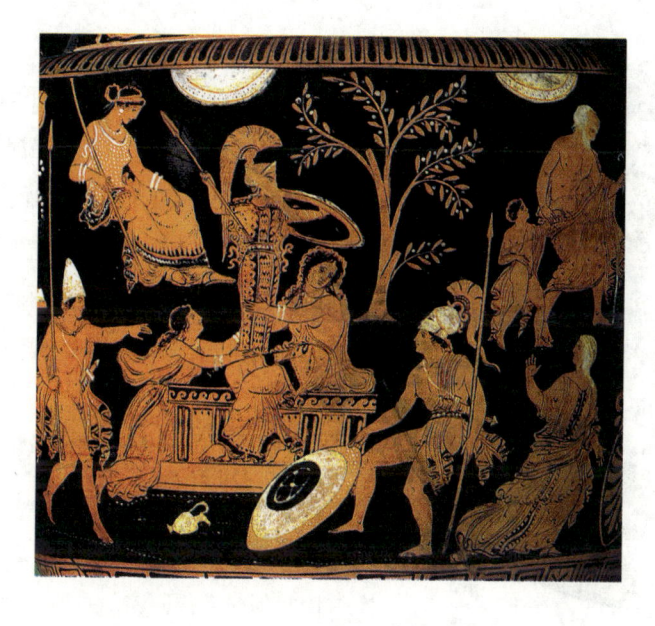

瓶画 公元前380年左右

　　这是一个综合性描绘特洛伊城陷落时情景的瓶画,有阿喀琉斯的灵魂,有埃涅阿斯的逃亡,也有雅典娜女神……这个陶器形状造型很别致,两个耳朵高于瓶口,作者是伊里佩西丝画家,出土于巴吉利卡达。

　　屠杀进行时,连天上的神也为特洛伊城的陷落而悲叹,只有特洛伊人的死敌赫拉,以及阵亡的阿喀琉斯的母亲忒提斯心满意足地大声欢呼。屠杀持续了好多天,特洛伊城一片火海,彻底毁灭了。

墨涅拉俄斯、海伦和波吕克塞娜

　　时至第二天,特洛伊城的居民被希腊人烧杀抢掠,洗劫一空。士兵们把战利品搬回到海边的战船上。除了黄金、白银、琥珀、豪华的用具之外,还有被俘的少女和儿童。墨涅拉俄斯带着海伦离开了还在燃烧着的混乱的特洛伊城。他的兄弟阿伽门农走在他身旁,带着从埃阿斯的手里抢来的高贵的卡珊德拉。涅俄普托勒摩斯带着赫克托耳的妻子安德洛玛刻。王后赫尔柏成了奥德修斯的俘虏,步履艰难地走着。一群群的特洛伊妇女跟在后面,悲伤地哭泣着、走着,只有海伦沉默着,面带愧色,眼睛盯着地面。当她想到上战船以后的命运时,禁不住恐惧起来,拉着丈夫的手颤动着。

倾国倾城

镶嵌画 17 世纪

在美丽的海伦周围，是远征的战舰、成千上万的士兵、被围困 10 年的城池、著名的木马、无数神灵、国王和英雄，以及连年的战争和各种阴谋。

当她踏上战船时，希腊人立即被她的惊艳所震撼。人们私下议论说，为了这个绝色美女，跟着墨涅拉俄斯出海远征 10 年，也是值得的。没有一个人想伤害这个美丽的女人，他们仍将她留给墨涅拉俄斯，而墨涅拉俄斯仇恨的心也被女神阿佛洛狄忒软化了。

当海伦和墨涅拉俄斯单独进入营房后，她扑倒在丈夫的脚下，抱住他的双膝说："请你处死不忠的妻子吧！但是请你原谅，并不是我自愿离开你的，帕里斯趁你不在，用武力胁迫我，那时没有人保护我。我也想自杀，但女仆竭力阻止我，要我想想你和我们的小女儿。现在随你怎么处置我吧！"墨涅拉俄斯爱怜地把妻子从地上扶起来，说："海伦，你不用害怕，忘记过去的事吧，过去的就让它过去吧，将来我也不会再提这些事！"说着，他把她抱进怀里，甜蜜地亲吻着。

此刻，阿喀琉斯的儿子涅俄普托勒摩斯正在酣睡。梦幻中，他父亲的灵魂来到身边，热烈地吻着他，并说："不可为我的死感到悲伤，我虽然死了，但我现在成了神。今后你处处都要以你的父亲为榜样，战斗时站在最前面，会议上要尊重长老。你要像你父亲一样争取荣誉，幸福时要高兴，不幸时别忧愁。我的早逝给后人一个教训，生与死仅一步之差，这正如春天的花卉，自开自落。最后，托你告诉大统帅阿伽门农，用最珍贵的战利品祭献与我，让我在奥林匹斯圣山上丰衣足食，万古长春！"

阿喀琉斯刚说完，便像风一样飘离了涅俄普托勒摩斯。小英雄醒来时，心里充满欢乐，仿佛是他的父亲活着跟他谈话一样。

翌日清晨，希腊人思乡之情急切，渴望着早点出发归去。正当要起锚时，阿喀琉斯的儿子却来劝阻他们："你们听着，希腊的兄弟们，"他大声地说，"昨天夜里，我父亲托梦要我告诉你们：该拿最珍贵的战利品向他献祭，让他也分享一份光荣，并和我们一起欢庆特洛伊的毁灭。"

这时海神掀起了巨澜，使希腊人想走也走不了。他们看到惊涛骇浪，海风呼啸，悄悄地说："阿喀琉斯真的是宙斯的子孙。你们看，连老天都在帮他！"因此，他们更加愿意听从亡灵的托付，决定满足英雄的愿望。

拿什么来献祭他呢？什么是最珍贵的战利品呢？是珠宝么？是俘虏么？他们巡视了一遍，不管是什么东西，与美丽的年轻姑娘波吕克塞娜比起来都黯然失色。姑娘是国王普里阿摩斯的女儿。她是战利品中最珍贵的。姑娘看到大家把眼光集中到她身上，毫不畏惧，因为她愿意被献祭给阿喀琉斯。过去，她曾在城头上多次看到阿喀琉斯的英姿，尽管他是敌人，可是他那威武的英姿给她留下了难忘的印象。据说，有一次阿喀琉斯逼近城门，看到城门上站着一位美丽的姑娘，立刻为之倾倒，并向她大喊："普里阿摩斯的女儿，你如果属于我，也许我会让你的父亲跟希腊人握手言和！"波吕克塞娜听了深受感动。从此以后，她就热烈地爱上了这个特洛伊人的敌人。大家都认为她是献给阿喀琉斯的最好的礼物，而姑娘却镇定自若。大家在阿喀琉斯墓前迅速建起了高大的祭坛，各种祭品都献了上去。姑娘突然跳了出来，从祭坛前抽出一把锋利的尖刀，刺入自己的心脏，顿时她倒在血泊中。周围的人一阵惊叫。年老的王后赫卡柏扑倒在女儿的尸体上，痛不欲生。

姑娘死去后，大海终于又风平浪静了。涅俄普托勒摩斯为姑娘的壮举所感动，决定以公主的礼仪为她举行葬礼。

然后，希腊人举行了盛大的庆功会。涅斯托耳站起来说："现在已经风平浪静。海神和阿喀琉斯也心满意足了，他接受了波吕克塞娜的献祭。现在是我们启程返家的时候了，让我们扬帆出海吧！"

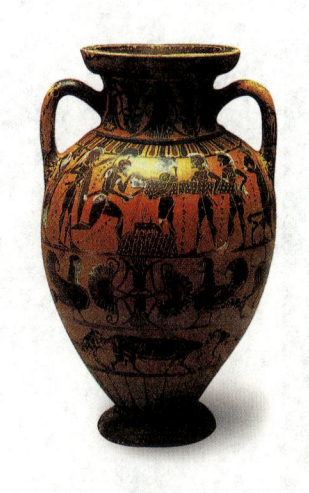

波吕克塞那献祭

瓶画 公元前570年
大英博物馆藏

另一种说法与此书不同。在意大利出土的这尊黑像陶器上，特洛伊公主波吕克塞娜不是甘愿为阿喀琉斯献祭的。她被阿喀琉斯的儿子涅俄普托勒摩斯按在墓地上，用刀切断了她的喉咙。神话传说的多样性，更客观地表达出特洛伊战争在历史上的残酷性。

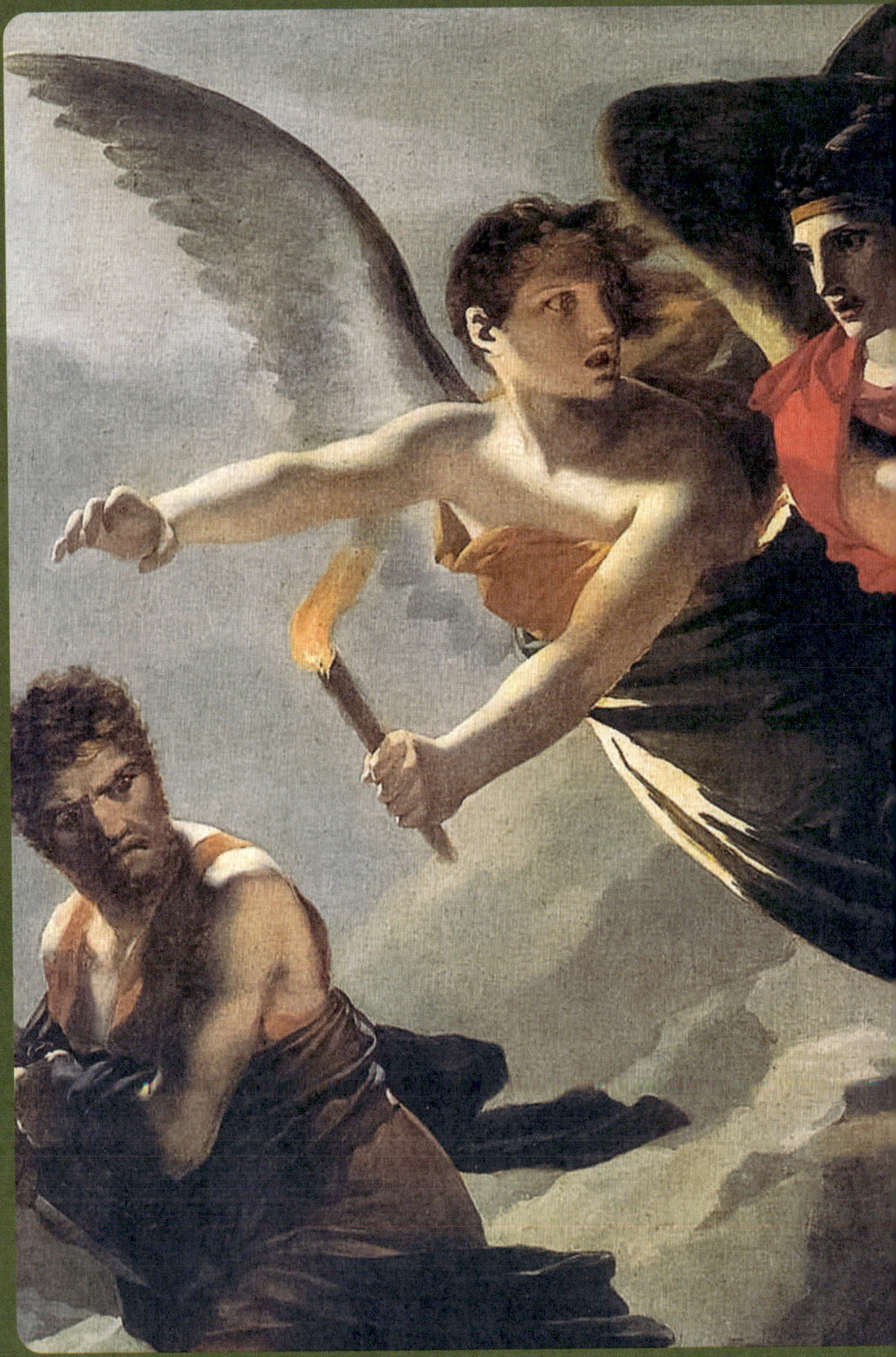

坦塔罗斯的后裔

Part

20

坦塔罗斯是宙斯之子，因他的傲慢和对众神的不敬而受到严厉的惩罚。他的后裔似乎也遭受了命运的诅咒，尤其是阿伽门农一支。在特洛伊战争中发挥重要领导力的阿伽门农，家族灾祸一直不断……

阿伽门农的金面具

黄金制品 迈锡尼皇陵
公元前1500年

阿伽门农也是荷马史诗中的主要人物，希腊统帅。他在伯罗奔尼撒地区受到崇拜，据说比宙斯还要早。有些祭祀活动将他和宙斯并列，称为宙斯—阿伽门农。他们的形象也很相似。埃斯库罗斯、欧里匹德斯、拉辛等等戏剧家都写过他的悲惨故事，甚至俄国的普希金也曾将俄罗斯的亚历山大一世比喻为阿伽门农王。

阿伽门农的家族罪恶

特洛伊城被摧毁了。希腊的舰队在凯旋途中遭遇风暴，也大部分被毁。那些少数幸存者在风浪消停以后继续航行，返回故土。因为赫拉的保护，阿伽门农摆脱风险，挺进到伯罗奔尼撒海岸。但当船靠近拉哥尼亚的玛勒阿岛陡峭的海岸时，他的舰队又被风暴卷回了大海。阿伽门农高举双手祈求神，希望神不要让他在业已看得见家园的地方葬身海底。他并不明白新一轮风暴正是神降下的，是要告诉他宁可漂流异乡也不要回到迈锡尼的宫殿。

阿伽门农的家族一直灾祸不断。这要追溯到他的祖先坦塔罗斯，其后新的过失使这种灾祸更深重了。他们凭着凶猛的天性滥用暴力攫取权力和荣誉，结果使别的人惨遭毁灭。现在，阿伽门农也将成为其家族玩弄阴谋的牺牲。从前，他的曾祖坦塔罗斯曾在招待神的家宴上，烹了自己的儿子珀罗普斯。珀罗普斯被神奇迹般地救活了。他本来是无罪的，然而，后来他竟杀死了善良的密耳提罗斯，使得这个家族又欠下了一笔血债。

密耳提罗斯是神赫耳墨斯的儿子，也是国王俄诺玛俄斯的驭手。为了获得国王的女儿希波达弥亚，珀罗普斯和俄诺玛俄斯赌赛车。珀罗普斯最终取胜，是因为他贿赂了驭手密耳提罗斯，预先把国王车上的铜钉偷换成了蜡钉。结果，俄诺玛俄斯在比赛中翻了车子，国王的女儿希波达弥亚也就成了珀罗普斯的妻子。密耳提罗斯后来去讨珀罗普斯许诺的贿赂，珀罗普斯为了灭口居然将他投进海底。赫耳墨斯知道这事后非常震怒。虽然后来珀罗普斯为赫耳墨斯建造了神庙，并且给密耳提罗斯建造了巨坟，但他仍然不能得到宽恕。赫耳墨斯发誓要向珀罗普斯及其子孙报复。

珀罗普斯有两个儿子，阿特柔斯和堤厄斯特斯。他们之间彼此争斗，这使得这个家族的灾祸日甚一日。阿特柔斯是迈肯尼的国王，堤厄斯特斯统治着亚哥利斯的南部。兄长阿特柔斯拥有一只金毛公羊，惹得堤厄斯特斯很嫉妒。弟弟诱奸了兄长的妻子埃洛珀，从嫂子手里得到金毛羊。阿特柔斯知道弟弟的罪恶，立即报复。他依照祖父的例子，偷偷捉住两个小侄子坦塔罗斯和普勒斯特堤斯，把他们杀掉作成肴馔来宴飨他们的父亲，还把孩子的血羼入葡萄酒请堤厄斯特斯喝。太阳神目睹如此可恶的宴席，也恐怖地勒转了太阳车。后来，堤厄斯特斯从了无人性的兄长手下逃脱，投靠厄庇洛斯的国王特斯普洛托斯去了。

阿特柔斯遭到报应，他的国土遇到严重的灾荒和饥馑。国王请求神谕，得到的回答是：只有召回被驱逐的兄弟才能得以免灾。阿特柔斯亲自出发，找到了堤厄斯特斯，顺便还带回了堤厄斯特斯的私生子埃癸斯托斯。但是，这种兄弟情谊并没有维持多

伊菲革涅亚的凯旋

约翰·艾弗里特·密莱司爵士
油画 1848年

阿伽门农的儿女们洗清了先辈的罪恶，终于可以返回故乡了。在密莱司爵士的笔下，阿耳武弥斯女神的随从们簇拥着这对凯旋的姐弟，身为祭司的伊菲革涅亚在她英武高大的兄弟面前仍然如少女般娇媚。

迈锡尼的山谷

摄影 现代

在意大利西西里岛,古代迈锡尼王国早已沉睡在这些金色的山谷里,在这里,发现了举世闻名的"迈锡尼黄金",其中包括著名的"阿伽门农金面具"。

久,阿特柔斯将弟弟投进了监狱。其实,埃癸斯托斯早就立誓为父雪耻。他假装与父亲不和,主动请缨要替伯父杀死父亲,于是获准进入监狱与堤厄斯特斯密谋。埃癸斯托斯从监狱里带回一把滴血的利剑,使阿特柔斯误以为弟弟已死。阿特柔斯为此举行谢神仪式,在仪式上,埃癸斯托斯用这把利剑杀死了伯父。堤厄斯特斯出狱篡夺了兄长的王位。阿特柔斯的儿子阿伽门农和墨涅拉俄斯被迫投奔斯巴达的国王廷达瑞俄斯。廷达瑞俄斯和妻子勒达生下海伦。在这里,海伦和墨涅拉俄斯结为夫妻,阿伽门农娶了克吕泰涅斯特拉。廷达瑞俄斯死后,墨涅拉俄斯继承了岳父的王位。阿伽门农则重返故土,杀死叔父,做了迈锡尼的国王。埃癸斯托斯幸被赦免。神保全他回到父亲从前的统治区,成为亚哥利斯南部的国王,这为他家族的灾祸留下了祸根。

阿伽门农远征特洛伊,留下妻子独守空闺。因为他远征前献祭了女儿伊菲革涅亚,作为母亲的克吕泰涅斯特拉一直耿耿于怀,有心侮辱阿伽门农。现在,埃癸斯托斯复仇的机会成熟了,他轻易地就和克吕泰涅斯特拉勾搭成奸,共享迈锡尼的王位。这时,阿伽门农还有3个儿女也居住在宫殿里,一个是与伊菲革涅亚年纪相近的厄勒克特拉,另一个是她们的妹妹克律索忒弥斯,还有一个是小弟弟俄瑞斯特斯。埃癸斯托斯当着他们的面公然霸占了他们的母亲和他们父亲的王位。特洛伊战争渐近结束,这对姘居者非常害怕阿伽门农归来会惩罚他们,多年来他们就一直在城垛上设立烽火哨,嘱咐哨兵一旦发现国王归来,立即发信号通知他们,以便有充足的时间应付一切。他们计划在让国王知道真情以前,在欢迎宴会上杀死阿伽门农。

一天深夜,火光熊熊燃起,哨兵迅速将这一消息报告了王后。克吕泰涅斯特拉和她的姘夫焦急地坐待天明。日出不久,他们等到了阿伽门农派来的使者。王后装作十分高兴的样子迎接了他,并且将他隔离了起来。不等使者详细报告国王的经历,克吕泰涅斯特拉抢先打断了他的话头,对他说:"请暂时别给我讲太多,我要亲自听丈夫给我讲述全部故事。去吧!传话要他快点归来,就说我将以最隆重的礼节来欢迎他,欢迎我最敬爱的丈夫,世界最著名城市的光荣征服者。"

阿伽门农被杀

阿伽门农的船队被卷回大海后,漂流到了埃癸斯托斯统治的亚哥利斯南部海岸。船队入港停泊,期待着顺风起航。他派出的探子带来消息,说这里的国王埃癸斯托斯早已居住在迈锡尼的深宫,和克吕泰涅斯特拉统治迈锡尼许多年了。阿伽门农没有丝毫猜忌,相反,他还

阿伽门农归来

菲拉克曼 插图版画 1812年

等待阿伽门农归来的是这个罪恶家族的又一场阴谋。

以为堂兄弟是在帮助他治理国家呢,他一厢情愿地认为家族数代恩怨已经消解。经过连年征战和流血,他的心情渐趋平淡,根本不想再报杀父之仇,况且那次谋杀也是有原因的。而且离别这么久了,照理说妻子也不应该心存怨怼了。顺风来临,阿伽门农连忙命令拔锚起航,高高兴兴地奔赴迈锡尼的海港。

他们在海上开始献祭,向神感恩,感谢神保佑自己平安归来。随后,他们由王后派来的使者引导入城,埃癸斯托斯率领迈锡尼的全体居民在城外候迎,居民还认为埃癸斯托斯是国王指定的代理人呢。接着,克吕泰涅斯特拉由女仆和被严密看管着的子女簇拥着,用异乎寻常的尊敬和非常夸张的礼节来欢迎丈夫归来。但是她没有拥抱丈夫,而是双膝跪地说了一大堆颂词。阿伽门农很高兴地扶起王后,拥抱着她说:"勒达的女儿,你都在做些什么呀?你怎么可以像个女仆似的跪着迎接我?我脚下的地毯为什么如此奢华?这一切对我这个凡人来说,未免过分了;这么隆重的礼节会让神都妒忌我的。"

阿伽门农吻了吻自己的妻子,又和自己的孩子拥抱了一番,然后径直向城里走去。埃癸斯托斯和长老们站在一起。阿伽门农友好地跟他们握手,并感谢堂弟在自己远离期间代为治理国家。阿伽门农弯腰解开鞋带,赤脚踏上富丽的地毯,走向宫殿。紧随其后还有他的战利品,普里阿摩斯王的女儿、预言家卡姗德拉。卡姗德拉坐在满载战利品的大车上,俯首低眉;她高贵的气质引起了克吕泰涅斯特拉的嫉妒,特别是当她得知卡姗德拉曾是雅典娜的女祭司擅长预言,这使她更加害怕了,她决定尽快实施计划,将预言家和丈夫一起杀死。她小心翼翼,不露声色。大队人马来到王宫时,王后还摆出友好的样子,迎着卡姗德拉说:"下车

阿伽门农的宫殿

遗址 希腊

在意大利南部西西里岛上,一处神秘的宫殿遗址一直被考古学家们怀疑为古代迈锡尼国王阿伽门农的宫室。

迈锡尼宫殿大门

遗址 希腊

图为雕刻着狮形图案的迈锡尼宫殿大门。该建筑约建于公元前 1300 年左右。

吧,不要再忧伤,即使阿耳克墨涅战无不胜的儿子赫拉克勒斯也曾经俯首为奴,我们会好好待你。"

卡姗德拉呆呆坐着,毫不动容,直到女仆去拉她下车,她才惊悸地跳了下来。她已经预见到了将要发生的一切,并且知道命运已经无可挽回。况且,即使她能够改变命运女神的决定,她也不愿拯救自己民族的敌人,她情愿和阿伽门农一同死去。

克吕泰涅斯特拉安排了极为豪华的庆功宴会,这些假象已经完全蒙蔽住了丈夫。她本来计划在宴席上由埃癸斯托斯雇来的奴仆杀死阿伽门农,女预言家的到来促使她和姘夫提前行动。

国王远道归来,风尘仆仆,要求先行沐浴。王后已准备好温水,温柔地服侍阿伽门农放下武器,脱掉甲衣,躺到澡盆里。趁着国王毫无防备,克吕泰涅斯特拉和埃癸斯托斯从隐蔽处跳了出来,用一张大网罩住了阿伽门农,然后用短刀将他刺死。因为浴室设在地下密室里,谁也听不到国王的呼救声,只有大厅的卡姗德拉知道谋杀正在进行,但是她无动于衷。不久,她也被处死了。

克吕泰涅斯特拉和埃癸斯托斯并不想隐瞒这桩罪行,因为他们相信周围都是自己人。阿伽门农和卡姗德拉的尸体被陈列在宫殿里。克吕泰涅斯特拉召集城里的长老们,无所忌惮地宣告:"诸位朋友,别指责我。因为至今我一直瞒着你们。我不能不向仇人——杀害我可爱的女儿的人报复。是的,是我亲手杀了我的丈夫阿伽门农,他竟然像宰杀牲畜一样宰杀了自己的女儿。如此凶残的人还配活下去,还配享有人民的忠诚吗?现在,就让一个不曾犯有如此罪过的人，让埃癸斯托斯来统治我们美丽的国家吧！是的，他曾弑杀过阿特柔斯，但是那只不过是为父亲讨还血债。埃癸斯托斯帮助我完成了正义的事业。我将成为他的妻子，我们俩将共享王位，这是合情合理的。他使我充满勇气，只要有他和他的战士的保护，我们的国家就会安宁。"

长老们一个个都默默无言，反抗是不明智的。埃癸斯托斯已经带兵包围了宫殿，到处都是武器的碰撞声和军号声，明显是在发出威胁。从特洛伊战场生还的士兵已经被卸除了武装，埃癸斯托斯亚命令全副武装的卫兵大肆捕杀阿伽门农的战士，声称谁胆敢反抗，必将被处死。

埃癸斯托斯和克吕泰涅斯特拉到处安插亲信，极力巩固自己的统治。他们看不起阿伽门农的女儿，认为她们只不过是弱女子，谁也没有料到阿伽门农的幼子俄瑞斯特斯将会为父亲报仇。俄瑞斯特斯才12岁，在他们想除掉他之前，聪明的姐姐厄勒克特拉已将弟弟托付给一个忠实的仆人。俄瑞斯特斯被带到福喀斯，投奔斯特洛菲俄斯国王。这位国王是阿伽门农的妹夫，他精心抚养外甥，俄瑞斯特斯和王子皮拉德斯一起受到了良好的教育，两人情同手足。

俄瑞斯特斯为父报仇

父亲被谋杀后，厄勒克特拉在宫廷中过着悲惨的生活。母亲十分忌恨她，而她也日夜企盼着弟弟长大成人后能够回来报仇。她含辱忍垢，被迫和杀父仇人住在同一个宫殿里，侍奉他们，眼睁睁地看着埃癸斯托斯亚坐在父亲的王位上，享受着母亲无耻的柔情。在阿伽门农的忌日，克吕泰涅斯特拉总要大举盛宴，年年宰杀牲口献祭神，感谢神的保护。

克吕泰涅斯特拉老是责备女儿。而且有传言说俄瑞斯特斯将回来反对她，所以她总是把所有恐惧和恶念都泼向厄勒克特拉。许多年过去了，厄勒克特拉还一直在等待着。弟弟离开时还小，他曾向姐姐立誓，一旦长大了能使用武器就回来报杀父之仇。时光一年年过去，这一点点的希望也在绝望里一点点地淡去。

年轻的妹妹克律索忒弥斯不够刚强和勇敢，她不能给姐姐什么安慰。她软弱温和，一味听从母亲。一天,克律索忒弥斯携着器具和礼品去给父亲献祭,走出宫殿门口,正遇上姐姐。厄勒克特拉批评她忘记了死去的父亲。克律索忒弥斯回答说:"你要永远这么徒劳地悲伤下去吗?我对这一切只能忍受着,我确实无能为力。你如果不停止仇恨,你就会被囚禁到暗无天日的山洞里。记住,万一你大祸临头了,可别怪我没有提醒你。"

"他们爱怎么着就怎么着吧,"厄勒克特拉冷静而骄傲地回答说,"只要能离开他们,我不在乎到什么地方。但是妹妹,这些祭品拿去供奉给谁呢?"

"母亲叫我去给父亲献祭。"

"怎么,给她所谋杀的丈夫献祭?"姐姐惊叫道,"她怎么会有这样的念头?"

"她做了一个梦。"妹妹告诉姐姐,"她梦见我们的父亲拿着如今被埃癸斯托斯亚夺去的王杖,父亲将王杖插在地上,王杖马上成长为一棵大树,枝叶繁盛,荫蔽了整个迈锡尼。这个梦使她非常恐惧,恰好埃癸斯托斯不在家,她便吩咐我来安慰父亲的亡灵。"

"亲爱的妹妹,"厄勒克特拉请求说,"你要让这个女人的东西玷污父亲的坟茔吗?你把它扔了吧,或者埋

厄勒克特拉在父亲坟前

弗雷德里克·莱顿勋爵
油画 1874—1876年

惨淡的黑袍、一篮象征思念的黄色玫瑰花、一只有精致漆画的祭祀盘、用爱奥尼亚式圆柱支撑的坟墓,19世纪末英国古典主义绘画的代表人物莱顿勋爵用极其典型的细节将人们带到了古代希腊,见到了阿伽门农的女儿憔悴但却异常坚毅的复仇面孔。

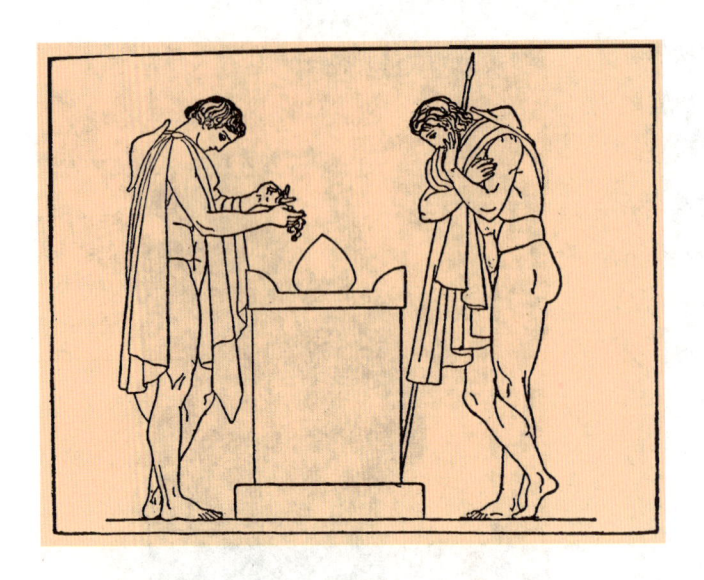

儿子的献祭

菲拉克曼 插图版画 1812 年

俄瑞斯特斯与皮拉德斯在阿伽门农坟前，以一束鬈发致祭。

进土里。咱俩各自剪下一缕头发，再拿上我这腰带，去把它们献给父亲。你就跪下祈求父亲从阴间出来庇护我们反对我们的敌人，祈求父亲让我们尽快听到俄瑞斯特斯骄傲的脚步声，他将回来杀死谋害父亲的人。到了那时，我们再用丰厚的祭品来告慰他。"克律索忒弥斯被姐姐深深地打动了，就答应了她的要求，带着祭品匆匆离开了。

两人刚分手不久，克吕泰涅斯特拉从宫廷走了出来，像往常一样嘲讽女儿道："你在门口进进出出不嫌羞耻吗？你怎么还像女仆一样抱怨我杀死了你的父亲。我不否认我做了这件事，但我不是孤立的，正义女神在我这一边。如果你还算理智，你也该支持我。你哀悼父亲，难道不正是他杀害了你的姐姐吗？我死去的女儿要是能开口说话，她一定会支持我！你这愚蠢的家伙，不管你是赞成还是反对，反正我都无所谓。"

"听着！"厄勒克特拉回答道，"既然你承认你杀死父亲，你必将在劫难逃。你不是为正义杀死他的，你是为了逢迎那个现在还在占有你的人。父亲被迫牺牲女儿，他是为了希腊军队，为了全希腊的利益，不是为他自己。就算父亲是为他和他的兄弟牺牲掉自己的女儿，难道你有权杀死他吗？你一定要和这位同谋结婚，继续过着耻辱的生活吗？"

"傲慢的女人啊，"克吕泰涅斯特拉尖叫起来，"等埃癸斯托斯回来，你要为自己傲慢的言行付出代价。"

她离开女儿，来到宫门外阿波罗的祭坛。她要向阿波罗献祭以讨好夜里给她降下噩梦的预言之神。

神好像听到了她的请求。她刚刚献祭完毕，便有一个外乡人走来探问去往埃癸斯托斯宫殿的道路。他被介绍给王后鞠躬说："王后，我是福喀斯国王斯特洛菲俄斯派来的。他要我告诉你，俄瑞斯特斯死了。"

"这无异于宣布我的死亡。"厄勒克特拉听到这个消息，一下子跌倒在台阶上。

"你再说一遍，朋友，"克吕泰涅斯特拉非常激动，"别理睬那个愚蠢的女人，快，把一切都告诉我。"

"你的儿子俄瑞斯特斯，"外乡人说，"为了追求荣誉，到特尔裴参加神圣的赛会。当裁判员宣布赛跑开始后，他大步向前，目光如炬，所有人都大吃一惊。人们来不及仔细观看，他已经风驰电掣地抵达终点了。这是比赛的第一天，特洛伊征服者阿伽门农的儿子，被宣布为胜利者，但是，即便是强者也摆脱不了命运的安排。次日清晨，太阳刚刚升起，俄瑞斯特斯就又前来参加赛车。大家通过抽阄确定顺序，摆好战车。喇叭响起后，各个选手策马急驰，金属铿锵作响，轮下尘土飞扬，一辆咬着一辆。突然，一个埃尼阿纳人的马失去控制，它撞上了利比亚人的车子，即刻发生了混乱。大家彼此相撞，赛场到处是撞坏的车子。一个雅典赛手聪明地走出外围，绕开大堆纠缠着的战车。俄瑞斯特斯紧随其后，奋勇争先，两人竞争异常激烈。直到最后一个转弯口，你的儿子都极卓越。但是他过于自信，不自觉地放松了左马的缰绳。这就使得马匹转弯太快，车轴因此撞上标柱。马匹受惊开始狂奔乱跑。俄瑞斯特斯被抛了出来。人们好不容易才止住惊马，俄瑞斯特斯已经被拖得血肉模糊，连自己的朋友都认不出他来了。他的尸体已经火化，福喀斯的使者将带来他的骨灰，希望俄瑞斯特斯长眠在自己的家园。"

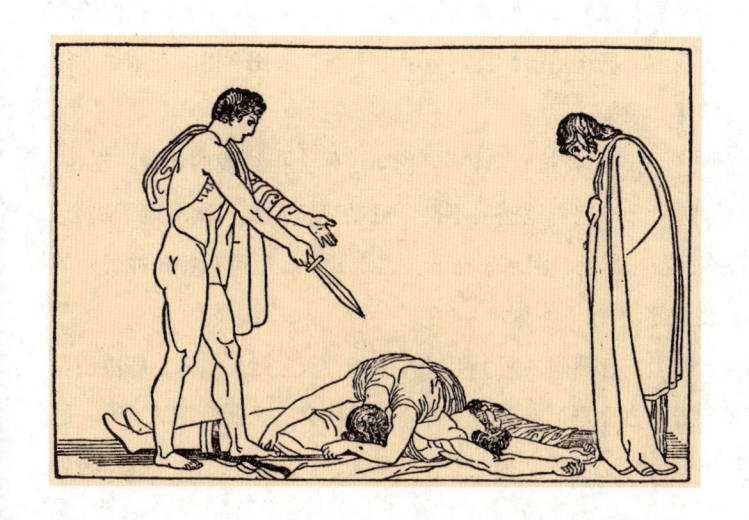

俄瑞斯特斯为父报仇

菲拉克曼 插图版画 1812年

俄瑞斯特斯在埃癸斯托斯与克吕泰涅斯特拉的尸体旁。

克吕泰涅斯特拉的心情相当复杂。本来，她害怕儿子回来对付自己，所以应该为儿子的死感到高兴。然而，毕竟是自己的骨肉，母子之情又使她感到十分痛心。而厄勒克特拉则已经彻底地绝望，非常悲伤地哭诉着："我能逃到哪儿呢？现在我完全孤独了。我得没完没了地服侍杀父仇人。不！我宁愿流落异乡，悲惨地死去。生命只会带来新的苦难，只有死亡才能带来安慰！"

她痴痴地呆坐在大理石台阶上，垂着头，足足好几个时辰。这时，妹妹克律索忒弥斯走了来，冲她喊道："俄瑞斯特斯回来了！"厄勒克特拉瞪大眼睛，迟疑地说："你疯了？不要拿我的悲哀开玩笑！"

"听我说，"克律索忒弥斯含着眼泪，微笑地说，"让我告诉你我是如何发现实情的。我在父亲杂草丛生的坟上，看到了新近用牛奶和花圈献祭的痕迹。四周没有人。坟边还留有一缕新剪下的头发。我惊喜得一下子流下了眼泪。喏，我还把头发带来了，它肯定是弟弟的。"

厄勒克特拉怀疑地摇摇头。"你错了，妹妹，你还不知道我刚听到的消息。"她把福喀斯使者的话转述一遍，"那头发也许是某位朋友留下的。"姐姐又大胆地猜想说："既然最后一线希望也破灭了，我们姊妹应合力杀死埃癸斯托斯。""好好想一想，"厄勒克特拉接着说，"你不是很热爱生活吗？千万不要指望埃癸斯托斯会让我们结婚，看着我们生儿育女，来为咱父亲报仇。只有照我的话做，才能证明你对父亲和弟弟的忠诚，才能获得荣誉，才能自由自在，找一个般配的丈夫过幸福的生活。支持我吧，为了父亲，为了兄弟，为了我，也为了你自己！"

克律索忒弥斯觉得姐姐这严肃的冒险计划不够明智，很难实施，"你凭什么觉得会取得成功？我们手无缚鸡之力，敌人又那么强大，他们的地位一天比一天牢固。是的，我们的命运很惨，但如果这个计划失败，我们下场将更惨，我们会求生不能，求死不得。克制一下你的愤怒吧，求求你，别自取其辱。"

"你的话并不让我感到意外。"厄勒克特拉叹息说，"我知道你会拒绝我的计划。现在，我要独自去做，一个人也许更好。"妹妹抱着她痛哭不已。厄勒克特拉这一次下定了决心，冷冷地说："去吧，向母亲告密去。"妹妹满脸泪水，摇着头，走开了。厄勒克特拉冲着她的背影喊道："你去吧，我不会改变决定。"

厄勒克特拉仍木然地待在台阶上。忽然间，两个年轻人捧着骨灰盒走了过来，后边还有几位护从，其中一个仪表高贵的青年自称是福喀斯的使者，打听埃癸斯托斯所在的地方。厄勒克特拉跳起来，把手伸向骨灰盒，哭泣起来："神在上，外乡人，我求求您。如果这里装着俄瑞斯特斯的尸骨，你就给我吧！"

那位青年盯着她，说："无论她是谁，把骨灰盒交给她吧，这个人绝不会是死者的仇人。"厄勒克特拉捧过骨灰盒，紧紧压住胸口，再度泣不成声："最亲爱的人的遗骨啊，我怀着多大的希望将你送走，你却这样回来了。多么希望死的是我！我所有的努力都白费了。父亲死了，你也死了，我生不如死。我们的仇敌在庆幸，母亲将肆无忌惮地寻欢作乐。你就将我带进这盒子里，让我跟你一起死吧。"

那位青年再也忍不住了。"你这么悲伤，难道你是厄勒克特拉吗？"他喊道，"是谁把你折磨成这个样子？"

厄勒克特拉惊异地看着他说："那是因为我被迫服侍我的杀父仇人。看到这个盒子，我全部的希望都毁灭了。"

"放下它吧。"青年人哽咽着说。但厄勒克特拉毫不理会这个请求，反而将盒子抱得更紧了。他又说："盒子是空的，扔了它吧。"

厄勒克特拉失神地丢掉盒子，绝望地喊道："天呐！那么，

阿伽门农蝴蝶

如此美丽的蝴蝶与希腊联军的统帅似乎有些不相称，但她确实名叫"阿伽门农蝶"。这种黑底黄斑的蝴蝶在东南亚、日本和澳洲的丛林里均可见到。

杀母

瓶画 希腊 公元前4世纪

俄瑞斯特斯的复仇一直是艺术家们喜欢表现的主题，图为公元前4世纪希腊瓶画中表现的俄瑞斯特斯杀母场面。

383

告诉我，他的坟墓在哪儿？"

"没有坟墓，活人不需要坟墓。"

"他还活着？"

"是的，他还跟你我一样活着。我就是俄瑞斯特斯，我就是你的兄弟。看看身上的标记，这是父亲当年烙在我手臂上的。你应该相信我了吧。"

"黑暗中的阳光啊！"厄勒克特拉倒在弟弟的怀里。

原先捎带假口信的外乡人从宫廷走了出来，他就是当年厄勒克特拉托付俄瑞斯特斯的忠实仆人。他讲明了自己的身份，厄勒克特拉向他深深地致谢："你救了我们全家！"他不及多回答什么，催促着说："时间不等人，快，复仇的时刻到了。眼下只克吕泰涅斯特拉一人在宫中，埃癸斯托斯还没有回来。"俄瑞斯特斯点点头，马上行动，与他忠诚的朋友福喀斯王子皮拉德斯一起闯进内宫，后面紧跟着他的护从们。厄勒克特拉伏在阿波罗神坛前祈祷了一会儿，也跟着奔进宫中。

稍后不久，埃癸斯托斯回来了，他刚进宫就打听捎来俄瑞斯特斯死讯的人在哪里。他看到厄勒克特拉，就嘲讽地问她："那外乡人在哪儿？听说他带来的消息粉碎了你全部的希望？"

厄勒克特拉抑制住自己的感情，平静地回答道："他们在里面，被带到他们所尊敬的女主人那里。"

"他们真的报告了俄瑞斯特斯的死讯吗？"他继续追问道。

"是的，"厄勒克特拉回答说，"不仅是死讯，还带来了骨灰。"

"从你嘴里，我第一次听到这么令人愉快的话，"埃癸斯托斯嘲笑着说，"他们当然是带着死人喽。"

埃癸斯托斯欢喜地迎向俄瑞斯特斯和他的伙伴们。他们正抬着一具裹着的死尸朝外廷走。"快！快打开裹尸布，按照礼仪，我应该悲悼他，他也是我的亲族嘛。"国王大声说道。

俄瑞斯特斯回答道："你自己来揭开吧，由你来看看死者并悲悼死者，是很合适的。"

"没错！"埃癸斯托斯说，"不过，先请克吕泰涅斯特拉过来，让她也看看她高兴看到的东西。"

"克吕泰涅斯特拉就在眼前。"俄瑞斯特斯大声说道。于是，国王轻轻揭开裹尸布的一角，惊叫了一声，急忙缩回手。尸衣下躺着的不是俄瑞斯特斯，而是王后血肉模糊的尸体。他恐怖地叫了起来："我掉进什么样的圈套呀！"

俄瑞斯特斯被复仇女神所追击

菲拉克曼 插图版画 1812年

俄瑞斯特斯为父亲复了仇,却杀死了母亲。希腊神话传说中充满了类似的道德悖论。

俄瑞斯特斯雷霆一般咆哮起来:"你不知道跟你说话的人正是你以为死去的人吗?你没看到俄瑞斯特斯,他父亲的复仇者正站在你的眼前吗?"

"听我解释一下。"埃癸斯托斯慌忙伏在地上说道。但是厄勒克特拉要弟弟别听他啰唆。俄瑞斯特斯逼着埃癸斯托斯进入内廷,就在他杀死阿伽门农的地方,复仇者用利剑杀死了他。

俄瑞斯特斯和复仇女神

俄瑞斯特斯杀死克吕泰涅斯特拉和埃癸斯托斯为阿伽门农报仇是符合神意的,阿波罗曾用神谕指示过他。但是为了忠于父亲,却成了杀死生身母亲的人,这是有违天伦的。所以他成了复仇女神追杀的对象。希腊人敬畏复仇女神,称她们为欧墨尼得斯,意谓优雅的女神。欧墨尼得斯乃是黑夜女神的女儿,像她们的母亲一样狠毒。她们身材高大、眼睛血红,发间有许多毒蛇,一只手举着火把,一只手举着由蝮蛇编成的鞭子。不管杀害母亲的凶手走到哪里,欧墨尼得斯总如影随形地使他饱受痛悔的煎熬。

现在,俄瑞斯特斯疯了。他离开姐姐,离开迈锡尼,到处狂奔。忠诚的朋友皮拉德斯跟随着他,是他痛苦中唯一的伙伴。同时,有一位神阿波罗在帮助他。阿波罗曾指示他杀死母

埃斯库罗斯的复仇女神

瓶画 古希腊时期

复仇女神手持利剑,将一个拿着竖琴的希腊人刺倒在地。坚定的姿势和目光让她显得很男性化。这是古希腊悲剧大家埃斯库罗斯的名剧《复仇女神》中的场面。欧墨尼得斯的形象有时是一个,而《荷马史诗》中说她是好几个。传说她能让复仇者发疯。在另一个大悲剧家欧里庇德斯的作品中,她是三个,即:提西福涅、阿勒克托和墨该亚。

亲,现在仍然和他在一起,时隐时现,为他抵御复仇女神的攻击。只有当阿波罗在他身边的时候,俄瑞斯特斯才会清醒一些。

经过了长期流浪后,他们来到了特尔斐。俄瑞斯特斯避居在阿波罗神庙中,这是复仇女神不能侵入的地方。他得到一息安宁,疲惫地躺在地板上。太阳神怜悯地看着他,为他鼓起希望和勇气:"不幸的孩子,我不会离弃你,无论我是不是在你身边,都会保护你。我使欧墨尼得斯在庙前睡着了,但我不能长期战胜那些年老的神。你还要继续流亡,不过不再是漫无目的。你到雅典去。我姐姐雅典娜将会帮你忙,给你组织一个公正的法庭,你可以在法庭上理直气壮地为自己辩护。不要害怕。我暂时不得不离开你,但我的兄弟赫耳墨斯将随时保护你。"

阿波罗还没有离开,克吕泰涅斯特拉的阴魂已经走进复仇女神的梦里,在她们耳边愤愤地说:"为什么你们睡熟了?我在地府到处漂泊,难道你们不管我了吗?我被自己亲生的儿子杀死,竟没有一个神感到不平!过去,我向你们献祭多少次?你们都忘记了?你们曾立誓要为我报仇的,你们忘了自己的誓言了吗?杀母凶手俄瑞斯特斯正要从你们手底下溜掉了!"

复仇女神于是突然惊醒,疯狂地跑向神庙。"宙斯的儿子,"她们对阿波罗呵斥道,"不要欺人太甚!你,一个年轻的神,竟胆敢侮慢年老的神。你公然挑战法理,让弑杀母亲的人逃脱我们的惩罚,这是正当的作为吗?"

阿波罗从他光辉的庙宇里

复仇女神的追杀

约翰·辛格·萨加特 油画
1922—1925年
波士顿美术馆藏

在萨加特极富表现力的油画中，复仇女神如同密不透风的噩梦，纠缠着杀母的人。他的面前则是母亲的阴魂。

逐退黑暗的女神们。"走开！可怕的三姊妹，不要玷污我圣洁的神堂！"复仇女神们大声申述自己的任务和权利。但阿波罗根本不让步，宣称俄瑞斯特斯是他所保护的人，因为俄瑞斯特斯是按他和宙斯的旨意为阿伽门农报了仇。这样，复仇女神被强行赶跑了。

阿波罗自己到奥林匹斯山去了，将俄瑞斯特斯及其朋友皮拉德斯托付给了赫耳墨斯，吩咐他们去雅典。复仇女神害怕赫耳墨斯的金杖，只能远远地跟踪着俄瑞斯特斯。后来她们胆子越来越大，当抵达雅典时，她们已经到了两朋友的身后。俄瑞斯特斯和皮拉德斯刚跨进雅典娜的庙门，可怕的复仇女神也冲了进去。

俄瑞斯特斯伏在雅典娜神像前，伸开双手，哀求道："雅典女神，我听从阿波罗的命令来投奔您。请仁慈地收留我吧，我手上染的也是有罪人的血。我漂泊、求乞这么多年，已经身心俱疲。现在我伏在您脚下，请求您的裁决。"

"你这凶手！"复仇女神在他身后大喊，"我们跟着你滴血的脚印，就像猎狗追逐受伤的母鹿。你找不着避难所，也得不到休息的。我们要吮干你。无论阿波罗还是雅典娜，都无法

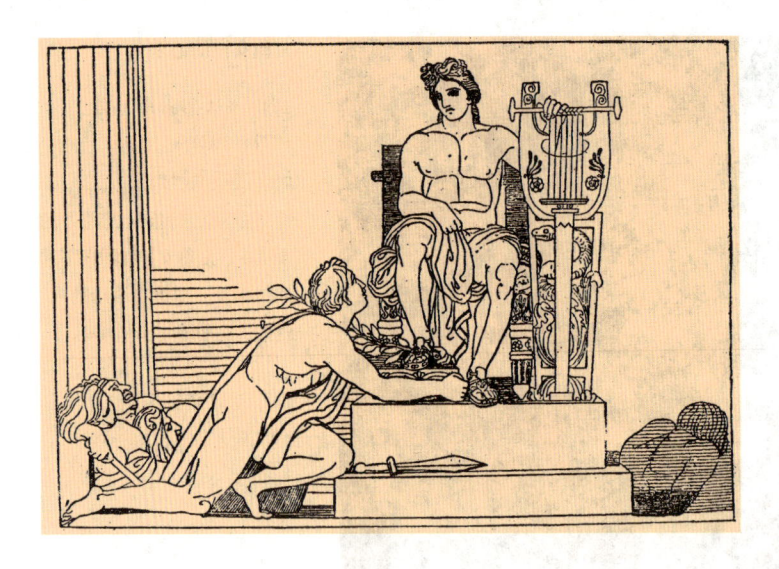

寻求阿波罗保护的俄瑞斯特斯

菲拉克曼 插图版画 1812年

俄瑞斯特斯在特尔斐向阿波罗求祈，左右为入睡的复仇诸女神。

复仇女神与阴魂

菲拉克曼 插图版画 1812年

复仇女神被克吕泰涅斯特拉的阴魂所唤醒，互相惊呼。

解脱你永久的苦痛。你是我们的俘虏，我们的牺牲。来，姊妹们，让我们围着他跳舞吧。让我们的歌声使他陷入疯狂。"

可怕的歌舞正要开始，突然一道光线直射进来。雅典娜神像消失了，雅典娜本人站了出来。她蔚蓝的眼睛凝视着面前的人们，严峻地开口说："谁在扰乱我的庙堂？呵！怎样的一群客人啊，一个外乡人抱着我的神坛，3个不像凡人的女人在他身后威胁着。告诉我你们是谁，你们要干什么？"

俄瑞斯特斯浑身战栗，站不起来，也不能开口。欧墨尼得斯们立刻回答："宙斯的女儿，我们是黑夜的女儿——复仇女神。这个人有辱于你的神坛，他亲手杀死了生身母亲。请审判他！我们会尊重你的判决，我们相信你的审判是严肃而公正的。"

"要我做裁判，我还要先听听这外乡人的申述。"雅典娜转向俄瑞斯特斯说，"你有什么要为自己辩护的？你祖先是谁？遭遇了什么事情？既然到这儿哀求我，就请回答我，不要害怕。"

俄瑞斯特斯终于大胆地直起身子，仍跪在那里说："我并没有犯不可饶恕的谋杀罪，我也不是用亵渎的双手拥抱你的神坛。

我是亚各斯人，你也许认识我父亲。他叫阿伽门农，特洛伊远征军的统帅。他在你的援助下摧毁了骄傲的普里阿摩斯的卫城，凯旋却惨遭杀害。我的母亲和她的情人，趁我父亲沐浴时用网套住他并用利剑杀死了他。我长期流亡，后来回国为父亲报了仇。我承认杀死了母亲，但这是你的兄弟阿波罗吩咐我这么做的。他用神谕告诉我，我如果不惩罚杀害父亲的凶手，将会永远痛苦。啊，伟大的女神，请你裁判我的作为是否合理。"

女神默默沉思了一会儿，最后说道："这个案子奇特复杂，人间的法庭几乎无力判决。当然我仍将召集人间的法官来定夺，你请求神祇帮助是对的。我要让法官来我的庙里进行审判，如果他们不能得出结论，我会亲自裁决。这个外乡人暂时受我的保护，可以自由地住在我的城里。复仇女神们暂时不得打扰他。双方都要寻找证据和证人去，我也将去聘请最睿智、最善良的人来解决这个难题。"

雅典娜将法庭设在战神阿瑞斯神庙所在的小山上，一位使者把雅典娜选定的公民请到这里。审判日清晨，原告和被告聚齐。另有一个外乡人坐在被告旁边。欧墨尼得斯们一见，就吓了一大跳，他们叫道："阿波罗，不要干预我们的事情。你来这里做什么！"

"这是归我保护的人，"太阳神回答，"他曾逃到我特尔斐的神庙，我为他洗去血污。我来作证，在我姐姐召集的法庭上保护他，因为正是我劝他杀了他的母亲，并告诉他，这是讨诸神欢喜的虔诚行为。"

雅典娜宣布开庭了。她要求欧墨尼得斯们提交讼状。"我们将简捷从事，"复仇女神中最年长的作为代表发言，"被告，请如实回答我的问题。首先，你是不是杀害了你的母亲？"

"我不否认。"俄瑞斯特斯回答时吓得面如土色。

"你怎样杀死她的？"

"我用利剑割断了她的脖子。"

"你这么干是受谁的指使？"

"站在我身边的这位神用神谕命令我的。他可以作证。"俄瑞斯特斯继续辩解说，当杀克吕泰涅斯特拉时，他并没想到这是自己的母亲，而只认为她是杀父凶手。

随后，阿波罗为俄瑞斯特斯做了精彩的辩护。复仇女神不甘示弱，进行反驳。阿波罗描述了阿伽门农被谋杀的惨状。复仇女神认为，克吕泰涅斯特拉和她杀死的人没有血亲关系，而俄瑞斯特斯杀死的是生身母亲。

论辩结束，雅典娜发给每位法官投票用的一黑一白两颗石子，白的代表无罪，黑的代表有罪。投票前，雅典娜在首席审判官的高位上站了起来，威严地发表演说："雅典的公民们，

驱除罪恶的正义女神和复仇女神

皮埃尔·保罗·普吕东 油画
1808年 卢浮宫博物馆藏

在画作中可以看到犯罪者逃跑，而正义女神及复仇女神紧追在后要给予罪犯应有的惩罚。复仇女神手持火把，照亮了犯罪者凶恶的表情，这代表了复仇女神追踪并惩罚犯罪者的职责。正义女神位于复仇女神的后方，手持利剑，目的是执行裁决。虽然复仇女神和正义女神在职责上有明显的区别，但两者都在某种程度上维护着社会秩序和个人行为的规范。可能这就是画家将两位女神都画在这幅受巴黎高等法院刑事法庭委托而创作的画作中的原因。

你们城市的创建者第一次召集你们来审判一桩杀人案件。今后，你们将永远保留这种法庭，法庭就设在这神圣的阿瑞斯山上。从前，亚马孙人反对忒修斯时曾在这里驻扎，并献祭战神，本山因此得名。将来，这要时常组成庄严的法庭来防止雅典人民犯罪。法庭由公正、贤良的人组成，他们不收贿赂，不谋私利，全力保护所有的人民。你们应尊重它，把它作为力量的源泉和支柱。大地上其他的民族不会享有这种骄傲，这是我对未来的希望。法官们，记住你们的誓言，现在，请往钵里投票，判决这桩疑案。"

法官们从座位上，默默地站了起来，排队走到钵子前留下了自己的意见。投票结束，再推举一批公民查票，分数黑白石子。

结果，黑白石子恰好相等。这时，原先保留判决权的雅典娜必须亲自做出判决。她再次站起来说："我不是母亲所生，而是从父亲宙斯的头里跳出来的。我因此拥护父亲和儿子的权利。我不赞成妇人为取悦情人而杀害丈夫。我认为，俄瑞斯特斯杀掉的不是一位母亲，而是他的杀父仇人。他的行为是合理的。"她于是离开自己的位置,将一颗白石子投进钵里。最后雅典娜庄严宣布:"多数票决定,俄瑞斯特斯被宣告无罪。"

阿伽门农的儿子十分动情地喊道:"雅典娜,你挽救了我,挽救了我整个家族。全希腊人都将赞美你,他们会称颂说:'俄瑞斯特斯终于能够重返故乡,是依靠雅典娜、阿波罗和万神之父的公正,没有神意,这一切是不可能发生的。'在回家前,我在这里发誓:亚各斯人将永远不向雅典人挑起战争。我死后,如果我的国民胆敢破坏这誓约,我会从坟墓里出来惩罚他,让他步步遭受不幸。再会,捍卫正义的女神!再会,热诚的雅典人民!祝你们作战得胜,城市繁荣,公民幸福!"

俄瑞斯特斯带着朋友离开神圣的阿瑞斯山。复仇女神不敢违反雅典娜的判决,又忌惮阿波罗的威力,但是她们不服。那位年长的欧墨尼得斯质问说:"天哪!年轻的神居然无视古老的法律,从我们年长的手里夺取权力。做出这裁决的雅典人,你们要后悔的!在正义被推翻的地方,我们将倾泻心中沸腾的怨毒。我们,黑夜女神,将让这块地方寸草不生、瘟疫蔓延。"

阿波罗听到如此可怕的诅咒,十分担忧,设法阻止她们,使她们息怒。"慈悲一些吧,这根本不是你们的失败和屈辱。钵里黑白石子数目相等,法官们并无不公。他们执行神圣的义务,选择其中一种,就必须放弃另一种,结果俄瑞斯特斯是由于宙斯的旨意而得救。请不要迁怒于无辜的人民,我以他们的名义向你保证,这里要建造一座华贵的神庙,人民年年给你们献祭,将你们作为无情而公正的女神敬奉!"

雅典娜赞成阿波罗的建议。

"尊敬的女神,相信我,这里很情愿侍奉你们,用歌唱赞美你们。你们的神庙就定址在

亚历山大与雅典娜

银币 希腊 公元前305—前281年

对智慧女神的崇拜常常是政治家们的传统,在这枚亚历山大时期发行的银币上,一面雕刻着雅典娜的形象;另一面则是亚历山大大帝本人。出于对自己拥有的英雄身世的炫耀,亚历山大特意在自己头上加了两只羊角。

国王厄瑞克透斯的神庙旁。凡拒绝敬奉你们的人，必不得福祉。"

复仇女神们得到这样保证，逐渐心平气和了。她们同意居住在雅典。能够像雅典娜和阿波罗一样，在世界最有名望的城市拥有自己的神庙，也是一种荣誉。于是，她们的态度温和下来，甚至立誓要保护这座城市，使之免受灾疫侵扰，牲畜肥美兴旺，人民幸福祥和。最后，黑夜女神也离开雅典。雅典娜和阿波罗再三感谢他们，所有的雅典公民持着火把，唱着赞歌欢送复仇女神出城。

女祭司伊菲革涅亚

俄瑞斯特斯和皮拉德斯离开雅典后，回到特尔裴的阿波罗神庙。俄瑞斯特斯请求神谕指示自己未来的命运。女祭司指示他，作为迈锡尼的王子，他还需要航海到陶里斯半岛。阿波罗的妹妹阿耳忒弥斯在那里有座神庙，他必须用武力和计谋去把阿耳忒弥斯神像抢到雅典来。根据当地蛮族的传说，这尊神像乃从天而降，自古就被供奉在那里。现在，女神厌倦了野蛮民族的供奉，希望迁到文明的地带。俄瑞斯特斯成就这件事后，疯癫将会痊愈，并可终止流亡生涯。

皮拉德斯依然和朋友在一起，要再次协助他完成如此危险的使命。

陶里斯人有一种野蛮的风俗，他们把所有在那里登陆的外乡人作为祭品，献祭阿耳忒弥斯女神。战争期间，他们把俘虏的脑袋绑在竹竿上，竖在屋顶，让它守卫国土。

神要求俄瑞斯特斯的冒险，另有重要内情。以前，阿伽门农听从预言家卡尔卡斯的建议，献祭了自己的女儿伊菲革涅亚。当祭司挥刀杀她时，一只母鹿突然落在神坛。伊菲革涅亚被同情她的阿耳忒弥斯救走，并被带着穿过云雾，飞越大海，来到陶里斯自己的神庙里。蛮族的国王看到伊菲革涅亚，就安排她做了阿耳忒弥斯神庙的女祭司。按照古老的风俗，她的任务是把这些外乡人作为祭品献给神。虽然把祭品拖上神坛杀死这事是由别人去做，但是她的命运仍很不幸。

多年来，美丽温柔的伊菲革涅亚一直恪守着这可恶的职责，很受国王和人民的敬重。她远离家庭，与亲人隔绝。一天深夜，她做了一个梦。在梦里，她离开陶里斯回到故乡，睡在

父母的宫殿里，周围有她的侍女们在伺候。突然，大地震动，她逃了出来。宫殿还在摇晃，廊柱坍塌了，只有父亲室内的一根立柱坚挺着。这柱子又好像变成一个人，头披棕色的美发，操着她的母语对她对话。伊菲革涅亚醒来，完全记不清梦里的对话，所能记忆的是，她在梦里仍然忠于女祭司的职守，朝这位柱子变成的男子头上洒圣水，以便将他献祭；她禁不住哭了起来，醒来时仍满脸泪水。

次日清晨，俄瑞斯特斯和皮拉德斯登上陶里斯的海岸，径直朝阿耳忒弥斯的神庙走去。到了神庙后，他们感到这儿更像一座监狱，两人只能望着高大坚固的墙壁发怔。后来，还是俄瑞斯特斯打破了沉默："怎么办？顺着楼梯上去？一旦进入这陌生的建筑，将会像掉进迷宫一样再也出不来。万一惊动看守，我们必被

阿克罗波利斯圣山

油画 约18世纪

　　壮观的帕提农神庙矗立在山顶，雅典娜的巨型雕像则高出神庙，她手举长矛，俯视全雅典。下方人群聚集，在广场右边还有一尊带翅膀的胜利女神像，象征希腊的文明已达到鼎盛。

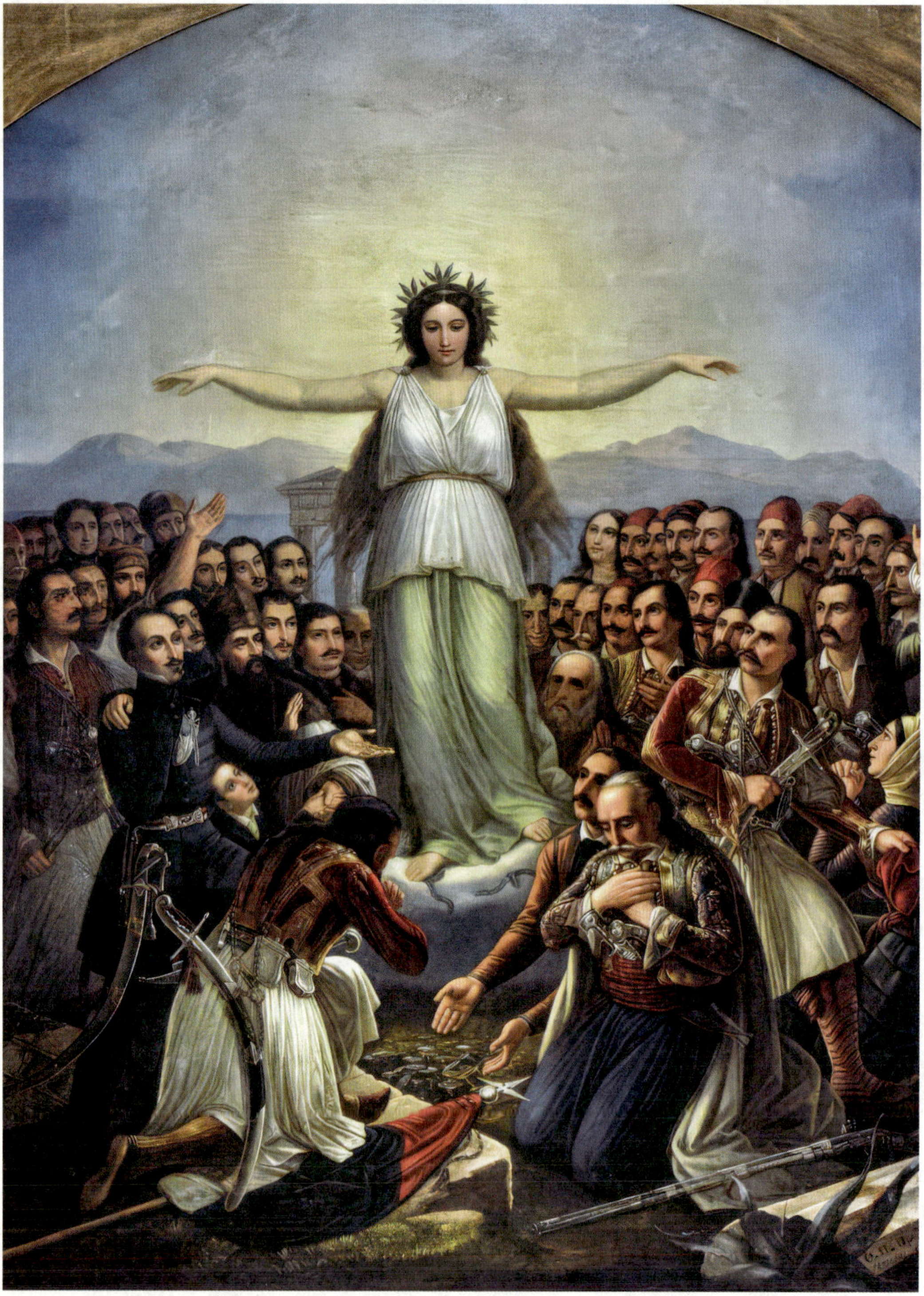

捉住处死。听说已有许多希腊人的鲜血洒在这祭坛上。是不是回去才算明智?"

"如果我们真的回去,咱们就算是被危险吓退了,"皮拉德斯回答说,"我们还是尊重阿波罗的神谕,他会帮助我们成功。不过我们应该暂时撤出这里,远离船舶,躲进海边的山洞里,我们得避开巡逻,等到夜深人静了,再行冒险。我们已经知道神庙地点,回去想想办法。只要弄到神像,总不怕找不到退路。"

"就这么办,"俄瑞斯特斯赞成朋友的意见,"愿黑夜能助我们一臂之力。"

烈日当空,阿耳忒弥斯的女祭司正站在神庙的门槛上,一个牧人从海岸跑来,告诉她,有两个外乡人登陆上岸:"高尚的女祭司,快做好献祭的准备吧!"

"他们哪里来的?"伊菲革涅亚忧郁地问。

"希腊,"牧人回答,"其中一个叫皮拉德斯,他们已经被捉住了。"

"详细说说是怎么回事儿,"女祭司说,"他们在哪儿被抓住的?"

"我们刚才在海边给牛洗澡,那儿有一个山洞,是捡海螺的渔夫常歇脚的地方。一个牧人在这里突然发现这两个青年,他们很有风采。那牧人还以为神下降呢,要向他们下跪。另一位牧人可不那么蠢,他大笑起来:'这不是船舶失事的外乡人吗?他是害怕被献祭才躲在这里的。'我们大部分伙伴同意他的说法,就动手去抓他们。突然间,其中一个青年跳了出来,猛烈地摇着头,疯狂而痛苦地号叫着:'皮拉德斯!皮拉德斯!看呐!黑暗的女猎人,地府的毒龙,正要杀死我呀!看,她向我走来,满头毒蛇咝咝作响。看那面,另一个,嘴里喷射着火焰,她抓住我的母亲恐吓我,用石头砸我。救命呀!她们要杀死我!'牧人停了一会儿,说:'我们没有看到他说的可怕景象,他是把牛哞和狗叫都当作复仇女神的声音了。'现在大家怕起来,因为他冲进牛

希腊的化身(左页图)

索多罗斯·维萨基斯
版画1856年

　　希腊的女神似乎更能代表这个国家的文化传统和品质。在19世纪的画家笔下,希腊化身为一位头戴橄榄枝的女神形象,受到后世国王、哲学家、艺术家们的崇拜。

阿耳忒弥斯和亚克托安

亚麻布挂毯 埃及 4世纪

希腊神话人物的踪迹遍布世界各地,图为4世纪的埃及人制作的亚麻布挂毯,右边持弓箭者为希腊的狩猎女神;左边则为希腊的另一位神亚克托安。

群,来回刺杀。最后,我们吹响海螺,召集附近乡民一起向两个武装的青年战斗。那疯子的神智渐渐清醒,倒在地上,口吐白沫,不省人事。我们向他俩扔石头。那个被唤作皮拉德斯的,用自己的外套遮上同伙,他很快就明白究竟怎么回事了,跳起来保护自己和同伙。我们人多势众,好不容易抓住这两个人,带他们去见国王托阿斯。国王吩咐把俘虏带来祭神。希腊人要遭受痛苦,为当年杀你献祭阿耳忒弥斯女神付出代价。"

牧人报告完毕,等待女祭司的命令。她要求把外乡人送过来。当只剩下她一个人时,她对自己说:"希腊人落在我手里,我一向同情他们,为他们流泪!现在呢?有梦告诉我,可爱的弟弟俄瑞斯特斯已不在人世。希腊人,我不能再同情你们!"

说到这,俘虏被带上来,打断了她的心思。"松绑!"伊菲革涅亚大声命令,"不能用捆着的人献祭神。你们快去做好一切准备。"她转身面向两个俘虏:"你们父母是谁?有没有姐妹?她们将失去两个强健英俊的兄弟!你们从哪里来?你们已经走了一段遥远的路程,非常不幸,你们还要走更遥远的路程,这条路将通向地府！"

俄瑞斯特斯回答："无论你是谁，不必同情我们。刽子手根本不需要在动刀前给他的牺牲以安慰。若死亡不可避免，悲伤毫无用处。我们都不必流泪，听从命运女神的摆布吧！"

"你们谁是皮拉德斯？"

"他。"俄瑞斯特斯指指身边的朋友。

"你们亲兄弟吗？"

"不是亲兄弟，但胜似亲兄弟。"俄瑞斯特斯说。

"那你叫什么名字呢？"

"叫我流亡者吧，"他回答，"我最好无名无姓地死去，这样就没有人能对我冷嘲热讽。"

因为他的不逊，女祭司很是恼怒，更要逼他说出自己从哪里来。当她听到"亚各斯"时，情绪激动，喊起来："神在上，你们真是从那里来的？"

"是的，"俄瑞斯特斯回答，"在迈锡尼，我的家族显赫高贵，曾经非常幸福。"

"外乡人，如果你们来自亚各斯，"伊菲革涅亚紧张地追问，"必然知道特洛伊的消息。听说特洛伊已经被摧毁。海伦回来了吗？"

"是的，海伦回到了她丈夫的身边。"

"那统帅阿伽门农呢？"俄瑞斯特斯深感震惊。

"不知道，请别提这些人和事了！"他转过脸去。

女祭司又苦苦请求，她的态度如此诚挚，俄瑞斯特斯很难拒绝回答，只得说："死了，被妻子杀死了。"

阿耳忒弥斯的女祭司，悲痛地叫了一声。她随即控制住自己，接着问："他的妻子还活着吗？"

"也死了，"俄瑞斯特斯明确作答，"被自己的亲生儿子杀死了。他以为他有责任为父报仇，但现在还必须为此痛苦。"

"阿伽门农还有别的孩子活着吗？"

狄安娜的女祭司

青铜雕 意大利
公元前200—前100年

在意大利奥尔本山上的狄安娜（希腊名字为阿耳忒弥斯）神庙发现的女祭司雕像。在崇拜众神的时代，女祭司在社会及政治生活中都具有极大的权利。

"有两个女儿，厄勒克特拉和克律索忒弥斯。"

"他的大女儿，被献祭的大女儿，有什么消息呢？"

"一只母鹿代她牺牲，她自己突然不见了。估计，也早死了吧。"

"阿伽门农的儿子还活着吗？"女祭司不安地问。

"活着，"俄瑞斯特斯说，"但是活得极其艰难，他到处流浪，永无止息。"

"去吧，撒谎的梦。"伊菲革涅亚在心里说。然后，她吩咐仆人退去。她单独和两俘虏在一起，低声对俄瑞斯特斯说："有一件事，对你我都有好处，听着。我要写一封家信，你替我带到迈锡尼，我就释放你。"

"我不愿意离开朋友一个人得救，"俄瑞斯特斯回答，"他在苦难中从未背弃过我，我也永远不会背弃他。"

"高贵的朋友，"伊菲革涅亚慨叹道，"愿我的弟弟也像你一样。你们知道我也有个兄弟，在遥远的地方。遗憾，我不能同时救出你们两个人，那是国王无论如何都不会答应的。那你去死，让你朋友皮拉德斯给我送信。"

"谁将我献祭呢？"俄瑞斯特斯问。

"我本人。这是女神阿耳忒弥斯的命令。"女祭司回答。

"你一个柔弱女子，能杀死男人吗？"

"不，我只要将圣水洒在你头上，其余的事由仆人去做。你的尸骨将在山谷中焚毁。"

"天哪！愿我的姐姐能将我安葬！"俄瑞斯特斯叹息着。

"那是不可能的，"姑娘很感动，"他们远在亚各斯。不过，我会熄灭你身上的大火，用蜂蜜和香油祭奠你，像你的姐姐一样。"说到这里，她离开，写信去了。

现在只剩一对朋友在一起，看守远远地守着他们。这时，皮拉德斯再也忍不住了，嚷着："不！你死了，我不能一个人活下去！这不容商量。我愿陪你死，正如跟你漂过大海一样。否则，福喀斯和亚各斯人都会骂我是懦夫，天下将一起嘲笑我出卖朋友杀害了你，觊觎你的王位。你已经答应厄勒克特拉嫁给我，我不要求她的任何嫁妆。因为我将成为你的姐夫，这更容易授人以柄。我不会一个人活下去。你要死的话，我也要死！"

俄瑞斯特斯想尽力说服他，两人激烈争执起来。这时，女祭司走过来，要求皮拉德斯发誓将信送到，她则发誓救送信人一命。她想了一会儿，又害怕信件意外丢落，于是决定将信的内容向皮拉德斯口述一遍："记住！告诉阿伽门农的儿子，伊菲革涅亚被阿耳忒弥斯救出，她还活着。"

"什么！"俄瑞斯特斯打断她，"她在哪儿？难道她会死而复生？"

"她就在你面前，请不要插嘴。"伊菲革涅亚继续说，"告诉我亲爱的兄弟俄瑞斯特斯，在我死之前，请接我回去，使我不要再在神坛旁忍受杀害外乡人的痛苦。如果他不这样做，他和他的家族将会遭到祸害！"

两朋友惊呆了。最后，皮拉德斯接过信函，递给朋友，说："我立即兑现我的诺言。俄瑞斯特斯，将信收下吧，这是你姐姐伊菲革涅亚写给你的！"信从俄瑞斯特斯手中滑落到地上，他走上去拥抱自己的姐姐。伊菲革涅亚不敢相信这是真的。直到弟弟将阿特柔斯家族特有的往事说给她听，她才快乐地惊叫起来："我唯一的兄弟呀，你现在就在我身边！我离开你的时候，你还在怀抱里，那么天真、快乐！"

俄瑞斯特斯已经恢复神智，他记起自己和朋友面临的危险，又愁闷起来。

"眼下我们是快乐的，但这种快乐能维持多久呢？我们不是已经成为祭品了吗？"

伊菲革涅亚也很恐惧。

"我怎样救出你们，将你们送回亚各斯呢？愿神给我指示。啊，趁现在国王没来之前，赶紧告诉我家里所发生的一切吧！"

俄瑞斯特斯把一切都说了，其间，只有厄勒克特拉和皮拉德斯订婚的消息给人安慰。她一面听一面想办法，终于，她想出了一个好办法："你被捉时发了疯，这就给了我一个借口。我要如实禀报国王，你是亚各斯人，在那里杀死自己的母亲；你的罪孽尚未救赎，你需要到海中洗去身上的血污。我要同时告诉他，你不洁的双手接触过神像，因此神像被玷辱，也需去大海冲洗。我身为女祭司，神像只能由我亲手送去。我要说皮拉德斯是染了血污的从犯，骗过国王，我们到达大海，上船之后，就看你们的行动了。"

现在，伊菲革涅亚把俘虏交给"仆役"，领着他们走进神庙。

不久，国王托阿斯亲自来找女祭司。他不明白为什么还不在神坛上焚烧外乡人。国王刚到达门口，就碰着伊菲革涅亚正捧着女神像跨过门槛，他很惊讶地问："怎么回事呀，阿伽门农的女儿？"

"国王，发生了可怕的事，"女祭司回答，"刚捉住的那两个外乡人是不洁净的。当他们走近神像，抱住她祈求保护时，女神转过头，合上眼睛，因为他们犯了滔天大罪。"她向国王讲述了罪犯真实的故事，并说，自己正要去洗净被玷辱的神像。她同时指出，要将两个外乡人也带到海里去洗浴，以宜于献祭。为使国王放心，女祭司建议把俘虏加上镣铐，蒙住头使其不见阳光，因为，对于不净的人都是这么处理的。她要求国王，留下随从帮助看管俘虏，这会更安全。她还有一个聪明的花招，叫国王派使者传令全体市民都留在城内，免受罪人的亵渎；国王本人要留守神庙，在女祭司离开时代为监管，使庙里到处焚起净罪的熏香，以便她回来举行神圣的献祭。外乡人走出神庙时，国王要举袍遮面，免得看到罪人受到玷污。"国王，如果我在海边待得太久，不必担忧，请记住，我们要从俘虏身上洗掉的是滔天大罪。"

国王托阿斯同意这么安排。俄瑞斯特斯和皮拉德斯被带出庙门时，国王遮住脸。而后，国王进入庙门去执行女祭司的吩咐。

过了几个时辰，一名使者从海边飞奔过来，气喘吁吁，大汗淋漓，猛敲紧闭的庙门："快！开门，不好啦。"

大门敞开，国王托阿斯站在他的眼前，"谁在喧哗，打扰神庙的宁静？"

"国王，神庙的女祭司，那希腊女人，带着外乡人逃走了！她还偷去我们国家的保护神阿耳忒弥斯的神像。至于净罪仪式，纯粹是扯谎。"

"你说什么？"国王几乎不相信自己的耳朵，"这女人中了什么邪？和谁一起逃走呀？"

"那是她弟弟俄瑞斯特斯。"使者回答，"他们一到海边，伊菲革涅亚便吩咐我们止步，说我们不能走近举行净罪仪式的地方。她打开外乡人的镣铐，让他们走在前面。我们有些犹疑，但我们要服从你的女祭司。结果，净罪真的好像开始了，我们听到她念念有词。大家都坐在沙滩上等着。后来有人想起，俘虏可能会杀死手无寸铁的女祭司。我们跳起来，绕过阻挡视线的岩石，看到一只希腊大船，有50个水手，它是来接那两个外乡人的。我们不再迟疑，就去抓仍在岸上的女人，但俄瑞斯特斯大声告诉我们他的家世和目的，并与皮拉德斯一起夹击我们，保护他的姐姐。我们没有武器，被船上的弓箭逼退了。这时，一股巨浪将希腊船推向岸边。俄瑞斯特斯抱着女祭司涉水上船，皮拉德斯也紧跟着上去了。他们呼叫着敏捷离岸。那大船刚过海湾要驶进大海,又有一股巨浪将它掀回岸边,水手们无能为力。阿伽门农的女儿站起来高声祷告:'高贵的女神阿耳忒弥斯啊!既然你通过你弟弟阿波罗的神谕让我们回到希腊,现在请带我去吧。也请饶恕你的女祭司,因为我大胆地欺骗了这个国家多年威逼我的国王。你也有你所爱的兄弟,请照顾照顾我们凡间的同胞吧!'水手们齐心唱着祈祷的歌曲。不过他们的船只仍在朝岸边退,我来及时报告您,追捕还来得及。波塞冬还在发怒,为他被毁的特洛伊城。他是所有希腊人的死敌,尤其阿特柔斯一家。他会将阿伽门农的两个子女交到你手里的。"

  国王托阿斯早有些不耐烦了,随即下令臣民骑马赶到海边。准备希腊人一旦靠岸,就抓住他们,将它的水手和海船沉入海底,至于两个俘虏和女祭司则从悬崖上推入大海,将他们摔死。

  大队人马直奔海岸。突然之间,一道奇异的天象让他们停了下来。雅典娜驾着光辉的云彩,她那雷霆一样威严的声音环绕在陶里斯人的耳边:"托阿斯国王,你朝哪里去?停止追击,让我保护的人平安离开吧。是阿波罗给俄瑞斯特斯神谕,指示他来陶里斯,以使他的疯癫痊愈,同时将阿耳忒弥斯带回雅典,那是她所喜欢的城市。俄瑞斯特斯将在雅典为阿耳忒弥斯建造一座新的神庙,伊菲革涅亚仍然是她的女祭司。阿伽门农的女儿必须死在自己的家园埋在故土。你,托阿斯国王,不得对她的这种幸福心怀怨恨。停止你的愤怒吧!"

  国王托阿斯非常尊敬神祇,他伏在地上:"雅典娜,不服从神意是卑鄙的行为。你所保护的人可以带走阿耳忒弥斯神像。我听从神的命令,放下武器。"他转向自己的臣民,吩咐他们回城。

  一切都按照雅典娜的预言实现了。阿耳忒弥斯移居在雅典新的神庙里,伊菲革涅亚仍然是她的女祭司。俄瑞斯特斯则在迈肯尼继承父亲的王位,他娶墨涅拉俄斯和海伦的女儿赫耳弥俄涅为妻。赫耳弥俄涅先前已经和阿喀琉斯的儿子涅俄普托勒摩斯订婚,但俄瑞斯特斯杀死了他,并获得了斯巴达的王位。俄瑞斯特斯又征服亚各斯,因此他统治着比父亲阿伽门农大得多的领土。厄勒克特拉嫁给皮拉德斯,和他共享福喀斯王位。克律索忒弥斯终身未嫁。俄瑞斯特斯一直活到九十高寿,灾祸再次降临坦塔罗斯头上:一条毒蛇咬伤了他的脚踵,俄瑞斯特斯中毒身亡。

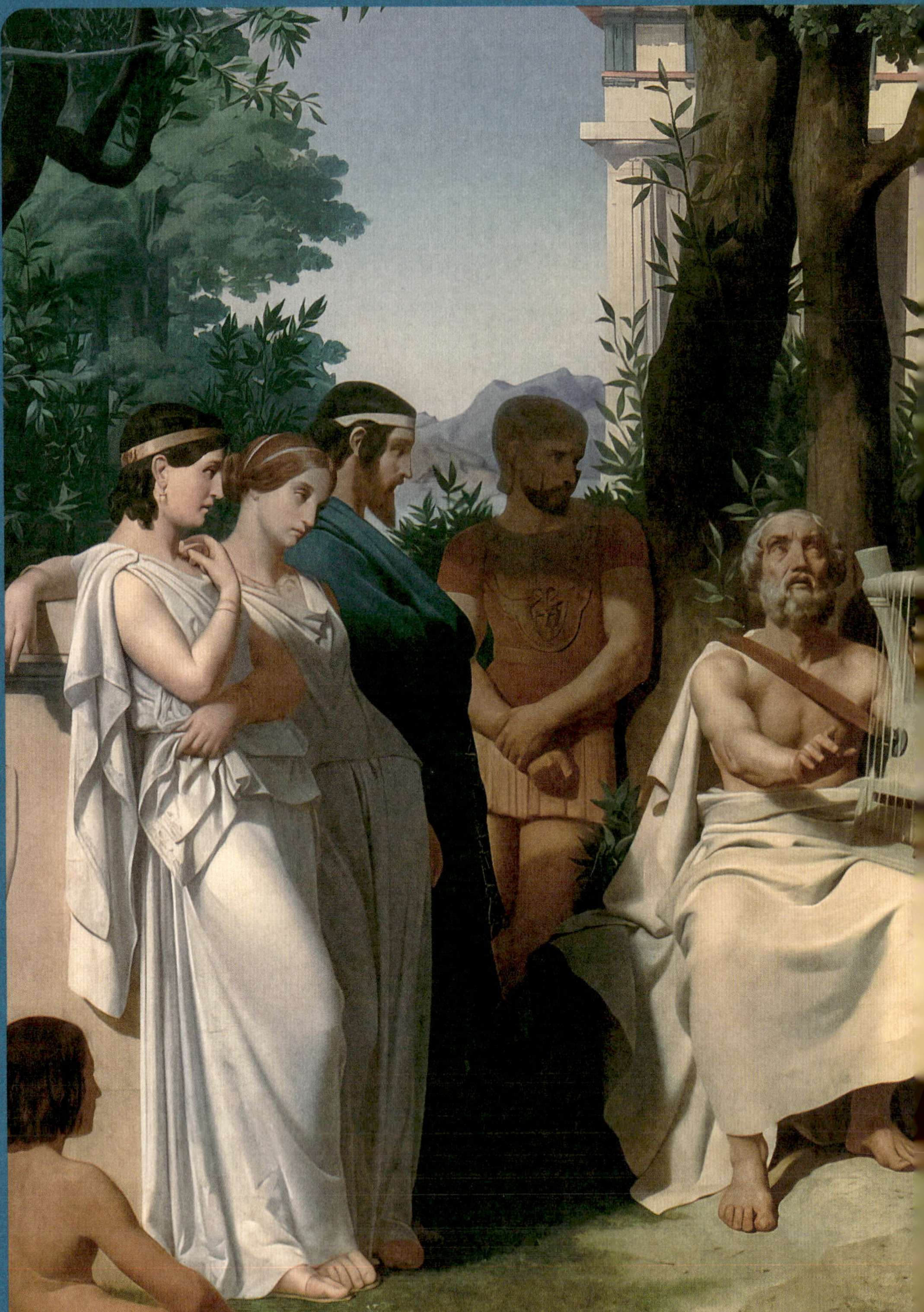

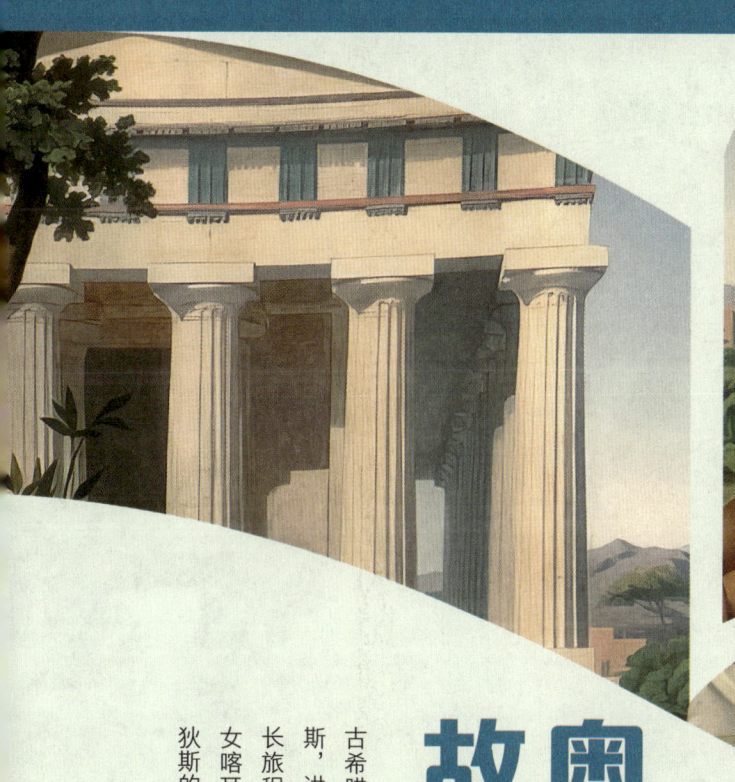

奥德修斯的故事

古希腊诗人荷马创作的史诗《奥德赛》，其中的主角便是奥德修斯，讲述了奥德修斯在特洛伊战争结束后，返回家乡伊萨卡的漫长旅程。一路上，他经历了独目巨人波吕斐摩斯的遭遇、战胜魔女喀耳刻、克服海妖塞壬的歌声诱惑、穿过海怪斯库拉和卡吕布狄斯的居地，以及摆脱神女卡吕普索的囚禁。

Part

21

奥德修斯的漂流

瓶画 希腊
公元前420—前400年

特洛伊战争过后，奥德修斯和他的战士们为了返回故乡，进行了长达10年的海上漂流。这幅希腊瓶画上记述了奥德修斯流浪途中的各种遭遇。

离开女仙卡吕普索

特洛伊战争结束后，幸免于难的希腊英雄们先后回到故乡，只有拉厄耳忒斯的儿子，伊塔刻国王奥德修斯还流亡在外，承受命运女神所安排的另一种奇特的命运。长久漂泊之后，他来到俄奇吉亚岛。这是座孤岛，满是树林。岛上面居住着女仙卡吕普索。卡吕普索希望能和奥德修斯结为夫妇，所以将他捉起来，锁在山洞里。女仙保证让奥德修斯永葆青春，摆脱死亡。但是，他依然忠于守在伊塔刻的妻子，使得诸神十分感动，唯独海神波塞冬铁石心肠，海神虽然不敢毁灭他，却也不愿讲和，于是使他的归途横生故障，历经磨难。正由于这层原因，他才漂流至此。

波塞冬不在的时候，诸神议定：卡吕普索必须释放奥德修斯。神祇的使者赫耳墨斯去向美丽的女仙传达了宙斯的命令。

卡吕普索接到诸神的决议，吃惊之余只有叹息："残酷的神，居然嫉妒一位天仙下嫁凡人。可是我救了他啊！但我无力反抗宙斯的命令，让他到茫茫大海去漂流吧。我既没有船只也没有水手，我有什么可以送他呢？让我告诉他如何才能平安回家吧。"这样，美丽的女仙被迫依依送别了奥德修斯。

奥德修斯在俄奇吉亚岛自行制造了一艘小船，乘着顺风，带上卡吕普索的建议和祝福，踏上了重返家园的征程。

以下是奥德修斯讲述他在返乡途中发生的故事。

奥德修斯叙述他的漂流故事

我是奥德修斯，是拉厄耳忒斯足智多谋的儿子。我的故乡在阳光普照的伊塔刻岛。特洛伊战争结束后，我要返回家乡。现在请你们听听我归途中的漂流故事吧。

聆听诗琴（上页图）

阿尔玛·苔德玛爵士 水粉画
1881年

　　古希腊时代的歌手往往既是音乐家，也是诗人，通过他们的七弦琴和动人的说唱，无数美丽的传奇得以流传至今。苔德玛爵士在这幅优美的作品中，描绘了古希腊著名的女诗人莎孚聆听歌唱的情景。我们从莎孚沉静幽雅的微笑中听到了诗与琴的美妙乐章，以及爱琴海的细流在大理石台阶上低吟的回响。苔德玛爵士开创了维多利亚时代色调明亮欢快、装饰富丽堂皇的画风。他十分高明地将古希腊的人文精神，与英国维多利亚时代中产阶级崇尚愉悦的生活趣味糅合在了一起。

库克罗普斯的独眼巨人

一阵大风，我们的船被从伊利翁一直吹送到伊斯玛洛斯，那是喀孔涅斯人的都城。我们杀死所有那些坚守城池的男人，大肆瓜分了妇女和其他的财物。当时，我提议大家赶快离开这个被洗劫一空的地方，可是我的同伴们贪图战利品，坚持要留下来饮酒作乐，压根儿听不进我的劝告。就在这当口，那些逃走了的喀孔涅斯人从内陆搬来救兵，趁我们还在欢宴的时候，突然发起攻击。我们寡不敌众，被打得一塌糊涂，很多人还没来得及站起身

食人的巨人

菲拉克曼 插图版画
1812年

逃出独眼巨人的山洞

瓶画 希腊 公元前480年

奥德修斯和他的同伴们躲在巨人放养的山羊肚下，逃出了巨人可怕的洞穴。

就被杀死在餐桌旁。其余的人幸好逃得快，才保住性命。

我们又继续航行，来到库克罗普斯，一个残酷而野蛮的民族居住在这里。据说，这里土地肥沃，不用耕种就能五谷丰收。人们都住在岩洞里，只和妻儿一起生活，与邻人老死不相往来。因为当时对那里的居民还一无所知，我萌发了强烈的好奇心，想去看看那里的风土人情。于是我们摇船过去，登陆上岸，碰到一个高耸的山洞，周围长满桂树，树下是成群的绵羊和山羊。竖立着的巨大的石块形成一道围墙，墙外还有松树和栎树环绕而成的围栏。后来发现一个身材高大的巨人住着这儿，他是一个库克罗普斯人，自个在远处的牧场上放牧。摸清底细以后，我挑选了12名最勇敢的朋友同行，吩咐其余的人都留在船上，停在一个隐蔽的地方等着我们。我们随身携带一羊皮袋美酒，这是在伊斯玛洛斯一个阿波罗神庙的祭司送给我的，因为我曾经饶了他一家子的性命。我还另行挑了一些精美的食物盛在篮子里，心里猜想：不管这儿居住的是谁，这么多好东西一定能够赢得他的欢心。

当我们来到山洞时，那里还没有什么人，它的主人仍然在外放牧。我们走进山洞，里面的一切都让我们感到非常惊讶：一篮又一篮大块的奶饼挂在墙上，在羊圈里挤满了绵羊和山羊，地上到处放着篮子、挤奶桶和水罐。同伴劝我尽可能地把乳酪拿走，把绵羊和山羊赶到我们船上去，马上回到岛上的朋友那里。唉，真可惜我当时没有听从他们的劝告。我抑制不住自己的好奇心，一心想看看山洞里住的是什么人。我宁愿得到他的一份礼物，而不是将他的东西偷走，然后不光彩地离开这里。于是，我们点起一堆火献祭神，我们也略微吃些奶酪，等待主人回来。

最后，他终于回来了，宽阔的肩膀上扛了一捆巨大的干木柴，这是他用来烧煮晚餐的。木柴被掷在地上，发出那么大的轰然声，吓得我们跳起来，躲到山洞中最远的角落里，看他把母羊群赶进山洞，而公绵羊和山羊仍留在外面的围栏里。然后，他搬来一块连 22 匹马也不能拖动的巨石封住洞口。巨人安闲地坐在地上，一面挤羊奶，一面让羔羊吸奶。他把一半的羊奶倒入无花果汁中搅拌成凝乳，然后装进篮子，让它风干。他又把另一半羊奶盛在大盆里，这是他一天的饮料。这一切做完了，巨人开始生火，他这时才蓦地发现许多陌生人挤在山洞的角落里。这也是我们第一次清楚地看到他。这个高大的巨人，像所有的库克罗普斯人一样，只有一只闪闪发光的独眼，长在前额正中间。他的两条大腿犹如千年橡树，一双手臂粗壮又有力，能够把岩石当作皮球玩耍。

"你们是谁？"巨人粗暴地向我们大声嚷道，像炸雷一样。"你们从哪里来？是强盗，还是来做买卖的？"我们被吓得直打哆嗦，连头都不敢抬，声息也不敢大出。最后，我提胆挺身回答说："我们不是强盗，是刚从特洛伊战场上凯旋的希腊人，在海上迷了路，到这里来请求你的帮助和保护。请敬畏神，并倾听我们的请求吧。因为宙斯保护那些祈求保护的人，谁如果伤害了这些祈求者，他必将严惩不贷！"

但是那个库克罗普斯人只是令人战栗地一阵大笑，他开口说道："外乡人，你是傻瓜，还根本不知道跟谁在讲话。你以为我们敬奉神，害怕他们报复吗？即使携着雷霆的宙斯和其他的神加在一起，也不足以使我们库克

奥德修斯在独眼巨人波吕斐摩斯处

菲拉克曼 插图版画
1812年

罗普斯人感到害怕。我们比他们要强大10倍！除非我大发慈悲，否则决不会放过你们。首先告诉我，你们的船现在藏在哪里？是不是在附近什么地方？"

这是一个很狡猾的问题，我们早有提防，因此已经准备了更"狡猾"的回答："好朋友，我们的船只已经被大地的震撼者波塞冬在山岩上摔得粉碎，只有我和这12个弟兄死里逃生。"这怪物听了以后一声不响，径直伸出大手，抓起我的两个同伴，摔鱼似的摔在地上，两人顿时脑浆迸裂，血肉模糊地躺在地上。巨人将他们撕开作为晚餐，如同山中的饥饿的狮子吞食它的猎物。他不仅吃他们的肉，而且还吃内脏，喊里咔嚓地咬着骨头，把骨髓都吸得精光。我们只有悲惨地高举双手向宙斯祈祷。

巨人吃饱后，又喝了羊奶解渴，然后心满意足地在地上睡觉。我想走过去，用利剑刺入他的胁部，结果他的生命。但我很快就丢开这个念头，因为这样做对我们并没有好处。谁能挪开那堵住洞口的巨大石块呢？要是那样的话，我们仍会在这里活活地饿死。所以，我们只能任他酣睡，在战栗和恐惧中坐待天明。次日清晨，库克罗普斯人起床，生了火，又开始挤奶。做完这些事后，他又攫去我两个同伴做早点。我们仍然静悄悄地恐惧地看着他。他用完早点后就搬开堵住洞口的巨石，将母羊赶出山洞，准备出去放牧了。临离开前，他又用石头封好洞口。最后，他踏着轰然作响的脚步，挥动响鞭，吆喝着牧群走开了。我们被封在山洞里，默默而恐怖地等待着自己被怪物吃掉。但我心里一直在盘算逃生的办法。终于，我想出了一个切实可行的好办法。在羊圈里有一根巨大的木棒，这是库克罗普斯人新砍下的橄榄木，像大船上的桅杆一样。我用它削了一根6尺长的杆子，大伙一块将它打磨光滑，然后将杆子的一头削尖，再放在火上烘烤得更加坚硬。我们小心地把这杆子偷偷藏在山洞一边的粪堆里，计划在巨人睡着时将木杆戳进他额间的那颗独眼。这时我需要四个人帮忙，最后我们通过抽签选出了四个最勇敢的人，他们正是我所要挑选的。

傍晚时分，可怕的巨人又赶着牧群回来了。这一次他没有像平时一样让一部分羊留在外面院子里，而是全部赶进山洞。大概他隐约有些怀疑，似乎有神决定援助救我们。

跟昨晚一样，巨人还是用石头堵住洞口，又抓去我的两个同伴。他正在大肆吞嚼时，我解开随身携带的羊皮袋，把浓香的醇酒倒进木桶，端到巨人面前，对他说："收下吧，库克罗普斯人，请喝吧！吃人肉要喝这样的酒才真叫过瘾。你应该尝尝，我要你知道我们在船上带了一种多么珍贵的美酒。我特意把它送给你，希望你可怜我们，放我们回去。但你待我们这样凶狠，但愿以后再没有人来访问你。"

那库克罗普斯人接过木桶，一言不发便将桶里的酒一饮而尽。很容易看得出酒的芬芳和

强烈显然使他感到心满意足。他第一次用友好的口气说道："外乡人，再给我些好酒喝，并把你的名字告诉我，让我以后也送你一件满意的礼物。我们库克罗普斯也有美酒。现在让我告诉你在你面前的人是谁：我叫波吕斐摩斯。"

波吕斐摩斯这么说着。我当然非常乐意给他喝更多的酒，于是我接连给他倾满三大桶，他也愚蠢地喝得一滴都不剩。乘他酒意阑珊、神志不清时，我灵机一动，对他说："库克罗普斯人，你要知道我的名字吗？我的名字很奇特，叫'没人'，全世界都叫我'没人'，我的父母和朋友们也都这样称呼我。"波吕斐摩斯说："好的，我要赠送一件礼物作为对你的回报！没人，我将先吃完你的伙伴，最后才会吃掉你。没人，你感到满意吗？"

他讲到这里，舌头已经发硬，最后几个音听不太清楚了。随后，他身子一仰，倒在地上，粗壮的脖子歪在一边，马上就鼾声大作。我赶紧地把削尖的木杆放进火堆烘烤。当它烧起来时，我迅速把它抽出，由四个朋友帮忙抓住木杆，狠狠地戳进巨人额间的那只独眼里。我们转动着木杆，就像木匠在木头上钻孔一样。

独眼巨人试图粉碎奥德修斯逃跑的船

阿诺德·伯克林 油画 1896年

英雄奥德修斯刺瞎了独眼巨人的眼睛后，跟同伴一起乘船逃跑。但愤怒的巨人还不罢休，向船扔下巨石，试图砸死奥德修斯一行人。伯克林擅长画风景画，其深厚的风景画功底在这幅画中得到了体现：明亮的天空和海洋与深色的岩石和船只，颜色相互衬托，营造出一种生动而富有层次感的画面；汹涌的海浪与锯齿状的岩石相遇，形成一团泡沫。伯克林将不同材质的质感表现得细致入微。

海神的力量

水彩画

在一叶孤舟上面对茫茫大海的奥德修斯向海神祈求平安，海神的身影和三叉戟伴随着闪电像噩梦一般来临。在人类有关海洋的文学作品中，海神的名字尽管不一样，但他的形象却是一样的：或风平浪静，或怒涛惊天。

他的睫毛和眉毛都已烧焦，发出吱吱的声音，如同灼热的铁块突然被浸入冷水里一般。波吕斐摩斯痛得大声狂吼，到处上蹿下跳，让人感到格外恐怖。我们吓得远远地蜷缩在山洞的最偏的角落里，小心避开他的手掌。

波吕斐摩斯将木杆从眼睛里拔出来，把它丢得远远的，眼窝里鲜血迸流。他来回奔跑，像个疯子似的尖声怪叫，大声呼唤散居别处的库克罗普斯同胞。他们急忙跑过来，围着山洞，问他到底发生了什么事。"没人刺杀我！"波吕斐摩斯在洞里叫着，"兄弟们，没人欺骗我了！"外面的库克罗普斯人听到这么叫唤，便对他说："既然没人伤害你，你乱喊乱叫些什么？你是不是发疯了？对于这种病，我们库克罗普斯人无力帮你医治。"说完，他们一哄而散。我却高兴坏了，心儿都要跳出胸腔来。

现在，这个瞎眼的巨人痛苦地呻吟着，摸索着来到洞口，把挡在门口的巨石一把掀开，自己在洞口看守，伸出一只手，不停摸索着，想抓住趁机往外逃的人。我想来想去，终于想到一个好办法。我看到周围都是毛皮非常厚实的肥羊。我悄悄地用柳条将它们每3头捆绑在一起。在中间一只公羊的肚子下系上我们的一个人，旁边的两只羊正好可以掩护他。我自己就选了最大的头羊，揪住羊背，骑了上去，然后慢慢把身体转到它的肚子下面，紧紧地贴住。我们就这样躲在羊肚下面，等待黑夜逝去。

拂晓来临，公羊跑出洞外，到草地上吃草。母羊的乳房胀鼓鼓的，咩咩地叫，等着有人去挤奶。那倒霉的主人在往外跑的公羊背上仔细地摸索，知道上面没有人。愚蠢的巨人根本就没有想到羊肚下会藏着人。载着我的那只羊走得慢，最后一个到门口。波吕斐摩斯摸着它说："我的好羊，你今天怎么落在最后面了？你平时老是走在最前面的。你老是第一个到草地，第一个走到溪水边，到了晚上，你也老是第一个回到羊圈。你是不是因为主人而感到悲哀呢？是啊，如果你和我一样，也可以说话，那么你肯定会告诉我，那个可恶的家伙和他的同伴到底藏在哪里。我要把他的脑袋往山洞的壁上撞得粉碎，才能得偿所愿。"

巨人说着说着也让这头羊走了出去。现在我们总算都逃到了洞外。我最先从羊肚子下面钻了出来，然后把我的同伴一个一个从羊肚下面解下来。可惜我们一共就剩7个人了。我们拥抱在一起，我们为死去的同伴而感到难过。我劝他们不要悲伤，赶快把羊群都赶到船上去。等我们都上了船，在海上航行了一段距离，确定不会受到报复以后，我才对赶着羊群、正在爬山坡的库克罗普斯巨人大肆嘲讽："喂，波吕斐摩斯，你的对手可不是个孬种，你恶有恶报，你最终没有逃脱神的惩罚！"

波吕斐摩斯听到了这句话，气得不打一处来。他从山上抓起一块石头，借声辨形，向我们的船扔过来。他掷得很有准头，差一点砸在船舵上。巨石激起巨浪和水花，把我们的船又冲回岸边。我们拼命地划船，才使船离开了巨人。我又一次大声叫喊起来，虽然我的朋友们害怕他的石头，都要劝阻我。"听着，波吕斐摩斯！"我大声叫着，"如果有人问起你，到底是谁勇敢地把你的眼睛刺瞎了，你最好能给他们一个正确的回答，不要像上次那样说什么'没人！'去告诉他们吧，你的眼睛是让征服特洛伊城的英雄，拉厄耳忒斯的儿子，伊塔刻的奥德修斯戳瞎的！"

波塞冬神庙

摄影

这是遗留在亚提卡半岛的波塞冬神庙，已经是一座雄浑的废墟遗址，光荣的残垣断壁。它面朝大海，是历代航海者敬畏的图腾。波塞冬对奥德修斯的嫉恨也随着古代文明一起，成为人类解释大海古怪性格的一把钥匙。

库克罗普斯人听到这些话,愤怒地吼叫:"古老的预言终于应验了!多年前欧律摩斯的儿子,预言家忒勒摩斯就说过,我的眼睛将会给奥德修斯戳瞎。我一直都以为他是一个又高又壮的家伙,跟我一样是巨人,而且有的是力气,敢和我单独决斗。想不到他原来是这么一个弱小的人,他竟然用酒把我灌醉,乘我熟睡的时候,把我的眼睛戳瞎了。可是,奥德修斯,我请求你快回来,这次我会把你看作我的宾客,并乞求海神保佑你一路平安。你可要知道,我就是波塞冬的儿子。"说着,他就祈求父亲波塞冬让我的归途多灾多难,最后还说:"就算他能够回到家乡,也要尽可能地拖延久一点,让他尝尝漂流的痛苦,让他在船上忍受孤独的煎熬,让他回家以后也陷于不幸之中!"

我想,海神当然会答应他儿子的请求。不久以后,我们回到了小岛,其他的船还停泊在这里。朋友们看到我们过了这么长时间都还没有回来,正急得要命。看到我们安全回来,他们全都高兴地大喊。我们上了岸以后,就开始分配从库克罗普斯人那里弄回来的羊。朋友们都同意把让我借以逃生的那只羊分配给我,我把它献给宙斯,还焚烧羊腿献祭他。可是神不愿意接收这个祭品,不愿意跟我们和解。神已经判定,要让我的同伴和所有船只毁灭。

不用说,我们不可能知道神的这个决定。我们高高兴兴地坐在一起,大吃大喝,直到太阳坠入大海,我们好像全都是无牵无挂的人。后来我们就平躺在海岸上,进入梦乡。第二天,太阳升起的时候,我们重新上了船,朝故乡驶去。

地府之旅

中途,我们再度遭遇风暴,来到了仙女喀耳刻居住的海岛。神赫耳墨斯帮助我征服喀耳刻,她对我们很友好。在这里,大家愉快地消磨了整整一年。我恳求她放我回家。她指示我必须先要到地府走一趟,向已故的底比斯预言家提瑞西阿斯询问未来的事。她给了我一些必要的装备,还告诉了一些有关地府的情况和我到地府去的方法。临别前,喀耳刻甚至给了我们一阵顺风。

不久,太阳沉落大海,我们被一阵劲风送到世界的尽头——奇墨里埃人的海岸。这里浓雾蒙蒙,终年不散,永远不见阳光。我们抵达两条黑河汇合的地方,来到山岩那里。然后,我们按照喀耳刻的吩咐，掘开的一个土坑，用羊向神献祭。羊血刚从切开的喉咙里流入土坑，许多幽魂就从岩缝里纷纷涌出来，男女老少都有，还有许多战死的英雄们，他们带着裂开的伤口，披着染血的盔甲，成群结队，大声呻吟，在祭供的土坑上面飘荡。我害怕极了，但很快恢复自己的勇气，按照喀耳刻的指示，尽快焚烧祭品，祈求神眷顾。然后，我抽出宝剑，撵走这些幽灵，不让他们舔食羊血，我必须首先向提瑞西阿斯的幽魂提问。

噢，竟看到了我母亲安提克勒亚，我不由得失声痛哭。当年我远征特洛伊的时候，她依然健在啊！现在，她的灵魂来到我的面前，默默地坐在一旁注视着羊血，却没有抬头看看自己的儿子，似乎并不认识我。我仍然看护着祭品，使她不得走近舐血。

在期待中，一个右手拄着一根金杖的灵魂出现了，正是提瑞西阿斯！他立刻认出了我，对我说："拉厄耳忒斯足智多谋的儿子啊，你怎么离开阳间，来到了这令人恐怖的地府？请把宝剑移开，让我喝一口土坑里你献祭的血，我将告诉你关于未来的许多事情。"听到他这么说，我往后退了一步，推剑入鞘。他俯下身，一面舔食黑色的羊血，一面说道："奥德修斯，你希望我告诉你回归故乡的可喜消息，可是有一位神在刁难你，你不能逃脱他的手掌。这就是海神波塞冬。你不仅过去摧毁了他保护的城市特洛伊，最近又戳瞎了他的儿子波吕斐摩斯的眼睛，他的怨毒一直没有完全发泄。因此，你的归途充满艰险。但你不必失望，最后你仍然能够重返家园。你将要在特里纳喀亚岛登陆，希望你们不要伤害那里的牛羊，它们是太阳神赫利俄斯豢养的圣牛

喀耳刻向奥德修斯敬酒

沃特豪斯 油画 1891年 奥德罕姆美术馆藏

　　在沃特豪斯的笔下，孤独善良的女仙用包容一切爱与背叛的姿态向奥德修斯敬酒，心情复杂的英雄在镜子中暴露了他的阴郁和游弋。

和圣羊。如果胆敢伤害它们,你的船和你的朋友就会被毁灭,即使你一个人侥幸逃出,也会孤独可怜地过上许多年。最后你由外乡人的船只带回故乡伊塔刻。回家后,你还有一大堆的麻烦,因为傲慢又险恶的求婚者在大肆糟蹋你的家产,他们希望得到你的妻子珀涅罗珀,还曾陷害你的儿子。你需要用武力或计谋除掉他们。但事变后不久,你还要继续航海漂流,去一个陌生的国度。那里没有人知道大海,也没见过船只,甚至连在食物中放盐调味都一无所知。在那个遥远的地方,你将遇到一位陌生人,他会很奇怪地问你肩上为什么扛一把木铲。这时,你就把船桨插在地上,并献祭海神波塞冬,祈求他的谅解。你把航海知识传给这陌生的异族,这样就会平息海神的怨怒。然后,你重新回到家乡,你的王国从此将繁荣昌盛,你也可以活到老年,在一个距离大海很远的地方寿终正寝。"

我非常感谢他的预言,并请他再帮助我解决一个问题:"瞧,我的母亲的灵魂默默地坐在那里,根本不看我一眼。请你对我说,怎样才能使她和自己的儿子相认呢?"

"让她也舔食些这献祭的鲜血,她就会开口了。"这位预言家指示我。说完,他的阴魂就淹没在地府无边的黑暗中。我让母亲的阴魂走近我,吸食鲜血。突然,她认出我来,眼泪汪汪地问我:"亲爱的儿子,你还活着啊,怎么来到这死人的国度?自从特洛伊战争结束后,你一直在海上漂流无依吗?"我们将情况原原本本地告诉了她,然后询问她是怎么死的,并打听家中还发生其他什么事情。

"亲爱的儿子啊,不是什么普通的疾病夺去我的生命,我正是因为想念你而死的。你的妻子也在家中日夜想念你,坚贞不渝地等你回到她的身边。你的儿子忒勒玛科斯保护着你的财产,还没有谁敢夺取你的王位。你的父亲拉厄耳忒斯,现在在乡下过着平民的生活。寒冷

奥德修斯在阴间

菲拉克曼 插图版画 1812年

的冬天里，他像奴隶似的躺在炉边的稻草上，衣衫褴褛，极端困苦；炎热的夏天里，他就躺在树叶上，露宿野外。他不愿居住在王宫里，他也在想念你啊，孩子！"她如实回答我。

我也是深深地眷恋自己的祖国啊！听到母亲的话我更是心如刀绞，大为震动，于是张开双臂，想去拥抱我慈爱的老母亲，但是她像梦里的影子一样不见了。现在又有许多别的阴魂涌过来，全是些极富名望的妇女。她们都舔食鲜血，分别向我诉说她们的命运。最后，她们散去了。我抬起头来，却猛然看到了伟大统帅阿伽门农的阴魂，不禁怔住了。他跟其他幽灵一样，慢慢地走近土坑，吸食坑里的鲜血。他抬起头，认出是我，忍不住悲从心起，开始哭泣。他向我无力地伸出双手，可是无法够到我。我急忙询问他的遭遇，他长吁短叹地告诉我："高贵的奥德修斯哟，"他说，"也许你会以为我是凯旋途中葬身海底的，其实我的遭遇更令人发指。我死在自己妻子克吕泰涅斯特拉的手上。她竟串通奸夫埃癸斯托斯，趁我沐浴无防备时杀害了我，他们在我满怀着对妻儿的思念从远道归来时谋害了我。在我被杀之前，克吕泰涅斯特拉甚至没有让我看一眼儿子。鉴于我的遭遇，足智多谋的奥

奥德修斯与塞壬

约翰·威廉·沃特豪斯 油画
1891年

奥德修斯在罗马神话中被称作尤利西斯，由于他惊人的漂泊和冒险生涯，成了从荷马到詹姆斯—乔伊斯以来众多欧洲文学家喜爱的神话人物。他是特洛伊战争的英雄，但面对海妖塞壬的诱惑时，却也出了一身冷汗。沃特豪斯有很多幅表现塞壬的作品，正如王尔德说的："罪恶与美德交融，是艺术家的灵感。"塞壬最初为美丽的海上仙女，后来被描绘为邪恶的精灵。她们有时被描绘成鸟身女妖，有时也会被描绘为美人鱼的形象。

奥德修斯和塞壬

壁画 罗马 1世纪

在公元1世纪的罗马壁画中，用歌声诱惑英雄的塞壬被描绘成拥有鸟的身体。

塞壬与船

瓶画 希腊 公元前3世纪

面对无法诱惑的船员，鸟身的塞壬似乎选择了悲剧性的碰撞方式。

德修斯，我也劝你千万要小心，不要太相信自己的妻子，不要因为她的真假难辨的热情而泄露了自己全部的秘密。你的妻子珀涅罗珀是贤淑而聪明的，尽管如此，我仍然劝你要秘密地返回伊塔刻，先查看个清楚，因为几乎没有哪个女人值得我们完全相信！"

说完这些幽怨的话，他也转身消失在黑暗中。随后来了一世英雄阿喀琉斯及其朋友帕特洛克罗斯，安提罗科斯和大埃阿斯。阿喀琉斯率先俯身吸食鲜血，他认出我，一脸诧异的神色。我向他说了自己为什么到这儿来，以及如何到达的。我想，这位生前像神一样倍享尊荣，死后也一定不失伟大的灵魂，在地府应该过得挺好。他却忧伤地回答了我的祝福："奥德修斯哟，不要用什么生亦为人杰、死亦为鬼雄的话来徒劳地安慰死人了。我宁愿在人间为奴，也不想在地府称王。"他还问起我关于他儿子涅俄普托勒摩斯的消息。我忍住悲伤，对他讲述了涅俄普托勒摩斯的纵横天下的辉煌功业。阿喀琉斯于是大步离开了，显出挺满意的样子。

别的阴魂吸了我献祭的鲜血后，都愿和我交谈几句，唯独埃阿斯例除外。我曾与他比武争夺阿喀琉斯的武器，我最终胜利，他因此愤而自杀，至今对我还耿耿于怀，冷冷地站在一边不肯理睬我。我温和地开口对他说道："忒拉蒙的儿子哟，难道你死后这么长时间，还不能平息那场争夺战所带来的怨怒吗？其实，阿喀琉斯的武器只是给我们希腊人以祸害，大家竟因此失去你，你是我们战斗中的一座堡垒。高贵的王子啊，这一切都是命运女神的安排啊。让我们和解吧，跟我讲话吧！"可是他依然默不作答，退却在黑暗中，消失了。

熟识的，陌生的，许许多多的幽灵又涌了过来。我本来还想看望英雄忒修斯，但面对那么多阴魂，我突然感到害怕了，感觉就像被可怖的美杜莎凝视着一样。我和同伴们迅速离开了地府，朝我们的大船走去，离开奇墨里埃人的海岸。

吊坠上的塞壬
___
11世纪至12世纪

　　基辅罗斯是东欧历史上一个重要的早期国家，在其鼎盛时期拥有广泛的影响力。988年，基辅罗斯于接受基督教为其官方宗教时，贵族阶层也采纳了拜占庭宫廷的礼仪和服饰。拜占庭帝国继承了丰富的希腊罗马文化遗产，其中便包括对神话生物的广泛使用。塞壬作为希腊神话的一部分，在拜占庭艺术中出现是对这一传统的延续。这枚用珍贵金属制成、采用掐丝珐琅或镍黑装饰工艺的吊坠，以塞壬的图案为装饰，便是基辅罗斯当地的艺术家创作出的带有拜占庭风格的饰品。

缪斯与塞壬的较量
___
石棺 约3世纪

　　雕像最左边是雅典娜、宙斯和赫拉，几位神灵主持了一场缪斯女神和塞壬之间的音乐比赛。塞壬是擅长歌唱的女妖，而缪斯女神象征着艺术的最高水平。比赛结果当然是缪斯女神获胜。

塞壬女仙，斯策拉和卡律布狄斯，太阳神的牛群

我一路的故事非常凶险，却也非常美丽，不过我们并不敢停下来欣赏。归途中，我们经过塞壬女仙们居住的海岛。喀耳刻已预先告诉我，她们坐在葱绿的海岸上，每逢船只驶过，就唱起人间所没有的美妙歌声。这歌声具有如此魔力，磁石吸引铁钉般地吸引着水手，使他们忍不住要登上海岸，然而不管是谁，只要一到达海岸就会死亡。她们的海岸因此白骨累累，阴森恐怖。引导前进的顺风突然停了下来，我们的船只被迫飘荡在她们的海岛旁。我们落下船帆，将它们卷了起来，划桨前进。喀耳刻的预言在我的脑际浮起，她说："经过塞壬女仙居住的海岛时，女仙们的歌声一定会让你们招架不住，你们必须用蜡结结实实地把耳朵堵起来，完全听不见她们诱惑的曼歌。如果你自己希望领略领略她们的蚀骨销魂的歌声，记住，必须让朋友先捆住你的手脚，死死地绑在桅杆上，不要让他们放下你，即使你强烈地请求也不行；相反，请求越切，他们就该把你捆得越紧。"

照着喀耳刻的警告，我马上割下一块蜂蜡，揉软，把它堵住朋友们的耳朵。他们也照着我的安排，把我捆在桅杆上，戴上镣铐，感受诱惑。一切就绪，然后我的伙计们用力摇桨前行。塞壬女仙们看到船只摇近，都变形为十分媚人的美女，站到海岸边亮开美妙无比的歌喉扬声歌唱：

来吧，奥德修斯，无比荣耀的希腊英雄，
请停一停，听一听我们的歌声！
向来没有哪只船能够安然通过塞壬岛，
倾听美妙的歌唱是水手的福祉。
我们的歌会给你们带来智慧和快乐，
让你们的航行一路平安无事。
因为塞壬女仙理解那特洛伊的原野，
神使交战双方的英雄们备尝艰辛。

我们的睿智明澈得像平湖秋月，

洞悉大地上发生的一切战争与爱情。

我听着，听着，突然产生了一股无法抑制的欲望，想不顾一切地冲向她们。于是，我拼命摇摆，晃动脚镣，请求伙伴们放开我。但他们什么也听不见，只是奋力地摇桨前行。这时，有两位朋友欧律罗科斯和珀里墨得斯，牢记我先前的嘱咐，走过来，把我绑得更紧，使我更不可能摆脱束缚。直到我们安全地驶过塞壬岛，女仙们的歌声早已杳不可闻了，伙伴们才取出耳中的蜡条，给我松绑，将我从桅杆上放下来。正是他们毫不动摇地摇桨前行，大家才抵御住了塞壬女仙歌声的引诱。我很感谢他们，幸亏他们当时没有放开我，否则后果将不堪设想。

继续行进了不长时间，前方水花迸溅，波涛汹涌。我们遇到了传奇而又恐怖的卡律布狄斯大漩涡。它每天3次从悬崖底奔涌而出，并在退落时将吞没通过的任何船只。我的伙伴们吓得丢落了手上的船桨，以至于航船差点儿被波浪卷走。我们的队伍不再前进。我只好从座位上站起来，走到船头，鼓舞朋友们。"朋友们，"我说，"我们克服的危险已经够多了，大家从未退缩过，都总算平安过来了。今天我们再次遇险，这个危险也不会比以前的遭遇更难对付。现在，不要慌，服从我的安排，各就原位，握紧船桨，勇敢地向漩涡冲过去。宙斯一定会帮助我们的。掌舵的朋友们，拿出本领来，使我们的船靠岩石的边沿航行，不要被卷进漩涡！"喀耳刻曾经对我讲过卡律布狄斯大漩涡，我再三提醒朋友们注意。但我不敢提及喀耳刻还提醒过的要提防这里的海妖斯策拉，害怕引起他们的恐慌。

被海妖斯策拉攻击

铜盘局部 罗马 1世纪

在这面制作于1世纪的罗马铜盘的底部，铸刻着奥德修斯的同伴被有6只蛇样的脖子的海妖攻击的场面。

海妖斯策拉

陶制品 希腊
大约公元前465—前435年

爱琴海上的米诺斯岛赋予6头的海妖斯策拉以优雅的造型。

释放奥德修斯

菲拉克曼 插图版画 1812年

卡吕普索从赫耳墨斯那里接受命令,释放奥德修斯。

喀耳刻曾提醒我:"卡律布狄斯大旋涡对面陡峭的山岩上,山峰高耸入云,山腰有一个漆黑如墨的山洞,太阳永远也照射不到这个地方。海妖斯策拉就住在这山洞里。她可怕的叫声听起来像狗叫一样,能够一直传到很远的地方。斯策拉有12只不规则的脚,有6条蛇一样的脖子,每个脖子上都长有一颗可怕的头颅,她大张着血盆大口,露出3排毒牙,随时准备咬碎任何猎物。她把一半身子潜伏在山洞里,6个头则伸出岩洞,准备随时吞掉海豹、海豚和其他大动物。每逢船只经过这里,她总是要攫去几个水手,从来不会错失良机。"喀耳刻同时警告我,在跟海妖斯策拉搏斗时,不要穿铠甲。因为斯策拉不是可以杀死的海妖,她是不可杀死的。单单靠力量和勇敢根本制服不了她。唯一明智的办法就是避开她。也许是太怕了,我当时仍然顶盔挂甲,背着弓,手持两根矛,立在船头,准备迎头痛击胆敢露出水面的海妖。我不知道海妖斯策拉会从哪里冒出来,只有极小心地四处仔细端详,紧张地等待着。我们的船只渐渐地逼近隘口。

就在这时,我们的船只接近了卡律布狄斯大旋涡,山岩大口吸水,而后猛烈喷出,好像火炉上的一锅滚烫的沸水,波浪滔天,激起漫天耀眼的水花。但当潮水退去时,海水变得混浊不堪,涛声如雷,激荡得撼天动地。这时,一眼就能看到下面黝黑深邃的泥泞的岩穴。我们惊恐地目睹着如此骇人的景象。正当我们的船只小心谨慎地绕过旋涡时,海妖斯策拉突然现身,她一张嘴就攫去了我们6个同伴。他们被举在半空,在妖怪的齿缝中间扭动手脚挣扎着,一会儿工夫,他们还来不及呼救便被嚼碎吞掉了,我甚至看到这6个可怜的人通过怪物喉咙的惨状。平生我遭遇太多不幸,这一次似乎最为惨烈。

总算穿过了卡律布狄斯大旋涡，远离了海妖斯策拉的地盘，来到平静的海面。眼前是特里纳喀亚岛。那里阳光明媚，生意盎然，神牛的哞哞叫声和绵羊的咩咩声不绝于耳。我想起了喀耳刻和提瑞西阿斯的警告，它们是太阳神的牧群，于是连忙吩咐同伴们绕开这个海岛，它也许是块是非之地。但我的同伴们并没有在这么多苦难中吸取教训。欧律罗科斯恼怒地斥责我："奥德修斯，你太残酷太不通人情了！我们精疲力竭，连桨都快划不动了。难道你那么狠心，竟不准我们休息休息吗？不准我们到岛去喝口水吗？难道我们必须整夜在漆黑的海上疲于奔命吗？如果有大风浪夜间袭击我们怎么办呢？这个海岸如此丰饶迷人，就让我们上岸歇一夜吧！"

　　他们合力反对我的主张，我知道一定有某个神在刁难我们，想要毁灭我们。俗话说，是祸躲不过，躲过不是祸。我被迫让步："欧律罗科斯，你们属于大多数，我是唯一反对上岸的人，敌不过大伙的力量。但我接受过预言，知道这又是一场磨炼，我们面对的诱惑常常令人防不胜防。我可以让步，但大家必须首先发誓，决不可以损伤太阳神神圣的牧群。你们只能吃喀耳刻赠送给我们的食品！"他们同意我的条件，发过誓后，大伙便驾船驶入海湾，离船上岸。我们在这海岛上先用了晚餐。吃完饭后，不禁又想起被海妖斯策拉吞掉的6个同伴，大伙都不胜悲恸，流下泪来。因为实在太累，我们后来哭着哭着就睡着了。

　　到了后半夜，宙斯突然吹起了一阵可怕的飓风。天亮时我们很快把船摇到山岩下躲避大风袭击。我预感到天气突变肯定另有原因，便再次警告同伴切记上岸前的誓言，决不能损伤太阳神神圣的牧群。这场大风是出乎我们意料的，竟使我们足足一个月不得下海前行。有时刮南风，有时刮东风，无论东风还是南风，都不利我们出行。同时，我们还面临着更为严重的危险：喀耳刻送给我们的东西快要吃光了，饥饿开始侵袭我们。大伙只好靠捉鱼捕鸟聊以果腹，我则逡巡海岸，希望遇到能为我们解难的某位神或凡人。在远离伙伴的海边，我把双手伸进海水里洗干净，然后虔诚地伏在地上，用一双洁净的手向神祈祷，祈求神给我们指示一条生路。但神却让我昏昏沉沉，进入了梦乡。

　　就在我离开的这段时间里，欧律罗科斯向大伙提出了一个极为危险的建议："朋友们，听我说，现在我们一无所有，只能白白等着。何必呢？死嘛，各有死法，但活活饿死是最难忍受的。我们为什么不去宰几头牛呢？如果它们真的属于太阳神的，那我们就先把最好的肉献祭神，我们可以用剩下的肉来填饱肚子。将来回到伊塔刻，我们再给太阳神建造一座漂亮的神庙，请他宽恕。他肯定会原谅一群快要饿死的人。如果他确实恼恨我们，要给我们降下风暴，使我们沉船落水，那么也好吧，我宁愿溺毙大海，也不愿意活活饿死。"

同伴们听到这个提议都很高兴。他们马上从太阳神的牧群中挑选了几头最肥壮的牛,赶了过来。他们先向神祈祷,然后将牛杀死,用裹着内脏的牛肉献给神。因为船上携带的酒早已喝完了,他们就用清水代替酒洒在祭品上,献祭神。剩下的一大堆牛肉被穿在铁叉上烧烤。他们围作一团,撕着牛肉,吃得津津有味。我一从睡梦中醒来,就闻到远处飘来牛肉的香味。我大吃一惊,仰望上苍,伸出双手,大声向宙斯祈求:"万神之父哟,你为什么让我昏睡?看看我的同伴造了什么孽啊!饶恕我们吧,你还需要我经历多少苦难?"

太阳神随即就知道了海岛上所发生的一切,他愤恨地来到奥林匹斯圣山,向其他神申诉这件亵渎神灵的事情。他威胁说,如果犯罪的人得不到严厉惩罚,他就把太阳车赶到地府去照耀死人,让大地永远失去光明。宙斯威严地从神位上站了起来,说:"赫利俄斯,你的阳光还是继续照耀神和凡人吧!我将用雷霆把犯罪者的船只击得粉碎,使它没入海底。"

卡吕普索

乔治·希区柯克 油画
1906 年 印第安纳波利斯艺术博物馆藏

特洛伊战争结束后,奥德修斯在回家的路上遭遇风暴,漂流到了俄奇吉亚岛,在那里被女神卡吕普索收留。卡吕普索爱上了奥德修斯,并把他留在岛上七年。在这段时间里,卡吕普索试图说服奥德修斯放弃回到人类世界的想法,与她一起留在岛上。然而,奥德修斯最终在赫尔墨斯的帮助下离开了岛屿,继续他的归乡之旅。乔治·希区柯克创作的这幅画是一幅充满诗意和浪漫气息的作品。运用了柔和的色彩,尤其是淡紫色和白色,画中人物的衣裙和周围的花朵都采用了这些颜色,营造出一种梦幻般的氛围。

天上发生的这一幕，是高贵的女神卡吕普索事后告诉我的，她的消息来源于诸神的使者赫耳墨斯。

我迅速回头赶往作案现场，狠狠地责备他们违反誓言，一切都为时已晚，太阳神的神牛已被杀死。可怕的预兆表明他们犯了大罪：剥下的牛皮能自己走动，就像活的一样，在铁叉上烤着的牛肉居然能哞哞鸣叫，也像活的一样。可是，伙伴们饿昏了头，仍然无视这些不祥的征兆，居然大吃大嚼整整六天！第七天，风小了，我们登船离岸，重返大海。

陆地渐行渐远，这时，宙斯让浓重的乌云直盖我们头顶，海水也变得越来越黑。突然，一股西风狂袭过来，船桅被猛然刮倒，当场把掌舵的人砸得脑浆迸裂。又有一道闪电轰击船只，到处充满硫黄烟火的气味。我的朋友们纷纷跌落海里，就像受伤的海鸥一样在风浪中扑腾了两下，旋即就被吞没了。现在，只剩下我一人在甲板上徘徊着。不久，船的两舷开裂、脱落，我们的船只，像片树叶在波浪中翻滚。我还没有失去理智，顺手抓住荡在桅杆上的牛皮绳，把桅杆和船体用力捆在一起，做成一只小舢板。我坐在上面，随着海浪，上下颠簸，东西漂荡。

宙斯的暴怒似乎减弱，海上西风转南风，风势不再那样强劲了。新的恐惧开始威胁我：南风会把我吹回斯策拉的岩洞和卡律布狄斯大旋涡。天哪！这事果真发生了：东方鱼肚白时，我瞥见了斯策拉的岩洞和可怕的卡律布狄斯大旋涡！根本来不及多想，我的小舢板就被卷进漩涡，我急速抓住悬岩上的一棵斜伸过来的无花果树树枝，蝙蝠似的吊在半空。当我看到自己的小舢板又从旋涡里浮泛上来时，我乘机跳到舢板上，以脚代桨，疯狂地划呀划，拼命离开了大旋涡。是不是我又逃过了一劫呢？我自己心有余悸，全然没有把握。幸而宙斯开恩，我没有去给那六位至为惨烈的朋友做伴儿。

孤筏重洋，我漂流了九天九夜。第十天，由于神的怜悯，我被推上俄奇吉亚岛，女仙卡吕普索居住的地方。

奥德修斯回到伊塔刻

闲话休提。神保佑，女仙卡吕普索放走奥德修斯后，饱经忧患的奥德修斯在海上漂流了许多天。等他一觉苏醒过来时，他已经在伊塔刻的海滩上。毕竟离家太久，他已经完全认不出这块地方了，也不知道身在何方。同时，为避免重蹈阿伽门农的覆辙，雅典娜降下浓雾，笼罩着奥德修斯，不让他冒冒失失地回到自己阔别已久的宫殿里去，那里早已面目全非，何况胡作非为的求婚者还待在他的宫殿里准备对付他。奥德修斯坐起来，用拳头猛擂自己的头，痛苦地狂叫："我又到了一个什么样的国度？又要遭遇什么陌生的怪物？宙斯保佑我，不要让我如此不幸！"

奥德修斯站起身来，四处观望。正在一筹莫展时，他碰到了一位牧人，其实，这是雅典娜的化身。牧人友好地招呼他："过路人，你显然来自远方，还不知道这迷人的海岛，声名昭著，甚至远扬特洛亚。这是伊塔刻！"

伊塔刻！他昼思夜想的故土！他的激动是不言而喻的。可是他仍然很小心，没有说出自己的身份。他假装说，他来自克里特岛，被强盗抢劫了，为抢救一批财产才不得已逃到这里。牧人听了他那虚构的故事后，微微一笑，爱抚地摸摸奥德修斯的脸庞。帕拉斯·雅典娜突然变成了一个高大而美丽的年轻姑娘。"是的，"她说，"即使神要胜过你，也必须精明行事！你的确是一个狡猾的人，回到了自己的祖国，还不说真话。但是，如果说你是凡人中最富智谋的，那么我就是神中最聪慧的。你还没有认出我，也不知道正是我帮助你度过了那么多的磨难。我现在专程赶来，是要警告你，必须藏好那些好客的居民赠送你的财物，你回宫后还将遭遇困难和考验。你必须使用才智和武力去应付它！"

奥德修斯惊奇地抬起头，仰望着女神，回答："宙斯高贵的女儿呦，你可以随意变换各种模样，一个凡人怎么可能认出你来？自从摧毁特洛伊以来，我再没有看到你的真身。现在请

奥德修斯在伊萨卡岛上

菲拉克曼 插图版画
1812年

你告诉我：你是在安慰我，还是我真的回到了自己的祖国？"

"用你的眼睛去仔细看看吧！"雅典娜说，"这不是福耳基斯海湾吗？还有这橄榄树，这浓林密布的涅里同山，这女仙们所居住的山洞里，你不是曾经在这儿向神贡献你的祭品吗？"雅典娜一面说，一面挥散掉他眼前的层层迷雾，使他看清楚这儿确实是他自己的故乡。奥德修斯兴奋地伏在大地上，连连吻着大地，并向保护这块地方的神和仙女们祈祷。雅典娜帮他把财礼藏在山洞里，一切办妥了，再搬一块巨石挡住洞口。接着，雅典娜和他坐在橄榄树下，商量办法去对付求婚者。雅典娜对他说出了求婚人的阴险横暴以及他妻子珀涅罗珀的忠贞和贤惠。

"仁慈的女神啊，"奥德修斯仰望着苍天，大声说道："如果你不预先告诉我这么些事情，那我一定会像回到迈锡尼的阿伽门农一样横死在自己的王宫。如果你愿意援助我，我可以毫不畏惧地独自对抗300个敌人。"

"朋友，放心吧，我不会离弃你。"女神听了回答他说："现在，我要首先使这岛上任何人都认不得你。你强壮的肌肉必须变得萎缩，灼灼的眼睛必须变得黯淡，棕色的美发要悉数脱落，再穿上一身褴褛的衣裳。这样，不仅在那些求婚人面前，即使你的妻儿也不知道这个又老又丑的外乡人到底是谁。现在，我指示你要首先寻找我最忠实的仆人欧迈俄斯，也就是那个衷心爱戴你的牧猪人，他正在阿瑞图萨山泉附近的柯拉克斯山麓放牧，你要到他那儿打听你家里所发生的一切事情。同时，我要赶往斯巴达，召回你的儿子忒勒玛科斯，他还在向墨涅拉俄斯打听你的消息。我激励忒勒玛科斯长大成人，他将帮助你消灭那些求婚者。"

女神说完，用神杖轻触一下奥德修斯，他顿时肌肉收缩，弓肩缩背，俨然一个衣着褴褛的乞丐。女神又送他一根棍子和一个背在肩上的破口袋，就隐去了。

忒勒玛科斯和求婚人

雅典娜莅临伊塔刻，以塔福斯国王门忒斯的模样进入奥德修斯的宫殿。奥德修斯的宫殿里一片混乱。伊卡里俄斯的女儿、美丽的珀涅罗珀和她的幼子忒勒玛科斯已经很难掌管宫廷。特洛伊陷落和英雄们纷纷凯旋的消息传到伊塔刻，但奥德修斯仍不见归来。开始，有谣传说奥德修斯死了,后来,越来越多的人信以为真。于是,珀涅罗珀就被人们视作寡妇。由于她既漂亮又富有,吸引了一大批求婚者,单单是伊塔刻就来了12个王子,附近的萨墨岛来了24个,查托斯岛来了20个,杜里其翁甚至来了52个。求婚者还带来歌手、使者和一大批随从。所有这些王子都来向珀涅罗珀求婚,强行享用奥德修斯的财富,他们在这里吃喝玩乐已经3年之久了。

雅典娜走进宫殿,看到求婚者正在宴乐。他们坐在从奥德修斯的仓库里取出的牛皮上,仆人们来回为他们抹桌子,分食品,斟酒。奥德修斯的儿子忒勒玛科斯忧郁地坐在中间,他盼望着父亲早点归来,赶走这群傲慢的无赖。看到门忒斯走来,他热烈地迎上去,跟他握手,请他到屋子里来。进入大厅后,忒勒玛科斯接过外乡人的枪,放在奥德修斯武器的旁边。他引导客人坐在铺有美丽软垫的椅子上,自己拉过一条凳子挨着客人坐下。女仆端来温水请外乡人洗手,然后送来肉、面包和葡萄酒。不久,众多的求婚者也加入进来大肆吃喝起来。他们还让菲弥俄斯调弄竖琴,唱着歌谣。

求婚者们听得兴味正浓,忒勒玛科斯转向他的贵宾,低语说:"朋友,你看到这些人怎样挥霍我父亲的财富了吧。也许父亲漂流异乡,也许已葬身海底,我真怕他不能回来惩罚这帮人。请告诉我,你是谁,从哪里来?也许你是我父亲的朋友吧?"

奥德修斯回家

凭托里奇欧 壁画 1509年

这幅壁画以极富象征的透视浓缩了奥德修斯回家时的场面:他的船只已经到港,他的家中却挤满了喧宾夺主的求婚者,而他的王后也不得不靠将布料纺了又拆来拖延等待丈夫的时间。

"我是安喀阿罗斯的儿子门忒斯，我统治着塔福斯岛。我要用铁去换忒墨塞人的铜，顺便经过这里。你祖父拉厄耳忒斯会告诉你我们两家源远流长的友谊。我到这儿来，原以为你父亲回来了，虽然他现在还没有回来，不过我确信他仍然活着。他也许流落到了哪个荒岛，被留住了。我能洞察未来，知道他不久将被释放回归故国。忒勒玛科斯，你不愧是你父亲的儿子，你们长得多像啊，尤其是如此明澈的眼睛。他出征特洛伊之前，我们就已很熟悉了。此后，我就再没看到他。今天，这里这么热闹，告诉我那么多人在你家干什么？是庆祝谁结婚吗？还是在举行别的宴会？"

忒勒玛科斯长叹一口气，回答："这些人都是来向我母亲求婚的。其实，我母亲根本无意再婚，她尽管拒绝求婚者的要求，但不能摆脱他们。他们快要将我们家吃得山穷水尽了。过去，我

珀涅罗珀和她的求婚者们

沃特豪斯 油画 1912年

　　正在纺织的珀涅罗珀丝毫不愿应付各种求婚者的打扰，她心中只有奥德修斯。咬在唇边的一丝黑线，仿佛表达出她的坚定。窗外的求婚者拿着鲜花、竖琴或首饰，但没有人能诱惑这个忠贞的妻子。

的家既显赫又富有，现在变成了这个样子，真的快要破产了！"

女神听后既悲伤又愤怒，她对忒勒玛科斯说："你多么需要你的父亲啊！让我告诉你怎样赶走这批无赖。明天，你就对他们说，要他们先各自回家。再告诉你母亲，如果她想再婚，应回到她父亲那里去。那里才能为她置嫁妆，办婚礼。至于你，准备一条最好的船，挑20名水手，去寻你父亲。先到皮洛斯岛，询问德高望重的涅斯托耳。他要是一无所知，那你再去斯巴达打听墨涅拉俄斯，他是最后离开特洛伊的希腊人。假如你听说父亲还活着，那么，再忍耐一年。如果听说他死了，就抓紧回来，给他立坟洒扫。如果求婚者硬赖在你的宫中不走，你要用武力或用计谋把他们杀掉。你不是小孩子了！难道没听说过年轻的俄瑞斯特斯为报父仇，杀掉了凶手埃癸斯托斯而博得美誉吗？好自为之，后代一定会赞美你的！"忒勒玛科斯非常感谢长者的劝告，在客人动身走时，他拿出一件礼物想赠送给客人。但门忒斯说以后他会再来的，那时再把礼物带回去。说完便突然消失了。忒勒玛科斯很是惊讶，猜想这一定是某一位神。

同时，菲弥俄斯还在不停地歌唱着特洛伊战争结束后希腊英雄们凯旋的艰难经历。珀涅罗珀坐在内室，听着这凄惨的歌声暗自伤心。她戴上面纱，领着两个侍女来到大厅，流着泪对歌手说："菲弥俄斯哟，你知道许多优美的故事，唱点别的歌吧。不要再唱这令人心碎的歌了。就是你不演唱这些故事，我依然在想念着那仍未归来的英雄！"

忒勒玛科斯温和地劝告母亲说："不要责备歌手唱他爱唱的歌。奥德修斯并不是唯一没有回到故乡的人，想想多少英雄在特洛伊城前牺牲了！亲爱的母亲，回到你房里指导织布去吧。发号施令是男人的事，尤其是我的任务，因为我是这宫殿的主人。"珀涅罗珀听了这话非常惊讶，发现儿子突然长大成人了。她退回房中，仍然在寂寞和悲苦中怀念着她的丈夫。

忒勒玛科斯走到那些放肆的求婚者的面前，大声说道："朋友们，尽管高兴地用餐，但是不要这样喧闹，应该安静地欣赏歌手的动人歌声。明天我将召开国民大会。我要求你们各自回家，因为你们都必须关心自己的家财，不应该总是糟蹋别人的遗产。假如你们执意求婚，请到我外祖父家去。"

求婚者听到他如此决绝的话，恨得咬牙切齿。他们坚决不愿到他的外祖父伊卡里俄斯的家里去求婚。最后，他们发出阵阵喧嚷和讥嘲后一哄而散，回家就寝了。忒勒玛科斯也回到卧室休息。

第二天清晨，忒勒玛科斯起了床，穿上礼服，佩上剑，传令召开国民大会。求婚者也被邀请出席。等人到齐后，国王的儿子持枪来到会场。帕拉斯·雅典娜使他变得更加高大和庄重，使得与会者暗暗惊奇和赞叹，连老人都恭敬地给他让路。他大踏步地走上父亲奥德修斯的王位。

极富见识的老英雄埃古普提俄斯首先起身发言。他的大儿子安提福斯随奥德修斯远征特洛伊，在归国途中已经溺毙大海。他的第二个儿子欧律诺摩斯，也加入了求婚者的行列。还有两个小儿子，和他住在一起。埃古普提俄斯说："自从奥德修斯出征后，我们就没有开过会。今天是谁突然想起召集我们来开会呢？为什么开会呢？是边防告急，还是为了利国利民的大事？无论如何，我相信，召集会议的人一定是位正直的人，他用意是好的。愿宙斯赐福给他。"

忒勒玛科斯从这些话中听出了好的兆头，十分高兴，他从座位上站起来，从仆人手中接过他父亲的王杖来到会场中间，转身向年迈的埃古普提俄斯说："尊敬的老人，召集你们来开会的人正是我。现在，我们的家室中落，我很忧伤，也很烦恼。我父亲奥德修斯在外生死未卜，我的母亲珀涅罗珀为不受欢迎的求婚者所困扰。求婚者们又不愿接受我的建议，到我外祖父伊卡里俄斯家去求婚。他们天天在我家里宰猪杀羊，畅饮我们储存的美酒，如此糟蹋我的家产。你们这些蛮横无理的求婚者们，就不怕遭到神的报复吗？难道我的父亲得罪过你们？难道我本人曾使你们遭受损失以至于非要我补偿不可？不！没有。可是你们却给我们带来了痛苦。"

忒勒玛科斯愤愤地将王杖掷在地上。求婚者默默地听着。几乎没有人敢说话，除了奥宇弗忒斯的儿子安提诺俄斯外。他站起来说："无礼的小孩儿，你竟敢辱骂我们！这不是我们求婚者的过错，而是应归咎于你的母亲。3年过去了，不，第四年也快过去了，可是她仍然在戏弄我们。她对每个人都口头应允，一会儿对这个人表示好感，一会儿对那个人有意，但她心里又完全是另外一码事儿。我们看穿了她的把戏。她在房里支起一架织布机，对我们说：'年轻人，你们必须等待，必须等我为年迈的公公拉厄耳忒斯织好这段寿布，我才会考虑结婚的事情。我不能让希腊的女人指责我没有给显赫而又年迈的老人穿一件体面的寿衣。'她以这个借口敷衍我们，换取我们的理解和同情。后来，她也真的白天坐在织布机前织布。可是，她到了夜里又在烛光下把白天所织的布匹偷偷地拆掉。她就这样蒙骗我们，让我们白白地等了3年。后来，她的一个女仆告诉了我们真相，大家乘她在夜里拆布时闯了进去，戳穿了她的把戏，并强迫她织完那段布。忒勒玛科斯，我们当然理解你的要求，你也有权利把你的母亲送到外公那里去。可是你必须告诉她给我们一个明确的答复：如果她的父亲为她选中一名合适的求婚者，或者她已经看中某位求婚者，她就必须和他结婚，不许继续调戏我们这

向宙斯献祭

黄金浮雕 希腊
公元前350年

这是一枚制作于公元350年前后的黄金戒指上的浮雕图案，表现了一位希腊妇女向主神宙斯（其形象代表为一头鹰）献祭的场景。

奥德修斯家乡的银杯

银杯 希腊
公元前300—前250年

从英雄奥德修斯的家乡伊萨卡岛出土的镀金银杯，虽然历史上的伊萨卡岛十分贫穷，但当地仍铸造和使用这种精致和奢华的工艺品，说明该岛受到希腊本土文化的强烈影响。

些高贵的希腊人。我们如果发现自己上当了，便要继续住在你的宫殿里吃喝玩乐，直到你的母亲选定我们中的一个人为止。否则，我们拒绝回家。"

但忒勒玛科斯回答："安提诺俄斯，不管父亲是否还活在世上，我都不能逼迫生育我的母亲离开我的家门。无论我的外公伊卡里俄斯还是天上的神都不会赞成我那样做。如果你们还有一点点公正和廉耻心的话，就赶快回去享用你们自己的家财。如果你们还这样无端地浪费一位显赫男子的遗产，宙斯和别的神会帮助我，迫使你们如数赔偿！"

正当忒勒玛科斯这么说着的时候，宙斯在天上显示了一种预兆：两头巨大的雄鹰展翅从山头上飞起，翱翔而下。先是并排，后来又相互追逐着，飞到会场上空盘旋着，恶狠狠地注视整个会场。突然，它们向右方俯冲下来，用利爪抓着彼此的头颈。最后，它们又冲上蓝天，在伊塔刻城的上空飞翔。善于用鸟儿占卜的老人哈利忒耳塞斯断言，这预示求婚者即将遭受毁灭，因为奥德修斯尚在人间，他快回来了。求婚人波吕波斯的儿子欧律玛科斯听了不以为然，嘲弄地说："饶舌的老东西，你还是回去给你的儿子看个吉祥吧！你的预言吓不了我们。天上飞着许多鸟儿，并不都是为了启示人间的祸福。至于奥德修斯，他肯定早就在异国他乡死了。"别的求婚人也都跟着附和，并坚持要求忒勒玛科斯的母亲珀涅罗珀离开宫殿，回到她的父亲伊卡里俄斯的家里去，在那里选择自己未来的丈夫。

于是，大家在喧嚷中闹哄哄地散去。大会结束了，没有形成任何决议。公民们各自回家，而求婚者们仍然在奥德修斯的宫殿里快快活活地大吃大喝，不应有地糟蹋奥德修斯的丰厚家产。

奥德修斯和牧猪人

奥德修斯变形成了乞丐，找到了牧猪人欧迈俄斯。但是，他并没有泄露自己的身份。言谈举止中，欧迈俄斯对于老主人仍然十分怀念，奥德修斯被深深打动了，他毕竟有一位如此忠诚的仆人。

话分两头。雅典娜要求忒勒玛科斯离开斯巴达，并提醒他绕开求婚者，避免中途遭截杀。忒勒玛科斯同样被引向牧猪人欧迈俄斯那里，他们父子私下相认了，忠诚的牧猪人则依然不知道眼前的乞丐正是自己苦苦期盼的主人。父子两人秘密筹划，准备向卑鄙的求婚者复仇。计议已定，忒勒玛科斯先行回到王宫，装作什么也不曾发生的样子。

乞丐奥德修斯邀请牧猪人一同前往宫殿。这位名扬天下的英雄，回到阔别二十多年之久的故居，百感交集，不禁激动起来。他紧紧握住同伴的双手，极力抑制住自己的感情，说道："天哪！欧迈俄斯，这该是奥德修斯的宫殿吧！多么华贵啊！多么坚固啊！里面一定在举行宴会，我已经闻到了肉的香味！"

他们商量了一下，决定由牧猪人先进去察看情况，奥德修斯暂时在门外等候。这时，躺在门外的一条老狗，突然抖抖耳朵，站了起来。虽然奥德修斯变了模样，但它仍然认出这是自己的主人。这是条猎犬，名叫阿尔戈斯，是奥德修斯亲自喂养大的。以前，主人打猎时总是带上它，它追逐起猎物来就跟箭一般。但现在没人照顾它了，它只能栖身在门外的垃圾堆上。它老了，太瘦弱了，甚至无力向主人奔过来。奥德修斯心中隐隐绞痛，不由得抹了把眼

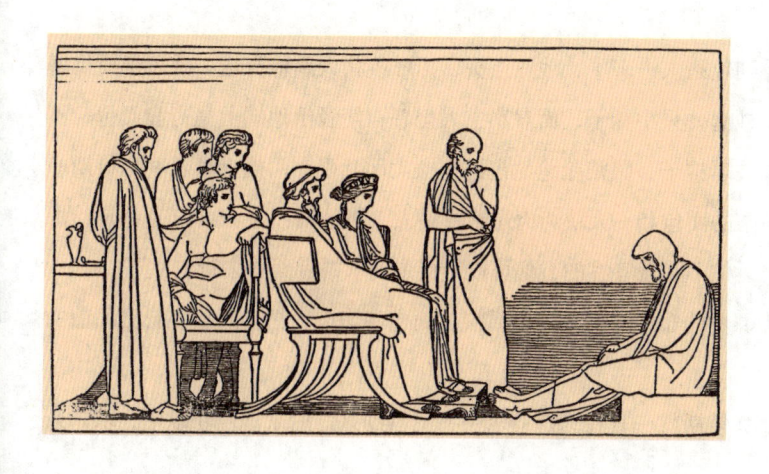

奥德修斯回到宫中

菲拉克曼 插图版画
1812年

奥德修斯变成乞丐来到牧猪人处

菲拉克曼 插图版画 1812年

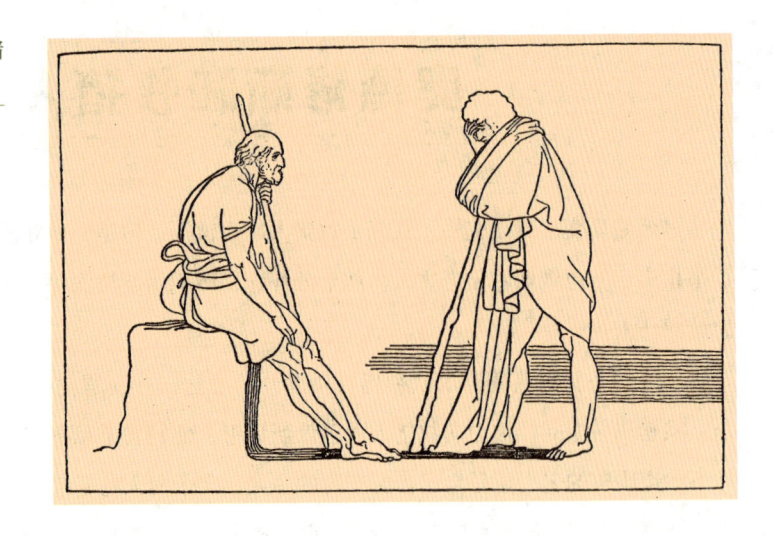

泪，暗暗强忍着，对牧猪人说："这只狗年轻时肯定不是这样的，它像是很名贵的纯种猎犬。"

"对，"欧迈俄斯回答，"它是我那不幸的主人最钟爱的猎犬，绝对顶呱呱。唉！主子不在，狗也遭人欺辱，连仆人们都不愿给它东西吃！"

牧猪人走进宫殿。这只狗走近主人，把头伏在前爪上，死了，显得非常满足。

乞丐奥德修斯在王宫

忒勒玛科斯一眼就看到牧猪人进来了，他点点头，招呼牧猪人到他身边。欧迈俄斯拘谨地向四周看了看，然后，抄起一只小凳子，面对小主人坐着，使者给他端上烤肉和面包。不一会儿，乞丐奥德修斯也拄着棍子，跟跟跄跄地走进宫殿大厅，坐在门槛上。忒勒玛科斯一看见他，便从篮里取出整条的面包和一大块烤肉递给牧猪人，对他说："朋友，把这些送给那个可怜的外乡人吧，请告诉他不必羞答答的，他可以直接走到求婚者面前去行乞！"

奥德修斯举起双手为慷慨的布施人祝福，然后接过面包和烤肉，把食品放在自己面前的布袋上，开始吃了起来。

宴会开始后，歌手菲弥俄斯就一直在为这群求婚者唱歌助兴。后来他停止歌唱，求婚人欢笑滥饮之声响彻大厅，缭绕不绝。这时，女神雅典娜悄悄走近奥德修斯，她劝他向每个求婚者乞讨，以观察他们中哪个最粗野，哪个相对较温和。女神虽然决定全部消灭他们，但仍想区别对待，使有的先死，有的后死，有的死得平和一些，有的死得惨烈一些。这一情景他们无法知晓，因为除了奥德修斯，其他没人能看到女神的身影。

按照雅典娜的吩咐，奥德修斯开始向求婚人挨个伸手乞讨，活像一个老乞丐。有些求婚者同情他，给他一点面包同时询问他从哪里来。这时，牧羊人墨兰透斯告诉他们："我以前见过这个乞丐，他是和牧猪人在一起的。"

求婚者安提诺俄斯勃然大怒："为什么要带他到这里来？"他大声斥责牧猪人说："难道我们这儿游手好闲的人还少吗？需要你再给大家多添一个吃白饭的家伙！"

"你太没人性了！"牧猪人欧迈俄斯大胆作答，"所有那些伟大的人，都竞相罗致预言家、医生、建筑师和歌手，但没有人要把乞丐招进宫廷，他是自己来的。即使这样，我们也没有理由把他赶出去。再说，只要珀涅罗珀和忒勒玛科斯还是这宫殿的主人，就不会允许谁这样做。"

但忒勒玛科斯过来阻止他继续争吵下去，他说："欧迈俄斯，不必理睬他，你该知道，他这个人总是喜欢侮辱别人。安提诺俄斯，我要明确告诉你：你根本不是我的监护人，因此你断然没有任何权利把这个乞丐赶出去。你最好施舍一些东西给他，你吃的都是我的财产。如果这乞丐应该被赶走，那你应该比他更早离开。其实，我知道你向来喜欢排挤别人，专好独占独吞！"

"听听这孩子怎样嘲骂我的！"安提诺俄斯气急败坏，暴跳三尺，"如果大家都给这老乞丐一点东西，那就够他足足享受3个月的了！"他一面叫着一面顺手抄起一条小凳子，威胁乞讨的奥德修斯，刻薄地说："是什么倒霉的神把你送到我的面前来的？听说你从埃及一直流浪到塞浦路斯，鲁莽的下流胚，快给我滚！小心我把你再送回塞浦路斯或埃及去！"

奥德修斯嘀嘀咕咕，愤愤而退，但安提诺俄斯将手里的小凳子，真的朝他砸去，正好打中奥德修斯的左肩。但奥德修斯像山岩一样兀自挺立不动，仅仅摇了摇头，默默地回到门口，放下装满食品的破布袋，高声数落着安提诺俄斯粗暴的行为。安提诺俄斯瘟神似的厉声呵斥他："住嘴，像猪一样吃你的战利品吧！再说

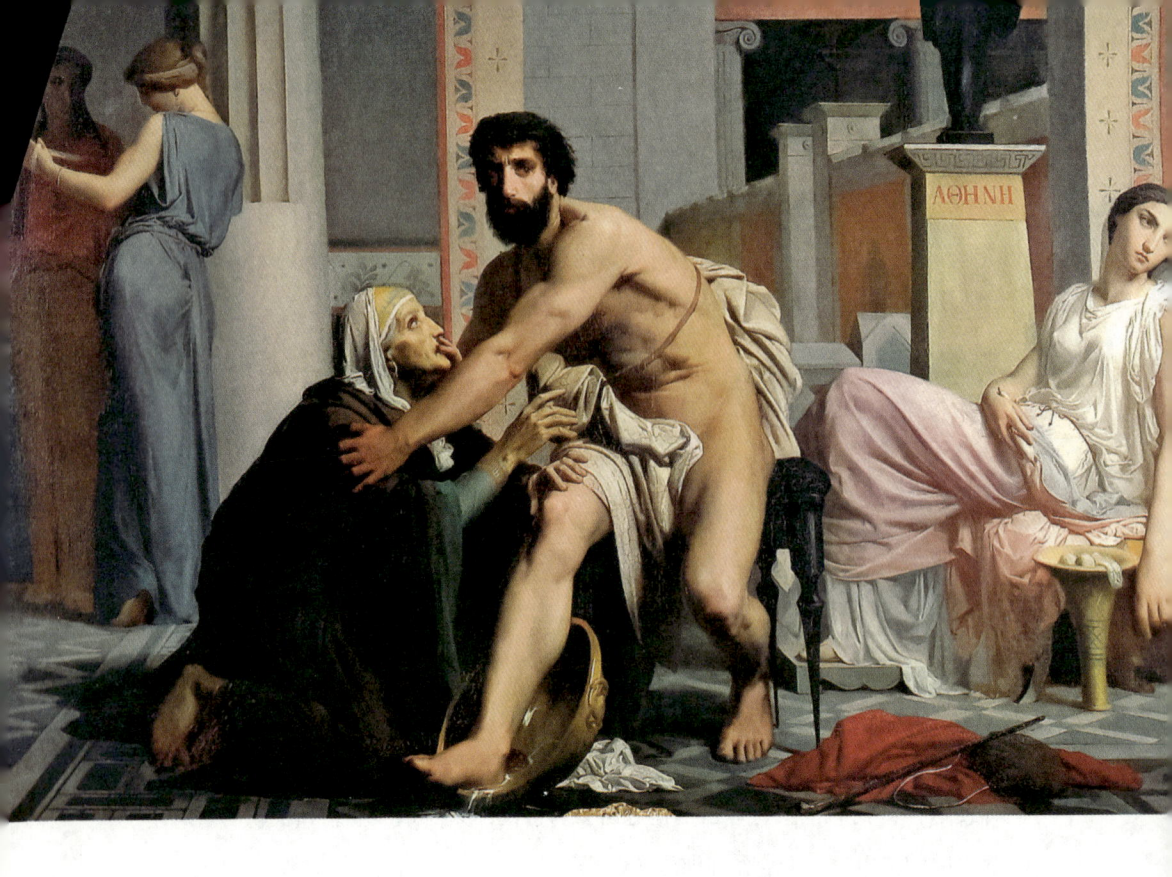

奥德修斯被奶妈认出

布格罗 油画 19世纪

虽然已化身为乞丐,但仍被为他洗脚的老奶妈认出。奥德修斯在战争期间偷回过一次家,被老奶妈认出。奥德修斯怕惊动正在一旁沉思的王后,赶紧捂住奶妈的嘴。画家布格罗是法国学院派画家,笔法写实,人物动感强烈。

三道四,我把你拖出去,捆起来抽筋剥皮!"

有些求婚者也实在看不过去了,其中的一位站起来说:"安提诺俄斯,你总不应该朝一个不幸的外乡人掷凳子吧。如果是哪位神化装为乞丐来到这里,你怎么办?"安提诺俄斯对于这个忠告无动于衷。

看着别人欺侮他的父亲,忒勒玛科斯极力忍住满腔怒火,默默盘算着什么时候收拾他们。

大厅的喧嚷和争辩声惊动了内廷的王后珀涅罗珀,她透过窗户了解正在发生的事情。她很同情这个乞丐,就把牧猪人叫来悄悄嘱咐他,把乞丐带到她面前来。王后说:"这个乞丐流浪了世界各地,也许,他会知道些关于我丈夫的消息。"

"是呀,"欧迈俄斯回答女主人,"如果不是求婚者胡搅蛮缠,他肯定会对他们讲许多事情。他在我那儿住了3天,像一名歌手一样给我讲述了许多故事。他来自克里特,他还告诉我他父亲和不幸的老主人是世交。他同时断言，老主人现在停留在忒斯普洛托斯人的地方，不久就要回到这里。"

"那赶快把他带到我这儿来，我要让他亲自对我说。"珀涅罗珀很动情，"唉，这些求婚者如此蛮横无理，没有自知之明，号称什么高贵的出身，竟折磨一个可怜的乞丐。如果我丈夫在这里，他必将和儿子一道严惩这帮无耻的求婚者！"

牧猪人欧迈俄斯把王后珀涅罗珀的意思传达给那乞丐，但他回答说："关于奥德修斯的许多故事，我知道得很多很多，也很乐意讲给王后听，但这些求婚者威吓我。那么，请转告王后珀涅罗珀，等一等，我希望和黑夜一起走到她的火炉边，告诉她她想知道的一切。"珀涅罗珀听到回话，认为那样也没什么不好，就决定耐心等待。

欧迈俄斯又再三提醒忒勒玛科斯注意安全，谨防求婚者的蓄意陷害，他就折回自己的草棚去了。离去时，欧迈俄斯约定第二天还过来。

珀涅罗珀和求婚者

现在，女神雅典娜鼓动珀涅罗珀，让她到求婚者的面前来，激起这帮人愚蠢的热望，并当着丈夫和儿子的面，证实她自己的坚贞。她还不知道眼前那个乞丐就是她朝思暮想的丈夫。

忠心耿耿的老女仆欧律克勒阿也很赞成她的决定，说："去吧，女儿，你的儿子也在场，现在公开表明你的态度。可是你应该先梳洗打扮一下，不能这么满脸泪痕地站在他们面前。"珀涅罗珀摇了摇头回答："您别指望我那么做了。自从我的丈夫出发远征特洛伊以来，我再也没有心思打扮自己，妆台镜子已经覆上尘土了。只要去叫来两个侍女陪我就行，我不愿意独自面对那些人。"

当欧律克勒阿去唤侍女的工夫，雅典娜趁机给珀涅罗珀催眠。乘她恬然入睡的片刻之机，女神已经将她打扮得光艳照人。两个侍女走进来大吃一惊，珀涅罗珀醒来完全是一副美丽女神的动人模样。当她出现在大厅门口时，她美丽的容光透过面纱，整个宫殿都为之明亮。所有的求婚者无不怦然心动，心中充满着火一样的激情，渴望着娶到这位非凡的美人。但是王后却冷静如常，她转过身走到儿子身旁，温和而不失批评地说："忒勒玛科斯，你让我很奇怪。你小时候似乎比现在还要聪明和勇敢。你怎么能在大厅里呆呆坐着，甚至一言不发，任凭一个可怜的外乡人受一群自恃高贵的人们肆意侮辱？他只不过是想得到一点点聊以果腹的东西啊，你这样无动于衷让我们全家族都感到丢脸！""母亲，"忒勒玛科斯回答说，"我知道我错了，可是这些家伙全跟我作对，没有一个愿意支持我。但愿他们不久也像拔光羽毛的公鸡一样，都被拧了脖子，丢人一世！"忒勒玛科斯声音很低，其他人都没有听见这言语。

求婚者欧律玛科斯看到天仙似的王后而忘乎所以了，他叫喊起来："伊卡里俄斯的女儿啊，你的美丽如此惊人，如果让全希腊的阿开亚人都能见到你，那么明天我必将面对更多的竞争者。"

"呵，欧律玛科斯，"珀涅罗珀回答道，"只有在我丈夫奥德修斯的保护下，我才会幸福而美丽！自从他远征特洛伊以来，憔悴已经毁了我的容貌！现在只能与悲哀相伴，以泪洗面。大军出发，当他和我告别时握住我的手，说：'亲爱的妻子，凡战争总有死伤。何况特洛伊人的骁勇善战是举世闻名的。希腊人不可能从特洛伊悉数生还，所以我也不知道自己是会胜利归来，还是将战死异乡。无论如何，务必请你跟我在时一样，管理好家务，照顾好我年迈的父母。如果儿子已长大成人，而我仍然没有消息，那么，假如你愿意，你有权利择人再嫁，离开我的家庭。'这些话如今应验了。我的心中非常害怕。你们这些求婚者已经逼我太久了，我再婚的日子好像已经迫在眉睫，我多么希望奥德修斯能回来呀！你们这些求婚人根本不遵守规矩。如果一个男子想娶一位出身名门的女人为妻，必须遵照风俗，带来牛羊和其他珍贵的礼品，而不是这么毫无代价地肆意挥霍别人的家产！"

奥德修斯也听着她如此通达智慧的话，心里非常高兴。

王后话音刚落，安提诺俄斯代表求婚人就抢先回答说："尊贵的王后，我们愿意给你送上珍贵的礼品，并希望你接受。但在这之前，我们要求你首先从大伙中，选定自己未来的丈夫，否则，我们拒绝回家。"求婚人纷纷附和他的意见。他们即刻派仆人回去，捧来大量的礼物。侍女们收下了这些礼物，珀涅罗珀款款离开大厅。

奥德修斯见到王后

盛筵已过，当大厅里只剩下奥德修斯和忒勒玛科斯的时候，父亲对儿子说："我们赶快把这些武器全都藏起来。"他同时叫来欧律克勒阿，吩咐她说："把这些武器全部藏起来，不许女仆们出来，让她们都待在里面，以免走漏风声。如果有人发现后问你，你就说，武器在大厅里被筵席的油气灰尘弄脏了。"

欧律克勒阿领命而去。父子两人立刻将头盔、盾牌和长矛扛进库房。收拾完毕，奥德修斯对儿子说："现在你去休息吧，让我在外稍待一会儿，试探试探你的母亲和女仆们。"

忒勒玛科斯刚刚离开，王后珀涅罗珀来到大厅，靠近火炉边，她在一张镶有白银和象牙的椅子上坐了下来，优雅美丽得跟女神阿耳忒弥斯和阿佛洛狄忒一样。女仆们重新收拾桌子，摆上面包和酒。珀涅罗珀对奥德修斯说："外乡人，在谈起我丈夫之前，请你首先告诉我你的名字和你的家世。听说你和我丈夫是世交。"

"贤良的王后，"奥德修斯回答说，"我这一生遭受的苦难太深重了，实在不堪回首，回忆过去只能让我无限悲伤。至于我的家族也最好什么都别说，因为我眼下一无所有，只有沉默才能减轻我的负罪感。我什么都可以告诉你，只是不要再追问我的身世和家乡。"

珀涅罗珀接着说："外乡人，我曾经很幸福，很显赫。但自从我的丈夫外出后一切都变了。你也亲眼看到那些求婚人，他们纠缠得我不得安宁。我极力设法回避他们已经有3年了，现在却实在已经无计可施。"接着，她讲述了自己怎样蓄意织锦，后来女仆们怎样向求婚者告密。"一直没有丈夫消息，我恐怕要被迫再嫁了。"她最后叹息说，"父母催逼挺紧，儿子也生了气，因为本该归他继承的财产被那些霸道的求婚人无端占有了。你可以想象我的窘境了。同是天涯沦落人！所以，你不必再隐瞒你的家世，你毕竟不会是传说中树木和山岩的儿子吧！"

"既然你非要我说不可，"奥德修斯回答道，"那让我慢慢告诉你吧。"于是，他把曾对牧猪人杜撰的老故事又复述了一遍。他编得那么逼真，珀涅罗珀感动得忍不住掉下了眼泪。奥德修斯虽然很同情她，但仍然表现得非常冷静。

珀涅罗珀抹去眼泪，对奥德修斯说："外乡人，你的身世曲折坎坷，但我无法确定是不是完全属实，我想考你一下，看看是否真的像你说的那样熟识我的丈夫。请告诉我，当你把他作为上宾在家款待时，他穿什么衣服，他的样子怎样，和谁在一起？"

"时间太久远，我记忆力又不好，已经很难说清楚了。"乞丐回答说，"奥德修斯在我们克里特岛登陆，那已经差不多20年前的事了。他好像穿一件紫色的羊毛披风，戴着一副金扣，上面绣的图案是前爪抓住一只野兽的猎犬。外套的里面则是一件细白葛布的紧身衣。他的随从名叫欧律巴特斯，黑皮肤，卷头发。"

他的描述跟事实完全吻合，王后不得不信，并不由得又流下了眼泪。奥德修斯也很心酸，为了掩饰自己，也为了安慰妻子，他又给她讲述了一个故事，他讲他曾流浪到特里纳喀亚岛，跟淮阿喀亚人生活了一段时间。他又假装和忒斯普洛托斯人的国王很熟，这国王曾在宫里招待过奥德修斯，奥德修斯还在那里寄存下了一大宗财物。乞丐甚至赌咒发誓，说他亲眼看到过那宗财产，并深信奥德修斯不久将返回故乡。

珀涅罗珀还是不敢相信他的话，她垂着头说："我很难相信他会回到我的身边，总感觉你所说的一切不是真的。"说完，她吩咐女仆们过来给这外乡人洗脚，并布置舒适的床榻让他好好休息一下。但奥德修斯不愿接受这些不忠的女仆们的侍候，他只要了一个草垫子。他说："王后，如果你有一个忠心的老女仆，曾像我一样历经磨难饱尝不幸，那就请让她来给我洗洗脚吧。"

珀涅罗珀唤来欧律克勒阿，对她说："老人家，您曾亲自把奥德修斯养大，这外乡人大概和你的主人一个年纪。现在请你为他洗洗脚吧。"

欧律克勒阿细细打量眼前这乞丐，说："人在不幸之中总会很快老的。瞧这双手，这双脚，也许漂流在外的奥德修斯也是这个样子吧，神保佑他遇到好人。"说到这里，善良的老人禁不住也流下泪来。当她准备为他洗脚时，再次端详眼前的乞丐说："到过这里的外乡人很多，但没有一个人比你更像奥德修斯了，你的身段、双脚和说话都让我更加思念我的主人奥德修斯。"

"也许我们两人真的很像，好多人都这样说过。"奥德修斯随口说了一句。这时老人正在兑温水，一切都准备好了。奥德修斯连忙避开亮光，因为他不想让老人看到他右膝上的一块疤痕，那是他年轻时打猎被野猪咬伤后留下的，他担心老人会认出他来。他虽然避开亮光，老人还是摸到疤痕，突然战栗起来，呼吸也急促了，惊喜得不禁放开手，奥德修斯的脚落到水盆里，把水溅得满地都是。"奥德修斯，是你啊，我的孩子！"她喊道，"我用手摸到你的伤疤了。"奥德修斯急忙伸出右手捂住她的嘴，又用左手将她拉到身旁，小声说："老人家，你要让我被毁灭吗？我是奥德修斯，但现在还不能讲出实情。你决不能让宫中的任何女仆知道这件事！如果不守口如瓶，我们会惨遭不幸的。""这么多年了，难道你还不相信我吗？"女管家悄悄地回答主人说，"你只管提防其他女仆就是了，我将告诉你谁忠诚于你，谁已经背叛了你。"奥德修斯回答她："这倒没多大关系，我已调查得差不多了。"

因为雅典娜让珀涅罗珀专注地想别的事了，她还并没听到刚才的对话。化装成乞丐的奥德修斯洗净双脚并抹了香膏后，珀涅罗珀又跟他谈了起来，她说："我曾做过一个晦涩的梦，很难忘记，它好像在告诉我什么，但我自己又理不出头绪。你是一个聪明的人，也许能为我解释清楚。是这样的：我平时喜欢看鹅吞食小麦的样子，就在宫中养了20只鹅。但在最近的一个梦里，我见到一只雄鹰从山上飞来，咬断了20只鹅的脖子。鹅统统都死了，躺在院子里尸体狼藉，雄鹰却飞到高空去了。我开始大声哭泣，但梦还在继续。我又看见从城里来了一群妇女，她们正在安慰我。突然，那只雄鹰又飞回来了，停在窗台上用人的声音对我讲话：'勇敢些，伊卡里俄斯的女儿，这不是一个梦，而是一种预言。这群鹅代表求婚者，而雄鹰就是我，奥德修斯。我回来结果他们了。'听到这话，我突然醒了，立刻跑去看我养的鹅群，它们都还在槽里欢快地争食。"

"王后哟，"乔装的乞丐回答说，"我向来惯于解梦。相信我。你的梦没有别的解释，那只雄鹰讲的已经够清楚了。奥德修斯一定会回来的，所有求婚者没有一个能活着走出他们放肆已久的宫殿，他们会像那群鹅一样统统都死在院子里。"

但珀涅罗珀叹息着说："我真希望你所讲的会变成现实，但梦只不过是大海浮沤，我怎么能仅仅靠一个吉凶不明的梦过活呢？今天我讲了自己的窘境。一切都不容拖延。明天真是一个可怕的日子，我不得不离开我丈夫的宫殿。我将让求婚人举行一场比赛。以前奥德修斯常常把12把斧子依次排列，然后他站得远远的，用箭依次穿过12把斧子的小孔。现在我做出决定：求婚者中谁配得上奥德修斯这副弓箭，同样能让箭穿过斧子的小孔，我就嫁给他。"

"对的，王后，"奥德修斯说，"明天一定要为求婚者布置这样的射箭比赛！因为在那些人张弓搭箭射过12把斧头的小孔之前，奥德修斯肯定就会回来的。"

射箭比赛

是时候了！王后珀涅罗珀拿着一把带有象牙柄的铜钥匙，由女仆们陪着，来到后库房，亲自取出曾为奥德修斯赢得无数英名的一张硬弓和箭袋。手抚故物，主人何在？王后又扑簌扑簌掉起眼泪来，倒在椅子上。她最后终于站起来，吩咐女仆拿着弓箭离开了库房，她自己径直走进大厅，要求求婚人安静，然后对他们说："听着，你们这些多年向我求婚的人，谁想得到我，就必须做好准备，我们将举行一种比赛！看，这是我丈夫奥德修斯过去经常使用的硬弓，那里依次排着12把斧头。现在无论是谁，只要能用这弓一箭射过12把斧头的穿孔，他就可以带我离开这里，成为我未来的丈夫。"

这时，忒勒玛科斯站起来朗声说："好吧，为了获得全希腊最美丽的妇人，诸位将要进行一场比赛。这一点你们已经知道，不必我再饶舌。但我也要求参加比赛。如果我赢了，我母亲就不必离开自己的家了。现在让我们张弓射箭吧！"说着，他解下佩剑，丢开紫金披风，在大厅的地上划一道小沟，把斧子依次插在地上，然后再把土堆踩结实。准备工作一切就绪，他便率先拿起父亲的硬弓，连续3次弯弓，但3次都失败了。他又要尝试第四次，这时，父亲对他使个眼色表示阻止。忒勒玛科斯只得放下了硬弓，大声喊道："奥林匹斯圣山的神呀，或者我缺乏力量，或者我还太年轻，或者神意不可违，所以根本拉不动这张属于我父亲的硬弓。你们都比我更强壮有力，就来试试吧！"

珀涅罗珀给求婚者送来比赛的弓箭

菲拉克曼 插图版画 1812年

复现真形

菲拉克曼 插图版画 1812年

雅典娜使奥德修斯复现真形，让忒勒玛科斯可以认出他的父亲。

安提诺俄斯做着一箭穿过了斧孔的美梦，摆出一副不饶人的架势，马上接口道："各位朋友，那就让我们开始比赛吧。"第一个站起来的是勒伊俄得斯，他是唯一一位对这些狂妄的求婚者表示不满的人，他讨厌宴席上缺少教养的大声喧闹。他从容地走近门槛，举起弓，但他完全不能张开臂膀，硬弓稍稍震颤了一下又恢复了原状。"还是让别人来试试吧！也许所有这里的人都没有希望！"他仍然将弓和箭袋靠门柱摆放好，垂下手臂，手臂已经累得快举不起来了。

求婚者们轮流尝试，都失败了，最后，只剩下安提诺俄斯和欧律玛科斯两个人。

奥德修斯向牧人表明身份

牧牛人和牧猪人走出宫殿，两人恰好相遇，当他们正要关上大门时，奥德修斯赶了上来，轻轻地对他们说："如果我没有看错，并可以信赖你们的话，我想告诉你们一些重要事情。否则，我还是沉默的好。首先告诉我，如果神突然使奥德修斯从外地回来站在自己的宫殿里，你们将站在哪一边？是支持求婚者们，还是一如既往地拥护奥德修斯？大胆而坦白地说出你们发自内心的选择吧！"

"噢，奥林匹斯圣山上的宙斯作证，"牧牛人大声回答，"如果神能够实现这个我内心期待多年的愿望，如果奥德修斯重新回到这里，我必将为他而战斗！"牧猪人欧迈俄斯也向神祈祷，祈祷神让奥德修斯平安回来惩罚那些无法无天的求婚者。

奥德修斯确信他们果然对自己十分忠诚，他直截了当地说："那么好吧，我要告诉你们，我就是奥德修斯！漂流20年，吃尽苦头，我如今又重返自己的宫殿。我观察好久了，在大堆大堆的仆人中只有你们两人还对我忠诚，欢迎我，为我的归来祈求神。你们必将因此获得丰厚的报酬！遗憾的是，只能在我制服那些求婚者之后，这一切才会兑现。我立下承诺：事后你们每人将有一个妻子、一块土地，在我宫殿附近有一所属于自己的房屋。忒勒玛科斯将会招待你们像亲兄弟一样。为了向你们证实我说的是真话，看，这块伤疤，你们跟随我多年都知道的，我腿上这伤疤是我以前围猎时被野猪咬伤的。"说着，他撩起褴褛的衣服，露出了那块大伤疤。

两个牧人激动得哭了起来，伸手拥抱他们的主人，吻着主人的头发和双肩。奥德修斯也吻了吻自己两个忠诚的仆人，然后叮嘱他们说："现在不要耽于过去的悲伤，也不要只顾眼前的欢乐。亲爱的朋友，你们还要谨慎地保守秘密，决不能让宫中其他人知道我在这里！我们必须挨个回到大厅。我要参加比赛，证明我是珀涅罗珀的丈夫。但求婚者一定不会同意我加入他们比赛的行列。不管怎样，你，欧迈俄斯，要大胆地把硬弓递到我手里。然后你就吩咐女仆们锁闭内廷的大门，不管听到大厅里有多响的喧闹或者呻吟声，谁都不准出来，尽管继续她们手上的活计就是了。而你，忠诚的菲罗提俄斯，则把守宫殿的大门，将门闩用绳子紧紧捆住，不许任何人通过。"交代完毕，奥德修斯悠闲地走回大厅。不一会儿，两个牧人也相继跟着进来了。

求婚者的结局

菲拉克曼 插图版画 1812年

欧律玛科斯正把弓放在火上烘烤，想使它易于弯曲。可是枉费心机，他仍然不能拉开硬弓。欧律玛科斯十分沮丧，叹息着说："太让人懊恼了，倒不全为了得不到美丽的珀涅罗珀，伊塔刻和其他地方毕竟还有很多不错的女人。最难堪的是，比起奥德修斯，我们确实是太差了，这要遭到我们子孙后代嘲笑的啊！"安提诺俄斯不愿意听到这丧气透顶的话，他斥责欧律玛科斯说："你真晦气啊。你不知道今天是阿波罗的节日吗？这种节日是不宜弯弓搭箭比赛的。让比赛推迟一下吧，斧子都留在这里，明天我们重新来赛。现在还是先来喝喝酒吧。"

这时，奥德修斯向前跨出一步，对求婚者说："你们今天休息也好，明天，神圣的射手阿波罗也许会保佑你们有个好运气。但同时我也想试一试，看看我衰朽的身体里还残存多少力量。也许我能为大家挽回点尊严，别比奥德修斯差太多喽。"

"外乡人，"安提诺俄斯叫起来，"你疯了？你是真想参加比赛，还是要嘲笑我们？如果胆敢拿起这弓箭，你会立即丧命的。"

珀涅罗珀打断了他的话，温和地说："安提诺俄斯，你也太过分了，不让一位陌生人参加比赛是不公平的。你们居然害怕一个乞丐？你们实在是心虚的很。我本人就不相信他会抱有这样的想法。你们的担心是多余的。"

"王后啊，我们并不担心别人的流言蜚语，"欧律玛科斯回答说，"不，根本不是这个意思。我们是说，希腊人肯定有好多闲话，他们会说那些求婚人都是些孱头，没有一个能够拉开犹如神灵一样的奥德修斯的硬弓，得不到王后。最后，倒是被一个天知道从哪里跑来的乞丐轻而易举地拉起硬弓，依次射中12柄斧头的小孔。这不是天大的嘲讽吗？"

珀涅罗珀说："他并不是一个卑贱的人，你们仔细看看他，如此高大结实，他自己承认是位贵族的后裔，让他参赛吧，把弓递给他。如果他得胜，我将给他一件紧身衣，一件披风，一双鞋，一柄枪和一把佩剑。"

这时，忒勒玛科斯站起来对母亲说："母亲，除了我以外，任何人都没有权利决定把这张弓给谁。只有我才是这宫殿的主人，谁也不能阻止我，我现在就把它交给这个外乡人。至于你，母亲，最好进内廷去，干点纺织之类的事。射箭只是属于男人的事情。"珀涅罗珀听到儿子语气坚定，大为惊讶，不过她还是听从了他的话，顺从地退了下去。

珀涅罗珀认出奥德修斯

菲拉克曼 插图版画 1812年

　　现在牧猪人把弓箭拿到手中，求婚人全都愤怒地叫骂起来。"你干什么呀，亵渎我们的比赛吗？"他们咆哮着，"是不是要我们把你扔到猪圈里去喂猪？"他战栗地要把这弓放下，但是忒勒玛科斯却大声威胁道："赶快拿起来！老人，这里可是我说了算。如果你不服从，即使我比你年轻得多，我也要用石头把你轰出去。"于是，求婚者的愤怒和不满变成了起哄取乐。牧猪人把弓递给乞丐，然后按奥德修斯的嘱托吩咐老女仆去了，要求将女仆都锁在内廷。菲罗提俄斯则奔到前庭，用力地去关闭大门。

　　奥德修斯摩挲着这把硬弓，仔细地检查，看看它在这么长的时间里是不是已经被虫蛀了，或是有没有别的损坏。检查完毕，像歌手抚弄琴弦定音一般，他轻轻地拉了一下弓弦，试试它的松紧，弓弦发出清脆的响声。求婚者听到这声音，原先哄笑的脸顿时僵了，吓得随即变色。宙斯在天上发出雷鸣，作为一种吉兆。这时，奥德修斯拈出一支箭，搭在弓上，张开宽阔的臂膀，拉了个满月，用右眼瞄准，最后沉稳地射了出去。嗖的一声，飞箭从第一把斧子的小孔穿进，从最后一把斧子的小孔中飞出。然后，他不动声色地说："好了，忒勒玛科斯，我这个外乡人总算没有辱没你的盛情款待。看来，我还像当年一样，有的是力量。现在到了请这些阿开亚人进晚餐的时候了。趁天还没黑，先开饭吧。我们还可以弹琴歌唱，娱乐嘉宾！"奥德修斯这么说着，向儿子发出事先约定的暗号。忒勒玛科斯立即佩剑执矛，穿着一身金光闪闪的铠甲奔到父亲面前。

向求婚者复仇

荷马的吟唱

勒卢瓦尔 油画 19世纪

大部分希腊神话都因《荷马史诗》而流传下来。在勒卢瓦尔的画中，荷马双眼失明，但正在为乡间的希腊人民歌唱奥德修斯的经历。他手中的竖琴即著名的"七弦里拉"，是古代行吟诗人征服世界的音乐武器。

　　这时，奥德修斯撕开身上的褴褛衣衫，跃到高高的门槛，手中握着硬弓和装满箭矢的箭袋。他把箭袋里的箭都倒出来，堆在脚边，向求婚人大声地说："第一轮比赛已经结束，现在进行第二轮比赛吧。这次由我选择目标，我相信肯定不会射空的！"说着，奥德修斯弯弓搭箭，瞄准正在举杯喝酒的安提诺俄斯射去，正中他的咽喉，箭头从后颈窝穿出。他口鼻喷血，金杯也从手上滑落。他倒向地上，把桌子上的东西都撞翻了，菜肴和杯盘洒落一地。求婚人见他倒下了，都从椅子上跳起来，奔到墙边攫取武器，可是矛和盾都不见了。于是他们破口大骂："该死的外乡人，你为什么瞄准我们射箭！"他们这样说，是以为陌生人纯属偶然，才射中了安提诺俄斯。他们不知道他们都面临着同样的命运。奥德修斯对他们声震如雷地吼道："你们以为我永远不会从特洛伊回来！跑来毫无顾忌地挥霍我的财产，诱骗我的女仆，并在还没有证实我的死讯时就厚颜无耻地来向我的妻子求婚。公正的天神要惩罚你们！现在你们的末日到了！"

求婚人大惊失色，万分恐惧，开始各自寻路奔逃。唯有求婚者欧律玛科斯强作镇定，他说："如果你真是奥德修斯，那么你有权利向我们发怒，因为我们在你的宫中，在你的国内，做了一些伤天害理的事。可是，应该承担责任的罪魁祸首已经死在你的箭下。是安提诺俄斯唆使我们干这些事的，他甚至图谋杀死你的儿子。其实，他根本不是真心向你的妻子求婚，而是觊觎伊塔刻的王位。他现在罪有应得。而我们，作为你的同族兄弟，请宽恕这些和你身份相等的人。请不要迁怒于我们！我们每人允诺送给你20头肥牛以赔偿我们吃掉的东西，并送给你所要的黄金和青铜，以求你的谅解，赎回你的信任！"

"不，欧律玛科斯，"奥德修斯严厉地回答，"即使你们把从父母那里继承的遗产全部给我，我也不会善罢甘休。我不需要黄金和牲口，而是要你们的死亡来救赎你们的罪孽！现在，随你们的便，逃走还是战斗——任何人也休想逃出我的手掌！"

绝大部分求婚者们早已吓得魂飞魄散，瑟瑟发抖。欧律玛科斯又回过头来鼓动他的同谋者说："这个人根本就不可理喻。既然不能和解，只有战斗！他的口吻是只有战斗才有生路。那么，大家勇敢地拔出剑来，用桌子做盾牌。我们必须制服他，把他推下门槛，然后我们将跑遍全城去请朋友来援助我们。"说着，他从剑鞘里抽出宝剑，并大声呼叫着冲过去。可是，他动作太慢了，奥德修斯的飞箭早已洞穿了他的胸部，利剑从他手中滑落地上。欧律玛科斯痛苦地翻滚着，以头抢地，不一会儿便全身抽搐而死。现在安菲诺摩斯挥剑向奥德修斯扑去，企图夺路而逃。忒勒玛科斯持矛向他掷去，矛正中背心，他应声扑倒。忒勒玛科斯从人群中跃出，也跳到门槛上，与父亲站在一起，并递给父亲一面盾牌，两根矛和一顶铜盔。忒勒玛科斯又急忙奔进武器库，取来4块盾牌，4顶铜盔，8根矛，4顶有马鬃盔饰的头盔。他和两个忠诚的牧人都全副武装起来。他们把第四套盔甲交给奥德修斯。这样4个人站在一起，并肩作战。

奥德修斯箭无虚发，求婚人一个个应弦而倒，尸体狼藉。最后箭射完了，他把硬弓靠在门柱上，用盾挡住身体，戴上头盔，盔饰可怕地颤动着。他握着两根粗大的长矛，四下观察。在大厅里有一扇侧边的门通向内廷的过道。门很小，只能容一个人通过。奥德修斯曾吩咐牧猪人欧迈俄斯把守这道门，但欧迈俄斯跑去武装自己时，这里就暂时留下一道空缺。求婚者阿革拉俄斯发现了一线生机，便对同伴们喊道："朋友们，我们快从侧门进城搬救兵去，援军一到，胜利必将属于我们！"

和求婚者站在一起的牧羊人墨兰透斯说："侧门和过道很窄，只能容一人通过。最好先让我一个人悄悄逃出去，给你们带来武器。"不久，他搬来12面盾牌、22顶头盔和12支长矛。奥德修斯突然看到对手们全都武装起来，吃了一惊，回头对忒勒玛科斯说："这一定是不贞的女仆或者是那个不忠实的牧羊人干的事！"

"天哪，恐怕这是我的过失，"忒勒玛科斯回答说，"刚才我忙着取武器，匆忙中忘记关门了。"牧猪人听到这话，急忙朝武器库奔去，准备关门。他从开着的门里看到牧羊人正在里面倒腾矛和盾，便赶紧回来报告："我是把他活捉，还是马上杀死？"奥德修斯吩咐："快，你同牧牛人一起去把这个无赖抓住，把他的双手和双脚反绑起来，用结实的绳索吊在库房中间的梁柱上。然后关上门，立刻回来。"

两个牧人领命而去。他们看到牧羊人还正在搬武器，于是悄悄地走近牧羊人，抓住他，按主人的要求把他吊在横梁边。欧迈俄斯说："我们给你预备了一张舒适的床，你可以睡个好觉！"随后，牧猪人和牧牛人关上门，仍然回到奥德修斯的身边。

出乎意料的是，又有第五个人过来参战了，正是变形为门托尔的女神雅典娜，奥德修斯认出了女神，非常高兴。阿革拉俄斯则怒冲冲地吼道："门托尔，我警告你，不要上奥德修斯的当，来跟我们作对。否则，我们就杀死你，烧掉你的房子！"

雅典娜听了很生气，便怂恿奥德修斯更加勇敢地对付求婚者。她说："你好像不如在特洛伊9年恶战中那样勇敢了。你曾用计谋征服了那座城市，可是现在捍卫你的宫殿和财产时，你怎么如此迟疑不前呢？"她用这些话激励奥德修斯，是因为她也不想亲自参加战斗。说完话，女神突然变身为一只鸟儿，飞上去停在满是烟灰的屋椽上。

"门托尔已经走开了，"阿革拉俄斯对朋友们说，"现在只剩下他们4个人了。让我们好好对付他们。你们不要把长矛同时掷出去，先掷6根，一定要集中瞄准奥德修斯！如果将他击倒，那就好办了！"可是，雅典娜却让他们掷出的6根长矛都偏了。一根中在门柱上，另一根击在大门上，其他的则投在墙壁上。

奥德修斯对他的战友们大声命令说："注意瞄准！全力投掷！"4个人一起把长矛掷出去，没有一根偏离目标。奥德修斯投中了欧律阿得斯，忒勒玛科斯也投中欧律阿得斯，牧猪人投中了厄拉托斯，牧牛人投中了庇珊德洛斯。求婚者看到他们的同伴纷纷倒下，士气大大回落，都逃向大厅最远的角落。不一会儿，他们就明白了自己的命运，又大胆地冲了出来，从死尸身上拔出长矛，继续投掷，但仍然没有掷中。只有安菲诺摩斯的矛擦伤了忒勒玛科斯的手背；克忒西波斯的矛在牧猪人的肩膀上划出一道小口子。但他们两人反倒被忒勒玛科斯和牧猪人用长矛掷中，倒地身亡。

奥德修斯和他的朋友们从门槛上跳下来，四处追捕求婚者，就像巨鹰在追捕鸟雀一样。他们已经完全失去作战的勇气，四处奔逃，都变成了一群无头苍蝇，哀号不绝。勒伊俄得斯跪在奥德修斯的脚下，抱住他的双膝，大声哀求道："给我一条生路吧！我没有做过什么对不起你家的事，我一直劝阻他们，可是他们不听我的啊！我所做的只是举行灌礼，难道这也犯了死罪吗？"

奥德修斯在今天

作为传奇中的人类第一次大航行，奥德修斯的旅程自然有其伟大的象征意义，在如今，"奥德赛"早已成为西方文化中常见的概念，用以指示所有伟大的探索和历程。上图为美国康奈尔大学外太空探索规划小组的标志，他们将自己命名为"奥德赛小组"。当然，"奥德赛"作为一个常见的标签几乎可以贴在任何地方，地中海地区许多旅行社如今也推出了号称"奥德赛之旅"的专线旅游，左图即为已经变成旅游胜地的奥德修斯的家乡伊萨克的海滩。

448

"如果你为他们举行灌礼，"奥德修斯皱着眉头回答，"那么你至少为他们的幸福做过祈祷！"说着，就拾起求婚者阿革拉俄斯掉在地上的剑，砍下了勒伊俄得斯的头，尽管他还在张着嘴拼命求饶。

在侧门附近站着歌手菲弥俄斯。他双手抱着竖琴，吓得面如土色，惊慌失措，不知道该从侧门逃命呢，还是该抱住奥德修斯的双膝，求他饶命。最后，他还是选择了后者，将竖琴放在大调酒碗和镶银椅子的中间，跪在奥德修斯的面前。"请可怜我吧！"菲弥俄斯呼叫着，"如果你杀死一个用歌声娱乐神和凡人的歌手，那你肯定会后悔的。我会像歌颂神那样来歌颂你。你的儿子可以为我作证，我不是自愿来这里的，是他们强迫我来唱歌的！"奥德修斯举起宝剑，不过他还有些犹豫。这时，忒勒玛科斯赶紧向他跑过来，大声说："父亲，请停下来！别伤害歌手。他是无罪的。另外，如果使者墨冬还没有被你杀死的话，我们也应该饶恕他。在我幼小的时候，他照顾我如同照顾自己的孩子，对我们是很友好的。"这时墨冬正裹着一张生牛皮，躲在椅子下，听到为他求情的话，连忙钻出来，跪在忒勒玛科斯的面前，抱着他的双膝。看到这样子，奥德修斯也禁不住笑起来，说道："你们两人用不着这么害怕，忒勒玛科斯已救了你们。出去告诉外面的人们说，不忠的人要被杀头，忠心的人才有好报。"两个人连忙逃出大厅，到了前庭，一跤跌坐在宙斯的神坛旁，仍然颤抖个不停。

奥德修斯和珀涅罗珀

欧律克勒阿急急忙忙奔向女主人的内室，她激动得手脚都有些发软。她来到珀涅罗珀的床前，叫醒正在熟睡的珀涅罗珀，用颤抖的声音说："珀涅罗珀，珀涅罗珀，我可爱的孩子啊，快快醒来。你日夜想望的人回来了！奥德修斯回来了！他和儿子一起已将求婚者全都杀死了！"珀涅罗珀睡眼惺忪地说："欧律克勒阿，神没让你发疯吧？别用这种谎言安慰我，离开这里吧，自从我丈夫远征特洛伊以来，我还没睡过这么好呢！哎，偏偏被你吵醒了。"

"王后，别生气，"欧律克勒阿说，"他们在大厅里所嘲弄的那个乞丐就是奥德修斯啊！其实，你的儿子忒勒玛科斯早就知道了，但在复仇之前，他必须保守秘密。我也早就认出他了，那天我给他洗脚时摸到他腿上的伤疤，叫了起来，但他捂住我的嘴不许我说出来。"王后一骨碌从床上跳起来，抱住了老人，眼泪夺眶而出："这是真的吗？但他们两个人怎能对付得了那么多对手？"

"这我就不知道了，也许是哪位正义的神帮了他。奥德修斯一向是最足智多谋的。"欧律克勒阿回答说，"我们女仆都被关在内廷。后来，忒勒玛科斯来叫我时，我看到你的丈夫正站在一大堆尸体中间。现在所有尸体已被拖出去了。我把整个房子用硫黄熏了一遍。你不用害怕，可以去见他们了。"

她们走出大厅，珀涅罗珀浑身颤抖着。她默默地站在奥德修斯的面前。奥德修斯靠近熊熊燃烧的炉火，低头坐着，等待她先说话。王后又惊又疑，仍然没有开口。她仍然没有把握这是不是真的。相对无言，她觉得那人好像是她的丈夫，但马上又感到他仍是一个外乡人。忒勒玛科斯有些忍不住了，他面带微笑地说："母亲，你为什么还木雕似的站在那里？坐到父亲身边去，仔细看看他，问问他呀！哪有一个女人跟丈夫阔别20年，等丈夫来到面前还像你这样无动于衷？你真的是铁石心肠吗？"

"亲爱的孩子，一切太突然了！"珀涅罗珀回答说，"我已经惊讶得失去了神智。我不能说话，不能问他，我甚至也不能相信自己的眼睛！可是，如果真的是他，是我的奥德修斯回来了，我们自会互相认识的，因为我们都有第三个人所不知道的秘密标记。"奥德修斯听到这里，朝儿子转过身，温和地微笑着说："让你的母亲来试试探我吧！她之所以不敢认我，是因为我穿了这身讨厌的破烂衣裳。但我相信她会认出我的。现在，我们首先得考虑一下其他的事情。一个人如果杀死了一个同族的人，那他就得弃家逃走，即使只有一个人来替死者复仇。现在，我们杀死了伊塔刻和附近海岛的许多年轻的贵族。下一步，我们该怎么办呢？"

"父亲，"忒勒玛科斯说，"全世界都称颂你的足智多谋，这得由你做出决定。"

奥德修斯回答说，"我认为最明智的办法应该是这样的：你，还有两个牧人，以及屋里所有的人，都应该先去沐浴更衣，而且要穿上最华丽的衣服。女仆们也该穿上最漂亮的衣服。然后，让歌手弹琴奏乐。这样，门外走过的人一定以为我们这里还在继续举行宴会。求婚者被杀的消息便不会走漏风声。同时我们准备到乡下的庄园去,至于以后的事,神一定会告诉我们的。"

不一会儿,奥德修斯的宫殿又热闹起来,琴声和歌舞声,觥筹交错和饮酒的喧闹声。人们挤满大街,猜测说:"一定是珀涅罗珀选定了她的丈夫,宫里正在举行婚礼呢。"直到傍晚时,人群才渐渐散去。

城里的叛乱

没有不透风的墙。大批求婚者在奥德修斯的宫殿被杀害的消息还是传出去了。死者的亲属从四面八方涌来,奔向王宫。他们在宫院的角落里发现了大堆尸体。他们大声号哭,把尸体抬到城外安葬,从邻近岛屿来的人则忙着把尸体用船运回去安葬。

他们扬言一定要为死者报仇。死者的父母兄弟和其他亲戚纠集大批的人们,在市场上举行国民大会。求婚人安提诺俄斯的父亲奥宇弗忒斯首先发言。他哽咽着说:

"朋友们,你们想一下,我向你们控诉的这个人,给伊塔刻和邻近地区带来多少灾难和不幸啊!20年前,他带着我们英勇的青年,乘船出发。现在船毁人亡,多少人惨死异乡,甚至没有人为他们安葬,但他一人偷偷回来了。他回来又做了什么好事呢?竟惨无人道地杀死了我们民族中这么多高贵的青年。大家咽得下这口气吗?如果我们含羞忍垢地活下去,我们那些儿子都要死不瞑目的,他们的阴魂也会将把我们拖进地府。子孙后代都会耻笑我们。大家来呀,趁他还没有逃脱之前,抓住他!"

在场的人受到他的鼓动,都很同情他,都咬牙切齿起来。大队的人群正准备出发去追捕凶手,歌手菲弥俄斯和使者墨冬正好经过这里。他们活着走出宫廷,这使大家十分吃惊。墨冬请求发言,他大声说:"伊塔刻的公民们,请听我说。我敢发誓,奥德修斯做的一切都是神决定的。我亲眼看见一位神祇变成门托尔保护着奥德修斯,就是这个神将求婚者杀死了。你们相信一个凡人能敌得过数百名精壮的青年吗？一切都是神意啊！"

使者墨冬的话使他们都感到恐怖起来。这时，预言家玛斯托耳的儿子哈利忒耳塞斯，一个白发苍苍的老人站起来说："伊塔刻的公民们，现在发生的这一切事都该由你们负责。过去，你们为什么不听我和门托尔的忠告，放纵你们狂妄的儿子在奥德修斯的宫殿里吃喝玩乐，胡作非为，肆意挥霍别人的财产，还要挟他的妻子呢？他们的悲剧真是咎由自取。奥德修斯只是杀死了糟蹋他财产的人。如果你们还粗懂事体，就不应该去追捕他。他只是为了家庭的安定，尽了他应尽的义务。使者墨冬说了，这一切都是神意。如果你们违背神意，将会招致更大的灾难啊！"

哈利忒耳塞斯的话刚说完，人群便骚动起来，最后形成了两派：有些人赞同老人的意见，有些人仍然支持奥宇弗忒斯的主张。拥护奥宇弗忒斯的人们迅速武装起来，奥宇弗忒斯站在队伍的最前面，发誓为死去的亲人报仇。

雅典娜在奥林匹斯圣山上俯视着这一切，他来到父亲宙斯面前说："万神之父啊，请告诉我你智慧的决定。你是想通过战争还是和平来解决伊塔刻人的争端？"

"女儿，你还需要我多说些什么啊？"宙斯回答，"你不是已经征得我的同意，让奥德修斯回归故乡并向求婚者复仇吗？如果你想听听我重复一下自己的意见，那就听着：求婚者已经罪有应得地死了，我们还有必要让人间接着流血吗？奥德修斯要永为国王，并在一个神圣的盟约中立誓。他应该和他们以及周边的国家和平共处。我们神应该让死者的亲属忘记他们的痛苦也善待自己的国王。"

女神听到这话，高兴地离开奥林匹斯圣山，飞往伊塔刻岛。

奥德修斯的胜利

在拉厄耳忒斯的庄园里，他们一家欢乐地用完午餐。但他们仍然围着桌子，听奥德修斯讲述他的冒险故事。最后他说："我有一种预感，当我们在这里闲谈的时候，我们的对手正在城里筹划对付我们。最好派一个人去侦察，看看外面的动静。"话音未落，一个哨兵惊慌地跑了过来，大声说："一群全副武装的人们已经到了庄园口。快准备战斗！"

坐着的人赶忙跳起来，寻找武器迅速武装自己。奥德修斯，他的儿子忒勒玛科斯，两个牧人，还有仆人的总管多利俄斯的6个儿子，组成了一支队伍，最后年老的多利俄斯和拉厄耳忒斯也参加进来。奥德修斯领着他们冲出了大门。

他们刚刚抵达门外的空地上，高贵的女神帕拉斯·雅典娜就变形为门托尔，也加入了他们的行列。奥德修斯一眼就认出了女神，他非常高兴，更加充满了必胜的信心。"这是什么日子啊，"拉厄耳忒斯喊道，"我们祖孙三代人并肩作战！"

帕拉斯·雅典娜要鼓舞拉厄耳忒斯的勇猛精神，跑来对老人耳语道："阿耳克西俄斯的儿子哟，你是我最青睐的勇士，快向宙斯和他的女儿雅典娜祈祷吧，然后勇敢地掷出你的矛。"拉厄耳忒斯立即这么做了。长矛正击中敌方的首领奥宇弗忒斯，透过他的头盔，射穿了他的面颊。奥宇弗忒斯倒在地上，死了。奥德修斯和忒勒玛科斯一鼓作气，率领着战友们，如愤怒的狮子冲入羊群一般，向敌人奋勇突击。他们决心把敌人全都杀死。这时，帕拉斯·雅典娜要求他们立即停止砍杀。

她高声喊道："伊塔刻的公民们，住手！退出这场不幸的战斗吧！血已经流得太多了，万神之父要求你们双方立即停止争斗！"许多人手里的武器都被这雷鸣般的声音震脱，掉落在地上，铿锵作响。那些要声讨奥德修斯的人群马上望风而逃，向城里奔去，只希望保住一条命。

奥德修斯和他的伙伴们并不害怕同盟者的声音，反而备受鼓舞，意气风发，他们向溃退的敌人猛追过去。可是，宙斯要求和平，他在女儿脚前的大地上，掣出一道闪电。雅典娜明白父亲的用意，随即止住了脚步，转向奥德修斯，说："拉厄耳忒斯的儿子，抑制你好战的情绪吧！携带雷霆的万神之主要求和平。"奥德修斯和他的伙伴们都心甘情愿地听从了女神的指示。雅典娜把他们带到伊塔刻的市场上，并派遣使者召唤市民前来集会。变形为门托尔的雅典娜传达了宙斯希望和平的愿望，她让奥德修斯和人民订立神圣的和约。

宙斯的愿望实现了。奥德修斯被欢呼的人群簇拥着回到宫殿。王后珀涅罗珀头戴花冠，带领一群女仆身穿节日的盛装，从宫中出来列队相迎。这对重新团聚的夫妇又幸福地生活了许多年。奥德修斯一直活了很多年后，才安详地离开人世。

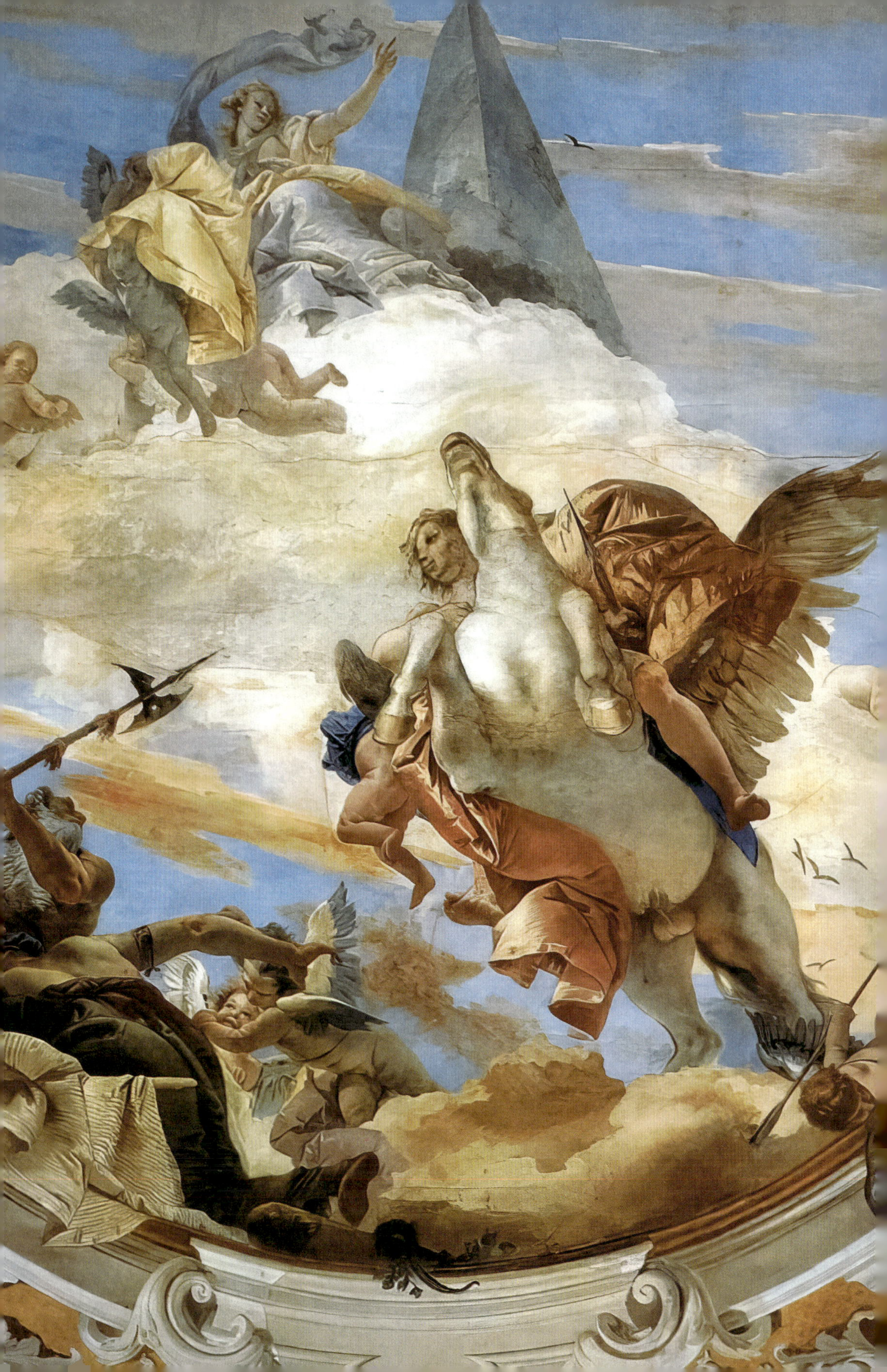

译后记

记得我小时候,第一次接触希腊神话时,心中充满了好奇和惊奇。那些神祇和英雄带我进入了一个完全不同于现实世界的奇幻天地。在奥林匹斯圣山上,火神赫淮斯托斯建造了城堡和宫殿,秩序女神看管各道大门,彩虹女神伊里斯传递信息,青春女神海波给众神斟倒美酒,艺术女神缪斯即席演唱助兴;普罗米修斯悄悄盗取了神圣的火种,带给人类温暖与希望;赫拉克勒斯历经艰险,战胜了尼密亚的狮子,制服了野猪,征服了斯廷法罗斯的鸟群,捕拿了阿马尔忒亚的公羊,他完成了 12 项艰难任务……每一个故事都让我如痴如醉。

希腊神话是我心中最初的冒险故事。小时候,我更多地被曲折离奇的故事情节吸引;而现今,随着年龄的增长,当我重新翻开这些故事,再次沉浸其中时,发现希腊神话的魅力早已超越了单纯的娱乐,希腊神话不仅为我带来了无尽的幻想和惊奇,也启发我对人性、对命运、对世界进行更深刻的思考。

希腊神话对西方艺术产生了深远的影响。可以说,它是可以与《圣经》比肩的西方文化起源,无论是文学创作还是艺术创作,希腊神话都提供了灵感。从传说到歌咏,从歌咏到故事,再到戏剧,希腊神话的影响从未消逝,深深融入罗马文化,并继续传承至今。时至今日,欧美的戏剧、诗歌和其他的文化活动仍在毫不倦怠地从希腊神话中汲取新的营养,进行文艺再创造的重大工程。许多习俗、节庆,如著名的奥林匹亚运动会也都和希腊神话有密不可分的关系,心理学、医学、天文学等领域中的许多专有名词也源自希腊众神之名。了解希腊神话,对孩子欣赏当今的西方影视、文学、艺术作品,以及促进文化交流和相互理解的作用。

作为西方文化的基石,希腊神话不仅承载着古希腊人对世界的理解,也展示了人类最深刻的情感和哲理。在宙斯主宰的奥林匹斯众神时期,12 位主神以宙斯为核心，各司其职，整个天庭秩序井然，宛若人间的统治秩序。众神穿梭来往于圣山和人间，与人们自由往来，和睦相处，渐渐呈现出人类的品性。等到了英雄时代，人间的英雄登场了，他们成为故事的主角。这些英雄由于有着神的血脉，因而有着不凡的品格，他们从事人间的活动，有人的喜怒哀乐、善恶好憎，在纷争和角逐中展示着勇敢和睿智。在他们的故事里，我们读到了战争的血腥，也读到了和平的美好；读到了爱情的浪漫，也读到背叛的残酷；读到了勇士的忠诚，也读到了人心的险恶……

对我而言，翻译这本书的意义，不仅仅是对文化的传递。通过这些神话故事，现代读者，尤其是年轻读者，能够看到人类最基本的情感——爱与恨、勇气与懦弱、忠诚与背叛——如何在古希腊神话中呈现。这些主题至今依然能引发我们对生活和人性的深刻反思。

说到本书的作者——古斯塔夫·施瓦布。他生于德国符腾堡一个宫廷官员家庭，担任过牧师、编辑和高级中学教师，曾任席勒的老师。他曾结识乌兰德、歌德、霍夫曼等名流。

他一生致力于挖掘和整理古代文化遗产，本书便是他一生中最重要的作品之一。他对当时的希腊神话故事进行了细致挖掘和整理，一改原有故事的庞杂零乱，令希腊众神谱系变得清晰、故事情节更加集中，极大地提升了希腊神话的可读性与传播力，使让希腊神话得以从民间口传变为书面形式，得以流芳百世。

翻译这本书时，我面临的最大挑战之一，是如何处理其中的文化差异和敏感内容。希腊神话中有不少令人震惊的情节，尤其是关于神祇之间的乱伦、英雄与神的复杂关系，甚至一些暴力和血腥的描写，这些内容对于现代读者，尤其是青少年读者来说，可能会显得陌生甚至难以接受。

然而，神话故事是文化传承的重要载体，其教育意义和文化价值远远超过了这些情节本身。

通过这些故事，孩子们能够了解古希腊人对世界的理解、对人类情感的思考，尽管这些故事中的某些元素可能不符合今天的道德标准，但它们为理解过去提供了窗口。

希腊神话中的神祇并不是完美无缺的，他们也有缺点和弱点，如嫉妒、愤怒、欲望等。通过这些故事，孩子们可以逐渐理解人性的复杂性，认识到即使是伟大的英雄或神祇也会犯错。这种理解有助于孩子们在未来面对生活中的挑战时，更加宽容和理性地对待自己和他人。希望通过正向的引导，帮助孩子在阅读中学会如何区分善恶，形成健康的价值观。

考虑到这本书主要面向青少年读者，我在翻译时特别注重语言的适应性和文化背景的传达。力求保持原作的精髓，同时又尽力让内容适应现代读者，尤其是青少年读者的阅读习惯和接受度。因此，我注重用通俗易懂的语言来呈现这些故事，同时对某些离经叛道的细节进行了适度的删减与解释，确保年轻读者能够理解其背后的文化内涵。

为了确保翻译的准确性，我参考了《荷马史诗》（王焕生译）、《神谱》（张竹明、蒋平译）、《牛津古典词典》（北京大学出版社）、《神话辞典》（商务印书馆），这些资料不仅帮助我准确理解神话的文化背景，还让我能更清晰地把握古希腊神话的语言和细节，确保翻译的真实性与可读性。

对于青少年读者而言，我相信这本书能够带来真实的收获和启示。希腊神话中那些栩栩如生的神祇和英雄形象，不仅仅是古代文化的符号，它们为现代孩子提供了关于勇气、智慧、道德选择与命运的深刻思考。在这些故事中，孩子们不仅能感受到英雄们挑战命运、奋力抗争的力量，也能看到他们在面对人性复杂性时的挣扎和成长。这些故事能够帮助他们理解，人生并非总是非黑即白，面对困境时，如何保持勇气、做出道德决策，将是他们一生中的重要课题。

我也希望通过这本书，年轻的读者能逐步培养对世界的好奇心，学会从历史与故事中汲取力量，理解不同文化背后的价值观，从而在面对困惑与挑战时，能够拥有更清晰的思路与更坚定的信念。

最终，这本书不仅仅是一本古老的神话故事集，它也将帮助年轻的读者在与古代文化的接触中，发现属于他们自己的人生意义与精神力量。

丁伟
2024.12

索 引

人

潘多拉（Pandora）众神一同创造的女人，因好奇心打开禁忌盒子释放了人类的痛苦。/6

赫拉克勒斯（Heracles）宙斯之子，希腊最著名的英雄之一。他完成了十二项艰难任务，成为了不朽的神祇。/9

俄狄甫斯（Oedipus）底比斯国王，误杀亲娶母，后刺瞎双眼自我流放。/13

海伦（Helen）斯巴达的王后，希腊最美的女人。她与帕里斯私奔，导致了特洛伊战争的爆发。/13

吕卡翁（Lycaon）阿卡狄亚国王，因对神的亵渎遭到宙斯的惩罚。/18

丢卡利翁（Deucalion）大洪水中幸存的人类，他和妻子皮拉共同重建了人类。/21

皮拉（Pyrrha）丢卡利翁的妻子。/21

伊俄（Io）美丽的女神，被宙斯变成一头母牛以逃避赫拉的嫉妒。/26

伊那科斯（Inachus）彼拉斯齐国王。/26

厄帕福斯（Epaphus）宙斯与伊娥之子，被认为是埃及王室的始祖。/32

法厄同（Phaethon）太阳神赫利俄斯之子，曾驾驶太阳战车失控坠亡。/36

克吕墨涅（Clymene）法厄同之母。/37

欧罗巴（Europa）腓尼基公主，曾被宙斯化作公牛带走。/46

阿革诺尔（Agenor）腓尼基国王，欧罗巴的父亲。/46

卡得摩斯（Cadmus）腓尼基王子，底比斯的创立者，雅典的英雄之一，创造了字母表，辅佐城邦的兴起。/54

厄喀翁（Echion）参与卡德摩斯播种龙牙的勇士之一，后成为底比斯城邦奠基者。/58

彭透斯（Pentheus）底比斯国王，因反抗酒神狄俄尼索斯而被其所杀。/62

塞墨勒（Semele）酒神狄俄尼索斯的母亲。/62

阿高厄（Agave）酒神狄俄尼索斯的姨妈，悲剧人物。/62

阿克忒斯（Acoetes）酒神狄俄尼索斯的船长，后成为其仆人。/64

珀耳修斯（Perseus）英雄，斩杀美杜莎并救出安德洛墨达。/75

阿克里西俄斯（Acrisius）亚各斯国王，珀耳修斯的外祖父。/75

达那厄（Danae）亚各斯公主，宙斯通过金雨与她相会，生下英雄珀尔修斯。/75

波利德克特斯（Polydectes）塞里福斯岛的统治者，要求珀尔修斯为他送上美杜莎的头颅，后被珀尔修斯转变为石像。/75

迪克提斯（Dictys）与兄弟波利德克特斯一起统治塞里福斯岛。/75

福耳库斯（Phorcys）海神，传说中众多海怪与戈耳工的父亲。/75

安德罗墨达（Andromeda）被海怪捆绑的公主，后由珀尔修斯拯救。/79

刻甫斯（Cepheus）埃塞俄比亚国王，安德罗墨达的父亲。/79

菲纽斯（Phineus）国王刻甫斯的弟弟。传说中以残忍著称的角色，最终被珀尔修斯用美杜莎的头石化。/81

厄瑞克透斯（Erechtheus）雅典国王。/86

科素托斯（Xuthus）宙斯的孙子，艾奥克吕斯的儿子。/88

艾里克托尼俄斯（Erichthonius）雅典国王，雅典娜之子（也有一说他是赫淮斯托斯和地母盖亚所生）。/89

伊翁（Ion）古希腊英雄之一，参与希腊历史上的关键事件。/92

多路斯（Dorus）克瑞乌萨与科索托斯之子，多里安人之祖，因智慧和勇气闻名。/97

代达罗斯（Daedalus）伟大的工匠与发明家，设计了迷宫并创造了人工翅膀。/100

墨提翁（Metion）代达罗斯之父。/100

米诺斯（Minos）克里特国王，以公正和法律著称。/101

塔洛斯（Talus）代达罗斯的外甥，有极高的智商和发明天赋。被代达罗斯嫉妒而杀死/100

伊卡洛斯（Icarius）代达罗斯之子，因其飞行器的失败而坠亡。/102

科卡罗斯（Cocalus）西西里岛国王。/104

伊阿宋（Jason）阿耳戈英雄，领导寻找金羊毛的冒险。/110

克瑞透斯（Cretheus）伊阿宋的祖父。/110

埃宋（Aeson）伊阿宋之父，爱俄尔卡斯国王。/110

珀利阿斯（Pelias）伊阿宋的叔叔，因背叛被后代复仇。/110

埃厄忒斯（Aeetes）科尔喀斯国王，金羊毛的守护者。/111

458

佛里克索斯（Phrixus）金羊毛传说的关键人物，被继母迫害，骑金羊逃亡至科尔喀斯。/111

赫勒（Helle）因与她的哥哥佛里克索斯共乘金公羊横渡海峡而死，赫勒海峡以她的名字命名。/112

阿耳戈（Argonauts）希腊最出色的造船师，阿耳戈号的建造者。/113

波吕丢刻斯（Polydeuces）阿耳戈英雄，和卡斯托耳并肩作战。/113

林扣斯（Lynceus）阿耳戈英雄，擅长洞察他人隐秘的才能。/113

忒拉蒙（Telamon）阿耳戈英雄，负责在船上掌管后仓。/113

提费斯（Tiphys）希腊英雄，阿耳戈号的舵手。/113

阿尔刻提斯（Alcestis）为国王珀利阿斯之女，曾代替患病的丈夫受死，被尊称为"贞妇"。/113

奥宇弗莫斯（Euphemus）阿耳戈英雄之一，因其善于航海而著名。/113

庇里托俄斯（Pirithous）拉庇斯族王子，赫拉克勒斯的朋友，曾与他一同前往冥界拯救忒修斯。/113

俄耳甫斯（Orpheus）音乐家，能以琴声感动众生，曾下冥界试图救回妻子。/113

俄琉斯（Oileus）希腊联军英雄。/113

墨勒阿革洛斯（Meleager）卡吕冬英雄，领导狩猎野猪。/113

涅琉斯（Neleus）皮罗斯国王。/113

涅斯托耳（Nestor）皮罗斯国王，涅琉斯之子。/113

许拉斯（Hylas）赫拉克勒斯的朋友，因美貌被水妖诱拐。/113

忒修斯（Theseus）雅典国王，著名的英雄，战胜米诺陶罗斯。/113

阿布绪耳托斯（Absyrtus）科尔喀斯国王埃厄忒斯之子。/115

美狄亚（Medea）科尔喀斯王女，后成为伊阿宋的妻子。/117

卡尔契俄珀（Chalciope）美狄亚的姐姐。/117

阿法洛宇斯（Aphareus）墨塞尼国王，伊达斯与林喀斯的父亲。/120

珀琉斯（Peleus）阿耳戈英雄。/120

伊达斯（Idas）英雄之一，因与另一英雄争夺赫尔墨斯而著名。/121

莫珀索斯（Mopsus）预言家，能看见未来并为人指引。/125

安迪弥恩（Endymion）月亮女神赛丽娜的爱人，永恒沉睡的美男子。/131

弗隆蒂斯（Phrontis）美狄亚姐姐的儿子。/131

阿耳奇墨纳斯（Alcimenes）和忒萨罗斯（Thessalus）伊阿宋和美狄亚所生的双胞胎。/141

蒂桑特洛斯（Tisander）伊阿宋和美狄亚的小儿子。/141

格劳克（Glauce）托斯国王克雷翁的女儿，因美狄亚的诅咒而惨死。/141

克雷翁（Creon）科任托斯国王，女儿嫁给了伊阿宋。/141

俄纽斯（Oeneus）卡吕冬国王，墨勒阿革洛斯的父亲，卡吕冬野猪事件的参与者。/146

阿塔兰忒（Atalanta）女英雄，卡吕冬野猪狩猎的获胜者。/147

密耳提罗斯（Myrtilus）奥林匹亚的赛车工匠，因帮助珀罗普斯而被害。/152

珀罗普斯（Pelops）坦塔罗斯后裔，十分敬重神明。/152

坦塔罗斯（Tantalus）古希腊神话中的人物，因罪行遭受永恒的惩罚，无法触及水和食物。/152

安菲特律翁（Amphitryon）底比斯国王，赫拉克勒斯的养父。/156

阿尔克墨涅（Alcmene），珀耳修斯的孙女，安菲特律翁的妻子。与宙斯生下赫拉克勒斯。/156

哈耳珀律库斯（Harpalycus）英雄导师，擅长搏击散打，曾教授赫拉克勒斯格斗技巧。/157

拉达曼提斯（Rhadamanthys）宙斯的儿子，参与审判死者的工作。/157

里诺斯（Linus）阿波罗之子，赫拉克勒斯的老师。/157

提瑞西阿斯（Tiresias）盲人预言家，精通预知未来。/157

埃尔吉诺斯（Erginus）明叶国王，因与赫拉克勒斯争斗而丧命。/161

墨伽拉（Megara）底比斯公主，赫拉克勒斯的第一任妻子。/162

欧律斯透斯（Eurystheus）赫拉克勒斯的敌人，给他设置任务。/165

库泼洛宇斯（Copreus）珀罗普斯的儿子。/168

伊俄拉俄斯（Iolaus）赫拉克勒斯的侄子，帮助他完成多项任务。/168

伊菲克勒斯（Iphicles）赫拉克勒斯的同胞兄弟。/168

奥革阿斯（Augeas）伊利斯的国王，以其马场的清洁任务而闻名。/174

菲洛宇斯（Phyleus）希腊英雄，埃利斯国王奥革阿斯之子，帮助赫拉克勒斯清除牛厩。/174

阿珀特洛斯（Abderus）赫尔墨斯之子。/176

狄俄墨得斯（Diomedes）战神阿瑞斯之子，皮斯托纳国王，勇猛的战士，拥有狂野的牝马。/176

希波吕忒（Hippolyte）亚马孙女王，领导战斗与敌人作战。/177

珀洛特埃（Prothoe）亚马逊女战士。/178

阿埃拉（Aella）亚马孙女战士。/178

阿尔奇泼（Alcippe）亚马孙女战士。/178

麦拉尼泼（Melanippe）亚马孙女战士。/178

拉俄墨冬（Laomedon）特洛伊国王，因违背神的承

诺而受到神罚。/179

波席列斯（Busiris）埃及国王，波塞冬和吕茜阿那萨的儿子。以残忍的方式待客而闻名，最终被赫拉克勒斯杀死。/183

欧律托斯（Eurytus）俄卡利亚国王，弓术大师。/186

伊俄勒（Iole）美丽的少女，赫拉克勒斯的爱人之一。/186

奥托吕科斯（Autolycus）赫尔墨斯的儿子，窃贼、骗子，擅长隐匿自己的踪迹和改变物品的外观。/187

伊菲托斯（Iphitus）埃尔摩斯的王子，曾与赫拉克勒斯建立友谊。/187

得伊福斯（Deiphobus）阿弥克勒的国王，普里阿摩斯的儿子。/188

海波坤（Hippocoon）斯巴达国王，海伦的叔叔。/188

翁法勒（Omphale）莱迪亚女王，曾买下赫拉克勒斯做奴隶，后与他成婚。/188

里蒂埃塞斯（Lityerses）弥达斯神的儿子，作恶多端。/189

茜洛宇斯（Syleus）奥利斯的国王、波塞冬的儿子，常被视为艰难挑战的象征。/189

波达尔克斯（Podarces）拉俄墨冬国王之子，特洛伊王族成员，参与了特洛伊战争。/191

赫西俄涅（Hesione）特洛伊公主，拉俄墨冬的女儿。/191

得伊阿尼拉（Deianira）赫拉克勒斯的妻子，因误杀丈夫而自杀。/193

刻宇克斯（Ceyx）赫拉克勒斯的好友。/193

许罗斯（Hyllus）赫拉克勒斯的儿子，后继父亲事业。/193

泰恩达路斯（Tyndareus）斯巴达国王，海伦的父亲，因女儿的婚事引发特洛伊战争。/193

利卡斯（Lichas）赫拉克勒斯的随从之一，因背叛遭受死刑。/194

埃勾斯（Aegeus）雅典国王，忒修斯的父亲。/204

庇透斯（Pittheus）特洛曾国王曾帮助埃勾斯与埃特拉相遇，促成忒修斯的出生。/204

埃特拉（Aethra）忒修斯的母亲，海伦的养母。/204

阿卡特斯（Academus）告发海伦藏身之所的人。/217

梅纳斯透斯（Menestheus）雅典国王厄瑞克透斯之孙。/218

阿卡玛斯（Acamas）忒修斯之子。/218

埃勒弗诺阿（Elephenor）修俾阿国王，特洛伊战争中的英雄。/218

德摩丰（Demophoon）忒修斯与阿马尔西亚女王的儿子，最后继承了父亲的雅典王位。/218

吕科墨德斯（Lycomedes）斯库洛斯的国王。/219

厄忒俄克勒斯（Eteocles）底比斯之王，与兄弟波吕尼刻斯争夺王位，两人同归于尽。/224

堤丢斯（Tydeus）俄纽斯和珀里波亚之子，因误杀亲戚而逃亡，参与七雄远征，在围攻底比斯中英勇

作战。/224

阿德拉斯托斯（Adrastus）亚各斯的国王。/224

波吕尼刻斯（Polynices）特洛伊战争中的关键人物，因争夺王位而与兄弟厄提刻斯产生冲突，最终被杀。/224

得伊皮勒（Deipyle）亚各斯国王的女儿，嫁给了"野猪"——英雄堤丢斯。/224

阿尔克迈翁（Alcmaeon）安菲阿拉俄斯的儿子。/225

安菲阿拉俄斯（Amphiaraus）先知与英雄，参与七国围攻底比斯。/225

厄里费勒（Eriphyle）安菲阿拉俄斯之妻，为利益出卖丈夫，最终被儿子杀死。/225

帕耳忒诺派俄斯（Parthenopaeus）女英雄阿塔兰忒之子。/225

希波迈冬（Hippomedon）远征底比斯的勇士之一。/225

伊俄卡斯特（Jocasta）俄狄浦斯王的母亲和妻子，悲剧中的中心人物。/225

安提戈涅（Antigone）违抗国王克瑞翁的命令，为哥波吕尼刻斯埋葬，最终为此牺牲。/226

尼俄柏（Niobe）特比斯王后，因得罪神明而失去子女。/226

珀里刻律迈诺斯（Periclymenus of Thebes）底比斯勇士。/227

欧律阿罗斯（Euryalus）墨喀斯透斯的儿子，勇猛的特洛伊战士之一。/234

普罗玛科斯（Promachus）帕耳忒诺派俄斯的儿子，参加特洛伊战争，英勇作战。/234

忒耳珊特罗斯（Thersander）波吕尼刻斯的儿子。/234

曼托（Manto）女祭司，拥有神力，能预见未来。/236

达耳达诺斯（Dardanus）特洛伊的建立者。/241

特洛斯（Tros）透克洛斯国王。/241

透克洛斯（Teucer）透克里亚国王。/241

伊阿西翁（Jasion）撒摩特剌岛统治者。/241

伊罗斯（Ilos）特洛伊王子之一，祖先为特洛伊的建立者。/241

普里阿摩斯（Priam）特洛伊国王，特洛伊战争中的重要角色。/244

埃萨库斯（Aesacus）特洛伊王子，预言帕里斯将给特洛伊带来灾难。/244

赫卡柏（Hecuba）特洛伊王后，赫克托耳的母亲。/244

赫克托耳（Hector）特洛伊王子、英雄。他是特洛伊的主力战士，勇敢且忠诚。/244

帕里斯（Paris）特洛伊王子，因金苹果事件引发特洛伊战争。/244

迈罗浦斯（Merops）普里阿摩斯的外祖父，具有智慧的预言家。/244

阿革拉俄斯（Agelaus）养育婴儿帕里斯的仆人。/245

卡珊德拉（Cassandra）特洛伊王女，具备预言能力，

因拒绝爱神阿波罗的爱而被诅咒，预言总是无人相信。/247

赫勒诺斯（Helenus）特洛伊的王子，帕里斯的兄弟。他是预言家，曾向特洛伊人预示战争中的灾难。/248

得伊福玻斯（Deiphobus）特洛伊王子，赫克托尔的兄弟。/248

潘托斯（Panthous）特洛伊战士。/248

埃涅阿斯（Aeneas）特洛伊英雄，罗马建国的传说人物。/249

波吕达玛斯（Polydamas）特洛伊战士，赫克托尔的朋友，在特洛伊战争中表现出色。/249

奥蒂尔斯（Othrys）特洛伊英雄。/249

墨涅拉俄斯（Menelaus）斯巴达国王，海伦的丈夫，特洛伊战争的领导者之一。/249

特洛伊罗斯（Troilus）特洛伊王子，英勇但悲惨的死亡。/249

阿特柔斯（Atreus）迈锡尼王，阿伽门农与墨涅拉俄斯之父。/249

奥德修斯（Odysseus）伊塔刻国王，特洛伊战争中的智慧英雄。/249

卡斯托耳（Castor）宙斯之子，与双胞胎兄弟波吕狄刻斯共同成为希腊英雄。/249

赫耳弥俄涅（Hermione）海伦与墨涅拉俄斯的女儿。她被两个英雄争夺作为妻子，最终嫁给了赫克托耳的儿子。/249

克吕泰涅斯特拉（Clytaemnestra）阿伽门农的妻子，以杀死丈夫复仇为人知名。/252

阿伽门农（Agamemnon）迈锡尼国王，特洛伊战争中希腊联军统帅。252

特勒泊勒摩斯（Tlepolemus）赫拉克勒斯之子，罗德岛的国王，参与特洛伊战争。/252

帕拉墨得斯（Palamedes）聪明的智者，揭露的装疯计谋。/252

阿喀琉斯（Achilles）特洛伊战争中最强大的英雄。/253

得伊达弥亚（Deidamia）斯库洛斯岛国王之女，阿喀琉斯的妻子之一。/254

卡尔卡斯（Calchas）预言家，在特洛伊战争中为希腊人提供预言和指引。/254

福尼克斯（Phoenix）阿喀琉斯的导师和顾问。/254

帕特克罗斯（Patroclus）阿喀琉斯的好友，因替他上战场而被赫克托尔杀死。/254

伊菲革涅亚（Iphigenia）阿伽门农的女儿，为了军队出征牺牲。/255

塔耳堤皮奥斯（Talthybius）希腊军的传令官，负责执行希腊指挥官的命令。/256

菲罗克忒忒斯（Philoctetes）希腊英雄，赫拉克勒斯的好友。带着赫拉克勒斯的神弓参加特洛伊战争，

射死了帕里斯。/259

丹内阿斯（Danaus）埃及国王，有50个女儿，为了帮女儿摆脱埃及图斯50个儿子的追求，命令她们在新婚夜杀死丈夫。除了其中一个女儿许珀尔涅斯特拉外不忍下手，其他女儿都因犯下罪行在冥界接受永无止境的惩罚。/259

希波诺斯（Hipponous）普里阿摩斯之子。/260

安喀塞斯（Anchises）特洛伊王子。/260

安提福斯（Antiphus）特洛伊战士。/260

波吕忒斯（Polites）特洛伊战士。/260

忒勒福斯（Telephus）密西埃国王。/261

潘达洛斯（Pandarus）弓箭手，因在特洛伊战争中违反盟约射杀阿喀琉斯的亲人而被杀。/261

马哈翁（Machaon）著名医者，希腊英雄之一。/261

帕达里律奥斯（Podalirius）希腊英雄，医学家。/261

帕洛特西拉俄斯（Protesilaus）希腊英雄，第一个登上特洛伊海滩的战士，英勇牺牲。/263

阿卡斯托斯（Acastus）阿耳戈英雄之一。/263

拉俄达弥亚（Laodamia）希腊远征军中第一个登陆特洛伊的勇士的未婚妻。/263

克律塞斯（Chryses）特洛伊的祭司，阿波罗的虔诚信徒。/265

埃阿斯（Ajax）希腊英雄，特洛伊战争中力量与勇气仅次于阿喀琉斯。/266

波吕多洛斯（Polydorus）特洛伊王子，因特洛伊城被攻陷而被杀。/266

勃里撒厄斯（Briseis）赫克托尔的妾，在特洛伊战争中被阿基琉斯所俘。/269

勃里塞斯（Briseus）一位与赫克托尔有关的女性，通常被认为是特洛伊战争中的重要战利品。/270

拉俄狄克（Laodice）普里阿摩斯国王的女儿。/276

安忒诺尔（Antenor）特洛伊的长老。/280

劳杜科斯（Laodocus）特洛伊王子安忒诺尔的儿子。/280

安提罗科斯（Antilochus）涅斯托耳的儿子，勇敢的战士，死于特洛伊战争。/282

琉科斯（Leucus）希腊英雄。/282

伊特俄斯（Idaeus）特洛伊的勇士。/283

菲格乌斯（Phegeus）达勒埃斯的儿子。/283

达勒埃斯（Dares）特洛伊权贵、火神祭司，特洛伊阵营中的重要人物。/283

西莫伊西俄斯（Simoisius）特洛伊战士，英勇作战。/284

特摩科翁（Democoon）普里阿摩斯的私生子。/284

菲斯托斯（Phaestus）特洛伊人，在特洛伊战争中被伊多墨纽斯杀死。/284

迈里俄纳斯（Meriones）克里特王子。/284

菲勒克洛斯（Phereclus）特洛伊人，建造船只的工匠，在战争中被墨涅拉俄斯杀死。/284

斯康曼特律奥斯（Scamandrius）特洛伊战士。/284

伊多墨纽斯（Idomeneus）克里特国王，特洛伊战争中的英雄。/284

阿斯堤诺俄斯（Astynous）特洛伊战士，被狄奥墨得斯击杀。/285

庇戎（Hypiron）希腊战士。/285

厄肯蒙（Echemmon）特洛伊国王普里阿摩斯之子，在特洛伊战争中被阿喀琉斯杀死。/285

克洛弥俄斯（Chromius）特洛伊英雄。/285

克瑞同（Crethon）希腊英雄。/289

萨耳佩冬（Sarpedon）吕喀亚国王。/289 得伊科翁（Deicoon）特洛伊战士。/289

狄俄克赖斯（Diocles）希腊英雄与战士。/289

俄耳西科罗斯（Orsilochus）狄俄克赖斯之子，特洛伊战争中希腊阵营的战士。/289

安菲俄斯（Amphius）特洛伊战士。/290

阿克绪罗斯（Axylus）特洛伊战士。/293

阿瑞塔翁（Aretaon）特洛伊战士。/293

庇底狄斯（Pidytes）参与了多次战斗，死于特洛伊城外。/293

柏勒洛丰（Bellerophon）希腊英雄，驯服了神马佩加索斯，击败了怪物奇美拉。/295

西绪福斯（Sisyphus）神话中的国王，因作弊而被惩罚永远推石。/295

希波洛库斯（Hippolochus）坦塔罗斯后代。/295

厄尼俄泼乌斯（Eniopeus）赫克托耳的马夫。/298

欧律皮罗斯（Eurypylus）希腊勇士。/300

欧律巴特斯（Eurybates）阿喀琉斯的信使，忠诚且勇敢。/302

托阿斯（Thoas）希腊英雄。/309

得伊俄科斯（Deiochus）特洛伊战士。/310

克洛尼俄斯（Clonius）希腊战士。/310

斯提若俄斯（Stichius）俾俄喜阿人国王。/310

伊阿索斯（Iasus of Athens）雅典王子。/310

卡莱托尔（Caletor）特洛伊贵族。/312

克利托斯（Clitus）马夫，在多次事件中为英雄们提供服务。/312

吕科佛翁（Lycophron）希腊英雄。/312

墨拉尼普斯（Melanippus 希腊勇士。/313

希克塔翁（Hicetaon）希腊英雄。/313

阿耳奇摩斯（Alcimus）希腊英雄，常与阿喀琉斯并提。/325

奥托墨冬（Automedon）阿喀琉斯的战车驾驭者。/325

帕蒙（Pammon）普里阿摩斯之子。/330

希波达玛斯（Hippodamas）希腊英雄。/330

特摩莱翁（Demoleon）特洛伊战士，参与了许多关键战斗。/330

伊菲提翁（Iphition）特洛伊英雄。/330

厄厄提翁（Eetion）印布洛斯岛国王。/331

拉俄托厄（Laothoe）普里阿摩斯的妻子。/332

西莫伊斯（Simois）河神兄弟，守护特洛伊周围的水域。/343

安德洛玛刻（Andromache）赫克托耳的妻子。/343

俄律塔翁（Orythaon）特洛伊战士，赫克托耳的朋友。/345

阿尔卡托斯（Alcathous）特洛伊战士，曾与阿喀琉斯交战。/345

拉厄耳忒斯（Laertes）奥德修斯的父亲，曾与多位英雄并肩作战。/348

忒克墨萨（Tecmessa）埃阿斯的妻子，特洛伊战争中的人物。/350

欧律萨克斯（Eurysaces）特洛伊勇士埃阿斯之子。/350

克勒俄多洛斯（Cleodorus）底比斯王室成员。/353

涅俄普托勒摩斯（Neoptolemus）阿喀琉斯的儿子。/353

墨蒙（Medon）特洛伊勇士。/356

托克塞克墨斯（Toxaechmes）希腊战士。/356

厄珀俄斯（Epeius）建造特洛伊木马的工匠之一。/358

西农（Sinon）特洛伊间谍，伪装为希腊士兵并引导敌军。/360

阿斯卡尼俄斯（Ascanius）特洛伊英雄埃涅阿斯之子，罗马建国传说中的重要人物。/365

波吕克塞娜（Polyxena）特洛伊公主。/367

希波达弥亚（Hippodamia）公主，因爱情故事成为神话人物。/372

埃癸斯托斯（Aegisthus）坦塔罗斯的后代，堤厄斯特斯的私生子，因复仇杀死阿伽门农。/373

堤厄斯特斯（Thyestes）珀罗普斯之子，与兄弟阿特柔斯争夺王位，因家族复仇而陷入悲剧命运。/373

埃洛珀（Aerope）阿特柔斯的妻子，阿伽门农与墨涅拉俄斯的母亲。/373

普勒斯特堤（Pleisthenes）阿伽门农的父亲，古代希腊国王。/373

特斯普洛托斯（Thesprotus）厄庇洛斯国王，参与希腊与特洛伊的战争。/373

俄瑞斯特斯（Orestes）阿伽门农之子，因复仇杀母后受复仇女神追逐。/375

厄勒克特拉（Electra）阿伽门农之女，帮助弟弟俄瑞斯特斯为父报仇。/375

克律索忒弥斯（Chrysothemis）阿伽门农之女。/375

皮拉德斯（Pylades）俄瑞斯特斯的表兄、忠诚朋友，协助其复仇。/378

拉奥孔（Laocoon）特洛伊的祭司，因反对希腊木马而被神灵惩罚。/360

斯特洛菲俄斯（Strophius）福喀斯国王，阿伽门农的

妹夫。/378

忒勒摩斯（Telemus）预言家，曾预言奥德修斯的归来。/412

安提克勒亚（Anticlea）奥德修斯的母亲，在他离家期间死去。/413

珀涅罗珀（Penelope）奥德修斯的妻子，因其忠诚闻名。/414

忒勒玛克斯（Telemachus）奥德修斯的儿子。/414

欧律罗科斯（Eurylochus）奥德修斯的亲友，参与多次冒险。/419

门忒斯（Mentes）塔福斯国王，传说中的预言家。/425

欧迈俄斯（Eumaeus）奥德修斯的忠仆。/425

菲弥俄斯（Phemius）伊萨卡岛上的吟游诗人，奥德修斯归来后因无辜而被饶恕。/426

埃古普提俄斯（Aegyptius）奥德修斯故事中求婚者宴会的主持者。/429

安提诺俄斯（Antinous）奥德修斯的仇敌，众多求婚者之一。/429

奥宇弗忒斯（Eupeithes）伊塔刻岛贵族，为了替儿子安提诺俄斯复仇，最终丧命。/429

哈利忒耳塞斯（Halitherses）预言家。/430

欧律克勒阿（Eurynome）奥德修斯的忠仆。/435

菲罗提俄斯（Philoetius）奥德修斯的忠仆之一，协助主人在归国后铲除求婚人。/442

安菲诺摩斯（Amphinomus）特洛伊的英雄。/448

庇珊德洛斯（Pisander）求婚者之一。/448

克忒西波斯（Ctesippus）底比斯英雄。/448

厄拉托斯（Elatus）求婚者之一。/448

多利俄斯（Dolius）奥德修斯的仆人总管。/453

神

普罗米修斯（Prometheus）神祇，盗火给人类，最终被宙斯惩罚。/2

该亚（Gaea）大地女神，众神之母。/2

乌拉诺斯（Uranus）天神，原初的天空神，被儿子克洛诺斯推翻。/2

雅典娜（Athene）智慧女神，战争和工艺的保护神，雅典的守护神。/3

宙斯（Zeus）希腊神话中的主神，掌管天空和雷电。/5

阿佛洛狄忒（Aphrodite）爱与美之女神，兼司生育与欲望。/7

赫淮斯托斯（Hephaestus）火与工艺的神，是宙斯和赫拉的儿子。以制作神兵利器和机械装置著称。/7

赫耳墨斯（Hermes）众神的使者，商贸、盗窃、旅行和幸运之神。他也是死者的引导者和灵魂的守护神。/7

克拉托斯（Cratos）宙斯的仆人，强力的化身，曾作为宙斯的助手参与多个神话事件。/8

皮亚（Bia）宙斯的仆人，暴力的化身。/8

赫拉（Hera）宙斯的妻子，众神之母，婚姻和家庭的女神。/9

赫斯珀里得斯（Hesperides）夜神的四个女儿，守护着神奇的金苹果树。/9

波塞冬（Poseidon）海神，奥利匹斯十二主神之一，掌管海洋、地震和马匹。/21

埃俄罗斯（Aeolus）掌管风的神灵，曾赠予奥德修斯一袋风以助航行。/21

忒弥斯（Themis）正义女神，掌管天命与正义。/23

阿耳忒弥斯（Artemis）狩猎与月亮女神，阿波罗的双胞胎姐姐。/29

绪任克斯（Syrinx）山林女神，因逃避山神潘的追求变为芦苇。/29

潘（Pan）山林神，保护森林和牧羊人，有羊角和人身。/29

赫利俄斯（Helios）太阳神，驾驶着太阳战车在天空中日复一日地升起和落下。/36

阿波罗（Apollo）太阳神、文艺之神，全名福玻斯·阿波罗。/54

狄俄尼索斯（Dionysus）宙斯与塞墨勒的儿子，酒神、戏剧和狂欢的神。/62

涅柔斯（Nereus）老海神，以智慧和仁慈为人称道。/79

阿瑞斯（Ares）战神，以血腥与暴力著称。/112

涅斐勒（Nephele）云之女神。/112

赫卡忒（Hecate）魔法、月亮和冥界的女神。/115

赛丽纳（Selene）月光女神，控制着夜晚的光辉与月亮。/131

喀耳刻（Circe）魔法女神，能将人类变为动物。/136

珀耳塞（Perse）女神，海洋之神的女儿，喀耳刻之母。/136

伊里斯（Iris）众神的使者，掌管彩虹的女神。/139

得墨忒耳（Demeter）农业女神，主宰着丰收和地球的生命力。/146

海波（Hebe）青春女神，宙斯与赫拉的女儿。她的职责是为神祇提供美酒。/157

珀耳塞福涅（Persephone）冥界女神，冥王哈得斯的妻子，四季轮回的象征。/185

哈得斯（Hades）地狱之神，统治冥界。他是克罗诺斯和瑞亚的儿子，宙斯和波塞冬的兄弟。在冥界，他掌管死者的灵魂。/185

阿斯卡拉福斯（Ascalaphus）冥界守卫，因污蔑珀耳塞福涅偷吃石榴，被得墨忒耳变成了猫头鹰，后来被哈得斯用巨石压住。/185

463

哈耳摩尼亚（Harmonia）爱与和谐的女神，阿瑞斯和阿佛洛狄忒的女儿，"和谐"之象征。/225

厄里斯（Eris）争斗女神，因引发金苹果事件成为特洛伊战争导火索。/246

俄诺涅（Oenone）山林女仙，与帕里斯相爱，后来拒绝救助他致使其死亡。/246

忒提斯（Thetis）海洋女神，阿喀琉斯的母亲。/253

狄俄涅（Dione）古希腊女神，阿佛洛狄忒的母亲。/286

勒托（Leto）保育、哺乳的女神，月亮与狩猎女神阿耳忒弥斯和太阳神阿波罗的母亲。/287

弗厄翁（Paeeon）神医，为众神治疗伤痛。/293

格劳科斯（Glaucus of Lycia）最初是凡人，意外地吃下了一种神奇的草药，最终变成了不朽的海神。/295

斯拉芙（Sleep）神话中的睡神，代表人类的休息与梦境。/305

卡律斯（Charis）美惠三女神之一，与爱神阿佛洛狄忒密切相关。/320

斯卡曼德洛斯（Scamander）河神。/326

欧墨尼得斯（Eumenides）复仇女神，追踪并惩罚谋杀者。/385

卡吕普索（Calypso）女仙，生活在岛屿上，曾帮助奥德修斯度过难关并为他提供庇护。/404

巨人

阿耳戈斯（Argus）负责看守依俄的百眼巨人。/27

克律萨俄耳（Chrysaor）海神波塞冬与戈尔戈耳的儿子，黄金剑的拥有者。/76

迈玛斯（Mimas）非勒革拉原野的巨人。/127

恩刻拉多斯（Enceladus）因挑战宙斯被压在西西里岛下。/163

律杜斯（Rhoetus）挑战宙斯的巨人之一。/163

珀耳菲里翁（Porphyrion）挑战宙斯的巨人之一。/163

珀洛罗斯（Pelorus）半蛇巨人。/163

泰非恩（Typhon）巨人，宙斯的敌人，最终被宙斯打败并封印。/167

革律翁（Geryon）三体巨人，被赫拉克勒斯在第十项任务中杀死。/179

安泰俄斯（Antaeus）巨人，海神波塞冬和地母该亚所生的儿子，最后被赫拉克勒斯杀死。/180

忒耳默罗斯（Termerus）巨人，会用自己的头砸死所有路过的人。/182

欧律墨冬（Eurymedon）巨人之一，挑战宙斯被压制。/281

斯屯托耳（Stentor）巨人，以洪亮的声音著称。/292

波吕斐摩斯（Polyphemus）独眼巨人。/409

神奇动物

珀伽索斯（Pegasus）飞马，出生于美杜莎的血液中，帮助珀耳修斯完成任务。/76

非拉（Phylla）传说中的母马。/152

阿里翁（Arion）神马。/231

珊托斯（Xanthus）神马，阿基琉斯的战马之一。/325

人马

福罗斯（Pholus）一位善良的半人马，与赫拉克勒斯交好，但因不慎触碰毒箭中毒身亡。/171

喀戎（Chiron）一位智慧的半人马医师和教育者，曾教导多位英雄。/172

涅索斯（Nessus）半人马，因觊觎赫拉克勒斯妻子被杀。/193

提坦族

伊阿佩托斯（Iapetus）泰坦之一，普罗米修斯的父亲。/2

克洛诺斯（Cronus）泰坦神之一，曾推翻其父乌拉诺斯并统治天空。/5

埃庇米修斯（Epimetheus）普罗米修斯的弟弟。/7

阿特拉斯（Atlas）泰坦巨神，因惩罚肩扛苍天。/163

怪物

葛勒艾（Graeae）三人共用一只眼睛和一颗牙齿的女怪物，珀耳修斯从她们处获得帮助。/75

美杜莎（Medusa）女妖，曾是美丽的少女，后因亵渎雅典娜被转变为可怕的怪物。/75

戈耳工（Gorgons）可怕的蛇发女怪，看到她们的目光会被石化，最著名的是美杜莎。/76

米诺特罗斯（Minotaur）怪物，生于克里特岛，是米诺斯王的儿子。/101

艾齐得娜（Echidna）女巫、怪兽之母，半人半蛇的形象。/167

许德拉（Hydra）九头蛇怪，赫拉的侍从，被赫拉克勒斯击败。/168

库克诺斯（Cycnus）战神阿瑞斯和波瑞涅的儿子。/182

拉冬（Ladon）赫拉的龙，守卫金苹果树。/182

刻托（Ceto）盖亚之女。/182

刻耳柏洛斯（Cerberus）三头犬，守卫冥界之门的怪兽。/14

斯策拉（Scylla）海妖，以多个头和犬齿侵害航海者。/418

主要地名中英文对照表

E

厄里茨阿岛	Erythia
厄利斯	Elis
厄琉西斯城	Eleusis
厄律曼托斯山	Erymanthus

F

菲拉克	Phylace
菲索斯河	Cephissus
菲塔利腾族	Phytalides
腓尼基	Phoenicia
佛西斯	Phocis
夫茨阿	Phthia
夫利基阿	Phrygia
弗赖	Pherae
福耳基斯海湾	Phorcys
福喀斯	Phocis
福莱葛拉	Phlegra

G

| 高加索 | Caucasus |

H

哈律斯河	Halys
赫贝罗斯	Hebrus
赫卡托姆皮洛斯 百门之城	Hecatompylos
赫勒持滂的港口	Hellespont
赫勒海	Helle Hellespont
黑海	Black Sea

J

伽狄拉海湾	Gadeira
伽尔盖托斯	Gargettus
基太隆山	Cithaeron
吉日尼亚	Gerenians

K

喀泰戎山区	Cithaeron
卡得摩斯城	Cadmus
卡吕冬	Calydon
卡律塞岛	Chryse
柯拉克斯山麓	Corax
科尔喀斯	Colchis
科雷昂那	Cleonae
科雷特岛	Crete
科林斯	Corinth
可斯岛	Cos
克福斯	Cyphos
克里特	Crete
刻律涅亚山	Cerynea
刻奈翁半岛	Cenaeum
库恩托斯山	Cynthus
库克罗普斯	Cyclopes
库洛诺斯	Colonus

L

拉哥尼亚	Laconia
拉同河	Ladon
赖那沼泽	Lerna
勒奇翁姆	Rhegium
雷姆诺斯岛	Lemnos
利比亚	Libya
吕狄亚	Lydia
律忒翁半岛	Rhoeteum
罗达诺斯河	Rhodanus
罗德岛	Rhodes
罗杜泼山	Rhodope

M

马加拉	Megara
马拉松平原	Marathon
玛勒阿岛	Malea
迈锡尼	Mycenae
密安得河	Maeander
密西埃国	Mysia

明叶	Minyans
摩罗西亚	Molossia
墨伽瑞斯	Megara
墨科涅	Mecone

N
尼罗河	Nile
尼密阿	Nemea
涅里同山	Neriton

P
帕耳那索斯山	Mount Parnassus
佩利翁山	Pelion
佩纳俄斯	Peneus
皮洛斯	Pylos
皮斯托纳国	Bistones
珀索菲斯	Psophis

Q
| 奇墨里埃人 | Cimmerian |

S
撒摩特剌岛	Samothrace
萨墨岛	Same
塞里福斯岛	Seriphus
塞门尼亚	Salmonea
塞浦路斯	Cyprus
斯巴达	Sparta
斯康曼特尔	Scamander
斯库洛斯	Scyros
斯库提亚	Scythia
斯廷法罗斯湖	Stymphalus

T
塔福斯岛	Taphos
泰乐和西顿	Tyre，Sidon
泰林斯	Tiryns
坦塔斯	Pontus
陶里斯半岛	Tauri
忒那隆城	Taenarum
忒涅多斯岛	Tenedos
特尔斐 又作德尔斐	Delphi

特耳莫冬河	Thermodon
特拉刻	Thrace
特拉奇斯	Trachis
俄塔山 特拉奇斯地区	Oeta
特里卡	Tricca
特里纳喀亚岛	Thrinacia
特林斯	Tiryns
特律策恩	Troezen
特洛伊	Troy
特弥斯奇拉	Themiscyra
提洛斯	Delos
帖撒利	Thessaly

X
西庇洛斯	Sipylus
西革翁	Sigeum
西马岛	Syme
西莫伊斯河	Simois
西西里岛	Sicily
锡西拉岛	Cythera

Y
雅典	Athens
亚哥利斯	Argolis
亚各斯	Argos
亚加狄	Arcadia
亚马孙 又作亚马逊	Amazon
亚细亚	Asia
伊尔卡斯港	Iolcus
伊卡利尼岛	Icaria
伊利斯国	Elis
伊齐那岛	Aegina
伊斯玛洛斯	Ismarus
伊斯墨诺斯河	Ismenus
伊斯忒河	Ister
伊塔刻	Ithaca
伊托纳城	Itones
意卑利亚	Iberia
意大利	Italy
尹利里亚半岛	Illyria
印布洛斯岛	Imbros
印度	India
攸俾阿	Euboea
攸俾阿岛	Euboea